國家社科基金重大項目《巴蜀全書》（10@ZH005）
四川省重大文化工程《巴蜀全書》（川宣〔2012〕110號）

成 都 文 類

（宋）程遇孫　等編
劉　琳　點校

四川大學出版社
SICHUAN UNIVERSITY PRESS

圖書在版編目（CIP）數據

成都文類 / 劉琳點校. — 成都：四川大學出版社，
2023.6
　（巴蜀全書）
　ISBN 978-7-5690-5854-3

　Ⅰ. ①成⋯　Ⅱ. ①劉⋯　Ⅲ. ①古典文學－作品綜合集
－中國－漢代-宋代　Ⅳ. ① I211

　　中國版本圖書館 CIP 數據核字（2022）第 243395 號

書　　　名：成都文類
　　　　　　Chengdu Wenlei
點　　　校：劉　琳
叢 書 名：巴蜀全書

出 版 人：侯宏虹
總 策 劃：張宏輝
選題策劃：高慶梅
責任編輯：高慶梅
責任校對：張　露
裝幀設計：經典記憶文化　鄒小工
責任印製：王　煒

出版發行：四川大學出版社有限責任公司
　　　　　地址：成都市一環路南一段 24 號（610065）
　　　　　電話：（028）85408311（發行部）、85400276（總編室）
　　　　　電子郵箱：scupress@vip.163.com
　　　　　網址：https://press.scu.edu.cn
印刷裝訂：成都新恒川印務有限公司

成品尺寸：185 mm×260 mm
印　　張：48.5
字　　數：830 千字

版　　次：2023 年 6 月　第 1 版
印　　次：2023 年 6 月　第 1 次印刷
定　　價：450.00 圓

掃碼獲取數字資源

四川大學出版社
微信公眾號

《巴蜀全書》編委會

總　編　纂：舒大剛

副 總 編 纂：萬本根　彭邦本　王嘉陵　郭　齊

　　　　　　楊世文　王智勇　吳洪澤　尹　波

總編纂助理：李冬梅

總集類主編：吳洪澤

《巴蜀全書》評審組

組　長：項　楚

副組長：譚繼和　　胡昭曦　　羅仲平

成　員：趙振鐸　　龍　晦　　林　向　　龍顯昭　　李遠國
　　　　祁和暉　　蔡方鹿　　舒大剛　　譚　平　　郭　齊
　　　　楊世文　　粟品孝

《巴蜀全書》出版説明

　　《巴蜀全書》是收録和整理巴蜀歷史文獻的大型叢書。該項工作二〇
一〇年一月經由中共四川省委常委會議批准爲四川省重大文化工程；同年
四月又獲國家哲學社會科學規劃辦公室批准，列爲國家社科基金重大委託
項目。該計劃將對現今四川省、重慶市及其周邊亦屬傳統“巴蜀文化”
區域内的各類古典文獻進行系統調查、整理和研究，實現對巴蜀文獻有史
以來規模最大、體例最善、編纂最科學、使用最方便的著録和出版。

　　《巴蜀全書》編纂工程，將收集和整理自周秦以下至民國初年歷代巴
蜀學人撰著的重要典籍以及其他作者撰著的反映巴蜀歷史文化的作品，編
纂彙集成巴蜀文獻的大型叢書。主體工作將分“巴蜀文獻聯合目録”“巴
蜀文獻精品集萃”“巴蜀文獻珍本善本”三大類型，計劃對兩千餘種巴蜀
文獻編製聯合目録和撰寫内容提要，對五百餘部、二十餘萬篇巴蜀文獻進
行精心校點或注釋、評析，對百餘種巴蜀善本、珍本文獻進行考察和
重版。

　　通過編纂《巴蜀全書》，希望打造出巴蜀文化的“四庫全書”，爲保
存和傳播巴蜀歷代的學術文化成果，促進當代“蜀學”振興與巴蜀文化
建設，奠定堅實的文獻基礎；爲提升中華民族的文化自覺和文化自信，建
設文化强國貢獻力量。

《巴蜀全書》編纂領導小組

整理巴蜀文獻　傳承優秀文化

——《巴蜀全書》前言

舒大剛　　萬本根

中華民族，多元一體；中國文化，群星璀璨。在祖國大西南，自古就傳承着一脉具有深厚歷史底藴和鮮明個性的文化，即巴蜀文化。巴蜀地區山川秀麗，物産豐富，自古號稱"陸海""天府"；巴蜀文化源遠流長，内涵豐富，是古代長江文明的源頭，與"齊魯文化""荆楚文化""吴越文化"等同爲中華文化之瑰寶。整理和研究巴蜀文化的載體——巴蜀文獻，因而成爲研究中國歷史和中華文化不可或缺的内容。

一、綜覽巴蜀文化　提高文化自覺

巴蜀地區氣候宜人，資源豐富，是人類早期的發祥地之一。考古發現，這裏有距今二百零四萬年的"巫山人"，有距今三萬五千年的"資陽人"。這裏不僅有大禹治水、巴族廪君、蜀國五主（蠶叢、柏灌、魚鳧、杜宇、開明五個王朝）等優美动人的歷史傳説，也有寶墩文化諸古城遺址、三峽考古遺址、三星堆遺址、金沙遺址、小田溪遺址、李家壩遺址等重大考古發現。商末周初，庸、蜀、羌、髳、微、盧、彭、濮，以及勇鋭的巴師，曾參與武王伐紂。春秋戰國，巴濮楚鄧、秦蜀苴羌，雖互有戰伐，亦相互交流。秦漢以降，巴蜀的地利和物産，更是抵禦强侮、周濟天下、維護國家統一、實現持久繁榮的戰略屏障和天然府庫。

在國家"多元一統"的文化格局中，巴蜀以其豐富的自然和人文資源，哺育出一批又一批傑出人物和文化精英，既有司馬相如、王褒、嚴遵、揚雄、陳壽、常璩、陳子昂、趙蕤、李白、蘇軾、張栻、李心傳、魏了翁、虞集、楊慎、唐甄、李調元、楊鋭、劉光第、廖平、宋育仁、謝無量、郭沫若、巴金等文化巨擘，也有朱之洪、張瀾、謝持、張培爵、吳玉章、楊庶堪、黃復生、尹昌衡、鄒容、熊克武、朱德、劉伯承、聶榮臻、陳毅、趙世炎、鄧小平等革命英傑，他們超拔倫輩，卓然振起，敢爲天下先，勇爲蒼生謀，創造了輝煌燦爛的思想文化，也推動了中國社會的歷史巨變，演繹出一幕幕驚心動魄的歷史大劇。

歷代巴蜀學人在祖國文化的締造中，成就良多，表現突出，許多文化人物和文明成果往往具有先導價值。巴蜀兒女銳意進取的創新精神，使這種創造發明常常居於全國領先地位，成爲中國文化寶庫中耀眼的明珠。

在傳統思想、文化和宗教領域，中國素號"三教互補"，"儒""釋""道"交互構成中華思想文化的主要內容，而儒學是其主幹。從漢代開始，巴蜀地區的儒學就十分發達，西漢蜀守文翁在成都創建當時全國首個郡國學校——石室學宮，推行"七經"教育，實行儒家教化，遂使蜀地民風丕變，並化及巴、漢，促成中國儒學重要流派——"蜀學"的形成，史有"蜀學比於齊魯"之稱。巴蜀地區是"仙道"派發源地，東漢張陵在蜀中創立"天師道"，中國道教正式誕生。東漢佛教傳入中國後，四川也是其重要傳播區域。

巴蜀"易學"源遠流長，大師輩出。自漢胡安（居邛崍白鶴山，以《易》傳司馬相如）、趙賓（治《易》持論巧慧，以授孟喜）、嚴遵（隱居成都，治《易》《老》）、揚雄（著《太玄》）而下，巴蜀治《易》之家輩出。晉有范長生（著《周易蜀才注》），唐有李鼎祚（著《周易集解》），宋有蘇軾（著《東坡易傳》）、房審權（撰《周易義海》）、張栻（著《南軒易説》）、魏了翁（撰《周易集義》《周易要義》）、李石（著《方舟易説》）、李心傳（著《丙子學易編》），元有趙采（著《周易程朱傳義折衷》）、黃澤（著《易學濫觴》）、王申子（著《周易輯説》），明有來知德（撰《周易集注》）、熊過（著《周易象旨決録》），清有李調元（著《易古文》）、劉沅（撰《周易恒解》），皆各撰易著，發明"四聖"（伏羲、文王、周公、孔子）之心。巴蜀易學，普及面廣，自文人雅士、方術道流，以至引車賣漿之徒、箍桶織履之輩，皆有精於易理、善於測算者。理學大師程頤兩度入蜀，得遇奇人，遂有感悟，因生"易學在蜀"之嘆。

巴蜀"史學"名著迭出，斐然成章。陳壽《三國志》雅潔典要，名列"前四史"；常璩《華陽國志》體大思精，肇開方志體；譙周《古史考》，開古史考證之先聲；蘇轍《古史》，成舊史重修之名著。至於范祖禹（撰《唐鑑》，助司馬光修《通鑑》）、李燾（撰《續資治通鑑長編》）、王偁（撰《東都事略》）、李心傳（撰《建炎以來繫年要錄》及《朝野雜記》《宋會要》），更是宋代史學之巨擘，故劉咸炘有“唐後史學莫隆於蜀”之説。

蜀人“好文”，巴蜀自古就是歌賦詩詞的沃壤。禹娶塗山（今重慶南岸真武山，常璩《華陽國志·巴志》、酈道元《水經注·江水一》）氏女，而有“候人兮猗”的“南音”，周公、召公取之“以爲《周南》《召南》”（《呂氏春秋·音初》）。西周江陽（今瀘州）人尹吉甫亦善作詩，《詩經》傳其四篇（曹學佺《蜀中廣記》卷九一）。“文宗自古出巴蜀”，“漢賦四家”，司馬相如、揚雄、王褒居其三。陳子昂、李太白首開大唐雄健浪漫詩風，五代後蜀《花間集》與北宋東坡詞，開創宋詞婉約、豪放二派。“三蘇”（蘇洵、蘇軾、蘇轍）父子，同時輝耀於“唐宋八大家”之林；楊慎著作之富，位列明代儒林之首。“自古詩人例到蜀”，漢晉唐宋以及明清，歷代之遷客騷人，多以巴蜀爲理想的避難樂土，而巴蜀的山水風物又豐富其了藝情藻思，促成創作高峰的到來。杜甫、陸游均以巴蜀爲第二故鄉，范成大、王士禎亦寫下千古流芳的《吳船錄》和《驛程記》。洎乎近世，郭沫若、巴金，蔚爲文壇宗匠；蜀謳川劇，技壓梨園群芳。

“三蘇”父子既是文學大家，也是“蜀學”領袖；綿竹張栻，不僅傳衍南宋“蜀學”之道脉，而且創立“湖湘學派”之新範。明末唐甄撰《潛書》，斥責專制君主，提倡民本思想，被章太炎譽爲“上繼孟、荀、陽明，下啓戴震”的一代名著。晚清廖平撰書數百種，區分今學古學，倡言託古改制，錢基博、范文瀾俱譽其爲近代思想解放之先驅。新都吳虞，批判傳統道德，筆鋒犀利，被胡適譽爲“思想界的清道夫”。

在科技領域，秦蜀守李冰開建的都江堰，是至今還在使用的人類最古老的水利工程；漢代臨邛人民，開創了人類歷史上最早使用天然氣煮鹽的記録。漢武帝徵閬中落下閎修《太初曆》，精確計算回歸年與朔望月，是世界上首部“陰陽合曆”的範本。楊子建《十産論》之異胎轉位術領先歐洲五百年。北宋唐慎微《證類本草》，將本草學與方劑學相結合，是世界上第一部大型藥典和植物志。王灼《糖霜譜》詳録蔗糖製作工藝，是世界上有關製糖技術的首部專書。南宋秦九韶《數學九章》，將中國數學推向古代科學頂峰，其“大衍求一術”“正負開方法”俱領先西方世界同類算法五百年。

至於巴蜀地區的鄉村建設和家族文化，也是碩果累累，佳話多多。他們或夫婦齊名、比翼雙飛（司馬相如與卓文君，楊慎與黃娥）；或兄弟連袂、花萼齊芳（蘇軾、蘇轍，蘇舜欽、蘇舜元，李心傳、李道傳、李性傳等）。更有父子祖孫，世代書香，奕世載美，五世其昌：閬中陳省華及其子堯佐、堯叟、堯咨等，“一門二相，四世六公，昆季雙魁多士，仲伯繼率百僚”（霍松林語）；眉山蘇洵、蘇軾、蘇轍及子孫輩過、籛，俱善撰文，號稱“五蘇”；梓州蘇易簡及其孫舜欽、舜元，俱善詩文，號稱“銅山三蘇”；井研李舜臣及其子心傳、道傳、性傳，俱善史法、道學，號稱“四李”；丹稜李燾與其子壁、㙟，俱善史學、文學，時人贊“前有三蘇，後有三李”。降及近世，雙流劉沅及其孫咸滎、咸炘、咸焌，長於經學、道學與史學，號稱“槐軒學派”。如此等等，不一而足。

綜觀巴蜀學術文化，真可謂文章大雅，無奇不有！其先於天下而創者，則有導夫先路之功；其後於天下而作者，則有超邁古今之效！先天後天，不失其序；或創或繼，各得其宜。

二、整理巴蜀文獻　增強文化自信

歷史上的四川，既是文化大省，也是文獻富省。巴蜀上古歷史文化，在甲骨文、金文和《尚書》《春秋》等華夏文獻中都有記錄，同時巴蜀大地還孕育形成了別具特色的“巴蜀文字”。秦漢統一後，歷代巴蜀學人又爲我們留下了汗牛充棟、豐富多彩的古典文獻。唐代中後期（約八世紀初），成都誕生了“西川印子”，北宋初期（十世紀後期）又出現了“交子雙色印刷術”，標誌着雕版印刷的産生、成熟和創新，大大推動了包括巴蜀文獻在内的古典文獻的保存與傳播。據不完全統計，歷史上産生的巴蜀古文獻不下萬餘種，現在依然存世的也在五千種以上。

巴蜀文獻悠久綿長，影響深遠，上自先秦的陶字、金文，下迄漢晉的竹簡、石刻，以及唐刻、宋槧、明刊、清校，經史子集，三教九流，歷歷相續不絶，熠熠彪炳史册。巴蜀文獻體裁多樣，内容豐富，舉凡政治之興替、經濟之發展、文化之繁榮、兵謀之奇正、社會之變革，以及思想學術之精微、高人韻士之風雅、地理民族之風貌、風俗習慣之奇特，都應有盡有，多彩多姿。它們是巴蜀文化的載體，也是中華文明的重要表徵。

對巴蜀文獻進行調查整理研究，一直是歷代巴蜀學人的夢想。在歷史上，許多學人曾對巴蜀文獻的整理和刊印付出過熱情和心血，編纂有各類巴蜀總集、全集和叢書。《漢書・藝文志》載"揚雄所序三十八篇：《太玄》十九、《法言》十三、《樂》四、《箴》二"，或許是巴蜀學人著述的首次彙集。五代的《花間集》和《蜀國文英》，無疑是輯録成都乃至巴蜀作品的最早總集。宋代逐漸形成了"東坡七集"（蘇軾）、"欒城四集"（蘇轍）、"鶴山先生大全文集"（魏了翁）等個人全集，以及《三蘇文粹》《成都文類》等文章總集。明代出現楊慎的個人全集《升庵全集》和四川文章總集《全蜀藝文志》。入蜀爲官的曹學佺還纂有類集巴蜀歷史文化掌故而成的資料大全——《蜀中廣記》。清代，李調元輯刻以珍稀文獻和巴蜀文獻爲主的《函海》，可視爲第一部具體而微的"巴蜀文獻叢書"。近代編有各類"蜀詩""蜀詞""蜀文""川戲"等選集。這些都爲巴蜀文獻的系統編纂、出版做出了有益嘗試。

二十世紀初，謝無量曾提出編纂《蜀藏》的設想，因社會動盪而未果。胡淀亦擬編《四川叢書》，然僅草成"擬收書目"一卷。一九八三年中共中央印發《關於整理我國古籍的指示》，國家成立"全國古籍整理出版規劃領導小組"和"全國高等院校古籍整理工作委員會"，四川也成立了"四川省古籍整理出版規劃小組"，製定《四川省古籍整理出版規劃》（一九八四——一九九〇）。可惜這個規劃並未完全實施，巴蜀文獻仍然處於分散收藏甚至流失毀損的狀態。

二〇〇七年初，國務院下發《關於進一步加強古籍保護工作的意見》，全國各省紛紛編纂地方文獻叢書。四川大學和四川省社科院的學人再度激起整理鄉邦文獻的熱情，向四川省委、省政府提交"編纂《巴蜀全書》，振興巴蜀文化"的建議，四川省委、省政府再度將整理巴蜀文獻提上議事日程。經過多方論證研究，二〇一〇年一月中共四川省委常委會議批准"將四川大學申請的《巴蜀全書》納入全省古籍文獻整理規劃項目"；四月又獲得國家哲學社會科學規劃辦公室批准，將《巴蜀全書》列爲"國家社科基金重大委託項目"。千百年來巴蜀學人希望全面整理鄉邦文獻的夢想終於付諸實施。

三、編纂《巴蜀全書》　推動文化自强

《巴蜀全書》作爲四川建省以來最大的文獻整理工程，將對自先秦至民國初年歷代巴蜀學人的著作或内容爲巴蜀文化的文獻進行全面的調查收集和整理研究，並予以出版。本工程將采取以下三種方式進行：

一是編製《巴蜀文獻聯合目録》。古今巴蜀學人曾經撰有大量著作，這些文獻在歷經了歷史的風風雨雨後，生滅聚散，或存或亡，若隱若現，已經面目不清了。該計劃根據"辨章學術，考鏡源流"的旨趣，擬對巴蜀文獻的歷史和現狀進行全面普查和系統考證，探明巴蜀文獻的總量、存佚、傳承和收藏情況，以目録的方式揭示巴蜀文獻的歷史和現狀。

二是編纂《巴蜀文獻精品集萃》。巴蜀文獻，汗牛充棟，它們是研究和考述巴蜀歷史文化的重要資料。對這些文獻，我們將采取三種方式處理：首先，建立"巴蜀全書網"，利用計算機和網絡技術對現存巴蜀文獻進行掃描和初步加工，建立"巴蜀文獻全文資料庫"，向讀者和研究者提供盡可能集中的巴蜀文化資料。其次，本着"去粗取精，古爲今用"的宗旨，按照歷史價值、學術價值、文化價值"三結合"的原則，遵循時間性、代表性、地域性、獨特性"四統一"的標準，從浩繁的巴蜀古籍文獻中認真遴選五百餘種精品文獻，特別是要將那些在中華傳統文化體系中具有首創性和獨特性的巴蜀古籍文獻彙集起來，進行校勘、標點或注釋、疏證，挖掘其中的思想内涵和治蜀經驗，爲當代社會、經濟、政治、文化建設服務。最後，根據巴蜀文化的歷史實際，收集各類著述和散見文獻，逐漸編成儒學、佛學、道教、民族、地理等專集。

三是重版《巴蜀文獻珍本善本》。成都是印刷術發祥地，巴蜀地區自古以來的刻書、藏書事業都很發達，曾产生和收藏過數量衆多的珍本、善本，"蜀版"書歷來是文獻家收藏的珍品。這些文獻既是見證古代出版業、圖書館業發展的實物，也是進行文獻校讎的珍貴版本，亟待開發，也需要保護。本計劃將結合傳統修復技藝和現代印刷技術，對百餘種巴蜀文獻珍稀版本進行修復、考證和整理，以古色古香的方式予以重印。

通過以上三個系列的研究，庶幾使巴蜀文獻的歷史得到彰顯，内涵得到探究，精華得到凸顯，善本得到流通，從多個角度實現對巴蜀文獻的當代整理與再版。

盛世修書，傳承文明；蜀學復興，文獻先行。"《巴蜀全書》作爲川版的'四庫全書'，蘊含着歷代巴蜀先民共同的情感體驗和智慧結晶，昭示着今天四川各族人民共有的文化源流和精神家園。"（《巴蜀全書》編纂領導小組會議文件。下同）《巴蜀全書》領導小組要求，"我們一定要從建設中華民族共有精神家園、打牢四川人民團結奮鬥共同思想基礎的高度，深刻認識《巴蜀全書》編纂出版工作的重大意義。特別要看到，這不是一件簡單的古籍整理出版工作，而是一件幾百年來巴蜀學人一直想做而没有條件做成的文化盛事，是四川文化傳承史上的重要里程碑"。無論是中國古代的文化發展，還是世界近世的文明演進，都一再證明：任何一次大的文化復興活動，都是以歷史文獻的系統收集整理爲基礎和先導的。我們希望通过对巴蜀文獻的整理出版，給巴蜀文化的全面研究和當代蜀學復興帶來契機，爲"發掘和保護我國豐厚的歷史文化遺產，提升我國文化軟實力，推動中華優秀傳統文化走向世界"做一些基礎性工作。

　　有鑒於此，《巴蜀全書》領導小組明確要求，要廣泛邀請省内外專家學者參與編纂，共襄盛舉。這一決策，實乃提高《巴蜀全書》學術水準和編纂質量的根本保障。領導小組還希望從事此項工作的學人，立足編纂，志在創新，從文獻整理拾級而上，自編纂而研究，自研究而弘揚，自弘揚而創新，"利用編纂出版《巴蜀全書》這個載體，進一步健全研究巴蜀傳統文化的學術體系，以編促學、以纂代訓，大力培養一批精通蜀學的科研帶頭人和學術新人"。可謂期望殷切，任務艱巨，躬逢其盛，能不振起？非曰能之，惟願學焉。

　　希望《巴蜀全書》的编纂能爲巴蜀文化建設和"蜀學"的現代復蘇擁篲前趨，掃除榛蕪；至於創新發展，開闢新境，上繼前賢，下啓來學，固非區區之所能。謹在此樹其高標，以俟高明云爾！

二〇一四年五月
二〇一七年十二月修訂

慶元《成都志》與《成都文類》（代序）

劉 琳

本文主要評述《成都文類》，但有必要連帶説説慶元《成都志》，因爲這兩部書是同時編纂的一對孿生兄弟。其發起並組織編纂者是南宋袁説友。

袁説友（1140—1204），字起巖，號東塘居士，建寧府建安（今福建建甌）人，寓居湖州德清（今浙江德清）。宋孝宗隆興元年登進士第。歷知池州、平江府、臨安府，户部侍郎、户部尚書。寧宗慶元三年至六年間任四川安撫制置使兼知成都府。嘉泰間累遷吏部尚書、同知樞密院事、參知政事，以資政殿大學士致仕。嘉泰四年卒，年六十五。著有《東塘集》（今存輯本二十卷）等（見《東塘集》附録《家傳》和《明一統志》卷四〇、《宋史翼》卷一四本傳）。袁在任成都知府期間，重視文化建設，其中最重要的兩件事就是命僚屬編纂《成都志》與《成都文類》。

《成都志》之修纂起於慶元四年（1198），成於五年七月，具體的編纂者不詳。袁説友在《成都志序》中説："某來守踰年……乃命幕僚摭拾編次，胚胎乎白、趙之記（按：指唐白敏中《成都記》、北宋趙抃《成都古今集記》），而枝葉於續記之書（按：指南宋王剛中《續成都古今集記》、范成大《成都古今丙記》、胡元質《成都古今丁記》），剔繁考實，訂其不合，而附益其所未備。臚分彙輯，稽仿古志。凡山川地域、生齒貢賦、古今人物，上下千百載間，其因革廢興，皆聚此書矣。"（此序全文見本書附録）由此可見，這部慶元《成都志》是自秦漢以來集大成的、極重要的一部成都地方志。可惜此書流傳不廣，宋人除了王象之《輿地紀勝》記其書名外，至今未見有其他確指此書的記載，我們甚至不知道它有多少卷。更不幸的是，經過宋末宋蒙戰争的浩劫，此書幾近絶迹。

直至元順帝至正初年，成都人費著等人方搜訪到一二抄本，據以校訂刊行。費著在至正三年（1343）二月寫的《成都志序》中説："全蜀郡志無慮數十，惟成都有《志》，有《文類》。兵餘版燼莫存，蜀憲官佐搜訪百至，得一二寫本。乃參稽訂正，僅就篇帙。凡郡邑沿革，與夫人物風俗，亦概可考焉。遂鳩工鋟梓，以廣其傳。若《文類》之詳，則有待於後之好事者。"這裏説的"有《志》，有《文類》"，就是指慶元《成都志》和《成都文類》。序中説"兵餘版燬"，可見慶元《成都志》曾經有刻本。所謂"蜀憲"，指西蜀四川道廉訪司。《萬姓統譜》卷九四載："費著，華陽（今成都）人，進士。授國子助教。……歷漢中廉訪使，調重慶府總管。"這裏和其他記載都没有説其在成都做過官，但從此序推測，或曾在西蜀四川廉訪司任職。可能是爲了工作需要，費著據慶元《成都志》，經過校訂，或略加改寫（並非新編，見下文），刊印行世，我們姑稱之爲費著《成都志》。但到明代，不但慶元《成都志》原書再度亡佚，費著《成都志》全書也逐漸失傳。正統中楊士奇所編《文淵閣書目》登録"《成都志》十八册"，可能是指費著《成都志》；但成化中彭韶修《四川成都志》，其所寫序言中歷數歷代成都志書，再未提及以上二書。

幸運的是，費著《成都志》至今還有九篇重要文字保存了下來，這就是《全蜀藝文志》收録的署名爲費著的《蜀名畫記》《成都周公禮殿聖賢圖考》《氏族譜》《器物譜》《箋紙譜》《蜀錦譜》《錢幣譜》《楮幣譜》《歲華紀麗譜》。明曹學佺《蜀中廣記》卷一百五在引用《成都周公禮殿聖賢圖考》之後説："以上元費著《成都志》所載。"其實其餘八篇也是出自費著《成都志》。而且經學者研究，費著《成都志》的這九篇文字實際上又是抄自慶元《成都志》（參見謝元魯《〈歲華紀麗譜〉等九種校釋·前言》，載巴蜀書社一九八八年版《巴蜀叢書》第一集）。因爲這九篇全是記載宋代的史實，絲毫不涉及元代。例如《氏族譜》中所述世系、人物，都只記至南宋。其中"廣都費氏"，費著本人即其苗裔，按理應續記至元代，但此文也只記至宋寧宗時。而且九篇之中稱"今"達幾十處，全都是指宋代，有的更明顯指慶元，而没有一例指元代。例如《氏族譜》"吳氏"云："景之子璘始遷蜀州，今崇慶府。"宋孝宗淳熙四年升蜀州爲崇慶府（《宋史》卷八九《地理志五》），元世祖至元二十年降爲崇慶州（《元史》卷六〇《地理志三》），可見這裏的"今"是指宋代。又"范氏"：范仲藝，"今爲中書舍人"。考《南宋館閣續録》卷九，范仲藝爲中書舍人正是在慶元四年、五年修慶元《成都志》之時。最明顯的一例是《成都周公禮殿聖賢圖考》中説：周公禮殿，"後漢獻帝興平元年甲戌太守高眹，距今慶元戊午凡一千四年"。慶元戊午正是慶元四年。凡此皆證明，這九篇文字都是慶元《成都志》的原文。由此我們更可進一步推測，費著《成都志》其實並非新編，而是據慶元《成都志》抄本重刻，僅僅作了一些校訂。所以他在序言中只是説"乃參稽訂正，僅就篇帙"，即參考有關資料，訂正抄本的訛誤。如果是新編、續編、改編或在慶元《成都志》的基礎上有所增添，不可能絲毫不提。但或許個別地方有所改寫，例如《氏族譜》"以表宋朝以來世系之盛""仕宋朝至太子中舍人"等處所稱"宋朝"，似非慶元《成都志》應有的語氣，原文當是"國朝"。

以上就是慶元《成都志》的大致情況。

在修纂《成都志》的同時，袁説友又組織僚屬編集《成都文類》。

《成都文類》編成於慶元五年二月，比《成都志》成書早五個月。袁説友在該書序中説："爰屬寮士，摭諸方策，裒諸碑識，流傳之所膾炙，友士之所見聞，大篇雄章，英詞綺語，析法度，極眩耀，其以益而文者，悉登載而彙輯焉。斷自漢以下，迄於淳熙。其文篇凡一千有奇，類爲十一目，釐爲五十卷，益之文兹備矣。"

據該書卷首《題名》，該書的編集者共八人，都是蜀人。今略考其生平事迹如下（原題名按宋代習慣，以官位由低至高排列，今反之）。

"奉議郎、新雲安軍使、兼知夔州雲安縣、主管勸農公事、借緋程遇孫"：程遇孫，隆州仁壽（今四川仁壽）人，淳熙進士。後於嘉泰、開禧間，歷知丹稜縣，吳曦之亂避僞去官。嘉定中官至潼川路轉運判官、權知遂寧府。十二年，興元軍士張福作亂，迫近遂寧，遇孫棄城逃跑。（見雍正《四川通志》卷一〇上、卷三三，《建炎以來朝野雜記》乙集卷九）

"宣教郎、新奏辟知綿州魏城縣、主管勸農公事徐景望"：徐景望，蜀人，籍貫不詳。開禧中爲四川宣撫副使吳曦死黨。二年，曦反，自稱蜀王，以景望爲四川都轉運使。次年曦敗，宋廷斬景望於利州（今四川廣元）。（見《宋史》卷四七五《吳曦傳》）

"文林郎、前利州東路安撫司幹辦公事趙震"：趙震，其餘事迹不詳。雍正《四川通志》卷三三宋代進士名録有安岳縣趙震，當即此人。

"文林郎、山南西道節度掌書記宋德之"：宋德之，字正仲，蜀州晉原（今四川崇州）人。慶元二年以四川類省試第一，比殿試第三名恩例，授文林郎、山南西道節度掌書記。歷國子正、武學博士、太常丞。開禧中知閬州，歷潼川運判，湖南、湖北提刑，兵部郎官。後知眉州，以疾卒。著有《青城遺稿》二卷。（見《宋史》卷四〇〇《宋德之傳》、卷二〇八

《藝文志七》,《建炎以來朝野雜記》乙集卷一一)

“從事郎、前成都府府學教授何德固”：何德固，字叔堅，漢州雒縣（今四川廣漢）人。淳熙十四年進士。開禧中爲隆慶府（治普安縣，今四川劍閣縣）通判。參知政事李壁以箚子薦蜀士有時望者，中有德固。歷知長寧軍（治今四川長寧）、崇慶府（治今四川崇州）。年五十四即告老而去，自號梧溪散人。（見《兩朝綱目備要》卷九，馮山《安岳集》卷首何德固《二馮先生文集序》，嘉慶《四川通志》卷一二三、卷一五二，道光《遵義府志》卷一一《夜郎溪題名》）

“從事郎、廣安軍軍學教授費士威”：費士威，廣都（今成都）人。登進士第。廣都費氏爲成都大族，其兄士寅嘉泰中官至參知政事。（見《全蜀藝文志》卷五五《氏族譜三》）

“迪功郎、新差充利州州學教授楊汝明”：楊汝明，字叔禹，眉州青神（今四川青神）人。光宗紹熙四年登進士甲科。開禧中爲成都觀察推官，嘉定間歷校書郎、秘書郎、著作郎、軍器少監兼權考功郎官，遷起居舍人、禮部侍郎、工部尚書，自請出爲潼川府路安撫使、知瀘州。（見《南宋館閣續錄》卷八、卷九，《鶴山先生大全文集》卷四八、《蒙齋集》卷八、《建炎以來朝野雜記》乙集卷九、《道命錄》卷八）

“迪功郎、監永康軍崇德廟扈仲榮”：扈仲榮，字叔義，崇慶府江源（今四川崇州江源鎮）人。紹熙四年進士。開禧二年八月以宣教郎特授秘書省正字，三年三月爲校書郎，五月致仕。（見《南宋館閣續錄》卷八、卷九）

以上八人都是進士出身，都有較高的文化水平，能保證編書的質量；又都是入仕不久、官位不高、未到任或僅任閑職，所以袁說友把他們調來編《成都文類》。

《成都文類》作爲一部地區性的詩文總集，其規模超越前人。即今所知，地區總集的纂輯起於唐，盛於宋。但此前所編的這一類書規模都不是很大，而且一般都只收詩。部頭較大的，如唐末黃滔輯唐代閩人詩爲《泉山秀句集》，也只有三十卷（見《新唐書》卷六〇《藝文志五〇》）；北宋孔延之所編、至今尚存的《會稽掇英集》輯紹興地區詩文，只有二十卷。至於成都，則僅有哲宗時曾任成都路轉運使的章楶所編《成都古今詩集》六卷（見《宋史》卷二〇九《藝文志八》）。而《成都文類》卷帙達五十卷，所收詩文達一千三百三十七篇，包括詩十四卷、九百篇，文（含賦）三十六卷、四百三十七篇。其收羅之廣、規模之大，均可謂空前。一座城市的詩文選集能達到如此規模，這首先是由於成都是一座歷史悠久的文化名城。從秦漢以來，四川是中國經濟、文化最發達的地區之一，而成都則是四川以至中國西南的政治、經濟、文化中心，歷代許許多多的蜀人、非蜀人，寫下了許許多多有關成都的詩文，積累了極豐富的文化資源。可惜此前沒有人下功夫收集整理，袁説友以他的見識和地位，領導下屬較好地完成了此項工作。

　　不僅如此，袁説友將修方志與編詩文集同時並舉，這也是前所未見的一個創舉。方志是綜合記載一個地區的歷史與現況，詩文則是以文學的形式反映該地區的方方面面，二者相輔相成，使讀者能對該地區有更全面、更深入的了解。明嘉靖間修《四川總志》，一面修志，一面聘請楊慎編《全蜀藝文志》，這完全是仿照袁説友的做法。一般的地方志往往是將有關該地的詩文直接收入，這種做法對詩文不多的地區無疑是對的；但對詩文很多的地區則不適宜，因爲限於篇幅，不可能多收，掛一漏萬，意義不大，還不如另編爲書。例如雍正《四川通志》的《藝文》所收詩文只有九卷數百篇，而且大部分是抄自《全蜀藝文志》。以四川地域之廣、文章之富，譬如滔滔江水，挹取數瓢，何益於事！

　　《成都文類》收錄的地域範圍是成都府，下轄成都、華陽、郫縣、新都、新繁、溫江、雙流、廣都、靈泉等九縣，相當於今成都城區及郫都、新都、溫江、雙流、龍泉驛等郊區。時間範圍是從西漢至南宋孝宗。計漢至隋四十二篇，唐三百四十四篇，五代十國三十六篇，宋九百一十五篇（含文三百三十二篇）。詩文先以文體區分，再按內容歸類，因此稱爲"文類"。內容廣泛，涉及成都的歷史、地理、人物、政治、風俗、物產、文藝、教育、宗教等等方面，爲後人提供了很多重要的歷史資料。例如書中所收唐高駢《請築羅城表》、王徽《創築羅城記》等篇，就是研究歷代成都城郭變遷史的寶貴史料。北宋李之純的《大聖慈寺畫記》記載："舉天下之言唐畫者，莫如成都之多；就成都較之，莫如大聖慈寺之盛。"其時的大聖慈寺總九十六院，房屋八千五百餘間，其牆壁"畫諸佛如來一千二百一十五，菩薩一萬四百八十八，帝釋、梵王六十八，羅漢、祖僧一千七百八十五，天王、明王、大神將二百六十二，佛會、經驗、變相一百五十八堵"。這可能是世界上最大的宗教繪畫陳列館，其規模超過了同時期的敦煌石窟。況且據李之純説，其畫手多是唐宋名家，"皆一時絶藝，格入神妙"，這比之敦煌壁畫之出自民間畫匠，似乎更勝一籌。若没有《成都文類》，後人也不可能知道成都曾經有如此輝煌的文化盛事。

《成都文類》的文獻價值還在於其所收詩文有很多僅見於該書或最早見於該書。例如宋代張俞、彭乘、范鎮、吳師孟、楊天惠、侯溥、張商英、喻汝礪、李燾等等一大批蜀士的詩文，以及唐宋間韋皋、段文昌、田況、宋祁、吕大防、席益、京鏜等宦蜀人士的詩文，多僅見或最早見於該書。唐、五代至宋代的詔書、表奏亦多爲他書所不載，足補史之闕文。據筆者統計，在《全宋文》中，正文取自《成都文類》、以該書作爲第一出處者共二百三十篇。之所以作爲第一出處，或是此文僅見於此書，或是此文最早見於此書，或是此書所收之文最完整、文字最準確。由此足見此書具有很高的文獻價值。明代楊升庵編《全蜀藝文志》，主要是靠了兩部書，即《成都文類》和《固陵文類》（收夔州詩文），《全蜀藝文志》中所收有關成都的詩文幾乎都是取自《成都文類》。

該書在編纂中也偶有疏誤。有誤收者，如卷七唐高適《同群公秋登琴臺》，此琴臺並非成都司馬相如琴臺，而是山東宓子賤琴臺；卷三七晁迥《聞思三法資修記》，與成都無關。有重收者，如卷三李新《錦江思》一詩，卷一四又重收；卷二七收王敦詩《雄邊堂記》，卷四六又有《措置增戍兵營寨等事碑》，實爲同一文。有誤題作者者，如卷三二《江瀆廟碑》，作者爲胡世將，而誤題爲胡宗愈。

關於《成都文類》一書的流傳情況，至今知之甚少。前面説了，慶元《成都志》曾經刊刻，同時編纂的《文類》似也有刻本。宋尤袤《遂初堂書目》録有此書書名，但尤袤卒於光宗紹熙四年，不可能見到此書，當是其子孫添入。除此而外，宋元諸書目與《宋史・藝文志》都没有記載。元費著提到此書，但似乎也没有看到原書（見前引費著《成都志序》）。直至明代《文淵閣書目》，始見登録"《成都文類》一部十五册"，但不知是抄本還是刊本。嘉靖間，趙用賢《趙定宇書目》也著録有"《成都文類》十五本"。清人著録漸多，有明刊本，有抄本。清初朱彝尊得海鹽陳氏明刊本，重裝收藏於曝書亭（見《曝書亭集》卷四六《書〈成都文類〉後》），《四庫全書》所收《成都文類》的底本就是這個版本（見清邵懿辰《四庫簡明目録標注》卷一九）。此外陸心源皕宋樓也有吳枚庵舊藏明刊本，丁丙八千卷樓則藏有抄本。民國間，傅增湘也見過明刻本（見《藏園群書經眼録》卷一八），並用於編《宋代蜀文輯存》。可惜至今國内只有國家圖書館保存了明刊殘本三卷（卷十六至十八）。比較完整的明刻本流落至日本，藏於静嘉堂文庫，其卷一至卷三十一爲明刊，卷三十二至卷五十則爲抄補。

鑒於《成都文類》一書的文獻價值及其稀缺性，爲了滿足讀者的需要，我曾以文淵閣四庫全書本爲底本進行校點，收入成都市地方志辦公室所編《成都舊志叢書》，2007 年 12 月由成都時代出版社出版。2011 年 12 月，中華書局出版趙曉蘭女士的校點本，該書以静嘉堂文庫本作爲底本。近年四川省編纂《巴蜀全書》，擬收入《成都文類》，委託我對原校點本進行修訂。我比較了四庫全書和静嘉堂文庫兩個本子，發現還是四庫全書本較優。例如卷三〇《元祐府學給田記》，静嘉堂本自篇首"成都府門"至"樂先王之道"二百餘字缺，四庫本不缺。同卷《府學石經堂圖籍記》自"率僚屬"至"文教昌明"八十餘字，静嘉堂本及《全蜀藝文志》皆脫，代之以他處之文，而四庫本不誤。其他的文字訛誤，静嘉堂文庫本也遠多於四庫本。因而此次修訂，仍以四庫本爲底本，並參考中華書局本，本書中所稱"静嘉堂本"即據中華書局本。在此，對趙曉蘭女士表示感謝。

成都文類原序

　　天地之秘藏發而爲名山大川，山川之秀靈斂而爲文章華藻，二者相爲
頡頏而光明焉也。《兩京》《三都》之賦摹寫天地，繪繡山川，絢道德，
捘天庭，潤金石，諧《韶》《濩》，與乾坤造化周流盛大於宇宙之間，千
百萬世下而知有兩京、三都者，以此文也。然則天地山川而可無此文哉，
而可以不傳此文哉！

　　益，古大都會也，有江山之雄，有文物之盛。奇觀絕景，仙遊神迹，
一草一木，一丘一壑，名公才士、騷人墨客窺奇吐芳，聲流文暢，散落人
間，何可一二數也。凡此者，予來三年，亦既略睹矣。或曰：兩京、三
都，以賦而傳，使無傳焉，斯文泯矣。然則繇漢以來，其文以益而作者，
今獨無傳，可乎？有益都，斯有此文，此文傳，益都亦傳矣。爰屬寮士，
摭諸方策，裒諸碑誌，流傳之所膾炙，友士之所見聞，大篇雄章，英詞綺
語，折法度，極眩耀，其以益而文者，悉登載而彙輯焉。斷自漢以下，迄
於淳熙，其文篇凡一千有奇，類爲十一目，釐爲五十卷，益之文兹備矣。

　　嗟呼！後世之士豈無浮沅湘、由巴蜀、略邛筰，如司馬子長者乎①？
豈無上瞿唐、過夔梓、賦雪錦，如杜少陵者乎？又豈無自西蜀，歷荊楚，
棲遲山水間，如田游巖者乎？倘復得如二三公者而訪斯益、擘斯文焉，則
知清寧闓闢至大至廣之内而有所謂蜀，蜀六十州亘五千里之内而有所謂
益，益都無量江漢炳靈之内而有所謂文者，其不在此書乎？是書也而有傳
焉，庶幾乎無負於益。

　　慶元五年二月望日，寶文閣學士、通議大夫、四川安撫制置使②兼知
成都軍府事建安袁説友謹序。

---

① 略邛筰：三字原缺，據袁説友《東塘集》卷一八補。
② 制置使：原作“制度使”，據宋代官制及《蜀中廣記》卷九六改。

成都文類題名

迪功郎、監永康軍崇德廟扈仲榮

迪功郎、新差充利州州學教授楊汝明

從事郎、廣安軍軍學教授費士威

從事郎、前成都府府學教授何德固

文林郎、山南西道節度掌書記宋德之

文林郎、前利州東路安撫司幹辦公事趙震

宣教郎、新奏辟知綿州魏城縣、主管勸農公事徐景望

奉議郎、新雲安軍使、兼知夔州雲安縣、主管勸農公事、借緋程遇孫
編集

目　録

成都文類卷三

成都文類卷四

成都文類卷七

成都文類卷九

成都文類卷十

成都文類卷十一

成都文類卷十二

成都文類卷十三

成都文類卷十七

成都文類卷十八

成都文類卷十九

成都文類卷三十一

成都文類卷三十二

成都文類卷四十三

成都文類卷四十四

成都文類卷四十七

成都文類卷四十八

成都文類卷一

賦

蜀都賦[①]

（漢）揚　雄

蜀都之地，古曰梁州，禹治其江。亭皋彌望，鬱乎青葱，丹青玲瓏，石鱔水螭。於近則有瑕英菌芝，玉石江珠。於遠則有銀鉛錫碧，馬犀象僰。西有鹽泉鐵冶，橘林銅陵。其傍則有期牛兕旄，金馬碧雞。其竹則宗生族攢，俊茂豐美，夾江緣山，尋卒而起。其深則有猵獺沉鱓，水豹蛟蛇。其都門二九，四百餘閭。兩江珥其市，九橋帶其流。苴竹浮流，龜鼈磧石。風胎雨轂，衆物駭目。百華投春，隆隱芳芬，麗靡螭燭[②]，若揮錦布繡，望芒芒兮無幅。其布則筩中黄潤，一端數金。雕鏤扣器，百技千工。上乃使有伊之徒，調夫五味。甘甜之和，勺藥之羹。江東鮐鮑，隴西牛羊。五肉七菜，朦厭腥臊。若其吉日嘉會，期於送春之陰，迎夏之陽。置酒於滎川之閒宅，設坐於華都之高堂。延帷揚幕，接帳連崗。郄公之徒相與如平陽[③]，瀕巨沼[④]。羅車百乘，期會投宿。觀者方堤[⑤]，行船競逐也。

---

① 按：《成都文類》所收此文録自《藝文類聚》，乃節録，非全文。其全文見《古文苑》卷四，又見《全蜀藝文志》卷一、嚴可均輯《全漢文》卷五一。今以《全蜀藝文志》（劉琳、王曉波點校本，四川大學出版社二〇二二年版）所載全文附於本文之後。

② 麗靡：原脱，據《古文苑》《全蜀藝文志》補。

③ 平：原作“乎”，據静嘉堂本、《藝文類聚》《古文苑》《全蜀藝文志》改。

④ 瀕：原作“瀕”，據静嘉堂本、《文選·南都賦》李善注引改。巨沼：原作“臣詔”，據《古文苑》卷四改。

⑤ 堤：原作“防”，據《古文苑》卷四改。

右篇得之《藝文類聚》，疑非全文。自“郤公之徒”以下，字義若不相聯屬。按，左思《蜀都賦》注云：揚雄賦曰“若其漁弋，郤公之徒相與如乎巨野，羅車百乘，觀者万堤”。意“巨野”訛爲“臣詔”，“万堤”訛爲“方防”云。

〔附〕揚雄《蜀都賦》全文

蜀都之地，古曰梁州，禹治其江。淳皋彌望，鬱乎青葱，沃野千里。上稽乾度，則井絡儲精；下按地紀，則坤宫奠位。東有巴竇，綿亘百濮。銅梁金堂，火井龍湫。其中則有玉石嶜岑，丹青玲瓏，邛節桃枝，石鱛水螭。南則有犍牂潛夷，昆明峨眉。絶限岷嶂，嵁巖宣翔。靈山揭其右，離堆被其東。於近則有瑕英菌芝，玉石江珠。於遠則有銀鉛錫碧，馬犀象僰。西有鹽泉鐵冶，橘林銅陵，邡連盧池，澹漫波淪。其旁則有期牛兕旄，金馬碧鷄。北則有岷山，外羌白馬。獸則麢羊野麋，罷犛貘貒，麏麖鹿麏，户豹熊黄，獅胡蜼玃①，猿蠝蠝猱②，猶瞉畢方。

爾乃衆山隱天，岎崪迴叢，增嶄重崒。紺石巉崔，投巋巀魄，霜雪終夏。叩巖岭嶙，崇隆臨柴，諸微嵑峴，五岇參差，渝山巖巖，觀山岑崑③，龍陽累巇。潅粲交倚，嵯崒崛崎。集嶮脅施，形精出偈，堪嵣隱倚。彭門嶋峏，岫嶒嵑岣，方彼碑池。嶄岣輗嶰，礫乎岳岳，北屬崑崙泰極。

涌泉醴④，凝水流津，瀧集成川。於是乎則左沉犂，右羌庭。漆水浮其匈，都江漂其涇。乃溢乎通溝，洪濤溶洗⑤，千溪萬谷，合流逆折，泌瀄乎争降。湖潪排碣，反波逆濞，磽石冽巇。紛茷周溥，旋溺冤綏。頹

---

① 蜼：原作“雖”，據《全蜀藝文志》萬曆本、朱本改。按：《史記·司馬相如傳》引《上林賦》亦作“蜼”。《説文》：“蜼，如母猴，卬鼻長尾。”又云：“雖，似蜥蜴而大。”此處獅胡、蜼、玃皆猿猴之類，作“雖”則非其類，當以“蜼”爲是。

② 蠝猱：原作“玃猱”，據《史記·司馬相如傳》引《上林賦》改。前已有“玃”，不應重出。蠝，或作“蠝”。《説文》：“蠝，禺屬。”“禺，母猴屬。”

③ 山：四庫本《全蜀藝文志》及《古文苑》卷四、明鄭樸所編《揚子雲集》卷五録此賦均作“上”，似較勝。“觀上”謂觀坂（在都江堰旁）之上。

④ 涌泉醴：此句疑脱一字。

⑤ 洗：《古文苑》作卷四“沈”。

慚博岸①，敝呷猝瀨。磁巖棖汾②，忽溶闔沛。逾窨出限，連混陁隧。銓釘鍾涌，聲謹薄泙③。龍歷豐隆，潛潛延延④。雷挾電擊⑤，鴻康溢速⑥。遠乎長喻，馳山下卒。湍降疾流，分川並注，合乎江州。

於木則梗櫟，豫章樹榜，欅櫨樺枏⑦，青稚雕梓，枌梧檀櫪，斯楢木樱⑧。杼信楫叢，俊幹湊集。桃檽㚷楬⑨，扎沉樫椅。從風推參，循崖撮捼。涇淫溶溶⑩，繽紛幼靡。泛閱野望，芒芒菲菲。

其竹則鍾龍㸓籆，野篠紛㟷，宗生族攢。俊茂豐美，洪溶岺葦。紛揚搔翁⑪，柯與風披⑫，夾江緣山，尋卒而起。結根才業⑬，填衍迴野。若此者，方乎數十百里。

於泛則汪汪漾漾⑭，積土崇堤。其淺濕則生蒼葭蔣蒲⑮，藿芧青蘋，草葉蓮藕，朱華菱根。其中則有翡翠鴛鴦，梟鸏鶂鷺，霍鳽鵝鶂⑯。其深則有獱獺沉鱏，水豹蛟蛇，黿蟺黿龜，眾鱗鯣鱺。

爾乃其都門二九，四百餘閭。兩江珥其市，九橋帶其流。武擔鎮都，刻削成薮。王基既夷，蜀侯尚叢。邛籠石屛⑰，岋岑倚從。秦漢之徙，元

---

① 慚：嚴可均《全漢文》卷五一作"嘶"。

② 棖：《全蜀藝文志》萬曆本、庫本、朱本、鄒本並作"撜"。汾：原作"汾汾"，據《全漢文》卷五一刪。

③ 泙：原作"萍"，《全蜀藝文志》萬曆以下各本作"泙"，《古文苑》卷四同，據改。

④ 潛潛：原本"潛"字不重，據《古文苑》卷四補。

⑤ 挾：原作"扶"，據《古文苑》卷四改。

⑥ 溢：原作"薀"，據《全蜀藝文志》朱本改。速：原作"遠"，據《古文苑》卷四改。《說文》新附："溢，奄忽也。"故與"速"義同連用。

⑦ 樺：原作"禪"，據《全蜀藝文志》朱本、鄒本改。

⑧ 樱：原作"稷"，據《全蜀藝文志》庫本、朱本、鄒本改。

⑨ 檽：原無，據《古文苑》卷四補。

⑩ 溶溶：原不重，據《古文苑》卷四補。

⑪ 翁：原作"合"，據《古文苑》卷四改。

⑫ 與：原作"興"，據《古文苑》卷四改。又《古文苑》此句作"與風披拖"。

⑬ 業：《全蜀藝文志》萬曆本、朱本、鄒本作"葉"。

⑭ 汪汪：原作"注注"，據《全蜀藝文志》萬曆以下各本改。

⑮ 蔣：原作"荐"，據《全蜀藝文志》萬曆以下各本及《古文苑》卷四改。

⑯ 霍：《全蜀藝文志》朱本、鄒本作"鶴"。

⑰ 邛籠：《古文苑》卷四作"併石"。章樵注引《後漢書·西南夷傳》："汶山郡眾邑皆依山居止，累石爲室，高者至十餘丈，爲邛籠。"章樵之意謂"併石"即累石爲邛籠。楊慎蓋據此改"併石"爲"邛籠"。

以山東①。是以隤山厥饒，水貢其獲。苴竹浮流，龜鼈磧石，□蝎相救②，魚酚不收。鷩鷜鴻鶊，風胎雨轂，衆物駭目，單不知所禦③。

爾乃其蓏④，羅諸圃叟，緣畛黃甘，諸柘柿桃，杏李枇杷，杜楈栗柰，棠梨離支。雜以梴橙，被以櫻梅，樹以木蘭。扶林禽，爚般關。旁支何若，英絡其間。春机楊柳，裛弱蟬抄，扶施連卷。鉅猱蟷蛦，子驪呼焉。

爾乃五穀馮戎，瓜匏饒多，卉以蔀麻，往往薑梔。附子巨蒜，木艾椒蘺。蒟醬酴清，衆獻儲斯。盛冬育笋，舊菜增伽。百華投春，隆隱芬芳。蔓茗熒鬱，翠紫青黃。麗靡螭燭⑤，若揮錦布繡，望芒分無幅。

爾乃其人自造奇錦，紕繢緷頮，緓緣盧中。發文揚采，轉代無窮。其布則細都弱折，綿繭成祛。阿麗纖靡，避晏與陰。蜘蛛作絲，不可見風。箭中黃潤，一端數金。雕鏤釦器⑥，百伎千工。東西鱗集，南北並湊，馳逐相逢。周流往來，方轅齊轂。隱軫幽輠，埃敦塵拂。萬端異類，崇戎總濃。般旋闤齊嗒楚⑦，而喉不感概。萬物更湊，四時迭代。彼不折貨，我罔之械。財用饒贍，蓄積備具。

若夫慈孫孝子，宗厥祖禰，鬼神祭祀，練時選日，瀝豫齊戒。襲明衣⑧，表玄穀。儷吉日，異清濁。合疏明，綏離旅。乃使有伊之徒，調夫五味。甘甜之和，勺藥之羹。江東鮐鮑，隴西牛羊。糲米肥猪，糜麛不行。鴻獟獢乳，獨竹孤鶴。炮鶉被紝之胎，山臘髓腦，水遊之腴。蜂豚應雁，被鴞晨鳧。戮鴉初乳，山鶴既交。春羔秋鶖，膾鮫龜肴。秔田穤

_____

① 元：《文選·魏都賦》劉逵注引作"充"，較勝。
② "龜鼈"二句：原作"龜磧竹石蝎相救"。庫本刪"竹"字。按：以上三句，《古文苑》作"苴竹浮流龜磧，竹石蝎相救"。章樵注："上文已有竹，不應舉竹石，疑是合為'若'字。杜若，香草。蝎，螫蟲。二者藥材，柔猛之性相濟，舉細微以見百物富羨。"譚校及鄒本據此改"竹石"作"若"（原注："一作石"）。按：此三句當有誤，章說亦似牽強。《藝文類聚》卷六一節錄此賦有"苴竹浮流，龜鼈磧石"二句，姑據改。又"石"字既屬上句，則"蝎"上當脫一字。
③ 知：原脫，據《全蜀藝文志》萬曆以下各本補。
④ 蓏：原作"裸"，據《全蜀藝文志》萬曆本、朱本、鄒本改。
⑤ 螭：原作"螭"，據《全蜀藝文志》庫本及《古文苑》卷四改。
⑥ 釦：原作"鉛"，《藝文類聚》亦作"鉛"，據《古文苑》卷四改。
⑦ 此句疑有脫誤。
⑧ 襲：原作"龍"，據《全蜀藝文志》庫本、鄒本改。

鷙，形不及勞。五肉七菜，朦猒腥臊。可以練神養血脈者①，莫不畢陳②。

爾乃其俗，迎春送冬③。百金之家，千金之公，乾池泄澳，觀魚於江。若其吉日嘉會，期於送春之陰，迎夏之陽。侯、羅、司馬，郭、范、晶、楊，置酒乎滎川之閑宅，設坐乎華都之高堂。延帷揚幕，接帳連岡。衆器雕琢，藻刻將皇④。朱綠之畫，邠盼麗光。龍蛇蜿蜷錯其中，禽獸奇偉髦山林。昔天地降生杜鄡密促之君，則荊上亡尸之相，厥女作歌，是以其聲呼吟靖領。激呦喝啾，戶音六成。行夏低徊，胥徒入冥。及廟嗜吟，諸連單情。舞曲轉節，踃駚應聲。其佚則接芬錯芳，襜祐纖延。躝凄秋，發陽春。羅儒吟，吳公連。眺朱顔，離絳脣。眇眇之態，呲喊出焉。若其遊怠魚弋⑤，邠公之徒，相與如平陽，瀨巨沼⑥。羅車百乘，期會投宿。觀者方堤，行船競逐。偃衍撤曳，絺索恍惚。羅畏彌瀰⑦，蔓蔓沕沕。龍睢睅兮罘布列，枚孤施兮纖繴出⑧。鷩雉落兮高雄蹙，翔鷗挂兮奔繴畢⑨。爼飛膾沉，單然後別。

蜀都賦

（晉）左　思

有西蜀公子者言於東吳王孫曰：蓋聞天以日月爲綱，地以四海爲紀。九土星分，萬國錯跱。崤函有帝皇之宅，河洛爲王者之里。吾子豈亦曾聞蜀都之事歟？請爲左右揚搉而陳之。

夫蜀都者，蓋兆基於上世，開國於中古。廓靈關以爲門，包玉壘而爲宇。帶二江之雙流，抗峨嵋之重阻。水陸所湊，兼六合而交會焉；豐蔚所

---

① 脈：原作“腄”，據《北堂書鈔》卷一四二改。

② 陳：原脫，據《全蜀藝文志》萬曆以下各本及《古文苑》卷四補。

③ 冬：原作“於”，據《古文苑》卷四改。按：“冬”與下“公”“江”協韻。

④ 皇：原作“星”，據《古文苑》卷四改。

⑤ 弋：原作“戈”，據《古文苑》卷四改。

⑥ 瀨：原作“潁”，《全蜀藝文志》萬曆以下各本及《古文苑》卷四作“顪”。章樵注：“顪疑是頫字，與俯同。一本作瀨字。”按：作“瀨”是。《文選·南都賦》李善注引此亦作“瀨”，據改。巨：原作“臣”，據《全蜀藝文志》萬曆以下各本改。

⑦ 畏：《全蜀藝文志》萬曆本、朱本作“胃”。《全漢文》嚴可均校云：“一本作隈。”按：“畏”即“隈”之借字。

⑧ 繴：原作“繁”，據《古文苑》卷四改。“繴”即“繳”字。

⑨ 挂：原作“桂”，據《古文苑》卷四改。

盛，茂八區而庵藹焉。

於前則跨躡犍牂，枕倚交趾。經途所亘，五千餘里。山阜相屬，含溪懷谷。岡巒糾紛，觸石吐雲。鬱葐蒀以翠微，崛巍巍以峨峨。干青霄而秀出，舒丹氣以爲霞。龍池漉瀑潰其隈，漏江洑流潰其阿。泪若湯谷之揚濤，沛若濛汜之涌波。於是乎邛竹緣嶺，菌桂臨崖。旁挺龍目，側生荔枝。布綠葉之萋萋，結朱實之離離。迎隆冬而不凋，常曄曄而猗猗。孔翠群翔，犀象競馳。白雉朝雊，猩猩夜啼。金馬騁光而絕影，碧雞倏忽而曜儀。火井沉熒於幽泉，高焰飛煽於天垂。其間則有虎魄丹青，江珠瑕英，金砂銀鑠。符采彪炳，暉麗灼爍。

於後則却背華容，北指崑崙。緣以劍閣，阻以石門。流漢湯湯，驚浪雷奔。望之天迥，即之雲昏。水物殊品，鱗介異族。或藏蛟螭，或隱碧玉。嘉魚出於丙穴，良木攢於褒谷。其樹則有木蘭梫桂，杞櫹椅桐，棖柍楔樅。

梗楠幽藹於谷底，松柏翁鬱於山峰。擢脩幹，竦長條，扇飛雲，拂輕霄。羲和假道於峻岐，陽烏回翼乎高標。巢居棲翔，聿兼鄧林。穴宅奇獸，窠宿異禽。熊羆咆其陽，雕鶚鴻其陰。猨狖騰希而競捷，虎豹長嘯而永吟。

於東則左綿巴中，百濮所充。外負銅梁於宕渠，內函要害於膏腴。其中則有巴菽巴戟，靈壽桃枝。樊以蒩圃，濱以鹽池。蝮蜒山棲，黿鼂水處。潛龍蟠於沮澤，應鳴鼓而興雨。丹沙赩熾出其坂，蜜房郁毓被其皋。山圖采而得道，赤斧服而不朽。若乃剛悍生其方，風謠尚其武。奮之則賨旅，玩之則渝舞。銳氣剽於中葉，蹻容世於樂府。

於西則右挾岷山，涌瀆發川。陪以白狼，夷歌成章。坰野草昧，林麓黝儵。交讓所植，蹲鴟所伏。百藥灌叢，寒卉冬馥。異類衆夥，於何不育。其中則有青珠黃環，碧砮芒硝。或豐綠荑，或蕃丹椒。蘪蕪布濩於中阿，風連莚蔓於蘭皋。紅萼紫飾，柯葉漸苞。敷藥葳蕤，落英飄颻。神農是嘗，盧跗是料。芳追氣邪，味蠲癘痟。

其封域之內，則有原隰墳衍，通望彌博。演以潛沫，浸以綿洛。溝洫脉散，疆里綺錯。黍稷油油，秔稻莫莫。指渠口以爲雲門，灑滮池而爲溠澤。雖星畢之滂沱，尚未齊其膏液。

爾乃邑居隱賑，夾江傍山。棟宇相望，桑梓接連。家有鹽泉之井，戶有橘柚之園。其園則有林檎枇杷，橙柿榛榗。櫟桃函列，梅李羅生。百果甲宅，異色同榮。朱櫻春熟，素奈夏成。若乃大火流，涼風屬，白露凝，微霜結。紫梨津潤，梬栗罅發。蒲桃亂潰，石榴競裂。甘至自零，芬芳酷烈。其圃則有蒟蒻茱萸，瓜疇芋區。甘蔗辛薑，陽蘺陰敷。日往菲微，月來扶疏。任土所麗，眾獻而儲。其沃瀛則有攢蔣叢蒲，綠菱紅蓮。雜以蘊藻，糅以蘋蘩。揔莖枙枙，裹葉蓁蓁。賁實時味，王公羞焉。其中則有鴻儔鵠侶，鴛鷺鵁鸍。晨鳧旦至，候雁銜蘆。木落南翔，冰泮北徂。雲飛水宿，哜咮清渠。其深則有白黿命鼈，玄獺上祭。鱣鮪鱣魿，鰷鱧鯋鱮。差鱗次色，錦質報章。躍濤戲瀨，中流相忘。

於是乎金城石郭，兼匝中區。既麗且崇，實號成都。闢二九之通門，畫方軌之廣塗。營新宮於爽塏，擬承明而起廬。結陽城之延閣，飛觀榭乎雲中。開高軒以臨山，列綺窗而瞰江。內則議殿爵堂，武義虎威。宣化之闥，崇禮之闈。華闕雙邈，重門洞開。金鋪交映，玉題相輝。外則軌躅八達，里閈對出。比屋連甍，千廡萬室。亦有甲第，當衢向術。壇宇顯敞，高門納駟。庭扣鐘磬，堂撫琴瑟。匪葛匪姜，疇能是恤？

亞以少城，接乎其西。市鄽所會，萬商之淵。列隧百重，羅肆巨千。賄貨山積，纖麗星繁。都人士女，袨服靚妝。賈貿墆鬻，舛錯縱橫。異物詭譎，奇於八方。布有橦華，麵有桄榔。邛竹傳節於大夏之邑，蒟醬流味於番禺之鄉。輿輦雜沓，冠帶混幷。累轂疊迹，叛衍相傾。諠譁鼎沸則唲哤宇宙，囂塵張天則埃壒曜靈。闤闠之裏，伎巧之家，百室離房，機杼相和。貝錦斐成，濯色江波。黃潤比筒，籯金所過。

侈侈隆富，卓、鄭埒名。公擅山川，貨殖私庭。藏鏹巨萬，鈲槷兼呈。亦以財雄，翕習邊城。三蜀之豪，時來時往。養交都邑，結儔附黨。劇談戲論，扼腕抵掌。出則連騎，歸從百兩。

若其舊俗，終冬始春，吉日良辰，置酒高堂，以御嘉賓。金罍中坐，肴核四陳。觴以清醥，鮮以紫鱗。羽爵既競，絲竹乃發。巴姬彈弦，漢女擊節，起西音於促柱，歌江上之飇屬。紆長袖而屢舞，翩躚躚以裔裔。合尊促席，引滿相罰。樂飲今夕，一醉累月。

若夫王孫之屬，郤公之倫，從禽於外，巷無居人。並乘驥子，俱服魚文。玄黃異校，結駟繽紛。西踰金堤，東越玉津。朔別期晦，匪日匪旬。蹴蹋蒙籠，涉獵寥廓。鷹犬倏眒，尉羅絡幕。毛群陸離，羽族紛泊。翕響揮霍，中網林薄。屠麖麋，剪旄塵，帶文蛇，跨彫虎。志未騁，時欲晚。追輕翼，赴絕遠。出彭門之闕，馳九折之坂。經三峽之崢嶸，躡五岊之蹇產。戟食鐵之獸，射噬毒之鹿。拍貙氓於蔓草，彈言鳥於森木。拔象齒，戾犀角。鳥鍛翮，獸廢足。殆而竭來，相與第如滇池，集乎江州[1]。試水客，漾輕舟[2]。娉江妃，與神遊。罦翡翠，釣鰼鮋。下高鵠，出潛蚪。吹洞簫，發櫂謳。感鱄魚，動陽侯。騰波沸涌，珠貝氾浮。若雲漢含星，而光耀洪流。將饗獠者，張帟幕，會平原，酌清酤，割芳鮮。飲御酣，賓旅旋，車馬雷駭，轟轟闐闐。若風流雨散，漫乎數百里之間。斯蓋宅土之所安樂，觀聽之所踊躍也，焉獨三川爲世朝市？

若乃卓舉奇譎，倜儻罔已。一經神怪，一緯人理。遠則岷山之精，上爲井絡。天帝運期而會昌，景福肹蠁而興作。碧出萇弘之血，鳥生杜宇之魄。妄變化而非常，嗟見偉於疇昔。近則江漢炳靈，世載其英。鬱若相如，皭若君平。王褒暐曄而發秀，揚雄含章而挺生。幽思絢道德，摛藻掞天庭。考四海而爲雋，當中葉而擅名。是故遊談者以爲美，造作者以爲程也。

至乎臨谷爲塞，因山爲障。峻阻塍，埒長城；豁險吞，若巨防。一人守隘，萬夫莫向。公孫躍馬而稱帝，劉宗下輦而自王。由此言之，天下孰尚？故雖兼諸夏之富有，猶未若茲都之無量也。

辯蜀都賦 　　　　　　　　　　　　　　　　　　　　王　騰[3]

人物習性，有忠有邪，有智有愚，出於才行，而不由土產。自趙諗狂圖，好事者類指以疵蜀人，蜀之衣冠含笑強顏，無與辯之者，余嘗切齒焉。及讀左思賦，見其薄蜀、陋吳、詘魏，以諛晉之君臣，苟售一時之聲價，而滅天下之忠義，晉之公卿，一口稱譽，風俗頹矣。士無特操，以陷西朝於五胡，卒貽萬世之愧。夫魏者，漢之賊也。原思之詞，似欲尊正統而黜偏方，然不顧正氣之淪溺。乃知蜀之橫被枉抑，其所由來者久矣，故作《辯蜀

---

　　① 江州：原作"江洲"，《文選》亦同，然劉逵注云"江州在巴郡"，則當作"州"，因改。巴郡江州縣即今重慶。

　　② 漾：《文選》卷四載左思《蜀都賦》作"艤"。

　　③ 靜嘉堂本此下有小注云："騰，本朝人。以其與左思辯，故附見於此。"又按：據原書體例，題下作者，凡宋以前人均標明時代，宋朝人則不標。

都賦》，以申蜀人之憤氣。其商略土風，采摭人物，不該乎治亂興廢之變、邪正是非之理者，不在鋪布之限。非若前輩之詞，主於類聚山川毛羽動植，以煥文彩之美觀、悅讀誦之利口而已。

辨疑先生核理儲思平，欲折《蜀都》①，未繹其辭。客有東方者，過而問之曰：“昔者太沖構十稔之意，搜三都之奇，文成示人，張華見推，士安序焉，盛傳於時。豈其猶有未盡，而夫子欲糾其所違？”

先生曰：“嘻，子未之知也。吾蜀立極之初，域民之始，井邑山川之秀，人物風俗之美，是則左思備言之矣。然而論列人才，詳明士類，第言文藻之華掞，不及蜀人之忠義，遂與吳俗，例加抑忌。非特没其實美，且沮之以橫議。川靈爲之扼腕，嶽鎮爲之憤氣。吾以此爲有遺恨，故申言其所以。

夫品物流形，九土分敷，惟有蜀爲極險之區。羊腸繞其垠鍔，鳥道駕於至虛。行者却履以視棧，乘者投繩而鉤車。驗太白之所賦，蓋未髣其錙銖。實天限而地隔，故山峭而川迂。宜若與中夏否閉，而不通其車書也。然而朝宗之水浩浩而南傾，內附之山峨峨而東蹙。口呀雙劍，若邠岐虎唊之吻；尾拽二南，乃咸雍金城之麓。以其有所附屬而不能自立，故命名者號之曰蜀。

自西而東，昔本無途。金牛詐言，五丁是除。吾人由之，既艱且虞。一夫舉足，十夫荷儲。食黄白以骨立，卧冰藜而裂膚。蜀士遠於進取，蜀民疲於轉輸。嘆天閣之已邈，望秦隴以長吁。然且連綱之運應聲，穿領之牛係路，陟長阪以猶及，繞大江而不誤。指日而物不緩期，按籍而民無逋戶，邊餉以需，上供有裕。悉陸海之攸產，飽神囷之所聚。

五季之陀，王朴獻謀，謀先取蜀，以皁兵餱。餱足兵強，乃征方州。時乏遠御，朴言不酬。及我太祖，算如朴策。蜀定國富，次平諸國。蜀於是時，興王有力。向者孟氏，撫循矜憐，惠愛其人，捐租五年。及我王師，宣威三川，卒無一夫東嚮而控弦。蓋傾心於正統，視私恩猶缺然。是使偽命牽羊，偏方唧壁，顧旌纛以涕泗，仆逵衢而畏積。感恩之意則誠，效順之心自直。豈若他邦之蠢悍，怒螳臂於車軋。

由古而來，可得而聞：李雄、劉闢、季連、公孫，因仍世難，割據坤靈。盜蜀而王，踵起而霸，類非蜀人。三國之際，異方鼎峙，若南若北，

---

① 折：原作“析”，據《全蜀藝文志》萬曆本、嘉慶本卷一改。“折”意爲折難、辯駁。

輔吳崇魏。惟我蜀人，不私非類。雖輔璋戴備以自國，猶謂吾君之子，而卒臣劉氏。晉、宋而下，南北風馬。南鬱屈以遊魂，北陸梁而騁駕。衣冠稽首於左衽，濟洛順風於氐霸。惟此西土，爰歸南化。豈赴弱以背強，蓋惡夷而即夏。迨蕭紀之不令，泝岷江而僭正。梁人召寇以救亂，魏氏懷姦而託信。彼實包藏，此惟附順。逆施不惠於宜都，內潰爰從於遲迴①。豈瞻顧於北風，蓋欽恭於王命。

不惟蜀人不盜蜀都，歷代以來，亂離間起。在內在外，爲姦爲宄。董卓、桓氏、元載、朱泚、龐勛、劉闢、樊崇、韓遂，懷凶扇亂，言不詳紀。試考譜牒，按其閭里。苟揮羿浞之戈，悉匪岷嶓之士。

在唐中弱，齊蔡幽并，諧結諸隣，唇齒相因。叛主之帥，逐帥之黥，陸梁百年，不爲王臣。是亦何嘗，連吾蜀民？帝室內訌，孳牙匪彝，震動萬乘，再狩於西。民與其帥，開關迓之。天王菆止，百官六師，國用告乏，衆艱於飢。與其吏民，縑粟輸之。比其遷歸，恬不知危。茲蓋處平則率理以奉京邑之靈，遭變則自完以待中原之睦。欲携之則難叛，欲一之則易服。豈特文有餘而武不足耶，亦其天資正順而敦篤②。

近者趙諗，圖結巴渠，包藏歷年，困於無徒。爰及吳儔，妖謀是趨。蜀人白發，遄服其誅。

由是言之，蜀何負於君王歟？思徒見其隣於西夷，遠於上國，誚丘壑之險，鄙方隅之僻，但分中外之質麗，不決正邪之名實，胡所據耶？

成周之盛，四海同風。冠帶所加，古無比隆。淮徐連齊魯之畛而有夷，伊洛接豐鎬之都而有戎③。方春秋之尊夏，視吳楚如貉蟲。大周宗伯而不數，抑又矧於閩中？雖今俊乂之所出，在昔語言之不通。是則與我均爲遠服，安得妄論其異同！

然而自差觀之：華陽黑水，別封畛於堯籍；岷山導江，歷經營於禹迹。秦氏剖符，李冰擁節。五政七賦，被自古昔。而四載所至，南止荆揚之域。荆揚之民，島夷卉服，矧又過此以往耶？百粵之取，始自漢武。郡國雖叛，衣冠未楚。所謂粵人，無用章甫。常衮化之，士乃文舉。然則率淺深之時，較久近之序，烏可與蜀同日而語？

---

① 迴：原作“回”，據《全蜀藝文志》卷一改。“遲迴”指西魏大將尉遲迴。《周書》卷二一有傳。

② 篤：原作“孰”，據《全蜀藝文志》萬曆以下各本改。

③ 接：原作“按”，據《全蜀藝文志》卷一改。

王莽元舅，霍山冢勳。遺愛帝婿，林甫王孫。許、李聯堦於鸞座，封、裴接棟於楓宸。既同心於肺腑，亦託體於親隣。逞螟蟊之毒噬，爲虺蝮於君親。是則勢疏者未必孽惡，地近者未必誠純。我雖遠於國，而忠則邇也。

高下既別，一凸一凹。太行、成皋，三門、二殽，或壯帝王之形勢，或資姦盜之咆然，或王路之攸梗，或伏兵之所交。正用之則亦在德柢，邪憑之則遂爲寇巢。吾人之心如砥，吾人之行如螳。結膻美於一心，捐崎嶇於萬里。申韓生於中土，不免爲僻學；鄭衛作於中州，不免爲僻樂。九野同列於地，何獨非梁益之墟？四隅無私於天，曷常戾西南之角？況乎江行地脉，鮮決埽而敗岸①；星直天狼，工弭姦而觸惡。肖此正氣，挺吾先覺。節以遇立，文非苟作。王褒明君臣之合，何武憤福威之削。張綱扼腕於跋扈，揚子甘心於寂寞。相如不數，子昂見却。謂誦述以阿諛，恐吾徒之貽怍。才高則委靡面覷，氣直則回邪膽落。彼徒嫉於西子，殊不慚其鄭璞。不意兒曹懵其志行之僻，反以居處僻我也！

且圃植蕙而菜育，畦毓禾而莠生。梟倫鳳族，蜒肖龍燔②。君子小人，常溷其間。古何邦而無佞，亦何地而無賢？龜蒙孔孟之攸宅③，冀北唐虞之所營，宜丘門之不雜，何蹠黨之横行？鯀爲父而禹子，蔡爲弟而旦兄，導挺節而敦逆，奕推忠而杞姦。彼爲同屬以行異，況指一方而概言！

吾請與子姑置遠近之殊，而攄正邪之辨。晉取之魏，魏取之漢，功非定亂，位實圖篡。思誠晉人，言諛而辯，辭抑蜀以黜吳，志借魏而佞晉。魏爲高廟之寇賊，蜀實中山之宗姓。不然，何故進亂世之姦雄，而沮先王之枝屬乎？況蜀以得賢而王，失賢而亡；魏以己篡而張，以人篡而戕。彼賦魏事，徒言刑罰之清平，胡不言文若之殞命也？彼言忠良之聚會，胡不言三馬之食槽也？"

詞未及已，客奮而起："獲聞高義，欽服厥旨。"嘆草澤之空言，不能廷辨於天子。

---

① 埽：原作"掃"，據《全蜀藝文志》卷一改。埽，堤岸。
② 蜒：原作"蜓"，據《全蜀藝文志》卷一改。蜒，蚰蜒，似蜈蚣的小蟲，身體卷曲，故云"蜒肖龍蟠"。蜓，蜻蜓，不合。
③ 攸：原作"悠"，據《全蜀藝文志》卷一改。

畫桐花鳳扇賦

（唐）李德裕

　　成都夾岷江磯岸多植紫桐。每至暮春，有靈禽五色，小於玄鳥，來集桐花，以飲朝露。及華落，則烟飛雨散，不知其所往。有名工繪於素扇，以償稚子，余因作小賦，書於扇上。

　　桐始華兮綠江曙，粲鮮葩兮泫朝露。樹曄曄兮霞舒，鳥爛爛兮星布。彼嘉桐兮貞且猗，當暮春兮發英蕤。豈鷓鷉之珍族，又棲託乎瓊林。彼零露兮甘且白，涵曉月兮灑鮮澤。豈青鳥之靈儔，常飲沆乎玉液。有嘉穀而不啄，有喬松而不適，獨美露而愛桐，非人間之羽翮。逮花落而春歸，忽雨散而川寂。悵丹穴之何遠，想瑤池而已隔。爰有妙工，圖其麗容。宛宛兮若餐珠於芳藹，飄飄兮疑振羽於光風。感班姬之素扇，空皎潔兮如霰。亦有美人，增華點絢。雀伺蟬而輕驚，<small>南朝畫扇尤重蟬雀。</small>女乘鸞而微眄。未若繪斯禽於珍篁，動涼風於羅薦。非欲發長袂之清香，掩短歌之孤轉。庶玉女之提攜，列崑墟之瑤宴。乃爲歌曰：

　　青春晚兮芳節闌，敷紫華兮蔭碧湍。美斯鳥兮類鵷鸞，具體微兮容色丹。彼飛翔於霄漢，此藻繢於冰紈。雖清秋之已至，常愛玩而忘餐。

茅茨賦

（唐）朱桃椎

　　若夫虛寂之士，不以世務爲榮；隱遁之流，乃以閑居爲樂。故孔子達士，仍遭桀溺之譏；叔夜高人，乃被孫登之笑。況復尋山玩水，散志娛神，隱臥茅茨之間，志想青雲之外，逸世上之無爲，亦處物之高致。

　　若乃睹兹庵室，終諸陋質。野外孤標，山旁迴出。壁則崩剝而通風，簷則摧頹而寫日。是故閑居晚思，景媚青春。逃斯澗谷，委此心神。削野藜而作杖，卷竹葉而爲巾。不以聲名爲貴，不以珠玉爲珍。風前引嘯，月下高眠。庭惟三徑，琴置一弦。散誕池臺之上，逍遙巖谷之間。逍遙兮無所託，志意兮還自樂。枕明月而彈琴，對清風而緩酌。望嶺上之青松，聽雲間之白鶴。用山水而爲心，玩琴書而取樂。谷裏偏覺鳥聲高，鳥聲高韻盡相調①。見許毛衣真亂錦，聽渠聲韻宛如歌②。調弦乍緩急，向我茅茨集。時逢雙燕來，屢值遊蜂入。冰開綠水更應流，草長階前還復濕。吾意不欲世人交，我意不欲功名立。功名立也不須高③，總知世事盡徒勞。未會昔時三個士，無故將身殞二桃。

　　　先生知足，離居盤桓。口無二價，日惟一餐。築土爲室，卷葉爲冠。斲輪之妙，齊扁同觀。

憫相如賦　　　　　　　　　　　　　　　　　　　　　　楊天惠

　　祖重黎之洪懿兮，係中山之蟬聯。食岷峨之舊德兮，飲江漢之靈源。皇既私卿以多技能兮，卿又附益之以師友之傳。招湘均使侍書兮④，麾繭卿爲我驂。綜藝文之要妙兮，申劍術之雄姸。載而之四方，吾將鼓行諸公之間。視騎郎之多冗兮，義不辱於周旋。顧嚴、鄒之差強人意兮，聊步武於梁垣。惟才高之寡合兮，以其遭遇之難。靡歲月於官學兮，嗟不耦而空還。徑千里而一歆兮，跂喬木於故山。

　　殆而揭來第如臨邛兮，存故人之間關。起握手相勞苦兮，意氣與之拳拳⑤。彼污令之體苟兮，矜縟禮之闌單。慨非余心之所悦兮，矧駔儈之與同盤。强要卿以俱行兮，卿固已薄其所以然。摽使者於門兮，出告之以不間。何隆初而殺終兮，卒俛首而從旃？彼遷虜何爲者兮，竊東向於肆筵。紛臭處之逼人兮，笑言呀以更讙。予意卿食不下咽兮⑥，奚宴安乎末歡？酒參半而奏音兮，四座寂以無喧。嗟輦下之遺直兮，固澳澀而不鮮。娭冶容而亡賴兮，猥自成乎哀彈。懿長離之文章兮，非鸞鳳其誰匹？曷伻鳩以

---

　　① 鳥聲高韻：原無“鳥”字，據《全蜀藝文志》卷一補。《蜀中廣記》卷五引此賦，此二句作“谷幽偏覺鳥聲嬌，聲高韻細盡相調”。
　　② 按：“歌”字與前句“調”字不協韻，可疑。《全蜀藝文志》嘉慶本改作“謠”。
　　③ 功名立也：原無“功”字，據《全蜀藝文志》卷一補。
　　④ 均：原作“君”，據《全蜀藝文志》卷二改。湘均，指屈原。
　　⑤ 此句静嘉堂本及《全蜀藝文志》嘉靖本、嘉慶本均作“意盡盡之拳拳”，《全蜀藝文志》四庫本作“意懇懇而拳拳”。
　　⑥ 予：原作“于”，據四庫本《全蜀藝文志》卷二改。

爲媒兮，即遊梟而接翼？棄朝陽之顯敞兮，集此榛莽之蒙密也。吐竹梧之芬馨兮，争膻腥之餘啄也。度將鶵以授意兮，吾固不審卿之所謂也。卿縱懷彼梟以好音兮，吾恐彼梟之終弗類也。既么麽又不材兮，曾何足以溷箕帚之役。決帷簿而夜奔兮，毁帨縭而不入。卿胡偭然不自喜兮，安受此蠱蝕？豈其不禁杯杓兮，怳沉冥而不自克？寧卿意之易敗兮，移氣體於終食？人固醉而誤、醒而悔兮，庸何傷於好德。怪卿初弗定此計兮，後又狂鶩而不復。入不慚鄉杖者之善罵兮，出不羞賢牧伯之餘澤。厭儒衣之巨麗兮，襲隸人之褻服。雖雜作而忘劬兮，蔽泥水以爲飾。悵遷虜猶不堪其憒兮，卿獨何施於眉目？

始吾嘉卿之好音兮，殆將以禮乎自持。進有虞之雅操兮，紹尼父之聲詩。胡中道自絶於前修兮，乃陷而入於桑濮之爲？終吾偉卿之能賦兮，工譎諫而不怒。攝侈汰之瀾翻兮，卒歸之於王度。唁卿躬之不蚤正兮，尚何以禁切於人主？嗟乎！操行之不得兮，蠲終古而增污。挽天河以自湔兮，吾恐垢氛之不能去。

亂曰：邛山迤邐，邛水悠兮。日跳月踔，鄆千秋兮。歸然遺宇，庇沉湫兮。浮魂蟄魄，尚想遊兮。我欲堙井，剗梧楸兮。死者可作，庶無尤兮。孰是人斯，而有是醜兮。尚俾來者，毋罹此垢兮。

憫相如賦

鄭少微

躔長卿之絶塵，邈下視於屈宋。思眇眇以入微，辭蔚跂而易貢。騖八紘之津涯，括動植而錯綜。擢篆籀於重泉，斡形聲而磬控。當其奮翼巴庸，前無古人。拾阸灰之斷簡，搜屈壁[①]之遺文。紛齊魯之老師，徒騁辯於説鈐。蛻筆土梗，鼻端運斤。專兔園之右席，麾鄒、枚於嚬呻。顧天西之櫟社，悵夜錦之未晨。念弦歌之石友，暢落魄於情親。

夫何嫠人之艷艷兮，感熠燿之宵光。矚綺疏以託誠兮，佩徽音而曷忘。嗟父母之不聰兮，昧彼都之丰臧。盼星河之照闌兮，徑遡洄而往從。縉紳先生而爲此歟？凉德污行，既不勝誅。闇闇烈女，世未乏諸。足不下堂，步中瑀琚。紉幽蘭以爲裳兮，鈿美玉以爲車。豈無泳漢之游女兮，亦

① 壁：原作“璧”，據《全蜀藝文志》卷二改。

有采桑之秋胡。秉周禮以律身兮，諒冰雪之難渝。裨化國之陰教兮，飾家道之權輿。爾弗安於正吉兮，蒙惡聲於簡書。

訪舊墟於故老，莽榛蕪之離離。智井乃貪泉之戒，修梧寔曲木之規。渴者勿汲，喝者勿棲。噫嘻！余觸類取譬，操觚默惟。滔滔儒服，相遠幾希。搜處子者迷忠義之大閑，窺鄰牆者闇富貴之危機。斥雁幣之聘，媒妁之辭。墦間之夫，河間之婦，等亡羊耳，未容勝負，又奚獨料理十日卜之與典午邪？

苦櫻賦並序　　　　　　　　　　　　　　　　　　何　耕

　　余承乏成都郡丞，官居舫齋之東，有櫻樹焉。本大實小，其熟猥多，鮮紅可愛，而苦不可食，雖鳥雀亦棄之。感而賦之。

始余至於官居，盼茲樹之特奇。榦擁腫以上達，條扶疏而下披。蔭露井其有餘，知封植之幾時？或告予以含桃，出饞涎而流頤。意薦廟之珍果，必甘滋之若飴。幸一熟之得嘗，指麥秋以爲期。忽春事之已晚，訝子結之獨遲。初瑣碎以破蕾，漸繁稠而着枝。聊攀摘以適口，乃苦澀而顰眉。類置膽於越國，異如薺於周詩。謝芳液之津津，空殷紅之纍纍。誤來集之衆鳥，誑無知之群兒。

感人事之大謬，爲累欷而齎咨。或名美而實乖，或表盛而裏虧。或色厲而内荏，或迹公而情私。鷃翰假於鳳鳴，羊質蒙於虎皮①。佞似聖以疇測，姦託儒而莫窺。莽恭儉以竊國，卯博辯以僵尸。談仁義其可樂，視所履而舛馳。儼衣冠於民上，爲賈豎之不爲。方滔滔以皆是，奚一木之足悲！

---

① 蒙：《全蜀藝文志》卷二作“混”。

成都文類卷二

詩

詩亡久矣，漢宣帝神爵、五鳳之間，數有嘉應，頗作歌詩。蜀人王褒始爲益州刺史王襄作《中和》《樂職》《宣布》詩，依《鹿鳴》之聲歌之。其義存而辭亡，惜哉！今取凡詩緣成都而作者載之，其類十有四，於類之中，又有別焉。若其人，則以世先後爲序，其在前代者並記國號，在本朝者止書氏名，茲其凡也。

都　邑　城郭　宮苑　樓閣

蜀道難　　　　　　　　　　　　　　（梁）劉孝威

嵋山金碧有光輝，遷停車馬正輕肥①。彌思王褒擁節去，復憶相如乘傳歸。君平、子雲寂不嗣，江漢英靈已信稀②。

---

① 停：《藝文類聚》卷四二作“亭”。按：“遷停”，疑當作“僊（仙）亭”。以上二句，上句指王褒求金馬碧鷄事，下句指司馬相如題成都升仙橋事，與下二句相應，“仙亭”即升仙橋之亭。

② 《文苑英華》卷二〇〇載劉孝威樂府《蜀道難》，此六句之前尚有：“玉壘高無極，銅梁不可攀。雙流亦嶬道，九坂澀陽關。鄧侯束馬度，王生斂轡還。斂轡懼身尤，叱馭奉王猷。若吝千金重，誰爲萬里侯。戲馬吞珠界，揚舲濯錦流。沉犀厭怪水，掘鏡表靈丘。”

同　前　　　　　　　　　　　　　　　　　　　　　（陳）陰鏗

　　王尊奉漢朝，靈關不憚遥。高岷長有雪，陰棧屢經燒①。輪摧九折路，騎阻七星橋。蜀道難如此，功名詎可要！

賦得蜀都　　　　　　　　　　　　　　　　　　　　（唐）褚亮

　　列宿光輿井，分土跨梁岷。沉犀對江浦，馴馬入城闉。英圖多霸迹，歷選有名臣。連騎簪纓滿，含章詞賦新。得上仙槎路，無待訪嚴遵。

成都府　　　　　　　　　　　　　　　　　　　　　（唐）杜甫

　　翳翳桑榆日，照我征衣裳。我行山川異，忽在天一方。但逢新人民，未卜見故鄉。大江東流去，遊子去日長。曾城填華屋，季冬樹木蒼。喧然名都會，吹簫間笙簧。信美無與適，側身望川梁。鳥雀夜各歸，中原杳茫茫。初月出不高，衆星尚爭光。自古有羈旅，我何苦哀傷！

蜀道難　　　　　　　　　　　　　　　　　　　　　（唐）李白

　　噫吁嚱，危乎高哉！蜀道之難，難於上青天！蠶叢及魚鳧，開國何茫然。爾來四萬八千歲，不—作"乃"。與秦塞通人烟。西當太白有鳥道，可以橫絶峨眉巔。地崩山摧壯士死，然後天梯石棧方—作"相"。鈎連。上有六龍回日之高標，—作"橫河斷海之浮雲"。下有衝波逆折之回川。黄鶴之飛尚不得過，猿猱欲度愁攀援。—作"牽"。青泥何盤盤，百步九折縈巖巒。捫

---

　　①　此二句原作"高長有雪嶺，隴棧已經燒"。按：静嘉堂本只有"高長有雪經燒"六字，四庫本蓋以意補，然文句甚拙，今據《文苑英華》卷二〇〇、《樂府詩集》卷四〇改。

參歷井仰脅息，以手撫膺坐長嘆。問君西遊何時還，畏途巉巖不可攀。但見悲鳥號古木，雄飛雌從繞林間。又聞子規啼夜月，愁空山。蜀道之難，難於上青天，使人聽此凋朱顏。連峰去天不盈尺，一作"入烟幾千戶"。枯松倒掛倚絕壁。飛湍瀑流爭喧豗，砯崖轉石萬壑雷。其險也若此，嗟爾遠道之人胡爲乎來哉！劍閣崢嶸而崔嵬，一夫當關，萬人一作"夫"。莫開。所守或匪親，一作"人"。化爲狼與豺。朝避猛虎，夕避長蛇。磨牙吮血，殺人如麻。錦城雖云樂，不如早還家。蜀道之難，難於上青天，側身西望長咨嗟。一作"令人嗟"。

　　右詩諷章仇兼瓊也，或以爲斥嚴武。陸暢雅爲章皋所厚，乃作《蜀道易》以美皋云："蜀道易，易於履平地。"

上皇西巡南京十首　　　　　　　　　　　　　　　前　人

　　胡塵輕拂建章臺①，聖主西巡蜀道來。劍壁門高五千尺，石爲樓閣九天開。

　　九天開出一成都，萬戶千門入畫圖。草樹雲山如錦繡，秦川得及此間無？

　　德陽春樹號新豐，行入新都若舊宮。柳色未饒秦地綠，花光不減上林紅。

　　誰道君王行路難，六龍西幸萬人歡。地轉錦江成渭水，天回玉壘作長安。

　　萬國同風共一時，錦江何謝曲江池？石鏡更名天上月，後宮親一作"新"。得照娥眉。

　　濯錦清江萬里流，雲帆龍舸下揚州。北地雖誇上林苑，南京還有散

────────────

①　胡：原作"邊"，據靜嘉堂本及宋本《李太白文集》卷七改。此是四庫館臣避諱改字。

花樓。

錦水東流繞錦城①，星橋北挂象天星。四海此中朝聖主，峨眉山上一作“下”。列仙庭。

秦開蜀道置金牛，漢水元通星漢流。天子一行遺聖迹，錦城長作帝王州。

水渌天青不起塵，風光和暖勝三秦。萬國烟花隨玉輦，西來添作錦江春。

劍閣重關蜀北門，上皇歸馬若雲屯。少帝長安開紫極，雙懸日月照乾坤。

征蜀聯句 憲宗元和元年正月，詔高崇文征蜀。九月，擒劉闢以獻。聯句當是蜀平後作。

（唐）韓愈 孟郊

日王忿違懒，有命事誅拔。蜀險豁關防，秦師縱橫猾。愈。風旗市地揚，雷鼓轟天殺。竹兵彼皴脆，鐵刃我鎗鏷。郊。刑神咤蘤旌，陰焰颭犀札。翻霓紛偃蹇，塞野頹堁圠。愈。生獰競掣跌，癡突争填軋。渴鬭信豗呶，啁姦何嗷嘈。郊。更呼相簸蕩，交斫雙缺齾。火發激錔腥，血漂騰足滑。愈。飛猱無整陣，翩鶻有邪戞。江倒沸鯨鯤，山搖潰猵獺。郊。中離分二三，外變迷七八。逆頸盡徽索，仇頭恣髡髴。怒鬚猶磔磔，斷臂仍瓟瓝。愈。石潛設奇伏，穴覷騁精察。中矢類妖狻，跳鋒狀驚豽。蹋翻聚林嶺，斗起成埃圿。郊。斾亡多空杠，軸折鮮聯轄。劏膚浹瘡痏，敗面碎剝刮。渾奔肆狂勌，捷竄脫趫黠。巖鈎踔狙猿，水灑雜鱣蝎。投奇鬧硇礐，填湟儭傄傄。愈。強睛死不閉，獷眼困逾眣。蘛蝶熇歅熺，抉門呀拗闒。天刀封未斫，酋膽慴前摨。跧梁排郁縮，闖竇揆窟窡。迫脅聞雜驅，咿呦

① 繞：原作“照”，據靜嘉堂本及各本《李太白文集》《全蜀藝文志》卷五改。

叫冤㕟。郊。窮區指清夷，凶部坐雕鍛。邛文裁斐亹①，巴艷收媚妠。椎肥牛呼牟，載實駝鳴圜。聖靈閔頑囂，煮養均草蔡。下書遏雄虓，解罪弔攣瞎。愈。戰血時銷洗，劍霜夜清刮。漢棧罷囂闐，獠江息澎沙。戍寒絕朝乘，刁暗歇宵誓②。始去杏飛蜂，及歸柳嘶蚻。廟獻繁馘級，樂聲洞栓楬。郊。臺圖煥丹玄，郊告儼匏秸。念齒慰徽鬠，視傷悼瘢疤。休輪任訛寢，報力厚麩秖。公歡鐘晨撞，室宴絲曉扴。杯盂酬酒醪，箱篋饋巾帗。小臣昧戎經，維用贊勳劼。愈。

成都曲　　　　　　　　　　　　　　　　　　（唐）張　籍

錦江近西烟水綠，新雨山頭荔枝熟。萬里橋邊多酒家，遊人愛向誰家宿？

井　絡　　　　　　　　　　　　　　　　　　（唐）李商隱③

井絡天彭一掌中，漫誇天設劍爲峰。陣圖東聚燕江口④，邊柝西懸雪嶺松。堪嘆故君成杜宇，可能先主是真龍？將來爲報姦雄輩，莫向金牛訪舊蹤。

中元甲子以辛丑駕幸蜀　　　　　　　　　　　（唐）羅　隱

邪氣奔屯瑞氣移，清平過盡到艱危。縱饒犬戎迷常理，不奈豺狼幸此時。九廟有靈思李令，三川悲憶恨張儀。可憐一曲《還京樂》⑤，重對紅

---

① 邛：原作“卬”，據靜嘉堂本及《別本韓文考異》卷八改。
② 刁：原作“刃”，據《別本韓文考異》卷八改。刁，刁斗。
③ 李商隱：原作“李義山”，按：全書通例，題下作者皆稱名而不稱字，因改。
④ 燕：朱鶴齡《李義山詩集注》卷二下謂“燕江”無考，“燕”當作“夔”，形近而誤。按：朱說近是。
⑤ 可：原作“不”，據《羅昭諫集》卷三改。

蕉教蜀兒。

蜀中三首 （唐）鄭　谷

馬頭春向鹿頭關，遠樹平蕪一望闌。雪下文君沽酒市，雲藏李白讀書山。江樓酒恨黄梅後，村落人歌紫芋間。堤月橋烟好時景①，漢庭無事不征蠻②。

夜多無雨曉生塵③，草色嵐光日日新④。蒙頂茶畦千點露，浣花箋紙一溪春。揚雄宅在唯喬木，杜甫臺荒絶舊隣。却共海棠花有約，數年留滯不歸人。

渚遠江清碧簟紋⑤，小桃花繞薛濤墳。朱橋直指金門路，粉堞高連玉壘雲。窗下斲琴翹鳳足，波中濯錦散鷗群。子規夜夜啼巴樹，不並吳鄉楚國聞。

悼蜀詩 張　詠

至道紀號元祀春正月，爲審官院考績引對，天子曰："天厭西蜀，歲薦饑饉，任失其人，枉政殘剥⑥，民興怨嗟，構孽肆暴。授命虎旅，殄滅凶逆。矧彼黔首，不聊其生，官人安民，朕意罔怠。寬則育姦，猛則殘俗，得夫濟者，實難其人。爾惟方直，歷政有績⑦，邛崍幽遐，往理其俗。克畏克愛，汝其欽哉！"祗奉

---

① 烟：鄭谷《雲臺編》卷下作"燈"。
② 征：原作"經"，據《雲臺編》卷下改。
③ 多無：《雲臺編》卷下作"無多"。
④ 嵐：原作"巒"，據静嘉堂本、《雲臺編》改。
⑤ 渚：原作"清"，據《雲臺編》卷下改。
⑥ 殘：静嘉堂本、張詠《乖崖集》卷二、《茅亭客話》卷六並作"偷"，然《皇朝文鑑》卷一四亦作"殘"。
⑦ 績：原作"迹"，據《乖崖集》卷二改。

厥命，乘輶西征。夏四月二十有八日，供厥職。噫，謀術庸陋，罔敢怠忽。豪猾抑之，賦斂乃息，存恤窮困，招綏流亡，杜厥剥削，宣揚皇風。間一歲而民弗克安，非郡縣之罪，偏將之罪也。有聽者孰不知民心上畏王師之剽剥、下畏草竊之強暴乎？良家困弊，漸復從賊，庶賒其死，深可愍也。天子遠九重，孤賤者憚權豪而不敢言。嗚呼！雖采詩之官闕之久矣，然歌詠諷刺，亦不可寂然。詠敢作《悼蜀》古風詩四十韻，書於視政之廳，有識君子幸勿以狂瞽爲罪。

蜀國富且庶，風俗矜浮薄。奢僭極珠貝，狂佚務娛樂。虹橋吐飛泉，烟柳閉朱閣。燭影逐星沉，歌聲和月落。鬥鷄破百萬，呼盧縱大嚛。遊女白玉璫，驕馬黃金絡。酒肆夜不扃，花市春慚作①。禾稼暮雲連，紈繡淑氣錯。熙熙三十年，光景倏如昨。天道本惡盈②，侈極禍必作。當時布政者，罔思救民瘼。不能宣淳化，移風復儉約。情性非方直，多爲聲色著。從欲竊虛譽，隨俗縱貪攫。蠶食生靈肌③，作威恣暴虐。佞罔天子聽，所利唯剥削。一方忿恨興，千里攘臂躍。火氣烘寒空，雪彩揮蓮鍔。無人能却敵，何暇施擊柝。害物黷貨輩，皆爲白刃爍。瓦礫積臺榭，荆棘迷城郭。里第鏁苔蕪，庭軒喧燕雀。斗粟金帛市，束芻羅綺博。悲夫驕奢民，不能飽葵藿。朝廷命元戎，帥師盪凶惡。虎旅一以至，梟巢一何弱！燎毛焰晶焱，破竹鋒熠爚。兵驕不可戢，殺人如戲謔。悼耄皆罹誅④，玉石何所度。未能剪強暴，爭先謀剽剥。良民生計空，賒死心殞穫。四野構豺狼，五畝孰耕鑿？出師不以律，餘孽何由却？俾夫燼蜂蠆，寡術能籠絡。邊陲未肅清，胡顏食天爵？世方尚奔競，誰復振謇諤？黃屋遠萬里，九重高寥廓。時稱多英雄，才豈無衛霍？近聞命良臣，拭目觀奇略。

成都書事百韻詩並序   薛　田

　　金隄奧壤，玉壘名區，風物尚饒，曠古稱最。僕守茲職任，

---

① 慚作：《全蜀藝文志》卷五作“漸作”。
② 惡：靜嘉堂本、《乖崖集》《茅亭客話》均作“害”。
③ 肌：原作“飢”，據《乖崖集》《茅亭客話》改。
④ 罹：《乖崖集》卷二、《皇朝文鑑》卷一四作“麗”。

五年載至。初則木牛流馬，馳八使以均財；次則皂蓋朱幡，奉一麾而作鎮。歷覽勝異，慷慨興懷。古人曰非感發不可以言詩，非聲詩不可以導志。故言成志激，流爲美談。偶因公退，輒作《成都書事》七言一百韻，止陳乎益都事迹，罔暇以外景加諸。庶幾謬發於斐然，詎敢芳揚於作者？其詩曰：

混茫丕變造西阡，物象熙熙被一川。易覺錦城銷白日，難歌蜀道上青天。雲敷牧野耕桑雨，柳拂旗亭市井烟。院鎖玉溪留好景，坊題金馬促繁弦。風流鋪席堆紅豆，瀟灑門庭映碧鮮。表狀屢言同穎穗，敕書頻獎並生蓮。旋科杞樹炊香稻，剩種豌巢沃晚田。仁宅不隳由政立，議闈無取任情遷。民知禮遜薑叢後，俗尚奢華邃古先。繞郭波濤來浩浩，歸朝岐路去綿綿。乍回黑水將成道，潛到青羊恐遇仙。靚女各攻翻樣繡，祆商兼製砑綾箋①。壚邊泛蟻張裙幄，江上鳴鼉簇綵船。石笋崚嶒衝對峙，琴臺恢闊寺相連。群葩艷裏珍禽語，百草香中瑞獸眠。喜處必臻尤佇望，勝遊爭倦更遷延。早荷葉底蹲鷗伏，楼樹梢頭亂蝶穿。醆發牢盆渾棄鹵，鐵資圜法免鈇鉛。豐饒物態寧殊越，美麗姝姬酷類燕。西海號雄彰傳紀，南康辭健積銘鐫。良工手技高容學，妙隱丹方秘不傳。倚劍靈關凌絕頂，夢刀孤壘削危巖。金華巷陌遺三品，石鏡伽藍露一拳。信落荆州隨鼓柚，檢頒芝闕聽搖鞭。若量內地寒暄異，且在迤陂水陸全。渝舞舊云傳樂府，巴談誰曰繫言詮。九包縞就佳人髻，三鬧裝成子弟鞯。欲辨坤維尋地理，纔臨益部認郊廛。文翁室暗封苔蘚，葛亮祠荒享豆籩。貨出軍儲推賑濟，轉行交子頌輕便。氣蒸蒟蒻根鬖潤，日罩梗楠樹影圓。藥市風光蟲蟄外，花潭遨樂鷁鳴前。聚源待擬求鳧氏，貯怨那能雪杜鵑。蘂植森榮還菶蔚，夾流湍迅迴潺湲。鮮明機杼知無算，細碎錐刀不啻千。合伴鴉鬟齊窈窕，對陪霓袖競翩翩。五門冷映岷峨雪，千里爰疏灌坪泉。茂盛八弦宜得最，膏腴十道比俱偏。袁滋不到生無分，段相重來宿有緣。花磚葳蕤草木時爲瑞，奇秀江山代産賢。曉後細風紅灼灼，夜中微雨碧芊芊。錦亭焰燭明歆障，繡閣香毬煖熨氈。寶塔徘徊停隼旗，觀街雜沓擁韜軒。醞釀引架家家郁，躑躅攀條處處妍。重愛魯儒提德柄，威降曹將董

---

① 砑綾：原作“呀紋”，據四庫本《全蜀藝文志》卷五改。宋周邦彥《片玉詞·虞美人》：“砑綾小字夜來封。”宋趙汝芜《如夢令》：“小砑紅綾箋紙，一字一行春淚。”（《絕妙好詞》卷三）砑綾即磨光之綾。

戎斿。歡謠少負賓人勇，長講多經楚客禪。似簇綺羅偏煥耀，如流車馬倍喧闐。揢機顯綽名堪録，題柱芬芳事莫捐。李特鋒鋩徒恃險，張儀規畫自持顛。鷹揚器業成悠久，烏合姦雄敗轉旋。漫向鼎分澄霸道，却當龜化驗都鄽。強貪楚滅悲傾轍，廣洽堯詢喜慕羶。側弁猖狂拋玉斝，歸鞍酩酊墜金鈿。氛埃屏息雲常覆，稼穡繁滋澤靡愆。睿聖宵衣垂乃眷，貴臣馳騑每傳宣①。石牛邁路加歆饗，江瀆隆區助潔蠲。避暑亭臺珍簟設，縱閑池沼釣絲牽。遮蠻帶礪長能固，捍蜀金湯遠益堅。何武甲科曾繼踵，嚴遵卜兆罕差肩。雠書競印諸家集，博識咸修百氏箋。紙碓暮春臨岸澔，水樽春注截河壖。華嚴像閣凉堪愛，净衆松溪僻可憐。學射崔嵬橫庵矗，放生寬廣媚漪漣。蘚庭嫩笋青篸篸，風檻新荷綠扇扇。守戍貔狓千萬騎，采菽簪笏兩三員。清江瀉執方流巽，大面盤形正壓乾。電掃谷風藏虎嘯，雷瞋宮樹灑龍涎。郤占逶應星舒彩，爨喫端聆火撲燃。令範式驅民軼軼，咨謀疇倚道平平。性寒甘蔗猱偷齧，體膩芭蕉蠧莫沿。誌讀備興重掩卷，史看唐幸懶終篇。雕盤姹女呈酥作，水巷癡童颺紙鳶。初下鹿頭迷鄠杜，暫來犀浦誤伊瀍。變秦言語生皆會，戀土情懷死不悛②。結厦斧斤宗簡易，入神丹腠厲精專。柳堤夜月珠簾卷，花市春風繡幕褰。十縣版圖分户籍，一城牌肆繫民編。受辛滋味饒薑蒜，劇饌盤餐足鮪鱣。月季冒霜秋肯挫，荔支衝瘴夏宜然。幾番蓁菁鳴虛籟，是個園林噪懶蟬。蠢動乘時先養育，菁英屆候別陶甄。地丁葉嫩和嵐采，天蓼牙新入粉煎。平代啓闉聞繼岌③，監軍憑軾見劉焉。蕙蘭馥裏幽蹊畔，菱茨交鋪曲島邊。繒網晚晴誇蹴踘，畫繩寒食戲鞦韆。氤氳紫霧濛都邑，縹渺彤霞聚偓佺。螭伏自然銷劍戟，螻翻幾度起戈鋋。宦遊止嘆音塵闊，鄉飲何驚歲月遄。靈壽桃枝奇共結，金砂銀鑠貴相聯。埋輪昔按均輸命，叱馭今分太守權。徒爲行春飛皁蓋，詎能許國報青錢？政經旋考尤多僻，民瘼深求尚未痊。雖愧袴襦非叔度，且期毫墨有馮涓。俛遵廉察思從訓，克謹操修敢好畋。南市醉過攢幟隊，西樓歡坐列瓊筵。煩囂謹畏傷淳厚，惠黠周防近巧諞。重禄省心宜致寇，薄材莊貌若臨淵。扶危頗異巢居幕，勸善還同矢在弦。叫茝一麾康遠俗，等

---

① 騑：原作 "日"，據嘉慶本《全蜀藝文志》卷五改。騑，驛車。《宋詩紀事》卷九作 "驛"，意同。

② 戀：原作 "變"，據嘉堂本、《全蜀藝文志》卷五改。

③ 岌：原作 "笈"，據四庫本《全蜀藝文志》卷五、《宋詩紀事》卷九改。繼岌，即後唐莊宗子李繼岌，見《舊五代史》卷五一。

閑光景又三年。

成　都　　　　　　　　　　　　　　　　　　　　　宋　祁

　　風物繁雄古奧區，十年儉父巧論都。雲藏海客星間石，<small>成都有一石，人傳嚴君平所辨星石，今在嚴真觀。</small>花識文君酒處壚。兩劍作關屏對繞，二江聯派練平鋪。此時全盛超西漢，還有淵雲抒頌無？

城　郭

奉和嚴中丞西城晚眺　　　　　　　　　　　　　　　（唐）杜　甫

　　汲黯匡君切，廉頗出將頻。直辭才不世，雄略動如神。政簡移風速，詩清立意新。層城臨暇景，絕域望餘春。旗尾蛟龍會，樓頭燕雀馴。地平江動蜀，天闊樹浮秦。帝念深分閫，軍須遠算緡。花羅封蛺蝶，瑞錦送麒麟。辭第輸高義，觀圖憶古人。征南多興緒，事業暗相親。

錦城曲　　　　　　　　　　　　　　　　　　　　（唐）溫庭筠

　　蜀山攢黛留晴雪，簝笋蕨牙縈九折。江風吹巧剪霞綃，花上千枝杜鵑血。杜鵑飛入巖下藂，夜叫思歸山月中。巴水漾情情不盡，文君織得春機紅。怨魄未歸芳草死，江頭學種相思子。樹成寄與望鄉人，白帝荒城五千里。

蜀城春望　　　　　　　　　　　　　　　　　　　　（唐）崔　塗

天涯憔悴身，一望一沾巾①。在處有芳草，滿城無故人。懷材皆得路，失計自傷春。清鏡不堪照，鬢毛愁更新②。

覽蜀宮故城作　　　　　　　　　　　　　　　　　　　　　　宋　祁

國破江山老，人亡岸谷摧③。鴛飛今日瓦，鹿聚向時臺。故苑猶霏雪，荒池但劫灰。頹遺糊處壞，闔記數殘枚。恨月窺林下，悲風覓隴來。依城狐獨宿，失厦燕裴回。廢社纔存樹，陰垣自上苔。有情惟杜宇，長爲故王哀。

觀古魚凫城 在溫江縣北十五里，有小院。　　　　　　　　　孫松壽

野寺依脩竹，魚凫迹半存。高城歸野壟，故國靄荒村。古意凴誰問，行人謾苦論。眼前興廢事，烟水又黃昏。

宮　苑④

宣華苑宮詞　　　　　　　　　　　　　　　　　　　　（蜀）王　衍

輝輝赫赫浮玉雲，宣華池上月華春。月華如水浸宮殿，有酒不醉真

---

①　沾：原作“帖”，據《唐百家詩選》卷一七改。
②　此二句《衆妙集》《唐百家詩選》卷一七、《瀛奎律髓》卷一〇、《全蜀藝文志》卷一七（重收）均作“青鏡不忍照，鬢毛應更新”。
③　摧：原作“推”，據宋祁《景文集》卷二一改。
④　苑：原作“院”，據静嘉堂本改。

癡人。

晚步宣華舊苑　　　　　　　　　　　　　　　范成大

喬木如山廢苑西，古溝臨水静鳴池①。吏兵悉率更番後，樓閣崔嵬欲暝時。有露冷螢猶照草②，無風驚鵲自遷枝。歸來更了程書債，且背昏花燭穗垂。

樓　閣

登成都白菟樓　　　　　　　　　　　　　　（晉）張　載

重城結曲阿，飛宇起層樓。累棟出雲表，嶢櫱臨太虚。高軒啓朱扉，回望暢八隅。西瞻岷山嶺，嵯峨似荆巫。蹲鴟蔽地生，原隰植嘉蔬。雖遇堯湯世，民食恒有餘。鬱鬱小城中，岌岌百族居。街術紛綺錯，高甍夾長衢。借問揚子舍，想見長卿廬③。

登　樓　　　　　　　　　　　　　　　　（唐）杜　甫

花近高樓傷客心，萬方多難此登臨。錦江春色來天地，玉壘浮雲變古今。北極朝廷終不改，西山寇盜莫相侵。可憐後主還祠廟，日暮聊爲《梁父吟》。

---

① 臨：范成大《石湖居士詩集》卷一七作“疏”。
② 露：原作“路”，據《全蜀藝文志》卷七改。
③ 《成都文類》所收此詩抄自《藝文類聚》卷二八，乃節録。據唐陸羽《茶經》卷下引，此下尚有：“程卓累千金，驕侈擬五侯。門有連騎客，翠帶腰吳鈎。鼎食隨時進，百和妙且殊。披林采秋橘，臨江釣春魚。黑子過龍醢，時饌踰蟹蝑。芳茶冠六情（《全蜀藝文志》卷六作‘清’，是），溢味播九區。人生苟安樂，兹土聊可娱。”

登錦城散花樓　　　　　　　　　　　　　　　（唐）李　白

日照錦城頭，朝光散花樓。金窗夾繡戶，珠箔懸瓊鈎。飛梯綠雲中，極目散我憂。一作"愁"。暮雨向三峽，春江繞雙流。今來一登望，如上九天遊。

晚夏登張儀樓呈院中諸公　　　　　　　　　　（唐）段文昌

重樓窗戶開，四望斂烟埃①。遠岫林端出，清波城下回。乍疑蟬韻促，稍覺雪風來。併起鄉關思，銷憂在酒杯。

同　前②　　　　　　　　　　　　　　　　　　（唐）姚　向

秦相架群材，登臨契上台。槎從銀漢落，江自雪山來。儷曲親流火，凌風洽小杯。帝鄉如在目，欲下盡徘徊。

同　前　　　　　　　　　　　　　　　　　　　（唐）溫　會

危軒重叠開，訪古上徘徊。有舌嗟秦策，飛梁認楚材。雲霄隨鳳到，物象爲詩來。欲和關山意，巴歌調更哀。

---

①　斂：原作"劍"，據《唐詩紀事》卷五〇改。
②　《唐詩紀事》卷一〇引此首題作《奉陪段相公晚夏登張儀樓》，以下溫會等四人詩則皆題作《晚夏登張儀樓》，可知姚向等五人乃是陪段文昌登張儀樓並奉和其詩，《成都文類》一律題作"同前"，不確。

同　前　　　　　　　　　　　　　　　　　　（唐）楊汝士

從公城上來，秋近絕纖埃。樓古秦規在，江分蜀望開。遠山摽宿雪，末席本寒灰。陪賞今爲忝，臨歡敢訴杯。

同　前　　　　　　　　　　　　　　　　　　（唐）李敬伯

層屋架城隈，賓筵此日開。文鋒摧八陣①，星分應三台。望雪煩襟釋，當歡遠思來。披雲霄漢近，暫覺出塵埃。

同　前　　　　　　　　　　　　　　　　　　（唐）姚　康

登覽值晴開，詩從野思來。蜀川新草木，秦日舊樓臺。池影搖中座，山光接上台。近秋宜晚景，極目斷浮埃。

散花樓　　　　　　　　　　　　　　　　　　（唐）張　祜

錦江城外錦城頭②，回望秦川上軫憂。正值血魂來夢裏，杜鵑聲在散花樓。

北　樓　　　　　　　　　　　　　　　　　　宋　祁

少城西北之高樓，此地蒼茫天意秋。驚風白日忽已晚，落葉長年相與

---

① 陣：原作“韻”，據《唐詩紀事》卷五〇改。
② 錦城：原作“錦江”，據宋洪邁《萬首唐人絕句》卷七〇改。

愁^①。極塞雲物自慘澹，趨林鳥雀時啁啾。纓上朔塵久不洗，安得手弄滄江流？

西樓夕坐
前　人

炎氛隨日入，岑寂坐遙帷。倦鷺昏投浦，驚蟬夜去枝。桂華兼月破，槎影帶星移。珍重窗風好，羲皇即此時。

陪孫之翰太博登成都樓^②
張　俞

齷齪古之人，傷心《廣陵》廢。遂弦《蕪城歌》，半夜一揮涕。蕙紉隨草衰，藻繡歸塵翳。魂石斂丘封，歌堂從水逝。薰光杳沉滅，吞恨徒千歲。我懷吳蜀國，禍亂若符契。目覽臺殿墟^③，心感君王世。干戈日馳逐，狼虎爭吞噬。山河寶天塹，城闕巍地肺。霸力不久炎，倏忽如焚薙。空餘萬雉城，岌倚寒雲際。麋鹿玩莘陰，狐狸棲棘衛。江漢含嗚咽，岷峨抱迢遞。荒村烟火遙，落日寒風厲。因知市朝人，自古悲興替。

散花樓
喻汝礪

濯錦江邊莎草濃，散花樓畔夭芙蓉。蜀山疊疊修門遠，誰把丹心問李鄘？唐討淮蔡，李鄘籍幣藏以獻，由是諸道皆助軍費，自鄘倡之。

---

① 葉：原作“日”，據静嘉堂本及《全蜀藝文志》卷六改。
② 太：原作“大”，據《全蜀藝文志》卷六改。“太博”即太常博士之省稱。
③ “墟”字原誤置於下句“君王”下，據《全蜀藝文志》萬曆以下各本乙。

西樓秋晚

范成大

樓前處處長秋苔，俯仰璿杓又欲回。殘暑已隨梁燕去①，小春應爲海棠來。客愁天遠思無託，吏案山橫睡有媒。晴日滿窗梟鷟散，巴童來按鴨爐灰。

冬至日銅壺閣落成

前　人

走遍人間行路難，異鄉風物雜悲歡。三年北户梅邊暖，萬里西樓雪外寒。已辦鬢霜供歲籥，仍拚髀骨了征鞍。故園雲物知何似，試上東樓直北看。

西樓獨上

前　人

竹日駐微暑，松風生早秋。閑尋來處路，獨倚静中樓。老景驅雙轂，鄉心挽萬牛。相隨木上坐，脚底亦雲浮。

---

① 梁：原作"凉"，據《石湖居士詩集》卷一七改。

成都文類卷三

詩

江　山 <small>池沼　堤堰　橋梁</small>

江　漲 　　　　　　　　　　　　　　　　　（唐）杜　甫

江發蠻夷漲，山添雨雪流。大聲吹地轉，高浪蹴天浮。魚鼈爲人得，蛟龍不自謀。輕帆好去便，吾道付滄洲。

江　漲 　　　　　　　　　　　　　　　　　　　　　　前　人

江漲柴門外，兒童報急流。下床高數尺，倚杖没中洲。細動迎風燕，輕揺逐浪鷗。漁人縈小楫，容易拔船頭。

江上值水如海勢聊短述 　　　　　　　　　　　　　前　人

爲人性僻耽佳句，語不驚人死不休。老去詩篇渾漫興，春來花鳥莫深愁。新添水檻供垂釣，故著浮槎替入舟。焉得思如陶謝手，令渠述作與同遊。

江　村

前　人

清江一曲抱村流，長夏江村事事幽。自去自來梁上燕，相親相近水中鷗。老妻畫紙爲棋局，稚子敲鍼作釣鈎。多病所需唯藥物，微軀此外更何求？

春日江村五首

前　人

農務村村急，春流岸岸深。乾坤萬里眼，時序百年心。茅屋還堪賦，桃源自可尋。艱難昧生理，飄泊到如今。

迢遞來三蜀，蹉跎又六年。客身逢故舊，發興自林泉。過懶從衣結，頻遊任履穿。藩籬頗無限，恣意向江天。

種竹交加翠，栽桃爛熳紅。經心石鏡月，到面雪山風。赤管隨王命，銀章付老翁。豈知牙齒落，名玷薦賢中。

扶病垂朱紱，歸休步紫苔。郊扉存晚計，幕府愧群材。燕外晴絲卷，鷗邊水葉開。鄰家送魚鱉，問我數能來？

群盜哀王粲①，中年召賈生。登樓初有作，前席竟爲榮。宅入《先賢傳》，才高處士名。異時懷二子，春日復含情。

泛　溪

前　人

落景下高堂，進舟泛回溪。誰謂築居小，未盡喬木西。遠郊信荒僻，

---

① 群：原作“郡”，據靜嘉堂本、《九家集注杜詩》卷二六改。

秋色有餘淒。練練峰上雪，纖纖雲表霓。童戲左右岸，罟弋畢提携。翻倒荷芰亂，指揮徑路迷。得魚已割鱗，采藕不洗泥。人情逐鮮美，物賤事已暌。吾村靄冥姿，異舍鷄亦棲。蕭條欲何適，出處庶可齊①。衣上見新月，霜中登故畦。濁醪自初熟，東城多鼓鞞。

春水生二絕　　　　　　　　　　　　前　人

二月六夜春水生，門前小灘渾欲平。鸕鷀鸂鶒莫漫喜，吾與汝曹俱眼明。

一夜水高二尺强②，數日不可更禁當。南市津頭有船賣，無錢即買繫籬傍。

春　水　　　　　　　　　　　　　　前　人

三月桃花浪，江流復舊痕。朝來没沙尾，碧色動柴門。接縷垂芳餌，連筒灌小園。已添無數鳥，爭浴故相喧。

溪　漲　　　　　　　　　　　　　　前　人

當時浣花橋，溪水纔尺餘。白石明可把，水中有行車。秋夏忽泛溢，豈唯入吾廬。蛟龍亦狼狽，况是黿與魚。兹晨已半落，歸路踉步疏。馬嘶未敢動，前有深填淤。青青屋東麻，散亂床上書。不意遠山雨，夜來復何如。我遊都市間，晚憩必村墟。乃知久行客，終日思其居。

---

① 庶：原作“無”，據静嘉堂本、《九家集注杜詩》卷七改。
② 此首之前原有標題“又”，其下署名“前人”。按：此二詩爲一時所作，既已題“二絕”，不應再另加標題，今據杜詩諸集删。

荆門浮舟望蜀江 （唐）李　白

　　春水月峽來，浮舟望安極。正見桃花流，依然錦江色。江色渌且明[1]，茫茫與天平。逶迤巴山盡，遥曳楚雲行。雪照聚沙雁，花飛出谷鶯。芳洲却已轉，碧樹森森迎。流目浦烟夕，揚帆海月生。江陵識遥火，應到渚宫城。

野　望 （唐）杜　甫[2]

　　西山白雪三城戍，南浦清江萬里橋。海内風塵諸弟隔，天涯涕淚一身遥。唯將遲暮供多病，未有涓埃答聖朝。跨馬出郊時極目，不堪人事日蕭條。

野望因過常少仙 前　人

　　野橋齊度馬，秋望轉悠哉。竹覆青城合，江從灌口來。入村樵徑引，嘗果栗皴開。落盡高天日，幽人未遣回[3]。

晚秋陪嚴鄭公摩訶池泛舟，得“溪”字 前　人

　　湍駛風醒酒，船回霧起堤。高城秋自落，雜樹晚相迷。坐觸鴛鴦起，巢傾翡翠低。莫須驚白鷺，爲伴宿青溪。

---

[1]　江：原作“紅”，據《李太白文集》卷一九改。
[2]　此處作者原署“前人”，似指李白，然此詩及以下四首乃杜甫作，今據静嘉堂本改。
[3]　未遣回：原作“遣未回”，據静嘉堂本及杜集各本改。

陪鄭公秋晚北池臨眺

前 人

北池雲水閣，華館闢秋風。獨鶴元依渚，衰荷且映空。采菱寒刺上，踏藕野泥中。素楫分曹往，金盤小徑通。萋萋露草碧，片片晚旗紅。杯酒霑津吏，衣裳與釣翁。異方初艷菊，故里亦高桐。搖落關山思，淹留戰伐功。嚴城殊未掩，清宴已知終。何補參軍乏，歡娛到薄躬。

雲 山

前 人

京洛雲山外，音書靜不來。神交作賦客，力盡望鄉臺。衰疾江邊臥，親朋日暮回。白鷗原水宿，何事有餘哀？

偶宴西蜀摩訶池

（唐）暢 當①

珍木鬱清池，風荷左右披。淺觴寧及醉，慢舸不知移。蔭林簟光冷②，照流簪影欹③。胡爲獨羈者，雪涕向連漪。

晦日益州北池陪宴

（唐）司空曙

臨泛從公日，仙舟翠幕張。七橋通碧水，雙樹接花塘。玉燭收寒氣，金波隱夕光。野聞歌管思，水靜綺羅香。遊騎縈林遠，飛橈截岸長。郊原懷灞滻，陂漾寫江黃④。常侍傳花詔，偏裨同羽觴。豈令南峴首，千載播

---

① 暢當：原作"暢甫"。按：《文苑英華》卷二一五、《唐詩紀事》卷二七錄此詩，作者均作"暢當"，據改。暢當，河東人，《新唐書》卷二〇〇有傳，著有詩二卷。
② 林：《唐詩紀事》卷二七作"竹"，較勝。
③ 以上二句，《文苑英華》卷二一五作"蔭簟流光冷，凝簪照影欹"。
④ 此句《司空曙集》《歲時雜詠》卷九作"陂溠寫江潢"。

餘芳。

升仙橋

（唐）羅　隱

危梁枕路岐，駐馬問前時。價自友朋得，名因婦女知。直須論運命，不得逞文詞。執戟君鄉里，榮華竟若爲？

題龍華山

郭　震①

昔年曾到此山回，百鳥聲中酒一杯。最好寺邊開眼處，段文昌有讀書臺。出《古今詩話》。

過摩訶池二首

宋　祁

十頃隋家舊鑿池，池平樹盡但回堤。清塵滿道君知否，半是當年濁水泥。

池邊不見帛闌船，麥壠連雲樹繞天。百歲興衰已如此，爭教東海不爲田？

春日出浣花

前　人

側蓋天長蕩曉霏，暖風才滿使君旗。水通江渚容魚樂，草遍山梁報雉時。場雨滅塵盤馬疾，樓雲礙曲進觴遲。少陵宅畔吟聲歇，杜子美宅在浣花溪

---

　　① “郭震”前原有“唐”字，據嘉靖本《全蜀藝文志》卷八刪。《宋詩紀事》卷五録郭震此詩及他詩亦作宋人。郭震，字希聲，宋太宗時成都處士，博學能詩，著有《漁舟集》五卷，《東都事略》卷一一八有傳。宋洪邁《萬首唐人絕句》録郭震詩，署作唐人，陳振孫《直齋書録解題》卷一五已駁之，其誤與此同。

上。柳碧梅青欲向誰？

憶浣花泛舟 　　　　　　　　　　　　　　　　前　人

早夏清和在，晴江沿泝時。岸風搖鼓吹，波日亂旌旗。醉帘牽湘蔓，遊鬢撲綠蘱①。樹來驚浦進，山失悟舟移。雅俗西南盛，歸軺東北馳。此歡那復得，拋恨寄天涯。

避暑江瀆池 　　　　　　　　　　　　　　　　前　人

溪淺容槁短，舟移覺岸長。烟稠芰荷葉，霞熱荔支房。枝疊參撾鼓，杯寒十饋漿。便成逃暑醉，官事底相妨。

江瀆泛舟 　　　　　　　　　　　　　　　　　吳中復

曉來一雨過池塘，江瀆祠前館宇凉。翠水細風翻畫浪，紅蕖微露浥秋香。欲停畫舫收船柂，旋折圓荷當羽觴。逃暑豈須河朔飲，遲留車馬到斜陽。

和 　　　　　　　　　　　　　　　　　　　　張唐民

雨餘雲重晝陰長，水漲風塘氣味凉。菡萏入舟風旋破，襟裾明日汗尤香。忽生勝趣都忘事，不待交釂自引觴。碧玉琉璃大如斗，吾徒真不謝高陽。

---

① 綠：《景文集》卷二一、《全蜀藝文志》卷八作“絳”。

和　　　　　　　　　　　　　　　　　　　　　　　　　　　　　雍方知

　　火老金柔尚伏藏，快風收雨送新凉。人隨竹馬來方盛①，酒入蓮箵特地香。春草與誰占夢句，白雲空自頌觥觴。欲知此日公之樂，正喜西城息亢陽。

和　　　　　　　　　　　　　　　　　　　　　　　　　　　　　韓宗道

　　綠錦池塘藻荇芳，拏舟清泛水風涼。千珠翠颭圓荷雨，百和交銷寶篆香。暫駐旌麾開燕豆，只憑談笑樂杯觴。留連晚景殊多適，無奈黃昏送夕陽。

和　　　　　　　　　　　　　　　　　　　　　　　　　　　　　謝景初

　　雨飛暑館變秋堂，息駕林祠意緒長。笋脱萬苞風韻玉，蓮開百畝水浮香。楸盤力戰棋忘味，筠簟清吟扇遞凉。心惜吏閑文酒樂，雅歡未既即離觴。

和　　　　　　　　　　　　　　　　　　　　　　　　　　　　　韓宗道

　　蕭灑叢祠古道傍，偶來乘興興何長。珊珊翠竹寒成韻，苒苒紅渠細度香。雲暗城頭林雨急②，風來水面葛衣涼。天涯一笑良難得，預借驪歌送別觴。

────────────

① 來方盛：静嘉堂本作“從來盛”。
② 此句原作“雲暗塵頭雲雨急”，據静嘉堂本改。

升　仙①

范　鎮

去用文章結主知，出銜恩旨諭皇威。相如終古成輕詫，橋上空題駟馬歸。

仲遠龍圖見邀學射之遊，先寄五十六言

前　人

幾年魂夢寄西州，春晚歸逢學射遊。十里香風塵不動，半山晴日雨初收。指撝武弁呈飛騎，次第紅妝數勝籌。故事：往來皆呈馬騎，設射垛，衆賓皆射，遣官妓記籌。夾道綺羅瞻望處，管弦旌斾擁遨頭。

自　和

前　人

古來西蜀夢刀州，太守因民作勝遊。千里聞風皆遠至，一春饒雨定秋收。詩篇迭唱無停筆，酒盞頻行不記籌。老退歸逢出郊會，路人應笑雪盈頭。

武　擔《蜀事補亡》②

宋　京

君不見蜀王妃子墓突兀，成都城中若山積。墓頭寒鏡澀無光，妬月欺烟化爲石。鴻荒無根憑野史，直謂山妖化妃子。臨終未免懷首丘，運土山中葬於此。山名武擔錦江邊，用是得名千萬年。如今佛閣倚空翠，老木盤鬱摩蒼天。晴雲入穴西山出，卷簾坐見嵐光滴。安得文如汲冢書，免使後

---

① 仙：原作“遷”。按：當作“仙”，“升仙”指升仙橋。《華陽國志·蜀志》：“城北十里有升仙橋，有送客觀。司馬相如初入長安，題其門曰：‘不乘赤車駟馬，不過汝下也。’”與此詩之意合，因改。

② 亡：原誤作“士”，據《全蜀藝文志》卷一五改。下首同。

人疑往昔。

龜　化 《蜀事補亡》 前　人

君不見秦時張儀築少城，土惡易敗還顛傾。力疲智竭築未就，神龜為爾開其靈。龜行所至城不圮，板築之功以此已。功成隱去智且賢，城下於今祇流水。殷勤高謝余且網，不夢元君寧自放。儀兮儀兮奈爾何，口舌縱橫飾欺妄。天使神龜籠爾術，不言而行功自畢。安得人靈若爾靈，照見百為心遐逸①。

遊海雲山 喻汝礪

渺渺天宇初，便復有此山。清辰及茲遊，遐想百代前。來者幾何人，當時各為歡。淑質揚妙舞，哀絲遞清彈②。樂事坐如昨，芳歲已屢殫。向來所遊人，落葉不復還。迥然散遠目，感之為長嘆。竹林舊所適③，鵲巢豈昔眠。念誰當久存，而不住所緣。破涕聊一怡，山川却萋妍。未知後世士，誰復當來旋？

錦江思 李　新

獨詠滄浪古岸邊，牽風柳帶綠凝烟。得魚且斫金絲鱠，醉折桃花倚釣船。

---

① 遐：《全蜀藝文志》卷一五作"暇"，疑是。
② 絲：原作"終"，據本書卷一四同詩及《兩宋名賢小集》卷一八八改。
③ 此句《兩宋名賢小集》卷一八八、曹學佺《石倉歷代詩選》卷一三一作"竹林遙舊所"，《蜀中廣記》卷二作"竹徑非舊所"。

合江舟中作

晁公遡

雲氣昏江樹，春流没釣磯。如何連夜漲，似欲送人歸。亂石水聲急，片帆風力微。舟師且停櫓，白鷺畏人飛。

沱　　江

劉望之①

尚勝三年謫，終慚萬里馴。極知行路澀，可忍在家貧。歲晚沱江綠，雲深錦樹新。相思肯如月，夜夜只隨人。

學射山，相傳蜀後主劉禪習射於此，因以得名，有感二作②

何　耕

苦無雄略但兒嬉，尚想山頭學射時。忽報陰平魚貫入，可憐一鏃不能施。

修明國政保關山，豈在馳驅縱送間。空使流人登劍閣，向風長喟笑庸孱。

摩訶池

陸　游

摩訶古池苑，一過一消魂。春水生新漲，烟蕪没舊痕。年光走車轂，人事轉萍根。猶有宮梁燕，銜泥入水門。蜀宮中舊泛舟入此池，曲折十餘里。今府

① 此首作者原空缺，據《全蜀藝文志》卷八、《宋詩紀事》卷五〇補。劉望之，南宋初成都人。

② 二作：静嘉堂本作“二首”。

後門雖已爲平陸，然猶號水門。

夏日過摩訶池　　　　　　　　　　　　　　　　　　　前　人①

烏帽翩翩白紵輕，摩訶池上試閑行。淙潺野水鳴空苑，寂歷斜陽下廢城。縱轡迎涼看馬影，袖鞭尋句聽蟬聲。白頭散吏原無事，却爲興亡一愴情。

浣花溪　　　　　　　　　　　　　　　　　　　　　　馬　備②

浣花溪邊濯錦裳，百花滿潭溪水香。寶釜散盡有霜戟，草秣匹馬不可當。當時濯衣只偶爾，豈似取履張子房。烈烈邊見蔽此蜀，喪亂懷爾徒悲傷。年年春風媚楊柳，綵纜崦姍雲霞張。溪邊遊冶紅粉娘，了不識字空悠颺。采花蕩槳不歸去，暮隔烟水眠幽芳。

遊侍郎堤③　　　　　　　　　　　　　　　　　　　　陸　游

曉從北郭過西城，十里沙堤似席平。澹日向人供帽影，微風傍馬助鞭聲。歡情寂寂隨年減，俗事紛紛逐日生。到處每求佳水竹，晚途牢落念歸耕。

---

① 前人：原無，據本書通例補。此亦爲陸游詩。

② 馬備：原作“馮備”，據静嘉堂本及《全蜀藝文志》卷八、《蜀中廣記》卷二、《宋詩紀事》卷五二改。本書卷八有馬備《過子美草堂》詩，宋李流謙《澹齋集》卷一八有《書馬備蟠舟賦後》，皆即此人。范成大《吳船録》卷上有成都郡丞馮備，字亦誤。據諸書所載，備字德駿，南宋紹興、淳熙間人。

③ 《劍南詩稿》卷七題作《出朝天門繚長堤至劉侍郎廟，由小西門歸》。

行武擔西南村落有感 前　人

騎馬悠然欲斷魂，春愁滿眼與誰論。市朝遷變歸蕪没，碉谷豽牙互吐吞。一徑松楠遥見寺，數家鷄犬自成村。最憐高冢臨官道，細細煙莎遍燒痕。有大冢高數丈，旁又一冢差小，莫知何代人也，俗號太子墓。

遊學射觀次壁間詩韻[①] 前　人

走遍人間鬢尚青，爾來樂事滿餘齡。傍潭秋爽鉏甘菊，登嶽春暄采茯苓。閑倚松蘿論劍術，靜臨窗几勘丹經。嚴光本是逃名者，安用天文動客星？

三月二十日出郊，泛舟西津，得“予”字 李　燾

春日行郊坰，南風初唱予。相携出城郭，著意買江湖。句好從兒覓，杯乾任客呼。長年足詩酒，此外復何須？

出東郭見山[②] 楊　甲

二年不見山，見之喜不休。舉手三揖之，山遠不頷頭。疑我墮塵土，已與俗同儔。群峰次第走，狼怒不可收。稍稍望雲脚，下見八九丘。近前與之笑，顏色漸和柔。迎我以松風，與我相獻酬。憐我不識路，道以溪水流。豈其終愛予，爲此世所仇。却之實不忍，儻有緩急投。一官最下策，包裹辱與羞。百年在平地，亦有一日憂。誰能無飢渴，往與青山謀。

---

① 射觀：原作“觀射”，據《劍南詩稿》卷七改。
② 出：原作“山”，據《兩宋名賢小集》卷三七四改。

靈泉山中　　　　　　　　　　　　　　　　　　　　　前　人

小縣相籠合，濛濛數百家。果蔬爭晚市，樵牧亂晴沙。落日平沙迴①，青山細路賒。偶居無事在，隨意問桑麻。

野邑山圍盡②，風烟更可憐。客情牛鐸外，農事藕花前。聚汲松根井，寬愁石底泉。雲安須斗水③，詩興亦超然。

勝地仙靈宅，微官也謫居。焚香他日夢，隱几向來書。小睡便山雨，長齋稱野蔬④。逢人問無恙，滿意説樵漁。

日下溪林薄，芊芊肅晚暉。閉門成小隱，飲水亦生肥⑤。醉著溪籐杖，歸來木葉衣。狂歌有虎兒，吾道只應非。

何處長松寺，雨花雲外臺。山從百曲轉，路入九關回。老檜成龍盡，殘柯借鶴來。人間斤斧亂，風壑夜聲哀。

靈泉山上晚望　　　　　　　　　　　　　　　　　　前　人

野曠樹還亂，林深烟更微。天隨殘日盡，雲掣斷山飛。玉壘風烟闊，秦城草木非。憑高千萬事，今夜客沾衣⑥。

---

① 平沙："沙"字與上句重，疑誤。《兩宋名賢小集》卷三七四、《石倉歷代詩選》卷一三二下作"平江"，四庫本《蜀中廣記》卷八作"平林"。

② 邑：《兩宋名賢小集》卷三七四作"色"。

③ "雲安"句：《兩宋名賢小集》卷三七四作"寧須計升斗"。

④ 齋：原作"齊"，據靜嘉堂本、《兩宋名賢小集》卷三七四改。

⑤ "閉門"二句：原作"閉門成隱飲，小水亦生肥"，據《蜀中廣記》卷八改。《兩宋名賢小集》卷三七四、《石倉歷代詩選》卷一三二下作"閉門成石隱，小水亦生肥"。

⑥ 沾：原作"裳"，據《兩宋名賢小集》卷三七四改。

遠目昏難盡，青山闊展圍。眼花隨處亂，雲樹一時飛。秋至客愁遠，路難心事違。更憐人北望，不見雁南歸①。

合江泛舟 　　　　　　　　　　　　　　　　　　　前　人

莫踏街頭塵，寧飲城東水。江頭放船去，葦間問漁子。岸深魚有家，鳧雁在中沚。得酒可以歌，得樹可以檥。年年舟中客，顏色不相似。風波無前期，遊者亦如此。短篙醉時策，遠山醉時几②。我老不奈醒，日落西風起。

寒食遊學射山 　　　　　　　　　　　　　　　　　　前　人

疾風吹沙天茫茫，日落未落原野黃。山空無人不碌碌③，路長馬饑石齾足。荒臺古林翳雲族，何人刓岊縛層屋。當時萬騎填山谷，至今拾寶多遺鏃。故國山川愁遠目，人世悲歡風雨速。凌高舉酒天為蹙，手攀巖樹扣雲木④。何人唱我凄涼曲，興亡一眼冥冥綠⑤。野水平蕪飛雁鶩。

---

① 歸：原作“飛”，據《兩宋名賢小集》卷三七四改。
② 醉時几：《兩宋名賢小集》作“臥後几”。
③ 不：《兩宋名賢小集》作“石”。
④ 樹：原作“木”，據《兩宋名賢小集》改。
⑤ 眼：原作“取”，據靜嘉堂本、《兩宋名賢小集》改。

成都文類卷四

詩

學　校

題石室　　　　　　　　　　　　　　　　　　　（唐）裴　鉶

文翁石室有儀形，庠序千秋播德馨。古柏尚留今日翠，高岷猶藹舊時青。人心未肯拋膻蟻，弟子依前學聚螢。更嘆沱江無限水，爭流祗願到滄溟。

益州州學聖訓堂詩　　　　　　　　　　　　　　　　　何　郯

益爲藩捍西南隅，物衆地大稱名都。擇守來頒茲土政，治人頗與他邦殊。蹉跌一有庋條教①，便宜皆得行黥誅。群姦帖息不敢動，無復弄兵覬穿窬。任威或謂一時事，立政恐非長世圖。豈無達識究是否，重在改作徒嗟呼。仲翁文翁字。裔孫有偉度，敢決不以常文拘。當官勇欲除弊法，伊憂内惻仁心乎。視人無異遠方意，威刑惠政還相須。始時歲荒力賑救，坐使餓殍成完膚。既而爲俗思根本，其在立學陳師模②。大開儒庠務誨導，秀民聳慕紛來趨。遂言謂署鴻生職，使演經傳傳諸徒。奏函纔上聞法座，詔劄即日來諧俞。詔云信汝辦治蜀，緩任威罰先文儒。公心感激侈上賜，

---

① 蹉：原作“差”，據《全蜀藝文志》卷一〇改。
② 模：原作“謨”，據靜嘉堂本、《全蜀藝文志》卷一〇改。下文有“尊神謨”，不宜重字。

刻在金石尊神謨。覆之大厦牓美稱，日久傳著期無渝。邦人承風爲盛事，觀者填道來于于。嗟嗟多士其聽命，勿即邪徑安夷涂①。師無訕聖生率教，信尚姬孔尊唐虞。施之鄉黨勵雅俗，仁誼得以相持扶。漢皇初始盛文學②，起自蜀國行中區。本朝教化視三代，建元安可爲齊驅！吾君訓辭諭萬里，義均盤誥兹宣敷。吾守教本樹一國，學盛洙泗相涵濡。臣謀君從協大義，聖哲倡和真同符。欲歌盛節示萬古，才不逮志嗟其愚。

復修府學故事　　　　　　　　　　　　　　　　　　韓　絳

文翁石室已千秋，世有興衰化自流。賢俊相望承學粹，朝廷繇此得人優。_{蜀中名士布在顯要。}太平典禮當傳習，盛際文章正講求。師友琢磨期不倦，岷峨秀氣與雲浮。

禮　殿　《蜀事補亡》　　　　　　　　　　　　　　　　宋　京

君不見漢人制作禮殿存，法度嚴廣分卑尊。祇今年數不可考，列畫古帝丹青昏。晉人遺書刻柱邊，字劃刓缺骨氣全③。衣冠真不異闕里，事業直笑銘燕然。鏘鏘似有環珮聲，七十二子羅簪纓。閉藏濁世如有待，開眼今日觀文明。陳倉石鼓歸辟雍，大成門閎何穹崇。安得貌取禮殿制，太學西有宣尼宮。

石　室　《蜀事補亡》　　　　　　　　　　　　　　　前　人

君不見西漢文翁爲蜀守，蜀學不居齊魯後。諸生競欲保翁名，石室鐫磨貴難朽。東漢高公又幾時，爲作石室還如兹。至今二室堅且久，文公高

---

① 徑：原作“經”，據靜嘉堂本、《全蜀藝文志》卷一〇改。
② 皇：原作“王”，據靜嘉堂本、《全蜀藝文志》卷一〇改。
③ 缺：原作“決”，據靜嘉堂本、《全蜀藝文志》卷一五改。

公名不衰。世間可傳唯鐵石，石終可泐鐵終蝕。古人好事留其名，石室存亡竟何益！漢水沉碑知在不，叔子名存空峴首。安得眼看石室銷，要知二子名終有。

過府學遂謁文公堂 喻汝礪

緑荻負幽隱，高槐泛輕涼。各娇一時好，披風互低昂。詎知五月中，微陰颼催黃。我行魯侯宮，獨謁文公堂。若人骨已朽，道在斯不亡。遂令蜀文章，照耀日月傍。世事俱腐臭，斯文真久長。靡顏能幾時，蕭條翳墟荒。富貴豈不好，千載同一傷。三嘆過泮宮，撫己涕自滂。

府學十詠 李　石

禮　殿

漢人祀周公爲先師，故鍾會記云"周公禮殿"。范蜀公鎮云：屋制甚古，非近世所爲，秦漢以來有也。內翰王素云：其屋制絕異今制，後之葺者惜其古，不敢改作。

蜀侯作頖錦水湄，先聖先師同此室。巍然夫子據此座，殿以周公名自昔。聖人兩兩如一家，均是周人先後出。東家想見中夜夢[①]，猶與公孫同袞鳥。斯文授受乃關天，不爲漢唐加損益。我時來視俎豆事，重是漢人斤斧迹。漢宮制度九天上，散落人間此其一。多因豐屋起戎心，獨此數椽綿歲曆。規模嶙峋東魯似，氣象縹緲西岷敵。竹松猶是《斯干》詩，風雨方知棟隆吉。雖然漢獻來至今，閱時已多駒過隙。中間豈無鳥鼠慮，妙斲不知難輒易。工師不揆亂如麻，敢向般門言匠石[②]。詩書譬彼尚闕文，後學如何補遺逸？祖龍非意竊登床，科斗有心來壞壁。舊章僅在命如絲，誰勒吾詩勝丹漆。

---

① 東家想見：《方舟集》卷二作"想見東家"。
② 般：原作"殿"，據《方舟集》卷二改。"般"指公輸般（魯班）。

石 室

漢孝景時，太守文翁始作石室。西爲文翁，稍南爲高眹[1]，比文翁石室差大，皆有石像。"眹"或爲"勝"，宋温之璋洗石以辨之，乃"眹"字也。詩稟切。蜀守席旦奏秩文翁、高眹於祀典。竊疑二室者，蜀人所以祠二公之意，非必自作。

來爲人所愛，去爲人所思。若看文與高，慈惠蜀之師。至今窟中像，凛凛建立時。知非伯有室，定是桐鄉祠[2]。蜀人愛二公，遠與千載期。其間幾灰劫，付與一炬炊。保此歲崢嶸，不動山四維。東家好鄰里，豈任惡少窺。祠前二古柏，外乾中不萎。勿作剪伐想，恐是神明遺。可憐墻壁間，峨冠劍拄頤。烈士不平氣，好在淮西碑。

殿柱記

范蜀公云：其柱鍾會隸書刻其上。按：會與鄧艾同入蜀，在咸熙元年甲申，距漢獻興平元年甲戌凡七十一年矣。會蓋追文翁、高君之美而書也[3]。

蒼龍甲戌歲，修築周公殿。文翁至高君，學校已再變。順考興平年，實紀漢之獻。或云鍾會書，入木字隱見。自獻而至會，朔曆斗杓轉。會初入蜀時，意不止弱禪。有如猿猱繫，百巧欲伺便。殺女不作難，機鋒劇刀箭。會書固出繇，家法素所善。至學艾筆迹，暮夜走郵傳。老昭豈易欺，真偽猝難辨。欺昭爾尚可，蜀士多秀彦。當其下筆時，寧不愧顏面？雖蒙黼藻文，不掩糞土賤。周公儻有靈，白日下雷電。鍾會善學人筆迹，學艾書以誆司馬昭，昭遂殺艾。

---

① 眹：原作"眹"，據《全蜀藝文志》卷一〇改。下同。按：眹通瞬，故下文注云"詩稟切"。《方舟集》卷一及《隸釋》卷一《益州太守高眹修周公禮殿記》作"眹"。
② 桐鄉祠：原作"同鄉時"，據靜嘉堂本及《全蜀藝文志》卷一〇改。前漢朱邑爲桐鄉吏，民愛之，死後爲立祠，見《漢書》卷八九《朱邑傳》。
③ 會：原作"艾"，據鄒蘭生刻本《全蜀藝文志》卷一〇改。

左右生題名或云：江陽、寧蜀、遂寧、晉原，以《晉志》考之，江陽，蜀置
此郡；寧蜀、遂寧、晉原皆是宣武平蜀後置。

范蜀公云：西漢時諸生姓名，文學祭酒、典學從事各一人，司儀、主事各一人，左生七十三人，右生三十人，可考者僅百許人。亦載於歐陽文忠公《集古錄》。

蜀地雖遠天之涯，蜀人只隔一水巴。自從文翁建此學，此俗化爲齊魯家。頹林春風桑椹熟，集鼓坎坎聞晨撾。諸生堂奧分左右，相比以立如排衙。九牧之金充歲貢，抉出金鑛遺其沙。卿、雲、褒、武皆蜀秀，虎豹各自雄鬚牙。兩京得人廣數路，忍使丘中留子嗟①。不然題名百許輩，無一顯者何謂耶？我亦典學老從事，試向坐中尋孟嘉。庾亮版孟嘉爲勸學從事。亮正旦大會人士，率多時彥。褚裒問亮："江州有孟嘉，其人何在？"亮云："在坐，卿且自覓。"今左右生有典學從事，意亦嘉所官也。

禮殿晉人畫

《耆舊傳》云西晉太康中益州刺史張收畫。而東晉王右軍已有書問蜀中事，知有漢時講堂在，知畫三皇五帝以來人物，畫又精妙②，欲因摹取，得廣異聞，則疑非收輩所畫。當是自漢以來畫，至收輩遞增益其數耳③。然畫之後前既無可考，則當以收爲正。嘉祐中，王素命摹寫爲七卷，總一百五十五人，爲《成都禮殿聖賢圖》。蜀守席益又嘗摹其容貌名位可別識者一百六十八人於石經堂。又按：元豐郭若虛《圖畫見聞誌》云："漢文翁學堂在益州，昔經頹廢，高朕復繕立。圖畫古人聖賢之像及瑞物於壁。"未知孰是，則與《耆舊傳》小異。

成都名畫窟，所至妙宮牆。風流五代餘，軌躅參隋唐。其間禮殿晉畫

---

① 子：原作"予"，據萬曆以下各本《全蜀藝文志》卷一〇改。按：此句出《詩·王風·丘中有麻》："丘中有麻，彼留子嗟。"

② 畫又精妙：原作"精妙畫文"，《方舟集》卷二作"畫文精妙"。然王羲之原帖云："知畫三皇五帝以來備有，畫又精妙，甚可觀也。"（《法書要錄》卷一〇）則當作"畫又精妙"。

③ "當是"至"其數"十五字原脫，據《方舟集》卷二補。

爲鼻祖，未數後來鴻雁行。畫者果誰歟，或云名收人姓張。右軍問蜀守，墨帖來縑緗。乃知前輩人，不愛時世妝。范瓊、杜措、李懷袞，仙荒佛怪，驅喝雷電，筆意窺渺茫。不若收所畫，上自皮羽之服，下至垂衣裳。盤古衆支派，帝霸皇與王。君臣分聖賢，有如虎豹龍鳳殊文章。視之若有見，日月星象空中垂耿光。聽之如有聞，衝牙玉佩鳴以鏘。三古以降歷今世，視聽所感猶一堂。乃知此畫自神品，碌碌餘子非所望。吾道久已屈，二氏爭頡頏。豈唯收也見絀餘子下，尚有公議老我雙鬢蒼。

齊人畫禮器

齊永明十年，刺史劉悛畫殿壁器服①，如《三禮圖》，席益摹本於石經堂。悛或作悛，或云劉悛弟填之筆②，今亡矣。

漆器侈初俗，長袖喧都城。如何古邃殿③，天開垂日星。奇奇與怪怪④，懷恍不識名。我嘗閱此畫，肇自齊永明。人間無備物，未易窮丹青。一昨因郊丘⑤，盛禮嚴天庭。器服各異數，於此集大成。仰瞻萬乘聖，遠想三代英。蟻蛭容著足，鴛鷺參結紜。西歸訪江梅⑥，鈞天夢初醒。心焉感此畫，眼角泣欲零。所見恐未夥，蜀都問君平。

黄筌畫屏

屏已失其左右二扇，獨中一山水屏在耳。石到官，驗問所失月日申府，蓋紹興三十年三月二十九日。府下兵馬司捕賊，不獲。

阿筌千頃本胸中，學道分明畫手同。筆削來追麟獲後，丹青爲洗馬群

---

① 悛：原作“悛”。按：下文注云“悛或作悛”，則此文本作“悛”。考《南齊書》本傳作“悛”，則仍當以“悛”爲正。

② 填：《全蜀藝文志》卷一〇作“慎”，當是。

③ 邃：原作“邃”，據靜嘉堂本、《全蜀藝文志》卷一〇改。

④ 奇奇：原作“奇奇奇”，據靜嘉堂本、《全蜀藝文志》卷一〇改删。

⑤ 昨：原作“作”，據《方舟集》卷一改。又，“一”字《方舟集》作“憶”。按：“一昨”猶“昨”，“一”爲語助詞，古人常語。

⑥ 訪江：原作“放天”，據《方舟集》卷一改。

空。登堂欲與修遺履，穴户何由返大弓。尚有滄溟垂素璧，且阻蠅誤污屏風①。

古柏二首

　　東坡先生《送家安國教授歸成都》云②："蒼苔高昳室，古柏文翁亭。"事具《成都古今記》，趙次公詳其事於東坡詩注。有妄庸人請於府，恐壞屋，欲去之。石曰："屋壞可修③，伐此柏不可復。且祠廟古迹林木，條禁甚明。"並舉東坡《柏堂》詩爭之，得全。

驕容落盡雪霜浮，偃蹇空貽社櫟羞。濡沫東家雖借潤，風烟西爽亦宜秋。皮災已覺神明露，心在猶懷剪伐憂。鐵鏁何當絆龍脚，夜深雷雨卷潭湫。石欲作鐵索絆之，以防風雨之暴，未果，僅能累石作籠固其足。

思人誰復念婆娑，窟室崖陰未易磨。四十圍間看溜雨，三千年後數恒河。不堪與世供狙杙，尚許遺民占鳥窠。從此便名夫子樹，康人斤斧奈予何④。監者王朝辨，進士，年八十餘矣，學官憫其老，不忍易之。

秦城二絶

　　張儀、司馬錯所築。自錯入蜀，秦惠公乙巳歲，至皇宋紹興壬午，一千四百七十八年，雖頹圮⑤，所存如崖壁峭立，亦學舍一奇觀也。

泮林堂後面崢嶸，不道詩書恨未平。瓜蔓沉坑餘鬼哭，此間學校倚秦城。

---

　　① 阻：《方舟集》卷四作"防"。
　　② 歸：原脱，據蘇軾原詩補。
　　③ 可：原作"不"，據《方舟集》卷四改。
　　④ 康：四庫本《方舟集》卷四作"匡"。按：此乃取匡人圍孔子史實，本應作"匡"，宋人避趙匡胤諱改作"康"，李石原詩亦應是"康"，今仍其舊。
　　⑤ 圮：原作"屺"，據靜嘉堂本、《全蜀藝文志》卷一〇改。

塹成雉堞繞蠶叢，漢棧分明蜀徼通。只說金牛能誑客，已輸巴粟到關中。

石經堂①

偽蜀廣政七年，其相毋丘裔按雍都舊本九經，命平泉令張德釗書而刻諸石。是歲實晉開運甲辰也，蜀守胡宗愈作堂以貯石經，席益增葺，爲記。

我來一登石經堂，從以諸生行兩廡。諸生讀經半頭白，問以始終箝不語。我聞此經昔中都，中郎所隸乃其祖。邇來離亂已亡失②，楷本僅能傳蜀土。蜀王閏位供掃除③，獨此仍爲盛時取。爲將嚴鐍守重扃，護以繚垣崇邃宇。列之學官豈無意，豈但闕文存夏五。大開明鏡別妍媸，時扣洪鍾諧律呂。後生不復事丹鉛，抵死唯知守籐楮。字音隨口妄蜺霓，點畫分毫謬魚魯。日月當天空委照，盲俗相欺紛莫睹。石經雖古奈爾何，人競傳今不傳古。行行矧肯揆眼覰，蘚剝苔封費撑拄。堅鐍僅免飽蟫魚④，隙道爭來宅狐鼠。此間鄒人儻借問，爲問石經誰是主。一昨敲門肆訶斥⑤，幾度向墻誇傴僂。登登閤閣隱金槌，聒耳散空垂雹雨。蠟薰煤染連作卷，玉軸錦裝如束杵。豈無一物媚權豪，幾紙才堪博圭組。爾之所得固麼麼，我則何由寬搏拊？一槌只作一字訛，訛至萬千那復數。石經之害此其大，縱有鬼神莫可禦。憶昔嘗爲博士官，首善堂中容接武。心知不是世間書，雲漢森然城百堵。恢恢帝所有餘地，忍使石經留外府？便當連舸下瞿塘⑥，飛上三山如插羽。縑緗舛謬鐘鼎暗，天罅豈容無一補？巍巍玉帝殿中央，河洛東西翼龍虎。雖然斯文屬興廢，帝既有心天亦許。作詩未用擬韓公，考篆庶幾追石鼓⑦。

---

① 石經堂：原作“石經室”，據《方舟集》卷二、《全蜀藝文志》卷一〇改。下文亦作“堂”字。

② 亡：原作“忘”，據靜嘉堂本、《方舟集》卷二改。

③ 蜀王：原作“蜀土”，據《方舟集》卷二改。

④ 蟫：原作“鐔”，據靜嘉堂本、《方舟集》卷二改。

⑤ 敲：原作“敵”，據《方舟集》卷二改。

⑥ 瞿：原作“矍”，據靜嘉堂本、《方舟集》卷二改。

⑦ 石：原作“古”，據《方舟集》卷二、《全蜀藝文志》卷一〇改。

成都文類卷五

詩

寺　觀

暮登四安寺鐘樓寄裴十　　　　　　　　　　（唐）杜　甫

暮倚高樓對雪峰，僧來不語自鳴鐘。孤城返照紅將斂，近市浮烟翠且重。多病獨愁常闃寂，故人相見未從容。知君苦思緣詩瘦，大向交遊萬事慵。

題武擔寺西臺詩　　　　　　　　　　　　　（唐）段文昌

秋天如鏡空，樓閣盡玲瓏。水暗餘霞外，山明落照中。鳥行看漸遠，松韻聽難窮。今日登臨地，多歡語笑同。

同　前　　　　　　　　　　　　　　　　　（唐）姚　向

開閣錦城中①，餘閑訪梵宮。九層連晝景，萬象寫秋空。天半將身到，江長與海通。提攜出塵土，曾是穆清風。

---

① 閣：原作“閤”，據《唐詩紀事》卷五〇改。

同　前　　　　　　　　　　　　　　　　　　　（唐）温　會①

桑門烟樹中，臺榭造雲空。眺聽逢秋興，篇辭變國風。坐愁高鳥起，笑指遠人同。始愧才情薄，躋攀繼韻窮。

同　前　　　　　　　　　　　　　　　　　　　（唐）楊汝士

清净此道宫，層臺復倚空。偶時三伏外，列席九霄中。平視雲端路，高臨樹杪風。自憐榮末座，前日别池籠。

同　前　　　　　　　　　　　　　　　　　　　（唐）李敬伯

臺上起凉風，乘閑覽歲功。自隨台席貴，盡許羽觴同。樓殿斜暉照，江山極望通。賦詩思共樂，俱得詠時豐。

同　前　　　　　　　　　　　　　　　　　　　（唐）姚　康

松徑引清風，登臺古寺中。江平沙岸白，日下錦川紅。疏樹山根净，深雲鳥迹窮。自慚陪末席，便與九霄通。

西蜀净衆寺松溪八韻兼寄小筆崔處士　　　　　（唐）鄭　谷

松因溪得名，溪吹答松聲。繚繞能穿寺，幽奇不在城。寒烟齋後散，

———————

①　温會：原作“温和”，據《唐詩記事》卷五〇及本書卷二《晚夏登張儀樓呈院中諸公》和詩改。按：白居易《長慶集》卷四八有温會、姚向等，並爲西川判官，即此人。

春雨夜中平。染岸蒼苔古，翹沙白鳥明。澄分僧影瘦，光徹客心清。帶梵侵雲響，和鐘擊石鳴。淡烹新茗爽，暖泛落花輕。此景吟難盡，憑君畫入京。

聖母山祈雨詩並序　　　　　　　　　　　　　　　　　　　潘　洞

靈池縣東山下有朱真人洞，洞北岡嶺連屬，逾二十里得褚聖女祠，化迹尤異，民咸事之。予出宰之次月，邑中苦旱，於是絜誠薦禱，希恩於二像之前。曾未三日，甘雨大澍，民欣其應，式歌且抃。仰荷明靈之垂祐，作詩以紀之。

錦里城東邑，高原十六鄉。江流分不到，天雨降爲常。益部十縣多引江水溉田，咸爲沃壤，唯靈池疏決不到，須俟天雨，俗謂之"雷鳴田"。節及三春後，晴逾兩月強。龍乖尋穴蟄，魚困入泥藏。樹影全虧綠，苗姿半吐黃。耕夫皆慘戚，市戶亦蒼忙①。潛慮冤無雪，深疑政有傷。推恩慚睿主，引咎謝虛皇。罄折真人宇，星奔聖女堂。先時蠲玉饌，隔夜浴蘭湯。洞口焚香遠，山椒作梵長。幽誠期必達，玄應果旋彰。雷振南峰下，雲飛北嶺傍。聲稠喧竹塢，勢迫瀉銀潢。飄灑連三晝，霶霈遍一方。稻畦烟漠漠，蓮沼水泱泱。物態涵優渥，民情遂樂康。洪施周庶品，餘潤浹他疆。稔歲還堪待，陰功詎可忘？明靈何以報，奮藻紀遺芳。

留題郫縣西禪院古調詩　　　　　　　　　　　　　　　　　　徐仲謀

郫縣七十寺，棋布於郊坰。景德當道衢，寶塔騰青冥。其間西禪院，地勝景物靈。何以使索然，中有《大藏經》。自從沒官來，卷帙何零丁。府民納其直，將遷離梵庭。奇哉陳氏子，睹此而涕零。謂寺無九部，何以重佛僧？如人去五臟，何以主神形？捨財百萬餘，贖之俾安寧。蘭若皆修飾，貝葉重芳馨。籤函列金玉，堂殿揮丹青。永以鎮福地，實可壯禪扃。命僧開寶藏，煌煌如日星。讀誦香烟裏，音響何泠泠。聞者與見者，如醉

---

① 忙：原作"茫"，據《全蜀藝文志》卷一四、《蜀中廣記》卷八改。蒼忙：倉忙、忽忙。

而得醒。豈不獲洪福，深遠於滄溟。凡人富金帛^①，安能延百齡。唯有好善道，聲譽喧雷霆。高吟二百言，長使郫民聽。

集海雲鴻慶院^②   宋　祁^③

地勝祠仍古，春餘物遍華。山雲時抱石，佛雨不萎花。嶺挾樓梯峻，巖牽殿城斜。淙溪雜環珮，怪蔓走龍蛇。供_{去聲}坐僧飛鉢，香園客戲沙。吾遊真草草，深意在青霞^④。

再遊海雲寺作   前　人

十里雲邊寺，重驅千騎來。天形欹野盡，江勢讓山回。園木濃成幄^⑤，樓鐘近殷雷。斜陽歸鞅促，飛蓋冒輕埃。

題信相院默庵   前　人

對言方有默，因默乃名庵。庵留默不遣，一物遂爲三。龜掃泥中痕，正恐力弗堪。自問呵默者，了然成妄談。

---

①　凡：原作“几”，據文意改。
②　“集”上，《景文集》卷一九有“三月二十一日”六字。
③　祁：原作“祈”，據靜嘉堂本、《兩宋名賢小集》卷二四改。
④　在：《景文集》卷一〇作“負”，《兩宋名賢小集》卷二四作“屬”，《全蜀藝文志》卷一四作“寄”。
⑤　幄：原作“性”，據靜嘉堂本、《景文集》卷一〇改。又“木”，《景文集》作“竹”。

信相院慧燈

范　鎮

行樂到蕭寺，像殿何煌煌①。僧年過九十，細話燈焰長。方憶韶齡時，初離父母鄉。是時循舊迹，晝夜不暫忘。自事膏火來，日就與月將。始卒未嘗暗，眉髮皆如霜。禦風設絳紗，求福兼異香。洪誇本化我，我心翻悲傷。寒村會績女，借餘坐如筐。陋巷苦志士，鑿壁偷隣光。太息日已暮，百結忡忡腸。類此事億萬，聊書成短章。

遊昭覺寺

前　人

炎蒸無處避，此地忽如寒。松砌行無際，石房禪自安。鴛鴦秋沼漲，蝙蝠晚庭寬。登眺見田舍，衡茅半不完。

淨衆寺新禪院

前　人

金地西郊外，一來煩慮攄。凡逢似仙境，鮮不屬僧居。岸綠見翹鷺，溪清無隱魚。殘陽已周覽，欲去幾躊躇。

和閤寺丞海雲寺

前　人

春日金田驊且譁，始因民俗好紛奢。管弦齊奏喧聞野，鶯燕高飛不在花。雕檻憑時見城郭②，回廊行處有烟霞。方塘靈石從來信，不獨當年太守誇。景德中，太守任密諫獲石得嗣，特奏院額。

---

① 何：原作“殿”，據《兩宋名賢小集》卷三九改。
② 檻：原作“楹”，據《兩宋名賢小集》卷三九改。

登崇聖閣　　　　　　　　　　　　　　　　　　　　前　人

金地環回半錦城，累年斤斧不停聲。遠村民舍烟未起，滿寺僧筵鐘盡鳴。又云"百院"。欄檻高低資眺覽，市廛言語尚分明。阿房昔日徒虛語，壯麗應虧此畫楹。

嚴真觀　　　　　　　　　　　　　　　　　　　　　呂公弼

卜肆垂簾地，依然門徑開。沉冥時已往，思慕客猶來。鳥啄虛簷壞，狐穿古井摧。空餘舊礎石，歲歲長春苔。

新繁縣顯曜院　　　　　　　　　　　　　　　　　　梅　摯

繡地縈回寶勢長，遍遊寧倦徙胡床。禪齋不顧幡風影，講席亂飛花雨香。苔陣暗連僧榻古，蕉旗低映佛窗涼。我來懶上東臺上，目送霜楸感北堂。妣親松檟在院東一里，故云。

和　韻　　　　　　　　　　　　　　　　　　　　　王　益

梵宇蕭條白日長，苦空譚麈接藤床。雲章酷愛休詩麗，蓮柄慵思遠社香。石髮雨梳鷄苑寂，風梭春織鷲山涼。劫塵心火銷平盡①，又聽鐘聲下講堂。

---

① 塵：原作"鹿"，據靜嘉堂本改。《全蜀藝文志》卷一四作"灰"。

留題重光寺羅漢院贈憲上人 　　　　　　　　　　　　梅 摯

　　人盡遊方證佛心，師心無着外三乘。蓮花結社新吟遠①，玉紙抄經舊價騰。藥杵半和鈴索響，茶烟輕共衲雲蒸。我來與話高僧事，冷笑支公學養鷹。

和 　　　　　　　　　　　　　　　　　　　　王 益

　　曉剃吟髭雪半零，海窗曾咒鉢龍醒②。盍同西竺能持法，應笑南僧不會經。雲氣晝閑侵塵柄，蘚痕春老上銅瓶。近來禪觀都無語，手指餘花滿寺庭。

留題清凉院 　　　　　　　　　　　　　　　王 益

　　背倚青峰面枕溪，濡毫新向壁間題。善根不撓金蓮合，净界無塵水月齊。會啓苾蒭真樂境，花開簷蔔遠香畦。因思祖塔嘗遊處，更在龍盤虎踞西。金陵有龍盤虎踞，城西偏。

和 　　　　　　　　　　　　　　　　　　　　梅 摯

　　一水明如罨畫溪，清凉佳勝古標題。香隨講雨天花爛，聲入幡風地籟齊。暫到已能知覺路，縱遊何必理禪畦。謝公公退多行樂，五里鳴騶出縣西。

---

　　① 蓮：原作“連”，據《全蜀藝文志》卷一四改。
　　② 咒：原作“況”，據《全蜀藝文志》萬曆以下各本改。《晉書》卷九五《僧涉傳》：“僧涉者，西域人……苻堅時入長安……能以秘祝下神龍，每旱，堅常使之咒龍請雨。俄而龍下鉢中，天輒大雨。”

送戴蒙赴成都玉局觀將老焉

蘇 軾

拾遺被酒行歌處，野梅官柳西郊路。聞道華陽版籍中，至今尚有城南杜。我欲歸尋萬里橋，水花風葉暮蕭蕭①。芋魁徑尺誰能盡，檀木三年已足燒。百歲風狂定何有，羨君今作峨眉叟②。縱未家生執戟郎，也應世出埋輪守。莫欺老病未歸身，玉局他年第幾人。會待子猷清興發，還須雪夜去尋君。

護國寺詩

張商英③

薄宦區區可嘆嗟，寂寥寒館過村家。神錐豈向囊中出，寶劍聊憑醉後誇。就祿勉持毛義檄，讀書空滿惠生車。掩關不識青春好，一夜狂風已落花。

外大父丞相初登科，爲雒縣主簿，經攝垾窊鎮稅官，留詩護國寺中。令狐監征録以見寄，謹再拜追和，而記其後

何 麒④

傳翁遺墨膩咨嗟，四海當年尚一家。大老不爲今日用，小詩徒遣後人誇。興來思跨巴滇馬，歸去方乘下澤車。燕麥兔葵僧舍裏，何如夢得訪桃花。此篇以和韻故附見，不以世次爲序。

---

① 風葉：原作“葉葉”，據靜嘉堂本及王十朋《東坡詩集注》卷一五蘇軾原詩改。
② 叟：原作“酒”，據靜嘉堂本及蘇軾原詩改。
③ 張商英：原作“張天覺”。按：天覺乃商英字，今統一改從名。
④ 何麒：原作“何麟”，據靜嘉堂本、《全蜀藝文志》卷一四、《宋詩紀事》卷四二改。按：何麒，青城人，張商英之外孫，見《建炎以來繫年要録》卷一四一、《容齋隨筆》卷一五。此篇乃追和商英前詩。

題雙流保國觀古柏　　　　　　　　　　　　胡宗師

孔明廟前古柏奇，此木氣象猶過之。幹東髯髴烟熖起，鐵龍空駕焚一枝。真人丹成何所適①，世傳乘鶴冲天飛。求詩道士心彌堅，試聽一誦工曹詩。

清曉坐四天王院②　　　　　　　　　　　　　喻汝礪

杳杳天宇凉，月墮星亦稀。朝輝下簷隙，遠色開林扉。寂坐無物役，隱几或在斯。曠焉耳目清，擬覺形神歸。混世迹若近，抱冲心獨微。故殿今幾年，何人所摹規。當時亦姱哉，作者良已罷。快意取一好，於身亮何私。不知壯觀地，徒使來者悲。坐頃又成昔，安知今是非。

登正法宮塔　　　　　　　　　　　　　　　　前　人

疏雨洗空闊，高標插青冥。携笻一來登，長笑謝所攖。清芳翔遠江，丹氣舒翠岷。雪嶺浮夏白，海雲亦遠青。孤花裊危芳③，初篁羅新榮。手容五十里，颯沓爲我陳④。陵坻漭變遷，物狀幾屈信。念往思自遠，感來屢彌臻。傷哉千里心，嗟爾百代人。胡爲軫其德，戚戚勞所營。吾謂以此辭，歸來巖下耕。

---

① 成：原作“誠”，據《全蜀藝文志》卷一四改。
② 曉：原作“晚”，據《宋詩紀事》卷三九及詩意改。
③ 裊：原作“要”，據《兩宋名賢小集》卷一八八改。
④ 沓：原作“杳”，據《兩宋名賢小集》卷一八八改。

遊西臺院暑雪軒觀石鏡

前 人

城中苦伊鬱，茲軒獨高騫①。連甍動參差，錯畦橫阡眠。雪嶠政孤峙，若與我周旋。遠翠浮蕩瀁，輕鷗下聯翩。密竹胃幽徑，新蒲澹清漣。初遊愜餘懷，既久幽念攢。慨彼泉下人，灼灼夸令顏。忽焉墮榛莽，窈窕不可援。一鏡空復情，況乃塊石頑。哀哉彼愚子，婉孌情所牽。差勝茂陵公，更詠方士言②。

遊嚴真觀支機石，而壁有記古鼎丹砂茅事③

前 人

古木共幽意，長廊亦蕭如④。於焉聊逍遙，且復散衣裾。塵慮颯已空，道心頗閬舒。不知度世人，去此歲幾徂。云何有丹砂，尚爾留庭隅。支磯亦悠哉，誰復訂有無。我知此公意，慨彼元鼎初。繼之五鳳間，斯民斃刀鋸⑤。聊欲謝世網，欸以道自娛。抱獨理自會，曠懷遺所拘⑥。初匪逃世人，而世自我疏。含默念斯人，起我憂患餘。

登西樓呈桑彥周

李 新

獨自行藏莫倚欄，市塵野色不相干。是中門戶也羅雀，何處身心更夢棺。錦水背人朝暮去，雪山隨我久長寒。一生著作驚磨滅，欲借君家鐵硯看。

---

① 騫：原作“褰”，據《兩宋名賢小集》卷一八八改。
② 詠：原作“詠”，據靜嘉堂本、《兩宋名賢小集》卷一八八改。
③ 丹砂茅：《兩宋名賢小集》卷一八八無“砂”字，《蜀中廣記》卷一、卷六八兩引此詩無“茅”字。疑無“茅”字是，詩中亦云“云何有丹砂”，不涉“茅”字。
④ 廊：原作“廓”，據靜嘉堂本改。
⑤ 鋸：原作“踞”，據靜嘉堂本改。
⑥ 拘：原作“據”，據靜嘉堂本改。

馮城開元寺留題

張　深

本自無涯宦海遊，如何杖策訪田疇？太平豈是渾無象，兩兩耕夫話有秋。

次韻龐茶使郫縣塔

楊天惠

平生閱巨麗，茲塔咤何雄。因地如無地，平空不礙空。寧從佛土徙，幾歷劫灰窮。落趾雞關北，明標玉壘東①。經營本龍象，負輓儼烟虹。畚築纏驅石，觚稜歘倚風。妙高分絕域，峻極倒中嵩。已幻花臺巧，並規鷲嶺嵸。仰窗平月殿，橫級俯蛟宮。未覺諸天隔，惟看一氣融。恒沙寸眸攝，多寡片心通。潒洞遺凡界，虛疏徹外朦。身邊揖先聖，眼外洗塵雰。井直參連壞，秦開漢拓功。真乘對時出，休運與天崇。締構雖人力，扶持亦化工。長生老西崦，諸葛死南隆。但了薰香炧，姑儲甋布筒。狂歌留白日，醉舞屬冥鴻。莫漫百年事，空成一禿翁。

次韻吳帥題保福壁二首

前　人

淨瓶猶貯近頒冰，拄杖還扶舊醉藤。遮莫簪花倩天女，未妨燕坐折談僧。

由來世諦即菩提，吾道元東祖自西。恰似蒼圓好頭相，可容破裂作阿梨？

---

① 壘：原作"疊"，據静嘉堂本改。

玉 局 《蜀事補亡》

宋 京

君不見青陽老人飛下天，口宣至道朝群仙。地中神人捧玉局，異事秘怪於今傳。龜城坤隅地有穴，俗説西與岷山連。嵯峨古觀森偉像，老柏慘澹含風烟。令威已去城郭在，人物自改名依然。亳州宮庭焕星斗，真皇行幸祥符年。所託得地近京邑，此獨隱晦遐方偏。安得老人洗此心，還我澹泊同古先。

嚴 真 《蜀事補亡》

前 人

君不見莊遵賣卜成都市[1]，市中仙隱無人值。百錢度日復何求，猶有沉冥見文字[2]。不因問着牛女星，下士安能知姓名。雲中鷄犬拔家去，舊宅寂寞秋蕪平。楷機石在年年長，藥鼎空留閉黃壤。前時發掘篆籀新，明水神丹光混濴。金雁橋邊臺觀存，神仙遺事渺難論。安得先生爲我卜，俗骨庶可窺天閤[3]。

遊咒土寺西臺[4]

蒲 瀛

偶到城西寺，人言咒土墳。夕陽臺半出，秋草徑縈分。地下無紅粉，天邊有碧雲。徘徊追往事，風急葉紛紛。

---

① 見：原作"得"，據靜嘉堂本改。
② 冥：原作"真"，據靜嘉堂本改。
③ 窺：原作"遺"，據靜嘉堂本、《全蜀藝文志》卷一五改。
④ 臺：原脱，據《全蜀藝文志》卷一四補。

東　臺　　　　　　　　　　　　　　　　　　　　　前　人

城郭層臺迥，祇園細路通。小亭虛白日，老樹足秋風。閱世年年改，傷心處處同。黃泉魂在否①，紅粉亦成空。

夏日過莊嚴寺，僧索詩，爲留三絶，拉舍弟同賦

晁公休

十里溪橋梵宇新，那知陌上漲紅塵。老僧苦要題名姓，不道林泉皆故人。

病起支離倚瘦筇，幅巾芒屩竹陰中。聞蟬未有驚人句，且就禪床一榻風。

機杼聲中禾稻肥，疇瓜區芋緑成畦。田家樂事今如許，何日邊城息鼓鼙。

又　　　　　　　　　　　　　　　　　　　　　　　晁公武

松筠窈窕隱禪房，茗碗熏爐白晝長。門外塵埃生熟惱，誰知林下自清凉。

笑脱塵衫撲軟紅，杖藜徙倚水光中。最憐林葉深深處，遮盡斜陽不礙風。

出門散策烟棲樹，歸路扶輿月蜕痕。十里江村入圖畫，野橋沙路杏

_____

① 泉：原作“巢”，據《蜀中廣記》卷三改。

難分。

留隱庵老住碧蘆軒   何　耕

庵中之人不見形，兩脚不住以隱名。此行有似風過海，摸索不著聞其聲[①]。浣花江頭萬僧市，抵掌笑談兒輩驚。一軒碧蘆佛手種，霜葉戚戚如詩鳴。此間謂是留鳳處，但恐還作冥鴻征。卷衣我亦逐師去，分取半庵棲月明。

題長松二首   前　人

老檜搖風萬籟聲，梨花着雨四山明。龕中大士好看客，排遣雲陰作晚晴。

路窮山百轉，雲擁木千章。蔑爾人間世，蕭然古道場。龍神森拱衛，旱魃走祈禳。地遠齋厨薄，重來剩裹糧。

題龍華佛閣   前　人

西川鑿山三大像，突兀皆在山之湄。修覺、九頂見略盡，獨此恨未瞻容儀。竭來勝地了疇昔，輕軒瘦馬相追隨。百尺金軀信雄傑，三乘寶閣何瑰奇。燃犀不用照幽鬼，擊鼓自合趨馮夷。前人開創願力廣，下與舟楫扶傾危。六月灘濤劇奔吼，一分性命爭毫釐。篙工落膽行者泣，彈指乞活天人師。人心狎水水多禍，佛力在人人不知。年來蜀產坐朘削，夜半有力真能移。軻峨大艑去不絕，綵鷁破浪風揚旗[②]。佛慈只作布施想，江神雖怒

---

① 摸：原作“模”，據文意改。
② 鷁：原作“鷾”，據《蜀中廣記》卷五改。綵鷁，綵舟。

將何爲①？

題龍華山寺　　　　　　　　　　　　　　　　　前　人

傑閣山爲佛，精廬地布金。水涵空闊净，路繞翠微深。鳥下窺齋鉢，龍歸識梵音。城中塵眯目，那得此幽尋。

龍華大像蓋冀國夫人所作，因成二絶　　　　　　前　人②

慧性元從戒定薰，百花潭水浣僧裙③。個中力量真超絶，故老尚傳娘子軍。

生男個個欲如狼，婦女軍中氣不揚。試問争功嗔目士，幾人能敵浣花娘？

普通山距府東十數里，青州禪師洪杲道場也。自龍華歸，過之。棟宇頹落，僧徒鄙野，良爲可惜。是夜雨大作，因書所聞所見爲長韻　　前　人

錦城之東山培塿，突起伽藍壓山口。入門氣象頗不凡，在昔規模定非苟。黄絹碑詞著眼看，侯溥作碑記，本末頗詳。青州老衲知名久。自披榛徑結茅屋，不剪霜鬚散蓬首。市門有女奉巾盥，衣褊無花生穢垢。府娼道玉從師落髮④，人或譖之於王建，建鞠之，竟無他。至今一轉鷓鴣語，蜀人呼鷓鴣爲連點七，有問師者云："如何是連點七？"師云："屈指數不及，地上無蹤迹，故云。"散作諸方師子吼。

---

①　雛：原作"將"，據静嘉堂本、《蜀中廣記》卷五改。
②　前人：原脱，據《兩宋名賢小集》卷二二六補。
③　潭：原作"鐔"，據静嘉堂本、《兩宋名賢小集》卷二二六改。
④　娟：原作"昌"，據静嘉堂本、《全蜀藝文志》卷一四改。

祖燈寂寞何人繼，窣堵岧嶤惟鬼守。法席草長深没膝，僧榻屋穿光見斗①。似聞占籍多衍沃，<small>此山寺常住田閒亦不薄。</small>合選名緇振頽朽②。我來不覺三嘆息，眼底盡空諸所有。自開粗席掃塵坌，聊寄閑眠憩奔走③。夢回中夜雨鳴簷，卧聽東風寒入牖。明朝散步轉山脊，好語相呼聞野叟。抽芒已見麥翻浪，搗麨懸知香滿手。須臾日影散林樾，絢練春光被花柳。僕夫催歸屢不應，景物殊佳寧忍負。出山騎馬更躊躇④，乘暇應須重載酒。

青羊宮<small>按：趙閲道《成都記》載⑤，宮乃老子乘青羊降其地，今有臺存焉。</small>

前　人

一再官錦城，咫尺望琳宮。未始得得來，正墮役役中。今朝弄晴雨，策蹇隨春風。頗愛意象古，停驂小從容。縹緲百尺臺，突起凌半空。憑欄俯修竹，決眥明孤鴻。信哉神仙宅，不受塵垢蒙。稽首五千言，衆妙一以通。静觀萬物復，豈假九轉功。區區立訓詁，亦哂河上公。癡人慕羽化，心外求鴻濛。要騎白鶴背，往訪青羊蹤。

暇日與陳楚材遊四天王寺，見五髻文殊畫像於廡下，剥落可惜。遂以告羅宗約參議，遷之正法禪院，俾長老惠公龕而祠之。爲詩十四韻書其事

前　人

陳侯招我古寺行，破椽老瓦煩支撑。丹青巨壁置廡下，大士五髻彰華纓。旁風上雨塵土集，意象落莫無光晶。近前諦視乃名筆，妙處不減本與瓊。<small>成都名畫多張南本、范瓊之筆。</small>惜哉此地非所託，走卒嘈雜兒童輕。西鄰塔廟頗雄偉，彌天老惠新主盟。撞鐘擊鼓飯千指，分坐豈無三尺楹？何人堪

---

① 榻：原作“人”，據静嘉堂本改。
② “合選”句：原作“舍選名錙振頽污”，據静嘉堂本、《全蜀藝文志》卷一四改。
③ 聊：原作“不”，據静嘉堂本、《全蜀藝文志》卷一四改。
④ 更：原作“叟”，據静嘉堂本、《全蜀藝文志》卷一四改。
⑤ 趙：原作“道”，據静嘉堂本、《全蜀藝文志》卷一四改。

作不請友，參謀行解俱圓明。從容試以語二士，曰此甚易非難成。便從遊戲出三昧，各借一臂相扶擎。騰空似赴遠公約，散花如入維摩城。都人改觀香火肅，雨淚膜拜爭投誠。主人更在好看客，永爲道伴終生平。莫言有我不須你，留取眉毛遮眼睛。

曉詣三井觀 范成大

路轉市聲遠，寬閑古城東。適從紅塵來，忽入蒼烟叢。槿心傾濃露，芋葉翻微風。秋陽澹籬落，殘暑不必攻。野老熟睡起，日高首如蓬。官身騎官馬，君應笑龍鍾。

遊三井觀 陸　游

三井久知名，暇日偶一訪。棟宇壞欲盡，基趾尚閎壯。畫墻皆國工，烟雲儼天仗。旌旄亞戈戟，佩玉雜弓韔。太古實傑作，筆落九天上。吳生名擅世，睥睨未肯讓。規模遠有考，意象毫不放。最奇老癯仙，骨立神愈王。石格雖少怪，用筆亦跌宕。兩姝淡蛾眉，非復火食狀。塵埃久侵蝕，風雨無蓋障。好事未易逢，寧能久亡恙。雍洛劫灰餘，妙迹盡凋喪。斯遊恐難繼，佇立增悄愴。

飯昭覺寺，抵暮乃歸 前　人

自墮黃塵每慨然，攜兒蕭散亦前緣。聊憑方外巾盂净，一洗人間七箸膻。静院春風傳浴鼓，畫廊晚雨濕茶烟①。潛光寮裏明窗下，借我逍遥過十年。

---

① 廊：原作“廓”，據静嘉堂本、《劍南詩稿》卷七改。

飯保福 前 人

篠雨雲低未放晴，閉門作病憶閑行。攝衣丈室參耆宿①，曳杖長廊喚弟兄。飽飯即知吾事了，免官初覺此身輕。歸來更欲誇妻子，學煮雲堂芋糝羹。

雨中登安福寺塔俗謂之黑塔。 前 人

平生喜登高，醉眼無疆界。北顧極幽幷，南望際海岱。喟然撫手嘆，從古幾成敗。英雄如過鳥，城郭但遺塊。今朝上黑塔，千里曠無礙。忽驚風霆掣，坐覺天地晦。急雨挾龍腥，潺暑爲摧壞。皇天念蟠鬱，今我寄一快②。那知書生狂，自倚心眼大。更思駐潼關，黃河看如帶。

遊圜覺、乾明、祥符三院至暮 前 人

成都再見春事殘，雖名閑官實不閑。門前車馬鬧如市，案上文檄高於山。有時投繻輒徑出，略似齊客偸秦關。日斜僕夫已整駕，顧景欲駐愁嘲訕。豈知今朝有此樂，放浪一笑開衰顏。抽身黃塵烏帽底，得意翠木清泉間。搴裳危磴窮犖确，洗耳古澗聽淙潺。豈惟頓覺宇宙廣，政爾一散腰脚頑。似聞青城縹緲處③，待我歸綴仙官班。俊鷹解絛即萬里，豈比倦翼方知還！

① 丈：原作“文”，據《劍南詩稿》卷七改。
② 今我：原作“今宵”，據静嘉堂本、《劍南詩稿》卷七改。按：上文云“今朝上黑塔”，明非夜登，不得云“今宵”。
③ 城：原作“峨”，據静嘉堂本、《劍南詩稿》卷七改。

觀華嚴閣萬僧會齋

前　人

拂劍當年氣吐虹，暗嗚坐覺朔庭空①。早知壯志成癡絕，悔不藏名萬衲中。

過淨名院，觸目都似曾到，問訊乃非也，戲題絕句

李　燾②

入門髪髯記曾來，問訊山僧始此回。却覓舊遊無是處，只應形似遣人猜。

世間形似巧迷人，總是安排底處真。縱復非真猶足喜，得來聊寄夢中身。

丙寅歲秋再抵長松，奉等慈師入城，作詩記一時事

前　人

前來送師歸，今日迎師去。送迎我何勞，師乃困行路。天公將誰尤③，耗斁此下土。一水禍未忘，旱勢復如許。小民惟怨咨，憪莫知其故。徑須憑佛力，庶可回帝怒。自憐操持約，一念寄香縷。氤氳縷上徹，雲色暗窗戶。數聲跳珠急，忽已忘處所。老僧笑謂我："水旱要有數。德非與天通，造請輒違拒。官豈真德人，天意遽相與。更看鞭雷公，滂沛逐飛馭。定身固如如，未始間行住。抗走不少停，政恐塵埃污。傾心太平日，十五一風雨。官既罷迎送，師亦得安處？"我聞低頭謝，勤爾相誨語。作詩書長松，

---

① 嗚：原作"鳴"，據靜嘉堂本卷七改。
② 李燾：原作"李薰"，據靜嘉堂本、《石倉歷代詩選》卷二一八改。
③ "將"下原衍"歸"字，據靜嘉堂本删。

來者尚有取。

從薛元法會食保福意軒，得"徑"字

前　人

　　春愁醉人心，灑面呼不醒。出門却入門，兀兀度晨暝。昨遊欣有得，水鏡謝磨瑩。豈惟勝紛華，頗復造禪定。君看青雲士，窘步争捷徑。鏗爾詎舍瑟，硜乎方擊磬。何曾頃刻閑，通夕不遑瞑。彼應疾此固，我亦惡夫佞。人生出處耳，山林與朝廷。遲遲岐路間，去就須審訂。寧爲龜曳涂，勿作馬旋濘。羲馭靡容勒①，風船猶可矴。但令尊不空，敢憚室垂磬。更結汗漫遊，後期君速聽。

十五日同登大慈寺樓，得"遠"字

前　人

　　重樓得雲氣深穩，户牖誰能發關鍵。樓下輪蹄渙散馳，行人一顧不容返。好遊獨是我輩閑，褰衣直上相推挽。層軒危檻倚欲偏，更假胡床同息偃。西南繁會惟此都，昔號富饒今已損。填城華屋故依然，孰爲君王愛基本？茫茫八表聊縱目，情知日近長安遠。白雲浩蕩飛鳥没，玉笙凄凉紅粉晚②。梁王吹臺得李、杜，黄公酒壚醉嵇、阮。高峰千載凛莫攀，與世相濁徒混混。荷衣蕙帶芙蓉裳，野服猶堪敵華袞。去梯熟復共君謀，殺馬毁車從此遁。

---

　　①　羲：原作"義"，據静嘉堂本改。羲指羲和，古代傳説中爲日駕車者，見漢王逸《楚辭章句·離騷》。

　　②　粉：原作"紛"，據静嘉堂本改。

三月四日遊大雲寺，分韻得"三"字。佛龕多題
名，獨韋抗①、段文昌、李景讓、鄭愚四人者可
考，王文穆、呂正、閔治平嘉祐間過此，亦有筆
迹，因以詩記
前　人

野寺依絶壁，化身滿諸龕。後前莽難測，千億紛相參。妙斲謝斤斧，
高樓軼烟嵐。旁行栗危棧，俯瞰驚深潭。歲月浸荒老，苔蘚爭封函。亦有
好事者，增飾施朱藍。經營定自圖，謀雅奚未諳②。款識或可辨，上下試
與探。遠徵固寂寞，近取纔二三。開元韋庶子，剖符劍之南。咄嗟檀施
開，至今爲美談。墨卿少羈寠，節旄晚莶莶。樂和盛家法，國垢猶包含。
鄭氏雖世儒，蠻禍竟莫戡。舊相粵冀級，經從各停驂。翰林寵則多，御史
德豈慚③。數公方盛壯，厥聲實訏罩。紛華竟安在，人壽無彭、聃。彼石
尚云朽，吾生諒何堪。華前一笑粲，現此優波曇。稽首識歸處，徑欲投佩
簪。蠢蠢誰汝縛，竊食如春蠶。祓除偶辰巳，風景清且酣。相引着勝地，
佛日況可貪。敢誇一醉富，庶解憂心惔。因歌以記之，放筆書僧庵。

遊長松寺，宿石門僧舍，以"石門霜露白"爲韻，得"露"字
楊　甲

疾風吹輕衣，駕我雲脊路。人間一回首，驚絶不敢顧。鳥投虛無底，
渺渺不知處。蜂窠蟻丘蛭，與世同所騖。試看一蒼莽，誰有不平慮？尚憐
野僧屋，佛面荒苔蠹。斷崖劃呀唅，洶洶崩石怒。我來得奇觀，拄杖叩巖
樹。青山有驕色，斯客不能句。平生二三子，慰我一相遇。娟娟松間月，
幽夕亦可度。夜闌更小語，風逼遺響去。酌君無多酒，繼以木蘭露。

---

① 獨韋抗：原作"韋獨抗"，據静嘉堂本乙。
② 諳：原作"暗"，據静嘉堂本改。"謀雅"亦疑有誤。
③ 慚：原作"斬"，據静嘉堂本改。

成都文類卷五

75

登安福浮屠，以"高標跨蒼天"爲韻，得"跨"字

前　人

誰能於虛空，千仞擢修架。層梯高寥寥，可歷不可跨。疑從地上踴，幻手聊一化。飛龍送千柱，雷雨天一借。巍巍大勝妙，突兀此其亞。道人豈澄觀，佛事了閑暇。指揮三百尺，斤斧隨叱咤。當時奮赤手，意闊已遭罵。後來見奇特，世眼一驚詫。塹山作平地，海闊梁可駕。哀哉耳目陋，未信猶疑嚇。凌高更回首，落日在雲罅。蒼蒼野浮樹，漠漠水分汉①。悲涼豪傑窟，野冢埋王伯。百年眼前是，俯仰閱榮謝。惟當快飲酒，醉聽風鈴夜。

宿安靜觀

前　人

青山轉龍脊，矯首西南天。上有仙人祠，臺殿飛後前。下見雲雨興，樹色暗平川②。仙人兩黃鵠，一去無歸年。向來道上屨，人着幾何錢。一朝聞羽化，悵望空流涎。却揮囊中金，瓦礫來投捐。巖巖化金碧，香火通雲烟。人間萬事爾，旦暮有愚賢。而況爭奪場，轉手分媸妍。仙人一回首，破隴與荒阡。紛紛不足道，哀此區中緣。石泉瀉幽潔，意寂不肯喧。夜聞松風露，起坐心寥然。

朱真人祠

前　人

一濯巖下溪，再拜巖中庭。清風蕭然來，吹我衣上腥。仙人芙蓉冠，乘月下雲軿。山空雜佩響，静夜朝百靈。似聞客欲去，小語猶丁寧。蕭蕭上松柏，急以兩耳聽。寂寥古壇外，但掛斗與星。天明恐是夢，恍惚遺心形。去飲石上水，再讀幽人銘。青山無行迹，霧雨松冥冥。

---

① 前"漢"字原作"漢"，據靜嘉堂本、《全蜀藝文志》卷一四改。
② 川：原作"州"，據靜嘉堂本、《兩宋名賢小集》卷三七四改。

成都文類卷六

詩

陵　廟

謁先主廟

（唐）杜　甫

　　慘澹風雲會，乘時各有人。力侔分社稷，志屈偃經綸。復漢留長策，中原仗老臣。雜耕心未已，嘔血事酸辛。霸氣西南歇，雄圖歷數屯。錦江元過楚，劍閣復通秦。舊俗存祠廟，空山泣鬼神。虛簷交鳥道，枯木半龍鱗。竹送青溪月，苔移玉座春。閭閻兒女換，歌舞歲時新。絕域歸舟遠，荒城繫馬頻。如何對搖落，況乃久風塵。孰與關、張並，功臨耿、鄧親。應天才不小，得士契無鄰。遲暮堪帷幄，飄零且釣緡。向來憂國淚，寂寂灑衣巾。

蜀　相

前　人

　　丞相祠堂何處尋，錦官城外柏森森。映堦碧草自春色，隔葉黃鸝空好音。三顧頻煩天下計，兩朝開濟老臣心。出師未捷身先死，長使英雄淚滿襟。

蜀先主廟 漢末謠："黃牛白腹，五銖當復。" （唐）劉禹錫

天下英雄氣，千秋尚凜然。勢分三足鼎，業復五銖錢。得相能開國，
生兒不象賢。淒涼蜀故妓，來舞魏宮前。

謁先主廟絕句三首① （唐）張 儼

仗順繼皇業②，併吞勢由己。天命屈雄圖，誰歌大風起。

得股肱賢明，能以奇用兵。何事傷客情，何人居帝京③？

雄名垂竹帛，荒陵壓阡陌。終古更何聞，悲風入松柏。

武侯廟 （唐）武少儀

執簡焚香入廟門，武侯神像儼如存。因機定蜀延衰漢，以計連吳振弱孫。
欲盡智能傾僭盜，善持忠節輔庸昏。宣王請戰貽巾幗，始見才吞亦氣吞。

祠祭畢題臨淮公舊碑 （唐）楊嗣復

臨淮公，武元衡也。元和初，元衡鎮蜀，嗣復為節度推官。
後二十七年，嗣復鎮蜀，時太和九年也，汝士為東川節度使，故

---

① 《唐詩紀事》卷四五載此詩題，其前尚有"貞元八年十二月"七字。
② 仗：原作"杖"，據《唐詩紀事》卷四五改。
③ 居：《唐詩紀事》卷四五作"歸"。

相唱和。汝士曾爲蜀帥段文昌掌管也。

齋莊修祀事，旌旆出郊闉。薙草軒墀狹，塗墻赭堊新。謀猷期作聖，風俗奉爲神。酹酒成坳澤，持兵列偶人。非才膺寵任，異代挹芳塵。況是平津客，碑前淚滿巾。

和

（唐）楊汝士

古柏森然地，修嚴蜀相祠。一過榮異代，三顧盛當時。功德流何遠，馨香薦未衰。敬名探《國志》，飾像慰旻思。昔謁從征蓋，今聞擁信旗。固宜光寵下，有淚刻前碑。

武侯祠

陳　薦

建安綱紀如綫微，高、光基業春冰危。姦豪拔劍將群盜，驅龍控虎争雄雌。武侯當日臥南陽，韜稜晦角陰營爲。高吟《梁甫》比管、樂，胸中造化無人知。東吴北魏至强大，不肯逆德爲其師。先主欵聞元直語，三往咨求當世宜。勤勤陳説扶漢室，慷慨感義許驅馳。一説孫權敗曹操，劉氏遂肇中興基。申明號令鼓雷電，勖勵士卒獰蛟螭。分留猛將控荆渚，翼戴昭烈來坤維。獻皇遘害首勸進，應天嗣位開群疑。本謀憑藉蜀富庶，養威用作併吞資。大勳未集昭烈崩，遵守顧命如周、伊。均平賞罰重恩信，比屋道路皆熙熙。七擒孟獲除後患，至今南詔崇靈祠。今諸蠻聚落中皆立武侯祠。東征直據五丈原，欲復咸、鎬綏華夷。上成先帝創業意，下副四海蒼生思。推忠仗氣順百倍，俯視敵衆真嬰兒。仲達雖走漢終失，人謀不可違天時。朔方男子過廟下，秋天寥落霜風悲。妖狐怪兔穴壞壁，飢鴉餓鵲啼枯枝。手植勁柏尚蒼翠，疑有神靈潛護持。吾心切切慕風概，灑淚踟躕成此詩。流星落帳芒角惡，暴然不起軍如癡。精魂埋没已千歲，奈無英傑齊高規。林梢脱葉響颯颯，烟頭暮雨寒絲絲。樵兒敲斲段尹石，苔蘚斕斑裴相碑。晬容昏剥堂廡陋，龍祠神廟窮珍奇。

武侯廟柏

范　鎮

滿葉是清霜，培根無沃土。耻作秦皇松，寧爲馮異樹①。英靈自有風，蔭蔚長如雨。可憐青青姿，不知人事古。

謁諸葛廟

喻汝礪

孤雲何其高，明月不可繫。灼灼抱此心，與世自涇渭。釋耒從所歡②，感亂亦虛欷。咨惟今之人，竊國未云耻。匕首入吳市③，秋風動燕水。區區袁與曹，等是刺客耳。而我於其間，秉義不敢墜。哀音回衝飇④，清義動幽邃。天心固難亮，吾獨信所履。溶溶日間雲，漠漠苔點砌。飢鼯墮蒼瓦，澹薄公所憩。靜然想英姿，孤懷亦差尉。

過武侯廟

陳　古

群雄角逐自驅除，邂逅真龍起畏途。材並管、蕭非亞匹，氣吞曹、馬直庸奴。兩朝冠蓋尊元老⑤，千載風雲屈壯圖。天欲鼎分終割據，可憐憂國竟捐軀。

---

① 馮：原作“憑”，據静嘉堂本、《兩宋名賢小集》卷三九改。“馮異樹”典出《後漢書·馮異傳》。
② 耒：原作“來”，據静嘉堂本、《石倉歷代詩選》卷一三一改。
③ 吳：原作“吾”，據《兩宋名賢小集》卷一八八改。
④ 衝：原作“衡”，據《兩宋名賢小集》卷一八八改。
⑤ 老：原作“遠”，據静嘉堂本、《宋詩紀事》卷三一改。

謁江瀆廟 　　　　　　　　　　　　　　　　　　　　　喻汝礪

坤軸東南傾，大江日夜注。前驅下荊巫①，餘濤略吴楚。任勢不期勞，得意緣所遇。水也初無營，神哉亮誰主。芳蘭沉清華，碧藻舒翠縷。晨鵠戲野岸，春鳬集深渚。均是得所安，而神豈私汝。古來幾精魄，捨此迷所處②。淫遊不知還，沙村失烟樹。而我後千載，悠然在江滸。抱嗇貴無競，矜名忌多取。冥冥罥岸風，淫淫打舡雨。舞雪窺洪濤，開蘋渡前浦。再拜謝神况，聊復隨所住。

題先主廟 　　　　　　　　　　　　　　　　　　　　　晁公遡

天地收霸氣，丘原餘閟宫③。野人相指似，旁有若堂封。當時大耳兒，甚似隆準公。夫豈忘故都，崎嶇巴蜀中。劃然成三分，正爾阨兩雄。武侯抱遺恨，秦隴竟莫通。獨憐晉昌明，千載時始逢。坐看五胡亂，蕭條河洛空。

拜張忠定公祠二十韻④ 　　　　　　　　　　　　　　陸　游

張公世外人，與蜀偶有緣。天將靖蜀亂，生公在人間。厥初大盗興，樂禍迭相延。天子輟玉食，貴臣擁戎旃。生殺出喜怒，死者常差肩。公曰此何哉，從之吾欺天。河流觸地軸，砥柱屹不遷。脅從盡縱捨，飛章交帝前。上意竟開悟，至仁勝凶殘。貴臣不極賞，追還黜其權。安危關社稷，豈惟蜀民全。後來有阿童，握兵事開邊。晚策睦州功，上公珥金蟬。勢張

---

① 荊巫：原作“洺洙”，據《兩宋名賢小集》卷一八八改。

② 捨：原作“拾”，據《兩宋名賢小集》卷一八八改。

③ 餘：原作“余”，據《嵩山集》卷五改。

④ 祠：原作“詞”，據《劍南詩稿》卷三改。

不可禦，北鄉挑幽燕。神京遂丘墟，迄今天步艱。時無忠定公，孰能折其姦。我來拜遺祠，喬木含蒼烟。死者不可作，愀然衰涕潸。憤切感虜禍，慷慨思公賢。春秋送迎神，誰爲歌此篇？

成都文類卷七

詩

亭　館　一

草　堂　　　　　　　　　　　　　　　　　　　　　　　　（唐）杜　甫

　　昔我去草堂，蠻夷塞成都。今我歸草堂，成都適無虞。請陳初亂時，反覆乃須臾。大將赴朝廷，群小起異圖。中宵斬白馬，盟歃氣已粗。西取邛南兵，北斷劍閣隅。布衣數十人，亦擁專城居。其勢不兩大，始聞蕃漢殊。西卒却倒戈，賊臣互相誅。焉知肘腋禍，自及梟獍徒。義士皆痛憤，紀綱亂相踰。一國實三公，萬人欲爲魚。唱和作威福，孰肯辨無辜！眼前列杻械，背後吹笙竽。談笑行殺戮，濺血滿長衢。到今用鉞地，風雨聞號呼。鬼妾與鬼馬，色悲充爾娛。國家法令在，此又足驚吁。賤子且奔走，三年望東吳。弧矢暗江海，難爲遊五湖。不忍竟捨此，復來薙榛蕪。入門四松在，步屧萬竹疏。舊犬喜我歸，低徊入衣裾。隣舍喜我歸，沽酒携胡蘆。大官喜我來，遣騎問所須。城郭喜我來，賓客隘村墟。天下尚未寧，健兒勝腐儒。飄飄風塵際，何地置老夫。於時見疣贅，骨髓幸未枯。飲啄愧殘生，食薇不敢餘。

寄題江外草堂梓州作，寄成都故居。　　　　　　　　　　　　　前　人

　　我生性放誕，雅欲逃自然。嗜酒愛風竹，卜居此林泉。遭亂到蜀江，臥痾遣所便。誅茅初一畝，廣地方連延。經營上元始，斷手寶應年。敢謀

土木麗，自覺面勢堅。臺亭隨高下，敞豁當清川。雖有會心侶，數能同釣船①。干戈未偃息，安得醄歌眠。蛟龍無定窟，黃鵠摩蒼天。古來達士志，寧受外物牽。顧惟魯鈍姿，豈識悔吝先。偶携老妻去，慘澹陵風烟。事迹無固必，幽貞愧雙全②。尚念四小松，蔓草易拘纏。霜骨不甚長，永爲隣里憐。

卜　居　　　　　　　　　　　　　　　　　前　人

浣花流水水西頭，主人爲卜林塘幽。已知出郭少塵事，更有澄江銷客愁。無數蜻蜓齊上下，一雙鸂鶒對沉浮。東行萬里堪乘興，須向山陰上小舟。

一　室　　　　　　　　　　　　　　　　　前　人

一室他鄉遠，一作"老"。空林暮景懸。正愁聞塞笛，獨立見江船。巴蜀來多病，荊蠻去幾年。應同王粲宅，留井峴山前。

王十五司馬弟出郭相訪，兼遺營茅屋貲　　　前　人

客裏何遷次，江邊正寂寥。肯來尋一老，愁破是今朝。憂我營茅棟，携錢過野橋。他鄉唯表弟，還往莫辭遥。

王録事許修草堂貲不到，聊小詰　　　　　　前　人

爲嗔王録事，不寄草堂貲。昨屬愁春雨，能忘欲漏時？

---

① 同：原作"問"，據《九家集注杜詩》卷八改。
② 貞：原作"身"，據《九家集注杜詩》卷八改。

草堂即事 　　　　　　　　　　　　　　　　　　　　　　　前　人

　　荒村建子月，獨樹老夫家。雪裏江船渡，風前徑竹斜。寒魚依密藻，宿鷺起圓沙。蜀酒禁愁得，無錢何處賒？

王十七侍御掄許攜酒重至草堂①，奉寄此詩②，便請邀
　　高三十五使君同到　　　　　　　　　　　　　　　　　　前　人

　　老夫臥穩朝慵起，白屋寒多暖始開。江鸛巧當幽徑浴，鄰雞還過短牆來。繡衣屢許攜家醖，皂蓋能忘折野梅？戲假霜威促山簡，須成一醉習池回。

王竟攜酒，高亦同過，共用“寒”字　　　　　　　　前　人

　　臥疾荒郊遠，通行小徑難。故人能領客，攜酒重相看。自愧無鮭菜，空煩卸馬鞍。移時勸山簡，頭白恐風寒。

水檻遣心二首 　　　　　　　　　　　　　　　　　　　　前　人

　　去郭軒楹敞，無村眺望賒。澄江平少岸，幽樹晚多花。細雨魚兒出，微風燕子斜。城中十萬戶，此地兩三家。

　　蜀天常夜雨，江檻已朝晴。葉潤林塘密，衣乾枕席清。不堪祇老病，何得尚浮名。淺把涓涓酒，深憑送此生。

_____

　　① 掄：原作“楡”，據《九家集注杜詩》卷二二改。
　　② 詩：原作“時”，據《九家集注杜詩》卷二二改。

嚴中丞枉駕見過 嚴自東川除西川，敕令兩川都節制。　　　　　　　　前　人

元戎小隊出郊坰，問柳尋花到野亭。川合東西瞻使節，地分南北任流萍。扁舟不獨如張翰，白帽應兼似管寧。寂寞江天雲霧裏，何人道有少微星？

南　鄰　　　　　　　　　　　　　　　　　　　　　　　　前　人

錦里先生烏角巾，園收芋栗不全貧①。慣看賓客兒童喜，得食階除鳥雀馴。秋水纔深四五尺，野航恰受兩三人。白沙翠竹江村暮，相對柴門月色新。

北　鄰　　　　　　　　　　　　　　　　　　　　　　　　前　人

明府豈辭滿，藏身方告勞。青錢買野竹，白幘對江皋。愛酒晉山簡，能詩何水曹。時來訪老疾，步屧到蓬蒿。

水　檻　　　　　　　　　　　　　　　　　　　　　　　　前　人

蒼江多風颭，雲雨晝夜飛。茅軒駕巨浪，焉得不低垂。遊子久在外，門户無人持。高岸尚如谷，何傷浮柱敧。扶顛有勸誡，恐貽識者嗤。既殊大厦傾，可以一木支。臨川視萬里，何必欄檻爲？人生感故物，慷慨有餘悲。

---

① 栗：原作“粟”，據《集千家注杜工部詩集》卷七改。

江　亭 前　人

坦腹江亭暖，長吟野望時。水流心不競，雲在意俱遲。寂寂春將晚，欣欣物自私。故林歸未得，排悶强裁詩。

茅屋爲秋風所破歌 前　人

八月秋高風怒號，卷我屋上三重茅。茅飛度江灑江郊，高者挂罥長林梢，下者飄轉沉塘坳。南村群童欺我老無力，忍能對面爲盜賊。公然抱茅入竹去，唇燋口燥呼不得，歸來倚杖自嘆息。俄頃風定雲墨色，秋天漠漠向昏黑。布衾多年冷似鐵，嬌兒惡臥踏裏裂。床床屋漏無乾處①，雨脚如麻未斷絶。自經喪亂少睡眠，長夜沾濕何由徹！安得廣厦千萬間，大庇天下寒士俱歡顔，風雨不動安如山。嗚呼！何時眼前突兀見此屋，吾廬獨破受凍死亦足。

院中晚晴，懷西郭茅舍 前　人

幕府秋風日夜清，澹雲疏雨過高城。葉心朱實看時落，階面青苔先自生。復有樓臺銜景暮，不勞鐘鼓報新晴。浣花溪裏花饒笑，肯信吾兼吏隱名？

舍弟占歸草堂檢校，聊示此詩 前　人

久客應吾道，相隨爾獨來。誰知江路近，頻爲草堂回。鵝鴨宜長數，柴荆莫浪開。東林竹影薄，臘月更須栽。

---

① 床床：《九家集注杜詩》卷一〇作"床頭"。

營　屋

前　人

　　我有陰江竹，能令朱夏寒。陰通積水內，高入浮雲端。甚疑鬼物憑，不顧翦伐殘。東偏若面勢，戶牖可永安。愛惜已六載，茲辰去千竿。蕭蕭見白日，泂泂開奔湍。度堂匪華麗，養拙異《考槃》。草茅雖薙葺，衰疾亦少寬。泝然順所適，此足代加餐。寂無斤斧響，庶遂憩息歡①。

奉酬嚴公寄題野亭之作

前　人

　　拾遺曾奏數行書，懶性從來水竹居。奉引濫騎沙苑馬，幽棲真釣錦江魚。謝安不倦登臨費，阮籍焉知禮法疏。枉沐旌麾出城府，草茅無徑欲教鋤。

堂　成

前　人

　　背郭堂成蔭白茅，緣江路熟俯青郊。榿林礙日吟風葉，籠竹和烟滴露梢。暫止飛烏將數子，頻來語燕定新巢。旁人錯比揚雄宅，懶惰無心作《解嘲》。

西　郊

前　人

　　時出碧雞坊，西郊向草堂。市橋官柳細，江路野梅香。傍架齊書帙，看題檢藥囊。無人競來往，疏懶意何長。

---

①　歡：原作“懽”，據《九家集注杜詩》卷一〇改。

田 舍 前 人

田舍清江曲，柴門古道傍。草深迷市井，地僻懶衣裳。欀柳枝枝弱，枇杷樹樹香。鸕鷀西日照，曬翅滿漁梁。

懷錦水居止二首 前 人

軍旅西征僻，風塵戰伐多。猶聞蜀父老，不忘舜謳歌。天險終難立①，柴門豈重過。朝朝巫峽水，遠逗錦江波。

萬里橋南宅②，百花潭北莊。層軒皆面水，老樹飽經霜。雪嶺界天白，錦城曛日黃。惜哉形勝地，回首一茫茫。

嚴公仲夏枉駕草堂，兼攜酒饌 前 人

竹裏行廚洗玉盤，花邊立馬簇金鞍。非關使者徵求急，自識將軍禮數寬。百年地僻柴門迥，五月江深草閣寒。看弄漁舟移白日，老農何有罄交歡？

過南鄰朱山人水亭 前 人

相近竹參差，相過人不知。幽花欹滿樹，小水細通池。歸客村非遠，殘樽席更移。看君多道氣，從此數追隨。

---

① 險：原作“際”，據静嘉堂本、《集千家注杜工部詩集》卷一三改。
② 南：《集千家注杜工部詩集》卷一三作“西”。

琴 臺

前 人

茂陵多病後，尚愛卓文君。酒肆人間世，琴臺日暮雲。野花留寶靨，蔓草見羅裙。歸鳳求凰意，寥寥不復聞。

同群公秋登琴臺①

（唐） 高 適

古迹使人感，琴臺空寂寥。静然顧遺塵，千載如昨朝。臨眺自兹始，群賢久相邀。德與形神高，孰知天地遥。四時何倏忽，六月鳴秋蜩。萬象歸白帝，平川橫赤霄。猶是對夏伏，幾時有涼飈。燕雀滿簷楹，鴻鵠搏扶摇。物性各自得，我心在漁樵。兀然還復醉，尚握樽中瓢。

寄題杜二錦江野亭

（唐） 嚴 武

漫向江頭把釣竿，懶眠沙草愛風湍。莫倚善題《鸚鵡賦》，何須不着鵕鸃冠。侍中。腹中書籍幽時曬，肘後醫方静處看。興發會能馳駿馬，終須重到使君灘。

清陰館種楠

蔣 堂

手植梗楠二千樹，時當慶曆五年春。還期莫道空歸去，留得清陰與後人。

---

① 按：此琴臺乃指宓子賤琴臺，在單父縣（今山東單縣南），非成都司馬相如琴臺。《高常侍集》卷五此詩之後又有《登子賤琴臺賦詩三首》，其序云“甲申歲適登子賤琴臺”，是也。《成都文類》誤收，《全蜀藝文志》《蜀中廣記》亦從而誤收。

東　齋
前　人

守土無留事，休居有静齋。文才化僻陋，術未迫乖崖。古帙書參畫，秋陰竹間槐。西人安枕外，聊此息筋骸。

府衙新書堂 並序
張　俞

虢略楊保臣由將作屬官隨侍於益府，新闢書堂，延二儒者日講文藝。俞善其作不類乎亭觀之事，因作新書堂詩以贈之。

志士營道日，築室養賢名。鋤荒出幽邃，掃室回虚明。山嶽凌牆壁，溪塘瀉窗楹。蘭蕙露景晚，松桂秋風生。琴瑟閑古奏，樽罍湛寒清。默意馳萬象，遊心覽八紘。群經牙粲粲，百氏紛營營。禮樂立制作，文章懸準程。唐虞化已遠，周禮道尚行。師友得正士，講論無俗聲①。邪哆不可入，紛華固難傾。修辭力工巧，勵學逾農耕。天爵既自後，人文取其榮。元侯方作鎮，列士爭獻誠。學校溢都市，謳吟遍黎氓②。寧同稷下議，飽食談縱橫。

題琴臺
田　況

西漢文章世所知，相如閎麗冠當時。遊人不賞《凌雲賦》，只説琴臺是故基。

---

① 講：原作“訕”，據静嘉堂本、《蜀中廣記》卷四改。
② 遍：《蜀中廣記》卷四作“洽”。

揚子雲墨池 即草《玄》所。　　　　　　　　　　　　　　　宋　祁

宅廢經池在，人亡墨溜乾。蟾蜍兼滴破，科斗共書殘。蠹罷芸猶翠，
蒸餘竹自寒。它揚無可問，撫物費長嘆。

集江瀆池亭　　　　　　　　　　　　　　　　　　　　　　前　人

五月追涼地，滄江剩素漣。林烟昏岸日，樓影壓池天。篠密工迷徑，
荷欹巧避船。機忘更何事，魚鳥亦留連。

江瀆亭　　　　　　　　　　　　　　　　　　　　　　　　前　人

一罾掀翅壓溪隅，吏事初閑此宴居。斷岸有時通略彴，輕風盡日戰枅
櫚。雲鴻送目揮弦後，客板看山拄頰餘。芰碧蒲青來更數，江人多識使
君旟。

夏日江瀆亭小飲　　　　　　　　　　　　　　　　　　　　前　人

飛檻枕溪光，歡言客遍觴。暫雲消樹影，驟雨發荷香。辛臼橙齏熟，
庖刀膾縷長。蘋風如有意，盈衽借浮涼。

司馬相如琴臺　　　　　　　　　　　　　　　　　　　　　前　人

故臺千古恨，猶對舊家山。半夜鸞凰去，它年駟馬還。死憂封禪晚，
生愛茂陵間。惟有飄飄氣，仍存天地間。

錦亭晚矚
前　人

　　長夏宜高明，緩帶散煩窘。憑軒一超然，目與天共盡。山從雲端現，日就林外隱。風來草樹披，烟生井閭近。自公況多暇，冲臆無留蘊。即此可宴居，何須事遊軫。

高亭駐眺，招宮苑張端臣
前　人

　　蜀天向臘寒未極，倚檻綿睇亭皋分。一萍團紅江上日，數蓋淡白樓頭雲。杯中竹葉與誰舉，笛裏梅花那忍聞。願君枉步數相勞，他時離緒徒紛紛。

和浣花亭
葛　琳

　　　　琳啓：伏睹運使學士留紀浣花亭詩，謹齋沐繼和，拜呈。俯揆蕪淺，卑衷無任震惕之至。

　　井絡西南區，成都號佳麗。錦城十里外，物景居然異。傍縈浣花溪，中開布金地。杜宅歸遺址，任祠載經祀。按：《蜀記》，梵安寺乃杜甫舊宅，在浣花，去城十里。大曆中，節度使崔寧妻任氏亦居之。後舍爲寺，人爲立廟於其中。每歲四月十九，凡三日，衆遊樂於此。自昔歲一遊，有亭久摧廢。將期泛舟會，先此留旌騎。弗基矧肯構，後人莫予嗣。冠蓋或庋止，風雨亡所庇。我公至之初，行樂徇人意。梽車集賓組，幕天陳燕器。苟弗謀高明，胡爲革𥨸敝。鳩工度材用，奢儉求中制。舉從縣官給，下靡秋毫費。巍然大厦成，甚於折枝易。藩條息偃暇，時律清和際。落成及休辰，凤駕忻重詣。群嬉逐使轂[①]，雜

---

　　① 轂：原作“縠”，據《全蜀藝文志》卷一二改。

成都文類卷七 / 93

虛同鹽市。棟宇美可觀，席筵陳有次。芳樽既罷撤，綵舫爰登憩。夾岸布緹帟①，中流喧鼓吹。泝沿烟靄間②，禽鳥共翔戲。都人與士女，疊足連帷被。弄珠疑漢曲，浮觴均洛禊。晻晻日將暮，熙熙眾皆醉。況入武陵源，卻返塵寰世。自是畢遨賞，始復專民事。農耕士就學，商販工居肆。蜀邦生齒繁，衣食良艱匱。三時急耕播，寸壤無遺棄。茲焉俾暇逸，所以慰勤瘁。上賴天子心，慎重坤維寄。既擇邇臣德，來秉諸侯瑞。且命太史賢，出攬澄清轡。第務廣教育，孜孜布仁惠。匪圖吪聚斂，規規奉邦計。和氣斯涵濡，群生皆茂遂。乃躋富壽域，共樂升平治。不才備屬僚，罔補公家利。廳宇幸焉依，雅聲慚善繼。願比《召南》篇，永歌棠蔽芾。

題琴臺　　　　　　　　　　　　王　素

長卿才調世間無，狗監君前奏《子虛》③。自有賦詞能諷諫，不須更著茂陵書。

同　前　　　　　　　　　　　　呂公弼

烟樹重城側，琴臺千古餘。早爲梁苑客，晚向茂陵居。賦給尚書筆，歸乘使者車。清風睹舊隱，長日聳鄉閭。

同　前　　　　　　　　　　　　韓　絳

車騎擁客安在哉，綺琴何事有遺臺？當時卒困臨邛辱，異日寧知諭蜀才。園令官閑多病後，茂陵書奏侈心開。文章光焰留千古，陳迹猶存尚可哀。琴心事不足傳，而誰名此臺使不泯？其文章足以覆過，獨無遺迹如墨池者，良可哀也。

---

① 帟：原作"幦"，據靜嘉堂本、《全蜀藝文志》卷一二改。
② 泝：原作"沂"，據靜嘉堂本、《全蜀藝文志》卷一二改。
③ 狗：原作"拘"，據靜嘉堂本、《漢書·司馬相如傳》改。

九河張公二月二日始遊江以集觀者，子華韓公創樂俗亭，爲駐車登舟之所，抆軏爾賦成一首

趙抃

長橋東畔軶朱輪，畫棟雕欄錦水濱。子美浮槎傳大句，乖崖乘櫂看芳春。酒樽泛泛留佳客，鼓吹喧喧樂遠人。夾岸香風十餘里，晚隨和氣入城闉。<small>韓公嘗遊於此，故卒章及之。</small>

遊琴臺、墨池

吳中復

尋春景物乍晴暄，連月餘寒花未繁。犬子琴臺餘古寺，揚雄墨沼但空園。池邊宿草交加綠，林外鳴禽相鬭喧。秀麥漸漸搖暖日，幾重蒼翠滿郊原。

西園十詠並序

前人

成都西園樓榭亭池庵洞最勝者凡十所①，又於其間絕勝者：西樓賞皓月、眺岷山，衆熙臨清池、濯錦水，志殊土之産有方物，快陰樾之風有竹洞。雜花異卉，四時遞開，翠幹茂林，蔽映軒戶，足以會賓僚、資燕息。因題十詠，以見登覽之盛也。

西樓

信美他鄉地，登臨有故樓。清風破大暑，明月轉高秋。朝暮岷山秀，東西錦水流。賓朋逢好景，把酒爲遲留。

---

① 園：原作“國”，據《蜀中廣記》卷四改。

衆熙亭

亭枕方塘上，軒開四照新。花涵清露曉，風卷緑波春。日暖眠汀鷺，荷翻躍錦鱗。熙熙遊宴地，行樂慰西人。

竹　洞

陰森過百步，屈曲鎖莓苔。翠色寒無改，清風時自來。葉籠蒼玉幹，路入碧雲堆。吏散無公事，支筇到幾回。

方物亭

草木蟲魚部，披尋自古無。飛沉天産異，生植土風殊。物色隨心匠，形容記繢圖。虛亭玩真意，浩思滿江湖。

翠柏亭

衆木墜黄葉，皴皮抱翠枝。自然根性在，不爲雪霜移。靈潤承多露，清陰貫四時。婆娑歲寒意，每到坐遲遲。

圓通庵

坐對圓通境，陶然勝静齋。觀空無物我，扣寂外形骸。燕坐埋遺照，虛名莫疚懷。人間憂樂地，所喪甚山崖。

琴　壇 閻道參政所建

瀟灑琴壇上，賢侯養道情。無今亦無古，求意不求聲。林邃風初静，雲收月乍明。拂弦成一弄，塵思浩然清。

流杯亭

結客乘公暇，流觴逐浩歌。亂峰晴倒影，曲水宛回波。小海逢元巳，蘭亭記永和。西州行樂事，應比晉賢多。

喬柟亭

木占西園勝[①]，亭延上客過。色無花卉妬，堅爲雪霜多。幹育千年秀，根含一氣和。明堂求厚棟，可得老巖阿？

錦　亭

簾幕臨涵檻，窗疏照爛霞。園林初過雨，風日猛催花。香入遊人袖，紅堆刺史家。四時俱好景，終不似春華。

華陽縣求瘼亭　　　　　　　　　　　　　　　　　　　范　鎮

繁劇尚餘暇，幽亭昔創成。廉聲風竹遠，政事月池清。卷箔客常至，臨階禽不驚。當年危坐意，求瘼在高情。

題曹山人墅居　　　　　　　　　　　　　　　　　　　前　人

溪接浣花饒勝致，山人高隱在其中。一江絲竹喧天沸，爭及松篁半日風。

---

① 木占：原作“古木”，據静嘉堂本、《蜀中廣記》卷四改。按：“木占”與下句“亭延”相對。

留題張少愚屋壁

前　人

高隱郫城下，平時仍往還。門開值冠蓋，簾卷爲江山。沛雨人間待，片雲天外閑。泥封詔不起，朝夕奉慈顔。

西園辨蘭亭

呂大防

手種叢蘭對小亭，辛勤爲訪正嘉名。終身服佩騷人宅，擧國傳香楚子城。削玉紫芽凌臘雪，貫珠紅露綴春英。若非郫客相開示①，幾被方言誤一生。

和

李大臨

沙石香叢葉葉青，却因聲誤得蟬名。騷人佩處惟荆渚，識者知來遍蜀城。消得作亭滋九畹，便當入室異群英。非逢至鑒分明説，汩没人間過此生。

和

李之純

緑葉纖長間紫莖，蜀人未始以蘭名。有時只怪香盈室，此日方傳譽滿城。恩意和風揚馥郁，光榮灝露滴清英。庭階若不逢精覽，何異深林静處生？

---

① 示：原作“市”，據萬曆本、嘉慶本《全蜀藝文志》卷一二改。按：此事可參見本書卷二七《辨蘭亭記》。

萬里橋西有僧居曰聖果，後瀕錦江①，有修竹數千
竿，僧辯作亭於竹中。予與諸公自橋乘舟泝流過
之，因名亭曰"萬里"，蓋取其發源注海，與橋
名同而實異。因作小詩識之　　　　　　　　　呂大防

　　萬里橋西萬里亭，錦江春漲與堤平。挐舟直入修篁裏，坐聽風湍徹
骨清。

運司園亭詩並序　　　　　　　　　　　　　　　章　鑑

　　　　成都轉運司園亭，蓋僞蜀時權臣故宅也。清曠幽靜，隨處皆
有可樂者。輒爲十詩，粗記領略，以備他日遺忘。庶幾讀其詩，
足以省憶髣髴云爾。

西　園

　　古木鬱參天，蒼苔下封路。幽花無時歇，醜石終朝踞。水竹散清潤，
烟雲變晨暮。何必憶山林，直有山林趣。

玉溪堂

　　堂因水得名，方沼當其後。漪瀾蕩欂桷②，窗戶挹花柳。蟲魚不避人，
鷗鷺若相友。半枕夏簟凉，此樂亦奚有。

---

① 瀕：原作"瀬"，據《宋詩紀事》卷一九改。
② 欂桷：原作"欀桷"，據《全蜀藝文志》卷一二改。

雪峰樓

曾構壓池塘，不僭亦不逼。影浮綠水静，寒逗雪山色。撫檻接修竹，連簷引蒼柏。注目望長安，無奈濃雲隔。

海棠軒

珍葩寄幽島，正對孤軒植。優柔自俯仰，紅綠若組織。春酣晴日曛，坐久濃香逼。池面净可監，朝霞罩澄碧。

月　臺

蜀地饒夜雨，輕陰多蔽天。見月月無幾，築臺待嬋娟。高凝桂影近，俯視雲屋連。顧盼已塵外，欲挹瑶宮仙。

翠錦亭

梗楠百尺餘，排列拱簷際。畏日自成陰，隆冬寧滅翠。虛曠得寂理，懶癖資濃睡。誰知官府中，獲此冲寞味。

瀊玉亭

傍砌釃小渠，回環是流水。石蜃吐珠涎，清響醒人耳。風微竹影碎，月皎波光起。颯爽無塵嚚，静適心所喜。

茅　庵

竹間構圓庵，所向自蕭灑。珍禽弄巧舌，宛是居山野。默坐見真心，萬緣盡虛假。勿陋尋尺地，兹焉息意馬。

水 閣

架木浮水中，略彴通孤島。扶疏花影倒，鱖刺跳魚小。風月所得多，經營信云巧。隱几寂無人，朱欄萃幽鳥①。

小 亭

花邊二小亭，雙跨清渠上。規摹雖甚隘，幽僻良可賞。幸依佳木陰，未羨大厦廣。不足延賞朋，携筇常獨往。

同 前　　　　　　　　　　　　　　　　　　　許 將

高牙負北郭，芳園路西轉。鳥鳴戀故木，蘭茁歸新畹。_{質夫新得真蘭植之。}坐延花景深，行倚筇枝穩。翳然想林水，會心不在遠。

朱堂俯玉溪，玉溪清且幽。從公暫息偃，撫景空夷猶。浮雲冠員島，白日回方流。祇此有光碧，何必崑崙洲。

重樓起城陰，乘高望西極。列峰橫青天，飛雪千里積。疑是空素山，冬夏海中白。莫怪頻東向，上有思歸客。

海棠冠蜀花，此軒花尤冠。紅雲簇藥細，綠水照葉嫩。倚妝宮粉聚，疊綺霞光散。雨淚點春風，應懷上林怨。

蜀地山四維，益州平如掌。累臺鬱臨風，坐看月宵上。稍出叢木末，始發眾籟爽。茲焉暫遊目②，一攬天地廣。

---

① 欄：原作"蘭"，據静嘉堂本、《全蜀藝文志》卷一二改。
② 目：原作"日"，據《兩宋名賢小集》卷七八、《全蜀藝文志》卷一二改。

阑干寶溜長，窈窱空埃静。修林密總翠，盡得錦城景。雲舒青青色，風散搔搔影。未爲夜行人，共此晝夜永。

引泉注清渠，潺潺漱寒玉。側出閶風遲，驟驚江雨速。飛瀨乍揚白，樛木細涵綠。晝夜聲不止，肯效楚人哭？

茨茅以爲庵，環顧蕭然虛。內樂苟自足，容人即有餘①。旁依修竹密，上翳青松疏。勿言此中陋，中有君子居。

飛閣出方池，修曲見空莽。偏臨花塢近②，平覺春波長。反景澄餘暉，夕陰帶浮爽。從容觀魚樂，不減遊濠上③。

扁然溝上亭，左右相映帶。修栴列翠幄，長松偃高蓋。地褊景逾寬，處約志彌泰。誰知坐嘯間，心遊萬物外。

同 前

豐 稷

仙化二十四④，境遠難遍探。錦城使君園⑤，雅與雲洞參。回光試一覽，紫翠絕西南。池映金波净，花霑玉露甘。

一水從何來，應是崑山頂。釀成綠玉池，虛堂逗清影。公退泠然賞，了非心外境。魚泳陽光動，鳥啼春晝永。

雪峰在何許，樓倚青霄端。每來注心目，不覺生羽翰。終藉好風力，雲散銀闕攢。隻履西歸客，應笑空倚欄。

---

① 人：原作“文”，據《兩宋名賢小集》卷七八改。
② 偏：原作“保”，據《全蜀藝文志》卷一二改。《兩宋名賢小集》卷七八作“低”。
③ 濠：原作“壕”，據《兩宋名賢小集》《全蜀藝文志》改。
④ 化：原作“花”，據《全蜀藝文志》卷一二改。按：此指道家二十四化。
⑤ 使：原作“史”，據《蜀中廣記》卷四改。按：“使君”指轉運使，本字當作“使”，宋人亦常寫作“史”，本非誤字，但易使讀者誤會爲姓史之人，今改作“使”。

文錦初動機，晨霞欲敷照。香傳雪樓濃，影落玉溪倒。子美不能賦，春工一何妙。維有賞心人，相逢祇寒笑①。

　　石印魚在屏，犀透星入角。乃知明月光，日用人不覺。陟此百尺臺，餘念坐消剝。洞曉弦望機，仙丹茲可學。

　　簾外列修木，凜凜正人氣。有德必有文，爛兮五色備。豈同夭韶花②，弄春張繡被。須信輪囷材③，堪爲萬乘器④。

　　養源在西山，如玉抱精白。引之落錦渠，歷耳不可擇。風雨雜鳴球，珠璣寫雲液。恰似偃溪聲，醒悟迷途客。

　　覆以潔白茅，環以琅玕竹。天籟旁鼓笙，月沼對鋪玉。借問清坐翁，此外更何欲？笑指博山鑪，香飛柏子綠。

　　長虹臥松江，一葦航大河。豈如此安穩，無復畏風波。幽香萃花島，魚藻旨且多。徙倚小欄曲，月色透薜蘿。

　　東西對孤騫，杖履可幽歇。容光日月來，矧此明四徹。鱗木張幄翠，蜃泉飛玉潔。往往得意時，宛在廣寒闕。

同　　前

孫　甫

　　外臺富園池，茲焉甲西南。異花間棠梅，良木森梗楠。飄飄壺中仙，疊疊物外談。聯毫賦詩題，刻石留翠龕。

---

① 寒：《全蜀藝文志》卷一二作“微”。
② 韶：原作“韻”，據《全蜀藝文志》卷一二改。“夭韶”即“妖韶”，艷麗也。陸機《七徵》：“舒妍暉以妖韶。”
③ 材：原作“財”，據《全蜀藝文志》卷一二改。
④ 此首以下原誤插入孫甫詩“金穀計浩穰”等七首（見後），今據《全蜀藝文志》刪。

華堂殿去聲。方池，雅名題玉溪。南榮翠櫳陰，北望花島低。時聞細泉鳴，間或幽鳥啼。深宜世外人，冥坐窺天倪。

金穀計浩穰[①]，山水志闊契。晴空倚危樓，獨對西山雪。胸中浩氣充，物外囂塵絕。無何重一吟，遠岫窗中列。

高軒瞰方池，澄波隔鎖窗。中島植奇花，紫鱗躍錦江。水府集群仙，紅雲冪翠幢。畫圖入禁庭，榮耀知無雙。內璫使蜀，畫圖以進。

俗流嗜喧卑，世才務高潔。築臺僅踰尋，清夜延明月。四垂天幕低，千里蟾光發。美人抒奇才，裁賦何清絕。

森森棟梁材，駢空翥鸞鳳。危亭構其間，曾不礙欀棟。簷陰織翠紋，砌溜諧清弄。此間宜晝眠，一枕華胥夢。

回環引細泉，泉聲漱簷底。美哉智者心，清通樂去聲。流水。玲琮戛鳴球，淅瀝泛綠綺。塵慮無由得，何須洗雙耳。

結茅作禪庵，不卑亦不廣。地占官府雄，盤基才衺丈。几席供燕閑，松筠坐蕭爽。座有逍遙公，虛中息塵想。

小閣連雪峰，憑欄憙幽玩。紅接海棠洲，綠對筼簹岸。有時開樽罍，波影侵几案。何須架長虹，然後衝雲漢。

蕭森玉溪南，小亭屹相向。使華雙軺車，禪境二方丈。固將物理齊，室隘志自廣。松竹周四簷，足以備幽賞。

---

① 自此首以下七首，原錯簡插入前豐稷詩"簷外列修木"一首之後，今據《全蜀藝文志》移於此。

同 前

吴師孟

　　十紀權臣第，修城外臺宅。喬木不知秋，名花數逾百。遠如山林幽，近與塵埃隔。惠政裕一方，民猶以爲窄。

　　華構枕方塘，使臺寂佳致。二色真楠材，輪奐極精緻。花木四面圍，如立復如侍。一道仰澄清，此是澄清地。

　　西北有高樓，梁棟雲常起。簷牙挂連蜷，欄影搖清泚。爽氣雪山來，一瞬極千里。但欲攄遠懷，無憂可銷弭。

　　花淑對高軒，如用丹青影。錦水一匳紅，玉臺千面笑。松篁兩翠幄，常護東西照。子細看韶妍，方知化工妙。

　　雅意待蟾光，煩襟期爽快。無雲點太清，遠覽周色界。天光净琉璃，露下真沆瀣。勤渠詒後人，宜葺不宜壞。

　　東閣治臺政，西堂備燕飲。介於二堂間，華構饒花品。紅紫鎮長春，四時如活錦。公暇一繩床，上有通中枕。

　　至人泉石心，俚耳便絲竹。釃渠逗清泠，朝夕淙寒玉。試聽自然聲，不減《雲璈曲》。却返倒聞機，五音常自足。

　　結茅爲圜屋，環堵不開牖。齋居如雁堂，廣長纏六肘。深藏子猷竹，不植陶潛柳。勿起滅定心，宴坐空諸有。

　　形制似方橋，島岸相連屬。春和逗凉颸，晝影浮净綠。佳人羅韈輕，花時相步續。澄瀾忽生暈，下有雙鳧浴。

　　尺水走庭除，花木皆周匝。雙亭正相值，僅能容一榻。公餘時獨來，隱几聊噓嗒。典謁或通名，束榮有賓閣。

同 前

楊 怡

池臺密相望，曾是故侯宅。賞心知幾人，喬木已百尺。低花拂烏帽，古蘚駁蒼石。欲問昔豪華，秋風掃無迹。

虛堂已深窈，那復要營室。使君寂無事，閉閣臥終日。臨池狎清泚，養竹聽蕭瑟。不爲省春耕，軺車肯輕出？

翛翛樓下竹，瀝瀝竹間水。樓高雖不見，清響長在耳。晨光露西崦，積玉照窗紙。崑閬亦何人，當從跨金鯉。

花如窈窕人，宛在水中沚。當軒有餘妍，終日玩芳藹。池清藻壓枝，波動魚爭蕊。錦帳想含春，歸心浩然起。

嘉木密交陰，月夕苦薈蔚。高臺出林杪，遠目望天際。不厭清露寒，祇恐輕雲蔽。可但少陵翁，能思斫仙桂。

峨峨碧油幢，蠢蠢羽葆蓋。燕居不廢嚴，環竦布亭外。穠陰生晝寒，微吹發天籟。隱几對凝香，衣冠嗒如蛻。

使君漱流心，官府未始忘。亭下玉溪水，撲碎白玉璫。清耳不待洗，高懷自滄浪。安得援瑤琴，寫此聲琅琅。

緝茅如蝸廬，容膝纔一丈。規圓無四隅，空廓含萬象。繩床每宴坐，不與物俯仰。惟許歲寒君，虛心環几杖。

小閣平池陽，危橋屬花嶼。杖履樂幽閑，龜魚蔭深阻。刻柱記新漲，弄水滌煩暑。物我久相忘，珍禽近人語。

方亭惟四柱，對峙花竹間。下有雪嶺水，淙流日潺潺。宛如雙綵舸，纜向春波灣。欲起江湖心，而奈風濤艱。

同　　前

杜敏求

潭潭刺史府，宛在城市中。誰知園亭勝，似與山林同。幽鳥語晴晝，好花嬌春風。物情如有待，賦詠屬詩翁。

堂前對花柳，堂後瞰沼沚。賸有堂中人①，虛心湛如水。煩暑當風窗，中宵隱月几。作詩紀勝概，詩與水清沘。

西山最高峰，積雪連四季。登樓試寓目，八國有故地。烽候雖久息，武經思豫備。文饒昔籌邊，公意今無愧。

東風開百花，獨有海棠勝。猩血染珠璣，點綴枝條贈。日暖錦段新，雨餘燕脂凝。何待東閣梅，方能動詩興？

明從海上來，皎皎入我牖。何如登高臺，對月把尊酒。問月月無言，浩歌詩千首。幾人知此樂，此樂公所有。

“材大難爲用”，嘗誇《古柏》篇。亭前老梗楠，黛色亦參天。夏暑借清陰，秋籟得自然。有如愛庭楸，朝暮東西偏。

林亭幽且深，砌下玉溪水。淙琤環珮聲，曉夕清心耳。使君性所樂，愛玩不少已。方持利物心，默坐窮至理。

深深竹林下，圓庵最幽僻。高懷本恬曠，野趣助閑適②。衆人奔名徒，浮世縈物役。豈知庵中樂，道勝心自逸。

---

① 賸：原作“賢”，據《蜀中廣記》卷四改。
② 助：原作“坐”，據靜嘉堂本、《蜀中廣記》卷四改。

方池導流水，橫閣上尋丈。晨曦夜月光，罩影相溰漾。游魚時出没，飛鷗亦下上。終朝倚欄干，不見有風浪。

二亭雖云小，好在泉石間。白石自齒齒，清泉亦潺潺。公府無留事，暫來寄餘閑。筇杖烏角巾，一日幾往還。

成都文類卷八

詩

亭　館　二

暑雪軒　　　　　　　　　　　　　　　　　　　　　　　　吳　拭^①

　　咒土臺頭寺，披襟笑語閑。千年雲抱石，六月雪彌山。酒熟篘嘗外，茶新輾試間。要須時點筆，來此賦躋攀。

和　　　　　　　　　　　　　　　　　　　　　　　　　　周　燾

　　崇臺窮石照，氣味樂偷閑。南陸朱明馭，西闌白雪山。茶甌回舌本，麈尾落談間。欲綴風烟句，彌高不可攀。

和　　　　　　　　　　　　　　　　　　　　　　　　　　田　望

　　聖福軒重敞，偶來心地閑。因談丁士冢，知是武擔山。人在冰壺裏，天垂玉壘間。賡歌白雪句，巴客強追攀。

---

① 拭：《蜀中廣記》卷三、《宋詩紀事》卷二六作“栻”。按：吳拭，古籍中又寫作“栻”，未知孰是，《成都文類》四庫本通作“拭”。此人字顧道，福建人，徽宗朝兩知成都府。

和

孫　竢

地僻宜逃暑，官曹幸頗閑。虛傳力士擔，始信蜀妃山。嶺雪青霄畔，城烟密樹間。清談容款接，妙句獨難攀。

和

王　澧

望處疑蓬島，天長碧海閑。雲霞收玉宇，烟浪涌銀山。茶入清談裏，風生兩腋間。詩成似西嶺，高巘不容攀。

再賦暑雪軒

田　望

灑落全無酷暑侵，望中冰雪列遥岑。潛通爽氣生虛室，盡道宜人似桂林。不與白雲分界限，自期紅日作知音。年年煩燠無逃處，賴有清凉此解襟。

和

吴　拭

石照臺高暑不侵，雪橫天際蜀西岑。但知賦客如梁苑，那得參徒似少林。月上便成銀色界，風生兼作海潮音。可憐火宅人空老，誰解跏趺一解襟。

和　　　　　　　　　　　　　　　　　　　　　　　王　澧

　　層軒高棟與雲侵，照眼嵯峨雪滿岑。寒入欄干欺畏日，烟橫圖畫失遥林①。雍容樽俎開金地，模寫風光要玉音。萬里岷峨今更重，太平藩翰作喉襟。

和　　　　　　　　　　　　　　　　　　　　　　　孫　埃

　　懶性難堪俗事侵，倚空欄檻列青岑。雲端白雪凝高嶺，郭外長江繞茂林。疏曠幸陪文字飲，喧棲安用管弦音。此窗一枕羲皇夢，却快微微風動襟。

合江亭　　　　　　　　　　　　　　　　　　　　周　燾

　　共思赤脚踏層冰，聊適江皋興自清。昨夜雨雲驅濁暑，曉來烟水快新晴。山疑九疊張雲勢，灘激千巖落布聲。巾履從來在丘壑，願陪閑日此間行。

又　　　　　　　　　　　　　　　　　　　　　　　前　人

　　却暑追隨水上亭，東郊乘曉戴殘星。餘歌咽筦來幽浦，薄霧疏烟入畫舲。興發江湖馳象魏，情鍾原隰詠飛令。故溪何日垂綸去，天末遥岑寸寸青。

---

　　① 　畫：原作“盡”，據静嘉堂本改。

和　　　　　　　　　　　　　　　　　　　　　　　　　　　田　望

六月期分午簟冰，合江亭上逼人清。紅雲影落知香沼，少女風回自畫晴。出郭偶然成至樂，聯鑣那更得同聲。登臨觸目俱無礙，真率何妨酒數行。

又　　　　　　　　　　　　　　　　　　　　　　　　　　　前　人

翩翩飛蓋出東城，自笑無堪厠德星。幾段綺霞烘白日，一江文練繞疏舲。論詩心屈囊中句，求友情均原上令。坐欠惠連空注想，池塘春草謾青青。

和　　　　　　　　　　　　　　　　　　　　　　　　　　　孫　侁

炎夏江風冷欲冰，坐陪袁、謝有餘清。舊聞蜀地四時雨，今快岷山千里晴。旋切銀絲嘗鱠味，聊欹玉枕聽灘聲。晚來忽起扁舟興，更傍中流看月行。

又　　　　　　　　　　　　　　　　　　　　　　　　　　　前　人

西南都會錦官城，持節來尋漢客星。去國謾追千里馬，_{侁後公數日出京。}還家擬泛一帆舲。公才磊落宜方面，我病荒疏冒使令。未許東山同笑傲，勝遊聊可上丹青。

和 　　　　　　　　　　　　　　　　　　　　　　　　　王　澧

　　膚使中心若飲冰，合江宴集更思清。涼風輕拂來幽户，暑雨乍收新霽晴。蕭灑虚亭迎野色，玲瓏遠水潄溪聲。公餘自得高吟賞，還轡雍容帶月行。

又 　　　　　　　　　　　　　　　　　　　　　　　　　前　人

　　錦水洋洋照岸亭，坤維使者聚華星。雨清沙路聯飛蓋，風動蘭舟啓畫舫。坐客何須聞管吹，邦人渾似喜盧令。帥元吟詠添嘉致，子美堂前草愈青。

和 　　　　　　　　　　　　　　　　　　　　　　　　　吳　拭

　　使者風流照錦城，東郊攬轡更澄清。春江合處烟凝曉，秀嶺橫邊日弄晴。石鼎煮茶濃有味，金鐘注酒釅無聲。何時却信橋南步，細讀詩人《古柏行》。

又 　　　　　　　　　　　　　　　　　　　　　　　　　前　人①

　　聞公載酒合江亭，要使邦人識使星。宿雨乍晴聊信馬，曉風初熟更揚舫②。賦成不是緣鸚鵡，詩就當和爲脊令。只欠湘靈來鼓瑟，漁歌聲斷數

---

　　① “又”“前人”原無，據静嘉堂本及上文格式補。
　　② 曉：静嘉堂本作“晚”。按：據上文周燾《合江亭》詩，諸人乃是曉遊合江亭，作“晚”誤。

峰青。

賦新繁周表權如詔亭

趙　抃

誥出"義方"語，亭更"如詔"名。爲郎拜天寵，有子擅家聲。健羨鄉評美，光輝野史榮。綵衣官亦重，門外擁雙旌。

同　前

吳中復

君構義方亭，人知善教成。恩封新誥命，詞合舊題名。承襲詩庭訓，輝光里閈榮。如今綵衣養，藹藹振家聲。

同　前

鮮于侁

楹宇當年惟教育，榜題今日侈恩章。詩書有道傳家法，綸綍無私及義方。肯構新基人共羨，舊趨子舍自生光。喧闐里閈容千騎，盡看承顔拜壽觴。

同　前

劉孝孫

"義方"曾榜舊亭名，子已爲郎典要城。身服上恩今日顯，詔符前語是人驚。正如伯起鱣堂兆，<small>鱣，郭璞音知然反。</small>兼勝於公馹閈榮。試問繁江諸父老，詩書何以寶金籯？

同　前

張商英

烏犀解軸黃金裝，吳綾蜀錦鸞鳳翔。歐、虞飛毫灑中詔，帝曰咨汝田曹郎。汝能教子以義方，濟濟來仕吾國光。賁汝爵秩及身章，潛德晦耀吾豈忘。田曹有亭在繁上，舊以"義方"揭亭榜。安知教子三千年①，契合前言被天奬。翰林爲易"如詔"名，春入丘園添氣象。里老來觀歸責兒，急尋字解治王詩。綵衣朱旛典便郡，簡池太守眞汝師。

同　前　　　　　　　　　　　　　　　　　　　　　　文　同

繁上先生教子時，"義方"高榜貼亭楣。當年此地開師席，今日其言入製詞。鄉里共傳爲盛事，鬼神相助使前知。後人若續《成都記》，第一詳書不可遺②。

同　前　　　　　　　　　　　　　　　　　　　　　　李　琮

家愛兒孫國愛臣，無邪慈教本來均。非因積善能傳慶，安見天心語合人？席擁詩書纔是樂，門多車馬別成春。榜亭豈獨榮樽俎，意欲推餘勸里民。

同　前　　　　　　　　　　　　　　　　　　　　　　任　伋

盡道君家教育深，義方高作靄儒林。綵衣已是眞郎貴，紫詔方旌昔日心。鯉每趨庭惟獨立，鶴常和子自鳴陰。此之能事人方信，勝積籯中十萬金。

---

① 三千：疑當作"三十"。
② 詳：原作"祥"，據靜嘉堂本、《丹淵集》卷一四改。

同　前　　　　　　　　　　　　　　　　　　　　錢　詠

選構人皆事宴逢，獨君教子襲良弓。因聞詩禮家題舊，及寵絲綸語命
同。几杖已尊賢老外，龜魚爭煥綵衣中。新來更喜增榮觀，青鑠才臣贈古
風。益帥吳給事近有寄題此亭詩①。

同　前　　　　　　　　　　　　　　　　　　　　李慎修

昔年曾見鯉趨庭，締構開基敞燕楹。教子義方居可法，褒賢恩詔榜爲
名。人知一玉能成器，家鄙千金任滿籝。從此里閭爲盛事，握蘭華省有
才英。

同　前　　　　　　　　　　　　　　　　　　　　馮彭年

先生教子作通儒，詩禮親闈伯鯉趨。亭構義方名昔著，詔頒封爵語今
符。榮因慈孝家聲振，默契絲綸寵數殊。善慶誰能有懿躅②，賢哉奮達美
相須。

同　前　　　　　　　　　　　　　　　　　　　　羅　登

詩禮當年學此亭，先生題作"義方"名。豈知天詔加褒美，冥合君
言被寵榮。銀組郎曹新進秩，綵衣子舍貴專城。一門忠孝誰能繼，官蔭恩
先及弟兄。

---

①　帥：原作"師"，據《宋詩紀事補遺》卷二七改。
②　有：原作"肩"，據静嘉堂本改。

同　前　　　　　　　　　　　　　　　　　　　　　　黎持正

義教名亭梗概存，要將詩禮及雲孫。當年偶出嚴君意，後日冥符內使言。座醞撥醅披茜綬，人觀新榜駐高軒。汝南盛事誰能得，未獨於公納駟門。

同　前　　　　　　　　　　　　　　　　　　　　　　白　贄

亭名詔語密相沿，須信從來教義全。肯構嘗探詩禮業，出綸特表父師賢。早安素履知文富，晚服朱衣稱賞筵。不是韋家專講學，豈聞幡載到門前。

同　前　　　　　　　　　　　　　　　　　　　　　　陳　昂

封典寵巖穴，褒言華日星。其誰盡如詔，何暇更名亭。公昔善教子，家傳惟治經。當年雲榜揭，今日璽書形。籍已貴同省，坐應嘗隔屏。思道都官郎中，先生都官外郎。公餘褫簪綬，綵服戲家庭。

同　前　　　　　　　　　　　　　　　　　　　　　　李惇元

甲第連甍構此亭[1]，翰林題榜得佳名。詩書舊業傳芳久，綸綍新恩耀俗榮。蘭省才華推子舍，鯉庭義訓是家聲。他年容駟高門盛，豈獨於公大慶閎！

---

① 甍：原作“薨”，據文意改。

同　前

閤　灝

　　承家愛以義，能誨仕之忠。故里推全德，先生有古風。中郎銀組白，刺史錦衣紅。浩矣無窮樂，春熙醉笑中。

　　　右詩十七篇，同一石刻，范純仁爲亭記。若分類世次，則不相屬，因牽聯載之。

遊彌牟王氏園

文　同

　　短彴疏籬入野扃，竹烟松露滿襟清。奔湍激險飛寒響，弱蔓穿深掛晚英。惜去更觀曾畫壁，記來重注舊題名。門前便是紅塵道，誰肯同過洗俗纓？

秋日遊合江，戲題之亭上

郭　思

　　秋風錦水樂無涯，獨上亭軒四望嘉。橘子滿林金作塊，蘆梢拂岸雪飛花。酒旗高掛芙蓉港，漁棹斜趨菡萏家。描入畫圖收取去，故人相對飲流霞。

子雲墨池

喻汝礪

　　讀書豈不好，憂憤還自茲。書中見古人，隱閔惻餘思。遇險理有激，尋分意多隨。娟娟感姱容，戚戚念幽棲。曾是無間然，孰焉愜所宜。覽之不自聊，悵焉起遙悲。不如撥置之，濁酒聊一持。先生頗多事，斯心昧前知。亦復坐奇字，慘戚亡所歸。

晚泛浣花，遂宿草堂

前　人

扣橈泛澄虛，濯流睇幽芳。晚霽襯奇樹，夕霏媚疏篁。歸鳥亦暫閑，夜魄動初涼。忽焉眾星微，天高月舒光。昔也杜陵子，澹然此茅堂。客至酒自斟，句得意已忘。云何常念飢，零落在道旁。古來技入神，一飯豈所望。吾輩天所窮，慨歌淚霑裳。

遊琴臺

前　人

皋、朔語類俳，上頗倡優之。嚴、吾數預事①，慘懍失所棲。慨彼猜忌姿，公卿命如絲。夫子乃謁閑，翩翩富丰儀。睠言彼姝子②，深情結幽期。浩露泛酒甕，輕雲思琴徽。撫弦視八荒，頗覺秦岫低。紛紛漢諸子，悟解良獨遲。一朝不自保，頸血霑裳衣。公豈不煚戒③，慮禍蓋已微。污己迴前識，達生邁天倪。闊哉昭曠情，豈屑後代嗤！

草堂詩十二首

前　人

燦燦詩翁錦里西，只緣詩好合窮棲。竹鋪冷色雲連寺，柳漾輕絲鳥過溪。凝怨不禁關樹暗，駐情應恨蜀山低。離人苦怕春歸盡，可忍紅英半着泥？

閑把烟光次第陳，岷峨風物見精神。翻成錦繡千般樣，供與江山幾度春。深屋長河元老大，蛾眉曼綠却逡巡。從公乞取無邊手，免作詩中半個人。

---

① 吾：原作“君”，據靜嘉堂本、《兩宋名賢小集》卷一八八改。按：“嚴、吾”指嚴助、吾丘壽王，與枚皋、東方朔、司馬相如均爲漢武帝親信，見《漢書》卷六四上《嚴助傳》。

② 姝：原作“妹”，據《兩宋名賢小集》卷一八八改。

③ 戒：原作“介”，據《兩宋名賢小集》卷一八八改。

從交日日敞窗扉①，嫌怕風光入眼遲。剩買芒鞋供看竹，趁乘春雨去栽橙。苦無賓客僧來後，薄有生涯鶴下時。聞道隣翁酒初熟，新篘一酌莫相遺。

遠嶼曲洲縱復橫，沙邊繁鳥弄簫笙。一軒簟冷松陰合，十里林香藥草生。路轉斷槎逢石坐，風移深竹見僧行。晚來冲抱更清曠，時有幽人帶月耕。

亂後飄零歇此身，風光無賴更清新。客懷易感酒添病，詩思苦慳花減春。南枝北枝鶯舌巧，前村後村雨脚勻。暫借溪邊老爲客，花心柳眼莫撩人。

翠木搖艷溪之灣，遊子失氣生愁酸。誇力搏虎筋骨絕，雙流迸瀨道路難。布衾多年窘夜雨，土銼無火啼夜餐。一生忠義老寂寞，旋燒竹葉供春寒。

詩人以來誰者工，建安、元嘉無此翁。維摩壁畔不到處，伽黎角邊無限風。孟郊空敖但彭越，何晏片甲非虬龍②。先生住處在何許，我亦不知西北東。

朝元閣邊瑶草芳，惟君之故遥相望。人歸後雁關塞阻，思入南鳧離夢長。懸知同心兩相憶，贚欲共看千里光。金輿玉輦不復見，腸斷華清雲樹蒼。

竹外清疏浸碧溪，溪邊竹澹烟雨霏。閑看雪嶺題詩罷，醉罷西郊信馬歸。霄漢直愁雙闕迥，夢魂長着五陵飛。故園秀木又春色，只恐歸去池臺非。

————————

① 交：《兩宋名賢小集》卷一八八作“教”，二字通。“從教”猶任使，聽任。見張相《詩詞曲語辭彙釋》卷一。

② 晏：原作“景”，據静嘉堂本改。

錦官城西春草芳，杜陵客子憂思長。浴晴晚樹淡浮淥，卧水幽花深度香。交情憫憫言燕阻，舊國迤迤雲山蒼。白蘋洲渚落日晚，明邊正銜歸雁行。

浣花四月天氣和，綵舟翠旍樂莫過。離人千里起遥怨，緩棹一曲浮靈波。惠風曇曇泛衡杜，流望演演逾關河。終然有懷春復夏，歸去灞滻眠汀莎。

支策翳然林水間，蕭疏神韻淡風烟。滄浪亭畔各分手，杜宇聲中恰一年。自昔風人裁一骨，於今捫郗亦么弦①。試看堂上百千海，餘子浮漚却未全。

琴　臺 《蜀事補亡》　　　　　　　　　　　　　　　　　　宋　京

君不見成都郭西有琴臺，長卿遺迹埋黃埃。千年乃爲狐兔窟②，化作佛廟空崔嵬。黃鬚老人猶記得，昔時荒破樵蘇入。鉏犂畏淺牛脚匀，古甕耕開數逾十。乃知昔人用意深，甕下取聲元爲琴。人琴不見甕已掘，唯有鳥雀來悲吟。一朝風流隨手盡，況復千年何所訊？安得雄辭弔汝魂，寂寞秋蕪耿寒燐。

墨　池 《蜀事補亡》　　　　　　　　　　　　　　　　　　前　人

君不見子雲草《玄》西郭門，一逕秋草間朝昏。何須筆冢高百尺，池墨黯黯今猶存。童烏、侯巴竟零落，《玄》學無人終寂寞。漢家執戟知幾年，垂老身没天禄閣。俗兒紛紛重劉向，思苦言艱動嘲謗。漢已中天雄亦亡，不較空文從覆醬。如今却作給孤園，吐鳳亭前池水寒。安得斯人尚可作，會有奇字令君看。

① 郗：原作"郤"，静嘉堂本作"膝"，據改。"郗"同"膝"，因形近而誤作"郤"。
② 乃：明刻本、《全蜀藝文志》卷一五作"免"。

書　臺 《蜀事補亡》　　　　　　　　　　　　　　前　人

君不見孔明書臺遺廟旁，古書不見臺荒涼。臥龍未起蜀天遠，茅廬日日空南陽。赤符光寒白水涸，秫陵王氣猶能作。璋若嬰兒操虎狼，脫去荆州殊不惡。十倍奇才安用書，此臺昔時知有無。蜀人思君識古處，未若江水存兵圖。黃冠所居門第改，祇有坊名今尚在。安得臺邊見古人，秋草重生類書帶。

草　堂 《蜀事補亡》　　　　　　　　　　　　　　前　人

君不見少陵草堂背西郭，浣花溪水流堂脚。竹寒沙白自凄凉，莫問四松霜草薄。入門好在烏皮几，公去不歸換鄰里。西嶺千秋雪未消，舍北泥融飛燕子。祇今檀木平橋路，籠竹和烟雜江霧。野僧作屋號草堂，不是柴門舊時處。詩壇今古誰能將，艶艶文章光萬丈。安得英才擅品量，當使公居摩詰上。

草　堂　　　　　　　　　　　　　　　　　劉望之

風月藏詩骨，流離賦病骸。不禁一飽死，空遺百生懷。樹秀天通隴，山嬌客語淮。壁間無半偈，無乃望君厓。

子雲故居　　　　　　　　　　　　　　　　前　人

殺却王章愛孔光，舉朝誰復説興亡。未能免俗歌新美，豈不懷歸念楚狂。斗酒只今猶寂寞，小池無舊已荒凉。秋風細雨催人去，似恐徘徊費感傷。

新都驛遠平軒 前　人

霜晴木落送歸鞍，袖手微吟此慰顔。賸欲憑欄招白鳥，更煩剪樹出青山。晚悲薄禄非三釜，賴許清詩見一斑。軒有外氏周次元帥蜀時詩。看到遠平纔得恨，我寧歸臥尺椽間。

宿靈泉無我軒懷次山 蒲　瀛

幽軒着無我，居此合何人？聞道東山隱，當時此地親。心源將止水，世事甚浮雲。今日尋遺迹，空餘淡墨春。壁間有次山題字。

揚子雲墨池 前　人

寂寞一區宅，沉冥千載豪。人輕執戟賤，誰識草《玄》高！蝌蚪猶翻墨，提壺欲載醪。著書端有意，不必反《離騷》。

王氏碧雞園六詠 王　灼

露香亭

北渚一帝子，洛川一宓妃。池有千種蓮，平生所見稀。纖穠各態度，紅白爭光輝。我來亭上飲，夜久未忍歸。翁家采香人，但愛香滿衣。豈知清露濕，圓荷瀉珠璣。

鈍　庵

俗子如錐利，達士如椎鈍。乘除付造物，多智反自困。君看庵中翁，漫浪出方寸。臥聽松聲老，行觸蘭芳嫩。謀身固未快，事過了無恨。今人豈辨此，勸翁慎勿論。

清　室

碧雞古名坊，奔騰車馬塵。那知小洞天，清絕欲無鄰。一室對林樾，四時禽語新。焚香讀《周易》，意得氣自伸。明月落杯酒，冷氣弄衣巾。寄語朝市客，聲利恐污人。

鑑　泉

分來何處泉，注此團欒池。有如大圓鑑，玉匣初開時。瑩然絕纖埃，萬象見毫釐。主人湖海士，曳杖日娛嬉。應照兩侍女，新妝弄妍姿。亦復照主人，鬢髮白絲絲。

涼　榭

窈窕林影深，澹澹波光冷。異哉濁惡世，有此清涼境。側身朱欄上，風烟得幾頃。嘯聲出奇響，疑在蘇門嶺。荷香遞遥馥，如窺太華井。要須從翁遊，岸巾開日永。

層　蘭

仙翁有蘭癖，肆意搜林坰。負墻累爲臺，移此萬紫青。九畹與九層，異世皆可銘。收拾衆妙香，逍遥醉魄醒。隱几光風度，開簾皎月停。門前勿通客，翁續《離騷經》。

題司馬相如琴臺　　　　　　　　　　　　邵　博

長卿本豪傑，禮法安可處。手彈南風琴，心調東隣女。雜身庸保中，初不忌笑侮。大者固已立，下此皆可補。三賦爭日星，一書起今古。其餘不自秘，輒爲人所取。何當盡見之，真是文章祖。凜然千載下，英氣猶可睹。兒曹爾何知，杯酒那可污！故臺已丘墟，勝絕誰敢據。我來訪遺迹，低個不忍去。詩成欲叫君，雲車隔烟霧。

揚子雲宅 前　人

自負天人學，甘居寂寞濱。却憐載酒客，似識草玄人。三世官應拙，一區宅更貧。千年尋故里，感涕獨沾巾。

同楊元潚遊杜子美草堂 前　人

萬里橋西路，幽居今尚存。共來披草徑，遠去問江村。冉冉花扶屋，蕭蕭竹映門。斯人隔今古，此意與誰論？

信相院水月亭 馮時行

青天行月地行水，水月相去八萬里。天公大力誰能移，月在水中天作底。我心與月明作兩，月行本在青天上。雖云佛説我別説，恐落衆生顛倒想。少城城隈佛宮闕，客哦水月僧饒舌。三峽水寒梅花時，起予對月賡此詩。

又 李　燾

水中之月不可取，收攬結成湖上亭。天光沉沉射虛白，夜色耿耿含空青。朅來窮冬所見異，但有破塊黏枯萍。吾心皎潔竟何似，本自無物誰當銘！

遊盤溪園亭二首　　　　　　　　　　　　　　　　白　麟

割忙載酒把寒來，指點盤溪花未開。撼動東風須好句，掃除積雪放春回。

愛梅愛竹愛溪山，可惜天公未放閑。待學盤溪溪上老，松門雖設日常關。

盤溪之遊前一日，知幾太博行矣，同令君梅下清飲，不無悵然吾人會合之難，再賦絕句　　　　　　前　人

君去我來吟賞地，盤溪環繞翠微中。溪神似秘驚人語①，不許從容一醉同。

騎鯨人去醉吟來，公子風流尊爲開。笑問竹間梅淡泊，何如筵上舞低回？

新作官梅莊，移植大梅數十本繞之　　　　　　　　　范成大

臘前催喚主林神，玉樹飛來不動塵。契闊西湖慚處士，飄零東閣似詩人。一天午夢雲容碎②，滿地春愁日影新③。掃淨宣華藜藿迳，他年誰記石湖濱。

---

① 神：原作“人”，據靜嘉堂本改。
② 雲容：四部叢刊本《石湖詩集》卷一七作“空花”。
③ 日影：《石湖詩集》卷一七作“月影”，是。

種竹了題愛山亭

前　人

灑掃宣華舍此君，烟中月下綠生塵。他年葉葉清風滿，莫忘今年借宅人。

題錦亭

前　人

手開花徑錦成窠，浩蕩春風載酒過。來歲遊人應解笑，甘棠終少海棠多。

新作錦亭，程詠之賦詩，次其韻二首

前　人

飛鴻銜子謾紛紛，萬里西遊始識真。不管吳霜微點鬢，來看蜀錦爛爭春。倚欄定有司花女，秉燭仍留主夜神。異縣賞心誰與共，故人新作坐中賓。

小築聊鋤草棘荒，遊人錯比召南棠。花邊霧鬢風鬟滿，酒畔雲衣月扇香。燦爛吟箋煩索句，淋漓醉墨自成行。報章遲鈍吾衰矣，終日冥搜謾七襄。

賦雙流郭信可隱居詩十首

何　耕

雲　溪

幽居定何如，頗恨未見之。主人向我言，喜色融雙眉。修篁流翠陰，寒溪漾清漪。領略非一狀，幽妍發餘姿。空濛雨亦佳，瀲灩晴更奇。豈惟二江獨，意恐兩蜀稀。主人信妙士，得此固所宜。天公閟好景，授受各有時。豈無多田翁，偃蹇逝莫隨。素交懷老蒲，秀句紛珠璣。安得招歸來，爲君賦清詩。往者不可作，後生欲何爲？公與蒲大受爲平生詩友。

浮翠橋

隔溪蒼翠各西東，架竹爲梁路始通。缺月罅林凝净綠，斷霞明水抹殘紅。芒鞋步步幽深處，藜杖聲聲屈曲中。回首忽驚橋已遠，泠然身御圃田風①。

寒碧亭

憑欄日日俯清湍，洗竹年年斬惡竿。十頃琉璃秋色静，一林竽籟曉聲寒。涼風有意生天末，明月無邊照水端。誰謂過清難久處，愚溪元自不相安。

遠色閣

小小樓居着散仙，淵明真趣本悠然。招呼雲月欄干曲，顧楫江山挂杖前。獨鳥倦歸翻落日，誰家晨爨起疏烟。根塵應接無留礙，笑殺胡僧面壁禪。

假　山

空庭幻出小嶙峋，假外應須別有真。只恐話頭成兩橛，若爲融攝主和賓。

蓮　塘

色香無比出西方，何物妖狐號六郎。手折一枝聊供佛，前身定是老柴桑。劉遺民爲柴桑令，在遠法師蓮社中。

---

① 泠：原作“冷”，據《兩宋名賢小集》卷二二六、《全蜀藝文志》卷一三改。

龍淵

門前大江何渺漫，昔人飲牛水爲乾。水乾龍逝亦其理，近在咫尺聊泥蟠。魚蝦玩侮獱獺笑，縱有靈怪誰當看。德人問舍壓吾境，便爾築室相遮欄。坐令異類皆屏伏，恃有此耳差少安。却紆朱紱去監郡，遣我守舍良獨難。昨來過門怳如夢，龍致此語催歸鞍。先生不信反大笑①，謂我饒舌狂豐干。

虛舟

君不見江皋車馬紛相送，巨艑峨峨舡載重。西南使者解官歸，水淺着沙牽不動。如君材具豈多得，合侍明光參法從。胡爲淺瀨著虛舟，頗肖胸中太空洞。問君此意竟安在，欲説向人誰與共？山林鐘鼎本同轍，繫岸截江隨所用。八窗窅窅净無塵，一水冷冷清可弄。何當抱被過君眠，分破江天幽夜夢。

忘機臺

太虛生微雲，機事日夕繁。兼忘豈不佳，尚有忘者存。稽首老龐翁，妙處希一言。請觀臺上月，萬古無昭昏。

和光亭

枯木倚寒巖，三冬無暖氣。達人定汝笑，胸中太涇渭。不妨聲色海，徑造佛祖地。所以亦樂翁，花前時一醉。公自號亦樂居士。

---

① 大：原作"不"，據《蜀中廣記》卷五改。

段文昌讀書臺兩絕句

前　人

段公曾此讀群書，讀破應須萬卷餘。家禮一傳爲《雜俎》①，稗官收采附《虞初》。

隴麥漸漸滿意青，只憂春早起蟊螟。當年人誦禱而雨，合向兹山試乞靈。是時正憫雨，故云。

自合江亭過渡觀趙穆仲園亭

前　人

喚舟芳草渡，繫馬綠楊陰。步入莓苔徑，門開花竹林。王孫隨牒遠，婺女隱雲深。穆仲，宗室子，今通守婺州。想見西南望，悠悠空賞心。

從何使君父子遊墨池，分韻得“名”字

李　燾

蜀學擅天下，馬、王先得名。篲如巧言語，於道蓋小成。子雲最後出，振策思遐征。斯文大一統，欲使聖域清。富貴盡在我，紱冕非所榮②。旁皇天祿閣，聊亦觀我生。懷哉不能歸，舊宅荒榛荊。寂寞竟誰顧，正路今莫行。使君蓬萊仙，弭節歸赤城。門無俗賓客，家有賢父兄。慨念此耆老，不登漢公卿。臨池一尊酒，尚友千載英。並呼嚴與李，月旦共細評。區區可無憾，彼重適我輕。朅來成都市，塵土污冠纓。古人不可見，見此眼自明。請爲懷古詩，玉振而金聲。

---

① 俎：原作“組”，據《石倉歷代詩選》卷一三二下改。按：《雜俎》指《酉陽雜俎》，唐段成式撰，成式乃宰相段文昌之子。

② 冕：原作“絕”，據《兩宋名賢小集》卷一六九、《全蜀藝文志》卷一三改。靜嘉堂本作“絻”，亦誤。

遊東郭趙氏園　　　　　　　　　　　　　　陸　游

　　清晨呼馬出，馭吏請所之。錦城浩如海，我亦無與期。有花即入門，莫問主人誰。下馬據胡床，傲睨忘訶譏。人言白頭翁，胡爲尚兒癡。老翁故不癡，借花發吾詩。詩句帶花香，東風不敢吹。徘徊雙蛺蝶，許汝鼻端知。

過張白雲先生故居　　　　　　　　　　　　孫松壽

　　世外烟霞未易期，可人平野淡秋曦。籃輿出郭夢差好，竹杖臨流意共遲。已覺此懷飛縹渺，不須明月問盈虧。仙翁騎鶴歸來否，舊隱林高緑更奇。

賦成都張氏蜀錦園　　　　　　　　　　　　前　人

　　池南池北蜀宫春，紅濕花枝壓錦城。袖手縱觀花似笑，相看一脉話尤情。

　　乾坤開闢記王春，劍閣峥嶸拱帝城。不許此花歸閬苑，錦臺南畔古今情。

過子美草堂　　　　　　　　　　　　　　　馬　俌

　　棲遲九月錦水行，獨過草堂西出城。村樹苒苒秋照白，浪花漪漪江水明①。溪邊三重結茅屋，松蘿翳疏晚雨清。往來沽酒且有客，胡爲奔走不自停？四海紛然霾曀多，我憂豈但白馬盟。藜藿未足飽我腹，況又一頃供

---

　　① 浪：原作“水”，據《宋詩紀事》卷五二改。

耕耘。只今騎驢望八極，終日飄飄浪如許。可堪顔色太癯生，憂愁盡入篇章苦。信眉一笑古復作，却似韓宣適東魯。此生蕩漾胡能留，雨脚風塵奚所休？此道滄浪付一漚，喚之千古與爾謀，吾亦往矣作《春秋》。

水月亭   前　人

陽來中坤坎波翻，月本於地仍東還。誰爲聚之古祇桓①，涵碧湛湛琉璃盤。珊瑚晶瑛澈凝湍，西風晚來覺秋寬。海蕩冰碎天飛旋，瞿曇指心以探禪。魄死澤困與爾言，夜遊倚聲霓裳讙。捉影或墮不可援，幻癡益多吾憪然。明河繞衣吹珮環，毛髮飄蕭亂空寒。頗欲乘槎此窮源，脱屣濁世搏林鶱，采華食葉爲玉仙。

題新繁勾氏盤溪   勾昌泰

黄塵没車轂，平地得林丘。花木風光早，陂池烟雨秋。不彈長劍鋏，甘賦大刀頭。九軌利名痼，逢君應少瘳。

從俗鮮所得②，九牛中一毛③。强牽麋鹿性，要學豹龍韜。野服顔常好，晴窗首自搔。向來誤應聘，塵土污吾袍。

客至輒命酌，爲言花已開。青山長委髻，白骨舊生苔。不飲固癡絶，能詩宜數來。頗憂明日雨，紅紫落成堆。

勝簪不肯黑，浮頰故能紅。心寄塵埃外，春歸杖屨中。徑松青謖謖，庭草碧茸茸。無術繫白日，年光如轉蓬。

---

① 桓：原作"栢"，據文意改。"祇桓"亦寫作"祇洹"，本梵語樹名。佛經云舍衛國有祇洹園，施爲寺，佛曾説法於此，中土因以"祇洹"指佛寺。此詩每句押韻，"桓"亦協韻。
② 俗：原作"容"，據静嘉堂本、《全蜀藝文志》卷一三改。
③ 牛：原作"年"，據静嘉堂本、《全蜀藝文志》卷一三改。

登待鶴亭

楊　甲①

橫峰亂嶺如奔蛇，前者欲起後驅呵②。危亭獨立一回首，天罅雲隙皆收羅。手攀落日意不盡，目送孤鴻愁更多。秋風衣裳客未冷③，我欲飲酒君當何？

與客遊滄浪亭，以“萬里橋西一草堂”爲韻，得“一”字

前　人

霧回林蒼黃，漲落水寒碧。西郊好風景，曉霽千里色。相從二三子，掃灑溪上石。主人亦愛客，沽酒炊玉粒。年荒酒味薄，相勸取吻濕。同光與共景，弄此竹間日④。沄沄憂端來，落落險語出。窄機誰復設，骫骳各自適⑤。跳波醉中舞，野唱寒外急。牛羊歸匆匆，鳬雁來一一。觸行豈不好⑥，酒盡歸亦得。頹然寄天放⑦，未受世褊迫⑧。永懷堂中翁，回首千歲迹。豈無獨往願，冉冉饑凍逼⑨。霜空洞庭野，天闊雲夢澤。欲窮扶桑枝，尚掛滄海席。何當從今去，一夜生羽翼⑩。

---

① 楊甲：原缺作者名，據静嘉堂本、《兩宋名賢小集》卷三七四補。静嘉堂本“楊甲”下又有“嗣清”二字。按：“嗣清”乃楊甲字，見《桯史》卷八。

② 呵：原作“呼”，據静嘉堂本改。

③ 秋：原作“愁”，據《兩宋名賢小集》卷三七四改。

④ “年荒”以下四句：《兩宋名賢小集》卷三七四作“揮觴一再行，弄此竹間日”。

⑤ 骳：原作“脾”，據仇兆鰲《杜詩詳注·補注》卷上改。骫骳，彎曲貌。

⑥ 觴：原作“觸”，據仇兆鰲《杜詩詳注·補注》卷上改。

⑦ 天：原作“夫”，據《兩宋名賢小集》卷三七四改。

⑧ 受：原作“愛”，據《兩宋名賢小集》卷三七四改。

⑨ 冉冉：《兩宋名賢小集》卷三七四作“乃爲”。

⑩ 一夜：《兩宋名賢小集》卷三七四作“旦暮”。

成都文類卷九

詩

時　序　故事　宴集

歲　暮　　　　　　　　　　　　　　　　　　　（唐）杜　甫

歲暮遠爲客，邊隅還用兵。烟塵犯雪嶺，鼓角動江城。天地日流血，朝廷誰請纓？濟時敢愛死，寂寞壯心驚。

春　歸　　　　　　　　　　　　　　　　　　　　　　　前　人

苔徑臨江竹，茅簷覆地花。別來頻甲子，歸到忽春華。倚杖看孤石，傾壺就淺沙。遠鷗浮水静，輕燕受風斜。世路雖多梗，吾生亦有涯。此身醒復醉，乘興即爲家。

至　後① 　　　　　　　　　　　　　　　　　　　　　前　人

冬至至後日初長，遠在劍南思洛陽。青袍白馬有何意，金谷銅駝非故鄉。梅花欲開不自覺，棣萼一別永相望。愁極本憑詩遣興，詩成吟詠轉淒凉。

————————————

① 至後：原作“後至”，據《九家集注杜詩》卷二六乙。

寒　食　　　　　　　　　　　　　　　　　前　人

寒食江村路，風花高下飛。汀烟輕冉冉，竹日净暉暉。田父要皆去，鄰家問不違。地偏相識盡，鷄犬亦忘歸。

立秋日雨，院中有作　　　　　　　　　前　人

山雲行絶塞，大火復西流。飛雨動華屋，蕭蕭梁棟秋。窮途愧知己，暮齒借前籌。已費清晨謁，那成長者謀。解衣開北户，高枕對南樓。樹濕風涼進，江喧水氣浮。禮寬心有適，節爽病微瘳。主將歸調鼎，吾還訪舊丘。

秋　盡　　　　　　　　　　　　　　　　前　人

秋盡東行且未回，茅齋寄在少城隈①。籬邊老却陶潛菊，江上徒逢袁紹杯。雪嶺獨看西日落，劍門猶阻北人來。不辭萬里長爲客，懷抱何時得好開？

正月三日歸溪上有作，因簡院内諸公　　前　人

野外堂依竹，籬邊水向城。蟻浮仍臘味，鷗泛已春聲。藥許鄰人劚，書從稚子擎。白頭趨幕府，深覺負平生②。

---

① 城：原作“陵”，據静嘉堂本、《集千家注杜工部詩集》卷九改。
② 覺：原作“學”，據《九家集注杜詩》卷二六改。

中秋夜聽歌聯句

（唐）武元衡

元衡在蜀，淡於接物，而開府極一時選：公綽爲少尹，正壹觀察判官，備度支判官，裴度掌書記，盧士玫觀察支使，李虛中觀察推官，楊嗣復節度推官①。

此夕來奔月，何時去上天。備。雲環方自照，玉腕更呈鮮。度。嬝婉人間意，飄飄物外緣。公綽上相公。詩裁明月扇，歌索《想夫憐》。元衡奉盧侍御。暗染荀香久，長隨楚夢偏。放。會當來彩鳳，髣髴逐神仙。士玫。

早秋西亭宴徐員外

前　人

鼎鉉辭台座，麾幢領益州。曲池連月曉，橫笛滿城秋。有美皇華使，曾同白社遊。今來重相見，偏覺艷歌愁。

二月初二日，萬里橋小遊江宴集詩②

張　詠

春遊千萬家，美女顏如花。三三兩兩映花立，飄飄似欲乘烟霞。我身豈比浮遊輩③，蜀地重來治凋瘵。見人非理即傷嗟，見人歡樂生慈爱④。昔賢孜孜戒驕蕩，猖狂不是風流樣。但使家肥存禮讓⑤，歲歲春光好遊賞。

---

① 按：此段文字抄自計有功《唐詩紀事》卷四五，乃有功紀事之文，非原詩之序。其中"公綽"指柳公綽，"正壹"指張正壹，"備"指崔備，聯句中之"放"則指西川從事徐放。

② 此詩《乖崖集》卷二題作《二月二日遊寶曆寺馬上作》。

③ 比：原作"此"，據《乖崖集》卷二改。

④ 歡：原作"觀"，據《乖崖集》卷二改。又此句之後，本集尚有"花間歌管媚春陽，花外行人欲斷腸。更覺花心妒蘭麝，風來繞郭聞輕香"四句。

⑤ 存：原作"在"，據静嘉堂本、《乖崖集》卷二改。

成都遨樂詩

田　況

四方咸傳蜀人好遊娛無時①，予始亦信然之。逮忝命守益，柅轅踰月，即及春遊。每與民共樂，則作一詩，以紀其事。自歲元徂景至止，得古律長調短韻共二十一章，其間上元燈夕、清明、重九、七夕、歲至之類，又皆天下之所共，豈曰無時哉，傳之者過矣！蜀之士君子欲予詩聞於四方，使知其俗，故復序以見懷。

元日登安福寺塔

歲曆啓新元，錦里春意早。詰旦會朋寀，群遊儼騶導。像塔倚中霄，翬檐結重橑。隨俗縱危步，超若薄清昊。千里如指掌，萬象可窮討。野闊山勢迥，寒餘林色老。遨賞空閭巷，竭來誼稚耄。人物事多閑，車馬擁行道。顧此歡娛俗，良慰羈遠抱。第憂民政疏，無庸答宸造。

二日出城

初歲二之日，言出東城闉。緹騎隘重郛，遊車坌行塵。原野信滋腴，景物爭光新。青疇隱遙壠，弱柳垂芳津。邏卒具威械，祭墦列重茵。俗尚各有時，孝思情則均。歸途喧鼓鐃②，聚觀無富貧。坤隅地力狹，百業常苦辛。設微行樂事，何由裕斯民？守侯其勉旃，亦足彰吾仁。

五日州南門蠶市③

齊民聚百貨，貿鬻貴及時。乘此耕桑前，以助農績資。物品何其夥，

---

① 咸：原作“成”，據《全蜀藝文志》卷一七改。
② 鐃：原作“饒”，據萬曆以下各本《全蜀藝文志》卷一七改。
③ 市：原脫，據萬曆以下各本《全蜀藝文志》卷一七補。

碎璅皆不遺。編籭列箱筥，餝木柄鎡錤。備用誠爲急，舍器工曷施。名花蘊天艷，靈藥昌壽祺①。根萌漸開發，蒙載相參差。遊人銜識賞，善價求珍奇。予真徇俗者，行觀亦忘疲。日暮宴觴罷，衆皆云適宜。

上元燈夕

予嘗觀四方，無不樂嬉遊。惟茲全蜀區，民物繁他州。春宵寶燈然，錦里烟香浮。連城悉奔鶩，千里窮邊陬。紛裕合繡袂，輀輆馳香輈。人聲震雷遠，火樹華星稠。鼓吹匝地喧，月光斜漢流。歡多無永漏，坐久憑高樓。民心感上恩，釋唄歌神猷。齊音祝東北，帝壽長嵩丘。

二十三日聖壽寺前蠶市

龍斷爭趨利，仁園敞邃深。經年儲百貨，有意享千金②。器用先農事，人聲混樂音。蠶叢故祠在，致祝順民心。

二十八日謁生禄祠遊净衆寺

千騎出重闉，嚴祠净宇鄰。映林沽酒旆，迎馬獻花人。艷日披江霧，香飆起路塵。韶華特明媚，不似遠方春。

二月二日遊江會寶曆寺

昔日張復之，詠字也。來乘寇亂餘。三春雖宴賞，四野猶艱虞。遂移踏青會，登舟恣遊娛。戎備漸解弛，人情悉安舒。垂茲五十年，材哲不敢踰。愚來再更朔，遽及中春初。綵旆列城隈，畫舫滿江隅。輕橈下奔瀨，縱輿臨精廬。因思賢守事，所作民乃孚。茲惠未爲大，大者其忘諸！

---

① 祺：原作"棋"，據静嘉堂本、《全蜀藝文志》卷一七改。
② 享：原作"亨"，據静嘉堂本、《全蜀藝文志》卷一七改。

八日大慈寺前蠶市

蜀雖云樂土，民勤過四方。寸壤不容隙，僅能充歲糧。間或容墮孏，曷能備凶痒？所以農桑具，市易時相望。野氓集廣鄽，眾賈趨寶坊。惇本誠急務，戒其靡愆常。茲會良足喜，後賢無忽忘。

寒食出城

郊外融和景，濃於城市中。歌聲留客醉，花意盡春紅。遊人一何樂，歸馭莫忽忽。

開西園

春風寒食節，夜雨晝晴天。日氣薰花色，韶光遍錦川。臨流飛鑿落，倚樹立鞦韆。檻外遊人滿，林間飲帳鮮。眾音方雜遝，餘景更留連。座客無辭醉，芳菲又一年。

三月三日登學射山

麗日照芳春，良會重元巳。陽濱修祓除，華林程射技。所尚或不同，茲俗亦足喜。門外盛車徒，山半列鄽市。彩堋飛鏑遠，醉席歌聲起。回頭望城郭，煙靄相表裏。秀色滿郊原，遙景落川涘。目倦意猶遠①，思餘情未已。登高貴能賦，感物暢幽旨。宜哉賢大夫，由斯見材美②。

九日大慈寺前蠶市

高閣長廊門四開，新晴市井絕纖埃。老農肯信憂民意，又見笙歌入寺來。

---

① 遠：原作"遲"，據靜嘉堂本、《全蜀藝文志》卷一七改。
② 由：原作"田"，據《全蜀藝文志》卷一七改。

二十一日遊海雲山

春山縹翠一溪清，滿路遊人語笑聲。自愧非才無異績，止隨風俗順民情。

三月十四日大慈寺建乾元節道場①

赤精流景鑠，朱夏向清和。紺宇修祠盛，華封祝慶多。簪裳千載遇，鐘梵五天歌。遠俗尤熙泰，皇猷信不頗。

乾元節

感帝開鴻緒，薰風正阜生。億年逢景運，萬國贊丕平。瑞靄承龍闕，晨曦啓鳳城。臚賓趨陛城，樂佾備韶英。譯導來珍貢，醻歡洽頌聲。曼齡均慶祝，闓澤慰群情。地有捫參遠，人懷就日誠。願將民共樂，聊以報皇明。

四月十九日泛浣花溪

浣花溪上春風後，節物正宜行樂時。十里綺羅青蓋密，萬家歌吹綠楊垂。畫舸疊鼓臨芳溆，綵閣凌波泛羽卮。霞景漸曛歸櫂促，滿城歡醉待旌旗。

伏日會江瀆池

長空赤日真可畏，三庚遇火氣伏藏②。溫風澳忍鬱不開，流背汗洽思清涼。江瀆祠前有流水，灌注蓄泄爲池塘。沉沉隆厦壓平岸，好樹蔭亞芙

---

① 乾元節：原脱，據靜嘉堂本、《全蜀藝文志》卷一七補。
② 庚：原作“庚”，據靜嘉堂本、《全蜀藝文志》卷一七改。

蕶香。登舟命酒賓朋集，逃暑大飲宜滿觴①。絲竹聒耳非自樂，肆望觀者如堵墙。吾儕未能免俗累②，近日頗困炎景長。今晨縱遊不覺暮，形爲外役暑亦忘。豈如高齋滌百慮，危坐自造逍遥鄉。

七月六日晚登大慈寺閣觀夜市

萬里銀潢貫紫虚③，橋邊螗蠻待星姝。年年巧若從人乞，未省靈恩遍得無？

七月十八日大慈寺觀施盂蘭盆

飛閣穹窿軼翠烟，盂蘭盛會衆喧闐。且欣酷暑從兹减，漸有凉風快夕眠。京洛間俗言過盂蘭盆則暑退。

重陽日州南門藥市

岷峨旁礴天西南，靈滋秀氣中潛含。草木瓌富百藥具，山民采捋知辛甘。成都府門重陽市，遠近湊集爭齎擔。市人譎獪亦射利，頗覺良惡相追參。旁觀有叟意氣古，肌面奸熈毛氈鬖④。賣藥數種人罕識，單衣結縷和陰嵐。成都處士足傳記，勸戒之外多奇談。或言每歲重陽市，屢有仙迹交塵凡。俗流聞此動非覬，不識妙理徒規貪。惟期幸遇化金術，未肯投足棲雲巖。予於神仙無所求，一離常道非所就。但喜山民藥貨售，歸助農業增耡芟。

冬至朝拜天慶觀會大慈寺

景至履佳辰，朝祖著國令。黄宫啓潛萌，紫宇晨蔭映。陽德比君子，吾道實可慶。矧丁皇運亨，遇主堯舜聖。坤維最遠方，拙者此尸政。雅俗

---

① 暑：原作“水”，據《全蜀藝文志》萬曆本、嘉慶本改。
② 累：原作“索”，據静嘉堂本、《全蜀藝文志》卷一七改。
③ 潢：原作“横”，據静嘉堂本、《全蜀藝文志》卷一七改。
④ 熈：字書不見此字，疑當作“黗”。黗，肌色晦黑。《列子·黄帝》：“焦然肌色奸黗。”

舊儒文，民牒少訟爭。幸足宣上恩，惟恐戾物性。良時不易得，行樂未爲病①。高會縱嬉遨，豐歲愈繁盛。與衆助驩欣，寄情於俚詠。

次韻和季長學士正月二十八日出郊見寄之什②

宋　祁

雅俗傳祠日，<small>州人以二十八日祠保壽侯及唐杜丞相悰於崇真堂③。</small>年華重宴辰。初陽澹江霧，小雨破街塵。<small>是日雨而不濘，遊人皆集④。</small>客蓋浮輕吹，齋刀儼後陳。林芳催兔目，原色換龍鱗。壞路歌聲雜，褠倡舞疊新。持杯遍酬客，惟欠眼中人。

二月十八日席上方憶季長未還⑤，不同斯樂，欲作寄之，會使者來，已有新章，今牽聯成篇拜呈上⑥

前　人

烟壓西郊雨壓津⑦，滿城歌吹爲芳辰。江形左右衣留帶，柳色高低黐與塵⑧。暖逼園花迎望密，曉催林鳥每啼新。知君貪擁光華節，未肯樽前共惜春。

九日宴射

前　人

佳節憑高駐綵旗，亭皋霧罷轉晨曦。堋間羽集號猿後，臺外塵飛戲馬

---

① 病：原作“併”，據《全蜀藝文志》嘉慶本改。
② 季：原作“李”，據靜嘉堂本、《兩宋名賢小集》卷二四、《全蜀藝文志》卷一七改。
③ 原無此小注，據靜嘉堂本、《景文集》卷二一、《瀛奎律髓》卷四二補。
④ 原無此小注，據靜嘉堂本、《景文集》卷二一補。
⑤ 憶：原作“億”，據《景文集》卷一八改。
⑥ 拜：原作“並”，據靜嘉堂本、《景文集》卷一八改。
⑦ 下“壓”字原作“曲”，據《景文集》卷一八改。
⑧ 黐：原作“趜”，據《景文集》卷一八改。

時。芳菊治痾爭泛藥，丹茰辟惡遍傳枝。明年此會知何處，醉玉頹山不用辭。

十日宴江瀆亭①

前　人

節去歡猶在，賓來賞更延。悠揚初短日，凄緊乍寒天。霽沼元非漲，秋花自少妍。蟻留新獻酎②，蕙續不殘烟。戲鰋衝餘藻，遊龜避折蓮。流芳真可惜，從此遂凋年。

重陽不見菊二首

前　人

戲馬佳辰菊未黄，有人惆悵獨持觴。心知不作怱怱意，故欲凌寒報早霜③。

蜀地秋高未擬寒，翠苞如粒露華乾。重陽已過君休恨，留取金英晚節看。

九日藥市作

前　人

陽九協嘉辰④，斯人始多暇⑤。五藥會廣廛，遊肩閙相駕。靈品羅賈區，仙芬冒闤舍。擷露來山阿，斸烟去巖罅。係道雜提携，盈襜更薦藉。乘時物無賤，投乏利能射。饗苓互作主，參齊交相假⑥。。音架。曹植謹賡令，韓康無二價。西南歲多癘，卑濕連春夏。佳劑止刀圭，千金厚相謝。

---

① 日：原作“里”，據靜嘉堂本、《景文集》卷一九改。
② 酎：原作“討”，據靜嘉堂本、《景文集》卷一九改。
③ 報：原作“定”，據《景文集》卷二四改。
④ 辰：原作“神”，據《景文集》卷六改。
⑤ 斯：原作“期”，據《景文集》卷六改。
⑥ 齊：《景文集》卷六、《歲時雜詠》卷三七作“薺”。

刺史主求瘼，萬室繫吾化。顧賴藥石功①，捫衿重慚啽②。

奉和鄭公軍城早秋　　　　　　　　　　　　　　　　　（唐）杜　甫③

秋風嫋嫋動高旌，玉帳分弓射虜營。已收滴博雲間戍④，欲奪蓬婆雪外城。

遊鴻慶寺　　　　　　　　　　　　　　　　　　　　　　　　　韓　絳

久旱雨初足，樂遊春正深。喧闐觀士女，清曠入山林。佛界雲成寶，僧園地布金。方塘探子石，舊俗，池中探石以賣，呼之云子。高閣會賓簪。沙水通溪白，松筠逐徑陰。紛華從滿目，幽寂自虛心。印組端爲累，巖扃得暫尋。晚風吹綠野，歸騎已駸駸。

和　韻　　　　　　　　　　　　　　　　　　　　　　　　　　吳師孟

十里東郊道，茲遊歲月深。參僚從行府，高會適叢林。穉子喧沽玉，春姬笑子金⑤。咳珠僧護寶⑥，醉弁客遺簪。天賜連霄澤，民歡畢晝陰。前此二日，甘雨應祈至足，陰涼薄暮，士庶謂韓公福惠感召。分明造物手，自在出塵心。非相雖無住，殘芳尚可尋。都人望旋旆，車馬又駸駸。

---

① 藥：原作“惡”，據《景文集》卷六改。
② 衿：原作“矜”，據靜嘉堂本、《兩宋名賢小集》卷二四改。
③ 唐杜甫：原作“前人”。按：此首乃杜甫詩，非宋祁作，見《集千家注杜工部詩》卷一一，據改。
④ 博：原作“傳”，據杜詩原文改。
⑤ 子：《蜀中廣記》卷二作“予”，未詳。
⑥ 護：靜嘉堂本、《蜀中廣記》卷二作“獲”，疑是。

遊海雲山　　　　　　　　　　　　　　　　　　　　　　　　　趙　抃

　　縹緲齊雲閣，喧闃摸石池①。物華春已盛，人意樂無涯。羅綺一山遍，
旌旗十里隨。遨棚夾歸路，驕騎看星馳。

和　　韻　　　　　　　　　　　　　　　　　　　　　　　　　蘇　寀

　　笙歌揭虛閣，帷幕匝春池。且與民同樂，都忘天一涯。舊遊嗟倏忽，
故步喜追隨。陌上人如堵，歸鞍莫載馳。

和　　韻　　　　　　　　　　　　　　　　　　　　　　　　　邢夢臣

　　使旌驅近郭，民宴列芳池。洩洩春臺上，沉沉暮海涯。鴻驚人宛轉，
電激騎追隨。此會經年至，須防日似馳。

和　　韻　　　　　　　　　　　　　　　　　　　　　　　　　霍　交

　　山深藏古寺，旁枕舊芳池。鼓響揭雲外，石探從水涯。使旌遊不倦，
瑞麥獻相隨。事簡民同樂，歸心莫競馳。

遊海雲寺唱和詩　　　　　　　　　　　　　　　　　　　　　　吳中復

　　　成都風俗，歲以三月二十一日遊城東海雲寺，摸石於池中，
　　以爲求子之祥。太守出郊，建高旟，鳴笳鼓，作馳騎之戲，大譙

---

① 摸：原作"模"，據《清獻集》卷二改。參見下文吳中復《遊海雲寺唱和詩序》。

賓從，以主民樂。觀者夾道百重①，飛蓋蔽山野，讙謳嬉笑之聲，雖田野間如市井。其盛如此。渤海吳公下車期月，簡肅無事，從容高會於海雲。酒既中，顧謂寮屬曰：“一觴一詠，古人之樂事也。”首作七言詩以寫勝賞，席客亦有以詩獻者。更相酬和，得一十三篇②，乃命幕下吏會稽王霶為之序。霶斐薄不能文，恐愧，勉從公命。夫俳倡弦竹，其樂外也；吟詠性情，其樂內也。充諸內，則能遺外之樂；流於外，則內有所喪。今公既推內之樂以樂賓，又盡外之樂以樂民，可謂得其樂矣。

錦里風光勝別州，海雲寺枕碧江頭。連郊瑞麥青黃秀，繞路鳴泉深淺流。彩石池邊成故事，茂林坡上憶前遊。予昔嘗陪樞密田公遊此。綠樽好伴衰翁醉，十日殘春不少留。

和　韻　　　　　　　　　　　　　　　　　　　　范純仁

東郊行樂冠西州，古寺岩嶢翠嶺頭。化俗文翁傳愷悌，尋山謝傅繼風流。天涯樽酒欣相遇，劍外三春得共遊。雅興直須窮勝賞，年光難使隙駒留。

和　韻　　　　　　　　　　　　　　　　　　　　韓宗道

茂林脩竹翠烟收，寺枕清江江上頭。好鳥啼春知客恨，落花浮水近人流。政閑不廢登臨賞，意適真成汗漫遊。紫陌紅塵歸路遠，夕陽回首重遲留。

---

① 重：原作“里”，據靜嘉堂本、《蜀中廣記》卷二改。按：海雲寺在成都東南十里，不得云“夾道百里”，作“重”是。

② 按：據此所云，原有十三篇，然本書以下所錄僅十一篇，蓋有刪落。

和　韻　　　　　　　　　　　　　　　　　　　　　　　　　張　湍

海雲真賞甲刀州，十里春光拂馬頭。花酒價高分宴樂，綺羅人好助風流。出郊行斾從編俗，摸石居民事勝遊。斜日歡心猶未足，藩侯歸轡爲遲留。

和　韻　　　　　　　　　　　　　　　　　　　　　　　　　楊希元

三春行樂盛刀州，況是春光欲盡頭。使節在郊觀似堵，香輪争道去如流。正逢鈴閣多閑日①，肯對花時負勝遊。會得公心惜歡意，欲歸猶自儘遲留。

和　韻　　　　　　　　　　　　　　　　　　　　　　　　　勾士良

佛土依山福遠州，春行繡騎上雲頭。補天彩石盈池在，朝海清江繞寺流。四國仰煩郇伯勞，群生翹望謝安遊。早知爲礪爲霖意，惟有西民欲暫留。

和　韻　　　　　　　　　　　　　　　　　　　　　　　　　馮　介

及時行樂慰刀州，曉背重城信馬頭。彩石散隨香被去，芳塵紛逐鈿車流。忽忽曲水當年會，草草東山舊日遊。不似海雲今獨勝，清風長共好詩留。

---

① 閑：原作"開"，據静嘉堂本、《宋詩紀事》卷一八改。

和　韻　　　　　　　　　　　　　　　　　　　　　　　吕　陶

玉節重來鎮此州，暫驅千騎上峰頭。春闌好爲良辰惜，俗樂誰知急景流。山色也疑今日盛，物情渾勝頃年遊①。登臨賦詠應難再，持語鄉人早借留。

和　韻　　　　　　　　　　　　　　　　　　　　　　　薛　繗

寺占靈峰更近州，喧闐騶從錦纏頭。歌鐘乍奏晴雷殷，戈甲急趨春水流。幾處醉眠方枕藉，一城謠俗重嬉遊。賢侯惠意民知否，幾刻嚴闉爲爾留。

和　韻　　　　　　　　　　　　　　　　　　　　　　　王　霽

大帥新謠十五州，殘春摸石是遨頭。氲氲喜氣隨民遍，冉冉風光盡日流。野俗只知觀讌賞，主人非獨爲嬉遊。晚回都騎簫鼙引，觀稼郊原亦暫留。

和　韻　　　　　　　　　　　　　　　　　　　　　　　黃　元

海雲春賞冠西州，醉帽花枝半壓頭。箛鼓不徒同俗樂，篇章還許綴詩流。祇應勝事多前日，長恐無人繼後遊。台鼎行聞虛席召，此歡須少爲民留。

---

① 情：原作“華”，據静嘉堂本、《净德集》卷三四、《宋詩紀事》卷一八改。

續和僉判太博遊海雲　　　　　　　　　　　　　　　吴中復

海雲摸石近東城，莽蒼春郊去路平。繞寺溪光照金絡，夾堤柳色混青旌。榴花新釀盈樽淥，玉柄高談照座清。上客西州勝京口，給鮮牛炙旋供烹。

踏　青　　　　　　　　　　　　　　　　　　　　　　梅　摯

綺場紛紛十里賒，望中烟景半春華。人遊寶曆青絲騎，路隘土橋金犢車。綠襯鳳頭垂逕草，紅攢鷁首照汀花。夕陽敲鐙餘歡在，不惜貂裘詑酒家①。

自　和　　　　　　　　　　　　　　　　　　　　　　前　人

龜堞春遊土著奢，青青踏去冒烟華。翠停舴艋客尋寺，紅卸羃羅人上車②。亭落五重沽卓酒，釵行十二步潘花。乘歡醉盡高陽侣，倒載歸來不認家③。

丁酉重九藥市呈坐客　　　　　　　　　　　　　　　范成大

余於南北西三方皆走萬里，皆遇重九，每作《水調》一闋。燕山首句“萬里漢宫使”，桂林首句“萬里漢都護”，成都首句“萬里橋邊客”。今歲倦游甚矣，不復再和前曲。仍作此詩以

---

① 詑：原作“認”，據静嘉堂本、《全蜀藝文志》嘉靖本改。詑，呼人，此謂呼酒家上酒。”

② 羅：原作“罷”，據静嘉堂本、《全蜀藝文志》卷一七改。

③ 載：原作“戴”，據《全蜀藝文志》卷一七改。

自戲。

莫向登臨怨落暉，自緣羈宦阻歸期。年來厭把三邊酒，此去休哦"萬里"詩。烏帽不辭欹短髮，黃花終是欠東籬。若無合坐揮毫健，誰嗣西風楚客悲？

鹿鳴燕　　　　　　　　　　　　　　　　　前　人

岷峨鍾秀蜀多珍，坐上儒冠更逸群。墨沼不憂經覆瓿，琴臺重有賦凌雲。文章小技聊干祿，道學初心擬致君。富貴功名今發軔，願看稽古策高勳。

會慶節大慈寺茶酒　　　　　　　　　　　　前　人

霜暉催曉五雲鮮，萬國歡呼共一天。淡淡暖紅旗轉日，浮浮寒碧瓦收烟。銜杯樂聖千秋節①，擊鼓迎冬大有年。忽憶捧觴供玉座，不知身在雪山邊。

冬至日天慶觀朝拜，雲日晴麗，遙想郊禋慶成，作歡喜口號　　　　　　　　　　　　　　　　前　人

淅淅霜風不滿旗，紫烟黃氣捧朝曦。五更貫索埋光後，萬里鈎陳放仗時。留滯周南無舊事，布宣漢德有新詩。豐年四海皆温飽②，願把驩心壽玉巵。

---

① 聖：原作"勝"，據静嘉堂本、《石湖詩集》卷一七改。

② 飽：原作"暖"，據《石湖詩集》卷一七改。

十一月十日海雲賞山茶①

前　人

門户歡呼十里村②，臘前風物已知春。兩年池上經行處，萬里天邊未去人。客鬢花身俱歲晚，妝光酒色且時新。海雲橋下溪如鏡，休把冠巾照路塵。

丁酉正月二日東郊故事

前　人

椒盤宿酒未全醒，擾擾金鞍逐畫輧。春雨一犁隨處緑，柳烟千縷幾時青。客愁舊歲連新歲，歸路長亭間短亭。萬里松楸雙淚墮③，風前安得諱飄零！

清明日試新火作牡丹會

前　人

蜀人以洛中千葉種爲京花，單者爲川花。

再鑽巴火尚浮家，去國年多客路賒。那得青烟穿御柳，且將銀燭照京花。香鬢半醉斜枝重，病眼全昏瘴霧遮。錦地繡天春不散，任教簷雨卷泥沙。

十二月十八日海雲賞山茶

前　人

追趁新晴管物華，馬蹄松快帽簷斜。天南臘盡風晞雪，冰下春來水漱沙。已報主林催市柳，仍從掌故問山茶。豐年自是騶聲沸，更着牙前畫

---

① 十日：原脱"十"，據《石湖詩集》卷一七補。
② 門户：《石湖詩集》卷一七作"門巷"。
③ 楸：原作"椒"，據《石湖詩集》卷一七改。

鞭春微雨　　　　　　　　　　　　　　　　　　前　人

幡勝絲絲雨，笙歌步步塵。一年新樂事，萬里未歸人。雲薄竟慳雪，酒濃先受春。送寒東作近，慚愧耦耕身①。

丙申元日安福寺禮塔　　　　　　　　　　　　　　前　人

成都一歲故事始於此塔，士女大集拜塔下，燃香掛幡，禳兵火之災。

嶺梅蜀柳笑人忙，歲歲椒盤各異方。耳畔逢人無魯語，蜀人鄉音極難解，其爲京洛音，輒謂之"虜語"，或是僭偽時以中國自居，循習至今不改也。既又諱之，改作"魯語"，尤可笑，姑就用其字。鬢邊隨我是吳霜。新年後飲酴酥酒，故事先然窣堵香。石笋新街好行樂，與民同處且逢場②。余新甃石笋街。

初三日出東郊碑樓院　　　　　　　　　　　　　　前　人

故事，祭東君，因宴此院。蜀人皆以此日掃墓③。

遠柳新晴暝紫烟，小江吹凍舞清漣。紅塵一闋人歸後，跕跕飢鳶蹙紙錢。

---

① 慚：原作"漸"，據《石湖詩集》卷一七改。
② 且：原作"旦"，據《石湖詩集》卷一七改。
③ 掃墓：《石湖詩集》卷一七作"拜埽"。

郊外閱驍騎剪柳①

前　人

千騎同瞻白羽揮，驚塵一閧響金機②。不知掣電彎弓過，但覺柳梢隨箭飛。

再去東郊

前　人

晚境增年慣，官身作客諳。大都緣偶熟，豈是性能堪！昔者開三徑，他時老一龕。越溪新種竹，芸綠想毿毿。

三月二日北門馬上

前　人

新街如拭過鳴騶，芍藥酴醾競滿頭。十里珠簾都卷上，少城風物似揚州。少城，張儀所築子城也。土甚堅，橫木皆朽，皆有穿眼，土相着不解散。

上巳前一日學射山、萬歲池故事

前　人

北郊征路記前回③，三尺驚塵馬踏開。新漲忽明多病眼，好風如把及時杯。青黃麥隴平平去，疏密檀林整整來。遊騎不知都幾許，長堤十里轉輕雷。

---

① 此下，《石湖詩集》卷一七有小注："亦曰槎柳。"
② 機：《石湖詩集》卷一七作"羈"。按："機"指弩機。"羈"乃馬繮繩，疑非是。
③ 郊：原作"鄰"，據《石湖詩集》卷一七改。

上巳日萬歲池坐上呈提刑程詠之

前　人

降春酒暖絳烟霏①，漲水天平雪浪遲。綠岸翻鷗如北渚，紅塵躍馬似西池。麥苗剪剪嘗新麵，梅子雙雙帶折枝。試比長安水邊景，祇無飢客爲題詩。

三月二十三日海雲摸石

前　人

勸耕亭上往來頻，四海萍浮老病身。亂插山茶猶昨夢，重尋池石已殘春。驚心歲月東流水，過眼人情一闐塵。賴有貽牟堪飽飫，道逢田畯且眉伸。

四月十日出郊

前　人

約束南風徹曉忙，收雲卷雨一川涼。漲江混混無聲綠，熟麥騷騷有意黃。吏卒遠時閑信馬，田園佳處忽思鄉。隣翁萬里應相念，春晚不歸同插秧。

春日五首

何　耕

聞道西樓下，香風颺綺羅。無錢沽酒得，不醉奈愁何！老去春緣薄，慵來睡興多。閉門終一枕，亦不夢南柯。

寂寞城南寺，三年寄索居。折花修佛供，持鉢乞僧餘。竟日無車騎，依時認鼓魚。九衢塵一尺，吾自有華胥。

---

① 降：《石湖詩集》卷一七作“濃”。

門前無俗物，城上亦奇觀。花浪東流穩，雲山西望寒。身凌塵外遠，目極意中寬。最愛風標客，晴沙理素翰①。

萬里橋邊水，朝宗入去吳。袞衣新曆數，神算舊規模。四海從心正，諸公着力無？際天冬望眼，渺渺但平蕪。

唇齒輔車勢，坤維井絡方。只宜花柳盛，莫遣鳥魚忙。隴麥無由食，邊籌足可防。出言還有禁，忍淚不成行。

---

① 素翰：《兩宋名賢小集》卷二二六作“青紈”。

成都文類卷十

詩

題　詠 一　書畫　器物　雨雪　風月　草木　蟲魚

琴歌二首①

（漢）司馬相如

　　鳳兮鳳兮歸故鄉，遨遊四海求其凰。時未遇兮無所將，何悟今夕升斯堂。有艷淑女在閨房，室邇人遐毒我腸。何緣交頸爲鴛鴦，胡頡頏兮共翱翔！

　　鳳兮鳳兮從我棲，得託孳尾永爲妃。交情通體心和諧②，中夜相從知者誰？雙翼俱起翻高飛，無感我思使余悲。

蜀國弦

（梁）簡文帝

　　銅梁指斜谷，劍道望中區。通星上分野，作固下爲都。雅歌因良守，妙舞自巴渝。陽城嬉樂盛，劍騎鬱相趨。五婦行難至，百兩好遊娛。牲祈望帝祀，酒酹蜀侯誅。江妃納重聘，卓女愛將雛。停弦時繫爪，息吹治唇朱。脫衫湔錦浪，回扇避陽烏。聞君握節返，賤妾下城隅。

---

　　① 此《琴歌二首》最早見於《玉臺新詠》卷九，原序謂司馬相如鼓琴以挑卓文君。今人逯欽立《先秦漢魏晉南北朝詩》謂"此歌殆兩漢時琴工假托爲之"，是也。各書所載文字小異，不再一一出校。

　　② 諧：原作"偕"，據靜嘉堂本、《玉臺新詠》卷九改。

同　前 （隋）盧思道

西蜀稱天府，由來擅沃饒。雲浮玉壘夕，日映錦城朝。南尋九折路，東上七星橋。琴心若易解，令客豈難要？

送姚評事入蜀，各賦一物，得卜肆 （唐）張九齡

蜀嚴化已久，沉冥空所思。嘗聞賣卜處，猶憶下簾時。驅傳應經此，懷賢儻問之。歸來説往事，歷歷偶心期。

奉觀嚴鄭公廳事岷山沱江畫圖十韻 （唐）杜　甫

沱水臨中座，岷山到北堂。白波吹粉壁，青嶂插雕梁。直訝杉松冷，兼疑菱荇香。雪雲虛點綴，沙草得微茫。嶺雁隨毫末，川蜺飲練光。霏紅洲蕊亂，拂黛石蘿長。暗谷非關雨，丹楓不爲霜。秋成玄圃外，景物洞庭傍。繪事功殊絶，幽襟興激昂。從來謝太傅，丘壑道難忘。

石　鏡 前　人

蜀王將此鏡，送死至空山。冥寞憐香骨，提携近玉顔。衆妃無復嘆，千騎亦虛還。獨有傷心石，埋輪月宇間。

嚴公廳宴，同詠蜀道畫圖 前　人

日臨公館静，畫列地圖雄。劍閣星橋北，松州雪嶺東。華夷山不斷，吴蜀水相通。興與烟霞會，清樽幸不空。

謝嚴中丞送青城山道士乳酒一瓶　　　　　　　　　　前　人

山瓶乳酒下青雲，氣味濃香幸見分。鳴鞭走送憐漁父，洗盞開嘗對馬軍。

梅　雨　　　　　　　　　　前　人

南京犀浦道，四月熟黃梅。湛湛長江去，冥冥細雨來。茅茨疏易濕，雲霧密難開。竟日蛟龍喜，盤渦與岸回。

蕭八明府實處覓桃栽一百　　　　　　　　　　前　人

奉乞桃栽一百根，春前爲送浣花村。河陽縣裏雖無數，濯錦江邊未滿園。

憑何十一少府邕覓榿木數百栽　　　　　　　　　　前　人

草堂塹西無樹林，非子誰復見幽心？飽聞榿木三年大，與致溪邊十畝陰。

嚴鄭公階下新松得“霑”字　　　　　　　　　　前　人

弱質豈自負，移根方爾瞻。細聲聞玉帳，疏翠近珠簾。未見紫烟集，虛蒙清露霑。何當一百丈，欹蓋擁高簷？

石犀行　　　　　　　　　　　　　　　　　前　人

君不見秦時蜀太守，刻石立作三犀牛。自古雖有厭勝法，天生江水向東流。蜀人矜誇一千載，泛溢不近張儀樓。今年灌口損戶口，此事或恐爲神羞。終藉堤防出衆力，高擁木石當清秋。先王作法皆正道，詭怪何得參人謀！嗟爾三犀不經濟，缺訛只與長川逝。但見雲氣常調和，自免洪濤恣凋瘵。安得壯士提天綱，再平水土犀奔茫。

石笋行　　　　　　　　　　　　　　　　　前　人

君不見益州城西門，陌上石笋雙高蹲。古來相傳是海眼，苔蘚蝕盡波濤痕。雨多往往得瑟瑟①，此事恍惚難明論。恐是昔時卿相墓，立石爲表今仍存。惜哉俗態好蒙蔽，亦如小臣媚至尊。政化錯迕失大體，坐看傾危受厚恩。嗟爾石笋擅虛名，後來未識猶駿奔。安得壯士擲天外，使人不疑見本根。

古柏行　　　　　　　　　　　　　　　　　前　人

孔明廟前有老柏，柯如青銅根如石。霜皮溜雨四十圍，黛色參天二千尺。君臣已與時際會，樹木猶爲人愛惜。雲來氣接巫峽長，月出寒通雪山白。憶昨路繞錦亭東，先主武侯同閟宮。崔嵬枝榦郊原古，窈窕丹青戶牖空。落落盤踞雖得地，冥冥孤高多烈風。扶持自是神明力，正直元因造化功。大廈如傾要梁棟，萬牛回首丘山重。不露文章世已驚，未辭剪伐誰能送？苦心豈免容螻蟻，香葉終經宿鸞鳳。志士幽人莫怨嗟，古來材大難爲用。

---

① 瑟瑟：原作“琴瑟”，據静嘉堂本、杜甫本集改。瑟瑟，碧珠。

大　雨

前　人

西蜀冬不雪，春農尚嗷嗷。上天回哀眷，朱夏雲鬱陶。執熱乃沸鼎，纖絺成縕袍。風雷颯萬里，霂澤施蓬蒿。敢辭茅葦漏，已喜黍豆高。三日無行人，二江聲怒號。流惡邑里清，矧茲遠江皋。荒庭步鸛鶴，隱几望波濤。沉痾聚藥餌，頓忘所進勞。則知潤物功，可以貸不毛。陰色靜壠畝，勸耕自官曹。四鄰出未耜，何必吾家操。

四　松

前　人

四松初移時，大抵三尺强。別來忽三歲，離立如人長。會看根不拔，莫計枝凋傷。幽色幸秀發，疏柯亦昂藏。所插小藩籬，本亦有堤防。終然椳撥損，得愧千葉黃。敢爲故林主，黎庶猶未康。避賊今始歸，春草滿空堂。覽物嘆衰謝，及茲慰凄凉。清風爲我起，洒面若微霜。足以送老姿，聊待偃蓋張。我生無根蒂，配爾亦茫茫。有情且賦詩，事迹兩可忘。勿矜千載後，慘澹蟠穹蒼。

枯　椶

前　人

蜀門多椶櫚，高者十八九。其皮割剥甚，雖衆亦易朽。徒布如雲葉，青黃歲寒後。交橫集斧斤，凋喪先蒲柳。傷時苦軍乏，一物官盡取。嗟爾江漢人，生成復何有？有同枯椶木，使我沉嘆久。死者即已休，生者何自守。啾啾黃雀啅，側見寒蓬走。念爾形影乾，摧殘没藜莠。

柟樹爲風雨所拔嘆

前　人

倚江柟樹草堂前，故老相傳二百年。誅茅卜居總爲此，五月髣髴聞寒蟬。東南飄風動地至，江翻石走流雲氣。幹排雷雨猶力争，根斷泉源豈天意？滄波老樹性所愛，浦上童童一青蓋。野客頻留懼雪霜，行人不過聽竽籟。虎倒龍顛委榛棘，淚痕血點垂胸臆。我有新詩何處吟，草堂自此無顏色。

杜　鵑

前　人

西川有杜鵑，東川無杜鵑。涪、萬無杜鵑，雲安有杜鵑。我昔遊錦城，結廬錦水邊。有竹一頃餘，喬木上參天。杜鵑暮春至，哀哀叫其間。我見常再拜，重是古帝魂。生子百鳥巢，百鳥不敢嗔。仍爲餧其子，禮若奉至尊。鴻雁及羔羊，有禮太古前。行飛與跪乳，識序又知恩。聖賢吾法則，付之後世傳。君看禽鳥情，猶解事杜鵑。今忽暮春間，值我病經年。身病不能拜，淚下如迸泉。

杜鵑行①

前　人

君不見昔日蜀天子，化作杜鵑似老烏。寄巢生子不自啄，群鳥至今與哺雛。雖同君臣有舊禮，骨肉滿眼身羇孤。業工竄伏深樹裏，四月五月偏號呼。其聲哀痛口流血，所訴何事常區區②。爾豈摧殘始發憤，羞帶羽翮傷形愚。蒼天變化誰料得，萬事反覆何所無。萬事反覆何所無，豈憶當殿群臣趨！

從韋二明府續處覓綿竹三數叢

前　人

華軒藹藹他年到，綿竹亭亭出縣高。江上舍前無此物，幸分蒼翠拂波濤。

---

① 行：原脱，據静嘉堂本、《九家集注杜詩》卷七補。
② 訴：原作“許”，據《九家集注杜詩》卷七改。

憑韋少府班覓松樹子栽^①

前　人

落落出群非櫸柳，青青不朽豈楊梅。欲存老蓋千年意，爲覓霜根數寸栽^②。

又於韋處乞大邑瓷盆

前　人

大邑燒瓷輕且堅，扣如哀玉錦城傳。君家白碗勝霜雪，急送茅齋也可憐。

詣徐卿覓果栽

前　人

草堂少花今欲栽，不問綠李與黃梅。石笋街中却歸去，果園坊裏爲求來。

春夜喜雨

前　人

好雨知時節，當春乃發生。隨風潛入夜，潤物細無聲。野徑雲俱黑，江船火獨明。曉看紅濕處，花重錦官城。

江畔獨步尋花七絕句

前　人

江上被花惱不徹，無處告訴只顛狂。走覓南鄰愛酒伴，經旬出飲獨

---

① “班”“栽”二字原無，據《九家集注杜詩》卷二二補。
② 寸栽：原作“十來”，據《九家集注杜詩》卷二二改。

空床。

稠花亂蘂裹江濱，行步敧危實怕春。詩酒尚堪驅使在，未須料理白頭人。

江深竹靜兩三家，多事紅花映白花。報答春光知有處，應須美酒送生涯。

東望少城花滿烟，百花高樓更可憐。誰能載酒開金盞，喚取佳人舞繡筵。

黃師塔前江水東，春光懶困倚微風。桃花一簇開無主，可愛深紅映淺紅。

黃四娘家花滿蹊，千朵萬朵壓枝低。留連戲蝶時時舞，自在嬌鶯恰恰啼。

不是愛花即欲死，只恐花盡老相催。繁枝容易紛紛落，嫩蘂商量細細開①。

病　柏　　　　　　　　　　　　　　　　前　人

有柏生崇崗，童童狀青蓋。偃蹇龍虎姿，主當風雲會。神明依正直，故老多再拜。豈知千年根，中路顏色壞。出非不得地，蟠據亦高大。歲寒忽無憑，日夜柯葉改。丹鳳領九雛，哀鳴翔其外。鴟鴞志意滿，養子穿穴内。客從何鄉來，佇立久吁怪。静求元精理，浩蕩難倚賴。

---

① 葉：《九家集注杜詩》卷二二作"蘂"，注云"一作葉"。按：作"蘂"勝。

病　橘

前　人

群橘少生意，雖多亦奚爲。惜哉結實小，酸澀如棠梨。剖之盡蟊蟲，采掇爽其宜。紛然不適口，豈止存其皮。蕭蕭半死葉，未忍別故枝。玄冬霜雪積，況乃回風吹。嘗聞蓬萊殿，羅列瀟湘姿。此物歲不稔，玉食失光輝。寇盜尚憑陵，當君減膳時。汝病是天意，吾謫罪有司。憶昔南海使，奔騰獻荔枝。百馬死山谷，到今耆舊悲。

枯　柟

前　人

楩柟枯崢嶸，鄉黨皆莫記。不知幾百歲，慘慘無生意。上枝摩皇天，下根蟠厚地。巨圍雷霆坼，萬孔蟲蟻萃。凍雨落流膠，衝風奪佳氣。白鵠遂不來，天雞爲愁思。猶含棟梁具，無復霄漢志。良工古昔少，識者出涕淚。種榆水中央，成長何容易。截承金露盤，裊裊不自畏。

高　柟

前　人

柟樹色冥冥，江邊一蓋青。近根開藥圃，接葉製茅亭。落景陰猶合，微風韻可聽。尋常絕醉困，臥此片時醒。

落　日

前　人

落日在簾鈎，溪邊春事幽。芳菲緣岸圃，樵爨倚灘舟。啅雀爭枝墜，飛蟲滿院遊。濁醪誰造汝，酌罷散千憂。

朝　雨　　　　　　　　　　　　　　　　　　前　人

凉氣晚蕭蕭，江雲亂眼飄。風鴛藏近渚，雨燕集深條。黃、綺終辭漢，巢、由不見堯。草堂樽酒在，幸得過清朝。

野人送朱櫻①　　　　　　　　　　　　　　前　人

西蜀櫻桃也自紅，野人相贈滿筠籠。數回細寫愁仍破，萬顆勻圓訝許同。憶昨賜霑門下省，退朝擎出大明宮。金盤玉箸無消息，此日嘗新任轉蓬。

江頭五詠　　　　　　　　　　　　　　　　前　人

丁　香

丁香體柔弱，亂結枝猶墊。細葉帶浮毛，疏花披素艷。深栽小齋後，庶近幽人占。晚墮蘭麝中②，休懷粉身念。

麗　春

百草競春華，麗春應最勝。少須好顏色，多漫枝條剩。紛紛桃李枝，處處總能移。如何貴此重③，却怕有人知？

---

① 送朱櫻：原脫，據《九家集注杜詩》卷二二補。
② 墮：原作“壓”，據《九家集注杜詩》卷二三改。
③ 貴此重：宋黃鶴《補注杜詩》卷二三“此貴重”。

栀 子

栀子比眾木，人間誠未多。於身色有用，與道氣傷和。紅取風霜實，青看雨露柯。無情移得汝，貴在映紅波。

鸂 鶒

故使籠寬織，須知動損毛。看雲莫悵望①，失水任呼號。六翮曾經剪，孤飛卒未高。且無鷹隼慮，留滯莫辭勞。

花 鴨

花鴨無泥滓，階前每緩行。羽毛知獨立，黑白太分明。不覺群心妒，休牽眾眼驚。稻粱霑汝在，作意莫先鳴。

嚴鄭公宅同詠竹，得“香”字 　　　　　　　前 人

綠竹半含籜，新梢纔出墻。色侵書帙晚，陰過酒樽涼。雨洗娟娟靜，風吹細細香。但令無翦伐，會見拂雲長。

中秋夜錦樓望月 　　　　　　　（唐）武元衡

玉輪初滿空，迥出錦城東。相向秦樓鏡②，分飛碣石鴻。桂香隨窈窕，珠綴隔玲瓏。不及前秋見，團圓鳳沼中。

---

① 悵：原作“恨”，據《集千家注杜工部詩集》卷八改。
② 鏡：原作“境”，據《唐詩紀事》卷四五改。

同　前_{得"清"字}　　　　　　　　　　　　　　　（唐）王良會

德星搖此夜①，珥月滿重城。杳靄烟雲色②，颸飀砧杵聲。令行秋氣爽，樂感素風輕。共賞千年聖，長歌四海清。

同　前_{得"濃"字}　　　　　　　　　　　　　　　（唐）柳公綽

此夜年年月，偏宜此地逢。近看江水淺，遥辨雪山重。萬井金花肅，千林玉露濃。不唯樓上思，飛蓋亦陪從。

同　前_{得"蒼"字}　　　　　　　　　　　　　　　（唐）張正壹

高秋今夜月，皓色正蒼蒼③。遠水澄如練，孤鴻迥帶霜。旅人方積思，繁宿稍沉光。朱檻叨陪賞，尤宜清漏長。

同　前_{得"來"字}　　　　　　　　　　　　　　　（唐）徐　放

玉露中秋夜，金波碧落開。鵲驚初泛濫，鴻思共徘徊。遠目清光遍，高空爽氣來。此時陪永望，更得上燕臺。

---

① 此：原作"北"，據《唐詩紀事》卷四五改。
② 杳：原作"香"，據《唐詩紀事》卷四五改。"杳靄"對下句"颸飀"。雲：原作"氣"，據《歲時雜詠》卷二九改。按律詩格律，此字當爲平聲，作"雲"是也；"氣"爲仄聲，非也。
③ 皓色：原作"皓皓"，據《唐詩紀事》卷四五、《歲時雜詠》卷二九改。

同　前 得 "前" 字、"秋" 字二篇　　　　　　　　　　　　（唐）崔　備

清景同千里，寒光盡一年。竟天多雁過，通夕少人眠。照別江樓上，添愁野帳前。隋侯恩未報，猶有夜珠圓。

四時皆有月，一夜獨當秋。照曜初含露，徘徊正滿樓。遥連雪山淨，迴入錦江流。願以清光末，年年許從遊。

蜀國弦　　　　　　　　　　　　　　　　　　　　　　　（唐）李　賀

楓香晚華靜，錦水南山影。驚石墜猿哀，竹雲愁半嶺。凉月生秋浦，玉沙鱗鱗光。誰家紅淚客，不忍過瞿塘。

錦官門西石婦詩　　　　　　　　　　　　　　　　　　　（唐）白居易

道傍一石婦，無記復無銘。傳是此鄉女，爲婦孝且貞。十五嫁邑人，十六夫征行。夫行二十載，婦獨守孤煢。其夫有父母，老病不安寧。其婦執婦道，一一如禮經。晨昏問起居①，恭順發心誠。藥餌自調節，膳羞必甘馨。夫行竟不歸，婦德轉光明。後人高其節，刻石像婦形。儼然整衣巾，若立在閨庭。似見舅姑禮，如聞環佩聲。至今爲婦者，見此孝心生。不比山頭石，空有望夫名。

---

① 問：原作 "如"，據《白氏長慶集》卷一改。

司馬相如琴歌　　　　　　　　　　　　　　　　　　　（唐）張　祜①

鳳兮鳳兮非無凰，山重水闊不可量。梧桐結陰在朝陽，濯羽弱水鳴高翔。

織錦曲　　　　　　　　　　　　　　　　　　　　　　　（唐）王　建

大女身爲織錦户，名在縣家供進簿。長頭起樣呈作官，聞道官家中苦難。回花側葉與人别，唯恐秋天絲線乾。紅縷葳蕤紫茸軟，蝶飛參差花宛轉。一梭聲盡重一梭，玉腕不停羅袖卷。窗中夜久睡髻偏，横釵欲墜垂著肩。合衣卧時參没後，停燈起在鷄鳴前。一匹千金亦不賣，限日未成官裏怪。錦江水涸貢轉多，宫中盡著單絲羅。莫言山積無盡日，百尺高樓一曲歌。

過嚴君平古井　　　　　　　　　　　　　　　　　　　（唐）鄭世翼

嚴平本高尚，遠蹈古人風。賣卜成都市，流名大漢中。舊井改人世，寒泉久不通。年多既罷汲，無禽乃遂空。如何屬秋氣，唯見雙井桐。

露青竹鞭歌②　　　　　　　　　　　　　　　　　　　（唐）顧　况

鮮于仲通正當年，章仇兼瓊在蜀川。約束蜀兒采馬鞭，蜀兒采鞭不敢眠。横截斜飛飛鳥邊，繩橋夜上層崖巔。頭插白雲跨飛泉，采得馬鞭長且

---

① 祜：原作“祐”，據《樂府詩集》卷六〇改。
② 鞭：原作“枝”，據顧况《華陽集》卷中、《唐文粹》卷一七上改。

堅。浮漚丁子珠聯聯，灰煮蠟揩光爛然①。章仇兼瓊持上天，上天雨露何其偏！飛龍閑廄馬數千，朝飲吳江夕秣燕。紅塵撲轡汗濕轆，獅子麒麟聊比肩。曲江、昆明洗刷牽，四蹄踏浪頭枑天。蛟龍稽顙河伯虔，拓羯胡雛腳手鮮。陳閎、韓幹丹青妍，欲貌未貌眼欲穿。金鞍玉勒錦連乾，騎入桃花楊柳烟。十二樓中奏管弦，樓中美人奪神仙，爭愛大家把此鞭。禄山入關關破年，忽見揚州北邸前，祇有人還千一錢。亭亭筆直無皴節，磨將形相一條鐵，市頭終是無人別②。江海賤臣不拘紲，垂鞘挂影西窗缺。稚子覓衣挑仰穴，家僮拾薪幾拗折。玉潤猶霑玉壘雪，碧鮮似染萇弘血。蜀帝祠邊子規咽，相如橋上文君絕。往年策馬降至尊，七盤九折橫劍門。穆王八駿超崑崙，安用冉冉孤生根。聖人不貴難得貨，金玉珊瑚誰買恩！

詠海棠③

（唐）鄭　谷

濃澹芳春滿蜀鄉，半隨風雨斷鶯腸。浣花溪上堪惆悵，子美無心爲發揚④。杜工部老於西蜀，詩集中無海棠之題。

蜀中春雨

前　人

海棠風外獨沾巾，襟袖無端惹蜀塵。和暖又逢挑菜日，寂寥未是探花人。不嫌蟻酒衝愁肺，却憶漁蓑覆病身。何事晚來微雨後，錦江春學曲江春。

---

①　揩：原作“楷”，據《華陽集》卷中、《唐詩紀事》卷二八改。

②　終：靜嘉堂本此字缺，四庫本補作“自”。今據《華陽集》卷中、《唐詩紀事》卷二八改。

③　鄭谷《雲臺編》卷中、《文苑英華》卷三二二題作《蜀中賞海棠》。

④　心：《雲臺編》卷中、《文苑英華》卷三二二作“情”。

倚檻大慈寺樓詠落葉

（唐）侯繼圖①

拭翠斂悲蛾，爲鬱心中事。搦管下庭除，書成相思字。此字不書石，此字不書紙，書向秋葉上，願逐秋風起。天下負心人，盡解相思死②。

武侯廟古柏

（唐）李商隱

蜀相階前柏，龍蛇捧閟宮。陰成外江畔，老向惠陵東。大樹思馮異，甘棠憶召公。葉凋湘燕雨，枝拆海鵬風。玉壘經綸遠，金刀曆數終。誰將《出師表》，一爲問昭融？

錦二首

（唐）鄭　谷

布素豪家定不看，若無文彩入時難。紅迷天子帆邊日，紫奪星郎帳外蘭。春水濯來雲雁活，夜機挑處雨燈寒。舞衣轉轉求新樣，不問亂離桑柘殘。

文君手裏曙霞生，美號仍聞借蜀城。奪得始知袍更貴，着歸方覺畫偏榮。宮花顏色開時麗，池鳳毛衣浴後明。禮部郎官人所重，省中別占好窠名。

---

① 按：《太平廣記》卷一六〇、《分門古今類事》卷一六、《詩話總龜》卷二三均載此木葉詩乃任氏女作，而爲侯繼圖拾得。此處直署爲侯繼圖作，似非。

② “天下”二句，《詩話總龜》作“天下有心人，盡解相思死”，此處“負心”當爲“有心”之誤。又《詩話總龜》此二句之後尚有“天下負心人，不識相思意。有心與負心，不知落何地”四句。

題風箏

（唐）高　駢

　　駢鎮蜀日，以南詔侵暴，築羅城四十里。朝廷雖加恩賞，亦疑其固護。忽一日，聞奏樂聲，知有改移，乃題風箏寄意。旬日報到，移鎮渚宫。

　　夜静弦聲響碧空，宫商信任往來風。依稀似曲纔堪聽，又被移將别調中。

芙蓉花

（僞蜀）張　立

　　孟後主於羅城上多種芙蓉，每至秋時，如鋪錦繡，高下相照。作詩以刺之。

　　四十里城花發時，錦囊高下照坤維。雖妝蜀國三秋色，難入《豳風·七月》詩。

　　去年今日到成都，城上芙蓉錦繡舒。今日重來舊游處，此花憔悴不如初。

蜀箋寄弟泊

韓　浦

　　十樣蠻箋出益州，寄來新自浣溪頭。繩樞草舍渾無用，助爾添修五鳳樓。

蜀　箋

文彦博

　　素箋明潤如温玉，新樣翻傳號冷金。遠寄南都豈無意，緣公揮翰似山陰。

華陽巾 俗謂之隱士帽。 　　　　　　　　　　　　　　　　　前　人

華陽山相遺巾法，蜀國烏紗學製成。公厭貂裘今已久，定知野服稱高情。

蜀地海棠繁媚有思，加膩幹豐條，荐弱可愛，北方
　　所未見。諸公作詩，流播西人。予素好玩，不能
　　自默，然所道皆在前人陳迹中。如《國風》申章，
　　亦無愧云 　　　　　　　　　　　　　　　　　　　宋　祁

蜀國天餘煦，珍葩地所宜。濃芳不隱葉，併艷欲然枝①。襲綵分群萼，均霞點萬蕤。回文錦成後②，夾煎燎烘時。蜂藥迎銜密，鶯梢向坐危。淺深雙絕態，啼笑兩妍姿。絳節排烟竦，丹缸落帶垂③。童容疑畏薄，便面到邊遲④。媚日能徐照⑤，暄風肯遽吹。蜀少疾風，故花愈盛。惜歡當晼晚，留恨付離披。麗極都無比，繁多僅自持。損香饒麝柏，照影欠瑤池。畫要精倕色，歌須巧騁辭。舉樽頻語客，細摘玩芳期。

讓　木 木即楠也，其生直上，柯葉不相妨，蜀人號“讓木”。 　　　　前　人

葉葉枝枝相避繁，攀枝庇葉獨怡顏。無人爲借天公力，移植方根虞芮間。

────────────

① 然：静嘉堂本作“燃”，二字通。
② 成：原作“城”，據静嘉堂本、《景文集》卷二一改。
③ 缸：静嘉堂本、《景文集》卷二一作“釭”，當是。釭，燈，此謂海棠花似燈盞。
④ “童容”二句，《景文集》卷二一“疑”作“郭”，“邊”作“憂”。
⑤ “媚日”句以下原無，静嘉堂本同，據《景文集》卷二一補。

海椶

前　人

哆燍風葉張，困皴雨皮厚。叢橑列蓋端，攢旄注旗首。物以稀見珍，材緣怪忘醜。

枇　杷

前　人

有果產西裔，作花凌早寒。樹繁碧玉葉，柯疊黃金丸。上都不可寄，咀味獨長嘆。

漱玉齋前雜卉皆龍圖王至之所植，各賦一章，凡得八物。或賞或否，亦應乎至之意歟？遂寫寄至之

前　人

萱　草

脩莛無附葉，繁蕚攢莛首。每欲問詩人，定得忘憂否？

淡紅石榴

移植自西南，色淺無媚質。不競灼灼華，而效離離實。

芍　藥

有名見《鄭風》，今賞異疇日。采花當采根，可能治民疾。

蜀　葵

紅白相嗣繁，色鈍香亦淺。相對庭戶間，俗尚焉能免。

竹

脩脩梢出類①，辭卑不肯叢。有節天容直，無心道與空。

牡　丹

采采照中堂，玩花復持酒。美質貴自成，打剥終煩手。_{洛陽花皆藉打剥乃}
成奇②。

菊

纖莖寒始密③，秀葉晚逾滋。芳意君須識，群葩搖落時。

芭　蕉

不枝惟葉茂，無幹信中空。所以免摧折，爲依君子風。

---

① 梢：原作“捎”，據静嘉堂本改。《景文集》卷二二、《兩宋名賢小集》卷二四作“稍”。
② 奇：原作“花”，據静嘉堂本改。又按：此首《景文集》卷二二、《全芳備祖集》前集卷
二、《兩宋名賢小集》卷二四均作：“壓枝高下錦，攢蘂淺深霞。疊綵晞陽媚，鮮葩照露斜。”與
《成都文類》所載全異，可資參考。
③ 始：原作“時”，據静嘉堂本、《景文集》卷二二改。

成都文類卷十一

詩

題　詠　二

與宋景文公唱酬牡丹詩　　　　　　　　　　　　朱公綽

仁帥安全蜀，祥葩育至和。地寒開既晚，春曙力終多。翠幕遮蜂蝶，朱欄隔綺羅。殷勤憑驛使，光景易蹉跎。

答　　　　　　　　　　　　　　　　　　　　　宋　祁

珍蘤分清賞，飛郵附翠籠。蹄金點鬢密，璋玉鏤跗紅。香惜持來遠，春應摘後空。玩詩仍把酒，恨不與君同。

和提刑海棠　　　　　　　　　　　　　　　　　范　鎮

不知真宰是誰專，生得韶光此樹偏。吟筆偶遺工部意，賦詞今識翰林權。風翻翠幕晨香入，霞照危墻夕影連。移植上園如得地，芳名應在紫薇先。

蜀先主廟古柏 裴士禹

武侯翊漢嗣，始欲大神器。天命固有常，雲雷極屯否。流星墮武帳，萬卒摧銳氣。孤負臥龍心，三顧君臣意。廟貌今寂寥，握節空垂淚。興廢事徒然，無以窮往志。陵前古柏樹，千丈起平地。根大壓巨鼇，心虛藏野燧。風動虬龍枝，雷雨隨聲至。疑是虛空間，神明專擁庇。不爾千萬年，突兀無枯瘁。觀柏又慘然，念侯功業熾。功業亙無窮，與柏共蒼翠。

聽運使閻道殿院撫琴 王　素

中臺御史誰得名，卓然閻道持直聲。上書言事語激切，表率百辟有典刑。朝家惜才久難滯，東西兩漕來誇榮。生齒繁盛版賦錯，歲餘百萬輸王庭。山園好茶甚北苑，佳釀珍果豪相矜。供須勞擾擔負苦，罔恤民力無時停。人人歡聲雜和氣，晝夕遍覆全蜀城。我與閻道略識面，傾蓋若舊都忘形。切磋博約日蒙益，迭相遜避無己能。舉族萍寓甬橋上，騰裝單騎趨此行。耽耽公屏大道左，閴如隱者真禪扃。青松脩竹綠陰合，其間瀟灑誰構亭。首冠豸角身衣繡，端想正色霜稜英。前年乞守桐廬去，衆口稱屈嗟沉兵。銅梁巨屏實都會，邊禦蠻夷州養輕。賢哉閻道不聚斂，抑暴損重咸使橫。皇皇州縣交贈遺，途路馳走常縱營。呵守責宰悉廢罷，嚴於軍令威連清。姦夫貪吏縮手脚，一道震慴今澄誠。士之忠義共所守，必能感格惟至冰。閻道志節極勁挺，表裏瑩徹冬壺情。雷琴一張龜一隻，唯將二物娛幽晴。聯鏢曉入淨衆寺，烟雲收拾初開聽。從容取琴撫琴弄，斂襟拱手斜耳數按慢舉別得法，盡出意外皆研精。曲名《流水》本宮調，碧溜潄玉寒玲玲。坐中五月汗似雨，忽覺桐葉秋風生。閻道學琴有高趣，心惡鄭衛方鏗鋐。惜茲南薰存舊譜①，千載之下由分明。欲裨吾君踵舜德，追鑒古曲歸升平。

---

① 茲：原作“滋”，據靜嘉堂本改。

成都文類卷十一

177

和知府仲儀聽琴詩

趙抃

洪惟至樂生太初，一鼓萬類和以蘇。咸章杳默不再得，南風解慍歌有虞。霈恩協氣塞天下，推心置腹充肌膚。四門悦豫比屋化，至今法度存諸書。嗟哉道遠朴散漫，遺音寂寞俄榛蕪。文侯聽古唯恐卧，仲尼嫉世倡優誅。伯牙絶弦遂空默，季札審樂徒嘻吁。誼譁焦殺雜然起，非音僻調衆耳娛。夭絲促柱日誇尚，正聲順氣誰持扶。天心厭物窮且變，澆醇欲判如秦、吴。本根直使鬼神護，嶧陽茂育寒桐孤。鳴泉怪石並左右，敲風撼雪孫枝疏。老雷一顧落斤斧，弦朱軫玉徽珊瑚。形模三尺韻鐘磬，價高直恐連城無。兹琴得傳數百載，弊囊古匣藏吾廬。携之造次不暫捨，兩川萬里隨單車。自憐指下得古趣，古人不見如合符。不知誰人達公聽，招琴曉出遊浮圖。松筠颯灑塵坱絶，群喧屏息堂廡虚。清風瀝瀝生襟裾。曲終四座悄無語，賞音公獨勤諮諏。公歸三嘆意未已，投瓊珠。遂令巾衍益氣焰，况是黼繡增名譽。大句落落愚今以琴比公治，得之輿頌非敢誣。公來西州未五月，教條一出民歡呼。善人得路惡失穴，飢者稻粱寒袴襦。竄排寇姦抑僥倖，損削浮費清庖厨。平刑决獄甚破竹，以身率下如冰壺。公政中和召協氣，斯民樂易琴與俱。報言坤維永安堵，九重西顧何憂乎！

登普賢閣觀桄榔樹留小詩

梅摯

壯年薄宦守西甌，一瞬流光三十秋。今見桄榔兩嘉樹，恍如重到海邊遊。

和

王素

聞説桄榔南海頭，移來西蜀屢經秋。自緣賦得詩情苦，不覺攀條憶舊遊。

和　　　　　　　　　　　　　　　　　　　　　　　蘇　宷

粵商移植到西州，枝幹輪困知幾秋。晝繡榮歸爲吟賞，再來應並赤松遊。

新繁縣法要院孫太古壁畫羅漢　　　　　　　　　　梅　摰

絶藝知君少，誰憐太古蹤。佳名吾黨出，逸格彼蒼鍾。山狖遙偷果，田衣半剥茸。鄉人當保此，此畫世無重。

留别新繁縣靈慶院僧智公　　　　　　　　　　　　前　人

粉里歸來十二春，憐師心似我心淳。他時行滿重相見，兜率天人第幾人？

觀舊題再書　　　　　　　　　　　　　　　　　　前　人

方丈前詩映後詩，更無塵點碧紗圍。老僧相顧應相笑，不似揚州刺史歸。

二十年前扣寺闍，粉墻題記墨猶存。重來樹老無花處，又見闍梨白首孫。

新繁縣東湖瑞蓮歌　　　　　　　　　　　　　　　王　益

火雲爍盡天幕醒，水光弄碧凉無聲。荷華千柄拂烟際，傑然秀幹駢雙英。天敕少昊偏滋榮，宵零仙露饒金莖。嫋嫋飄風起天末，綠華瑲珮來玲玲。爭如錦水派繁江，何人捄藻飛筆精。越國亭亭八百里，木蘭泛詠稱明媚。韓號佳人新侍寵，孤根擢翠葩分膩。紫清合曜流霞暉，楚臺無夢朝雲飛。流火初晨復毓靈，溫泉宮裏賜霞衣。赫赫曦陽在東井，珍房萃作皇家慶。高宗昔慶劉仁表，連璧更疑唐傑盛。眇觀熙政集元和，嘉穀重榮田野歌。草萊泥滓俱棄捐，五色卿雲世其少。我今取喻進德流，優哉祥蓮出池沼。致君事業殊商皓。歸作皋、夔、稷、卨臣，同心一德翊華、勳。

和　　　　　　　　　　　　　　　　　　　梅摯

東湖七月湖水平，鱗波暗織簫籟聲。中有植蓮一萬本，紅漪相照摘繁英。地靈氣粹不我測，雙葩倏如同一莖。黃姑織女渡銀漢，蜺旗鳳葆羅空青。又認英皇立湘渚，翠華不返凝怨慕。五十哀弦頓曉聲，駢首低昂泣珠露。是時主人集宴喜，湖光浸筵霞腳膩。朋簪峨峨盡才子，橡筆交輝雲藻麗。酒酣倚欄惜紅暉，烟素徘徊縈不飛。魏宮甄后晝方寢，髯鬣有人持玉衣。此邑古來無異政，室家瘝痏何由慶？三年鼠竊例皆然，以薪救火火彌盛。自公梐車政克和，載途鼓腹騰謳歌。歌公用心同日皎，不獨於今古應少。因感珍芳兩兩開，玉貫珠聯當縣沼。況我與公高適道，芝歌肯迹商山皓！嘉謀嘉猷思大陳，願將此美歸華、勳。

蜀箋二軸獻太博同年葉兄①　　　　　　　　司馬光

西來萬里浣花箋，舒卷雲霞照手鮮。書笥久藏無可稱，願投詩客助新篇。

---

① 博：原作"傅"，據司馬光《傳家集》卷二改。"太博"即太常博士之省稱。原詩題作《太博同年葉兄紓以詩及建茶爲貺。家有蜀箋二軸，輒敢繫詩二章獻於左右，亦投桃報李之意也》。原詩二首，此選其一。

望日與諸公會於大慈，聞海雲山茶、合江梅花開，
　遂相邀同賞。雖無歌舞，實有清歡，因成拙詩奉呈

王　靚

　野寺山茶昨夜開，江亭初報一枝梅。旋邀座上逍遙客，同醉花前潋灩杯。秀色霜濃方潤澤，暗香風靜更徘徊。仙姿莫遣常情妬，不帶東山妓女來。

和
胡宗師

　錦水黃金密印開，東南時望滯鹽梅。得隨劍外同爲客，幸逐花前醉倒杯。白玉蕊高枝瘦碧，胭脂萼嫩葉低徊。綺羅不識清詩骨，須趁春風摸石來。

和
劉闥名

　百卉嚴寒未放開，山茶映發蜀江梅①。解顏况有花經眼，取醉寧辭酒滿杯。照日亂紅光爛漫，漾流輕素影徘徊。樽前已得春消息，不待江南驛使來。

和
徐彥孚

　萬蕊山茶傍臘開，一番春信入江梅。追遊共按黃金彎，縱賞還傾白玉杯。濃艷迎風香斷續，疏枝橫月影徘徊。隼旗不負登臨興，更約攜朋載酒來。

---

① 蜀：原作“獨”，據《蜀中廣記》卷六一改。

和　　　　　　　　　　　　　　　　　　　　　　吳師孟

　　何處珍叢最早開，海雲山茗合江梅。忽傳詩帥邀膚使，不用歌姬侍宴杯。曉艷鮮明供綺靡，晚妝清淡奉徘徊。此時文酒風流事，豈似臨江放蕩來？

二色芙蓉　　　　　　　　　　　　　　　　　　　文　同

　　蜀國芙蓉名二色，重陽前後始盈枝。畫調粉筆分妝處，繡引紅針間刺時。落晚自憐窺露沼，忍寒誰念倚霜籬。主人日有西園客，得爾方於勸酒宜①。

玉局洞石恪畫天仙四壁　　　　　　　　　　　　　喻汝礪

　　真人何年下紫清，目睛飄墮如流星。至今玉洞通窈冥，蕭然紫室之威靈。杖履而來六月望，赤旱裂石風凄泠②。歘然四壁呀欲動，神怪夭蟜目喪睛。道與之貌非丹青，馭風而行誰使令？雲飛電掣集帝所，超然得意皆天人。異哉石子偉丈夫，胸中磊磊怪所儲。玄圃之山帝所居，子遊其間墮雙鳧。不然安知天上有此樂，禿筆一掃凌方壺？細看毛骨分錙銖，偉形傑狀人人殊。古來列真誰所摹，前稱關同後張圖。近之豪者郭忠恕，落筆拂戾如奔諸。兩公軼蕩不拘束，筆力磊砢相劘扶。我來憑欄聊一呼，隨翁聯軒上清都。

---

① 勸：原作“歡”，據文同《丹淵集》卷一一改。
② 泠：原作“冷”，據《全蜀藝文志》卷一九改。

合江探梅　　　　　　　　　　　　　　　　　　　　　白　麟

艇子飄搖喚不回，半溪清影漾疏梅①。有人隔岸頻招手，和月和霜剪取來。

銅馬歌　　　　　　　　　　　　　　　　　　　　　　王　灼

郫城村民鑿古墓，遂得一銅馬，高三尺許，製作精妙。前簡池守景季淵取以歸，中宵風雨，輒聞嘶聲，怪之，不敢留，移送佛寺。紹興丙子，予以事至成都，黃伯淵見索，作《銅馬歌》。

君不見武皇逸志凌九垓，追風躡影思龍媒。魯班門外立銅馬，天廐萬匹皆塵埃。又不見伏波將軍破交賊，歸來殿前獻馬式。據鞍習氣殊未衰，想見老子真矍鑠。兩京翻覆知幾秋，只有山河供客愁。孤烟落日鼈叢國，出此神物於荒丘。千年黃壤誰作主，猶把歸心泣風雨。但恐一朝去無蹤，有似豐城寶劍化雙龍。

古　柏並序　　　　　　　　　　　　　　　　　　　劉望之

雙流縣保國觀古柏，其大連九臂乃合，較孔明廟中柏正一倍也。異時震霆，焚其一幹，人以爲異人伏丹其下，歲久丹飛去云耳。蓋嘗有雙鶴棲其上云。

草木長生亦偶然，不須聞此便談仙。燒枝競說丹飛日，舉世寧知手種年？雙鶴不歸秋自冷，"萬牛回首"句空傳。相逢一飲清陰下，與子前生定有緣。坐客四人。

---

① 漾：原作"樣"，據《蜀中廣記》卷二改。

次韻袁升之遊海雲寺鴻慶院山茶之什六首

蒲　瀛

山茶兩本上連空，疊葉棲枝占佛宮。雀尾有金輪紺碧，鶴頭無火讓殷紅。優於峽茗稱呼異，劣與梅花氣候同。誰識諸天雨花外，道人宴坐雪霜中。

年年花葉炫虛空，歲月循環十二宮。對植霜天無賴碧，特開金地可憐紅。長春比並何妨別，密雪交加有底同。不必傳神呼趙老，君詩元在典刑中。

花開似火半燒空，熒惑飛來失故宮。但見洛人誇魏紫，誰知蜀國產真紅。肯隨月季無時節，應怪梅花有異同。遠挈一樽誰伴我，還從山裏望城中。

對境那能問色空，山茶花發映蓮宮。攻餘瑟瑟風搖綠，刑盡猩猩日曬紅。大雪迷漫元斗異，千林搖落不雷同。何須誆汝老迦葉，分付闍黎一笑中。

臘月寒冰火滿空，玄冥移種祝融宮。雪霜底事論堅白，兒女何知愛軟紅。金鼎轉丹應有異，玉沙洗水若爲同。細思造物元無物，顛倒繁華掌握中①。

花發今年喜不空，遨頭肅客上蕭宮。雪殘千嶂猶連白，風引雙旌欲鬥紅。他日勳名三事在，先春和氣萬家同。等閑草木蒙渭被，況入尋常顧盼中。

---

① 倒：原作“到”，據《蜀中廣記》卷六一改。

彌牟鎮孔明八陣圖詩

王剛中

我稽八陣圖，規模載方册。竭來鎮西蜀，夔門觀疊石。賦詩百數字，字字究來歷。進陟漢州西①，彌牟鎮之北。平原列堆阜，灘石同一式。細思作者意，孔明有深策。高岸或爲谷，灘石存遺迹。江海變桑田，平原猶可覓。故今兩處存，千載必一得。再歌遂成篇，當有智者識。

華亭山房象山

黃大輿

客遊厭城市，僧房見巖壑。偉石羅衆峰，寒砂結層堮。爲谷既窈窕，置嶺復綿邈。溪源互相注，花草紛已錯。空聞先王夢，徒觀楚臣作。行雲在俯仰，北渚應酬酢。天機契如幻，意匠起冥漠。周流屬多豫，寤寐欣所託。有懷山中人，從爾芳杜若。

梅林分韻詩有序②

紹興庚辰十二月既望，縉雲馮時行從諸朋舊凡十有五人，携酒具出西梅林。林本王建梅苑，樹老，其大可庇一畝。中間風雨剥裂，仆地上，屈盤如龍，孫枝叢生直上，尤怪古者凡三四。酒行，以"舊時愛酒陶彭澤，今作梅花樹下僧"爲韻，分題賦詩。客既占韻，立者倚樹，行者環繞，仰者承蘤，頫者拾英，吟態不一，皆可圖畫。

是行也，余被命造朝，行事薄遽，重以大府衣冠謁報，主人饋勞，酬對犇馳，形神爲之俱敝，諸公導以斯遊。江流如碧玉，平野秀潤，竹塢桑疇，連延彌望。民家十十五五，籬落鷄犬，比

---

① 漢州：原作"漢川"，據嘉慶本《全蜀藝文志》卷一九改。彌牟鎮在漢州。

② 按：序爲馮時行作。

間相親，不愁不嗟。余散策其間，蓋不知向之疲薾厭苦所在也。昔人謀於野，則獲閑暇清曠，有爽於精神思慮，遊不可廢如此哉！又況所與遊，皆西州名俊憙事者耶。

詩成，次第不以長少，以所得韻之後先聯成軸。客十有五，韻止十四，呂義父別以“詩”字爲韻。又有首眩詩不成者，缺“樹”字一韻，余過沉犀，樊允南監鎮稅，語允南補之。諸公又屬時行爲之序。十五人者，成都楊仲約、施子一、呂周輔、義父、智父、澤父、宇文德濟、呂默夫、杜少訥、房仕成、楊舜舉、綿竹李無變、潼川于伯永、正法寶印老、緡雲馮當可。

得“舊”字 　　　　　　　　　　　　　杜謹言①

竹村喜紆徐，江雲迷昏晝。踟蹰馬上語，嫩寒入衣袖。天公惜梅花，破臘開未就。端待使君來，春風本依舊。一樽既相屬，勿辭作詩瘦。明年用和羹，請爲使君壽。

得“時”字 　　　　　　　　　　　　　李流謙②

巾冠墮城府，桔槔無停時。胸脾貯黃埃，非復林壑姿。溯流方外勝，秦人望軒、羲。萬金買閑日，駕言一舒眉。冒踏眾俊場，更從百代師。食魚得河魴，熊蹯佐其滋。靉靆烟雨村，霜條出冰蕤。烏鵲噪寒暝，玉立山差差。置尊扶疏下，老幹虬蛟馳。落蕊不動塵，初無犀駮鷄。羞我木石資，鬭公瓊琚詞③。深酌起自勸，滕、莒吾封圻④。公行對宣溫，雲霧生攀躋。能來玩墟落，匹馬却蓋麾。蟠胸萬蟠蜥，區寰眇毫絲。以茲接群動，白羽坐指撝。笑彼豢外者，組紱爲之覊。它年騘馬還，梅花當十圍。

---

① 此首作者原署作“闕名”，四庫本《全蜀藝文志》卷一九署爲“杜謹言”，但誤以此三字移於《梅林分韻詩》總題之下，今移正。杜謹言即序中所稱杜少訥，謹言爲名，少訥爲字，古人名與字常相應，可以推知。《蜀中廣記》卷六三謂此首爲楊仲約作，誤，楊仲約應是楊大光，見後。

② 李流謙即序中之李無變，著有《澹齋集》，今存十八卷。

③ 《澹齋集》卷一無此二句。

④ “滕莒”句，《澹齋集》卷一作“非族不在斯”。

識此黃公壚，下車挽客衣。未覺邈山河，一醉也大奇。

得“愛”字　　　　　　　　呂及之[1]

去城十里南郊外，突兀老梅餘十輩。玉雪爲骨冰爲魂，氣象不與凡木對。我來窮冬烟雨晦，把酒從公對公酹。人言此實升廟堂，埋没荒村今幾歲。清芳不爲無人改，捐棄何妨本根在。瑰章妙語今得公，國色天香真有待。歸路從公巾倒戴，俗物污人非所愛。我公行向日邊歸，此段風流入圖繪。

得“酒”字　　　　　　　　宇文師獻[2]

平生慕英遊，望公真山斗。一見開心誠，已落他人後。龍門豈甄擇，大小俱容受。聯轡尋勝踐，春風倚尊酒。惟公對江梅，端若同志友。玉色洗塵沙，幽姿出藜莠。命客花下坐，相與沃醇酎。非公無此客，譬諸草木臭。向晚入深巷，蒼根敧甕牖。始知水西頭，臥梅勝臥柳。有客三嘆息，此樹警老醜。一笑客誠癡，萬法要經久。奇卉如尤物，過眼不必有。惠我終日香，重來香在否？但從此理悟，那復長搔首。念公捧召節，修名當不朽。艤舟未忍去，招尋訪林藪。中心甚虛明，外慕厭紛糾。杖屨循古岸，細話猶開誘。再拜誦公詩，一洗芻蕘口。

得“陶”字　　　　　　　　楊大光[3]

蟠根寄荒絶，攫幹空槁槮[4]。鄉來聞妙語，剪拂到兒曹。垂老猶巨堪，開落幾徒勞。不謂勤杖屨，惠然排蓬蒿。尚能領諸生，相就醉澄醪。真賴

---

① 《宋詩紀事》卷五二云“及之字周輔”，誤，及之當爲序中之吕智父。《論語·衛靈公》云“知（智）及之，仁能守之”，故名及之，字智父。周輔乃吕商隱字，見後。

② 宇文師獻字德濟，見序。

③ 《宋詩紀事》卷五二云“大光字仲約”，是也。據序，姓楊者唯仲約、舜舉，楊舜舉下文又作杜舜舉，得“今”字韻而非“陶”字韻，則楊大光即楊仲約無疑。

④ 槁槮：“槁槮”一詞雖見於《楚辭·九辯》，但槮音森，非“陶”字韻。疑當作“槁槔”。《篇海類編·木部》：“槁槔，木長貌。”槔與槁同，槔音騷，與“陶”同韻。“槮”與“槔”草書相近，古籍中常相混。

旁輝映，並覺標韻高。酒闌興未已，分韻看揮毫。籍、湜俱可人，冥搜爭過褒。乃知天地間，一等爲賢豪。橫飛與陸沉，亦各係所遭。再煩起窮邊，國柄行當操。盡期如此花，曉夕幸甄陶。得備和羹用，寧不出伊、咎。百年幾春風，勿令心忉忉。

得 "彭" 字 　　　　　　　　　　于　格①

庭柯卧蒼龍②，閱世如聃、彭。朔風破檀欒，零露滋玉英。江空人響絶，影落千丈清。今代文章籙，縉雲主齊盟。躍馬覘春色，觴客江上亭。三嗅韻勝華，霜霰飽曾經。及時剥其實，可用佐大烹。幸因輶軒使，錫貢充廣庭。王明儻予燭，和羹登簋鉶。

得 "澤" 字 　　　　　　　　　　僧寶印

江路歲崢嶸，酸風更蕭瑟。發興訪梅花，主盟得詩伯。孤芳有餘妍，初不帶脂澤。香度竹籬短，影搖溪水碧。同時飲中仙，着我林下客。春槽沸滴紅，滿坐喧舉白。澆胸獨茗碗，臭味曾不隔。公今日邊去，陛下正前席。請看枝頭春，中有和羹實。《反騷》試與提③，不礙心鐵石。

得 "今" 字 　　　　　　　　　　杨　凱④

蘭亭久陳迹，脩竹空自陰。龍山亦凄涼，鮮花誰與簪？英遊曠千載，盛事新梅林。四海馮黎州，未妨鐵石心。提携到諸子，遍賞江之潯。亭亭姑射仙⑤，玉立何森森！謝氏六君子，對飲香滿襟。西陵訪老龍，奇怪尤可欽。宛然如先生，高卧歲月侵。從兹飽薰風，佳實共鼎鬺。正味悦天

---

① 于格：即序中于伯永。
② 龍：静嘉堂本及《全蜀藝文志》卷一九均作"虯"，當是。
③ 提：萬曆本《全蜀藝文志》卷一九作"題"，當是。
④ 杨凱：原作"杜舜舉"，據四庫本《全蜀藝文志》卷一九改。按：序中並無杜舜舉，而只有楊舜舉，《蜀中廣記》卷六三録此首，作者作楊舜舉，是也。四庫本《全蜀藝文志》作楊凱，當有所據。《左傳》文公十八年云："舜臣堯舉八愷，使主后土。"故楊凱字舜舉，"凱"與"愷"通。
⑤ 亭亭：静嘉堂本、《全蜀藝文志》卷一九作"房亭"。

下，妙用無古今。去去好着鞭，江南春已深。

得“作”字

吕商隱①

一樹知獨秀，十里方出郭。江流浩清冷，露氣凝淒薄。胡爲此行色，疲馬外踶躍？玄冥正擅令，植物困搖落。身心縱未改，佳意久已惡。喜見南北枝，粲然秀冰壑。千林色輝映，百畝香旁礴。首破春風荒，獨傲清雪虐。坐令芳信傳，芬菲到群萼。如一君子信，茹連俱有託。相期飲此意，浩蕩放杯酌。更應護攀折，嘉實須若若。終收調鼎功，傅巖真可作。持問縉雲老，一樽笑相酢。

得“梅”字

馮時行

霜朝馬蹄無纖埃，錦城城西江之限。金蘭合沓俱朋來，白沙鱗鱗江水洄。梅花傍江高崔嵬，人言猶是王建栽。豪華過眼浮雲哉，下馬酌酒聊徘徊。飛英送香來酒杯，酒酣疾呼竹籬開。走尋屋角如龍梅，梅龍雖多此其魁。睡龍屈盤肘承胲，風皴雨皵封蒼苔。孫枝迸出誰胚胎，天公撫摩春爲回。慎勿變化隨風雷，年年開花照尊罍。我欲結茅買芋煨，與梅周旋送衰頹。

得“花”字

吕凝之②

出郭豈憚遠，滿城無此花。新枝開玉雪，老樹臥龍蛇。臨水互葱蒨，傍籬忽橫斜。詩聲寫奇怪，畫本出槎牙。老子晉彭澤，諸公賈長沙。不尋龍李盟，來嗅霜露華。杖屨穿茆舍，壺觴倩酒家。饑餐香馥郁，醉藉影參差。月白雁成字，江清魚可叉。風流一時勝，野意十倍加。祇恐天上去，迹陳錦江涯。歸來馬蹄疾，驚飛滿林鴉。

---

① 吕商隱：《宋詩紀事》卷五二云：“商隱字義父。”按：此係猜測，並無所據。以名字相應之律求之，吕商隱應是序文中之吕周輔，取吕尚（姜太公）隱於商而輔周之義。“義父”乃吕宜之，見後。

② 吕凝之：即序中之吕默夫，凝與默意均爲靜寂。凝之，紹興進士，淳熙中知閬州，上所著《易書》四十卷。見《玉海》卷三六、雍正《四川通志》卷三三。

沈黎使君與客飲王建梅林，分韻作詩。過沉犀，以詩相示，闕"樹"字，令漢廣補之　樊漢廣①

墙頭冉冉新陽露，忽作玲瓏玉千樹。老蛟偃蹇獨避人，卷回飛雪江皋暮。何處鳴禽來好音，四月枝垂起黃霧。摧折霜餘初不懼，笑看春光等閑度。百年夢幻欲無言，吹落吹開豈風故？時來薦鼎真偶爾，小住疏籬非不遇。我知天意絕茫茫，無爲展轉獨多慮。爲花悽斷却回頭，爾亦微酸苦難茹。

得"下"字　施晉卿②

郊原宿雨餘，雪重雲垂野。春信初動搖，欲往豈無駕？使君早着鞭，問路逢耕者。深尋烟雨村，共作詩酒社。庭荒六老樹，氣象自儼雅。一笑呼酒來，大盆注老瓦。最後看枯株，何意當大廈！夭矯待風雲，有年天實假。須知羹鼎調，嘉實係用舍。我欲壽使君，樽罍更傾瀉。明朝得楚《騷》，健甚無屈、賈。君今有錫環，詔落九天下。蜀江雪浪來，棹趁舡人把。留滯以諸生，斯文要陶冶。惟應郢中歌，倡絶和自寡。更聞督熊兒，夜賦燭餘炧。它年看無雙，聲譽出江夏。却笑昌黎公，阿買字能寫。

馮先生訪梅於成都西郊，同遊十五人分韻哦詩，而積不與。翊日，先生分"僧"字，屬積作之　張積③

春回九地陽潛升，南枝破臘如酥凝。疏籬度香竹梢短，寒沙倒影溪流澄。魁然老株忽駭目，雪鱗矯矯雙龍騰。天公一叱困仆地，掀髯弄爪高曲肱。長林望斷千百株，奮首直欲青雲凌。黎州太守和羹手，十里往看車呼登。西江破曉郊路淨，合簪者誰金蘭朋。歡笑藉草飛大白，行厨載酒多於

---

① 樊漢廣：據序，樊漢廣時監導江縣沈犀鎮稅。漢廣字允南，蜀州江原人，歷知青神縣、眉州通判、知雅州。見《建炎以來朝野雜記》乙集卷九、汪應辰《文定集》卷六。
② 《宋詩紀事》卷五二："晉卿字子一，成都人，紹興進士。"
③ 按：張積生平不詳，序中亦未提及張積補"僧"字韻事，未知何故。蓋十五人中唯呂澤父、房仕成未有詩，故樊漢廣、張積補之。

澠。風花飄搖落杯面，漱齒澆胸如嚼冰。湘流之清峴山瘦，千古邂逅一笑興。却踏東風急回首，侵夜霜月寒生稜。入門未坐亟相詫，曰今見之生未曾。成都勝事多四蜀，我欲問津雲水僧。先生功成早丐身，未老重來醉倚籐。

得“詩”字　　　　　　　　　　　　　呂宜之①

寒梅如高人，冰雪凜風期。霜威凌萬木，孤芳綴疏枝。古來歲寒心，肯與時節移！家家浣溪南，橫斜映疏籬。老樹更崛奇，矯矯蛟龍姿。中有調鼎味，幾年江之湄。征衫十里寒，霜蹄快追隨。先生羊叔子，到處英名垂。對花有妙想，豪氣無百厄。興來屬湛輩，同出春容詩②。

十二月二十四日西樓觀雪　　　　　　范成大

一夜珠簾不下鈎，徹明隨雪上西樓。瑤池萬頃崑崙近，玉壘千峰滴博收。已報春回南畝潤，從教寒勒北枝愁。四筵更爲豐年醉，錄事何須較酒籌？

寶相花　　　　　　　　　　　　　　前人

誰把柔條夾砌栽，壓枝萬朵一時開。爲君也着詩收拾，題作西樓錦繡堆③。

---

　①《宋詩紀事》卷五二云“宜之字澤父”，誤。詩序明云“呂義父別以‘詩’字爲韻”，是呂宜之字義父。《釋名·釋言語》：“義，宜也。”是亦名與字相應。
　② 春容：原作“春容”，據《宋詩紀事》卷五二改。韓愈《送權秀才序》：“寂寥乎短章，春容乎大篇。”
　③ 錦繡：《石湖詩集》卷一七、《全蜀藝文志》卷一九作“錦被”。

雨後東郭排岸司申，梅開及三分。戲書小絶，令
　一面開燕
　　　　　　　　　　　　　　　　　　　　　前　人

　雨入南枝玉蘂皴，合江雲冷凍芳塵。司花好事相邀勒，不着笙歌不
肯春。

立秋夜月
　　　　　　　　　　　　　　　　　　　　　前　人

　已放新涼入簞紋，更驅餘溽避爐熏。穿雲竹月時時見，咽露莎蛩院院
聞。稍喜雪山無斥堠，但虞煙驛有移文。行藏且付蘧蘧夢，明發還親雁
鶩群。

前堂觀月
　　　　　　　　　　　　　　　　　　　　　前　人

　箕踞繩床正自豪，遠遊何暇讀《離騷》。蕭森萬竹秋逾瘦，突兀雙楠
夜更高。東郭風喧三鼓市，西城石泐二江濤。色塵聲界如如現，本自無禪
不用逃。

太平瑞聖花
　　　　　　　　　　　　　　　　　　　　　前　人

　雪外捫參嶺，烟中濯錦洲。密攢文杏蘂，高結綵雲毬。百世嘉名重，
三登瑞氣浮。挽春同住夏①，看到火西流。

----

　① 夏：原作“下”，據静嘉堂本、《石湖詩集》卷一七改。

合江亭隔江望瑤林莊梅盛開，過江訪之，馬上哦此

前　人

何處春能早，疏籬限激湍①。竹間烟雪迴，馬上晚香寒。喚渡聊相覓，巡簷得細看。極知含雨意，未許日烘殘。

垂絲海棠

前　人

春工葉葉與絲絲，怕日嫌風不自持。曉鏡爲誰妝未辦，沁痕猶自宿燕脂。

西郊尋梅

陸　游②

西郊梅花矜絕艷，走馬獨來看不厭。似羞流落蒙市塵，寧墮荒寒傍茅店。儵然自是世外人，過去生中差一念。淺鄙常鄙桃李學，獨立不容鶯蝶覘。山樊水仙晚角出，大是春秋吳楚僭。餘花豈無好顏色，病在一俗無由砭。朱欄玉砌渠有命，斷橋流水君何欠？嗟予相與頗同調，身客劍南家在剡。凄凉萬里歸無日，蕭颯二毛衰有漸。尚能作意晚相從，爛醉不辭杯潋灧。

初四日東郊觀麥苗

范成大③

去歲秋霖麥下遲，臘殘一雪潤無泥。相將飽吃潳沱飯，來聽林間快

---

① 限：原作“浪”，據《石湖詩集》卷一七改。

② 陸游：原作“前人”，即范成大。按：詩云“身客劍南家在剡”，與成大事迹不合。本詩實爲陸游作，見《劍南詩稿》卷三，據改。

③ 范成大：原作“前人”。按：此詩見《石湖詩集》卷一七，據改。

活啼。

海棠一首 范希元園 　　　　　　　　　　　　　陸　游

誰道名花獨故宮，謂故蜀燕王宮。東城盛麗足爭雄。橫陳錦障闌干外，盡吸紅雲酒釀中。貪看不辭持夜燭，倚狂直欲擅春風。拾遺舊詠悲零落，瘦損腰圍擬未工。老杜不應無海棠詩，意其失傳云。

嘉祐院觀壁間文湖州墨竹 　　　　　　　　　　　　　　前　人

石室先生筆有神，我來拂拭一酸辛。敗墻慘澹欲無色，老氣森嚴猶逼人。慣閱冰霜元耐久，恥隨兒女更爭春。紛紛可笑空摹擬，爾輩毫端萬斛塵。

賦成都碧鷄坊李氏石君 事見《成都古今記》中。蓋湖石之最大而奇者，著名舊矣。 　　　　　　　　　　　　　孫松壽

造化小兒斲山骨，幾年流落蛟龍窟。太湖一碧浸玻璃，瀾吞浪吐窮奔突。瑰奇未許困泥沙，漂出江皋空峻峍。清寒偃蹇如高人，肯向蓬蒿念埋沒！曩聞上苑饒奇珍，千形萬狀高嶙峋。當年搜索困山海，氈包席裹車轔轔。規模豈但肖五嶽，氣象直欲凌三神。一朝胡馬窺城下，例隨矢石荒荆榛。憐君分落幽人手，不逐爾輩污塵垢。首陽寂寞伯夷清，瀟湘冷落三閭瘦。李侯胸中飽雲夢，得君不用斯瓊玖。館之舊隱與周旋，竹士松賓三益友。相看一洗名利心，眉宇更清元德秀。君今幾世德未衰，霜寒玉立癯而壽。咄嗟世眼多嗜好，玩形忘理十八九。奇章所蓄森琅玕，名標甲乙空紛然。到溉奇碔高崒嵂，一擲徒爲負進錢。石君於汝非不厚，較其所得無何有，願公世濟此君爲不朽。

賦張白雲先生故居溪上菊

前　人

金衣綠裳仙，不覬春風餘。飄搖清江練，服佩玄圃珠。欲驂冲霄鸞，鞭起橫海魚。是夜游魚躍出，因廣此意。天遊浩無際，妙寄良可娛。借遷爲喻①，寄此清賞。

賦蓬仙觀古楠 犀浦鎮蓬真人舊隱有四大楠，甚古，其事已經見《成都記》。

前　人

風雨縱橫八面看，巍然此柱欲擎天。壯心已與雲龍會，彈指消摩八百年。

十月過昭覺，庭梅蕭然，已動人意，因作二十八字　李　燾

厭逐遊人藥市行，暫來心迹喜雙清。疏風細雨荒庭菊，便覺梅花暗有情。

觀施氏芍藥呈同遊者

前　人

怪底吹殘萬點紅，餘妍都在此花中。攀枝未許風流盡，振袂還知結習空。杳杳人誰贈南國，菲菲身恐墮仙宮。乞將新雨醻佳麗，始信青春不負公。

---

① 遷：疑當作"僊"，即"仙"字。

成都施氏園海棠方盛，覓酒徑醉，時二月九日①

前　人

染根著色謝天公，破睡猶禁一再風。爲此徑須浮大白，老夫元自愛深紅。

臘日遊梅龍，以“雪後園林縹半樹”爲韻，得“樹”字

楊　甲

年年看梅水西路，白頭溪翁眼如故。重來笑龍老不死，我亦風埃憶歸去。酒酣百怪入我腸，夜半恍惚與龍遇。醉騎一尾天上歸，陳迹江頭不知處。梅花勸汝一杯酒，千歲一寒真旦暮。欲將老大要風雪，穴蟻窠蟲已無數。成都萬事更奇古，石笋猶疑卿相墓。孔明廟前柏千尺，神物翛翛泣幽樹。它時滅壞亦同趣，人生誰能一長顧？浮雲天地不須論，但願人間有詩句。

庚寅再遊

前　人

霜郊馬頭鞭影西②，欲尋遠梅無舊蹊。但聞草木皆有香，未到已識花前溪。艤舟登岸入梅處，竹樹烟火茅茨低。百年死樹蟲蘚暗，鱗甲漠漠僵橫霓。老翁鼻祖頭雪白，下見兒女方勝笋。數株無力已仆地，强起放春花滿畦。瘦龍夭矯欲仙去，脊尾一半埋沙泥。雷公幾時獵幽蟄，夜半刀斧來剸刲。野人往往多再拜，疑有鬼物憑其棲。問樵訪牧不知歲，齠齔已見今髦倪。故人同遊六七輩，或似醉阮林中嵇。繞樹覓花不識路，東邊犬吠西

---

① “時”字原在上句“覓”字前，據《蜀中廣記》卷六二改。
② 霜郊馬頭：原作“霜頭馬郊”，據《兩宋名賢小集》卷三七四、《蜀中廣記》卷六三改。

號鷄。檻中但有酒清濁，寒具野擔勤携齎①。引之各各坐香樹，醉中采擷欲滿提。誰言猶是蜀梅苑，破丘斷壠生蒿藜②。種花滿地作癡計，隨手變化空塵堅。只餘老樹香不滅，力戰風雨猶堅犀。云何身槁心尚在，花氣鬱鬱連雲霓。但印此香可飲酒，笑取身世如稗秭。竹寒沙碧夜來語，回首千載餘幽題。榮枯過眼如一夢，世網忽掛如牢狴。何時江村一曲路，與子共賦歸來兮。

---

① 擔：原作"檐"，據《兩宋名賢小集》卷三七四、《蜀中廣記》卷六三改。
② 生：原作"山"，據《蜀中廣記》卷六三改。

成都文類卷十二

詩

贈　送　一

贈袁天綱 　　　　　　　　　　　　　　（唐）杜　淹

伊、呂深可慕，松、喬定是虛。繫風終不得，脱屣欲安如？且珍紈素美，當與薜蘿疏。既逢楊得意，非復久閑居。

送吴七遊蜀 　　　　　　　　　　　　　（唐）駱賓王

日觀分齊壤，星橋抵蜀門。桃花嘶別路，竹葉瀉離樽①。夏盡蘭猶茂，秋新柳尚繁。霧銷山望迴，風高野聽喧。勞歌徒欲奏，贈別竟無言。唯有當秋月，空照野人園。

送宋休遠之蜀任② 　　　　　　　　　　（唐）張　説

求友殊損益，行道異窮申。綴我平生氣，吐贈薄遊人。結恩事明主，忍愛遠辭親。色麗成都俗，膏腴蜀水濱。如何從宦子，堅白共緇磷。日月

---

① 瀉：原作“潟”，據《駱丞集》卷二、《文苑英華》卷二六七改。
② 任：原無，據《張燕公集》卷六補。

千齡旦，河山萬族春。懷鉛書瑞府，橫草事邊塵。不及安人吏，能令王化淳。

入奏行 贈西山檢察使竇侍御。 　　　　　　　　　　　　　　（唐）杜　甫

竇侍御，驥之子，鳳之雛。年未三十忠義俱，骨鯁絕代無。炯如一段清冰出萬壑，置在迎風寒露之玉壺。蔗漿歸廚金碗凍，洗滌煩熱足以寧君軀。政用疏通合典則，戚聯豪貴躭文儒。兵革未息人未蘇，天子亦念西南隅。吐蕃憑陵氣頗粗，竇氏檢察應時須。運糧繩橋壯士喜，斬木火井窮猿呼。八州刺史思一戰，三城守邊却可圖。此行入奏計未小，密奉聖旨恩宜殊。繡衣春當霄漢立，綵服日向庭闈趨。省郎京尹必俯拾，江花未落還成都，肯訪浣花老翁無①？爲君酤酒滿眼酤，與奴白飯馬青芻。

將赴成都草堂，途中有作，先寄嚴鄭公五首
　　　　　　　　　　　　　　　　　　　　　　　　　前　人

得歸茅屋赴成都，直爲文翁再剖符。但使閭閻還揖讓，敢論松竹久荒蕪。魚知丙穴由來美，酒憶郫筒不用酤。五馬舊曾諳小徑，幾回書劄待潛夫？

處處青江帶白蘋，故園猶得見殘春。雪山斥堠無兵馬，錦里逢迎有主人。休怪兒童延俗客，不教鵝鴨惱比鄰。習池未覺風流盡，況復荆州賞更新。

竹寒沙碧浣花溪，菱刺藤梢咫尺迷。過客徑須愁出入，居人不自解東西。書籤藥裹封蛛網，野店山橋送馬蹄。肯藉荒庭春草色，先挤一飲醉

---

① “肯訪”句之前，静嘉堂本重“江花未落還成都”一句。按：今世所傳杜集多不重，《文苑英華》卷三四〇亦無此句。

如泥。

常苦沙崩損藥欄，也從江檻落風湍。新松恨不高千尺，惡竹應須斬萬竿。生理祇憑黃閣老，衰顏欲付紫金丹。三年奔走空皮骨，信有人間行路難。

錦官城西生事微，烏皮几在還思歸。昔去爲憂亂兵入，今來已恐鄰人非。側身天地更懷古，回首風塵甘息機。共說總戎雲鳥陣，不妨遊子芰荷衣。

贈王二十四侍御契四十韻　　　　　　　　　前　人

往往雖相見，飄飄愧此身。不關輕絨冕，俱是避風塵。一別星橋夜，三移斗柄春。敗亡非赤壁，奔走爲黃巾。子去何蕭灑，余藏異隱淪。書成無過雁，衣故有懸鶉。恐懼行裝數，伶俜臥疾頻。曉鶯工迸淚，秋月解傷神。會面嗟黧黑，含悽話苦辛。接輿還入楚，王粲不歸秦。錦里殘丹竈，花溪得釣綸。消中祇自惜，晚起索誰親？伏柱聞周史，乘槎似漢臣。鴛鴻不易狎，龍虎未宜馴。客即掛冠至，交非傾蓋新。由來意氣合，直取性情真。浪迹同生死，無心恥賤貧。偶然存蔗芋，幸各對松筠。粗飯依他日，窮愁怪此辰。女長裁褐穩，男大卷書勻。漰口江如練，鹽崖雪似銀。名園當翠巘，野棹没青蘋。屢喜王侯宅，時邀江海人。追隨不覺晚，款曲動彌旬。但使芝蘭秀，何須棟宇鄰。山陽無俗物，鄭驛正留賓。出入並鞍馬，光輝參席珍。重遊先主廟，更歷少城闉。石鏡通幽魄，琴臺隱絳脣。送終惟糞土，結愛獨荊榛。置酒高林下，觀棋積水濱。區區甘累趼，稍稍息勞筋。網聚粘圓鯽，絲繁煮細蒓。長歌敲柳癭，小睡凭藤輪。農月須知課，田家敢忘勤。浮生難去食，良會惜清晨。列國兵戈暗，今王德教淳。要聞除獫狁，休作畫麒麟。洗眼看輕薄，虛懷任屈伸。莫令膠漆地，萬古重雷、陳。

奉送嚴公入朝十韻　　　　　　　　　　　　　　　前　人

鼎湖瞻望遠，象闕憲章新。四海猶多難，中原憶舊臣。與時安反側，
自昔有經綸。感激張天步，從容静塞塵。南圖回羽翮，北極捧星辰。漏鼓
還思畫，宮鶯罷轉春。空留玉帳術，愁殺錦城人。閣道通丹地，江潭隱白
蘋。此生那老蜀，不死會歸秦。公若登台輔，臨危莫愛身。

送韋郎司直歸成都　　　　　　　　　　　　　　　前　人

竄身來蜀地，同病得韋郎。天下兵戈滿，江邊歲月長。別筵花欲暮，
春日鬢俱蒼。爲問南溪竹，抽梢合過牆。

公安送李二十九弟晉肅入蜀，余下沔鄂　　　　　　前　人

正解柴桑纜，仍看蜀道行。檣烏相背發，塞雁一行鳴。南紀連銅柱，
西江接錦城。憑將百錢卜，飄泊問君平。

送竇九歸成都　　　　　　　　　　　　　　　　　前　人

文章亦不盡，竇子才縱橫。非爾更持節，何人符大名。讀書雲閣觀，
問絹錦官城。我有浣花竹，題詩須一行。

遣悶奉呈嚴公二十韻　　　　　　　　　　　　　　前　人

白水魚竿客，清秋鶴髮翁。胡爲來幕下，祗合在舟中。黃卷真如律，

青袍也自公。老妻憂坐痺，幼女問頭風。平地專欹倒，分曹失異同。禮甘衰力就，義忝上官通。疇昔論詩早，光輝杖鉞雄。寬容存性拙，剪拂念途窮。露裹思藤架，烟霏想桂叢。信然龜觸網，直作鳥窺籠。西嶺紆村北，南江繞舍東。竹皮寒舊翠，椒實雨新紅。浪簸舡應拆，杯乾甕即空。藩籬生野徑，斤斧任樵童。束縛酬知己，蹉跎效小忠。周防期稍稍，太簡遂怱怱。曉入朱扉啓，昏歸畫角終。不成尋別業，未敢息微躬。烏鵲愁銀漢，駑駘怕錦幪。會希全物色，時放倚梧桐。

贈蜀僧閭丘師兄<small>太常博士均之孫。</small>　　　　　　　　　前　人

大師銅梁秀，籍籍名家孫。嗚呼先博士，炳靈精氣奔。惟昔武皇后，臨軒御乾坤。多士盡儒冠，墨客靄雲屯。當時上紫殿，不獨卿相尊。世傳閭丘筆，峻極逾崑崙。鳳藏丹霄暮，龍去白水渾。青熒雪嶺東，碑碣舊製存。斯文散都邑，高價越璵璠。晚看作者意，妙絕與誰論。吾祖詩冠古，同年蒙主恩。豫章夾日月，歲久空深根。小子思疏闊，豈能達辭門！窮愁一揮淚，相遇即諸昆。我在錦官城，兄居祇樹園。地近慰旅愁，往來當丘樊。天涯歇滯雨，粳稻卧不翻。漂然薄遊倦，始與道侶敦。景晏步脩廊，而無車馬喧。夜闌接軟語，落月如金盆。漠漠世界黑，區區爭奪繁。唯有摩尼珠，可照濁水源。

戲作花卿歌　　　　　　　　　　　　　　　　　前　人

成都猛將有花卿，學語小兒知姓名。用如快鶻風火生，見賊唯多身始輕。綿州副使著柘黃，我卿掃除即日平。子章髑髏血模糊，手提擲還崔大夫。李侯重有此節度，人道我卿絕世無。既稱絕世無，天子何不喚取守京都？

寄邛州崔録事　　　　　　　　　　　　　　　　　　前　人

邛州崔録事，聞在果園坊。_{坊名，在成都。}久待無消息，終朝有底忙。應愁江樹遠，怯見野亭荒。浩蕩風烟外，誰知酒熟香！

得廣州張判官叔卿書，使還，以詩代意
　　　　　　　　　　　　　　　　　　前　人

鄉關胡騎遠，宇宙蜀城偏。忽得炎州信，遙從月峽傳。雲深驃騎幕，夜隔孝廉船。却寄雙愁眼，相思淚點懸。

送段功曹歸廣州　　　　　　　　　　　　　　　　　　前　人

南海春天外，功曹幾月程。峽雲籠樹小，湖日落船明。交趾丹砂重，韶州白葛輕。幸君因賈客，時寄錦官城。

中丞嚴公雨中垂寄見憶一絶，奉答二絶
　　　　　　　　　　　　　　　　　　前　人

雨映行宫辱贈詩，元戎肯赴野人期。江邊老病雖無力，强擬晴天理釣絲。

何日雨晴雲出溪，白沙青石先無泥①。只須伐竹開荒徑，拄杖穿花聽馬嘶。

---

① 先：《集千家注杜工部詩集》卷八、《萬首唐人絶句》卷一作“洗”，似勝。

酬高使君相贈

前　人

古寺僧牢落，空房客寓居。故人供禄米，鄰舍與園蔬。雙樹容聽法，三車肯載書？草《玄》吾豈敢，賦或似相如。

別唐十五誡，因寄禮部賈侍郎

前　人

九載一相逢，百年能幾何。復爲萬里別，送子山之阿。白鶴久同林，潛魚本同河。未知棲集期，衰老强高歌。歌罷兩悽惻，六龍忽蹉跎。相視髮皓白，況難駐羲和。胡星墜燕地，漢將仍橫戈。蕭條四海内，人少豺虎多。少人慎莫投，多虎信所過。飢有易子食，獸猶畏虞羅。子負經濟才，天門鬱嵯峨。飄飄適東周，來往若崩波。南宫吾故人，白馬金盤陀。雄筆映千古，見賢心靡他。念子善師事，歲寒守舊柯。爲吾謝賈公，病肺卧江沱。

赴青城縣，出成都，寄陶、王兩少尹

前　人

老被樊籠役，一云"老耻妻孥笑"。貧嗟出入勞。客情投異縣，詩態憶吾曹。東郭滄江一云"滄浪"。合①，西山白雪高。文章差底病，回首興滔滔。

敬簡王明府

前　人

葉縣郎官宰，周南太史公。神仙才有數，流落意無窮。驥病思偏秣，鷹愁怕苦籠。看君用高義，耻與萬人同。

---

①　滄：原作"蒼"，據《九家集注杜詩》卷二一改。

重簡王明府

甲子西南異，冬來只薄寒。江雲何夜盡，蜀雨幾時乾。行李須相問，窮愁豈自寬。君聽鴻雁響，恐致稻粱難。

寄贈王十將軍承俊

前　人

將軍膽氣雄，臂懸兩角弓。纏結青驄馬，出入錦城中。時危未受鉞，勢屈難爲功。賓客滿堂上，何人高義同？

贈花卿

前　人

錦城絲管日紛紛，半入江風半入雲。此曲祇應天上有，人間能得幾回聞！

寄杜位 位京中宅近西曲江，詩尾有述。

前　人

近聞寬法離新州，想見懷歸尚百憂。逐客雖皆萬里去，悲君已是十年流。干戈況復塵隨眼，鬢髮還應雪滿頭。玉壘題書心緒亂，何時更得曲江遊？

送裴五赴東川

前　人

故人亦流落，高義動乾坤。何日通燕塞，相看老蜀門。東行應暫別，北望苦銷魂。凛凛悲秋意，非君誰與論！

贈別何邕

前　人

生死論交地，何由見一人。悲君隨燕雀，薄宦走風塵。綿谷元通漢，沱江不向秦。五陵花滿眼，傳語故鄉春。

贈別鄭煉赴襄陽

前　人

戎馬交馳際，柴門老病身。把君詩過日，念此別驚神。地闊峨眉晚，天高峴首春。爲於耆舊內，試覓姓龐人。

魏十四侍御就弊廬相別

前　人

有客騎驄馬，江邊問草堂。遠尋留藥價，惜別到文場。入幕旌旗動，歸軒錦繡香。時應念衰疾，書迹及滄浪。

徐九少尹見過

前　人

晚景孤村僻，行軍數騎來。交新徒有喜，禮厚愧無才。賞静連雲竹，忘歸步月臺。何當看花蕊，欲發照江梅。

范員外、吳侍御特枉駕，闕展待，聊寄此

前　人

暫往比鄰去，空聞二妙歸。幽棲誠簡略，衰白已光輝。野外貧家遠，村中好客稀。論文或不愧，肯重款柴扉?

送路六侍御入朝

前　人

　　童稚情親四十年，中間消息兩茫然。更爲後會知何地，忽漫相逢是別筵。不分桃花紅勝錦，生憎柳絮白於綿。劍南春色還無賴，觸忤愁人到酒邊。

戲題寄上漢中王三首　時王在梓州，初至斷酒不飲，篇有戲述。

前　人

　　西漢親王子，成都老客星。百年雙白鬢，一別五秋螢。忍斷杯中物，祇看座右銘。不能隨皂蓋，自醉逐浮萍。

　　策杖時能出，王門異昔遊。已知嗟不起，未許醉相留。蜀酒濃無敵，江魚美可求。終思一酩酊，净掃雁池頭①。

　　群盜無歸路，衰顔會遠方。尚憐詩警策，猶記酒顔狂。魯衛彌尊重，徐陳略喪亡。空餘枚叟在，應念早升堂。

贈別賀蘭銛

前　人

　　黃雀飽野粟，群飛動荆榛。今君抱何恨，寂寞向時人。老驥倦驤首，蒼鷹愁易馴。高賢世未識，固合嬰飢貧。國步初返正，乾坤尚風塵。悲歌鬢髮白，遠赴湘吳春。我戀岷下芋，君思千里蓴。生離與死別，自古鼻酸辛。

---

　　①　雁：原作“硯”，據静嘉堂本、《九家集注杜詩》卷二四改。

奉寄高常侍

前　人

汶上相逢年頗多，飛騰無那故人何。總戎楚、蜀應全未，方駕曹、劉不啻過。今日朝廷須汲黯，中原將帥憶廉頗。天涯春色催遲暮，別淚遙添錦水波。

投簡成華兩縣諸子①

前　人

赤縣官曹擁材傑，軟裘快馬當冰雪。長安苦寒誰獨悲，杜陵野老骨欲折。南山豆苗早荒穢，青門瓜地新凍裂。鄉里兒童項領成，朝廷故舊禮數絕。自然棄擲與時異，況乃疏頑臨事拙。飢臥動即向一旬，弊裘何啻聯百結。君不見空牆日色晚，此老無聲淚垂血。

弊廬遣興奉寄嚴公

前　人

野水平橋路，春沙映竹村。風輕粉蝶喜，花暖蜜蜂喧。把酒宜深酌，題詩好細論。府中瞻暇日，江上憶詞源。迹忝朝廷舊，情依節制尊。還思長者轍，恐避席爲門。

送友人入蜀

（唐）李　白

見說蠶叢路，崎嶇不易行。山從人面起，雲傍馬頭生。芳樹籠秦棧，春流繞蜀城。升沉應已定，不必訪君平。

---

①　《補注杜詩》卷七黃鶴注謂“成”當作“咸”，“咸華”指咸陽、華原二縣，詩中所言皆長安、京兆事，此當是天寶間杜甫在長安作。清仇兆鰲《杜詩詳注》直改“成”爲“咸”。

人日寄杜二拾遺

（唐）高　適

人日題詩寄草堂，遙憐故人思故鄉。柳條弄色不忍見，梅花滿枝空斷腸。身在南蕃無所預，心懷百憂復千慮。今年人日空相憶，明年人日知何處！一臥東山三十春，豈知書劍與風塵。龍鍾還忝二千石，愧爾東西南北人。

贈杜二拾遺

前　人

傳道招提客，詩書自討論。佛香時入院，僧飯屢過門。聽法還應難，尋經剩欲翻。草《玄》今已畢，此後更何言？

送裴頔侍御使蜀

（唐）錢　起

柱史纔年四十強，鬢眉玄髮美清揚。朝天繡服承恩貴，出使星軺滿路光。錦水繁花添麗藻，峨嵋明月引飛觴。多才自有雲霄望，計日應追鵷鷺行。

送成都李宰

前　人

安人發廟算，此邑寄英髦。何以報知己？平生一寶刀。自憐切玉利，寧憚割雞勞。願子立清政，冰壺照緼袍。惠慈蘇疾苦，禮義待賢豪。錦水與文絢，岷山將德高。舉能無□□，當路□□□①。

---

① 按：此詩他書不載，闕文無從校補。

送友人入蜀

前　人

　　遠路接天末，憐君與我違。客程千嶂裏①，鳥道片雲飛。樹色連青漢，泉聲出翠微。錦城花月下，才子定忘歸。

送柳震歸蜀

（唐）司空曙

　　白日雙流静，西看蜀國春。桐花能乳鳥，竹節競祠神。蹇步徒相望，先鞭不可親。知從江僕射，登榻更何人。

送密秀才吏部駁放後歸蜀

（唐）權德輿

　　蜀國本多士，雄文似相如。之子西南秀，名在賢能書。薄禄且未及，故山念歸歟。迢迢三千里，返駕一羸車。玉壘長路盡，錦江春物餘。此行無愠色，知爾戀林廬②。

送柳侍御、裴起居③

（唐）武元衡

　　沱江水渌波，喧鳥去喬柯。南浦別離處，東風蘭麝多。長亭春婉娩，層漢路蹉跎。會有歸朝日④，班超奈老何！

---

　　① 程：原作“塵”，據静嘉堂本、《全蜀藝文志》卷二〇改。
　　② 林：原作“休”，據《權文公集》卷四改。
　　③ 柳侍御：《文苑英華》卷二七六作“李侍郎”，周必大校云“集作郎中”。然紹興間蜀人計有功所編《唐詩紀事》卷三三載此詩亦作“柳侍御”。
　　④ 朝：原作“期”，據《文苑英華》卷二七六、《唐詩紀事》卷三三改。

送蜀客 （唐）張　籍

蜀客南行聽碧雞，木綿花發錦江西。山橋日晚行人少，時見猩猩樹上啼。

送客遊蜀 前　人

行盡青山到益州，錦城樓下二江流。杜家曾向此中住，爲到浣花溪水頭。

寄薛濤 （唐）元　稹

錦江滑膩峨眉秀，生得文君與薛濤①。言語巧偷鸚鵡舌，文章分得鳳凰毛。紛紛詞客多停筆，個個君侯欲夢刀。別後相思隔烟水，菖蒲花發五雲高。

貽蜀五首並序 前　人

元和九年，蜀從事韋臧文告別。蜀多朋舊，稹性懶爲寒温書，因賦代懷五章，而贈行亦在其數。

病馬詩寄上李尚書

萬里長鳴望蜀門，病身猶帶舊瘡痕。遥看雲路心空在，久服鹽車力漸煩。尚有高懸雙鏡眼，何由並駕兩朱輪？唯應夜識深山道，忽遇君侯一

---

① 生得：《雲溪友議》卷下引作“化出”，《唐詩紀事》卷三七作“幻出”。

報恩。

李中丞表臣

韋門同是舊親賓，獨恨潘床簟有塵。十里花溪錦城麗，五年沙尾白頭新。倅戎何事勞專席，老掾甘心逐衆人。却待文星上天去，少分光影照沉淪。

盧評事子蒙①

爲我殷勤盧子蒙，近來無復昔時同。懶成積疹推難動，禪盡狂心煉到空。老愛早眠虛夜月，病妨杯酒負春風。唯公兩弟閑相訪，往往潸然一望公。

張校書元夫

未面西川張校書，書來稠疊頗相於。我聞聲價金應敵，衆道風姿玉不如。遠處從人須謹慎②，少年爲事要舒徐。勸君便是酬君愛，莫比尋常贈鯉魚。

韋兵曹臧文

處處侯門可曳裾，人人爭事蜀尚書。摩天氣直山曾拔，澈底心清水共虛。鵬翼已翻君好去，烏頭未變我何如。殷勤爲話深相感，不學馮諼待食魚。

---

① 子蒙：原無，據《元氏長慶集》卷一九補。
② 須：原作“復”，據《元氏長慶集》卷一九改。

贈薛濤① 　　　　　　　　　　　　　　　　　　　　　　前　人

　　詩篇調態人皆有，細膩風光我獨知。月夜詠花憐暗澹，雨朝題柳爲欹垂。長教碧玉藏深處，總向紅箋寫自隨。老大不能收拾得，與君間似好男兒②。

送武士曹歸蜀士曹即武中丞兄。 　　　　　　　　　　　　　（唐）白居易

　　花落鳥嚶嚶，南歸稱野情。月宜秦嶺宿，春好蜀江行。鄉路通雲棧，郊扉近錦城。烏臺陟崗送，人羨別時榮。

送友人遊蜀 　　　　　　　　　　　　　　　　　　　　（唐）賈　島

　　萬岑深積翠，路向此中難。欲暮多羈思，因高莫遠看。卓家人寂寞，揚子業凋殘。唯有岷江水，悠悠帶月寒。

送朱休歸劍南 　　　　　　　　　　　　　　　　　　　　　前　人

　　劍南歸受賀，太學賦聲雄。小路長江岸，朝陽十月中。牙新抽雪茗，枝重集猿楓。卓氏琴臺廢，深蕪想徑通。

---

① 後蜀韋縠輯《才調集》卷五題作《寄舊詩與薛濤因成長句》。按：此詩《唐詩紀事》《薛濤李冶詩集》《全唐詩》等作薛濤寄元稹詩，似當以元稹作爲是。本詩末句云"與君開似教男兒"，"開似"猶言"開示"（如唐賈島《劍客》詩"今日把似君"一作"今日把示君"之類），開示以教男兒，暗贊薛濤詩勝過男兒，分明是元稹語氣。

② 間似好男兒：《唐詩紀事》卷七九作"開似教男兒"。

送李評事使蜀

（唐）王　建

勸酒不依巡，明朝萬里人。轉江雲棧細，近驛板橋新。石冷啼猿影，松昏戲鹿塵①。少年爲客好，況是益州春。

上武元衡相公

前　人

旌旗坐鎮蜀江雄，帝命重開舊閣崇。褒貶唐書天曆上，捧持堯日慶雲中。孤情迥出鸞皇遠，健思潛搜海岳空。長得蕭何爲國相，自西流水盡朝宗。

寄蜀中薛濤校書

前　人②

萬里橋邊女校書，枇杷花裏閉門居。掃眉才子無多少，管領春風總不如。

酬西川尚書李德裕

（唐）王　播

昔年獻賦去江湄，今日行春到始悲。三徑尚存新竹樹，四鄰惟見舊孫兒。壁間潛認偷光處，川上寧忘結網時。更見橋邊記名字，始知題柱免人嗤。

---

① 昏：原作“香”，據《王司馬集》卷三、《文苑英華》卷二七五、《全蜀藝文志》卷二〇改。

② 按：此詩後蜀何光遠《鑑戒録》卷一〇、《唐詩紀事》卷七九、《詩話總龜》卷二三、《唐才子傳》卷八等均作胡曾詩。胡曾，長沙人，咸通進士，曾爲高駢記室，著有《安定集》。

寄王播侍御求蜀箋 （唐）鮑　溶

　　蜀川箋紙綵雲初，聞説王家最有餘。野客思將池上學，石楠紅葉不堪書。

送馬向遊蜀 （唐）徐　凝

　　遊子去咸京，巴山萬里程。白雲連鳥道，青壁遞猿聲。雨露經泥坂，烟花望錦城。工文人共許①，應記蜀中行。

送雍陶遊蜀 （唐）姚　合

　　春色三千里，愁人意未開。木梢穿棧出，雨勢隔江來。荒館因花宿，深山羨客回。相如何物在，應只有琴臺。

送任尊師歸蜀覲親 前　人

　　白雲修道者，偶去春風前。玉簡通仙籍，金丹駐少年②。錦文江一色，蜀道路三千③。衆説君平死，真師《易》義全。

送友人遊蜀 前　人

　　送君一壺酒，相別野庭邊。馬上過秋色，舟中到錦川。峽猿啼夜雨，

---

① 許：原作“計”，據《唐詩紀事》卷四一改。
② 少年：《姚少監詩集》卷二作“母年”，當是。
③ “蜀道”句：《姚少監詩集》卷二作“酒氣雨相連”。

蜀鳥噪晨烟。莫便不回首，風光促幾年。

送林立歸蜀①　　　　　　　　　　　　　　　　　前　人

迢遞三千里，西南是去程。杜陵家已盡，蜀國客重行。雪照巴江色，風吹棧閣聲。馬嘶山稍暖，人語店初明。旅夢心多感，孤吟意不平。誰爲李白後，爲訪錦官城。

送任晼及第歸蜀中覲親②　　　　　　　　　　　　　前　人

子規啼欲死，君聽固無愁。闕下聲名出，鄉中意氣遊。東行橫劍閣，南斗近刀州。神聖題前字，千人看不休。

送崔珏往西川　　　　　　　　　　　　　　　　（唐）李商隱

年少因何有旅愁，欲爲東下更西遊。一條雪浪吼巫峽，千里火雲燒益州。卜肆至今多寂寞，酒壚從古擅風流。浣花箋紙桃花色，好好題詩詠玉鈎。

寄成都高、苗二從事　　　　　　　　　　　　　　前　人

家近紅渠曲水濱，全家羅襪起秋塵。莫將越客千絲網，網得西施別贈人。

---

① 林立：《姚少監詩集》《全唐詩》卷四九六作“杜立”。按：詩中云“杜陵家已盡”，說明此人祖籍爲京兆杜陵。杜陵乃唐代世家杜氏所居，杜甫即其族，則此處當以作“杜立”爲是。

② 第：原作“弟”，據《姚少監詩集》《文苑英華》卷二七八改。

寄成都高、苗二從事_{是時二公從事商隱座主府①}。　　　　　前　人

紅蓮幕下紫梨新，命斷湘南病渴人。今日問君能寄否，二江風水接天津。

寻龍華山廣宣上人　　　　　　　　　　　　　　　（唐）段文昌

十里惟聞松桂風，江山忽轉見龍宮。正與休師方話舊，嵐烟幾度入樓中。

贈段文昌　　　　　　　　　　　　　　　　　　　　無名氏②

　　文昌字墨卿，有別業在廣都縣之南龍華山，嘗杜門力學於此，俗謂之段公讀書臺。長慶初，朝議文昌少在西蜀，諳詳利病，詔授劍南節度使，有邑人贈詩曰③：

昔日騎驢學忍飢，今朝忽著錦衣歸。等閑畫虎驅紅旆，可畏登龍入紫微。富貴不由翁祖致，文章生得羽毛飛。廣都再去應惆悵，猶有江邊舊釣磯。

送蜀客　　　　　　　　　　　　　　　　　　（唐）張　祜④

楚國去岷江⑤，西南指天末。平生不達意，萬里船一發。行行三峽夜，

---

① 此題注原作標題正文，又"座"原作"坐"，據《李義山詩集》卷中改。
② 氏：原無，據《全蜀藝文志》卷二〇補。
③ 按：此序及詩抄自《唐詩紀事》卷五〇。
④ 祜：原作"祐"，據《全蜀藝文志》卷二〇改。
⑤ 楚國：《全唐詩》卷五一〇作"楚客"。

十二峰頂月。哀猿別曾林，忽忽聲斷咽。嘉陵水初漲，巖嶺耗積雪。不妨高唐云，却藉宋玉説①。峨眉遠凝黛，脚底谷洞穴。錦城畫氳氳，錦水春活活。成都滯遊地，酒客須醉殺。莫戀卓家壚，相如已屑屑。

贈蜀將一首 蠻入成都，頻著功勞。 （唐）溫庭筠

十年分散劍關秋，萬事皆隨錦水流。心氣已曾明漢節，功名猶自滯吴鈎。雕邊認箭寒雲重，馬上聽笳塞草愁。今日逢君倍惆悵，灌嬰韓信盡封侯。

奉和門下相公《送西川相公兼領相印出鎮全蜀》詩十八韻 （唐）杜牧

盛業冠伊唐，台階翊戴光。無私天雨露，有截舜衣裳。蜀輅新衡鏡，池留舊鳳凰。同心真石友，寫恨蔑河梁。虎騎搖風旆，貂冠韻水蒼。彤弓隨武庫，金印逐文房。棧壓嘉陵咽，峰横劍閣長。前驅二星去，開險五丁忙。回首峥嶸盡，連天草樹芳。丹心懸魏闕，往事愴甘棠。治化輕諸葛，威聲懾夜郎。君平教説卦，犬子召升堂。塞接西山雪，橋維萬里檣。奪霞江錦爛，撲地酒壚香。忝逐三千客，曾依數仞牆。滯頑堪白屋，攀附亦周行。肉管伶倫曲，簫韶清廟章。唱高知和寡，小子斐然狂。

送人入蜀 （唐）李遠

蜀客本多愁，君今是勝遊。碧藏雲外樹，紅壓驛邊樓。杜宇呼名語②，巴江學字流。不知烟雨夜，何處夢刀州？

---

① 藉：原作"籍"，據《全蜀藝文志》卷二〇改。
② "杜宇"句：《文苑英華》卷二七四作"杜魄呼名叫"。

賀裴庭裕登第

（唐）李搏

銅梁千里曙雲開，仙籙新從紫府來。天上已張新羽翼，世間無復舊塵埃。嘉禎果中君平卜，賀喜須斟卓氏杯。應笑戎藩刀筆吏，至今泥滓曝魚顋。

又戲贈裴庭裕

前人

曾隨風水化凡鱗①，安上門前一字新。聞道蜀江風景好，不知何似杏園春？

答李搏

（唐）裴庭裕

何勞問我成都事，亦報君知便納降。蜀柳籠堤烟矗矗，海棠當户燕雙雙。富春不並窮師子，濯錦全勝旱曲江。高卷絳紗揚氏宅，時主文，寓揚子巷，故有此句②。半垂紅袖薛濤窗。浣花泛鷁詩千首，静衆尋梅酒百缸③。若説弦歌與風景，主人兼是碧油幢。

---

① 風水：《唐摭言》卷三作"流水"。
② 按：此是五代王定保《唐摭言》卷三之注。
③ 静衆：寺名，古籍中多寫作"净衆"。净衆寺乃唐代成都著名佛寺，在城西門外。

成都文類卷十三

詩

贈　送　二

送張忠定知益州並序　　　　　　　　　　　　李　至

太宗朝，天下始一定，無反側。嚮之磊砢魁傑之士，奮首草萊，磨痕濯污，競飾羽儀，來服冠佩，爭宣才謀，上輔神聖。鸞鳳之集於丹山，而珠貝之聚於紫淵也。二盜虐蜀，上以乖崖張公詠爲樞密直學士，守成都，以經略之。是時，朝廷文學諸彥盡賀西南之得人，悉發詠歌，道此榮選。英國李公至以尚書左丞侍章聖於儲邸，亦以二章紀其行。其詞清麗典則，最爲絕唱。歲久矣，人不能完誦之。後七十年，其孫駕部郎中復來倅府事，因自家集得之，將鏤石於乖崖祠中，以永其存，且俾同叙厥事。同竊謂二公並以器業閎博，被兩朝眷遇之厚，而乖崖治蜀之術實天出而神行之矣，人到於今但服其功利，而無所得其迹者焉①。英國之詩有續文翁政聲之語，孰謂其言之徒云者哉！噫，賢知賢也，是不可以不傳於後世，以爲一時之偉論。若郎中之所志也，豈不曰宜且當耶？爲載其略。文同述。

蜀客應曾認使星，三刀佳夢甚分明。懸書闕下人爭送，濯錦江邊吏遠迎。山望峨眉天末見，禽聽杜宇劍西行。料君不久歸黃閣，暫爲文翁續

---

① 焉：原作“者”，據静嘉堂本改。

政聲。

聖君思泰錦城民，特輟甘泉侍從臣。將使盛時呈相業，先教公論洽朝倫。僮穿疊嶂經秦路，馬踏殘陽入蜀塵。即看頌聲聞帝里，便徵黃霸秉陶鈞。

寄金繩院正因大師　　　　　　　　　　　　　　　薛　奎

僧中憶藝本超群，《釋氏蒙求》見討論。師著《釋氏蒙求》，已傳印於蜀中也。儒行合爲文暢侶，昌黎先生《送文暢師序》云"墨名而儒行"。詩名雅作貫休孫。金繩即貫休舊院，藻即休之法系也。心燈久已傳宗意，命服仍嘗錫帝恩。宴坐旃檀消篆字，眼前闤闠任囂喧。

送鈐轄館使王公　　　　　　　　　　　　　　　　程　戡

歸騎翩翩去路賒，鬱葱佳氣望天涯。艱危劍閣三千里，惠愛刀州十萬家。龍尾道邊瞻日彩，鹿頭關外別春華。金明扈從宸遊處，休憶連年泛浣花。

同　前　　　　　　　　　　　　　　　　　　　　田　瑜

闒外膺宸寄，坤維握虎兵。真純逾璞玉，方重敵長城。肯構詩名著，先令公有《塞垣詩集》，輔臣尤長篇詠。承家將略明。四年凝茂績，一節促歸程。水際旌旗影，風前鼓吹聲。西州懷惠愛，北闕被恩榮。護衛親嚴近，雍容侍穆清。分攜暫銷黯，良會在神京。

同　前　　　　　　　　　　　　　　　　　　　　　靳　宗

再任坤維報政成，紫泥恩詔下神京。搖鞭有客添歸興，折柳何人不愴情！杜宇江山經鳥道，海棠池館憶龜城。樽前執手難收淚，投分從來比弟兄。

同　前　　　　　　　　　　　　　　　　　　　　　高惟幾

遊宦俱爲關外人，與君五看海棠春。園林選勝聯鑣遍，風月相思命駕頻。大旆先時辭蜀道，短轅何日見京塵？子牟又起離群恨，欲操行袪重愴神。

同　前　　　　　　　　　　　　　　　　　　　　　王　景

四稜總兵鈐，輕裘叔子慚。抗稜遏徼伏，敦信遠民譖。赴召薰風布，離襟臘酒酣。吾皇思將帥，有意在燕南①。

同　前　　　　　　　　　　　　　　　　　　　　　李　攽

郄縠詩書奕世傳，西人歌德別戎旃。三朝功業標勳府，四稜恩綏播蜀川。耦射隔花聞破帖，分題臨沼間中筵。歸朝聖旨俞僉望，畿内封侯養重權。

---

① 燕南：《宋詩紀事》卷一〇作“江南”。按：作“燕南”是，指燕雲十六州。

同　前　　　　　　　　　　　　　　　　　　　　　　　　解　程

武帳推恩詔十行，雍容鳴玉覲清光。四年愛日民謠洽，五月炎風驛路
長。劍閣烟雲迷去斾，柳營箛鼓慘離觴。浣花紙貴傳新集，留得詩名繼
許昌。

同　前　　　　　　　　　　　　　　　　　　　　　　　　張　靖

保塞昔年嘗閉壘，甘陵今歲又勞師。將軍鎮蜀功多少，不見干戈出
虎皮。

又　　　　　　　　　　　　　　　　　　　　　　　　　　前　人

玉勒嘶風出錦城，山光野色助離情。行行莫倦神華遠，芳草連雲伴
去程。

同　前　　　　　　　　　　　　　　　　　　　　　　　　姚　渙

家傳勳力世能賢，四載坤維領帥權。南詔酋豪彌款附，西州士庶賴蕃
宣。輸忠感慨由誠府，接下恩勤自意筌。月夕過從多命席，花時酬唱旋成
編。雅歌餘暇軍容肅，陟狀升聞帝顧延。馳驛遽趨三召節，執圭俄覲九重
天。漢廷儀衛咸祇若，蜀郡朋僚共黯然。賜對定應留晷刻，疇庸當便進班
聯。聖神倚注期蕃錫，宥密崇高待九遷。下客塵勞遇知己，願言攀附跂
英躔。

同　前
范　鎮

西南一都會，事簡復人和。列户如安堵，中軍只雅歌。召音嚴信節，歸思趣鳴珂。欲識斯民愛，當途涕若沱。

同　前
黄　坰

四年軍法表巴邛，歸騎俄乘紫漢風。家緒舊傳三榮貴，將材元蘊萬人雄。錦城離思雲容斂，山國行章斾影紅。到日定知新渥重，主寮今是黑頭公。

送成都護戎韓舍人
何　泳

戎符重析引絲言，慎簡長才護外藩。三載傳榮存北第，二城分職俯南原。嚴墀密侍親中宸，危棧前驅屬左鞬。江泊夜聲頻度枕，山行晴碧互迎軒。歌驪暫愴朋遊遠，叱馭都忘暑氣煩。仄席正求詩禮帥，詔歸非久俟東轅。

同　前
范　祥

全蜀兵符重，霄宸注念勞。臨戎號人傑，分組得時髦。軍府威名播，齋壇世閥高。歷橋題駟馬，揚斾啓三刀。矍鑠前謀大，澄清此志豪。忠臣希子貢，民頌繼王襃。臘市繁千蓋，春江漲萬艘。浣溪雲粉薄，公暇廢援毫。

程密學知益州　　　　　　　　　　　　宋　祁

墍塗書對別堯甞，細札芝泥襲綏馨。三蜀舊臺呼輻寵，十連新府夢刀靈。雲梯霽日明鈎棧，雨閣蒼苔蝕劍銘。只恐廉襦歌未厭，熒煌歸應六符星。

贈楞嚴舒公上人　　　　　　　　　　　前　人

丈室錦城隈，庭閑地遍苔。飯從香積取，花續少林開。講書經殘葉，禪宵燭委煤。無嫌一時學，要是暮雲才。

九河尚書祠堂詩並序①　　　　　　　　趙　抃

嘉祐中，翰林侍讀學士太原王公牧成都，以乖崖之昔守於益也，豐功茂烈，浸灌其下，祖傳嫗授，世世稱述，乃謂其僚曰："漢文翁始以學校化斯民，民既被文采，識倫理，皆德之，立石室以祠，未嘗輒廢至今。唐韋南康駐節久之，圍捍蕃詔，虐不及內，元元蒙休，繪容植宫，無戶無矣，竭誠薦潔，稱盡所報。二公者利既惠於蜀人，而蜀人奉二公之威靈亦已深矣。惟我文定公當二宗之付畀其西南也，整輯破碎，爲立矩法，除殘解弊，安養煦咻。度越四紀，爛然風迹，近世凡將舉良吏之首者，其誰先之？而曾未若二公者得以廟居，享祀事。下必有以慊然，而爲其上者，豈不謂陋於從民之欲者乎？"遂卜地營宇，壯偉宏麗。他日，列部編邑扶老提穉，鷄豚薰幣，山擁川集，爭獻廷下，嘆伏欣喜，來者漫漫，無有虛日。是時，今大尹龍圖趙公以彈察之職，總轉輸之任，景賢樂善，重此建置，乃抒己之意，緝民之

---

① 按：此序乃以下三詩之序，當是文同作。

聲，形於詠歌，以侈厥事。太原公與按憲蘇侯咸屬其韻，流於里巷，萬口騰習。後五年，龍圖公復此鎮臨，蘇侯亦繼領將漕。間問前句，失於紀刻，追誦搜録，宛然盡在。圖鏤堅礎，以寘諸壁，顧屬吏同，使序其略。同既鋪列所事，復系之以歌曰：“歸爾之祠兮，鏗然之詩兮，乃民之宜兮，千萬年之思兮。噫！後之人瞻於是，讀於是，能不如召伯之棠，愛之而不忍去，羊公之碑，覽之而涕無從者耶！”

來款祠堂意謂何？乖崖才業造中和。三千里外留恩煦，六十年來播頌歌。絶俗清名光竹帛，平生高節聳岷峨。公今治葺追賢範，更使西州受賜多。

同　前
王　素

閤中遺像若星羅，獨向乖崖仰惠和。後政人人作師表，萬民口口是謳歌。恩如流水常融漫，德似高山鎮岌峨。欲識欽崇興廟貌，兩川無限去思多。

同　前
蘇　寀

僕射真堂此日過，毅然風貌蘊天和。孤忠不到巖廊用，遺愛空令遠俗歌。行比雪霜仍潔白，名高嵩華更巍峨。明公特與新祠宇，美事於今得最多。

教授秘書見示學館唱酬詩稿，輒書累句以謝
韓　絳

兑悦無如會友朋，況多吟詠思飛騰。填篪雅正無它間，孔翠光華不自勝。好事僮兒歌已遠，爭傳箋紙價還增。群居豈弟吾儒行，鄒魯風流喜

重興。

奉酬宋君見詒之作

前　人

非才衰晚玷恩榮，假節西來鎮錦城。遠慕文翁興舊學，竊希何武見諸生。銀袍冉冉朝先聖，玉樹森森識衆英。傳道喜將師席正，尚稱官閥禮爲輕。

蜀道篇送別府尹吳龍圖①

郭祥正

長吟李白《蜀道難》，蜀道之難難於上青天！長蛇並猛虎，殺人吮血，毒氣何腥膻！錦城雖樂不可到，側身西望，泣涕空漣漣。其辭辛酸語勢險，有如曲折頓挫萬丈之洪泉。世人不識寶玉璞，每欲酬價齊刀鉛。求之往古疑未有，惜哉不經孔子之手加鑱鐫。公今易節帥蜀國，爲公重吟《蜀道篇》。旌旗翻空度劍閣，甲花照雪參林顛。雲罍連椎谷聲碎，畫角慢引斜陽懸。竹馬爭迎舊令尹，指公長髯皓素非往年。蜀道何坦然，和氣拂拂回星躔。長蛇深潛猛虎伏，但愛雄飛呼雌，響亮調朱弦。時乎樂哉！公之往也，九重深拱堯、舜聖，廟堂論道丘、軻賢。撫綏斯民賴良守，平平政化公能宣。束兵興學有源本，何必早夜開華筵。嘗聞家家賣釵釧，只待看舞青春前。此風不革久愈薄，稔歲往往成凶年。噫吁嘻！今我無匹馬，安得從公遊？盡書政績來中州，獻之明堂付太史，陛下請捐西顧憂。

贈琴臺副正永大師

趙　抃

寺古若郊坰，門無車馬聲。我來聞衆説，人少到師清。錦水千波静，銀蟾一指明。幽琴徐抑按，真不負臺名。

---

① 郭祥正《青山集》卷一五詩題下原注“仲庶”。按：此乃吳中復字。

新繁縣秘藏院留別鄉知　　　　　　　　　　梅　摯

佛住三朝恐愛生，人歸一歲豈無情？鄉親鄉友銷魂地，岷水分爲隴水聲。

寄甘露舒公上人　　　　　　　　　　　　　雷簡夫

成都多少寺，梵學競推能。到老不破戒，滿城唯此僧。池龍聽夜講，海客施年燈。別後空相憶，塵勞正可憎。

得賢詩　　　　　　　　　　　　　　　　　范　鎮

搢紳先生、耆老大夫倚轑而嘻，共遊一涂。鎮趨而過之，顧且言曰：昔王褒爲部刺史作《中和》《樂職》《宣布》之詩，大猷闡於往初，餘光照於來今，漢之聲明已是著矣。今神宋垂統，興仁闡化，疏恩漏寵，海隅蒼生，罔不丕冒禔福。天子念西州之遠，重刺史之任，故昌黎公之來也，寬大以布詔書，簡肅以濟治具，仁風淳流，德美充格。意其自漢變巴之俗，易蜀之報，鉅公實儒①，妥綏是邦，上下千載間，金聲而玉振，正在於此辰乎！上方議天下大器，群生重畜，置之禮樂，毆之仁壽，故下節以召公。鎮列在左右生，親炙顯列，豈可使王褒專美有漢？鎮怳然覺悟，退而爲《得賢》詩章以獻。

宋御宇內，垂八十載。蜀當坤維，爲一都會。昔我公來，坤維既泰。今我公歸，宇內蒙賚。

---

① 實：疑當作"賢"。

和成都吳仲庶見寄五首　　　　　　　　前　人

歲華今緩昔如流，舊日樊籠新自由。官事了來無盡極，人生安處且閑休。愚忠皎皎丹心老，歸思綿綿兩鬢秋。縱使海棠時節過，急行須及浣花遊。

濯錦江深惠澤流，西人都未究蹤由。耕疇擁耒春還動，織戶鳴機夜不休。講德定應勞四子，富民須合用千秋。鳳凰池上需賢久，却恐龜城作暫遊。

抖擻塵衣若禊流，要求煩惱亦無由。身從退後平生足，心到閑來萬事休。學舍喜看諸子課，農郊欣見大田秋。府畿去秋大稔，冬又多宿雪。吾王輿馬聲音好，時願金明一豫遊。予家城西，去池頗近。

山橫雙劍水雙流，棲北巢南去未由。三尺素琴彈浩浩，一爐丹藥詠休休。白巖霜重紅梨曉，銀礫烟深紫芋秋。白巖梨比鳳棲差小，而其味過之。銀礫村芋圓而味佳，與他處不侔，村在西浦。每夜夢魂歸處路，只應明月見神遊。

懶將心事學時流，深悟軒裳不自由。睡去了然知夢穩，飯來非復待公休。只聞天上無朝暮，那記人間有夏秋。吾祖傳家有餘緒，扁舟何日五湖遊？

送羅勝卿同年提舉玉局觀　　　　　　　前　人

匹馬西歸去，知君得意偏。人情重鄉里，官職更神仙。曉後無衙啫，旬頭有俸錢。何須駕白鶴，辛苦上青天。

送羅郎中登管勾玉局觀　　　　　　　　　　前　人

五門門裏觀，松檜日蕭疏。道話忘心境，仙歌作步虛。壇場高突兀，廊廡曲紆餘①。世事多紛擾，君心定了如。

送程端明再鎮成都　　　　　　　　　　　　前　人

成都一都會，千里帶坤維。自昔公坐嘯，至今人去思。朝廷慎東注，方面要安綏。遂爾重藩屏，因之職殿帷。龍光出劍外，謳頌走江湄。曉雪離都馭，春風入境旗。壺漿故父老，竹馬舊僮兒。疊足相歡躍，同心仰福禧。邦人顧若此，邑子更何其！會講《中和》化，重爲《樂職》詩。

酬贈杜山人，依韻　　　　　　　　　　　　前　人

素志嘗聞善攝生，岷山初別到龜城。閑居清世隱還逸，貧樂白衣公與卿。火養丹爐長固濟，客來簾肆喜逢迎。佳章遺我如珠玉，酬唱空慚拙性情。

送二江宰王水部罷任歸　　　　　　　　　　前　人

治邑纔經載，誰能知此由？教民無異子，疾惡總如讎。古道長在志，天恩弗忍尤。去思何處見，公論滿田疇。

---

① 曲：原作“四”，據《宋元詩會》卷一八改。

韓太丞同守成都三首

前　人

盛府佳招貴，嚴宸雅寄深。興題仲舉坐，闕掛子牟心。漢竹分新契，潘花過舊陰。當年百里驥，方此試駸駸。

近境連桑陌，先遊盛竹林。<small>大阮郎中嘗任西蜀。</small>並將懷舊意，持作惠時心。藻思春生筆，清機月滿襟。成風錦江曲，回上玉山岑①。

春色草將深，春寒柳未陰。青天指行棧，淥水蕩離襟。後乘何爲託，前旌喻此心。南枝倦飛翼，憑爲寄歸音。

寄成都吴龍圖同年

司馬光

照席燭花煖，隨車劍騎寒。江山資秀句，風月助清歡。政簡坤維静，仁深井絡安。行歌與獨酌，豈得並閑官。

仲庶同年兄自成都移長安，以詩寄賀

前　人

鼉叢龜印解，鶉野隼旟新。借問錦江樂，何如興慶春。驪歌遮去轍，竹馬望行塵。惠政如膏雨，遥知彼此均。

送趙殿丞象，字子輿。歸成都祀明堂禮畢，子輿新升朝，以恩官其父大理評事，賜誥歸寧，得其除書以俱。二三同舍爲詩以紀其美，僕得"回"字。

前　人

蜀棧錦衣來，高堂綏笥開。恩輝同日至，喜色共春回。馹馬過鄰社，

---

① 回:《兩宋名賢小集》卷三九作"迴"。

朝裾捧壽杯。吾生無此樂，空使寸心摧。

送程端明戠知成都 前　人

　　高陽將幕開，濯錦使旌來。欲識關頭雪，正如江上梅。宵衣矜遠俗①，雲冕寄良才。豈待三年最，修梧茂帝臺。

送羅郎中登管勾玉局觀 前　人

　　官名爲玉局，已與俗塵疏。鐘出寒松迥，香凝古殿虛。鄉間非甚遠，俸禄豈無餘？誰道神仙樂，神仙恐不如。

送家安國教授歸成都 蘇　軾

　　別君二十載，坐失兩鬢青。吾道雖艱難，斯文終典刑。屢作退飛鶂，羞看乾死螢。一落戎馬間，五見霜葉零。夜談空說劍，春夢猶橫經。新科復舊貫，童子方乞靈。須煩凌雲手，去作入蜀星。蒼苔高敞室②，古柏文翁庭。初聞編簡香，稍覺鋒鏑腥。岷峨有雛鳳，梧竹養修翎。嗚呼應嶰律，飛舞集虞廷。吾儕便歸老，亦足慰餘齡。

送家安國赴成都教授三絶 蘇　轍

　　城西社下老劉君，春服舞雩今幾人？白髮弟兄驚我在，喜君遊宦亦天倫。微之先生門人，惟僕與子瞻兄、復禮與退翁兄皆仕耳。

---

　　① 宵：原作“霄”，據司馬光《傳家集》卷一四改。徐陵《陳文帝哀册文》：“勤民聽政，旰食宵衣。”謂天未明即穿衣上朝。
　　② 敞：原作“朕”，據静嘉堂本改。

垂白相逢四十年，猖狂情味老俱闌。論兵頓似前賢語，莫作當年故目看。

石室多年款誌平，新書久溷里中生。遣師今見朝廷意，文律還應似兩京。

送高士敦赴成都兵鈐　　　　　　　　　　　　　前　人

揚雄老病久思歸，家在成都更向西。邂逅王孫停驛騎，叮嚀父老問耕犂。禪房何處不行樂，壁像君家有舊題。德厚不妨三世將，時平空見萬夫齊。

送知府吳龍圖　　　　　　　　　　　　　　　　文　同

國初已來治蜀者，處置盡自乖崖公。當時奏使便宜救，不與天下州府同。行之已及八十載，姦宄消伏誰之功？因循至此漸抏敝①，有未曉者時相攻。鞭笞小罪亦檢察，不許略出常科中。下民知之頗不懼，州縣往往藏群凶。側身斂足未動者，實以累朝恩澤隆。公之初來蜀人喜，慈愛舊熟民情通。衆心歡然耻犯法，救藥浮薄還淳風②。公歸朝廷問誰代③，當使間作如笙鏞。遂求元老得青社，其人廊廟之宗工。往年鎮撫有異績，大斾再遣來於東。公今與之合符去，到必奉詔參夔龍。英資舊德固無慮，剖判自出其心胸。所憂厥後嗣之者，忠定良法還如空。養頑活狡作淵藪，不免剪殄煩興戎。同之憤懣久填臆，言賤不得通九重。願公上殿起居罷，第一用此聞宸聰。

---

① 抏：原作“杌”，據《丹淵集》卷一二改。
② 還淳風：《丹淵集》卷一二作“歸醇醲”。又，此句下，《丹淵集》卷一二尚有以下四句：“盡將約束付僚吏，舉起學校還文翁。二年美化極沾洽，遠近循服如偃風。”
③ “公歸”句：《丹淵集》卷一二作“上將歸公問誰代”。

贈廣都寓舍賢婦二喻詩

頓　起

　　嘗聞趙清獻，恤孤慰亡友。至今西蜀人，談美不容口。二喻出儒家，清貧一無有。零丁依老姑，破屋僧堂後。相對誦詩書，未嘗窺户牖。圭折玉彌方，山寒松更茂。縣宰初聞名，咨嗟爲之久。從容語其配：“夫人曾見否？長者二十三，次亦十八九。青裾長蔽膝，荆簪短在首。我欲效清獻，言不爲人取。近於吾邑中，選婿得豪右。”夫人相宰意，魚蔬薦樽酒。屈致二喻來，呼名老與壽。<small>長曰安壽，次曰安老。</small>“女子當有行，詩稱遠父母。饑寒日月長，蓬蓽風雨漏。”大喻前致詞，灑淚濕衣袖：“荷德固已深，緘情亦須剖。”上言親未葬，心欲土自負。下述妹未笄，姁姁無傅姆。還家復獻書，自叙貧且陋。鉛華世所悦，銅臭非吾偶。肯效闒閒間，碌碌逐鷄狗。世無梁伯鸞，應嫌孟光醜。孔明若再生，承女甘箕箒。陳義一何高，夫人驚拊手。至今書藁在，光輝射星斗。董子慕高風，喜曰真吾婦。吾親雙白髮，吾弟室未授。眷言姊妹賢，可以相先後。五兩幣雖輕，意則千金厚。輜軒雙造門，觀者競奔走。女子尚能爾，男兒宜自守。重聘或不來，豈欲終畎畝？畜德尚未充，高位亦虚受。寄語事君者，慎勿輕去就。

上席帥

喻汝礪

　　先公御吏如御兵，迎刅而解如庖丁[1]。掀髯一笑點吏走，蜀中草木知威名。伯兄渠渠天下士，嵩高、少室之英靈。妙齡提書噉閭閻，誶議可以諧韶韺。昨年兩作益州牧，西南惡少不敢行。後來繼者有季弟，潭潭大度涵滄溟。指麾萬事不作意，決眥雨電風烟雲。南望峨眉西玉壘[2]，逸氣夜與銀河傾。幅巾筇杖過何許，閑邀仲元訪君平。小蓬董賨夜吹笙[3]，往往笑倒長庚星。拔劍起舞者誰子，杜陵老翁醉不醒。生年入眼無俗物，胡爲

---

① 解：原作“邂”，據《全蜀藝文志》卷二一改。
② 峨：原作“娥”，據《宋詩紀事》卷三九改。
③ 小蓬董賨：《宋詩紀事》卷三九作“小童蓬葆”，疑是。“蓬葆”謂蓬頭亂髮。

見我眼自青？武侯廟前有古柏，風吟雨嘯蛟龍聲。我來正欲刳爾腹，琢作巨屋丹其楹。琢作巨屋丹其楹，繪此落落三名卿。尚使千載知儀刑，喻子作詩如鼎銘。

送孫正臣移成都小漕①

楊天惠

升平芝菌效神奇，況乃賢豪用世資。人物熙寧中興日，風流荊國適同時。起家便作三公客，乘傳何爲九折馳？少府但分新賜節，石渠猶借舊官儀。素心久辦經綸計，妙意前知遇合期。聊與西南成勝事，暫將清獻續良規。橋橫萬里重開府，水接雙流共去思。怊悵參卿無限意，道旁索筆強題詩。

送吏部尚書張公帥成都詩

朱翌

己未九月，有旨謀成都帥。三省具所除人以聞，皆不許②，止命選在廷從臣以往。衆未及對，上曰："得一人矣。吏部尚書張燾明練端方，可當一面，付以便宜，勿從中覆。"且命退與公議。公見宰相，願行不辭，乃以十月六日制下。吳蜀相望一萬里，水遡瞿塘灩澦，陸走夔峽，極天下之險。有爲公言者，公曰："上用我，何遠之辭？何險之畏？"退理舟楫，行日甚近。於是士大夫不問識與不識，皆謂公宜在朝廷，不必往成都，成都可他擇才，朝廷不可無公也。御史中丞具以輿言白上。夫內重久矣，一命以上皆以不得仕朝廷爲恨，公卿出典方面，類若不得已者，其進退用捨，士大夫亦不甚留意。今公欣然承命，無一毫難色，而又得士論如此，此行有光矣。蜀有兩張太守，太宗時乖崖公、仁宗時文定公。兩公名重一時，爲人君所倚信，在蜀最有惠

---

① "正"下原衍"忠"字。按：孫諤字正臣，哲宗紹聖中爲成都府路轉運判官（小漕），據刪。

② 許：原作"計"，據靜嘉堂本及萬曆本《全蜀藝文志》卷二一改。

愛，蜀人至今祠之。今公姓同，德又同，名重一時、爲天子所倚又同；惠愛所加，能使人久而不忘，懸知其必同也。既行，祖道西湖上，朝士咸爲賦詩。翌從公遊將三十年，蒙公之知最深[①]，故爲詩千字，叙公出處大概，且使蜀人知公不減前兩張太守也。紹興九年十月二十五日序。

一代亨衢上，明公逸步超。河東書具作，圯下老相邀。海闊雲垂翼，天清斗壓杓。三人前鼎甲，千佛仰孤飈。弟子師尊董，諸儒稱述蕭。西崑收俊乂，東壁絶塵囂。别乘將離汴，輕舟徑指苕。湖山縱清美，家國正飄摇。慟哭天傾柱，歸情户見蛸。奉祠投里閈，招隱向山椒。並海屯千衛，披榛拱百僚。回鑾須故國，負靮且今朝。光列哀烏位，星馳封馬軺。賢裾來接武，陰沴自潛消。香案依丹陛，螭坳立紫霄。飛鴻九天去，歸鶴一聲嘹。主上思圖舊，王人促見招。起居還左史，議論鄙南朝。大吕聲揚遠，元圭質匪雕。掖垣裁詔密，禁路賜纓彯。滅澆圖興夏，巡方首從姚。自南瞻析木，直北望玄枵。玉海千尋浪，江南五色鷂。壯哉還掣虎[②]，凛若在秋雕。去國還追信，刓章豈易堯。光華司馬甲，整頓路車絛。國事煩參决，廷詢得具條。乘時笑乾没，許國敢輕佻。河洛腥膻裹，陵原草木焦。青春深仗節[③]，久雨更乘橇。取道先轅楚，揚旌轉渡瀟。一抔藏萬世[④]，九廟正三佋[⑤]。遂使儀如漢，將令樂奏《韶》。路迷彪過迹，澗涸夜生潮。去日春仍淺，歸期暑正熇。君王喜不寐，天下首方翹。疏奏中無隱，臣生苦不聊。戴天那忍共，得地豈宜驕！内治今當亟，高名不敢要。銓衡真有託[⑥]，啓事復何遼。道直咸推汲，謀深肯計晁？定非撝羽扇[⑦]，寧要插蟬貂。褒貶書方舉，姦諛骨合銷。懷開真坦坦，燕處自夭夭[⑧]。當宁西南顧，常懷參井迢。遍詢醫國效，立遣愈民痟。文武資兼稟，詩書帥欲驍[⑨]。衆

---

① 知：原脱，據萬曆以下各本《全蜀藝文志》卷二一改。

② “壯哉”句：朱翌《灊山集》卷三作“矯如出塵隼”。

③ 仗：原作“使”，據《灊山集》《全蜀藝文志》改。

④ “渡”至“萬”原闕，據《全蜀藝文志》卷二一補。

⑤ 佋：《灊山集》卷三作“昭”，二字同。

⑥ “不”至“衡”原闕，據《灊山集》《全蜀藝文志》補。

⑦ “晁”至“扇”六字原闕，據《灊山集》《全蜀藝文志》補。

⑧ 燕處：原闕，據《灊山集》《全蜀藝文志》補。

⑨ 帥欲驍：《灊山集》卷三作“氣不恌”。

皆可郤縠，一以委張昭。除目凌晨下①，行裝即日撩。被携猶刺刺，涉遠乃翛翛。帆影三江水，車聲萬里橋。丈人峰崒屼，神女峽岧嶢。石室晝閽淡，草堂人寂寥。山圍玉壘峻，水減石犀遙。石表筍雙立，銅青柏未凋。錦江喧士女，藥市混農樵。劫墮乾坤壞，流橫海岳漂。惟茲井絡外，依舊角弓弨。自昔三刀夢，多傳五袴謠。威餘嚴僕射，功説李文饒。文定棠尤美，乖崖福可徼。事今難悉數，公亦豈其苗？秦地新通棧，瞿塘穩泛橈。虎貔環外閫，耒耜得深穮②。正可供壺弈，隨宜列鼓簫。蒲鞭束高閣，竹馬戲垂髫。好閲相如賦，終閑李廣刁。奎文天象轉，延閣士林標。此去廷無愈③，行聞衆選陶。付之樞極運，咸仰泰階霄。賤子無三徑，平生有一瓢。老將書蠹稿，時作草蟲嗂。大笑玉三刖，不求銀十腰④。古今同閲宙，南北縱吹漂。已類蜂粘網，真成鹿覆蕉。屢經多盜境，幾至獨身跳。何處地堪避，知誰戰敢挑？月明三匝鵲，巢卜一枝鷦。釣瀨長烹鯉，窮山飽聽鴞。臨書池盡黑，就局博嫌么。臂有七賢把，丹亡九轉燒。唯堪貫薜荔，未肯撥芳蔪⑤。賣藥難爭價，爲農或可劭⑥。稍能羞野葛，初未識江珧。已罷尋蚤岵，欣聞退獦獢。誰憐人爲米，敢有意遷喬？過我深披藋，追涼薄曳綃。狐裘憐晏子，縞帶與公僑。挽引煩推轂，陶甄爲置窰。清時容潦倒，册府着芻蕘。憶昨西湖上，隨公羽蓋飄。青山迎晉屐，綠水泛吳舠。上相尊仍美，將軍饍亦嬌。道爭棋屢覆，壺響箭呈梟。茶乳晴尤發，香雲静更翻。晚花棲嫩菊，近岸俯游鰷。西望天連水，群簪玉及瑶。政親連榻坐，倏見賜戈珧。良月霜楓冷，佳晴雪霰銷⑦。留公已無策，鼎食望加調。

　　成都，西南大都會，承平分閫之重，與河東、北等。元祐初，文潞公平章軍國重事⑧，三省議其目，而成都除帥預焉。艱難以來，獨此方兵禍不作，封陲自固。東捍秦，南蔽吳楚，選帥之慎，十倍曩昔，宜也。紹興己末，詔以吏部尚書番陽張公出鎮，朝士之文者

---

① 目：原作"日"，據《灊山集》卷三改。除目即任命官吏的名單。
② 深：原闕，據《灊山集》卷三補。
③ 廷：原闕，據《全蜀藝文志》卷二一補。
④ 求：原闕，據《灊山集》《全蜀藝文志》補。
⑤ 芳蔪：原作"崇囂"，據《灊山集》卷三改。蔪即白芷，一種香草。
⑥ 或可劭：《灊山集》卷三作"等寓僑"。
⑦ 銷：原作"哨"，據《灊山集》卷三改。
⑧ 文潞公：原作"潞文公"，據静嘉堂本、《全蜀藝文志》卷二一乙。

咸賦詩送行。中書舍人朱公時在冊府，既以長篇述公出處大致，典麗閎遠，且爲序數百言，載上親擢之本旨，尤謹且備。讀者曉然見廟堂西顧遠外，爲之謀帥，其密勿從容蓋如此。居無何，朱公貽書於公曰：“曷刻之，以尉邦人異日甘棠之思乎？”於是蜀士夫咸悦而誦之，且請伐石志之，而屬公之客仙井譚篆跋之。

送浩侄成都學官

李　石

憶昔官博士，所得英俊多。斥去典蜀學，蜀士煩搜羅。一井轉轆轤，猶能挹餘波。袍子白紛紛，有如鏡重磨。愛汝似二父，此地曾經過。分職有十師，聖門嚴四科。儻非一萬卷，難取三百禾①。我有《十詠》詩，考古煩吟哦。鼓鐘樂高、文，羽翼崇雄、軻。似聞禮殿柏，久已尋斧柯。古物天爲惜，蒸薪鬼所呵②。堂堂公議地，歲月窮羲娥。忍此恣橫説，後來敢誰何！我集四庫書，琬琰藏《洛》《河》。此外有石經，參酌正舛訛。熟讀戀汝學，師友相切磋。汝有屋三間，竹墅連松坡。日夜望汝成，門户高嵯峨。我貧自有道，一竿釣漁簑。後生問老子，守死山之阿。

晁子西寄詩謝酒，自言其家數有逝者，詞意悲甚。次韻解之，具以建茶同往

范成大

我讀晁子詩，十語九慨傷。長川日夜逝③，鬢髮空滄浪。君家出世學，無生亦無亡。卿謂法幢立，何乃槁木僵？起滅不滿笑，古來共楸行。豈其提目華④，解翳海印光。我酒愧薄薄，未能暖愁腸。申以春風芽，一瀹萬慮忘。慧刀儻未割，會且掀禪床。錦里有逢迎，謹避舍蓋堂。居然足音跫，好在故意長。閿耳念一洗，遲君鳳鳴岡。

---

①　三：原作“二”，據《方舟集》卷一改。《詩·伐檀》：“不稼不穡，胡取禾三百廛兮。”此謂非讀萬卷書者，難受此學官之禄。

②　薪：原作“新”，據《方舟集》卷一改。

③　逝：原作“遊”，據《石湖詩集》卷一七改。

④　提：《石湖詩集》卷一七作“捏”。

成都文類卷十四

詩

雜　賦①

遭田父泥飲美嚴中丞　　　　　　　　　　（唐）杜　甫

步屟隨春風，村村自花柳。田翁逼社日，邀我嘗春酒。酒酣誇新尹，
畜眼未見有。回頭指大男："渠是弓弩手。名在飛騎籍，長番歲時久。前
日放營農，辛苦救衰朽。差科死則已，誓不舉家走。今年大作社，拾遺能
住否？"叫婦開大瓶，盆中爲吾取。感此氣揚揚，須知風化首。語多雖雜
亂，說尹終在口。朝來偶然出，自卯將及酉。久客惜人情，如何拒鄰叟？
高聲索果栗，欲起時被肘。指麾過無禮，未覺村野醜。月出遮我留，仍嗔
問升斗。

宿　府　　　　　　　　　　　　　　　　　　　　前　人

清秋幕府井梧寒，獨宿江城蠟炬殘。永夜角聲悲自語，中天月色好誰
看！風塵荏苒音書絕，關塞蕭條行路難。已忍伶俜十年事，强移棲息一
枝安。

---

① 雜賦：原無此目，據静嘉堂本補。

進　艇　　　　　　　　　　　　　　前　人

　　南京久客耕南畝，北望傷神臥北窗。晝引老妻乘小艇，晴看稚子浴清江。俱飛蛺蝶元相逐，並蒂芙蓉本自雙。茗飲蔗漿携所有，瓷罌無謝玉爲缸。

賓　至　　　　　　　　　　　　　　前　人

　　患氣經時久，臨江卜宅新。喧卑方避俗，疏快頗宜人。有客過茅宇，呼兒正葛巾。自鋤稀菜甲，小摘爲情親。

出　郭　　　　　　　　　　　　　　前　人

　　霜落曉淒淒，高天逐望低。遠烟鹽井上，斜景雪峰西。故國猶兵馬，他鄉亦鼓鼙。江城今夜客，還與舊烏啼。

野　老　　　　　　　　　　　　　　前　人

　　野老籬前江岸回，柴門不正逐江開。漁人網集澄潭下，賈客船隨返照來。長路關心悲劍閣，片雲何意傍琴臺？王師未報收東郡，城闕秋生畫角哀。南京同兩都①，得云城闕也。

---

　　①　都：原作"府"，據《九家集注杜詩》卷二一改。

爲農　　　　　　　　　　　　　　　　　　　　前　人

　錦里烟塵外，江村八九家。圓荷浮小葉，細麥落輕花。卜宅從兹老，
爲農去國賒。遠慚勾漏令，不得問丹砂。

過故斛斯校書莊二首　　　　　　　　　　　　前　人

　此老已云歿，鄰人嗟亦休。竟無宣室召，徒有茂陵求。妻子寄他食，
林園非昔遊。空餘總帷在，浙浙野風秋。

　燕入非傍舍，鷗歸祇故池。斷橋無復版，臥柳自生枝。遂有山陽作，
多慚鮑叔知。素交零落盡，白首淚雙垂。

絕句六首　　　　　　　　　　　　　　　　　前　人

　日出籬東水，雲生舍北泥。竹高鳴翡翠，沙僻舞鶤鷄。

　藹藹花蘂亂，飛飛蜂蝶多。幽棲身懶動，客至欲如何？

　鑿井交椶葉，開渠斷竹根。扁舟輕裊纜，小逕曲通村。

　急雨捎溪足①，斜暉轉樹腰。隔巢黃鳥並，翻藻白魚跳。

　舍下笋穿壁，庭中藤刺簷。地晴絲冉冉，江白草纖纖。

　江動月移石，溪虛雲傍花。鳥棲知故道，帆過宿誰家？

---

① 捎：原作“梢”，據靜嘉堂本、《九家集注杜詩》卷二六改。

狂　夫

前　人

萬里橋西一草堂，百花潭水即滄浪。風含翠篠娟娟静，雨裛紅渠冉冉香。厚禄故人書絶斷，恒飢稚子色凄凉。欲填溝壑唯疏放，自笑狂夫老更狂。

絶句四首

前　人

堂西長笋別開門，塹北行椒却背村。梅熟許同朱老吃，松高擬對阮生論。朱、阮，劍外相知。

欲作魚梁雲覆湍，因驚四月雨聲寒。清溪先有蛟龍窟，竹石如山不敢安。

兩個黄鸝鳴翠柳，一行白鷺上青天。窗含西嶺千秋雪，門泊東吴萬里船。西山白雪，四時不消①。

藥條藥甲潤青青，色過棕亭入草亭。苗滿空山慚取譽，根居隙地怯成形。

所　思

前　人

苦憶荆州醉司馬，崔吏部漪②。謫官樽俎定常開。九江日落醒何處，一柱觀頭眠幾回？可憐懷抱向人盡，欲問平安無使來。故憑錦水將雙淚，好過瞿塘灩澦堆。

---

① 按：此爲宋王洙注，非杜甫原注，見黄鶴《補注杜詩》卷二六。
② 漪：原無，據《九家集注杜詩》卷二一補。

屏迹

用拙存吾道，幽居近物情。桑麻深雨露，燕雀半生成。村鼓時時急，漁舟個個輕。杖藜從白首，心迹喜雙清。

晚起家何事，無營地轉幽。竹光圍野色，舍影漾江流。失學從兒懶，長貧任婦愁。百年渾得醉，一月不梳頭。

有客

幽棲地僻經過少，老病人扶再拜難。豈有文章驚海內，漫勞車馬駐江干。竟日淹留佳客坐，百年粗糲腐儒餐。不嫌野外無供給，乘興還來看藥欄。

遣興

干戈猶未定，弟妹各何之？拭淚霑襟血，梳頭滿面絲。地卑荒野大，天遠暮江遲。衰疾那能久，應無見汝時。

三絕句

楸樹馨香倚釣磯，斬新花蘂未應飛。不如醉裏風吹盡，可忍醒時雨打稀。

門外鸕鷀久不來，沙頭忽見眼相猜。自今已後知人意，一日須來一百回。

無數春笋滿林生，柴門密掩斷人行。會須上番看成竹，客至從嗔不出迎。

散愁二首 前 人

久客宜旋旆，興王未息戈。蜀星陰見少，江雨夜聞多。百萬傳深入，寰區望匪他。司徒下燕趙，收取舊山河。

聞道並州鎮，尚書訓士齊。幾時通薊北，當日報關西。戀闕丹心破，霑衣皓首啼。老魂招不得，歸路恐長迷。

客　至 前 人

舍南舍北皆春水，但見群鷗日日來。花徑不曾緣客掃，蓬門今始爲君開。盤飧市遠無兼味，樽酒家貧只舊醅。肯與鄰翁相對飲，隔籬呼取盡餘杯。

遣意二首 前 人

囀枝黃鳥近，泛渚白鷗輕。一徑野花落，孤村春水生。衰年催釀黍，細雨更移橙。漸喜交遊絕，幽居不用名。

簷影微微落，津流脉脉斜。野船明細火，宿雁聚圓沙。雲掩初弦月，香傳小樹花。鄰人有美酒，稚子夜一作“也”①。能賒。

---

① 也：原作“色”，據《九家集注杜詩》卷二一改。

漫成二首 　　　　　　　　　　　　　　　　　　　　　前　人

　　野日荒荒白，春流泯泯清。渚蒲隨地有，村徑逐門成。只作披衣慣，常從漉酒生。眼邊無俗物，多病也身輕。

　　江皋已仲春①，花下復清晨。仰面貪看鳥，回頭錯應人。讀書難字過，對酒滿壺頻。近識峨眉老，知余懶是真。

村　夜 　　　　　　　　　　　　　　　　　　　　　前　人

　　蕭蕭風色暮，江頭人不行。村春雨外急，鄰火夜深明。胡羯何多難，樵漁寄此生。中原有兄弟，萬里正含情。

早　起 　　　　　　　　　　　　　　　　　　　　　前　人

　　春來常早起，幽事頗相關。帖石防隤岸，開林出遠山。一丘藏曲折，緩步有躋攀。童僕來城市，瓶中得酒還。

畏　人 　　　　　　　　　　　　　　　　　　　　　前　人

　　早花隨處發，春鳥異方啼。萬里清江上，三年落日低。畏人成小築，褊性合幽棲。門徑從榛草，無心走馬蹄。

---

　　① 春：原作“夏”，據《九家集注杜詩》卷二二改。按：杜詩各本均作“春”，又此詩前一首明云“春流泯泯清”，可證“夏”字誤。

遠 遊 　　　　　　　　　　　　　　　　　　前 人

賤子何人記，迷方著處家。竹風連野色，江沫擁春沙。種藥扶衰病，吟詩解嘆嗟。似聞胡騎走，失喜問京華。

問斛斯六官未歸 　　　　　　　　　　　　　前 人

故人南郡去，去索作碑錢。本賣文爲活，翻令室倒懸。荆扉深蔓草，土銼冷疏烟。老罷休無賴，歸來省醉眠。蜀人呼釜爲銼①。

絶句漫興九首 　　　　　　　　　　　　　　　前 人

隔户楊柳弱嫋嫋，恰似十五女兒腰。誰謂朝來不作意②，狂風挽斷最長條。

眼見客愁愁不醒，無賴春色到江亭。即遣花開深造次，便教鶯語太丁寧。

手種桃李非無主，野老墻低還是家。恰似春風相欺得，夜來吹折數枝花。

熟知茅齋絶低小，江上燕子故來頻。啣泥點污琴書内，更接飛蟲打著人。

二月已破三月來，漸老逢春能幾回？莫思身外無窮事，且盡生前有

---

① 此是宋人注，見《九家集注杜詩》卷二二。
② 謂：原作“爲”，據《九家集注杜詩》卷二二改。

限杯。

腸斷春江欲盡頭，杖藜徐步立芳洲。顛狂柳絮隨風舞，輕薄桃花逐水流。

懶慢無堪不出村，呼兒日在掩柴門。蒼苔濁酒林中靜，碧水春風野外昏。

糁徑楊花鋪白氈，點溪荷葉叠青錢。笋根稚子無人見①，沙上鳧雛傍母眠。

舍西柔桑葉可拈，江畔細麥復纖纖。人生幾何春已夏，不放香醪如蜜甜。

歸　來　　　　　　　　　　　　　　　　　　　前　人

客裏有所過，歸來知路難。開門野鼠走，散帙壁魚乾。洗杓開新醖，低頭拭小盤。憑誰給麴蘖，細酌老江干。

破　船　　　　　　　　　　　　　　　　　　　前　人

平生江海心，宿昔具扁舟。豈唯青溪上，日傍柴門遊。蒼惶避亂兵，緬邈懷舊丘。鄰人亦已非，野竹獨修修。船舷不重扣，埋没已經秋。仰看西飛翼，下愧東逝流。故者或可掘，新者亦易求。所悲數奔竄，白屋難久留。

---

① 稚：静嘉堂本作“雉”。

到　村　　　　　　　　　　　　　　　　　　　　　前　人

碧澗雖多雨，秋沙亦少泥。蛟龍引子過，荷芰逐花低。老去參戎幕，歸來散馬蹄。稻粱須就列，榛草即相迷。蓄積思江漢，頑疏惑町畦。暫酬知己分，還入故林棲。

揚　旗 二年夏六月，成都尹鄭公置酒公堂，觀騎士試新旗幟。　　　　　　前　人

江雨颯長夏，府中有餘清。我公會賓客，肅肅有異聲。初筵閱軍裝，羅列照廣庭。庭空六馬入，駊騀揚旗旌。回回偃飛蓋，熠熠迸流星。來纏風飆急，去擘山嶽傾。材歸俯身盡，妙取略地平。虹霓就掌握，舒卷隨人輕。三州陷犬戎，但見西嶺青。公來練猛士，欲奪天邊城。此堂不易升，庸蜀日已寧。吾徒且加餐①，休適蠻與荊。

去　蜀　　　　　　　　　　　　　　　　　　　　　前　人

五載客蜀郡，一年居梓州。如何關塞阻，轉作瀟湘遊。萬事已黃髮，殘生隨白鷗。安危大臣在，不必淚長流。

八哀詩②　　　　　　　　　　　　　　　　　　　　　前　人

鄭公瑚璉器，華岳金天晶。昔在童子日，已聞老成名。嶷然大賢後，

---

①　餐：原作"飱"，據《九家集注杜詩》卷一〇改。
②　《八哀詩》本有八首，此選其一，此首原題爲《贈左僕射鄭國公嚴公武》。

復見秀骨清。《嚴武傳》："武，中書侍郎挺之子。神氣雋爽，敏於聞見，幼有成人風①。讀書不究精義，涉獵而已。""大賢"謂嚴子陵歟。開口取將相，小心事友生。甫與武世契也，嘗醉登武床，呼斥其父名②，而武不忤。閱書百紙盡，落筆四座驚。歷職匪父任，嫉邪常力爭。武弱冠以門蔭策名，哥舒翰奏充判官。至德初，肅宗初靖難，大收才傑，武杖節赴行在。宰相房琯素重之，及是首薦才略可稱。累遷給事中。漢儀尚整肅，時武爲侍御史。胡騎忽縱橫。祿山之亂也。飛傳自河隴，逢人問公卿。不知萬乘出，雪涕風悲鳴。受詞劍閣道，謁帝蕭關城。河隴、劍閣、蕭關城事，《新》《舊》二史皆不載。寂寞雲臺仗，飄颻沙塞旌。江山少使者，箛鼓凝皇情。壯士血相視，忠臣氣不平。密論貞觀體，揮發岐陽征。時肅宗理兵鳳翔。感激動四極，聯翩收二京。二京，長安、東都也。二史皆不載武收復功。西郊牛酒再，原廟丹青明。匡、汲俄寵辱，衛、霍竟哀榮。四登會府地，既收長安，以武爲京兆少尹、兼御史中丞，時年三十二③。後又遷京兆尹、兼御史大夫④。三掌華陽兵。華陽，成都也。武以史思明阻兵不之官，優遊京師，頗自矜大。出爲綿州刺史，遷劍南東川節度使。後奉上皇誥，以劍南兩川合爲一道，拜武成都尹，充劍南節度使。入，復求爲方面，拜成都尹。在蜀累年，肆志逞慾，行猛政，威振一方。京兆空柳色，尚書無履聲。群烏自朝夕，白馬休橫行。諸葛蜀人愛，文翁儒化成。公來雪山重，公去雪山輕。記室得何遜，韜鈐延子荊。四郊失壁壘，失壁壘，言無出戍也，此美武能鎮靜也。虛館開逢迎。堂上指圖畫，軍中吹玉笙。豈無成都酒，憂國只細傾。時觀錦水釣，問俗終相並。意待犬戎滅，人藏紅粟盈。以茲報主願，庶或裨世程。炯炯一心在，沉沉二竪嬰。顏回竟短折，賈誼徒忠貞⑤。飛旐出江漢，孤舟轉荊衡。虛無馬融笛，悵望龍驤塋。空餘老賓客，身上愧簪纓。

杜工部蜀中離席⑥

（唐）李商隱

人生何處不離群，世路干戈惜暫分。雪嶺未歸天外使，松州猶駐殿前

---

① 風：原脫，據《唐詩紀事》卷二〇補。此篇之小注抄自《唐詩紀事》。
② 斥：原作"其"，據《唐詩紀事》卷二〇改。
③ 三十二：原作"二十三"，《唐詩紀事》卷二〇同，據《舊唐書·嚴武傳》改。
④ 遷：原作"還"，據《舊唐書·嚴武傳》改。
⑤ 貞：原作"身"，據《九家集注杜詩》卷一四改。
⑥ 席：原作"筵"，據靜嘉堂本、《李義山詩集》卷上改。

軍。座中醉客延醒客，江上晴雲雜雨雲。美酒成都堪送老，當壚仍是卓文君。

和蜀縣段明甫秋城望歸朝①   （唐）錢　起

製錦蜀江静，飛鳧漢闕遥。一兹風靡草，再視露盈條。旅望多愁思，秋天更沉寥。河陽傳麗藻，清韻入歌謡。

蜀國偶題   （唐）錢　珝

忽憶明皇西幸時，暗傷潛恨竟誰知！佩蘭應語宮臣道，莫向金盤進荔枝。

成都爲客作   （唐）田　澄

蜀郡將知遠，城南萬里橋。衣緣鄉淚濕，貌以客愁銷。地富魚爲米，山芳桂是樵。旅遊惟得酒，今日過明朝。

蜀人爲南蠻俘虜四首②   （唐）雍　陶

但見城池還漢將③，豈知佳麗屬蠻兵！錦江南渡聞遥哭，盡是離家別國聲。

---

① “甫”“朝”二字《全蜀藝文志》卷一七同，《錢仲文集》卷四、《全唐詩》卷二三七作“府”“期”。
② 《唐百家詩選》卷一七題作《哀蜀人爲南蠻俘虜五章》，此處只選其四首。
③ 《唐百家詩選》此首小題作《初出成都聞哭聲》。

大渡河邊蠻亦愁①，漢人將渡盡回頭。此中郵寄思鄉淚，南去應無水北流②。

越嶲城南無漢地③，傷心從此便爲蠻。冤聲一慟悲風起，雲暗青天日下山。

雲南路出陷河西④，毒草長青瘴色低。漸近蠻城誰敢哭，一時收淚羨猿啼。

蜀中戰後感事

前　人

蜀國英靈地，山重水又回。文章四子盛，道路五丁開。詞客題橋去，忠臣叱馭來。臥龍同駭浪，躍馬比浮埃。已謂無妖土⑤，那知有禍胎。蕃兵依漢柳，蠻旆指江梅。戰後悲逢血，燒餘恨見灰⑥。空留犀厭怪，無復酒除災。歲積萇弘怨⑦，春深杜宇哀。家貧移未得，愁上望鄉臺。

---

① 《唐百家詩選》此首小題作《過大渡河蠻使許之泣望鄉國》。
② 此首之後，《唐百家詩選》尚有《出青溪關有遲留之意》一首，詩云："欲出鄉關行步遲，此生無復却回時。千冤萬恨何人見，唯有空山鳥獸知。"
③ 漢：原作"難"，據《唐百家詩選》改。《唐百家詩選》此首小題作《別嶲州一時慟哭雲日爲之變色》。
④ 《唐百家詩選》此首小題作《入蠻界不許有悲泣之聲》。
⑤ 謂：原作"與"，據《唐百家詩選》卷一七改。
⑥ 恨：原作"更"，據《唐百家詩選》卷一七改。
⑦ 萇弘：原作"長洪"，據《唐百家詩選》卷一七、《唐詩紀事》卷五六改。

蜀中經蠻後寄雍陶　　　　　　　　　　　　　（唐）馬戫[1]

酉馬渡瀘水[2]，北來如鳥輕。幾年朝鳳闕[3]，一日破龜城。此地有征戰，誰家無死生？人悲還舊里，鳥喜下空營。弟姪意初定，交朋心尚驚。自從經難後，吟苦似猿聲。

獨　愁　　　　　　　　　　　　　　　　　　　（唐）李崇嗣[4]

聞道成都酒，無錢亦可求。不知將幾許，銷得此來愁。

東　郊 郭震，蜀人，賦《東郊》詩，因走京師，言蜀將亂，後果有李順之變[5]。

　　　　　　　　　　　　　　　　　　　　　　　　　　　郭　震

今日出東郊，東郊好春色。青青原上草，莫教征馬食。

將歸二首　　　　　　　　　　　　　　　　　　　　　宋　祁

遠假西南守，三逢梅柳新。衰令宦情薄，老惜歲華頻。郫醸工銷日，巴禽巧喚春。離家何所恨，雁後作歸人。隋薛道衡云："人歸落雁後。"

---

① 按：此詩《唐百家詩選》卷一七、《唐詩紀事》卷五六均作雍陶詩。《唐百家詩選》題作《蜀中經蠻後友人馬戫見寄》；《唐詩紀事》則云"蜀中經蠻後友人馬戫見寄，答云"云云。則是成都戰後，馬戫寄信詢問，雍陶以此詩答之。《成都文類》抄自《唐詩紀事》，恐是理解有誤。

② 酉：《唐百家詩選》《唐詩紀事》均作"茜"。

③ 朝：原作"期"，據《唐詩紀事》改。

④ 嗣：原脫，據《唐詩紀事》卷六、《全蜀藝文志》卷二二補。

⑤ 此詩原以"郭震"以下作大題（乃抄自《東坡志林》），不署作者名。今改題《東郊》，以原題作題注，並添作者。

雲棧短長亭，今茲重作經。邛崍叱殘馭，蜀分使回星。旅鬢雙垂雪，
羈懷一泛萍。驪駒在門久，此曲若爲聽。

思賢閣圖予真，愧而成詠

前　人

忝中二千石，罷去輒圖真。揆予本完士，早蒙善養仁。執笏班華位，
飛綬侍邃宸。如何金紫服，乃裹丘壑身。西南一面重，竭來駕朱輪。牽拙
歲再朞，初無德在民。形象安足紀，崖略聊自陳。質陋眸子瞭，志泰眉宇
伸。誰謂彼己子，而傳阿堵神。爵里三十八，<small>自參預呂公而下凡四十一人，雷太尉、張尚書、程樞副皆再至</small>。赫赫多名臣。瞻前謝前哲，垂後慚後人[1]。

梵安寺內浣溪四老唱和詩<small>並序</small>

楊咸章[2]

伏睹益之奉議尊兄欲於浣花梵安寺之普賢，約漢公、子臧作
三老會，又築堂繪像[3]，榜曰"三老"，誠蜀中之盛事。咸章方
調官武信，敢卜謝事，少陪雅集，輒更爲四老，因賦拙詩，上浼
清覽。

聞説懸車三老儒，約爲繪象訪僧居。蟹螯杯酒歡無極，鼎足韜裘樂有
餘。暑簟共觀岷嶺雪，春盤同膾蜀江魚。歸來一榻如相許，須信逍遙倍
二疏。

宗弟晦之通直有詩陳武信三老，歸簑三老之後，損之喜繼元韻以勉之

楊損之[4]

未抛名利尚區區，方卜榮遷武信居。思簑林泉三老後，已經年紀七旬

---

①　垂後：原作"垂彼"，據《景文集》卷六改。
②　《宋詩紀事》卷一八："咸章字晦之，蜀人。"
③　像：原脱，據《宋詩紀事》卷一八補。
④　《宋詩紀事》卷一八："損之字益之，蜀人。"

餘。且來在野同遊鹿，莫學臨淵却羨魚。子美堂鄰願爲約，免教朋友舊情疏。

傑衰朽無取，辱益之見招，同諸友爲四老會，晦之承議有詩，傑謹次元韻 　　　　　　任　傑[1]

夫子關西出衆儒，肯來尋我卜幽居。子美詩："肯來尋一老。"忘憂棋局真佳趣，投老詩篇是緒餘。故舊已蒙吟伐木，太平只恐罩嘉魚。主人醉指前溪路，松菊清凉月影疏[2]。

武仲伏承益之奉議轉示晦之佳什，謹依元韻次和 　　　　　　楊武仲[3]

素髮厖眉一陋儒，常陪龍友到禪居。我隨益者誠多幸，人嘆賢哉愧有餘。座上共飛純玉斝，腰間齊佩白銀魚。高吟清論長終日，會數朋情信不疏。

昨日漢公承議見召，與二三老友談笑大醉[4]，退而作詩，少謝勤意 　　　　　　吕　陶

六十年前里巷遊，北歸重此接交儔。據鞍矍鑠誇朱綬，把酒殷勤勸白頭。況是三春逢美景，何妨一笑斷多愁。閑中歲月非難遣，須得新詩事唱酬。

----

① 《宋詩紀事》卷一八："傑字漢公，蜀人。"
② 松：原作"采"，據《宋詩紀事》卷一八改。
③ 《宋詩紀事》卷一八："武仲字子臧，蜀人。"
④ 二：原無，據《净德集》卷三七補。

傑伏蒙知府給事寵示佳章，謹依元韻和呈

任傑①

險阻艱難自遍遊，歸來尋訪老交儔。七年弦頌嗟分袂，二月鶯花喜聚頭。美酒十分須共醉，勞生一夢更何愁。況君富貴功名在，從此男兒志可酬。

謹次元韻呈元鈞給事②

楊損之

萬里歸陪老叟遊，燦然雅什遺朋儔。雲咸響亮清盈耳，霜雪繽紛白滿頭。三益畫開裨古意，是日有三益畫。千鍾酒飲破春愁。勸君莫倦桑榆景，未得爲霖志未酬。

承漢公承議頒示佳章，謹次元韻

楊武仲

當年臺閣仰英遊，此日還鄉接舊儔。共喜故人攀鳳翼，佇膺新詔覲螭頭。清歡且盡三春樂，閑飲能消五載愁。夸聽郢中歌《白雪》，敢將巴曲強論酬。

廣都道中作

李新

萬花織籬凡幾曲，繡幃處處圍茆屋。家貧張日無羅幕③，東風吹開莫

---

① 静嘉堂本題下無作者名。
② 元鈞：原作“嚴鈞”。按：《東都事略》卷九四《吕陶傳》，陶字元鈞，據改。又，静嘉堂本“謹次”上有“損之”二字，題下無作者名。
③ 張日：李新《跨鼇集》卷四同。《全蜀藝文志》明刻本作“張目”，四庫本又作“張户”。

吹落①。居人應笑行客癡，春去春歸殊不知。

多病簡出，偶成，呈郫令張盤公大夫　　　　　　　　　楊天惠

相從一笑忘蹉跎，三過秋風錦水波。遊子依人仰眉睫，令兄愛客費弦歌。思歸仙鶴方驚露，欲起病鳧還避羅。共感烏紗能愛老，長長遮護兩蒼皤。君義老兄常指其巾戲曰②："吾儕當感渠。"

出　遊　　　　　　　　　　　　　　　　　　　　　　　　劉望之

漫有遊隨意，何曾語展眉。琴臺悲犬子，江路憶熊兒。修竹蕭蕭寺，平蕪淺淺陂。年來底事業，訪古但饒詩。

發成都　　　　　　　　　　　　　　　　　　　　　　　　前　人

落拓平生載酒行，如今憔悴鬢絲生。無金得買青樓笑，空負閑愁出錦城。

欲洗羈愁只自醒，郫筒酒好信虛名。江陽春色論千戶，價比西州却未輕。

一夜孤舟浪打頭，不容客夢到滄洲。誰言江上烟波急，未抵歸心一半流。

---

① 莫：明刻本《全蜀藝文志》卷一六作"暮"。
② 巾：原作"中"，據詩中"感烏紗"句之意改。

久留少城
前　人

好去相羊烏角巾，却來躚踏軟紅塵。酒因覓睡方成醉，金爲收書更覺貧。屢入草堂難下語，少留藥市恐逢人。可憐弔古淒凉意，只向揚家往返頻。子雲故居不復來遊矣。

成都即事
何　耕

零落紅成陣，扶疏綠結幬。簡書留客住，風雨卷春歸。是處羈懷惡，浮生樂事希。錦江拚盡醉，欲典却無衣。

正月二十七日，侍二老人出萬里橋，遊寶曆寺，謁五丈天王。至合江亭，登小舟，往來江中。日晚出舟，憩臥柳亭以歸，記所見
前　人

城中少樂事，日日走塵土。因循嘉節過，春物遽如許。駕言遊近郊，及此新過雨。梨花雪飄零，麥脚浪掀舞。傷心梅已葉，慰眼杏初吐。荒凉入古寺，迢遞行兩廡。耽耽巨人閣①，擐甲碩且武。出門詣支徑，信馬踏江滸。小舟呼未至，危亭憩方午。長江渺無際，遠岫明可數。舟中更奇絶，一視隘天宇。深流風浩蕩，淺岸石齟齬。水鳧貞自適，修竹不知主。搖搖打魚艇，丁丁造船斧。林疏見官道，路轉失前浦。奇觀非一狀，四面皆可取。斗酒不妄傾，佳處輒自舉。杯盤漸狼藉，野蔌旋燒煮。夷猶興未盡，落日挂村塢。歸塗繞城隈，醉眼迷處所。臥柳久知名，敗屋費撑拄。此亭敝甚。輕盈楚宮樣，何事腰傴僂。臨風發浩嘆，空響答人語。吾親俱老矣，君羹未嘗睹。聊爲半日樂，少慰一生苦。餘年願長健，綵服看兒女。

---

① 巨人：原作“巨入”，據文意改。按：“巨人”指五丈天王。成都寶曆寺有五丈天王閣，見《益州名畫録》卷上。

此外吾何求，窮通任天與。

九月十九日衙教回，留大將及幕屬飲清心堂，觀晚菊，分韻得"譟"字 　　　　范成大

甲光射層雲，雨脚不敢到。西山明古雪，秋日一竿照。先偏井絡密，後拒參旗掉。分弓滴博平，鳴劍伊吾小。君看天山箭，狐兔何足了。開邊吾豈敢，自治有餘巧[1]。歸來翠帷卷，聊共黄花笑。雖無落帽風，亦復接籬倒。餘閑校筆陣，刻燭龍蛇掃。毛錐乃更勇，我亦鼓旗譟。

曉　起 　　　　前　人

黠鼠緣鈴索，飢鴉啄井欄[2]。不眠秋漏近，多病曉屏寒。咄咄渠何怪，休休我自闌。牙門朝日上，簫鼓報平安。

舫齋晚憩 　　　　前　人

心作萬緣起，境生千劫忙。誰同油幕静，獨對篆烟長。有盡天魔力，無窮海印光。雨餘弦月上，塵界本清涼。

秋雨快晴，静勝堂席上 　　　　前　人

一笑憧憧雁鶩行，簿書堆裏賦秋陽。心如墜絮沾泥住[3]，身似飛泉漱石忙。雨後蹲鷗先稻熟，霜前浮蟻鬭餳香。天涯節物遮愁眼，且復隨鄉便

---

① 餘：原作"余"，據《石湖詩集》卷一七改。
② 啄：原作"喙"，據《石湖詩集》卷一七改。
③ 住：《石湖詩集》卷一七作"懶"。

入鄉。

秋老，四境雨已沛然。晚坐籌邊樓，方議祈晴，樓下忽有東界農民數十人訴山田却要雨，須長吏致禱。感之作詩
前　人

　　歲晚羈懷有所思，秋來病骨最先知。鏡中公案已甘老，紙上課程休諱癡。西堰頗聞江漲急，東山猶説雨來遲。錦城樂事知多少，憂旱憂霖蹙盡眉。

西樓夜坐
前　人

　　抗塵懷抱若爲寬，繞屋蛙聲亦在官。巖桂無香秋遂晚，江鱸有約歲將寒。文書散亂嘲癡絶，燈火凄清語夜闌。病倦百骸非復我，但思禪板與蒲團。

明日分弓亭按閱，再用西樓韻
前　人

　　眼看白露點蒼苔，歲月流光首屢回。老去讀書隨忘却，醉中得句若飛來。聞鷄午夜猶能舞，射雉西郊不用媒。自笑支離聊復爾，丹心元未十分灰。

海雲回，按驍騎於城北原，時有吐蕃出没大渡河上
前　人

　　古道風沙卷夕霏，小江烟浪皺春漪。天於麥隴猶慳雪，人向梅梢大欠詩。頓轡青驪飛脱兔，離弦白羽嘯寒鴟。牙門列校俱剽鋭，檄與河邊禿髮知。

病中聞西園新花已茂，及竹逕皆成，而海棠亦未過　　　　　　　　　　　　　前　人

梅塢桃蹊斫竹初①，三旬高臥信音疏。春雖與病無交涉，雨莫將花便破除。祇合遷遷隨夢去，何須呫呫向空書。頗聞蜀錦猶相待，去歲今朝已雪如。

春晚臥病，故事都廢，聞西門種柳已成，而燕宮海棠亦爛漫矣②　　　　　　　　　　　前　人

軒窗深窈似禪房，竟日虛明裊斷香。詩債無邊春已老，睡魔有約晝初長。市橋烟雨應官柳，墟苑池臺自海棠。遊騎行歌莫相笑，鼇頭六結已龜藏③。

病起初見賓僚，時上疏丐祠未報　　　　　　　　　　　　　　　　　　前　人

浪將冠服衣猿狙，因病偷閑稍自如。時有好懷誇得句，略無情話怕回書。邊城晏閉稀傳箭，村巷春遊未荷鋤。過此良辰公事少，天恩儻許賦歸歟。

訪　古　　　　　　　　　　　　　　　　　　　　　　　　　　　　房　偉

訪古城西話劫灰，子雲、相如安在哉？成都萬事變亦盡，惟有石笋雙

---

① “蹊”原作“煙”，“斫”原作“研”，據《石湖詩集》卷一七改。
② 宮：原作“官”，據《石湖詩集》卷一七改。
③ 鼇：《石湖詩集》卷一七作“遨”。

崔嵬。

紀申提學高行　郫人

孫松壽

憶昔兒童飽梨栗，斑衣偃伏先君側。每聞正色説我翁，口口奇奇長太息。
先君墓草今芊芊，尚想遺言過庭日。恨無佳傳搊芳馨，洗我肝心百非僻。
一朝幽鐫晃入手，刓忍如懷夜光璧。男兒大節要奇偉，一日成就天所錫。
我翁當年鸞鶴雛，一別舊巢無處覓。桑弧射處掩蓬蒿，獨把宵窀飛俊翩。
楊宗不絕僅如線，大義欲歸歸不得。凝香夜半禱靈空，願楊有子歸宮室。
果然天助兩飛鴻，翁喜當興子雲宅。絳霄回首擬歸來，撫我恩深重嗟惜。
棄官十載營旨甘，送死養生無一失。寸心安矣指白雲，百拜雙親淚濡席。
茅簷雖陋生處所，此心不以萬鍾易。幾年夜淚濕衾裯，今作兒啼情自適。
登堂悲喜動行人，里巷喧呼手加額。珠還合浦已無憾，老蚌沙泥忍遺逸。
窮簷忽見相抱持，孺慕丹心始云畢。一子來歸詠《白華》，三家孝愛融春色。
雍容去就良可觀，無乃扶持有神物。始知造化惜頹波，畀以難能令一出。
玉堂丈人風教手，一日得之幾折屐。何不薦之陛下聖，蜀有孝子聲籍籍。
奇人異行感至尊，鳳詔褒華寵其實。人間一日傳萬口，坐使澆風四方激。
僉謀方欲置廊廟，病卧王州嗟易簀。短生夢幻何足悲，此念未隨生死隔。
百身莫贖嘆朝露，端合天公任其責。真人慨念錄其孤，椽筆大書光史策。
丈夫乃爾亦何憾，鬼哭人號空怨憶。蕭蕭綠野長安道，萬里羈魂動行客。
只今四海歸宗議，字字秋霜凛寒日。一言我欲招翁魂，香骨有靈宜可格。
聖朝當今以孝治，好樹豐碑旌潔白。磨崖百丈置巖阿，當有山靈夜呵詰。
諸郎況是足風規，請叩帝閽爲此策。長使千秋孝子碑，屹與岷峨對翁室。

靈泉道中

楊　甲①

荒鷄不知林，落日鳴鴉背②，山行曲折盡，稍出喬木外。前峰近相向，禿缺不可蓋。石泉微斷續，渚澤亦多派。牛羊深墟落，稚子羃蓬艾。稻秧碧剡剡，遮隴無疆界。今年田夫喜，飽飯我亦快。猶慚食無功，舉箸再三餲。何當磨腰鐮，助爾芟稊稗。

遊山上廢寺，有段文昌種松石刻，云："乾坤毀則無以見寺，寺不可毀，四松其遠乎！"寺今廢，木亦亡矣，感而賦之

前　人

木落石出荒山臺，上有佛寺孤崔嵬。斷椽折瓦無四壁，古佛已倒何人推？野蜂占窠挾肩背，山鼠出穴銜髫鬖。老僧見我欲愁哭，野葛蔽路官能來。文昌種松有斷刻，石柱半裂荒莓苔。老翁鼻祖無一在，獨樹晚出非耆鮐。乾坤未變已先滅，幾見賊火翻狂雷。至今野叟鑿山破，石窟尚有龍筋骸。當時手種意已遠，欲與草木爲渠魁。

成都學舍遣興五首③

李　熹

久客墮塵土，幽居懷翠微。只餘清夜夢，長作故山歸。菊已開三徑，松應長十圍。晨鐘忽驚覺，猶有露霑衣。

寂寞三秋節，淒涼萬里風。關河盡形勝，人物幾英雄？秦葉隨流水，周禾滿故宮。此心懸魏闕，夢繞浙西東。

---

① 楊甲：原作"楊申"，據《兩宋名賢小集》卷三七四改。
② 鳴：《兩宋名賢小集》卷三七四作"明"。
③ 《兩宋名賢小集》卷一六九錄《李文簡詩集》題作《客懷》。

壯矣府中縣，索如城外村。墨池今掃迹，石笋舊餘根。風急漢弦斷，雨多秦鏡昏。新秋一懷古，情緒若爲論。

雨意忽如此，客愁將奈何！出門誰可詣，掩卷獨高歌。塵世兔三穴，古人蓬一窠。區區奚足道，默默幸無它。

長憶在家好，已知從仕難。紛紛猶嚇鼠，悄悄政棲鸞。忘意躡高位，敢言卑小官！世途真甚隘，懷抱要須寬。

遊海雲山①

喻汝礪

渺渺天宇初，便復有此山。清辰及兹遊，遐想百代前。來者幾何人，當時各爲歡。淑質揚妙舞，哀絲遞清彈。樂事坐如昨，芳歲已屢殫。向來所遊人，落葉不復還。迥然散遠目，感之爲長嘆。竹遥舊所落，巢豈昔時眠②。念誰當久存，而不住所緣。破涕聊一怡，山川却萋妍。未知後世士，誰復當來旋？

錦江思③

李　新④

獨詠滄浪古岸邊，牽風柳帶綠凝烟。得魚且斫金絲鱠，醉折桃花倚釣船⑤。

---

① 按：此詩，本書卷三已收，此處不當重收。

② "竹遥"二句不通，本書卷三作"竹林舊所適，鵲巢豈昔眠"，當是。又上句，《兩宋名賢小集》卷一八八作"竹林遥舊所"，亦誤。《蜀中廣記》卷二作"竹逕非舊所"。

③ 此詩本書卷三亦已收，此處重出。

④ 李新：原作"前人"，則爲喻汝礪，誤，據本書卷三改。按：李新《跨鼇集》卷一一收有此詩。

⑤ 按：静嘉堂本此詩之後尚有《合州道中作》一首，作者闕。查此首已見本書卷三，作者爲晁公遡，静嘉堂本重收。四庫本編校者蓋已發現，故刪，然前二首亦當刪。

成都文類卷十五

詩

道　釋

前蜀楊勛好道術，後主以其妖怪，戮之西市，臨刑有詩，言後主失國

聖主何曾識仲都，可憐社稷在須臾。市西便是神仙窟，何必乘槎泛五湖！

僞蜀丁元和詩[①]

九重城裏人中貴，五等諸侯闕外尊。爭似布衣雲水客，不將名利挂乾坤。

爾朱先生《還丹歌》贈僞蜀醫藥院判官胡德榮[②]

欲究丹砂訣，幽玄無處尋。不離鉛與汞，無出水中金。金欲制時須得

---

① 按：此詩最早見於《茅亭客話》卷三"淘沙子"條，稱此詩作者爲後蜀隱者，人稱淘沙子。丁元和事迹則見於《茅亭客話》卷四。

② "爾朱先生"四字，靜嘉堂本作爲作者名署於題下。按：《全唐詩》卷八六二録此詩，作成都醉道士《示胡二郎歌》，注云："有胡二郎者，嘗見一道士於成都醉臥通衢，二郎憐之，每值其醉，輒以石支其首。道士一日醒，見二郎在傍，感之，因勸修道，且以歌諷之。二郎問爲何人，曰：'我即爾朱先生也。'去不見。二郎後亦得仙。"

水，水遇土兮終不起。但知火候不參差，自得還丹微妙理。人世分明知有死，剛只留心戀朱紫。豈知光景片時間，將爲人生長似此。何不回心師至道，免逐年光虛自老。臨樽只覺醉醺醺，對鏡不知漸枯槁。二郎二郎聽我語，仙鄉咫尺無寒暑。與君説盡只如斯，莫戀驕奢不肯去。感君恩義言方苦，火急回心求出路。吟成數句贈君詞，不覺便成今與古。

蘇幕遮 紹興間　　　　　　　　　　　　　　　　韓仙姑

不憂貧，不戀富。大悟之人，開着波羅鋪。内有真如無價寶，欲識真如，正照菩提路。　貪愛心，須除去。清净法身，直是堪憑據。忍辱波羅爲妙藥，服了一圓，萬病都新愈。

歌　謡

廉叔度歌　　　　　　　　　　　　　　　　　　　前　人

《後漢書》曰：廉范字叔度，建初中爲蜀郡太守。成都民物豐行，邑宇逼側，舊制禁民夜作，以防火災，而更相隱蔽，燒者日屬。范乃毀削先令，但嚴使儲水而已。百姓爲便，乃歌之云：

廉叔度，來何暮。不禁火，民安作，平生無襦今五袴。

後漢時蜀中童謡

《後漢書·五行志》曰：世祖建武六年，蜀中童謡。是時公孫述僭號於蜀，時人竊言王莽稱黄，述欲繼之，故稱白。五銖，漢家貨，明當復也。述遂誅滅。

黄牛白腹，五銖當復。

唐咸通末成都童謠

《新唐書·五行志》曰：咸通十四年，成都有童謠。是歲歲陰在巳，明年在午。巳，蛇也。午，馬也。

咸通癸巳，出無所之。蛇去馬來，道路稍開。頭無片瓦，地有殘灰。

梁太祖時蜀中謠

《五代史》曰：劉知俊初事梁太祖，後奔蜀。王建雖加寵待，然亦忌之，常謂近侍曰："劉知俊非爾輩能駕馭，不如早爲之所。"有嫉之者於里巷間作此謠。知俊色黔，丑生。梭繩者，王氏子孫皆以"宗""承"爲名，故以此猜疑之。遂見殺於成都。

黑牛在圈，梭繩斷。

無　題

五五復五五，五五逾重數。浮世若浮雲，真石一如故。與君相見時，杳杳非今土。

右詩見於羅城北門壞碑上，有乾符三年高駢名銜，餘字斷缺，莫知其爲何詩也。辭隱義閟，故附見民謠之末。

宮　詞

宮詞二十八首

（後蜀）花蕊夫人①

　　蜀花蕊夫人者，本青城費氏，以才色嬖於後主，嘗效王建作宮詞百首。國亡，入後宮。太祖聞之，召使陳詩，誦其國亡詩云：“君王城上揭降旗，妾在深宮那得知？十四萬人齊解甲，寧無一個是男兒？”太祖悦。蓋蜀兵十四萬耳。此陳無已所書也。王平甫在崇文院，録其宮詞十數篇，因叙之曰：“熙寧五年，臣安國奉詔定蜀民、楚民、秦民三家所獻書可入三館者，令令史李希顔料理之。其書多剥脱，而得一散紙所書花蕊夫人詩，筆書乃出於花蕊手，而詞甚奇，與王建宮詞無異。建詞自唐至今誦者不絶口，而此獨遺棄不見取。前受詔定三家書者又斥去之，甚可惜也。臣令令史郭祥繕寫入三館而歸，口誦數篇於丞相安石。明日，與中書語及之，而王珪、馮京願傳其本，於是盛行於時。花蕊者，僞蜀孟昶侍人，事在國史。”平甫所叙云爾。平甫稱花蕊事見國史，今國史乃無花蕊事，不知平甫何所見也。宮詞才二十八首，今附左方，亦以見當時遊衍僭侈云。

　　五雲樓閣鳳城間，花木長新日月閑。三十六宮連内苑，太平天子坐崑山。

　　會真廣殿約宮墻，樓閣相扶倚太陽。净甃玉階横水岸，御爐香氣撲龍床。

---

　　①　原無此題，今據序文添，並署作者名。又按：王安國（平甫）所得花蕊夫人湘宮詞共三十二首，宋釋文瑩《續湘山野録》全録之，《成都文類》所録缺第二十八、二十九、三十、三十二共四首。其第二十八首云：“少年相逐采蓮回，羅帽羅衫巧製裁。每到岸頭齊拍水，竟提纖手出船來。”第二十九首云：“早春楊柳引長條，倚岸緣堤一面高。稱與畫船牽錦纜，暖風搓出綵絲縧。”第三十首云：“婕好生長帝王家，常近龍顔逐翠華。楊柳岸長春日暮，傍池行困倚桃花。”第三十二首云：“寒食清明小殿旁，綵樓雙夾鬥鷄坊。内人付御分明看，先賭紅羅十擔床。”

龍池九曲遠相通，楊柳絲牽兩岸風。長似江南好春景，畫船來去碧波中。

東內斜將紫禁通①，龍池鳳苑夾城中。曉鐘聲斷嚴妝罷，院院紗窗海日紅。

殿名新立號重光，島上亭臺盡改張。但是一人行幸處，黃金閣子鎖牙床。

安排諸院接行廊，水檻周回十里強。青錦地衣紅錦毯，盡鋪龍腦鬱金香。

夾城門與內門通，朝罷巡遊到苑中。每日日高祗候處，滿堤紅艷立春風。

厨船進食籑時新，侍坐無非列近臣。日午殿頭宣索鱠，隔花催喚打魚人。

立春日進內園花，紅藥輕輕嫩淺霞。跪到玉階猶帶露，一時宣賜與宮娃。

三面宮城盡夾墻，苑中池水白茫茫。亦從獅子門前入，旋見亭臺繞岸傍。

離宮別院繞宮城，金板輕敲合鳳笙。夜夜月明花樹底②，傍池長有按歌聲。

御製新翻曲子成，六宮纔唱未知名。盡將觱篥來抄譜，先按君王玉笛聲。

----

① 將：原作“陽”，據《續湘山野録》改。
② 樹：原作“榭”，據《續湘山野録》《賓退録》卷一〇改。

旋移紅樹斸青苔，宣使龍池再鑿開。展得綠波寬似海①，水心樓殿勝蓬萊。

太虛高閣凌波殿，背倚城墙面枕池。諸院各分娘子位，羊車到處不教知。

修儀承寵住龍池，掃地焚香日午時。等候大家來院裏，看教鸚鵡念新詩。

才人出入每相隨，筆硯將行繞曲池。能向彩箋書大字，忽防御製寫新詩。

六宮官職總新除，宮女安排入畫圖。二十四司分六局，御前頻見錯相呼②。

春風一面曉妝成③，偷折花枝傍水行。却被內嬬遥覷見，故將紅豆打黃鸝。

黎園弟子簇池頭，小樂携來候燕遊。旋炙銀笙先按拍，海棠花下合《梁州》。

殿前排燕賞花開，宮女侵晨探幾回。斜望苑門遥舉袖④，傳聲宣喚近臣來⑤。

小毬場近曲池頭，宣喚勳臣試打毬。先向畫廊排御幄，管弦聲動立浮油。

---

① 緑：原作“綵”，據《續湘山野録》改。
② 頻：原作“相”，據《續湘山野録》《賓退録》卷一〇改。
③ 曉：原作“晚”，據《續湘山野録》《賓退録》卷一〇、《三家宮詞》卷中改。
④ 苑門：原作“花開”，據《續湘山野録》改。
⑤ 宣：原作“先”，據《續湘山野録》改。

供奉頭籌不敢爭，上棚專喚近臣名。內人酌酒纔宣賜，馬上齊呼萬歲聲。

殿前宮女總纖腰，初學乘騎怯又嬌。上得馬來纔似走，幾回拋鞚把鞍橋。

自教宮娥學打毬，玉鞍初跨柳腰柔。上棚知是官家認，遍遍長贏第一籌。

翔鸞閣外夕陽天，木影花光水接連①。望見內家來往處，水門斜過罨樓舡。

內人追逐采蓮時，驚起沙鷗兩岸飛。蘭棹把來齊拍水，並船相鬥濕羅衣。

新秋女伴各相逢，罨畫船飛別浦中。旋折荷花半歌舞，夕陽斜照滿衣紅。

月頭交給買花錢，滿殿宮娥近數千。遇著唱名多不應，含羞急過御床前。

　　吳曾《能改齋漫錄》云："徐匡璋納女於孟昶，拜貴妃，別號花蕊夫人，意花不足擬其色，似花蕊翩輕也。又升號慧妃，以號如其性也。王師下蜀，太祖聞其名，命別護送。途中作詞自解曰：'初離蜀道心將碎，離恨綿綿。春日如年，馬上時時聞杜鵑。
　　三千宮女皆花貌，妾最嬋娟。此去朝天，只恐君王寵愛偏。'陳無已以夫人姓費，誤也。"

---

① 　水：《續湘山野錄》作"杏"。

罰赴邊有懷，上韋相公

（唐） 薛　濤

聞道邊城苦，而今到始知。却將門下曲，唱與隴頭兒。

　　薛濤本長安良家女，父鄖因官寓蜀而卒。濤以能詩聞。後韋皋鎮蜀，召令侍酒，議以校書郎奏請之，護軍曰不可，乃止。濤出入幕府，自皋及李德裕，凡歷事十一鎮。以詩與濤唱和者，元稹、白居易、牛僧孺①、令狐楚、裴度、嚴綬、張籍、杜牧、劉禹錫、吳武陵、張祜②，餘皆名士，凡二十一人。濤詩罕傳③，獨得此四句，故附見宮詞之後。

鬼　謠

鬼謠三則④

　　高駢築羅城，多發掘古冢，取磚甃城。有滄州守禦指揮使姜知古者，當掘一冢，夜有鬼嘯於冢上，因獻一書，詞旨哀切。其書曰：“冥司趙吞⑤，謹以幽昧致書於守禦指揮端公閣下：竊以趙氏之冤搏膺入夢，良夫之枉被髮叫天。是以有怨必讎，無道則見。此則流於往史，載在前文。如吞也，一介遊魂，九泉罔象，德不勝饗，禱不勝人，無廟貌於世間，遂湮沉於泉壞。自蒙天譴，使掌冥司，雖叨正直之官，未達聰明之理，未嘗以威服衆，唯知以禮依人。頃至本朝，叨爲上相，不無濫德，敢有害盈？今

---

① 孺：原作“儒”，據《全蜀藝文志》卷二〇改。
② 祜：原作“祐”，據《全蜀藝文志》卷二〇改。
③ 罕：原作“不”，據《全蜀藝文志》卷二〇改。按：《直齋書録解題》卷一九著録《薛濤集》一卷，至今濤詩尚有數十首傳世，不得云“不傳”。
④ 原無此題，直以三級標題“鬼謠”爲題，今參照全書標題體例添此四字作爲四級標題。
⑤ 吞：後蜀何光遠《鑑戒録》卷二、《詩話總龜》卷四八作“畚”。

者伏審渤海高公令君毀吞墳闕。況吞謫居幽府，天賜佳城，平生無戰伐之讎，邂逅起誅夷之釁①，得不撫銘旌而憤志，託瓿染以申懷？伏希端公俯念無依，迥垂有鑒，特於萬雉，免此一坏。儻全馬鬣之封，敢忘龍頭之庇？謹吟五言四句詩一章，後幅上聞，不勝望德之至。謹白。"詩曰：

我昔勝君昔，君今勝我今。人生一世事，何用苦相侵②！

楊蘊中以罪入成都獄，夜夢一婦人曰："吾薛濤之流也③，頃幽死此室。"乃贈蘊中一絕句：

玉漏深長燈耿耿，東墻西墻時見影。月明窗外子規啼，忍使孤魂愁夜永④？

陳甲字升父，隆州人，紹興間爲蜀帥李公璆之客，館於雙竹齋，夜見數婦笑語，有吟兩絕句者，因忽不見。

晚雨廉纖梅子黃⑤，晚雲卷雨月侵廊。樹陰把酒不成飲，說着無情更斷腸。

舊時衣服盡雲霞，不到迎仙不是家。今日樓臺渾不識，祇因古木記宣華。

---

① 釁：原作"疊"，乃"疊"之誤，《全蜀藝文志》卷二四作"釁"，"疊"與"釁"同。
② 按：《太平廣記》卷三二八載唐太宗征遼，過定州慕容垂墓，見其鬼，太宗遣使問之，答曰："我昔勝君昔，君今勝我今。榮華各異代，何用苦追尋。"與本詩相類，皆後人杜撰。
③ 按：《太平廣記》卷三五四、《唐詩紀事》卷七九記此事，皆稱此婦人曰："吾即薛濤也。"故洪邁《萬首唐人絕句》卷六五直將下文所錄之詩編入薛濤詩。
④ 愁：原作"良"，據《太平廣記》卷三五四、《唐詩紀事》卷七九、《萬首唐人絕句》卷六五改。
⑤ 晚：《全蜀藝文志》卷二四作"曉"。

成都文類卷十六

詔　策 <small>鐵券　赦文　敕</small>

漢先主封張飛策

章武元年，遷飛車騎將軍，領司隸校尉，封西鄉侯。策曰：

朕承天序，嗣奉洪業，除殘靖亂，未燭厥理。今寇虜作害，民被荼毒，思漢之士，延頸鶴望。朕用悢然，坐不安席，食不甘味。整軍誥誓，將行天罰。以君忠毅，侔蹤召虎，名宣遐邇，故特顯命，高墉進爵，兼司於京。其誕將天威，柔服以德，伐叛以刑，稱朕意焉。《詩》不云乎："匪疚匪棘，王國來極。肇敏戎功，用錫爾祉。"可不勉歟！

封馬超策

章武元年，遷驃騎將軍，領涼州牧，進封斄鄉侯。策曰：

朕以不德，獲繼至尊，奉承宗廟。曹操父子世載其罪，朕用慘怛，疢如疾首。海內怨憤，歸正反本，暨於氐羌率服，獯鬻慕義。以君信著北土，威武並昭，是以委任授君，抗颺虓虎，兼董萬里，求民之瘼。其明宣朝化，懷保遠邇，肅慎賞罰，以篤漢祜，以對於天下。

許靖策

建安十九年，先主克蜀，以靖爲左將軍長史。先主爲漢中王，靖爲太傅。及即尊號，策靖曰：

朕獲奉洪業，君臨萬國，夙宵惶惶，懼不能綏，百姓不親，五品不遜。汝作司徒，其敬敷五教，在寬①。君其勖哉！秉德無怠，稱朕意焉。

後主告諭伐魏詔

建興五年春，丞相亮出屯漢中，營沔北陽平石馬。三月，下詔曰：

朕聞天地之道，福仁而禍淫，善積者昌，惡積者喪，古今常數也。是以湯武脩德而王，桀紂極暴而亡。曩者漢祚中微，網漏凶慝，董卓造難，震蕩京畿。曹操階禍，竊執天衡，殘剝海內，懷無君之心。子丕孤豎，敢尋亂階，盜據神器，更姓改物，世濟其凶。當此之時，皇極幽昧，天下無主，則我帝命隕越於下。

昭烈皇帝體明叡之德，光演文武，應乾坤之運，出身平難，經營四方。人鬼同謀，百姓與能，兆民欣戴。奉順符讖，建位易號，丕承天序，補弊興衰，存復祖業，膺誕皇綱，不墜於地。萬國未靖，早世遐殂。

朕以幼沖，繼統鴻基，未習保傅之訓，而嬰祖宗之重。六合雍否，社稷不建，永惟所以，念在匡救，光載前緒。未有攸濟，朕甚懼焉，是以夙興夜寐，不敢自逸。每從菲薄②，以益國用；勸分務稼③，以阜民財；授才任能，以參其聽；斷私降意，以養將士。欲奮劍長驅，指討凶逆。朱旗未舉，而丕復隕喪，斯所謂不然我薪而自焚也。殘類餘醜，又支天禍，恣睢河洛，阻兵未弭。

---

① "在寬"上原重"五教"二字，據《三國志·蜀書·許靖傳》及《尚書·舜典》刪。
② 從：原作"崇"，據《三國志·蜀書·後主傳》裴注引《諸葛亮集》改。
③ 務：原作"稼"，據《三國志·蜀書·後主傳》裴注改。

諸葛丞相弘毅忠壯，忘身憂國，先帝託以天下，以勖朕躬。今授之以旄鉞之重，付之以專命之權，統領步騎二十萬衆，董督元戎，恭行天罰。除患寧亂，克復舊都，在此行也。

昔項籍總一彊衆①，跨州兼土，所務者大；然卒敗垓下，死於東城，宗族焚如②，爲笑千載。皆不以義，陵上虐下故也。今賊效尤，天人所怨，奉時宜速，庶憑炎精祖宗威靈相助之福，所向必克③。吳王孫權同恤災患，潛軍合謀，掎角其後。涼州諸國王各遣月支、康居胡侯支富、康植等二十餘人詣受節度。大軍北出，便欲率將兵馬，奮戈先驅。天命既集，人事又至，師貞勢併，必無敵矣。

夫王者之兵有征無戰，尊而且義，莫敢抗也。故鳴條之役，軍不血刃；牧野之師，商人倒戈。今旌麾首路，其所經至，亦不欲窮兵極武。有能棄邪從正，簞食壺漿以迎王師者，國有常典，封寵大小，各有品限④。及魏之宗族、支葉、中外，有能規利害、審順逆之數來詣降者，皆原除之。昔輔果絕親於智氏⑤，而蒙全宗之福；微子去殷，項伯歸漢，皆受茅土之慶。此前世之明驗也。若其迷沉不反，將助亂人，不式王命，戮及妻孥，罔有攸赦。廣宣恩威，貸其元帥，弔其殘民。他如詔書律令。丞相其露布天下，使稱朕意焉。

後主復諸葛亮丞相策

建興六年，亮使馬謖督諸軍，與魏張郃戰於街亭。謖違亮節度，舉動失宜，大爲郃所破。亮戮謖以謝衆，上疏曰："臣以弱才，叨竊非據，親秉旄鉞，以勵三軍。不能訓章明法，臨事而懼，至有街亭違命之闕，箕谷不戒之失，咎皆在臣授任無方。臣明不知人，恤事多闇，《春秋》責帥，臣職是當。請自貶三等，

① 彊：原作"疆"，據《三國志·蜀書·後主傳》裴注改。
② 焚如：原作"如焚"，不通。按：《周易·離》："九四，突如其來如，焚如，死如，棄如。"此處襲用其詞，據乙。"如"乃是助詞，意同"然"。
③ 必：原作"未"，據《三國志·蜀書·後主傳》裴注改。
④ 限：原脫，據《三國志·蜀書·後主傳》裴注補。
⑤ 輔果：原作"輔過"，據靜嘉堂本、《三國志·蜀書·後主傳》裴注、《國語·晉語》改。

以督厥咎。"於是以亮爲右將軍、行丞相事，所總統如前①。冬，亮復出散關，圍陳倉，破魏軍，斬王雙。七年，遣陳式攻魏武都②、陰平。魏郭淮率衆欲擊式，亮自出至建威，淮退還，遂平二郡。詔策亮曰：

街亭之役，咎由馬謖，而君引愆，深自貶抑。重違君意，聽順所守。前年燿師，馘斬王雙，今歲爰征，郭淮遁走，降集氐羌，興復二郡，威震凶暴，功勛顯然。方今天下騷擾，元惡未梟，君受大任，幹國之重，而久自挹損，非所以光揚洪烈矣。今復君丞相，君其勿辭。

後主謚陳祗詔

景耀元年卒。後主痛惜，發言流涕，乃下詔曰：

祗統職一紀，柔嘉惟則，幹肅有章，和義利物，庶績允明。命不融遠，朕用悼焉。夫存有令聞，則亡加美謚，謚曰忠侯。

唐僖宗賜高駢築羅城詔

敕高駢：省所奏修築羅城畢功，並進畫圖事，具悉。

卿天平急召，井絡專征，臨邛夢叶於四刀，按部恩覃於兩劍。上言大鎮，空有子城，殊百雉之環回，是千年之曠闕。便依陳奏，未隔寒暄。每日一十萬夫，分築四十三里。皆施廣厦，又砌長磚。城角曲收，逸迭攻而勢勝；甕門直捷，容拒守之兵多。利及後人，智高前古。繼孔明於掌內，坐張儀於腹中。是以輕笑木牛，感通金馬。增上頭之睥睨，架裹面之闌干。橋象七星，不移舊岸；錦逢三月，可濯新壕。役徒九百六十萬工，計錢一百五十萬貫。

卓哉懋績，固我雄藩！罄府庫之資儲，捨陰陽之拘忌，但爲國計，總

---

① 統：原脫，據《三國志·蜀書·諸葛亮傳》補。
② 式：原作"戒"，據《三國志·蜀書·諸葛亮傳》改。下同。

忘身謀。並無黎庶之怨嗟，不請朝廷之接借。忽聞進奏，言已畢功，見圖寫之甚明，與神化而急速。方念處身廉潔，報國忠貞，始終能協於一心，清美久聞於萬口，欲人檢驗，具見公忠。朕已知臣，何勞請使？便欲寵渥，恐卿自往雅州，既發師徒，方勞館驛，且留賞典，專俟回軍。蜀川既及於春風，蠻寇盡離於河岸，便酬勳績，各進官階。未間，勉效七擒，佇聞三捷。故兹詔示，想宜知悉。

冬寒，卿比平安好？遣書，指不多及。

唐僖宗賜節度使陳敬瑄鐵券①

中和三年②，僖宗在劍南。是冬，賜功臣劍南西川節度副大使、知節度事、統押近界諸蠻及西山八國雲南安撫制置營田處置等使、開府儀同三司、守太尉③、兼中書令、成都尹、上柱國、穎川郡王、食邑三千户、實封四百户陳敬瑄鐵券，曰：

烹巨鰲者鼎大於滄海，斬長鯨者劍倚於青天。既立異勳，克膺殊寵。李晟免其十死④，子儀成其九功，鏤以金鏞，賜其鐵券。後來繼者，豈在他人？歲寒知松柏之心，國難見忠貞之節。卿五嶽鎮地，一柱擎天，氣壓乾坤，量含宇宙。自居環衛，出擁旌幢，論清政而冰鏡無光，吐赤誠而朝霞失色。手持玉節，身鎮錦城，扶乾綱則萬國齊心，總坤維而百蠻繞指。三川欽化，一境歸仁。

朕自稅駕褒斜，省方邛蜀，匍匐而來迎鳳輦，馳驅而速建龍宮。百辟來朝，萬方入貢。夏禹塗山之會，未盛於斯；漢高沛國之歡，無過於此。

---

① 據《文苑英華》卷四七二，此文爲樂朋龜作。

② 中和三年：原作“廣明四年冬”。按：廣明僅二年，顯誤。據《舊唐書》卷一九下《僖宗紀》，廣明二年七月，僖宗逃難至成都，改廣明二年爲中和元年。又據《文苑英華》卷四七二錄此鐵券文，其開頭云“維中和三年歲次癸卯十月甲午朔十六日己酉”，是則賜鐵券乃中和三年，因改。

③ 太尉：原作“太師”，據《舊唐書·僖宗紀》《文苑英華》卷四七二改。

④ 十：原作“六”，據《唐大詔令集》卷六四、《文苑英華》卷四七二改。

戮阡能如剪草，除秀昇若焚巢①。不讓武侯之勳，無愧文翁之化。海東獻款，雲南投誠。九穀豐登，三農務盛。濟贍軍國，拯救朝僚，内竭家財，外罄公帑。千官感德，一國推功。

今則巨猾奔逃，神州克復，將歸上國，即别成都。致朕身安，由卿忠藎。前封公爵，後賜郡王。詢於衆情，未愜群望。今賜卿鐵券，捨其十死。望太山而立誓，指黄河以爲盟。山無盡時，河無竭日，君君臣臣、父父子子，永遠貴昌，並皆如然②。

唐昭宗賜王建詔

乾寧二年八月③，昭宗幸石門，建奉表起居，貢御衣寶器等。使回，賜絹詔。建得詔泣下，率兵赴難。

朕以眇身，託於人主。皇天不佑，寇難荐興，外無桓、文，内無平、勃，每一念此，芒刺在懷。卿忠義貫日，至誠許國。三川不寧，一麾已定，清净中原，再造我國家，朕有望於卿也。

又賜御劄

光化二年，昭宗詔建私門立戟，加中書令，封瑯琊王。四年，封西平王，遣使賜建玉帶金器、朱書御劄。其略曰：

朕罹此多難，播遷無常，旦夕慄慄，不能自保，而况保天下事？爲朕藩護，有望於卿也。

---

① 此二句，"阡"原作"悍"，"秀昇"原作"莠易"，據《唐大詔令集》卷六四改。《文苑英華》卷四七二作"戮阡能疾如剪草，除秀昇易若焚巢"。阡能，邛州土豪；秀昇，韓秀昇，涪州賊帥。事見《新唐書》。

② 如然：《唐大詔令集》卷六四作"無故"。

③ 二年：原作"元年"，據《舊唐書》卷二〇上《昭宗紀》改。

又賜詔①

朕去年在鳳翔，與茂貞熟計誅韓全誨等，以謝全忠。崔胤固請廢兩軍，盡去北司。朕止欲誅有罪之人，全忠、胤必欲盡殺。朕方危迫，不得不從，而胤與鄭元規朋助全忠，間諜誘惑，欲起兵收鳳翔，次及西川。天人助順，崔、鄭就誅。昨正月二十日，朕御樓撫慰軍民，告以某等罪狀。宰臣裴樞等受全忠密旨，亟奏鳳翔川軍已及咸陽，脅朕遷洛。後二日，東兵擁朕出長安。朕與后妃、宗室、吏民匍匐就道，艱苦萬狀。六軍偕廢，朕益孤危。再賜茂貞密詔，使告卿糾合諸鎮，共迎朕西歸。偵知全忠遷朕至洛，盡斥內外侍衛，雖有書詔，不復可通。藩鎮諸侯或信偽詔，疆者歸之，則賊勢轉盛。

卿自先帝時立功，數助朕征討，受賊誣構，寧不冤憤？計此賊必先討鳳翔，次及卿與河東，然後取天下。卿安忍負高祖、太宗三百年德澤，而束手黃巢餘黨②？宜亟告茂貞，繼徵克用、行密，及襄、幽、鎮、魏同舉勤王之師，迎朕還京。朕兵盡力窮，危及宗社，臨軒西望，灑血告卿。

王建置史官詔永平二年③

自古王者之興，善惡之迹不泯者，有史臣傳之，丹青載之。平章事張格儒術領袖，文高於世，著述之體，自侔班、馬，可專編纂開國已來實錄。

---

① 此詔在唐昭宗天祐元年，見《資治通鑑考異》卷二七。
② 束手：原作"束平"，據《全唐文》卷九一改。
③ 王建：原無，徑補。按：此詔乃前蜀王建永平二年三月下，見《十國春秋》卷三六。

置東宮官屬詔

永平四年，以其子衍判内外六軍事，詔曰：

王者經世馭民，以保安於蒸人，曷嘗不講求賢碩，以輔元子？故漢開博望，唐承重華，左右正人，自躋於治。其以東宮爲崇賢府，凡文學道德之士得以延納訪問，無忽自尊，以蔽爾之聰明。

王衍試制科策文 乾德四年

炎漢致治，始策賢良；巨唐思皇，爰求茂異。講邦國治亂之體，陳天人精禩之原。豈角虛文，蓋先碩德。朕念守器之重，識爲君之難，思得奇才，以凝庶績，因舉故事，以紹前修。子大夫抱道逢時，投策應詔，必有長策，以副虛懷。何以使三農樂生，五兵不試，刑獄無枉，賦斂無加？以何策可以定中原，以何道可以卜長世？朕當親覽，汝無面從。

白衣蒲禹卿對策，其略曰："今朝廷所行者皆一朝一夕之事，公卿所陳者非乃子乃孫之謀，暫偷目前之安，不爲身後之慮。衣朱紫者皆盗跖之輩，在郡縣者皆狼虎之人，姦佞滿朝，貪淫如市。以斯求治，是謂倒行。"執政皆切齒，欲誅之，衍以其言有益，擢爲右補闕。

後唐收蜀敕①

朕以蜀部封疆②，本是我唐境土，爰從兵革，遠阻江山③。當僞梁篡殺之時，致宗廟凌夷之難，遂兹割據，蓋逐便安；雖行建號之謀，乃是從

---

① 此敕乃後唐莊宗同光三年十一月下。
② 部：原作"郡"，據《錦里耆舊傳》卷二改。按："蜀部"指前蜀所統之地，"蜀郡"則僅爲成都周圍之地，作"部"是。
③ 阻：原作"退"，據《錦里耆舊傳》卷二改。

權之道。況復蜀主先父，素是本朝舊臣，常懷忠孝之心，每俟興隆之運，唯期恢復，却效傾輸。朕以初珍寇讎，重興社稷，撫諭之恩既廣，憂勤之意常深，須務綏和，貴諧混一，遂令元子，兼命宰臣，遠安僑后之心，既叶來王之願。遐想王師行李，已及彼地城池，遠降詔書，明行示諭。料其素志，必契夙心，當符魚水之歡，永保山河之誓。

應僞蜀文武員寮等，或本朝舊族，或當代英賢，或抱節於軍戎，或著名於鄉曲，久從暌隔，常軫情懷①。宜知乃眷之恩，各勵歸誠之節。今已降敕命誡約諸道兵師，如西川果決歸命，到城內不得驚擾，但思效順，勿致懷疑。

後唐封孟知祥爲蜀王策②

朕祇膺天眷，虔荷帝圖，敷大信而仰法昊穹，秉至公而俯臨億兆。彰善癉惡，必分涇渭之流；崇德報功，敢忘山河之誓！其有榮聯戚里，任重侯藩，佐白水而中興，爲皇家而盡節，雖旁緣誑誤③，而竟保忠貞。疏鑿未通，朝海之波瀾暫阻；氛霾既定，拱辰之光耀如初。表章皆驗於推誠，琛賚遠修於述職。得不顯其丹赤，懋以旌酬，益敦魚水之歡，永契君臣之道？爰求吉日，乃降徽章。

具官孟某，五緯佐天，三山鎮地。七年乃辨，真爲梁棟之材；十德俱全，信是琼璜之器。先皇帝經綸八極④，濟活兆人，李通首述其緯書，鄧禹常參於霸業⑤。同心同德，竟扶歸馬之朝；不伐不矜，罔恃濯龍之寵。洎朕纂承鳳紀，繄爾鎮守龜城，鐵石彌堅，菁茅不匱。山川險絕，每虔向日之心；玉帛駿奔，能助郊天之禮。有臣若此，當代何加！董璋久作屬階，終萌逆節，既辜恩於覆載，欲嫁禍於勳賢，疊以封章，疏其隣道，虔劉我生聚，離間我忠良。爾外示協同，潛懷憤激。衷馨言而誘諭，彼既不回；伺良便以誅鋤，乃期自雪。以至敢驅叛黨，徑逼仁封，吹虺毒以傷

---

① 軫：原作"賑"，據《錦里耆舊傳》卷二改。
② 此册文乃後唐明宗長興四年七月下，見《錦里耆舊傳》卷三。
③ 誑：原作"謬"，據《錦里耆舊傳》卷三改。
④ 八：原作"人"，據《錦里耆舊傳》卷三改。
⑤ 常參：原作"參加"，據《錦里耆舊傳》卷三改。

人，奮豺牙而暴物。爾則妙施成算，徑出全師。鼙鼓纔鳴，旋聞落爪；窠
巢自潰，已致噬臍。梓州之披霧風驅[1]，涪水之狂波鏡净。解吾宵旰，賴
爾韜鈐。固當銘在景鍾，豈止光於信史？況復備輸懇款，益驗傾虔，叙魯
舘之寅緣，述沛中之事舊，深心可見，亮節斯彰。不有疾風，焉知勁草；
儻無異數，曷報崇庸？由是並築將壇，顯升王爵，兼兩藩之奥壤，啓一字
之真封。仍循益地之通規，別改旌功之懿號，賜之旌鉞，册以輅車。雖加
等之寵光，爾皆不忝；在睦親之義分，予亦無虚[2]。

於戲！天鑒甚明，爲善者降之福祉；君恩不黨，立勳者厚以獎酬。唯
敬慎於始終，可延長於富貴。勉承兌澤，永鎮坤維。可授依前檢校太尉[3]、
兼中書令、行成都尹、劍南東西兩川節度使、管内營田觀察處置、統押近
界諸蠻兼西山八國雲南安撫制置等使，仍封蜀王，加食邑一千五百户，實
封二百户，改賜忠貞匡國保大功臣，散官、勳如故。仍令所司擇日備禮策
命，主者施行。

孟昶勸農桑詔 明德元年十二月

刺、守、縣令其務出入阡陌，勞來三農，望杏敦耕，瞻蒲勸穡。春鵑
始囀，便具籠筐；蟋蟀載吟，即鳴機杼。

---

① 州：原作“川”，據《錦里耆舊傳》卷三改。
② 虚：《錦里耆舊傳》卷三作“慚”。
③ 依：原作“殿”，據《錦里耆舊傳》卷三改。史無“殿前檢校太尉”之官。

成都文類卷十七

詔　敕　制

藝祖皇帝納降蜀主敕①

　　敕蜀主：省上表，率文武見任官望闕瀝懇歸命事，具悉。

　　朕自皇天眷命，率土樂推，將期德服萬方，不恃威加四海。乃眷益部，僻處一隅，苟黎庶之獲安，非經營之在意。一昨災纏蜀地，釁自併門，既興王者之師，遂授將軍之鉞。事非獲已，須至用兵。我且直詞，彼衆自敗。下劍門而賈勇，指井絡而長驅。中宵喟然，兆庶何罪？徑馳馹騎，嚴誡前鋒，廣宣來者之懷，遍諭弔民之意。果能率官屬而效順，拜表疏以祈恩，託我慈親，述乃寢廟，封府庫而待命，保生聚而輸誠。朕方示信懷柔，不逼人險，保無他慮，當體優隆。國有舊章，不違前請，所宜悉也。

　　春寒，想比清休。書指不多及。

曲赦蜀川詔

　　門下：伐罪弔民，所以昭宣王略；眚災肆赦，所以盪滌群非。徵有國之舊章，盡哲王之能事。朕飛龍撫運，躍馬興邦。雖禹別九州，盡爲王土；而蜀川一境，獨隔華風。天兵飛度於劍門，蜀主哀號而納款。念其生

---

　　①　此敕又見《錦里耆舊傳》卷四、《宋大詔令集》卷二二五、《宋朝事實》卷一七、《宋史》卷四九八《孟昶傳》。後三書文字相互大異。

聚，曲爲保全。宜覃曠蕩之恩，用慰傷殘之俗，易苛政以平恕，革重斂以輕徭，用舉宏綱，貞我王度。正月二十四日昧爽已前，應僞蜀管内，罪無輕重，常赦所不原者，咸赦除之。放今年夏税及沿徵諸雜物色等一半。人户食鹽，僞蜀估定每斤一百六十文足，今每斤特減六十文足，今後只徵一百文足。其僞蜀内外文武臣僚能奉所主，歸我大朝，念兹通變之方，宜預旌酬之寵，各令分析名銜申奏，當與加恩。乃眷劍南，比爲内地①，自累朝之艱否，據千里之江山，豈無沉滯之人，宜下徵求之詔。所在州郡及山林，有懷才負藝、未霑寸禄者，委長吏聞奏。先賢丘隴不得樵采，古來廟宇咸與修崇。其餘節婦義夫、順孫孝子，有堪旌賞②，當議舉明。官吏軍民，各勤職業，樂予景運，當慶新恩。告示一方，咸知朕意③。

封蜀降王孟昶爲秦國公制

　　門下：伯禹導川，黑水本梁州之域；河圖括象，岷山直井絡之墟④。考職方之地圖，比劍南之徼道⑤。屬中原多事，遠服未賓，山河既限於侯封，車服遂踰於王制。朕削平宇縣，重正皇綱。復周漢之舊疆，寵綏群后；采唐虞之大訓，協和萬邦。六載於兹，百揆時序。禮樂征伐之柄，出自朕躬，蠻夷戎狄之鄉咸修職貢。一昨順先庚而受律⑥，法時雨以興師，舜干暫舞於兩階，湯網豁開於三面，弔民伐罪，朕無愧焉。咨爾僞蜀主孟昶，挺生公族，禀慶侯門。值唐朝將季之辰，襲蜀王已成之業，撫彼郡邑，久歷歲華。而能察天地之惡盈，知人神之助順，盡率群吏，來降大君，望北闕以拜章，指南陔而請命，得不開懷禮遇，撫弱流恩？官班特越於彝章，保護彌光於大信。豈比夫魏封劉禪，特升驃騎之班；隋待蕭琮，唯列莒公之號？今兹示寵，以欲從人，命作帝師，俾榮開府，策漢相專車之貴，列秦川萬户之封，併而授之，斯爲異數。仍加禄俸，用表優隆。爾

---

① 比：原作“北”，據《宋大詔令集》卷二二五改。
② 賞：原作“貢”，據《宋大詔令集》卷二二五、《宋朝事實》卷一七改。
③ 咸：原作“感”，據《宋朝事實》卷一七改。
④ 直：原作“真”，據《錦里耆舊傳》卷四改。
⑤ 比：原作“壯”，據《錦里耆舊傳》卷四改。
⑥ “一昨”原作“今去”，“庚”原作“庾”，據《錦里耆舊傳》卷四改。

宜思前代之命官，體我朝之加等，勉荷非常之澤，無忘匪懈之心。佩服恩光，往踐厥位。可封秦國公。

授孟玄喆兖州節度制

門下：朕聞魏將降蜀，君臣俱列於散官；隋帝平陳，子弟不聞於封爵。皇家順景風而行賞，同時雨以濟師。當敵境未賓，霆霹下戒嚴之令；暨再拜請命，慶雲垂利澤之恩。矧復降婁古封，掌武崇秩，曲阜是伯禽之國，太尉乃周勃之官，山河距九州之雄，綏冕冠三公之貴，舉爲賞典，斯實異恩。僞國長子孟玄喆禮法矜莊，神彩英秀，騁修途於早歲，播令問於蜀川。正朔未同列國，而人稱世子；車書既混大朝，而自是良臣。以爾昔在三川，常居二職，贊厥父之效順，保祖母之高年，予嘉乃心，豈限彝制？是命陟將壇於東夏，整武事於南宮，憲秩封侯，用光殊渥，將表臨戎之寄，更增光祿之勛。爾其分天子之憂勤，出將軍之法令，與其改弦而易調，不若從俗以安民。布政頒條，予誠有望；榮家奉國，爾宜勉之。

逆賊王均平降德音①

咸平三年春正月，益州軍亂，推神衛都虞候王均爲首。八月，知益州、兼川峽招安使雷有終敗賊黨②，復益州，追斬王均於富順監。詔川峽路繫囚雜犯罪以上並原之③。四年十二月丁未，詔曰：

---

① 《新安文獻志》卷一載此文爲洪湛撰，題爲《平蜀賊王均赦兩川德音》。自"門下"以下至"尋至梟懸"全同，以下則異。

② 峽：原作"陝"。按：其時雷有終官職爲"知益州、兼提舉川峽兩路軍馬招安巡檢捉賊轉運公事"（見《續資治通鑑長編》卷四六），又簡稱"西川招安使"（見《宋史》卷六）。所謂"川、峽兩路"指西川路、峽路（見《長編》卷四二），西川路大體爲今四川西部、中部地區，峽路後稱夔州路，大體即三峽周邊地區。可見雷有終並未管轄陝西路，"陝"乃"峽"之誤，因改。

③ 峽：原作"陝"，據《宋史》卷六《真宗紀一》改。

門下：朕臨萬宇，德覆兆民，執大象以御時，應上玄而爲理，何嘗不慈恕在念，旰昃爲心，思保大和，用敷至化。昨者王均包藏逆態，辜負國恩，嘯聚危城，驚騷遠土。逮乎撲滅，尋至梟懸。支黨已除，詿誤之民反側未已，宜令西川除亡命徒伴見追捕外，餘釋不問。敢有訛言動衆，情理切害者①，斬訖以聞。

賜程琳收獲劫盜逃兵獎諭詔

敕程琳：省益州路轉運司奏云云。卿居樞近之司，總翰垣之政，因通逃之爲患，縱盜掠而累年，密遣追胥，盡擒隱伏，既詰誅於醜類②，致肅靜於鄉閭。繄乃忠勤，副予寄任，攸司上奏，宣力可嘉，故兹獎諭，想宜知悉。

賜王罕父老借留獎諭詔

敕王罕：省益州路轉運司奏云云。眷兹右蜀，素號名藩，委任非輕，事權尤劇。卿問望兼著，中外荐更。爰自近班，出分重寄，奉揚寬大之詔，茂宣愷悌之風，洽威惠於吏民，載歌謠於道路。輿情胥悅，列奏爰來。減予宵旰之憂，稱乃循良之選，其在嘉嘆，不忘於懷。故兹獎諭，想宜知悉。

夏熱，卿比平安好？遣書，指不多及。

國家眷輿鬼之分、梁益之區，距上國千里之遙，爲西蜀一都之會，控制蠻獠，撫過邊陲，利害所生，安危是繫。非道積廊廟，名高搢紳，萬里隱乎金城，五兵森乎武庫，長謀足以經遠，厚德可以鎮浮，文有緯俗之方，武有安民之略者，不得預焉。今府尹、樞密直學士太原王公負經濟之才，挺誠明之性，運沉幾而察物，韞清識以照微，高表竦乎百尋，雅量汪其萬頃。按刑梓

---

① 理：原脫，據《續資治通鑑長編》卷五〇補。
② 詰：原作“誥”，據《全蜀藝文志》卷二六改。

部，黎庶於是不冤；掌憲柏臺，佞倖因之知懼。自茲紫宸選賢，若雲之從龍；丹陛告猷，如石之投水。暨參延閣之貴，屢膺出境之命。皇上嘉其亮節，惠彼遠方，亟升宥密之嚴，旋委藩方之寄①。

公飲冰祗命，叱馭遵途，過劍山而物得陽春，涉錦水而歲逢甘雨。暨黃堂布政，彤禧問俗，始乃明教化，示詔條，遂揚愷悌之風，誕變輕浮之俗。次則恤民隱，革吏姦，訟清而叢棘常空，令正而寒霜自凜。終則誡浮情，戢兵師，力田而曠土皆耕，以律而私門不犯。然又招延秀異，旌勸良平。殄姦宄之徒，苗之去莠；籍孤惸之戶，網之舉綱。已而董之以威，示之以信，懷之以德，綏之以仁，導之以詩書，訓之以禮讓，迄至群心帖泰，庶物休和，多稼豐登，連薨富壽。兩川安堵，固無夜戶之虞；千里嚮風，盡有春臺之樂。

一旦乃有十邑之叟、四郭之彥，惜鳳書之將至，恐熊軾之斯邁，乃與瀝誠於外計，奏功於中宸。列牘初上，當宁稱嘆，乃降璽書以勞之，示聖主得賢而遠方受賜也。宸章昭晰，睿旨淵沖，焕乎日月之麗天，皦如金石之薦廟。宣揚兌澤，誠告坤方②。

仰觀惟睿之辭，實勸事君之節。既而閫府衙校、耆耋、緇黃等諏曰：“聖主示十行之札，形一字之褒，雖聞紀勒郡齋，庶傳於不朽，豈若標題仙觀，用勸於後來？”而又罔棄頑蒙，懇求紀述。然念叙賢人之事業，雖學之於師；察聖后之刑章，幸居之於職。復乃得實狀，寧假飾辭？

時景祐三年冬十月二十日，益州路提刑李定記。

賜程戡修城池獎諭詔

敕程戡：省益州路轉運司高良夫奏云云。蜀自漢唐以來，國之西屏，控臨撫理，專用材用器望者處之。卿往嘗屬任，復當眷付，下教如昨，布

---

① 旋：原作“施”，據嘉慶本《全蜀藝文志》卷二六改。
② 坤：原作“神”，據《全蜀藝文志》卷二六改。

政猶新。矧乃恤戎略以安邊，憺威名而寧遠，繕完壁壘，經度溝池。謀不踰時，士皆罄力；訖能集事，人匪告勞。刺部提封，剡章指狀，備虞暇豫，允賴毗維。申念勤庸，弗忘嘉寵，故茲獎諭，想宜知悉。

賜張方平父老借留獎諭詔

敕方平：省益州轉運使高良夫奏云云。坤維一隅，二蜀爲大，慎擇良守，時謂才難。卿乃者輟宸朝秘寵之班，委寰輔密陪之鎮，特更近屛，專及遠邦。此朕意欲撫御彈壓，以寬西顧。果能厚政化以懷和，孚教條而悦穆；甄善疾非而人愛其舉，發姦摘伏而吏畏其神；廛壤告登，里封去盜，内無繫獄，外無繁訟；恩育惸獨，惠康窮乏。而乃鄉居獻狀，刺部奏陳。或以奏計之期，預希一借；或以解歸之次，願畢三周。惟漢有文翁、廉范飭勵之規，惟唐有德裕、元衡約束之略。詳觀休績，何愧前修！勉樹令圖，以光來譽。省循嘉嘆，彌切眷懷，故茲獎諭，想宜知悉。

賜趙抃父老借留獎諭詔

敕趙抃：省成都府路轉運、提刑司奏云云。蜀遠在西南，最要部也。朕常患吏不能究宣德澤，以被於遠民，故其擇守，非慈良簡重者不以命之。卿在蜀甫踰年，而使者以其治迹尤異上於朝廷。夫吏所以治民也，能盡其治，民賴之，豈不汝嘉乎？故茲獎諭，想宜知悉。

秋熱，卿比平安好？遣書，指不多及。

龍圖閣直學士天水公治蜀甫閱歲，府之黎老士民舉千百數，伏使者車言曰："蜀之壤陿衆彩①，俛首輸賦，風尚孅靡，怯不鷙立。自公問俗布政，闊略法禁，緒正綱目，坐格醇茂。仁義道德，衍爲教化，徭賦均節，俗本生業。人人自愛，以重犯法。風雨時若，粒米狼戾。民惕然懼朝廷之召遷，而父母去我矣，願上書借公留。"語聞上，上以手迹細札獎勖褒嘉之。都人頓首伏

---

① 陿：原作"陋"，據《全蜀藝文志》卷二六改。"陿"同"狹"。

讀，欣喜蹈舞。恭惟天詔有慈良簡重、治迹尤異之稱。公恕物以
仁，約己以禮，表俗以信，鎮浮以德，故上知公之深如此。

漢膠東相成、潁川守霸，皆有璽書勉勵異等效，著在篇簡。
今公之拜休寵者，當有以揭金石刻，永傳無窮，而爲西南藩維之
光華也。《書》不云乎："敢對揚天子之休命。"《詩》云："虎
拜稽首，天子萬年。"蓋報上歸美，所宜侈大也。

治平三年九月一日①，秘書丞閻灝謹序。

賜王剛中訓諭詔

朕軫念坤維，遠在一方，德意雖深，利澤未究，故臨遣詞臣，往分閫
寄。卿其深體至懷，務先惠養。民間有疾苦，官吏有貪殘，悉以上聞。夫
苻政在寬，寬宜有制；足用在儉，儉宜中禮。撫馭將士，先之以和，肅寧
邊陲，鎮之以靜，則朕無西顧之憂矣。佇聞報政，嗣有寵嘉。

紹興二十八年秋九月，蜀以闕帥聞，皇帝陛下諭旨遣從臣出
鎮。臣是時方代匱詞掖，庚辰，以臣制置四川，兼治成都。臣聞
命震恐，固辭不獲。越十月庚寅，引對便殿，上宣諭四川利病至
悉，臣退而謹書之。甲午正謝，蒙恩賜臣御寶帶、象笏，並賜行
貲。庚子朝辭，復蒙宣賜御筆訓諭詔書。臣伏觀雲漢之章、奎筆
之畫，心目悸眩，大懼無以承盛德、稱明詔者。

竊嘗謂，自古人君，如漢光武命帥，以詔敕從事，徒見於征
討艱難之日；而唐太宗賜群臣御書，又皆燕閒無益之辭。豈若皇
帝陛下軫念坤維，去朝廷數千里，將使利澤周浹於六十一城之
廣。肆親灑宸翰，訓敕微臣察民間之疾苦，糾官吏之貪殘，苻政
尚寬猛之中，足用制禮儉之節，與夫撫和將士，肅靜邊陲，皆閫
寄之大方，吏治之至要。而臣起自諸生，驟膺委寄，內揆庸淺，
實無他長，惟當夙夜奉行詔旨，庶幾有補一方，不負聖神所以拔

① 三年：原作"二年"，據嘉慶本《全蜀藝文志》卷二六改。按：趙抃受詔自河北都轉運
使移知成都府在治平元年十二月二十二日（見《續資治通鑑長編》卷二○三），其到任當在治平
二年。而詔言"卿在蜀甫逾年"，則此詔之下當在三年。

擢臨遣之意。臣載惟堯言布於天下，而舜詔岳牧，辭列典謨。

臣既到官，是用敢刻諸堅珉，昭示德意，垂範無窮。

臣王剛中拜手稽首，謹記。

賜晁公武獎諭詔

敕公武：朕聞蜀漢沃野，有蔬食果實之饒，民食稻魚，亡凶年憂。而比歲以來，穀糴常貴，民有飢色，故易以爲盜。豈民不務本、吏苛刻之所致耶？朕甚憫焉。卿服在從班，習知德意，乃能裁公帑之餘，行平糴之政，以復天聖守臣之舊迹，其用心亦勤矣。夫廣蓄積以實倉廩、備水旱，此郡國之所先務也，卿能知此，朕復何憂！載攬奏封，良深嘉嘆，故茲獎諭，想宜知悉。

冬寒，卿比平安好？遣書，指不多及。

賜范成大獎諭詔[①]

卿遠鎮坤維，兼總戎律，究心夙夜，朕甚嘉之。所進內教將兵，外修堡寨，團結土丁，三說皆善。更益勉旃，務在必行，早見成效，以副朕倚注之意。

臣不肖，日者待罪桂林，蒙恩徙鎮蜀道。次於荊州，詔問西南邊事，臣愚無識知，嘗試妄論，大要練兵丁、繕保障，儻事力弗給，可若何？行及廣漢，則昧死上其說。制下尚書，其頒劍南西川度牒五百，爲緡錢三十五萬八千有奇，以贍工費，而賜臣八月二十五日璽書如前。

臣謹拜手稽首言曰：昔堯舜之於群臣，聞其言善則俞之，必有訓敕之辭，繼之曰"懋哉"，曰"往欽哉"，二《典》之書是已。今陛下過聽，擇於芻蕘，又勉之以底績。此堯舜之法，二《典》之所以書也，臣何足以得此？雖貪天子之命以爲己榮，而

---

① 詔：原無，據前後各篇例補。

一介齷齪，狗馬蚤衰，罷軟不自勝，恐終無尺寸補益縣官，且姦大何，以隕越於下。茲榮也，祇所以為懼哉！敬奉賜書，被之琬琰，以旦夕瞻仰於前。其敢侈臣之榮？識臣之懼而已。

賜范成大措置和糴戒諭詔

蜀為西南屏蔽，兵民庶務尤當平允。宜相度諸處民之豐約措置，以均和糴之數。及不得令在職官捨己所任，避難就易，營攝別職，以便私計。其屯戍兵將官占護軍人，不分曲直，唯務己勝，將量罪輕重，必罰無赦。詳此戒諭，其毋怠忽！

淳熙二年七月，詔復四川制置司，以成都府路安撫制置使臣成大攝使事。臣辭弗獲命，奉印章唯謹，於兵民之政莫敢有所罷行。厥十一月，皇帝親御翰墨，賜臣戒諭。雲章自天，光被草莽，昭回震耀，不可櫝藏，謹昧死立石，與群有司共之。

切惟井絡之區，最遠天極，吏之逸勤，民之戚休，軍政之否臧，不能以時上聞，蜀父老病之久矣。陛下明見萬里，無隱弗燭，一札十行，有德有刑。雷風鼓舞，咫尺在上，若見若聞，靡不兢悚。臣冒閫外之寄，才薄望輕，不能先事舉職，致煩威命之辱。臣救過且不暇，其何能奉宣大律，以肅官政？猶日夜引領，庶幾萬一者，惟陛下丞命重臣，俾大此官，講明憲度，罔有廢格，則臺家長無西顧之憂。臣誠大幸，卒蒙全覆，歸伏田畝，以終免於戾，臣之願也，非所敢望也。

賜范成大措置和糴詔

關外四州每歲和糴之擾，計其米數止十萬碩。若以全蜀之力措置，充代其數，如何？卿可疾速條具聞奏。

臣竊惟秦隴宿兵數十年，餉道回遠者仰哺於糴，此公私俱贍之法。吏亡狀，猥以賤賈取盈於民。弊久滋益，至有倍蓰常賦什以上者，愁嘆之聲，徹於聽聞。皇帝若曰："民惟邦本，本固邦寧，矧茲遐氓，奈何重困之？且何以震疊醜類，懷徠舊俗？"故自淳熙二年以來，詔旨為和糴而下者亡慮八九。惟階、成、和、鳳四郡最並邊，發政施仁，宜自今始。既蠲糴一年，又下璽書賜臣，使講求餘財，以代民力。

臣駑聞，乏會計才，久之莫知所出，姑請增賈九之一，勿收頭子錢，罷盤量檢察官。若朘削本錢，苛斗面之弊，一切禁絕。詔可。是歲關外小旱，而四州菽粟顧狼戾，三家之市皆熙如春臺。充代之榮猶未能盡如聖訓，而睹德之應，其捷固已如此，愚心了然，見王道之易易也。

敬奉奎畫，被之琬琰，以照臨西土，使凡有司咸喻天子德意志慮，且以見仁義之得民誠有速於置郵，承流宣化者其可以不勉！

成都文類卷十八

表　疏　筍記

上漢帝表

（蜀漢）先　主①

　　臣以具臣之才，荷上將之任，董督三軍，奉辭於外，不能掃除寇難，靖匡王室，久使陛下聖教陵遲，六合之內否而未泰，惟憂反側，疢如疾首。曩者董卓造為亂階，自是之後，群凶縱橫，殘剝海內。賴陛下聖德威靈，人神同應②，或忠義奮討，或上天降罰，暴逆並殪，以漸冰消。惟獨曹操久未梟除，侵擅國權，恣心極亂。臣昔與車騎將軍董承圖謀討操，機事不密，承見陷害，臣播越失據，忠義不果。遂得使操窮凶極逆，主后戮殺，皇子鴆害③。雖糾合同盟，念在奮力，懦弱不武，歷年未效。常恐殞沒，孤負國恩，寤寐永歎，夕惕若厲。

　　今臣群寮以為，在昔《虞書》敦叙九族，庶明厲翼，五帝損益，此道不廢。周監二代，並建諸姬，實賴晉、鄭夾輔之福。高祖龍興，尊王子弟，大啓九國，卒斬諸呂，以安大宗。今操惡正醜直，實繁有徒，包藏禍心，篡盜已顯。既宗室微弱，帝族無位，斟酌古式，依假權宜，上臣大司馬、漢中王。臣伏自三省，受國厚恩，荷任一方，陳力未效，所獲已過，不宜復忝高位，以重罪謗。群僚見逼，迫臣以義。臣退惟，寇賊不梟，國難未已，宗廟傾危，社稷將墜，誠臣憂責碎首之負。若應權通變，以寧靖聖朝，雖赴水火，所不得辭，敢慮常宜，以防後悔？輒順眾議，拜受印

---

　　①　蜀：原無。按：以下蜀漢時作者之朝代，原本或稱"漢"，或稱"蜀"，殊不統一，今一律改稱"蜀漢"。下條同。

　　②　神：原作"臣"，據《三國志·蜀書·先主傳》改。

　　③　鴆害：原作"鳩鴆"，據《三國志·蜀書·先主傳》改。

璽，以崇國威。仰惟爵號，位高寵厚，俯思報效，憂深責重，驚怖累息，如臨於谷。盡力輸誠，獎厲六師，率齊群義①，應天順時，撲討凶逆，以寧社稷，以報萬分。謹拜章，因驛上還所假左將軍、宜城亭侯印綬。

諫劉先主不稱尊號疏 　　　　　　　　　　（蜀漢）費　詩

群臣議欲推漢中王稱尊號，詩上疏曰：

殿下以曹操父子逼主篡位，故乃羈旅萬里，糾合士衆，將以討賊。今大敵未克，而先自立，恐人心疑惑。昔高祖與楚約，先破秦者王。及屠咸陽，獲子嬰，猶懷推讓。況今殿下未出門庭，便欲自立邪！愚臣誠不爲殿下取也。

辭先主表 　　　　　　　　　　　　　　　（蜀漢）孟　達②

伏惟殿下將建伊、呂之業，追桓、文之功，大事草創，假勢吳楚，是以有爲之士深睹歸趣。臣委質已來，愆戾山積，臣猶自知，況於君乎？今王朝以興，英俊鱗集，臣內無輔佐之器，外無將領之才，列次功臣，誠自醜也③。臣聞范蠡識微，浮於五湖；咎犯謝罪，逡巡於河上。夫際會之間，請命乞身，何則？欲潔去就之分也。況臣卑鄙，無元功巨勳④，自繫於時，竊慕前賢，早思遠恥。昔申生至孝，見疑於親；子胥至忠，見誅於君；蒙恬拓境，而被大刑；樂毅破齊，而遭讒佞。臣每讀其書，未嘗不慷慨流涕，而親當其事，益以傷絕。何者？荊州覆敗，大臣失節⑤，百無一還；惟臣尋事，自致房陵、上庸，而復乞身，自放於外。

伏想殿下聖恩感悟，愍臣之心，悼臣之舉。臣誠小人，不能始終，知而爲之，敢謂非罪？臣每聞交絕無惡聲，去臣無怨辭。臣過奉教於君子，

---

① 率：原作“卒”，據《三國志·蜀書·先主傳》改。
② 漢：原無，徑補。
③ 醜：《三國志·蜀書·劉封傳》裴注引作“愧”。
④ 巨：原作“臣”，據《三國志·蜀書·劉封傳》裴注改。
⑤ 大臣失節：原作“大失臣節”，據《三國志·蜀書·劉封傳》裴注改。

願君王勉之也。

臨發漢中上後主疏

（蜀漢）諸葛亮①

先帝創業未半，而中道崩殂。今天下三分，益州疲弊，此誠危急存亡之秋也。然侍衛之臣不懈於內②，忠志之士忘身於外者，蓋追先帝之殊遇，欲報之於陛下也。誠宜開張聖聽，以光先帝遺德，恢弘志士之氣，不宜妄自菲薄，引喻失義，以塞忠諫之路也。

宮中府中，俱為一體，陟罰臧否，不宜異同。若有作姦犯科，及為忠善者，宜付有司，論其刑賞，以昭陛下平明之理，不宜偏私，使內外異法也。侍中、侍郎郭攸之、費禕、董允等，此皆良實，志慮忠純，是以先帝簡拔，以遺陛下。愚以為宮中之事，事無大小，悉以咨之，然後施行，必能裨補闕漏，有所廣益。將軍向寵，性行淑均，曉暢軍事，試用於昔日，先帝稱之曰能，是以眾議舉寵為督。愚以為營中之事，悉以咨之，必能使行陣和睦，優劣得所。親賢臣，遠小人，此先漢所以興隆也；親小人，遠賢臣，此後漢所以傾頹也。先帝在時，每與臣論此事，未嘗不嘆息痛恨於桓靈也。侍中、尚書、長史、參軍，此悉貞良死節之臣③，願陛下親之信之，則漢室之隆可計日而待也。

臣本布衣，躬耕於南陽，苟全性命於亂世，不求聞達於諸侯。先帝不以臣卑鄙，猥自枉屈，三顧臣於草廬之中，諮臣以當世之事，由是感激，遂許先帝以馳驅。後值傾覆，受任於敗軍之際，奉命於危難之間，爾來二十有一年矣。先帝知臣謹慎，故臨崩寄臣以大事也。受命以來，夙夜憂嘆，恐託付不效，以傷先帝之明，故五月渡瀘，深入不毛。今南方已定，兵甲已足，當獎率三軍，北定中原，庶竭駑鈍，攘除姦凶，興復漢室，還於舊都。此臣所以報先帝而忠陛下之職分也。至於斟酌損益，進盡忠言，則攸之、禕、允之任也。

願陛下託臣以討賊興復之效，不效，則治臣之罪，以告先帝之靈。若

---

① 蜀：原無，徑補。
② 懈：原作“解”，據《三國志·蜀書·諸葛亮傳》改。
③ 貞：原作“身”，據《三國志·蜀書·諸葛亮傳》改。

無興德之言，則責攸之、禕、允等之慢①，以彰其咎。陛下亦宜自謀，以諮諏善道，察納雅言。深追先帝遺詔，臣不勝受恩感激。今當遠離，臨表涕零，不知所言。

乞伐魏疏 前　人

先帝慮漢、賊不兩立，王業不偏安，故託臣以討賊也。以先帝之明，量臣之才，故知臣伐賊，才弱敵强也；然不伐賊，王業亦亡，惟坐待亡，孰與伐之？是故託臣而弗疑也。臣受命之日，寢不安席，食不甘味。思惟北征，宜先入南，故五月渡瀘，深入不毛，並日而食。臣非不自惜也，顧王業不可得偏全於蜀都，故冒危難，以奉先帝之遺意也，而議者謂爲非計。今賊適疲於西，又務於東，兵法乘勞，此進趨之時也。謹陳其事如左。

高帝明並日月，謀臣淵深，然涉險被創②，危然後安。今陛下未及高帝，謀臣不如良、平，而欲以長計取勝，坐定天下，此臣之未解一也。劉繇、王朗各據州郡，論安言計，動引聖人，群疑滿腹，衆難塞胸，今歲不戰，明年不征，使孫策坐大，遂併江東。此臣之未解二也。曹操智計殊絕於人，其用兵也，髣髴孫、吳，然困於南陽，險於烏巢，危於祁連，逼於黎陽，幾敗北山③，殆死潼關，然後偽定一時耳。況臣才弱，而欲以不危而定之，此臣之未解三也。曹操五攻昌霸不下，四越巢湖不成，任用李服而李服圖之，委夏侯而夏侯敗亡。先帝每稱操爲能，猶有此失，況臣駑下，何能必勝？此臣之未解四也。自臣到漢中，中間朞年耳，然喪趙雲、陽群、馬玉、閻芝、丁立、白壽、劉郃、鄧銅等，及曲長屯將七十餘人，突將、無前、賨叟、青羌、散騎、武騎一千餘人④。此皆數十年之內所糾合四方之精銳，非一州之所有，若復數年，則損三分之二也，當何以圖敵？此臣之未解五也。今民窮兵疲，而事不可息；事不可息，則住與行勞費正等，而不及今圖之，欲以一州之地與賊持久，此臣之未解六也。

---

① "若無興德之言則"七字原脱，據《三國志·蜀書·諸葛亮傳》補。
② "然涉險被創"五字原脱，據《三國志·蜀書·諸葛亮傳》裴注補。
③ 北：原作"伯"，據《三國志·蜀書·諸葛亮傳》裴注改。
④ 武騎：原脱，據《三國志·蜀書·諸葛亮傳》裴注補。

夫難平者，事也。昔先帝敗軍於楚，當此時，曹操拊手，謂天下已定；然後先帝東連吳越，西取巴蜀，舉兵北征，夏侯授首。此操之失計，而漢事將成也。然後吳更違盟，關羽毀敗，秭歸蹉跌[1]，曹丕稱帝。凡事如是，難可逆見。臣鞠躬盡力，死而後已，至於成敗利鈍，非臣之明所能逆睹也。

廢李平表　　　　　　　　　　　　　　　　　　　　前　人

自先帝崩後，平所在治家，尚爲小惠，安身求名，無憂國之事。臣當北出，欲得平兵，以鎮漢中。平窮難縱橫，無有來意，而求以五郡爲巴州刺史[2]。去年臣欲西征，欲令平主督漢中，平說司馬懿等開府辟召。臣知平鄙情，欲因行之際逼臣取利也，是以表平子豐督主江州，隆崇其遇，以取一時之務。平至之日，都委諸事，群臣上下皆怪臣待平之厚也。正以大事未定，漢室傾危，伐平之短，莫若褒之。然謂平情在於榮利而已，不意平心顛倒乃爾。若事稽留，將致禍敗，是臣不敏，言多增咎。

乞立諸葛亮廟表　　　　　　　　　　　　　　　　（蜀漢）習　隆[3]

臣聞周人懷召伯之德，甘棠爲之不伐；越王思范蠡之功，鑄金以存其像。自漢興以來，小善小德，而圖形立廟者多矣。況亮德範遐邇，勳蓋季世，王室之不壞[4]，實斯人是賴。而烝嘗止於私門，廟像闕而莫立，使百姓巷祭，戎夷野祀，非所以存德念功，述追在昔者也。今若盡順民心，則瀆而無典，建之京師，又逼宗廟，此聖懷所以惟疑也[5]。臣愚以爲，宜因近其墓，立之於沔陽，使所親屬以時賜祭。凡其臣故吏欲奉祠者，皆限至

---

① 秭：原作"秭"，據《三國志·蜀書·諸葛亮傳》裴注改。
② 巴：原作"邑"，據《三國志·蜀書·李嚴傳》改。
③ 漢：原無，徑補。下二條同。習隆：原作"督隆"，據《三國志·蜀書·諸葛亮傳》裴注改。
④ "王室"上原有"興"字，據《三國志·蜀書·諸葛亮傳》裴注刪。
⑤ 惟：原作"懷"，據《三國志·蜀書·諸葛亮傳》裴注改。

廟，斷其私祀，以崇正禮。

上襲魏疏

（蜀漢）蔣 琬

芟穢彌難，臣職是掌。自臣奉辭漢中，已經六年，臣既闇弱，加嬰疾疢①，規方無成，夙夜憂慘。今魏跨帶九州，根蔕滋蔓，平除未易。若東西併力，首尾掎角，雖未能速得如志，且當分裂蠶食，先摧其支黨。然吳期二三，連不克果，俯仰惟艱，實忘寢食。輒與費禕等議，以涼州胡塞之要，進退有資，賊之所惜，且羌胡乃心思漢如渴，又昔偏軍入羌，郭淮破走。算其長短，以爲事首，宜以姜維爲涼州刺史。若維征行，銜持河右②，臣當帥軍，爲維鎮繼。今涪水陸四通，惟急是應，若東北有虞，赴之不難。

諫後主疏

（蜀漢）譙 周

昔王莽之敗，豪傑並起，跨州據郡，欲弄神器。於是賢才智士思望所歸，未必以其勢之廣狹，惟其德之薄厚也。是故於時更始、公孫述及諸有大衆者多已廣大，然莫不快情恣欲，怠於爲善，遊獵飲食，不恤民物。世祖初入河北，馮異等勸之曰③："當行人所不能爲。"遂務理冤獄，節儉飲食，動遵法度。故北州歌嘆，聲布四遠。於是鄧禹自南陽追之，吳漢、寇恂未識世祖，遙聞德行，遂以權計舉漁陽、上谷突騎迎於廣阿。其餘望風慕德者邳肜、耿純、劉植之徒，至於輿病齎棺、襁負而至者不可勝數。故能以弱爲強，屠王郎，吞銅馬，折赤眉，而成帝業也。及在洛陽，嘗欲小出，車駕已御，銚期諫曰："天下未寧，臣誠不願陛下細行數出。"即時還車。及征隗囂，潁川盜起，世祖還洛陽，但遣寇恂往，恂曰："潁川以陛下遠征，故姦猾起叛，未知陛下還，恐不時降；陛下自臨潁川，賊必即

---

① 加：原作"如"，據靜嘉堂本、《三國志·蜀書·蔣琬傳》改。
② 銜：原作"御"，據《三國志·蜀書·蔣琬傳》改。
③ 曰：原作"日"，據《三國志·蜀書·譙周傳》改。

降。”遂至潁川，竟如恂言。故非急務，欲小出不敢，至於急務，欲自安不爲，故帝者之欲善也如此。故《傳》曰：“百姓不徒附。”誠以德先之也。

今漢遭厄運，天下三分，雄哲之士思望之時也。陛下天姿至孝，喪踰三年，言及隕涕，雖曾、閔不過也。敬賢任才，使之盡力，有踰成康，故國內和一，大小戮力，臣所不能陳。然臣不勝大願，願復廣人所不能者。夫輓大重者，其用力苦不衆；拔大艱者，其善術苦不廣。且承事宗廟者，非徒求福祐，所以率民尊上也。至於四時之祀，或有不臨，池苑之觀，或有仍出，臣之愚滯，私不自安。夫憂責在身者，不暇盡樂。先帝之志，堂構未成，誠非盡樂之時。願省減樂官、後宮所增造，但奉修先帝所施，下爲子孫節儉之教。

進諸葛氏集表 　　　　　　　　　　　　　　　　　　　　（晉）陳　壽

臣壽等言：臣前在著作郎，侍中領中書監濟北侯臣荀勖、中書令關內侯臣和嶠奏，使臣定故蜀丞相諸葛亮故事。亮毗佐危國，負阻不賓，然猶存錄其言，恥善有遺，誠是大晉光明至德，澤被無疆，自古以來未之有倫也。輒刪除複重，隨類相從，凡爲二十四篇，篇名如右。

亮少有逸群之才、英霸之器，身長八尺，容貌甚偉，時人異焉。遭漢末擾亂，隨叔父玄避難荆州，躬耕於野，不求聞達。時左將軍劉備以亮有殊量，乃三顧亮於草廬之中。亮深謂備雄姿傑出，遂解帶寫誠，厚相結納。及魏武帝南征荆州，劉琮舉州委質，而備失勢，衆寡，無立錐之地。亮時年二十七，乃建奇策，身使孫權，求援吳會。權既宿服仰備，又睹亮奇雅，甚敬重之，即遣兵三萬人以助備。備得用與武帝交戰，大破其軍，乘勝克捷，江南悉平。後備又西取益州。益州既定，以亮爲軍師將軍。備稱尊號，拜亮爲丞相、錄尚書事。及備殂没，嗣子幼弱，事無巨細，亮皆專之。於是外連東吳，內平南越，立法施度，整理戎旅，工械技巧，物究其極，科教嚴明，賞罰必信，無惡不懲，無善不顯。至於吏不容姦，人懷自厲，道不拾遺，强不侵弱，風化肅然也。

當此之時，亮之素志，進欲龍驤虎視，包括四海，退欲跨陵邊疆，震蕩宇內。又自以爲無身之日，則未有能蹈涉中原、抗衡上國者，是以用兵不戢，屢耀其武。然亮才於治戎爲長，奇謀爲短，理民之幹，優於將略，而所與對敵，或值人傑。加衆寡不侔，攻守異體，故雖連年動衆，未能有克。昔蕭何薦韓信，管仲舉王子城父，皆忖己之長，未能兼有故也①。亮之器能政理，抑亦管、蕭之亞匹也，而時之名將無城父、韓信，故使功業陵遲②，大義不及耶？蓋天命有歸，不可以智力爭也。

青龍二年春，亮帥衆出武功，分兵屯田，爲久駐之基。其秋病卒，黎庶追思，以爲口實。至今梁益之民咨述亮者，言猶在耳，雖《甘棠》之詠召公，鄭人之歌子産，足以遠譬也③。孟軻有云：“以逸道使民，雖勞不怨；以生道殺人，雖死不忿④。”信矣。

論者或怪亮文彩不艷，而過於丁寧周至。臣愚以爲咎繇大賢也，周公聖人也，考之《尚書》，咎繇之謨略而雅，周公之誥煩而悉。何則？咎繇與舜、禹共談⑤，周公與群下矢誓故也。亮所與言，盡衆人凡士，故其文指不得及遠也⑥。然其聲教遺言，皆經事綜物，公誠之心形於文墨，足以知其人之意理，而有補於當世。伏惟陛下邁蹤古聖，蕩然無忌，故雖敵國誹謗之言，咸肆其辭，而無所革諱，所以明大通之道也。

謝政刑箴表　　　　　　　　　　　　　　　　　　（唐）韋　皋

辰象在天，睿文昭焕。體弘述作，義著箴規。發揮刑政之源，黻藻皇王之道。況理包《繫》《象》，詞正《典》《謨》，豈惟炯誡心靈，實乃化成天下。伏以刑清則功濟茂育⑦，政治則俗致和平。大哉聖言，允叶天聽！臣職守方鎮，宣揚教化，仰觀睿藻，伏荷時休。思欲紀在盤盂，周旋被服，不若懸之日月，垂範將來。是用課率柔翰，形於傳寫，刊於琬琰之上，表於府署之門，示文武之楷模，爲古今之殊觀。其碑刊刻已畢，見立

---

① 故：原脫，據《三國志·蜀書·諸葛亮傳》補。
② 使：原脫，據《三國志·蜀書·諸葛亮傳》補。
③ 足：《三國志·蜀書·諸葛亮傳》作“無”。
④ 忿：原作“怨殺”，據《三國志·蜀書·諸葛亮傳》改。
⑤ 談：原作“謨”，據《三國志·蜀書·諸葛亮傳》改。
⑥ 不得及遠：原作“不及得遠”，據《三國志·蜀書·諸葛亮傳》改。
⑦ 茂：《全蜀藝文志》卷二七作“化”。

屋宇，謹令修裝三本，隨狀奉進。臣藝能薄劣，筆札無功，貴竭臣子之誠，式揚君父之德。輕塵旅宸，伏用兢惶。

〔批答〕朕以爲理之本，繫乎政刑。頃因退朝，偶有製述，用錫人極，庶叶時中。聊以自規，豈能逮意？卿道贊元化，志宣大猷，爰勒貞珉，躬自染翰，克盡事君之節，益嘉將順之心。省閱再三，嘆賞無已！

代李侍郎賀收成都府表①　　　　　　　　　　　（唐）呂　溫

臣某言：臣伏見高崇文奏，某月日官軍入成都府②，逆賊劉闢走出，見勒兵追捕者。臣聞夏震秋落，乃觀成物之功；善陳有征，方見勝殘之理。然則殺之所以生之也，動之所以綏之也。氣和則歲功早就，德盛則廟算先期。無遺鏃而巨寇窮奔，不血刃而全蜀底定。奔走夷裔，鼓舞生靈。騰瑞氣而躍祥風，披慶雲而捧白日。

伏以陛下纂臨宸極，惟新庶政。拓迹開統之始，作法定制之初，而賊闢敢犯天威，首干大紀，恃險與遠，窮凶極暴。雖禍淫助順，誠天道之必然；而制勝舉全，皆聖謀之自出。

一昨諸軍既集③，鋒鏑爭先。陛下以爲方暑用兵，觸冒害氣，與勤人而欲速，寧全衆以功遲，遂令緩螻蟻之誅，抑貔豿之銳，休養磨礪，以須秋期。由是感恩而思奮者，萬心如一。又高崇文嫉惡太甚，殺傷小過，陛下推弔伐之義，弘覆燾之仁，茲寇是誅，吾民何罪？遂令逐北者生致爲上，脅從者獲則捨之，且諭鴻私，仍加安慰。由是飲澤而向化者，十室而九。加以聖慈曲被，大信有孚。當挾纊之時，賜戰士悉出内府；開食楈之路，賞降者曾不踰辰。遂使昏迷革心，義勇增氣，江山自拔，雷雨長驅。渠魁假息而逃威，士衆順風而捨杖。市不易肆，巷無驚犬。人蒙肉骨，戶解倒懸。旌旗導長養之風，金鼓發生成之氣。然後知至化能殺，睿略無方，大典用彰，神武可畏。全包形器之内，有罪必誅；旁行天地之間，無

---

① 《文苑英華》卷五六八題注：“元和元年。”
② 某月日：《呂衡州集》卷五作“以九月二十一日”。
③ 一昨：原無，據《呂衡州集》卷五補。

思不服。

臣謬膺重寄，親奉昌期，坐觀氛祲之清，目睹鯨鯢之戮，手舞足蹈，倍萬常情，無任慶抃感躍之至！

請築羅城表　　　　　　　　　　　　　　　　　　（唐）高　駢

乾符二年夏六月，公以蜀土自咸通十一年並十五年兩遭蠻寇攻圍，子城迫窄，遂具聞奏，請築羅城。是月戊辰①，上表曰：

臣聞仗鉞擁旄，顯受專征之寄；殿邦守土，必遵共理之規。冀勵節以輸忠，須興利而除害。伏以臣當道山河雖嶮，城壘未寧。秦張儀收蜀之時，已曾板築；隋楊秀守藩之日，亦更增修。堅牢雖壯於一隅，周匝不過於八里。自咸通十年以後，兩遭蠻寇攻圍，數萬戶人填咽共處，池泉皆竭，熱氣相蒸，其苦可哀，斯弊可恤。臣前年赴任之日，纔過劍門，料蠻賊奔逃，不敢回顧，先遣走馬入府，放出城內戶人，莫不歡呼，稱見蘇息。臣今欲與民防患，爲國遠圖，廣築羅城，以示雄闊。將謀永逸②，豈憚暫勞？臣深受國恩，實思忠藎。儻允所奏，乞宣付宰臣僉議。

又　表　　　　　　　　　　　　　　　　　　　　　前　人③

西川境邑，南詔比隣，頻遭蠻蜓之侵凌，蓋以墙垣之湫隘。寇來而士庶投竄，只有子城；圍合而閭井焚燒④，更無遺堵。且百萬衆類，多少人家，萃集子城，可知危弊。井泉既竭，溝池亦乾，人氣相蒸，死生共處，官僚暴露，老幼飢恓。但言牢城，未敢出戰⑤。貨財而豈能般輦，商旅而空懷怨嗟，兼是戎兵，同行剽劫。賊路不能控扼，軍營罕習干戈，遂使蒸黎，枉遭塗炭。

---

① 是：原作“星”，據嘉慶本《全蜀藝文志》卷二七改。
② 逸：原作“遠”，據《全蜀藝文志》卷二七改。
③ “前人”二字原無，據全書體例補。
④ 合：原脫，據《全蜀藝文志》卷二七補。
⑤ 未：原脫，據《全蜀藝文志》卷二七補。

臣初到統押，便與經營。平夷鎮之堤防，焉能跋涉？大渡河之把截，誰敢過從？然須更議遠圖，以防後患，嚴設武備，廣築羅城，雄壯三川，保安千載，使寇孽遮圍而不遍，軍戎隈倚而無疑。旋奉詔書，令臣參酌，許興版築，冀盛蕃維。遂乃相度地形，揣摩物力，不思費耗，只繫安危。趣十縣之人丁①，抽八州之將校，分其地界，授以城基。運土囊而子來，持石杵而雲集。大興畚鋪，廣備資糧。五千堵之周回，川中捍蔽；百萬人之築起，空裏巍峨。日居月諸，功成事立。金湯既設，鐵甕如堅。控地道之莫能，徒云入寇；縱雲梯之强立，無計登陴。白露屋之凌空，躋攀莫及；青城山之對峙，形勢不如。擁門之扃鐍堅牢，曲角之規模周密。壕深莫跨，壁峻難攻。外邊睥睨之崇高，内面欄干而固護。獸頭帖出，雁翅排成。覆瓦烟青，甃堶苔碧。縱蠻再至，無計重圖。

　　此皆仗陛下之睿謀，使微臣之創制。鬼神扶助，社稷庇麻。臣限以守鎮，不獲奔詣闕庭，無任踴躍屏營之至。謹畫圖，差副使、中散大夫、内謁、賜紫金魚袋楊德章，節度判官、朝議郎、檢校尚書兵部郎、兼御史中丞、賜紫金魚袋裴峴等，奉進以聞。

爲蜀王建草斬陳敬瑄、田令孜表　　　　　（唐）馮涓

　　開匣出虎，孔宣父不責他人；當路斬蛇，孫叔敖非因利己。專殺不行於閫外，先機恐失於彀中。臣輒行閫制處斬訖。

上王建疏　　　　　前人

　　古之用兵，非以逞威暴而肆殺戮，蓋以安民爲先，豐財爲本。湯、武無忿怒之師，高、光有魚水之士，故能應天順人，弔民伐罪。今自土德下衰，朱梁逞虐，雍都、洛邑，盡是荆榛，江南、山東，各有割據。鬭力則人各有力，用兵則人各有兵。陛下欲以一方之强，舉萬全之策，臣恐陛下之憂不在於秦雍，而在於肘腋之下也。

---

　　① 趣：原作“迢”，據《全蜀藝文志》卷二七改。

上災異疏

（蜀）李道安

倉廩者國之本，糧食者人之命。固其本則邦寧，重其命則人富。今粒食中皆生蜂蠹，切疑在位貪鄙，奪民農時，戕害人命，故天生災異，以爲警告。又蟲皆曳米而行，恐邊鄙不寧，干戈忽起，饋挽相繼，人不堪命。伏願少精聖慮，與大臣恐懼修省，冀消災異①。

上蜀主表

（蜀）宋光葆

晉王攻滅朱梁，紹唐稱制，冒李氏之苗裔，以鄭王爲遠祖。遣使西來，侮慢尤甚，輕蔑我國，必將交惡。宜勵兵選將，執戈待寇。請於秦州屯兵萬人，鳳州三千人，控扼要害。命大將帥兵萬人成威武城，應援秦鳳；萬人成興元，應援金州及駱谷；萬人屯利州，應援文州及安遠城；二千成文扶州，爲秦鳳掎角。命渠、果州管下蠻酋各聚兵裹糧，專聽帥期。昔成汭據山陵，養兵五萬，皆仰給雲安，請擇安州刺史充峽路招討副使。改榷鹽法，以廣財用。嘉、眉二州增治戰艦，募舟師五千下峽出江陵，步騎出襄陽。大兵急攻秦雍，東據河潼，北以厚利啖胡廣②。利則進師，退則分據峽口及散關，以固吾國可以伐敵之心。

諫醉妝疏

（蜀）劉纂

下之從上，如風偃草。以仁義理法化之，則爲謹愿之行；以驕奢淫佚化之，則爲狂薄之俗。今一國之人皆效醉妝，臣恐邦基頹然，如人之醉，而不可支持也。

---

① 冀：《歷代名臣奏議》卷二九八作“以”。
② 胡廣：疑當作“胡虜”。《全唐文》卷九九八作“湖廣”，非，兩湖、兩廣不得言“北”。

諫王衍疏①

（蜀）蒲禹卿

先帝艱難創業，欲傳之萬世。陛下少長富貴，荒色惑酒。秦州人雜蕃戎，地多瘴癘，萬衆困於奔馳，郡縣罷於供億。鳳翔久爲仇讎，必生釁隙；唐國方通歡好，恐懷疑貳。先皇未嘗無故盤遊，陛下率意頻離宮闕。秦皇東狩，鑾駕不還；煬帝南巡，龍舟不返。蜀都强盛，雄視鄰邦，邊庭無烽火之虞，境內有腹心之疾。百姓失業，盜賊公行。昔李勢屈於桓溫，劉禪降於鄧艾，山河險固，不足憑恃。

賀江神移堰箋

（蜀）杜光庭

伏睹導江縣令黃璟奏六月二十六日江神移堰事。伏以大禹濬江，發洪源於龍冢；李冰創堰，分白浪於龜城。導彼靈津，資乎民用。而涸脛泛肩之誓，表則有常；若懷山沃日之多②，崩騰難制。立虞墊溺，必害蒸黎。昨者夏潦渤興，狂波未息。顧岷江之下瀨，便逼帝都；當灌口之上游，遽彰神力。於是震霆薨地，白雨通宵，驅陰兵而鼓譟連天，簇靈炬而熒煌達曙。回山轉石，巨堰俄成。浸淫頓減於京江，奔蹙盡移於峽路。仰由聖感，仍假英威。見天地之合符，睹神明之致祐。編於簡册，冠彼古今。叨奉獎私，彌增抃躍，謹奉箋陳賀以聞。

---

① 按：《資治通鑑》卷二七三載：後唐莊宗同光三年（前蜀王衍咸康元年），"蜀主將如秦州，群臣諫者甚衆，皆不聽。……前秦州節度判官蒲禹卿上表幾二千言，其略曰"。以下即本文。此乃《通鑑》略述其意，並非原文。其全文見後蜀何光遠《鑑戒錄》卷七及《太平廣記》卷二四一。

② 多：嘉慶本《全蜀藝文志》卷二七作"災"。

笏　記

（後蜀）李　嚴

　　咸康元年①，遣翰林學士歐陽彬通聘洛京回，莊宗皇帝遣客
省使李嚴來修好。嚴朝見笏記曰：

　　伏自朱溫肆逆，運屬昭宗。三年痛別於西秦，一旦逼遷於東洛。誅殘
宗黨②，焚爇宮闈。雖列藩悉是於唐臣，無一處不從其僞命。繇是大唐中
興皇帝念高祖、太宗之業，倏爾隳弛；憤朱溫、崔胤之徒，同謀篡弒③。
遂乃神機迴發，心鼎獨然，竭滄溟而誓戮鯨鯢④，芟林莽而決除虎兕。十
年對壘，萬陣交鋒。慮久困於生靈，而再挑其死士⑤。纔過汶水⑥，縛王
鐵槍於馬前；旋及夷門⑦，斬朱友貞於樓下。劍霜未匣，槍雪猶輝。段凝
統八萬雄師⑧，倒戈伏死；趙巖知一人應運⑨，引頸待誅。遂使賊將寒心，
謀夫拱手⑩。取乾坤只勞於八日⑪，救塗炭遂定於四方。備振皇威，咸遵
帝力。

　　今則秦庭貢表，兩浙稱臣。淮南陳負拜之儀，回紇備朝天之禮。纔安
宇宙，便息干戈；未盡梟夷⑫，方議除剪。豈謂大蜀皇帝柔遠懷邇，居安
慮危，喜我帝祚中興，群妖悉滅，特遣蘇、張之士，來追唐、蜀之歡。吾

---

　　①　咸康元年：原作“咸通六年”，據《錦里耆舊傳》卷二、《蜀檮杌》卷上改。按：咸康乃
後蜀主王衍年號。
　　②　宗黨：《鑑戒録》卷一作“南北”，《蜀檮杌》卷上作“宗室”。
　　③　崔胤：原作“崔相”，據《錦里耆舊傳》卷二改。
　　④　竭：原作“掘”，據《鑑戒録》卷一、《蜀檮杌》卷上改。
　　⑤　再挑：原作“再逃”。按：《鑑戒録》卷一作“選挑”，《蜀檮杌》卷上作“選揀”，則此
處“逃”當作“挑”，意爲挑選，形近而誤。
　　⑥　汶水：原作“汾水”，據《鑑戒録》卷一、《蜀檮杌》卷上改。按：梁將王彥章（王鐵
槍）守中都，即今山東汶上。後唐軍自鄆州踰汶水（今大汶河）圍之，擒彥章。可證當作“汶”。
　　⑦　旋：原作“施”，據《錦里耆舊傳》卷二改。
　　⑧　統：原作“弦”，據《錦里耆舊傳》卷二改。
　　⑨　巖：原作“嚴”，據《鑑戒録》卷一、《錦里耆舊傳》卷二、《蜀檮杌》卷上改。
　　⑩　謀：原作“謨”，據《錦里耆舊傳》卷二改。
　　⑪　八日：原作“八月”，據《錦里耆舊傳》卷二改。
　　⑫　未盡梟夷：原作“既盡梟殘”，據《錦里耆舊傳》卷二改。《鑑戒録》卷一、《蜀檮杌》
卷上作“未順梟凶”，《十國春秋》卷三七作“未盡梟凶”。

皇迥感於蜀皇，復禮遠酬於厚禮。臣則叨承玄造，獲奉皇華，載馳得面於天顏，戰汗不任於跼地。臣無任感恩荷聖、踴躍屏營之至。

王衍降表

臣先人受鉞坤維，作藩唐室①，一開土宇，垂四十年。屬梁孽挺災，皇綱解紐，不能助逆，遂至從權，勉狥輿情，正王三蜀②。逮臣纂紹，罔敢怠遑，自保土疆③，以安生聚。陛下嗣唐虞之業，興湯武之師，廓定中區，奄征不譓，梯航畢集，文軌大同。臣方議改圖，便期納款，遽聞致討，實抱驚危。今則委千里封疆，盡爲王土；冀萬家臣妾，皆沐皇恩。輿櫬有歸，負荊竢罪，望回日月之照，特寬斧鉞之誅。顒佇德音，以安反側。

諫用兵疏　　　　　　　　　　　　　　　　（後蜀）田　淳④

伏見三年以來，民頗怨嗟，謂陛下求賢失道，爲政不平；重纂組，奪女工；貴雕鏤，損農事；法令不信，賞罰無誠。納諫之心，微自滿假；馭朽之念，漸乖始卒。載舟覆舟，不可不懼。而況北有大敵，方藉支禦，若失人心，其何以濟？臣又見頻發士卒，遠戍邊庭，人心動搖，莫測其故，家構異議，如臨湯火。人且憂駭，將何撫寧？若夫舉衆興師，須明利害，況關大事，豈可容易？必若金鼓一鳴，前鋒稍接，一敗一成，疾如反掌。願陛下先事而計，無貽後患。

今之動靜，頗涉因循，臣不知所發之兵爲防邊乎？爲赴敵乎？若云防邊，不當驟有徵發；若云赴敵，則須先決便宜。師出無名，三軍必怨；三軍既怨，何以成功？以我朝之甲兵，擬柴氏之士馬；以我朝之將領，比柴氏之師帥；以我朝之帑藏，比柴氏之囷廩；至於法律刑名、聲明文物，彼

---

① "藩"下原衍"屏"字，據《蜀檮杌》卷上刪。
② 正：《蜀檮杌》卷上作"止"。
③ 土：原作"二"，據《蜀檮杌》卷上改。
④ 原無"後蜀"二字，徑補。田淳，《十國春秋·後蜀》有傳。

長此大，差互不同①，須用權奇，以謀拒捍。若二國交鬬，恐未十全。況我天府之邦，用武之地，一夫守隘，萬旅無前。假使柴師能於野戰，攻城奪壘，利在平川；儻在隘途，如無手足。願陛下以短兵自固，扼塞要衝，分布腹心，把斷細徑，精加號令，老彼敵師。縱柴氏親來，未敢便謀深入。以日繼月，以時繼年，敵勢自羸，我師彌銳，不折一戟，不失一卒，而柴氏自疲。信所謂彼竭我盈，以逸待困，此爲上計，符合天機。

上皇太子稱呼疏　　　　　　　　　　　　　（後蜀）李　昊②

按《漢書》，諸侯王上疏稱"陛下"，應劭釋云："陛者，升堂之陛。王者必有執兵陳於陛階之側，群臣與至尊言，不敢指斥，故呼在陛下者而告之，因卑以達尊之義。若今呼殿下、閣下、侍者、足下、執事之類是也。"臣等以爲，凡上箋皇太子，合連"殿下"呼之；若等候起居，合稱"皇太子萬福"；其前導者亦祇稱"皇太子來"，不宜呼"殿下來"。詳殿下、陛下之稱，顯是指陛殿之下他人也。今若言"殿下來"，即是他人來。請百官起居祇稱"皇太子萬福"，前導者呼"皇太子來"。

孟昶降表③

臣生自並門，長於蜀土，幸以先臣之基構，得從幼歲以纂承，只知四序之推移，不識三靈之改卜。伏自皇帝陛下大明出震，聖德居尊，聲教被於遐荒，慶澤流於中夏。當凝旒正殿，虧以小事大之儀；及告類圜丘，曠執贄奉琛之禮。蓋蜀地居遐僻，路阻闕庭，已慚先見之明，因有後時之責。今則皇威電赫，聖略風馳，干戈所指而無前，鼙鼓纔臨而自潰，山河郡縣半入於提封，將卒倉儲盡歸於圖籍。但念臣中外骨肉二百餘人，高堂有親七十非遠。弱齡奉侍，只在庭闈，日承訓撫之恩，粗勤孝養之道。實

---

① 互：原作"牙"，據《全蜀藝文志》卷二七改。

② 原無"後蜀"二字，徑補。李昊，《十國春秋·後蜀》有傳。

③ 按：據《新五代史》卷六四《後蜀世家》，此降表乃李昊撰。《錦里耆舊傳》卷四、《宋朝事實》卷一七所載此表較此爲詳，文字亦互有異同。

願克終甘旨，保此衰年；其次得子孫之團圓，守血食之祭祀。伏乞皇帝陛下容之如地，蓋之如天，特軫仁慈，以寬危辱。臣復輒徵故事，上瀆嚴聰。竊念劉禪有“安樂”之封，叔寶有“長城”之號，皆因歸款，盡獲全生。顧眇昧之餘魂，得保家而爲幸。庶使先臣寢廟，不爲樵采之場；老母庭除，尚有問安之所。見今保全府庫，巡遏軍城，不使毀傷，將期臨照。臣昶謹率文武見任官望闕上表歸命。

玉局祥光出現表　　　　　　　　　　　　凌　策

祥符七年六月十八日申時，玉局化混元上德皇帝太上老君洞中忽有五色光出見①，高三丈已來，移時方散，策畫圖具表進呈。

竊以方崇靈境，遽發祥光，示混元休應之徵，彰睿聖尊崇之德。臣聞光浮洛水，表宗周卜世之期；彩耀竹宮，煥炎漢無窮之運。蓋至誠之所奉，何嘉瑞之不臻？矧屬休明，能無感召？伏惟皇帝陛下道臻清净，化及幽遐。握老氏之真樞，蹈羲皇之高躅。粹容寶籙，既昭格於禁闈；率土溥天，俾崇修於靈迹。是致清都錫祉，佳氣儲祥。容與徘徊，相高於飛霧②；輪困蕭灑，實無異於卿雲。歡動方隅，美歸宸極。臣叨司遠郡，獲睹佳祥。贊《樂職》之詩，前修寧愧；貢瑞圖之象，殊事有聞。

---

① “化”下原有“光”字，據文意刪。按：玉局化爲太上老君升仙之處，後蜀時嘗於此設道場，見《資治通鑑》卷二七二。

② “相高”上當脱一字，與下句對仗。

成都文類卷十九

書 一 箋 奏 記

與王商書

（蜀漢）秦 宓①

宓字子敕，廣漢綿竹人也。少有才學，州郡辟命，稱疾不往。劉璋時，宓同郡王商爲治中從事，爲嚴君平、李弘立祠，宓與書曰：

疾病伏匿，甫知足下爲嚴、李立祠，可謂厚黨勤類者也。觀嚴文章冠冒天下，由、夷逸操，山嶽不移，使揚子不嘆，固自昭明。如李仲元不遭《法言》，令名必淪，其無虎豹之文故也，可謂攀龍附鳳者矣。如揚子雲，潛心著述，有補於世，泥蟠不滓，行參聖師，於今海內，談詠厥辭。邦有斯人，以耀四遠。怪子替兹，不立祠堂。蜀本無學士，文翁遣相如東授七經，還教吏民，於是蜀學比於齊魯，故《地理志》曰"文翁倡其教，相如爲之師"。漢家得士，盛於其世。仲舒之徒，不達封禪，相如制其禮。夫能制禮造樂，移風易俗，非《禮》所稱有益於世者乎？雖有王孫之累，猶孔子大齊桓之霸、公羊賢叔術之讓。僕亦善長卿之化，宜立祠堂，速定其銘。

---

① 漢：原無，徑補。以下三篇同。

與劉璋箋

（蜀漢）法　正

　　初，張松説璋迎先主，使討張魯，遣正銜命①。正既宣指，陰獻策於先主，令還取璋。及先主軍圍雒城，正箋與璋曰：

　　正受性無術，盟好違損，懼左右不明本末，必並歸咎，蒙恥没身，辱及執事，是以捐身於外，不敢反命；恐聖聽穢惡其聲，故中間不有箋敬。顧念凤遇，瞻望恨恨。然惟前後披露腹心，自從始初，以至於終，實不藏情，有所不盡，但愚闇策薄，精誠不感，以致於此耳。今國事已危，禍害在速，雖捐放於外，言足憎尤，猶貪極所懷，以盡餘忠。

　　明將軍本心，正之所知也，實爲區區不欲失左將軍之意。而卒至於是者，左右不達英雄從事之道，謂可違信黷誓，而以意氣相致，日月相遷②，趨求順耳悦目，隨阿遂指，不圖遠慮，爲國深計故也。事變既成，又不量彊弱之勢，以爲左將軍縣遠之衆，糧穀無儲，欲得以多擊少，曠日相持。而從關至此，所歷輒破，離宮別屯，日自零落。雒下雖有萬兵③，皆壞陣之卒，破軍之將，若欲爭一旦之戰，則兵將勢力實不相當。各欲遠期計糧者，今此營守已固，穀米已積；而明將軍土地日削，百姓日困，敵對遂多，所供遠曠。愚意計之，謂必先竭，將不復以持久也。空爾相守，猶不相堪。今張益德數萬之衆已定巴東④，入犍爲界，分平資中、德陽，三道並侵，將何以禦之？本爲明將軍計者⑤，必謂此軍縣遠無糧，饋運不及，兵少無繼。今荆州道通，衆數十倍，加孫車騎遣弟及李異、甘寧等爲其後繼。若爭客主之勢，以土地相勝者，今此全有巴東，廣漢、犍爲過半已定，巴西一郡復非明將軍之有也。計益州所仰惟蜀，蜀亦破壞⑥，三分亡二，吏民疲困，思爲亂者十户而八。若敵遠則百姓不能堪役，敵近則一旦易主矣，廣漢諸縣是明比也。又魚腹與關頭，實爲益州禍福之門，今二門悉開，堅城皆下，諸軍並破，兵將俱盡，而敵家數道並進，已入心腹，坐

---

① 銜：原作“御”，據《三國志·蜀書·法正傳》改。
② 遷：原作“選”，據《三國志·蜀書·法正傳》改。
③ 有：原脱，據《三國志·蜀書·法正傳》補。
④ 益：原作“翼”，據《三國志·蜀書·法正傳》改。
⑤ 者：原作“也”，據《三國志·蜀書·法正傳》改。
⑥ 蜀亦：“蜀”字原脱，據《三國志·蜀書·法正傳》補。

守都、雒,存亡之勢昭然可見。

斯乃大略;其外較耳,其餘屈曲,難以辭極也。以正下愚,猶知此事不可復成,況明將軍左右明智用謀之士,豈當不見此數哉?旦夕偷幸,求容取媚,不慮遠圖,莫肯盡心獻良計耳。若事窮勢迫,將各索生,求濟門户,展轉反覆,與今計異,不爲明將軍盡死難也,而尊門猶當受其憂。正雖獲不忠之謗,然心自謂不負聖德,顧惟分義,實竊痛心。左將軍從本舉來,舊心依依,實無薄意,愚以爲可圖變化,以保尊門。

與諸葛亮書　　　　　　　　　　　　　　　(蜀漢) 馬　良

先主領荆州,辟良爲從事。先主入蜀,諸葛亮從往,良留荆州,與亮書曰:

聞雒城已拔,此天祚也。尊兄應期贊世,配業光國,魄兆見矣。夫變用雅慮,審貴垂明,於以簡才,宜適其時。若乃和光悦遠,邁德天壤,使時閑於聽,世服於道,齊高妙之音,正鄭衛之聲,並利於事,無相奪倫,此乃管弦之至,牙曠之調也,雖非鍾期,敢不擊節!

獄中與諸葛亮書　　　　　　　　　　　　　(蜀漢) 彭　羕

時左遷,私情不悦,詣馬超。超問羕曰:“卿才具秀拔,主公相待至重,謂卿當與孔明、孝直諸人齊足並驅,寧當外授小郡,失人本望乎?”羕曰:“老革荒悖,可復道邪!”又謂超曰:“卿爲其外,我爲其内,天下不足定也。”羕退,超具表羕辭[①],於是收付獄。

僕昔有事於諸侯,以爲曹操暴虐,孫權無道,振威闇弱,其惟主公有霸王之器,可與興業致治,故乃翻然有輕舉之志。會公來西,僕因法孝直自衒鬻,龐統斟酌其間,遂得詣公於葭萌,抵掌而談,論治世之務,講霸王之義,建取益州之策。公亦宿慮明定,即相然贊,遂舉事焉。僕於故

---

① 超:原無,據文意補。

州，不免凡庸，憂於罪罔，得遭風雲激矢之中，求君得君，志行名顯，從布衣之中擢爲國士，盜竊茂才。分子之厚①，誰復過此！兼一朝狂悖，自求菹醢，爲不忠不義之鬼乎？先民有言，左手據天下之圖，右手刎咽喉，愚夫不爲也，況僕頗別菽麥者哉！所以有怨望言者，不自度量，苟以爲首興事業，而有投江陽之論，不解主公之意，意卒感激，頗以被酒，悮失"老"語②。此僕之下愚薄慮所致，主公實未老也。且夫立業豈在老少？西伯九十，寧有衰志？負我慈父，罪有百死！至於"内外"之言，欲使孟起立功北州，戮力主公，共討曹操耳，寧敢有他志邪？孟起説之是也，但不分别其間，痛人心耳。

昔每與龐統共相誓約，庶託足下末蹤，盡心於主公之業，追名古人，載勳竹帛。統不幸而死，僕敗以取禍，自我隳之，將復誰怨！足下當世伊吕也，宜善與主公計事，濟其大猷。天明地察，神祇有靈，復何言哉！貴使足下明僕本心耳。行矣，努力自愛，自愛！

答張駿勸稱藩書③ （晉）李　雄

吾過爲士大夫所推，然本無心於帝王也。進思爲晉室元功之臣，退思共爲守藩之將，掃除氛埃，以康帝宇。而晉室陵夷，德聲不振，引領東望，有年月矣。會獲來貺，情在闇至，有何已已！知欲遠遵楚漢，尊崇義帝，《春秋》之義，於斯莫大。

爲河東公上西川相國京兆公書④ （唐）李商隐

姚熊頃時鬭毆，偶在坤維；阿安未容決平，遽詣風憲。當道頻奉臺牒，令差從事往推，去就之間，殊爲未適。顧惟弊府，託近貴藩，雖蒙與國之恩，猶在附庸之列。仰遵教指，尚懼尤違，敢遣賓僚，往專刑獄？自奉臺牒，夙夜兢惶。今謹差節度判官李商隐侍御往，以今月十八日離此。

---

① 分子：原作"分予"，據《三國志·蜀書·彭羕傳》改。
② 悮：原作"脱"，據《三國志·蜀書·彭羕傳》改。
③ "勸"下原有"善"字，據静嘉堂本、《全蜀藝文志》卷二八删。
④ 書：原無，據《全蜀藝文志》卷二八補。

某素無材效，早沐恩憐，獲接仁風①，實惟天幸。頗希終始，以奉恩光，事大之心，朝暾是誓。其他並附李侍御口述，伏惟照察。

報坦綽書 （唐）牛 蔡

咸通十四年，兵部尚書牛公蔡除劍南西川節度使。十二月，坦綽至雅州，差使送書上川主云："此時止欲專詣京都，懇求朝見論理。枉遭讒間，隔絕梯航，冀與尚書繼好息民，朝來暮往。今故假道貴府，請於蜀王殿安下三五日，即便前進。"公覽書驚駭，乃復書曰：

十二月二十四日，劍南西川節度觀察安撫使、守兵部尚書、成都尹牛蔡，致書於雲南詔國坦綽麾下：專人遽到，示翰忽臨，承統押師徒，來及近界。竊以詔國自爲背叛，積有歲年。乃祖出於六詔之微，非是西夷之長。禹會塗山之日，不得預萬國之名；舜巡方嶽之時，不克見五年之幸。我大唐德宗皇帝仁沾動植，信及豚魚，子育兆民，君臨四海。憫其傾誠向化，率屬來王，遂總諸蠻，令歸君長，仍名詔國，永順唐儀。賜孔子之詩書，頒周公之禮樂。數年之後，藹有華風，變腥膻蠻貊之邦，爲馨香禮樂之域。豈期後嗣，罔效忠誠，累肆猖狂，頻爲妖孽，自四五年來，侵凌我疆土，圍逼我城隍。蓋以姑務含容，不虞唐突，遂令凶醜，以害生靈。況乃毗橋喪師，沱江敗績，於何今日，不改前非？妄設姦欺，詐言朝覲，輒舉螳螂之臂，大興豺豕之心，仍構狂詞，乃云假道，所要"於蜀王殿安下三五日，即便前去"者。且先代帝王之宮也，豈外邦蠻貊以居之！是必天怒鬼誅，殞身喪國，以爾欲其褻瀆，示彼誠懲。況天設華夷，國分大小，小當事大，夷不亂華，豈有興動蠻師甲兵，侵凌天子藩屏！必是坦綽數盡之歲，殄滅之秋。不然，何以不恤其民，妄動於衆？一旦天子赫怒，諸侯會兵，長驅渡瀘之師，深入鑄柱之境，必不更七擒七縱，即須剪蔓除根。當此之時，後悔無及！坦綽今既離彼巢穴，犯我封圻，當道已排比戰場，點鬭戈甲。雄師十萬，驍騎五千，即遂鼓行，並令擒戮。所差王保誠四十人送書，並已囚縶，候於軍前，用以釁鼓。

今發遣鄭嚨、段首遷二人持此報書，望詳覽。不具。某白。

---

① 風：原作"封"，據《全唐文》卷七七六改。

上王建求賢書

許寂，會稽人。梁祖遣將攻荆南，趙凝奔蜀，寂與之行，建聞其名而館之。及開國，以爲左諫議大夫、判門下省。武成初，上書於建曰：

歷代之君，乘時啓運，莫不博訪髦士，詳求婉畫，以武定禍亂，以文致康義。故軒皇命六相，虞舜舉八元，伯禹拜昌言，成湯師一德，周有多士，文王以寧。此歷代之大經，求賢之極摯也。今百辟之中，有謀可以策國，勇可以盪寇，或博究治體，或精知化源，未擢穎於明庭，尚含光於庶位者。伏望恢明聖之略，開户牖之坐①，親賜顧問，以觀其能，寘之列位，盡其獻納，俾官無敗政，人無滯才。

梁聘書

王蜀武成二年②，梁遣使通聘書曰：

夫唐虞致治，遵禪讓之明文；湯武開基，允人神之至願。必有神器，是膺皇圖。況古今迭代之期，英傑興隆之數，莫不上關天命，下順人心。啓王霸之宏基，爲子孫之大計，咸遵軌轍，並載簡編。

且念與皇帝八兄頃在前朝，各封異姓。土茅分裂，皆超將相之尊；魚雁往來，久約弟兄之契。歡盟甚固，功業相推。俄隔絶於音塵，止因緣於間諜。以至時衰土德，運應金行。雖手足胼胝，粗平多難，而星辰符瑞，謬付厥躬。當百辟之群情，拯四方之積患，爰都河洛③，用答乾坤。尋聞皇帝八兄奄有西陲，盡朝三蜀，別尊位號，復統高深。一時皆賀於推崇，兩國願通於情好。徵曹、劉之往制，各有君臣；追楚、漢之前蹤，嘗分疆

---

① 坐：萬曆本《全蜀藝文志》卷二八、《十國春秋》卷四一作“圖”。

② 按：梁遣盧玭等聘蜀，《新五代史》卷二、《資治通鑑》卷二六八繫於梁太祖乾化二年二月。亦即前蜀王建永平二年。《錦里耆舊傳》卷二則記於王建武成三年。當以《新五代史》《通鑑》爲是。

③ 爰：原作“受”，據《錦里耆舊傳》卷二改。

宇。所冀同清夷夏，俱活生靈。載籍具存，恢張無爽。

去歲密聞風旨，遐慰癙思。憤岐隴之猖狂，逼褒斜之封徼，欲資牽制，用速掃除，遂委永平軍節度使劉鄩①，特遣行人，先導深意。旋已徑差精甲，將擊妖巢，合數鎮之驍雄，鼓六師之威勢。尋聞退遁，殆至滅亡，允諧掎角之謀，尤得輔車之利。近並覽同、華奏報，皆進呈褒祥書題，具悉事機，良多啓沃②。

今專馳卿列，備達衷懷，重論金石之交，別卜塤篪之分。山河共永，日月長懸，瞻佇好音，言不盡意。今遣光禄卿盧玭、閤門副使少府少監李元聊馳書幣，專戒道途。兼有微禮，具在別幅。謹白。

別　幅

馬一十四，玉犀帶各一，雜物、藥物等③。

右件藥物等，或來從燕市，或貢自炎方，或馨香能助於薰爐，或華妙可資於寶玩。光涵星斗，藥有君臣，願申兩國之情，重固千年之約。愧非縟禮，粗達深衷，特希檢留，幸甚。謹白。

蜀答聘書

大蜀皇帝謹致書於大梁皇帝閣下：竊念早歲與皇帝共逢昌運，同事前朝，俱榮倚注之恩，並受安危之寄。豈期王室如燬，大事莫追，橫流泛濫於八方，衰颣凌夷於九廟。此際與皇帝同分茅土，共統邦家，扶危者力既不宣，握兵者計無所出。某忝列同盟之分，幸居平蜀之功，所宜治兵甲以固封疆，聚征賦以修進貢。望使星而經年不至，指雲鄉而就日無期。

遠聞皇帝應天順人，開基立極，拯生靈於塗炭，示恩信於豚魚。東南之王氣咸歸，河洛之殊祥畢至。四門盡闢，百度惟貞。竟無意於興邦，止施仁而濟物。以此内量分限，不在經綸。七十州自可指揮，八千里半因開拓。遂至萬民叶議，八國來朝。

---

① 劉鄩：原作“劉鄩”，據《錦里耆舊傳》卷二改。劉鄩，《舊五代史》卷二三、《新五代史》卷二二有傳。
② 啓：原作“歡”，據《錦里耆舊傳》卷二改。
③ 按：此爲《成都文類》總括之辭，其禮物清單詳見《錦里耆舊傳》卷二。

爰徵史册之文，亦有變通之説。且東漢亂離之後，三國齊興；西周微弱之時，六雄競起。俱非恃彊逼禪，皆以行道濟時。雍容於揖讓之前，輕重於英雄之內。況西蜀開山立國，燒棧爲謀。稱雄雖處於一隅，避狄曾安於二帝。鼎峙之規模尚在，山呼之氣象猶存。

永言梁、蜀之歡，合認弟兄之國。今蒙皇帝遠尋舊好，專降嘉音，坦無間諜之嫌，再叙始終之約。款慮則春冰共泮，開通則東海可歸。光榮遽被於子孫，暢遂咸冞於朝野。今則盡焦勞而勵己，用勤儉以帥賢，常瞻偃草之風，以繼用天之道。又蒙厚加賜貺，別降珍奇。十驥聯鑣，六龍併駕，稱德曾參於萬乘，呈才皆過於千金。載觀戀主之心，益勵懷恩之志。寶帶輟異方之貢，名香加遠國之珍，奇鋒利過於雪霜，雅器價齊於金玉。入用多慚於未識，捧持方喜於初觀，望思而一日三秋，仰德而跬步千里。自此榮遵天路，繼遣星槎，緘章不俟於飛鳶，裂帛豈勞於繫雁[1]？欣榮慰嘉，並集於此時。敬以專使盧卿等回，略陳所志[2]，幸望開覽。謹白。

謝信物書

右件鞍轡馬、腰帶、甲胄、槍劍、麝臍、琥珀、玳瑁、金稜碗、越瓷器，並諸色藥物等，皆大梁皇帝降使賜貺。雕鞍撼玉，堅甲爍金。十圍希世之珍，六轡絕塵之用。槍森蛇槊，劍耀龍鋒。金稜含寶碗之光，秘色抱青瓷之響。上藥非蜀都所紀，名香從外國稱奇。遠有珍華，並由惠好。顧酬謝而增愧，仰渥澤以難勝。捧閱品名，實慚祗受。

奏記王建興用文教　　　　　　　　　　（王蜀）王　鍇

王建永平元年作新宮，集四部書，選名儒專掌其事。鍇以建起自戎伍，而據全蜀，未能興用文教，乃作奏記曰：

伏以羲皇演卦，神農造書。陶唐克讓，是昌禮樂；有虞濬哲，乃正璿璣。禹、湯、文、武，功濟天下，故能卜世延遠，垂裕無窮。逮乎六國，諸侯力政，秦滅墳典，以愚黔首，遂使聖人糟粕，掃地都盡。漢承秦弊，

---

① 繫：原作“擊”，據《錦里耆舊傳》卷二改。
② 略：原作“避”，據《錦里耆舊傳》卷二改。

下武尊文，蕭何入關，唯收圖籍。文帝修學校、舉賢良，海內晏然，興崇禮義。景帝躬履節儉，選博士諸儒，以備顧問。麟書鳳紀填溢於未央，玉版金繩充牣於祕府。班固曰："周稱成、康，漢稱文、景，宜哉！"武、宣之世，乃崇禮官，開金馬、石渠之署以議典禮，樂府置協律之官以分雅鄭。公卿大夫，間作於世，或紓下情以通諷諭，或宣上德以盡忠孝。孝成之世，奏御者千有餘篇，獻納論思之盛，復古罕比。

世祖承喪亂之餘，龍驤宛葉，去暴誅亂，拯溺救焚，寬以用人，明以率下。兵革既息，寰海乂寧，乃起立太學，招致鴻碩。群臣每有奏議，必令史官撰集，以傳後世。數引公卿，講論經義，夜分乃寐，不以為勞。孝明師事桓榮，躬親文墨，朝誦夜講，明達過人。孝章崇尚文儒，有文、景之遺風①。常於白虎殿會集群儒，推演乾坤，考合陰陽，上申聖人，下述品物。參於傳記，內別六經，若披浮雲而睹白日，設華燈而入闇室。詔玄武司馬班固纂集其事，名曰《白虎通》。

魏武博覽群書，特好兵法，抄略書史，名曰《節要》，又注《孫子》十三篇。尤好篇詠，動為典則。文帝八歲能屬文，博覽古今，貫穿經史。及居帝位，益尚謙和，坐不廢書，手不釋卷。晉宣博學洽聞，服膺儒教。當曹氏中微，總攝百揆，萬幾之暇，未嘗廢卷。景、文之間，咸盡儒術。宋高祖豁達大度，涉獵典墳，討伐之中，亦重文墨。文帝博涉經史，尤善隸書。每誡諸子，率以廉儉。南齊高帝深沉大量，清儉寬厚，嗜學好文，曾無喜慍。常曰："學然後知不足，余恨無老成人，得與周孔比德。"兼善草隸，有飛動之勢。梁武該博多聞，有文武之略，在位冬月，秉火執筆，手為皴裂。諸子悉有文藝，聚書討閱，晝夜忘疲。元帝好《易》，韋編三絕，東閣聚書十四萬卷，象牌玉軸，輝映廊廡。陳武倜儻，雄傑過人，窮究兵書，耽玩史籍。文帝留意經典，舉動端雅。後魏道武立臺省，興儒學，五經各置博士，講問如市，塾序成林。北齊有文林學舘。周武帝保定中，書盈萬卷，平齊所得，纔至五千卷，置麟趾殿學士，以掌著述。隋平陳之後，牛弘分遣搜訪異書，經史漸備，凡三萬餘卷。煬帝於東都觀文殿東西廂貯書，寫正副各五十，分為三品，除祕書所掌，而禁中之書在焉。

唐高祖統一區宇②，剗革暴隋，六合宅心，四海歸德，躬行仁義，以息亂階。太宗神睿聖文，天資英武。嘗在藩邸，命博學之士房玄齡、杜如

---

① 文景：靜嘉堂本及《全蜀藝文志》卷二八作"太宗"。

② 統：原脫，據萬曆本《全蜀藝文志》卷二八、《十國春秋》卷四一補。

晦等一十八人爲秦府僚佐，大較儒術，廣聚經史。及居帝位，隨才擢用，於是弘文館皆置學士。玄宗開元五年，於乾元殿置修書使，召學士張説等讌於集仙殿①，更於殿東廊下寫四部書以充内庫。麗正殿置修書使，又召學士張説等讌於集仙殿，改名集賢，其修書使爲集賢殿學士②。自是圖籍不獨秘書省，弘文、崇文館皆有之，集賢所寫，則御書也。分爲四部：一曰甲，爲經；二曰乙，爲史；三曰丙，爲子；四曰丁，爲集。兩京各一本，共二萬五千九百六十卷。經庫書白牙軸、黄帶、紅牙籤，史庫書青牙軸、縹帶、青牙籤，子庫書紫檀軸、紫帶、碧牙籤，集庫書緑牙軸、朱帶、白牙籤，以爲分别，以大學士專掌之。

歷代以來，咸有祖述，廢置沿革，或有差異，今但略舉帝王故事及秘書之職，幸冀垂覽焉。

諫孟昶書　　　　　　　　　　　　　　　　　　　　　　（孟蜀）幸寅遜③

寅遜，成都人。孟蜀明德二年，昶好擊毬，左右不敢諫，寅遜爲茂州録事參軍，上書。昶雖不從，亦優容之。未幾馬蹶，太后曰：“奈何以馳騁爲樂，貽吾之憂？”自是稍止。

臣聞諸召公曰：“玩人喪德，玩物喪志。不作無益害有益，功乃成；不貴異物賤用物，民乃足。”又曰：“不寶遠物，則遠人格；所寶惟賢，則邇人安。”夫心猶火也，縱則自焚，故文王命周公、召公、太公、畢公輔相太子發。太子嗜鮑魚，太公不進，曰：“鮑魚不登於俎豆，豈有以非禮養太子哉！”由此觀之，飲食必遵禮，況起居玩好乎！

高祖皇帝節衣儉食，惠養黎元，化家爲國，傳之陛下。陛下宜親賢俊，去壬佞，視前代書傳，究歷世興廢，選端良之士置於左右，訪時政得失、天下利病。奈何博戲擊鞠，妨怠政事，奔車躍馬，輕宗廟社稷？昔陶

---

① 按：據《舊唐書》卷九七《張説傳》、《資治通鑑》卷二一二，召張説等宴於集仙殿在開元十三年。又下句，“更於殿東廊下寫四部書”，查《新唐書·藝文志序》及《資治通鑑》卷二一二胡三省注，乃是指乾元殿，而非集仙殿。據此，此處“召學士張説”一句當是因下文而衍。

② 按：此文以上一段叙述不清。《資治通鑑》卷二一二胡三省注云：“開元五年，乾元殿寫四部書，置乾元院使。六年，更號麗正修書院，改修出官爲麗正殿學士。十三年，改麗正修書院爲集賢殿書院，五品以上爲學士……”

③ 幸：原脱，據《全蜀藝文志》卷二八補。幸寅遜，《十國春秋》卷五四有傳。

侃藩臣，猶投樗蒲於江，況萬乘之主乎？前蜀王氏覆車不遠矣！

臣又聞，食君之祿，懷君之憂。臣雖爲外官，每聞陛下賞一功、誅一罪，未嘗不振衣踴躍，以爲再睹有唐貞觀之風也。今復聞陛下或采戲打毬，雖宮禁無事，止於釋悶，亦可一兩月時爲之。臣慮積習生常，不唯勞倦聖體，復且妨於庶務，諸司中覆，因之淹滯①。其次奔蹄失馭，奄有驚蹶，陛下雖自輕，奈宗廟社稷何！

與孟昶書

（石晉）高　祖

孟昶明德三年②，晉高祖遣使來聘，敘姻親之舊。書曰：

大晉皇帝奉書大蜀皇帝：伏見中原多故，大憝繼興。朱氏不道而皇天不親，沙陀背義而蒼生失望。不期景運，猥屬眇躬。方鼎足以分疆，宜隣好之講睦。況有姻親之舊，敢交玉帛之歡。機務方殷，保攝是望。

蜀主孟昶結河東蠟彈書

初，蜀土五十州。後主昶性慈孝明敏，刻九經，置貢舉。季年求治太過，好聚斂。宋興，宰臣李昊上書，以中原久否，今聞真人應運，禮宜貢奉。如允所請，願備行人。時信近密，弗納，翻聽王昭遠密議，不與宰執商量，結援太原。其文不委翰苑，昭遠自令幕吏張廷偉所修③。略曰：

早歲曾奉尺書，尋達睿聽。丹素備陳於翰墨，歡盟已保於金蘭。洎傳弔伐之嘉音④，實動輔車之喜色。九成蠟彈，細人垂露，由是興師。

---

① 因之：原作“因”，據《全蜀藝文志》卷二八改。

② 三年：《資治通鑑》卷二八一、《蜀檮杌》卷下記此事於明德四年，是。孟昶明德三年十二月，晉高祖石敬瑭即位，改元天福，次年三月乃遣使聘於蜀。

③ 張廷偉：原作張延偉，據《續資治通鑑長編》卷一、《宋史全文》卷一、《十國春秋》卷四九改。

④ 伐：原作“罰”，據《宋朝事實》卷一七改。《宋史》卷四七九尚有：“尋於褒漢，添駐師徒，只待靈旗之濟河，便遣前鋒而出境。”

成都文類卷二十

書 二

上蜀帥張公書

范 鎮

鎮恭聞宋有天下，重熙襲哲，七十四年於今矣，何嘗不勞於求賢，而逸於任人乎！藝祖勝殘殺之暴，而豪英從遊者能尊顯之。太宗據開大之基，而方正極言者親策試之。真宗在御，文之以禮樂，本之以仁義，於是乎異人間生。主上紹休，濟之以經策，驅之以孝弟，於是乎與賢者共樂。歷列辟以順考，按前載而高視，得才之盛，未有如我朝之隆焉爾。於斯之時，士有聲名弗聞於人，功業不見於世者，恥之。

伏念鎮，西南後進生也，家無衣纓之貴，門惟蓬蓽之陋，儒其業者，代實濟之。天聖初，始以伯氏被薦於邑尹張公，明年登第於宗伯。手足聚而讙曰：“范氏之族，於此興乎！”瘁因喜來，福爲禍伏，未終再命，而傷天倫之戚焉。自是勉精勵神，聚學辨問，思有以大寒門、起墜宗爲望。時其或者難其心而廣其慮乎？先以困而後以亨乎？不然，何以方朝廷申大比之期，執事當敦遣之職，而鎮得預諸生之末，爲桑梓之儀哉？伏惟執事閱其緒餘之如彼，觀其悃愊之如此，言提而教誨之，發蹤而指示之，使其謹文程、慎辭律，一克召試，以觀上國之光。庶幾承平之辰，不以聲名功業之晦昧爲恥。干冒威重，不勝惶懼之至！

上蜀帥王密學書

前 人

竊以文者宣言之器也，行者處身之基也。有其器無其基，身不得進；

有其基無其器，言不得達。天下承平之日久，尚簡易，崇教化，發乎途巷，被乎弦管，無非文也；稱於宗族，著於金石，無非行也。生今之世，捨文與行，而欲處身宣言於公侯大人門下者，難矣！

伏念鎮，天與奇薄，幼即孤露。始生四歲而先人歿，七年而母氏終。所賴諸兄養之長之，又從而誨之，得於盛明時服爲儒者事業。歌古詠今，不知壯之將至。去年主上發德音，下明詔，天下學士靡然嚮風。始以嫌疑進，故牒試他郡；終以忌諱免，其罷歸里中。射而出正，但知求己；戰而失律，豈敢怨天？闔扉靜居，引咎俟命。《易》曰“困，亨”，又曰“未濟，亨”。當未濟與困之時，而云亨者，此聖人教人之深也。退而力於文，謹於行，孜孜然不捨晝夜者又有日矣。時其或者遂亨之乎？不然，何以遇明公西來也？

伏惟明公受天地粹氣，爲朝廷正人，大謀遠猷，簡在宸宇，豐功鉅績，紀於旂常。耳所著聞，目所共瞻者，豈可一二言焉？間自江淮至坤服，廉問疾苦，宣布經常，頒爵級以斂有餘，行麋粥以拯不足，貿貿然晦而明、踣而行、死而生者幾萬計。大臣乘朝車，處國事，如此其重乎！上方欲置天下於仁義禮樂，故崇明公以轄樞之貴，專明公以方面之重，意且觀效於彼，而圖大任乎。明公始受署，則布寬大，諭上意，而老幼遂其謹；黜細苛，用忠恕，而善良得其性。厚以處之，明以裁之，教化以馴之。人事作於下，天應見於上，陰陽和，風雨時，原田登，民俗熙。異日坐廟堂，宰天下，仁義之化著，禮樂之風格，躋生靈於仁壽，赫胥大庭，與主上同無疆之福者，由此物也。

然而未濟之人，處方困之勢，雖欲勿亨，明公其捨諸？昔王襃爲部刺史作《中和》《樂職》《宣布》詩，一旦其徒遊長安，隸太學，厥聲轉而上聞，漢宣以爲盛德之事。鎮雖不敏，能不聽聆風美，參驗謠俗，作爲聲頌，上講炎宋得賢之盛，次揚明公坐鎮之略，以開示將來乎？重念鎮初自廣漢伏車下、進坐末，固有望於今日矣。繕寫所業二編，恭贄鈴齋。非敢以文行自沽，庶幾備請見之儀，畢餘論於左右。

上蜀帥韓密諫書

前　人

鎮聞聖王之治，以得賢爲首，而賢之登必本於鄉也。故登於其鄉，則知所以爲人父，知所以爲人子，知所以爲人兄，知所以爲人弟，而慈孝友恭、惠聰質仁，秀出於衆者，可得而官使。周之《王制》，家有塾，黨有庠，遂有序，國有學，簡帥教者而賓興之。故其詩曰："濟濟多士，文王以寧。"漢則漸焉，繇芻牧而起者有之，自賈竪而奮者有之，亦已小駁。及其下郡國以賢良方正遜讓之詔，而班固云"大漢文章與三代同風"。有唐沿隋制，專用詩賦策論而升黜，爾時美談之尤尚者若同人舉然，故開元、元和間號稱得人之盛。

國家順考古道，思皇多士。四門允穆，而畜德積行，無壅閉於上；數路兼取，而藏才韜能，絶沉冥於下。受大小以咸足，來遠近而弗間。內有伊、周之德之美，謨明而告猷；外有甫、申之才之珍，蕃宣而樹教。固宜宅巖廊而高拱，造大庭而與稽，恭己無爲，仰成左右而已。尚且深詔執事，求之如不及，豈非首賢而爲治乎？

逖矣西土，上當井絡之次，下亙坤維之隅，江漢炳靈，岷峨儲精。自司馬相如、王褒、何武、揚子雲之生，遺風流聞，不絶若綫。近年移三互之法，除限口之令，而揚軒虺、服王塗者歲聞，起閭閈、遊聖閫者日有。方朝廷申大比之號，而執事當敦遣之職，其爲書自干薦者以百數。至如服儒學之舊，屢困不更其守，則楊助；高行誼之履，懿誠以發於辭，則章君陳、楊韻、李綱、何襃、趙衆；謹子弟之帥，美聞已彰於時，則李南紀、吳師孟、李慎修。其間事業美中，忠信待舉，懷良玉以被褐，藏穎錐而處囊者，豈可勝道哉！伏惟執事春風以煦之，白日以暴之，定鑑以臨之，誠衡以平之，使其揚芬芳、破暗昧、定好醜、審重輕，而後先方物之貢、利國光之觀者，豈惟諸生幸甚，亦西南幸甚！

若鎮之能薄才譾，進之使與計偕可也，退之以警不肖可也。異日明天子再拜受書，執事三適爲功，加地進律，以舉上賞之典，賜弓若矢，以推蕃錫之數，亦將搴裳連袿而來賀。重念鎮文陳於此者，直以方今濟濟以寧，三代同風之辰，而同人之舉或幾於息矣。伏望執事憫其狂且瞽，虛懷而恕接之。干冒台嚴，伏深戰懼。

上張密學書

張　俞

三月八日，張俞再拜，上書密學明公閣下：俞竊讀古史，得循吏事，切甚慕而悦之。其柔剛清明、廉仁惠和之德，不唯臨其時，必欲利後人，各使相安生養之道，父父子子，傳百世，至於千萬世，無有失敗，故天下稱嘆治道不衰。雖《詩》《書》所載，三代得臣，或謀於政①，或綏於民，或治於天，或敷於土，或以禮樂，或修征伐。若稷、皋、夔、龍之臣，齊、魯、晉、鄭之國，張仲、韓侯之佐，皆經於文辭，列於學官，風於天下，被於四夷，煌煌赫赫，功與日盛。向使若人能建其德業，而不遭聖賢載述之文，則名不逾於當時，事不克傳於後世必矣，則後世惡得有若稷、皋、夔、龍、張仲、韓侯之道而取法哉？故知功假言而傳，言因事而宣，古今昭然，其可忽乎！

竊惟閣下治蜀二年，威懷之德著，刑禮之教行。若極其致用，乘時濟民，溥博卓偉，可揚於後人者，尚未若勤水土之利爲利之大者也。是以信臣表其事，天子詔其美。此不可遭之會，誠不可墜之迹，而搢紳韋布之徒未有能聲述厥庸，欽播天休，茲可陋矣。宜合於古，鑱文金石，以響動西人耳目，宣國澤且貽後，則非自功也。俞材朽行薄，不識理道，輒爲文一篇，曰《益州通澤碑》，探作者之旨，庶髣髴焉。僭用上塵，惟閣下察其志，無所讓。

上蜀帥任密諫書

前 人

十月二日，張俞再拜樞直諫議明公閣下：俞，郫之賤男子。好讀古書，爲古今之文辭，遑遑十五年，恐若不及。始與群進士就開封府試，無成而歸，旅食褒漢。明道初，故興元守滎陽鄭公再舉俞進士。明年，詔求直言，又表俞草萊遺材，謂不獨有文行，蓋能通知古今權變之議，宜召問以時政之得失。不報。景祐歲，茂材異等不得試，以母死，貧甚，西歸。日資於人，以養存老遺孤。逮半歲，西陲用兵，詔書切諭郡府薦謀士，圖滅敵之策。其在士大夫，鮮有陳其策者。俞自惟生治平，僅四十年，雖無禄於己，無位於朝，其載齒髮，識聖賢之道，與夷狄鳥獸異者，賴上之德也。上有憂，則天地萬物不足安其生，爲人臣子者其可以安乎？故不量蒙鄙進退，遂爲書略陳天下之務，願聞朝廷。不希名，不苟禄，不貪進用，

---

① 或：原無，據文意補。

區區之誠，紓天子之憂而已。臺府謂其言是，因而薦之。不期聖德涵厚，矜其僭議，寬其罪戾，特發宸旨，召赴京闕。府縣恭命，迫促上道。眾人聞之喜，小人聞之懼。夫以蜀漢之郡五十，可言而合於上者唯益，有斯人焉，此所以爲喜也。匹夫抗論，陵犯上意，進非其據，退非其事，此所以爲懼也。嘗聞古之人三月不仕則弔，況俞之窶賤，其可不仕乎？然所以未暇仕者，有三：死者終喪，匱財不克葬，爲州里所恥，一也；存者耄衰，日乏脆暖，而丐取不給，二也；無田可耕，無室可掃，儳屋不蔽風雨，日有暴露之虞，三也。以今較古，雖使曾、顏、原、季之徒處俞之地，尚不能全其生，況庸庸者而有甚於彼者乎？此所以徘徊齎咨，欲進而不可進，非可進而不進，固傲天子之命，慢臺府之令，冀徼非常之利，以爲身榮也。凡有耳目，非憫則笑，其敢自辱於困躓之地乎？蓋不得已也。

今大敵僭盜，天下震擾，而梁益之地控帶秦隴，政煩重倍於古昔。士民緣姦，爭飾詐利，以圖進取；黎庶憤嗟，踤於行路。日久不革，將有內憂。幸閣下起併土之治，乘駟而鎮焉。竊惟閣下昔侍懿公，作藩茲域，究極蜀務，有如家人戶庭之事，故能法制所立，無適不斷。其始禁猾責暴，禮賢賑乏，削重斂，約煩刑，弛關梁之禁，寬都鄙之令，與民同其欲。不越月踰時，而澤流於百城，風教之速，近世未有。信謂前作之，後述之，漢之二馮君，其不侔矣。俞既樂萬民之和，又私自慰，忝被召命之日，遭仁人之治，庶能嗟我老幼，恤我勤匱，明保於賤，達於上聽，俾且歡其生養，不令微物失所，則異日奮犬馬之智，上報君親，下酬盛德之賜，未爲失也。哀烈之情，敢私布於節下，辭意不文，俯伏惟命。

上韓運使書

前　人

十一月日，張俞謹奉再拜，投於運使學士節下：俞觀古人之政，莫不務先進賢退惡，以爲治本。施於一鄉，移於一國，用之於天下，則無有不蒙其化。故治道之大者，在進賢退惡而已。然而所謂賢者，豈徒文詞乎？曰孝弟，曰節義，曰退讓，曰才謀，是謂乎賢者也。漢之人下於古矣，故雖內尊公侯，外重方伯，然猶俯僂遜聽，孜孜進賢，以起其功名。其處閭巷，盤於巖穴，繡玉屢下，公車亟召，宰府十辟，有不能易其志。龍蟠鴻漸，俟時而動，其道益彰，而名益尊。所以在上之人爲能舉賢，在下之人爲能存誠，上下合德，而成其名，雖出處語默異道，而能同其志矣。苟不幸所進非其人，輕脫險躁，乘利忘義，徼己之榮，未得患失，無所不至，上負時君之用，下孤萬民之望，輕進易退，爲天下笑，則所舉烏謂之賢哉？昔何武爲京兆尹，坐舉方正，所舉者召見，盤辟雅拜，有司以爲詭衆虛僞，武坐左遷。夫方正以拜異其容，武乃受黜，況有才行真能詭僞者，其可舉之乎？俞謂進賢誠難矣，然未若知賢之難。苟知其賢而能進之，又能全其行而成之，則可謂能進其賢，茲固天下一人耳。

日者藩臣僭叛，爲天子憂，乃制詔郡府詳薦謀士。執事統領方面，受命累月，未得其才。俞在草莽，恥國之患，遂陳封事，執事善其言而薦之。吾君吾相謂執事之薦亦才也，可其議而召之。人皆曰：“韓侯之薦，知賢也；天子之召，用賢也。爾不可緩！”俞自惟非賢者，而受執事薦賢之名，徼天子聘賢之命，其戾大矣。雖然，士之進退宜有其道，不可踴躍抃呼，若市道之賈，急旦夕毛髮之利，以矜其馳也。士之進退果若市賈，踴躍抃呼，馳一日之利，則人謂執事之舉非賢也，乃市賈耳，天子之召非賢也，乃市賈耳。一人曰然，百人曰然，至乎千萬人及於天子皆曰然，則俞辱執事之舉，雖坐享萬鍾之厚，文冕雕軒，被其四體，不若隨馬牛飲水食芻之樂也。所以內誠其志，外固其節，不以貧賤困躓戚戚於端門，誠欲生者有養，死者有歸，然後伸眉吐論，上希公卿之列，下取士大夫之位，庶爲朝廷畫議，以建赫赫功業。當斯之時，使天下之人昂首而嘆曰：韓侯能舉賢矣，不私其身；天子能用賢矣，不忘其民；斯人果能賢矣，不失其道。三者不誣，則能舉能用，皆在古人之際矣，俞豈徒幸小利以累執事明薦哉！

俞觀聖上之志，方謀用賢，克清海內，竊不畏避，吐其素蘊，復作《致理用兵書》一首，願上帝閽。其辭直，其旨大，其謀深，其事實，非虛言也，固非豎儒鄙生之事也。謹用副本，投於節下，惟覽而始終成之。匪唯成下士之志，庶乎天子之聰聞所未聞，廟堂之議行所未行，定亂濟民，在斯策矣，亦惟執事之功。伏俟所命。

上蔣密學書　　　　　　　　　　　　　　　前　人

十二月，郡人張俞謹詣行車，再拜投書密學執事：昔明公始偃節於鎮，俞適有負薪之疾，臥於岷山，遯伏彌歲，不與世人相通，而世莫有不聞者。今明公操節於蒲①，出於蜀都，俞聞而起，願瞻風威，吐幽素，庶乎明公寬其罪戾，止車而聽之。

俞聞觀滄溟者不可濡足而濟，瞻崇嶽者不可疾步而登。蓋夫理深者其志惑，勢大者其力艱。故飛鵬在天，則弱羽不翔；遊鯨運海，則纖鱗不逝。豈小不可以附大，卑不可以近尊，由夫類乃然矣。人豈異哉？故有不可進而進，迷乎道也；不可止而止，失乎時也。且理或速而有悔，義或後而無咎，物或爭而失，事或讓而得，變化紛紜，豈一理可辯？竊惟明公厚德崇業，非海而深，非嶽而高。俞不知夫高深之度，安敢濡足而濟、疾步而登乎？故負顒頷之質，懼臨夫皎鑑之前，固有日矣。今幸伏車下，欲陳其愚。

且俞非欲異於人者，徒因屯否流離，無所控告，遂欲獵古今群書，明萬物之理，將以窮性命之學，庶乎保身奉親而已，非有矯激隱發，以希毫利之心。繇是裂冠斷帶，脫棄世累，逍遙雲山，誦詠唐虞，妄追古作者之事。故謂朝廷、山林，其樂一也，豈知人之好惡，而與之等進退哉！故其退也，不爲乎害也；其進也，不爲乎利也。其心止若是而已，願明公察之。

伏惟明公清直在躬，文質備體，鳳觀虎視，炳赫人倫，是以鎮撫蜀國，澹然成功。故其動也風行，其靜也嶽峙，君子之用，孰測其神？俞幸賴察其虛名，德施甚厚，是用書陳其出處，伏俟明宥，然後復歸於山。

上蔣密學書

前　人

月日，郡人張俞齋沐爲書，再拜投於密學閣下：俞聞寬裕之人其詞柔，驕佚之人其詞夸，顒頷之人其詞苦，窮厄之人其詞哀。是故氣適於內者其詞舒以愉，痛切其膚者其詞悲以挫，此性之常也。應龍得雲而神，長鯨失水而病，此物之常也。春生者夸奢而強明，秋落者幽賤而消委，此理之常也。轉石萬仞，而童子勇其能；激水尋丈，而烏獲病其力。此勢之常也。故有遭其主而相天下，則伊尹、傅說不足泰也；背其時而處窮陋，則

---

① 蒲：原作“滿”，據《宋代蜀文輯存》卷二五改。

顏子、孟子不足否也。是以百里飯牛，夷吾囚縛，伍員丐於吳市，叔敖賈於東海，斯人皆能忍恥含垢，以待其用，豈遽屑屑於不遇哉！昔曾子之養其親也，則樂三釜之仕，而能降志於陪臣；聶氏狗屠也，利甘脆以奉其母，則不受卿相百金之賜。豈曾子止安於三釜，而聶氏遂樂於屠狗哉？誠不得已，而顧有所就也。

俞先晉人，入蜀三世，日益衰靡，徒能讀聖人之書，考賢士之烈。嘗欲蹈其言行，以希一世之用，非若時之所謂文人美才，刻飾貌言，苟安炳燿而已，蓋其心亦若有待乎用也。幸今天下承平，無負販之勞，唯以修志養親爲事。蓬茅藜藿，衆人所羞，而自爲氣得志適，雖大廈五鼎不足過也，豈慊慊於彼得而此失哉！天苟不欲斯人之行其道也，則俞之命固不可得而知之矣。天苟欲斯人之行其道而成乎名，則俞豈有不遇乎天下哉？前年朝廷用大臣之言，累下詔命，皆以疾不赴。窮窶日甚，大懼饑寒逼親之膚，而遂不克承於詔教，若無其生。茲又被召詣闕，伏聞閣下許謁於前，憂懼不知所處。伏惟閣下世用文儒居位，至於閣下，直清端毅，明亮淵偉，執堯、舜、周公、孔子之道，炳於文詞，刑於政治，東吳西蜀，莫不綏靖。茲二方皆好文之俗，而藩屏之冠，閣下不越歲移節而鎮之，可謂得其用也。俞實固陋，遂後諸生求見，伏俟與其進退焉。

上文密學書

前 人

八月日，郡人張俞再拜上書府主密學閣下：俞觀春秋列國以來，遊客談士始用書歷干王侯，皆因勢利而起，故其文詞鈎鍵險譎，變挫於事，以著安危。當時列國嗜利之君必售其說，以圖世變，故其言易合，其利易動，則時勢然也。今天下之政皆出朝廷，生民之命皆本天子，有司分其職，公卿守其位，内外一統，上下一法，若天剛而平，地柔而成，何有於事哉？假今之人有若古之謀士，能通先正百家之言，明治亂之變，審當世之務，有安生民之心，欲持此安歸乎？言之而孰聽乎？雖强言之，世不謂之狂，則將被之刑矣。由此而言，古之士也易爲功，今之士也難爲賢，則時勢亦然也。又嘗觀樂毅《與燕惠王書》、李斯《上秦王書》、鄒陽《上梁孝王書》，未嘗不感慨流涕也。何謂？彼三人者皆以羈旅遊士，歷干强國，觀變審慮，納說時君，謀行計從，志樹功業，茲亦遭其用矣。一旦時變世易，讒邪交構，毅爲亡臣，斯爲逐客，陽爲囚隸，陲阨怨憤，發於文詞，名敗身辱，僅能免死，可不悲哉！其餘鈎誣斥逐，古今相望於天下矣。由此觀之，士不患道之不修，患無其時；有其時，患無其主；有其主，患用之不盡；用之盡，患信之不固。苟乃主信而固，用才而盡，功立名著，保身而退，茲謂爲士之義盡矣。雖然，古亦罕聞其人焉，況後之人乎！

凡今之所爲士者則著焉，謂能記誦典章，采飾言語文字，觀揖讓進退之士也，非若古之所謂特立之士也。古之曰士者，志於道也；今之曰士者，志於利也。士之名則一，而有利、道之殊焉。若俞，乃今之士也。早歲善誦文史，習章句之學。府郡屢薦，曾不得下等之名。自念親老貧甚，決志西歸，不干薦試。乃盡鋤去舊學，始復窮玩古書，見天地之運與人通理，聖賢道德在乎治物。後之學者皆忘失原本，務刻浮文，欲致其用，失聖賢之道甚遠。由是潛心考古，庶見性命變化之致，雖處窮厄頓挫，未嘗一日而忘也，亦未嘗一日而言也。故將以此樂其身而安其親，豈謂求聞達而後能爲哉？

去年秋，天子有命再召赴闕，惟念貧不能行，遂遊三峽，丐貸八月而後返。伏聞閣下受命作鎮，張立法度，明刑布德，撫寧西土，西土之人咸被其澤。唯賤生流落不偶，速戾久矣。閣下上惟君令之厚，下恤窮士之困，顧瞻方面之表，不加大罪，尚能以禮尋訪，欲俾萬人有所仰勸。則閣下志量淵遠，非俞小子所敢知也。但受恩德，不知感報，謹詣府門伏謁，庶免乎爲狂爲囚，不勝大幸。

上文密學書

前　人

九月日，郡人張俞再拜奉書密學閣下：俞近用書言士出處之義，干犯高明，庶乎撫而念之，然未敢有求於知己也。幸閣下明達宏厚，哀矜愚弱，不誅其慢，顧禮而容之。群士大夫未有若小人之幸者也，宜乎畢志盡辭，遂干鑒顧，則雖死之日，猶如生年。

俞實窮隸，不求聞達，竊玩墳史，委命待時。朝廷過聽群言，不容其止，遂使家拜制命，讓官及親。人子僥倖，未有如俞者。意者聖人之德將勸天下乎？不然，何爲至於是也？然猶不忍退棄，三召赴闕，淹引時序，以疾未行。或謂矯物，則物不可欺；謂之貪名，則名不可苟。豈今之世而有確然不爲利者乎？苟曰有之，雖豎子亦將揜口而走矣。俞自念早嬰羸瘵，長復窮窶，嘗虞憂患，卒夭其生，所以擇地盤桓，與俗高下，内適於道，不圖人知，豈暇驅馳於外務乎？世有獲虛名而無實用者，非俞而何？

且夫榮利者，生人之所大欲也。故有犯水火、冒白刃、蹈必死之地而求之，顧有不獲者，況有不求而自至，安有拒而不受者邪？假或有之，天下之人孰信其然邪？古人有言：人各有能有不能，可欲不可欲。雖甚聖智，必隨而安之，俾不傷其性，不枉其材，然後直道可得而行也。今使梓人治材，能則任之，不能則去之，然後小大之材無失矣。苟知其能而去之，不能而任之，必有敗材傷性之累。故師曠之審音也，雅則進之，淫則屏之，不使姦邪亂於其聽。今俞之庸下，猶能自知，況於人乎？雖欲強顏就仕，固無益於世必矣，豈欲之而不能哉？且咸韶五音，黼黻五色，人莫不有好之，然而聾者不願聽，盲者不願觀。豈遂疾而惡之耶？蓋耳目有所不適也。俞非天然不志於禄仕也，誠謂力不足而智有所不及爾。今夫臨泰山之崔嵬而不足以爲高者，有其勢也。故有企堂陛而不能升者，勢有所不逮也。苟知勢之不可，而能止而不躐，又何有於過哉？蓋聞有以璧遺二人者，其一人攘臂而受之，其一人讓而不顧。君子必以受之者爲貪，讓之者爲廉矣；小人必以讓之者爲失，而受之者爲得矣。俞豈不知璧之可受也，然慮夫罪之必至矣。且莊生有言，鼴鼠飲河，不過滿腹。苟貪而不止，害必及身。俞雖甚愚，亦願知其止矣。苟知止而不悔，豈不愈於不可進而進，遂取窮悔者哉？故有鴻鵠之羽然後可以議飛翔，有騄驥之足然後可以校奔逸。方今群龍在庭，庶物咸乂，辨無所議，謀無所施，炳然文明，焜燿天下，而昧者尚欲策駑鈍、飾朽暗於其間，豈不怪矣哉！

今閣下職典樞機，位爲方伯，邦國利害，咸得上言。小人庸常，衆所聞見，若蒙閣下之力聞於朝廷，俾全壽命以奉其親，免盜虛名，不爲世戮，則爲惠大矣，敢不報德，以俟終身？意切辭鄙，遑遽無地。不宣。

上成都知府書

前　人

二月日，張俞再拜稽首，投書密學閣下：昔漢之政，文侈而弊，天下士類，朋僞相高。於時制詔公卿諸侯，務舉孝讓朴直之士，敦復治本，由是處士之風重於天下。其後樊英之徒尊立朝廷，然而卒無奇謀異業，恢益時政，故當時議者謂處士純盜虛聲。況後世之士遠不及古，安可謂之有道，而欲輕薦之於天子、用之於當世乎？

今宋之政，文亦勝矣，武德不修，大刑用息，戎狄遂乘而叛亂，海內震憤，七年於茲。聖詔旁求髦雋，諮詢異策，凡有一藝之士，悉得召詣公車，縻以爵綬。繇是巖穴藪澤，空無其人。俞不幸亦累虛名，詔書三下，令赴宸闕。嘗自私念，親老貧甚，身又多病，不可從五斗祿以危其生，爲天下笑，遂甘閑放，苟媮旦夕之命。竊聞君侯念愚生之勤，從下人之欲，察實章舉，令養其親。小人聞命，知免危矣。

昔李丞相爲陝州，不薄陽城之志，其後城竟以直道斥邪佞、尊主制，名動天下。故當時至於茲世，稱李公爲知人。俞雖甚陋，敢忘斯義？伏惟君侯風威震動，功德休赫，東西南北，戶連百萬，兵恃而休，民賴而安。洞然神鑑之在目，驩然和樂之盈耳，殆不足論其志氣之速也。不然，小子何以隨俗被德之若是哉？仰惟君侯始安之，終念之，俾異日卒爲門下之士，不勝大幸。輒以言謝，惶恐無地。

上田密諫書 前　人

五月十三日，張俞再拜密諫明公閣下：四月二十四日，郫縣公人至山，伏蒙台慈特賜鈞翰，並示所撰《故九河公真後贊》墨圖一本。伏讀詳味，莫窮文旨。

觀夫九河公之治蜀，始則平暴亂，雪民於湯火，俾權臣姦堅側目而不動；終則立條教，納民於軌物，俾遺黎生齒懷德而不忘。固乃天下之豪傑，宋室之循良也。惜乎不遭大用，後嗣衰微，而讒口囂囂，陷爲酷吏，茲蜀人憤恨之日久矣。閣下後其治五十年，復以德業綏靜蜀國，用能觀其故事，不掩厥懿，揚其遺風，乃作《乖崖後序贊》。夫“乖崖”者，非自譽也，而世不通其旨，凡論其美，必曰“乖崖公”，爲辭章者亦曰“乖崖公”，其甚謬者則曰“張乖崖”。繇是“乖崖”之號顛倒漂溺，不復正之者逮五十年矣。今閣下後其贊而辨之曰：“乖不違正，崖而屬公。名雖自貶，有激於衷。”繇是“乖崖”之義判然而明，賢者之志炳然而光，衆人之言了然而不惑。是閣下能盡九河公之心，可謂明矣。世之人則不然，見人之善則忌害掩蔽，生其瘢疵；蹈人之事則毀壞變更，掃其軌迹。務成其私，不顧笑僇，安肯譽前人之尚可道哉！閣下獨矯然不私，與天下同其說，可謂公矣。古之人不得志於當年，必遺意於後世，以俟知音。若乖崖者，非閣下誰由明之？三蜀之人既思九河之德，復愛閣下之頌其良，斯文爲不朽矣。俞愚闇不達，亦欲張閣下之文，以俟史官修九河公傳得以采焉。

成都文類卷二十一

書 三

上田密諫書

張 俞

　　七月日，張俞再拜奉書樞直諫議閣下：俞聞所謂大臣者，爲能尊其君也；所謂牧守者，爲能安其民也。今閣下職秉樞機，功崇藩屏，靖亂弭禍，宣威西夏，可謂大臣之儀、元侯之表也。而俞乃遺民，懷憂含嘆，日咨於閣下曰：“庶撫我乎，仁人得不念之？”俞閉志不仕，非矯抗以立名也，非依隐以爲行也。爲父年在期頤，不忍捨朝夕之養，以從斗筲之禄，困於迷途，忘不知返。屬朝廷無爲，聘求遺逸，竊嘗一授官，三被召，皆讓不就，自謂獲其所養矣。今年春由議臣之言復召，不行。聖上謂巖穴之人不可遂棄，故兹又遽召焉。俞聞命而懼，蓋懼八十之父將不獲其生，曰宜告當途大臣，以謀其所安，願復聽之。

　　聞古之人，三月不仕則皇皇相弔；又曰家貧親老，不擇禄而仕。蓋謂仕則禄足以及其親也。俞嘗謂今之仕與古異，禄安得遽及其親邪？且令曾、閔之徒居衰微之世，未有不求禄以爲養者矣，亦由易於進退，輕於去就耳。蓋謂仕於魯，則不越七百里之間，東西南北相望。苟於魯不可，則衛；衛不可，則齊；齊不可，則曰邾曰莒而已。朝受命而夕獲禄，兹所以能屈其身而養矣，又何有於不可哉？今益土去王都幾里。往返幾時，車馬之費幾何？既仕而獲禄幾許？矧四方之大，仕進多門，豈易爲去就邪？豈易及於親邪？不可以爲類矣。昔貢禹，琅邪之人爾，上書曰：“臣禹年老貧窮，家貲不滿萬錢，有田百三十畝。今陛下過意召臣，賣田百畝，以供車馬。”夫以禹之廉清潔行，而老無父母之憂，而又君信其賢，擢居大位，道行志立，然猶所陳如此。矧俞之迂愚無堪，素抱戀疾①，老幼滿室，無一金之産，無十畝之田，囂然不知其生，其何以復去所近而就所遠者乎？使禹爲俞之計，其所陳當何如哉？

莊生曰："毛嬙驪姬，人之所美也，魚見之深入，鳥見之高飛，麋鹿見之決驟。"俞豈魚鳥哉，亦與人同其美爾。矧高爵美禄，豈特美色而已乎？世有崇臺鼎食，人所同好也；蓬户藜羹，人之所同惡也。俞豈異天下之好惡邪？蓋時不適、勢不可也。古人有言："左手據天下之圖，右手刎其喉，愚者不爲。"今宰世之人曰："吾不令一物失其所也，爾無難進，吾與爾禄，俾爾安，而及爾親。"是豈曲成萬物之理乎？彼至愚之人尚不肯傷其身以徇天下之利，而俞肯徇五斗禄以逃其親乎？身與親孰輕重哉？此蜀漢之人知已然矣。蓋裸壤不貴龍章，齊父甘於曝背，安足怪邪？

今教化醇粹，刑賞公明，苟有傷廉害義之夫，一脱刀鋸，尚復攘臂於當世，豈有養親不仕而反慮非辜？開闢以來，未之聞也。閣下前蒙哀許，父子知生。傳曰："老者安之，少者懷之。"伏惟少動心焉，免於聖時俾一夫有吁嗟之嘆。此固大臣之所宜言，方牧之所存勸，則天下有若俞輩，孰不聞而振焉？言不能華，願收其實。

上蜀帥書

前　人

張俞再拜奉書密諫明公閣下：世言古之大聖人，必曰三皇氏、五帝氏。犧、農在上古，其道不可復行，故後世唯以堯、舜爲法，歷百聖莫之能易。而學者遂傳禹，尚不及堯、舜。俞謂堯承四聖至治之業，在位七十載，故能道德行於天地，萬物陶乎無爲。其後洪水暴於九州，十有餘年，生民流宕，彝倫壞亂。堯視天下之溺如己之溺，乃博咨衆工。若皋陶之倫，咸不克其事，然後舉舜；舜亦不能治，然後舉禹，果能治之，遂成大功。及舜有天下，若堯之治，乃美禹曰："地平天成，六府三事允治，萬世永賴，時乃功。"是知滔天之害，雖堯舜之聖，必待禹而治之。苟當時不得禹也，生民其如何？後世其如何？愚恐君臣父子不爲魚鼈，則九州萬國淪於海矣，安有今日之治哉！故謂開闢已來，群聖之功，唯禹爲大，由

---

① 戀：疑誤，或當作"攣"。

乎此也。

百川之長有四瀆，而江河爲大。江出蜀之西徼，禹乃生於西羌，石紐其地也。今淫鬼無名，饗蜀民之祀者迨將千百，郡縣猶能存之，而神禹爲蜀人，江漢爲蜀望，大功格天地，利澤施萬世，曾不得享蜀之祀若一淫鬼，斯闕禮之甚者，俞嘗恨焉。伏惟明公治蜀，滔滔江漢，盡在土宇，宜作禹廟，用康斯民。

昔尹吉甫作詩美申伯，則曰：“王命申伯，式是南邦。因是謝人，以作爾庸。”又美仲山甫，則曰：“德輶如毛，民鮮克舉之，維仲山甫舉之。”言政事甚易，而人不能行，維仲山甫獨能舉而行之。明公有申伯法度南邦之德，有仲山甫賦政於外之功，蜀人愛戴，期乎無窮。若禹廟之作，政之易者，衆不能作之，明公若能作之，可謂存乎聖而順乎民也，豈挾太山超北海之爲力哉？

俞近述《南賓郡修禹廟碑文》一首，其道備，其事直，文雖浮濫，理或庶幾。方刻廟石，以示後世，謹録一通上獻。謂狂夫之言而棄之，不敢逃戾；若謂斯言可采，斯廟可成，宜載事於金石，則江漢無盡，明公之德亦無盡焉。

上吕龍圖書

前　人

三月日，孤子張俞再拜府主龍圖諫議閣下：俞前年客於長沙，行人盛稱閣下鎮撫蜀土，得蜀人歡心。旋至荆南，談者益衆。去年冬寄蜀巴峽[①]，及還成都，日聞仁厚之風被於江漢，則俞固有謁見之心，不俟勸勉而後行也。今閣下不罪其蹇慢，顧謂有拔俗之操，特垂嘉問，猥示薦舉之辭。東嚮伏讀，恐懼終日。

嘗謂天下席治平之運，士無賢不肖，以詞章爲進者迨數十萬人，皆希光逐景，耀麗當世。唯俞窮陋，志業不修，遂放蕩江海二十餘年。亦嘗謬爲藩侯諫臣爭言起拔，凡六拜召命，皆以侍養不行。非苟蓄志俟時，矯世作高，以圖聲利，蓋自謂才能不若下等之人，安可不畏清議而妄進？苟或能進，必有墻高基下之失，所以絶志不求於當世，而甘心於淪棄也。願閣

---

① 蜀：疑當作“寓”。

下察之。

　　昔先相公之輔政也，諸公多稱俞有小才，故得陳書以通賤志。其後累辱天子之命，得非素有所受邪？不然，何由屢至於此？今閣下政成入覲，乃欲為國薦進遺賢，以慰三蜀之心。蜀雖無賢，豈可復以不才塵塞朝聽？非徒取議四方，亦將有累閣下知人之過也。今西洛丞相文公、左丞田公、故三司使楊公、故尚書宋公相繼守蜀，咸謂俞不可自棄於時，每欲論薦。俞必陳誠盡辭，冀安性命，不然遠適吳越，污迹自全。迨二十年，幸而無咎。豈或今日違閣下特達之意哉？誠懼議者之不可也。昔漢樊英輩才德高於一世，李固猶謂處士純盜虛聲，況今之士邪？願寢薦章，以安衆望，孰不謂閣下不苟毀譽哉？朝夕疾愈，願伏門下，輒先盡意。言直無文，惶恐！

上韓端明書　　　　　　　　　　　　　　　　　　前　人

　　府主端明侍讀給事閣下：俞之先自晉入蜀，逮今四世矣。至俞日益賤陋，凡百工之事，無一通解，徒能遊觀天下，放蕩山海，以適意為務。凡三十餘年，未嘗一日不遊，故四方之人莫不有聞而知之者。去年春自越歸都，方掃弊廬，未遑外事，伏聞閣下受命鎮蜀，風聲所被，群聽肅然，偉夫父功子德，先後照耀。談者謂，數百載來，治蜀大臣未有繼世如韓氏之休光紹懿者也。是以朝廷之賢，下及方國之耆儒，莫不歡然咨嗟而嘆息，為閣下之榮，則俞之齒賤，敢不從耆儒之後踴躍於門下哉？昔任延為會稽，聘請高行如嚴子陵等，待以師友之禮，積一歲，而隱者龍丘萇遂詣府門。今閣下位望風政絕任延遠甚，俞雖固陋，竊慕龍丘之義。俯伏俟命。

上韓端明書　　　　　　　　　　　　　　　　　　前　人

　　府主端明侍讀侍郎閣下：近奉拙詩，惟念不足誦詠閣下德業，徒以發於志、形於言，庶與夫民之謳謠流播無窮，豈敢測風度之遠大哉！閣下不鄙其辭，顧辱長書，明志氣之所存，又諭以守道獨立而見知者少，且謂俞或識高明之趨嚮。是鷽鳩欲量鵾鵬之遠近，河伯議海若之淺深也，豈知夫小大之分耶？

　　然亦有説焉。竊嘗讀書，觀古人事業，自《詩》《書》《春秋》所載不論，至漢以來，卿大夫事君利民之道、立德守節之方，動有法度，學有本原，磊磊然繼迹而起，於時相望不絶，豈苟作苟見而能成其聲名者邪？及觀今世之賢卿大夫，則異夫古之所謂賢卿大夫也。有能考其言行，察其進退，則虚實謬亂，本原支離，果所謂賢卿大夫安得而見之？唯閣下守道立節，知禮義之原，不徼世名，不苟禄位，不隨俗上下。湛然内明，若懷鏡以照物；毅然外立，若執劍以臨人。姦邪懼而循刑，公正望而立志。閣下豈不自謂其然乎？《詩》曰：“心乎愛矣，遐不謂矣。”至若閣下之運用無方，豈敢窺乎畛域哉！

　　又辱明諭，俾升堂盡言，庶有采其是非。此非小人之望也。雖然，負薪有廊廟之言，俞已老矣，曾負薪之不若矣。天下之事，不復真懷久矣，雖欲開口論議，豈能出衆人之意邪？又豈復出閣下之術内邪？徒屈下問，適資賢者之德爾。苟使當世公卿有如閣下，爲國待士，欲盡其論説，則天下安有不治哉！俞久苦羸疾，未勝冠帶，且復繁言，用酬厚德。

答吳職方書　　　　　　　　　　　　　前　人

　　俞頓首。二三月至導江，遂入山，復歸治弊廬。加以人事，久不啓訊。辱四月二十七日書，良釋思仰之勞。相示，府公謂俞所作《講堂頌》爲叙己之德，於書銜立石，體未便安①，俾別爲記。聞之惶恐。

　　俞遊天下二十餘年，知識士人甚衆，然未嘗以文字求卿大夫之知。去年十二月，何侍郎語僕曰：“府公興學，大作講堂，願爲之記。”及行，又云：“記成，願示其文。”今年二月，醇翁見語，亦如何侯。自李伯永、趙先之及諸士大夫，累累相問《講堂記》如何。因念國家大興學校三十年來，凡作孔子廟記、州學記者遍天下，殆千百數，爛漫甚矣，古未嘗有也。且蜀郡之學最古，又世傳其文翁講堂久壞，今府公復作之，高明宏壯，上可坐五百人，非列郡之可擬，苟欲作記，則土木尚未足稱也。且記之名又不足鋪揚講堂之義，唯歌頌可以傳於無窮。文既成，投於府公，辱

---

① 　體：原作“禮”，據文意改。按：下文云“府公之言謂體未便安”，是也。

書云："求記若銘爾，今以頌爲貺，顧何德以堪之，奚可輕示於人？"

僕竊思之，以文辭淺陋邪，不示於人，實惠之大者也；苟以府學不可爲頌邪，則古人作之者多矣。自漢至唐，文章大手皆采風人之旨，以爲賦頌，凡宮室苑囿、鳥獸草木、君臣圖像，及歌樂之器，意有所美，莫不頌之，不獨主於天子，乃名爲頌。晉趙文子室成，張老賀焉，曰："歌於斯，哭於斯，聚國族於斯。"君子曰善頌。漢鄭昌上書頌蓋寬饒，顏師古曰："頌謂稱美之。"班固、皇甫謐皆曰："古人稱不歌而頌謂之賦。"王延壽曰："物以賦顯，事以頌宣，匪賦匪頌，將何述焉？"馬融《長笛賦序》曰："追慕王子淵、枚乘、劉伯康、傅武仲等簫琴笙頌，作《長笛頌》。"嵇康《琴賦序》亦曰："自八音之器，歌舞之象，歷代才士並爲之賦頌。"又若揚雄有《趙充國畫頌》，史岑有《鄧隲出師頌》，蔡邕有《胡廣黃瓊畫頌》，楊戲有《季漢輔臣頌》，夏侯湛有《東方朔畫頌》，陸機有《漢高祖功臣頌》，袁宏有《三國名臣頌》，劉伶有《酒德頌》。馬棱爲廣陵太守[①]，吏民刻石頌之，蔡邕美桓彬而頌之，崔寔爲父立碑頌之。至若袁隗之頌崔寔，劉操之頌姜肱，李膺、陳實之頌韓韶，郭正之頌法真，趙岐之頌季札。若此之類，史傳甚衆，略舉數者，以明體要。又沈約之徒文章冠天下，其所博見，通達古今，皆爲頌述，以美王侯。至唐，文章最高者莫如燕、許、蕭、李、梁蕭、韓愈、劉禹錫輩，未有不歌頌，稱賢人之德，美草木之異者。僕故取其體而述《講堂頌》焉，則頌之義豈有嫌哉！且郡府之有學校，學校之有講堂，乃刺史爲國家行教化、論道義之所，又非刺史之所自有也，其於義可頌乎？不可頌乎？與夫頌一賢人，美一草木，其旨如何？

且自漢已來千數百年，通大賢、文人、史官，未有以頌不可施於人、美於物，而有非之者。俞竊惟府公謙恭畏讓，以頌名爲嫌，應以鄭康成、孔穎達解《魯頌》之義也，故未敢以書自陳。今足下見教，果以府公之言謂體未便安，而云重譔一記。鄙人豈敢復欲妄作，以取戾乎？況夫《講堂頌》者，始稱國朝文章之盛，次述府公興勸之由，遂明學者講勸之義，終美宣布之職，振天聲於無窮，庶乎詞義有可采者也。至於鄭康成、孔穎達云："《魯頌》詠僖公功德，纔如變風之美者。頌者，美詩之名，非王者不陳。魯詩以其得用天子之禮，故借天子美詩之名，改稱作頌，非《周

---

① "棱"原作"稜"，"廣陵"原作"廣漢"，據《後漢書·馬援傳》改。

《頌》之流也。孔子以其同有頌名，故取備三《頌》。”又曰：“成王以周公有太平之勳，命魯郊祭天，如天子之禮，故孔子録其詩之頌，同於王者之後。”又曰：“頌者，美盛德之形容。今魯侯有盛德成功，雖不可上比聖王，足得臣子追慕，借其嘉稱，以美其人，故稱頌。”凡孔、鄭之説，支離牴牾如此。昔鄭伯以璧假許田，《春秋》非之。晉侯請隧，襄王弗許。於奚請曲縣繁纓以朝，仲尼曰：“唯名與器不可以假人。”武子作鐘而銘功，臧武仲謂之非禮。季氏舞八佾於庭，孔子曰：“是可忍也，孰不可忍也！”子路欲使門人爲臣，孔子以爲欺天。孔、鄭既謂魯不當作頌，而曰借天子美詩之名而稱頌，是名器可以假人也。孔子曾無一言示貶，反同二《頌》爲經，孰謂孔子不如林放乎？噫，頌而可僭，則僭莫大焉，亂莫甚焉，非聖人删《詩》作《春秋》之意也。且孔、鄭解經，時多謬妄，此之妄作，何其甚哉！傳曰：“夫子没而微言絶，七十子喪而大義乖。”蓋章句之徒，守文拘學，各信一家之説，曲生異義，古之作者固無取焉，僕亦無取焉[1]，足下以爲如何？

忽因起予，遂答來諭，非逞辯而好勝，亦欲釋千載之惑，用資撫掌解頤，且假一言介於府公，可乎？如曰未安，願復惠教。

上張文定公書

蘇　洵

竊以士之進拜於王公貴人之前者，未始不以頌美而求悦，未始不以訴窮而求哀。夫頌美而謂人悦之，訴窮而謂人哀之，淺之爲丈夫也。聞其頌美而悦，聞其訴窮而哀，亦淺之爲丈夫也。今洵將以不肖之身恩明公，其將何辭以叩明公之知哉？曰，明公之美不勝頌也，洵不頌也；洵之窮不足訴也，洵不訴也。今有人焉，文爲天下師，行爲天下表，才爲天下宗，言爲天下法。天下其曰斯人何如人也？後世其曰斯人何如人也？區區而頌其美，是天高海廣之論，無益之甚也。故曰，明公之美不勝頌也，洵不頌也。洵饑焉，而天下不皆饑，洵寒焉，而天下不皆寒，洵何恤哉？故曰，洵之窮不足訴也，洵不訴也[2]。

---

① 無：原脱，據《宋代蜀文輯存》卷二四補。
② 洵不訴也：原脱，據上文補。

　　然則卒無説乎？曰：何遽無也？先民有言曰："貌言，華也；至言，實也；苦言，藥也；甘言，疾也。"夫以貌言、甘言悦人者，是以不賢人期人也；以至言、苦言悦人者，是以賢人期人也。明公梲車之初，洵訪諸官吏胥史，皆曰明公嚴而明；訪之布衣儒生，皆曰明公恭而有禮；訪諸閭里編户，皆曰明公廉而仁；訪諸軍旅士伍，皆曰明公威而有信。夫官吏胥史、布衣儒生、閭里編户、軍旅士伍之知明公也固不盡，其已如是矣，洵其可不以賢人期明公，而悦之以至言、苦言邪？

　　昔者皋陶戒舜曰："兢兢業業，一日二日萬幾。"賈誼説漢文帝曰："當今之勢，如抱火厝之積薪之下而寝其上，火未及然。"此言憂懼之甚也。夫舜，聖主也，天下至治之時也；漢文，賢君也，亦天下至治之時也。而二臣猶以憂懼之言聞之，然則不憂懼而能有立者鮮矣。今之人皆曰：器大者不憂，量廣者不懼。憂與懼者，庸妄人耳。夫庸妄人之憂懼，非洵所云也。洵所云者，聖賢之憂懼也，憂而思所以謀之，懼而思所以安之也。今明公坐大宇下，望之如神人，僚佐胥史趨走汗慄，賓客之請見者皆俯傴曲拳而後入。如是，誰敢以憂懼之言聞諸明公者？雖然，洵敢言之。

　　夫蜀之境，壤狹而民夥，雖號富庶，然亦貧匱者衆矣，是以一撓之，則不堪命者十數年，故其人多怨而易動。里巷小民亦嘗歷評鎮蜀者，自吕公而下，曰某公仁、某公明、某公貪、某公暴。仁、明、貪、暴之名，百世不磨，此賢人君子之所畏也，惟明公以此思懼。編籍之中不能無凶民，軍伍之中不能無悍卒，西南徼外，雜虜棋布星列。總而言之，其衆近數千萬。御得其道，則斂足屏氣，皆吾臣，皆吾妾；御失其道，則圜視而起，皆吾讎，皆吾敵。此賢人君子之所尤畏者也，惟明公以此思憂。

　　懼則思所以安之，憂則思所以謀之，非不忽草茅貧賤之言不能也。洵，草茅貧賤者也，愚樸自負，不識忌諱，惟知天下之事有不便民者，輒抗言之；言之不足以快憤懣，奮筆而書之。近所著《機策》一篇、《權書》十篇，凡二萬言。雖不知王公大人可以當其意否，而自謂盡古今之利害，復皆易行，而非迂闊浮誕之言也。今録而獻明公，明公擇而行之。

　　兹外復有一説。太祖既受孟昶降，念所以鎮蜀者，遂輟吕公於台鉉之間而任焉。今明公才烈勳業，入爲宰相，佐天子調陰陽、正百官，已晚矣，而猶數千里尹蜀者，吾皇之心，亦太祖之心邪！吁，吾皇之急賢，則明公之歸朝有不暮歲矣。惟明公早夜汲汲以思其謀，無使措置未備，而傳召柬至，則蜀民數百年之幸也。

謝張文定公書
前　人

　　古之君子期擅天下之功名，期爲天下之儒人，而一旦不幸陷於不義之徒者有矣。柳子厚、劉夢得、呂化光皆才過人者，一爲二王所污，終身不能洗其耻，雖欲刻骨刺心，求悔其過，而不可得，而天下之人且指以爲黨人矣。洵每讀其文章，則愛其才；至見其陷於黨人，則悲其不幸。故雖自知其不肖，不足以睎望古之君子，而嘗自潔清，以避耻遠辱。王公貴人可以富貴人者肩相摩於上，始進之士其求富貴之者踵相接於下，而洵未嘗一動其心焉，不敢不自愛其身故也。貧之不如富，賤之不如貴，在野之不如在朝，食菜之不如食肉，洵亦知之矣。

　　里中大夫皆謂洵曰：“張公，我知其爲人。今其來，必將有所舉，宜莫如子；將求其所以爲依，宜莫如公。”洵笑曰：“我則願出張公之門矣，張公許我出其門下哉？”居數月，或告洵曰：“張公舉子。”聞之愀然自賀曰：吾知免矣。吾嘗怪柳子厚、劉夢得、呂化光數子，以彼之才遊天下，何庸其身辱如此？恐焉，懼其操履之不固，以躡數子之蹤。今張公舉我，吾知免矣。孟子曰：“觀遠臣以其所主。”韓子曰：“知其主可以信其客。”張公作事固信於天下，得爲張公客者，雖非賢人，而天下亦不敢謂之庸人矣。人能使天下不得謂之庸人者幾人，而我則當之。知我者，可以弔劉夢得、呂化光、柳子厚數子之不幸，而賀我之幸也。數百里一拜於前以爲謝者，正爲此耳。

上府倅吳職方書
前　人

　　洵竊謂蜀之土，墻萬山，塹大江，膏田百同，蟠乎其中，故天下之地，險固沃美，無如蜀者。即蜀而言，益，諸郡之綱領；嘉，諸蠻之孔道。故蜀之地大且要，無如益與嘉者。執事始受詔天子相益，嘗受命大司權領嘉事，未幾歸益，今又以事如嘉而還矣。是益俟執事以治，而嘉俟執事以安，一身而二任焉。故蜀之吏自府、漕、刑外，職大責重無如執事者。職大責重，古君子居之，未嘗不竭己之才，而又得擇群言輿謀以輔其志，廣其聰，遠其明，而能成功。故蜀之吏宜不以貴故忽卑賤之言，亦無如執事者。

洵，通義窮百姓，讀經史、學計策外無他長。執事愛弟裹行君氣質剛正、非妄許可者，不知洵不肖，讀其文而憐其窮，故嘗幸過之，而又嘗使人以書而候問其死生，若故舊然。洵常德之，思有以報，而未獲其所。執事之始如嘉也，前郡尉張君謂洵曰：“吳公經是，語及子，且知子矣。”夫其弟待之如故舊，其兄未識而語及之且知之焉，然則如洵者宜如何哉？不效其所有於執事，以補萬一，而以淺陋爲解，則非執事待洵意也，況執事職大任重，必不以貴故忽其言耶？今洵之所有，而執事之所當聞者，蜀之利害也，請爲執事言其略。

夫蜀有三患，其二將形，其一既萌。何哉？人性驕侈，耀寶賄，盛紈錦，貲蓄未能百金，而衒諸外，已若古程、卓輩，故使窮民惡盜得以萌窺劫心。李順之亂，實根於此。今又何知草莽間無李順耶？此將形之一患也。疲兵怯弱，或有變故，常恃客軍，故客軍常曰：“有他盜能禦我者？”少不若意，則瞠視大叫。疲兵畏避不暇，何敢議鬥？王均、劉旰之亂實根於此。今又何知軍伍中無王均、劉旰耶？此將形之患二也。去歲邕管通寇，南詔爲之囊橐，倡言於其國曰：“砥爾戈，秣爾馬，吾將逞志於蜀。”今郡縣欲廣其備具，多其戍役，則民不堪，否則懼其乘我虛隙。此既萌之患一也。夫一方而三患具，安危緩急，宜曰何如？而昧者猶謂今之患獨在南詔，而又曰殘虜非吾敵。不知是三患幸而不發則已，不幸而有一起，二者必從而興，其勢如大鼎弱足之折，餘必隨之。苟有位者不皇皇汲汲，蚤夜思其謀，則亦見坐漏船之中，而不知茹焉酗酗焉者也。

然則何爲而可？曰：西南民性與東北尤異，怯不能守，嗜利而好蕩，是以易亂；勇不能固，懾刑而重遷，是以易制。今其驕侈之風，雖欲化以儉德，固未可歲月待。得強明吏，摘其姦，發其非，誅之徙之，則盜可以消矣。疲兵雖號怯弱，然武王以之而克商，諸葛孔明以之服西南蠻，抑魏氏兵不敢出戰，楊儀乘其餘，尚能走孟達。今之人亦古之人耳，何強弱之遠乎？蓋不訓練之過。竊見疲兵惟忠勇、寧遠二軍粗識教令，他不過負擔而役，捆屨而食，奈何責其鬥耶？今欲爲之計，莫若擇客軍之精銳者爲之師而教之，明其號令，一其勇怯，信其賞罰。不旬月，可與之赴湯火、蹈白刃，則客軍知所顧忌，不敢動矣。

犍爲之西南，漢源之東南，盧山之西北，沿邊雜虜，自漢以降，肆逆效勇，猶可歷數。然則非有雄謀大志，惟暴之則逆，惠之則順。譬之狗然，臨之以箠，鮮不吠噬；豢之以食，可使捍盜。西漢以鈎町兵破姑繒、葉榆①，後公孫述竊據，大姓龍、傅、董、尹氏爲漢保境。由是觀之，其人蓋有時而忠也。況今數百年來，懾服帖息，苟重之以惠，則彼獨忠於古哉？所宜密委邊守常加寬恤，其人之商於吾境者，嚴譏而薄征之，疾則醫之，死則殯之，使其至如歸焉。彼將益樂吾德，而求爲我用矣，則嚮所謂邑管通寇之在南詔者，又安能數千里越求爲我用之虜而犯我哉？縱使盡力能攻而越之，則其銳兵堅甲固已缺頓於沿邊雜虜，而我坐收其弊，擒之易耳。

今郡縣大修攻守戰鬭之具，而愚民洶洶驚顧，間有瘞金而囊糗以待竄匿者，故洵敢以此説爲獻。執事幸置之胸中，異日府公、漕、刑必將咨計執事，執事擇其説之可者發之，幸甚！吁，執事權略智調，視措置岷蜀，其猶指揮僕妾輩耳，何待洵言耶？雖然，居山者知虎豹之迹，居澤者識蛟蜃之穴。洵誠懼執事不若洵家於此，聞見習熟而得之之詳也，以是不敢緘默。平生所學《春秋》《洪範》、禮樂、律曆，皆著之書，非遇執事閑燕講道時，未敢以贊。《兵論》三篇，冀執事觀之，而知洵與夫迂儒腐生蓋少異矣。

上吳大尹書　　　　　　　　　　　　　楊天惠

某，蜀之淺丈夫也，知蜀之故，二三策而已矣。蓋秦宓之論天帝會昌之祥、神禹石紐之生、三皇祇車之出，頗譎誕不經；而左思之賦，兼六合之交會，總八區之豐蔚，跨諸夏之富有，復浮夸少實。惟是風俗文順，自古已然，傳記所錄者是可觀也。其大者漢有司馬相如、王褒、揚雄，唐有陳子昂、李白，咸以文詞，爲世宗長。然夷考於史，相如之文以楊得意而顯，雄之文以客之薦而彰，子昂之文以上書而達。顧不知當時牧伯大人爲誰，獨無一人能以半語扶數子而發之者。蜀去長安、東京爲險遠，計一時牧伯之選，必其世議所謂材任公卿乃爲之。數子既豪傑士，其文采艷發，

---

① 葉榆：原作"桑榆"，據《漢書·西南夷傳》改。

初弗自閔，又近在宇下，宜易知察。方且親以身臨之，竟不能回一盼之勤爲若人寵，其他則又何説也？且使數子戀戀鄉里，不一遊京師，則《上林》之雄麗，《羽獵》之崛奇，《感遇》之頓挫，其遂堙矣乎，肉食者安忍處此？蓋君子之用世，莫樂乎得材；遏臣之報國，無大於薦士。夫惟王襄爲刺史，薦王褒，蘇頲爲長史，厚李白，良可人意。然漢唐上下數百年獨有二公耳，其難得如此！

嗚呼，某之生也後，不得與斯人接也，而乃今於閣下幸見之。閣下道德純明，名實奥美，以法從之貴主盟斯文，以方面之尊愛燾士類。自開府以來，西南文藝之俊聯薦墨、附賓籍者焯焯有聞矣。其高者，殆將與之同升金玉於王度；其下者，猶欲使之有立，鼓吹於儒林。以故縉紳歸仁，人物慕義。而某此時以貧宴之故，受廛岷山之陽，食指猥衆，待耕耨而後飽，誠不可一日捨穡事以遊，其何日以來雅拜於大君子之前？重以不幸有幽憂之疾，有癖違之累，先自絕於明時，亡所用於天下，慚恐遁匿，不復自齒於人倫，尚敢驤首卬臆，希咳唾餘澤於一二英才後邪？今者穡事有間，舊疾小愈，妄自念言，前日聯薦墨、附賓籍者非某同社之良，則皆旁邑之望也，此其與某拜賜何以異？故願上名謁，仰慶門下之多獲，倪賀吾人之有遭焉，而不敢有所請。謹治書具，挾漫刺，自道所以代將命者之詞。伏惟閣下引之斥之，前之却之，惟命之須，弗敢知也。不宣。

上制置使書

黃　源

源竊惟蜀視中原最險遠、最僻陋，自古用天下，無以蜀爲也。然秦、漢不得蜀，則不能東鄉與天下爭衡；而吳、晉以來，立國於江左者，每每倚蜀爲重。蓋漢資蜀富饒以自給，山西之形，蜀之力，勢相半焉。當此之時，蜀得十二。蜀居吳、楚上流，而吳視楚爲西門，楚視蜀爲巨蔽。蜀一動搖，而吳、楚皆不帖席矣。當此之時，蜀得百二。顧今有秦漢規畫天下之權，有江左憑藉江淮之勢，資於蜀而恃之以爲守，其勢與力，二者兼取之，則蜀在今，不翅天下重也。天子往嘗以執事鎮瀘，又總戎於蜀口，今又舉全蜀而界之執事者總制焉。此非天子以蜀重，而蜀以執事重故歟？

自古用蜀者，諸葛亮當第一，而李德裕次之。德裕南抗夷，北引天下之力以自重，其爲功易就；而亮獨以蕞爾之國，南抗蠻，西抗夷，東備吳，北敵魏，無天下之大援，而功視德裕過之。夫亮爲力難矣，然而猶未若執事今者之難也。昭烈之後，亮一步不出大城門者三年，而後爲渡瀘之役，而後爲渭上之役。夫堂之不植，則其本顛；大城，其堂也，故三年而治之。藩之不固，則有後憂；蠻夷，其藩也，故力戰而服之。蜀已安矣，蠻夷已服矣，於是乎出其兵，以與魏人角於其門。

亮之用蜀，本末如此，視德裕爲難，而視今猶易之也。當今執事實難焉。萬斛之舟，順流舉帆，一日而千里，何則？因於水之勢也。夫因其勢而順導之，則苟有志焉，皆可以成事。勢不足以自强，力不足以有爲，而求以立大功於當世，蓋惟有道者能之，而英偉豪傑不世出之才不逮也。某愚意，今蜀之力，其强盛充實不若亮時遠甚，而縱橫施設、先後次第之功，惟吾之所見，務在利社稷而不爲嫌者，又非亮時比。夫任大責重，與古無以異，而憑藉扶持之勢絶不可同日語，則執事之爲力，顧不難於亮哉？雖然，執事有道者，自始鎮蜀，迄今五年於茲。譬之一元之運，生生化化，無一草木不被，而道德之威凜然，人望而畏之。在民則和，在軍則肅，莫之爲而爲之者，此天人也。蓋其力十倍德裕而過於亮，天子寧虛鼎席，而久勤執事以蜀，凡大庇吳、楚，而勢有不得已也。

某老矣，往嘗以下吏趨走於執事之前，既辱知之矣。得闕猶遠，願備一官於麾下，究觀執事德業之萬一，退而終身行焉，以毋負知遇之渥。執事其幸進之否乎？俯伏俟命。

上汪制置書

王咨

某聞之，佚勝勞，治勝亂。佚與治在我，勞與亂在人。此非兵説也，用國説也。勢相衡，事相權，能得其機而執之，則先者勝。夫惟在我者無宿憂，則其力全，力全則有成謀。處我於佚與治，乘彼之勞且亂，有所不動，動必有濟。譬如人之一身，將與人鬥，當無事時必思休息屈伸，使筋骸之會無不舉之處，夫是以能待敵於卒然，而無後憂。如無故而先自勞其身，以犯風雨暑寒之變，則病將起於腹心，而中先潰，自謀且不給，何有於制人？

以六國而敵一秦，六國之力全，秦雖强，無奈其爲從也。而六國者汲汲然不能以一日，此其勢不歸秦而何歸？天下皆曰，晉之東，不能濟一甲於長江之北，履神州之故封。自今觀之，有不足怪。何者？上流之勢，皆移於人，一變僅止，一變隨起，所因且藉者皆内自戕伐之。自古圖回中原必兼用蜀，而我初不能得，既復不能有。一失於李雄，再失於苻堅，三失於譙縱，猶初無蜀也。我既亂且勞，幸彼之亦然，故能支四大變於搶攘之餘，此天也。

凡用國，必有根本之地，培植擁護，當使其不搖，取之常不盡其財，而用之常不盡其力。是故愛根本如愛吾命，而後可國也。今天下根本在蜀，蜀根本在兵與民。憂在民則不恤兵，憂在兵則不恤民，通而一之，以固吾國，實有統府在。及今無戰時，當使優遊而不勞，靜治而不亂。二者，朝廷已寄之重臣。開府而來，一切鎮以清静。凡所施設，皆爲國家惜大體而雍培其根蒂。環數千里之地，夜郎、牂柯之境，前此時斬艾草木，以邇吾封，乃今帖帖，不敢少肆，蓋西南一面可賴矣。

天子注想名德，考朝家登庸龍首故事，在公已晚，顧宣威虚府，未有以界蜀事者。雖然，上豈以一方易天下大計哉，其自此歸矣。而某預爲蜀憂，何者？時方用兵，符檄星流，急科嚴征，民曰不得已，不敢怨。今號爲無戰，而所在嗸嗸，不異鄉時，不知有急復何以加之？諸葛孔明用蜀賦養蜀兵，閉關息民十五年，而後出之，師行不能越五丈原，國已坐困，蜀之力易屈也。今宿師十萬，幾三十年，盡西南之力以給，而内郡至無備。汶山以西，邛笮以南，牂柯、犍爲之壤，皆控帶外夷，綿亘交趾，而髮髻氊裘，與我互市。

雖扼形勢之地，無宿儲而有冗兵，大抵爪牙脱落，無全力矣。盜之於人也，必其垣牆之不支，鷄犬之不聞，而後得其隙焉。今秦川三邑號蜀門户，而無急憂，豈不足憂哉？天下之險在蜀，大山長谷，綿數百里，梯空棧高，入不可出，非騎兵衝突之地，敵之長技至此無所施，此堅守之國也。所可深慮者，吾之境中枵然而虚。問其武備，有役之兵，無戰之兵；問其財賦，廩無見糧，帑無藏鏹。郡縣皇皇，日不暇給，而民之爲生，至不足賴。非大臣見眇綿之幾，誰當憂之？往年閣下條邊事三：曰舉守臣，曰訓土丁①，曰督軍儲，而近者不許縣邑括隱户之賦。此皆深思長慮，爲保護根本之計，所以惠蜀甚厚，將次第爲上盡言之，某尚何所伸其喙？

雖然，嘗試妄論，今之急政五：一曰嚴戢貪吏之侵漁，以杜邊釁；二

---

① 土丁：原作“上丁”，據《全蜀藝文志》卷二九改。

曰大考守兵之赤籍，以責實用；三曰明絕郡縣之誅求，以開民生；四曰痛省官吏之冗員，以去浮食；五曰盡蠲積年之虛額，以寬期會。蓋邊本無事，而貪吏生之；軍本有籍，而姦濫冒之。調度既不得已，而言利之人欲根株盡之；經費至不能給^①，而無益之員又蠶食之。至若歲入之虛籍，終不天降地出，徒使其急征他取，以赴期會，如割股啖口，竟亦何益！誠莫若爲之一洗，使民輸以時，穫而粟，織而帛，不至稱貸，以重其困。與夫上之四者，皆以次舉行。當此少休，庶其佚而不勞，治而不亂，以備不戒。此在執事一露章。且鄉者兵民之權分，故有所扞格而不得行，乃今蜀中外之事盡制於統府，此非可爲之時乎？願深念之。

　　某，西山之鄙人，往年不度其賤，數袖書請見，而下執事降色詞接之，調一官，躬耕待次。日既一年，從父老遊，而目世之病，因六纛之東^②，故敢妄有獻焉。去作巖邑，甚懦不武，預以不治，爲兢兢然。有盟不寒，決不至爲蠆尾，以負所學。風雨不時，知有庇身所也，幸甚幸甚！

---

① "至"下原衍"之"字，據《全蜀藝文志》卷二九刪。
② 因：原作"固"，據四庫本《全蜀藝文志》卷二九改。

成都文類卷二十二

序 一

送　別

送馮定序　　　　　　　　　　　　　　　　　　（唐）李　翱

　　馮生自負其氣而中立，上無援，下無交，名聲未振擢於京師。生信無罪，是乃時之人見之者或不能知之，知之者則不敢言，是以再舉進士，皆不如其心。謂生無戚戚，盍以他人爲解①？予聯以雜文罷黜，不知者亦紛紛交笑之。其自負益明，退學書，感憤而爲文，遂遭知音，成其名。當昔黜辱時，吾不言其拙也，豈無命耶？及既得時，吾又不自言其智也，豈有命耶？故謂生無戚戚。

　　生家貧甚，不能居，告我遊成都。成都有岷峨山，合氣於江源，往往出奇怪之人。古有司馬相如、揚雄、嚴君平，其人死，至兹千年不聞。生遊成都，試爲我謝岷峨，何其久無人耶？其土風侈麗奢豪，羈人易留，生其思速出於劍門之艱難，勿我憂也。

送許協律判官赴西川序　　　　　　　　　　　　　（唐）權德輿

　　十年冬，予與今左曹相君、兵部郎崔君同受詔禁中，雜閱對策，以第其等，將命於廷。有請程百職之功緒者，且以郎吏、諫曹爲言。時相君爲

---

① 人：原無，據《李文公集》卷五補。

吏部郎①，崔爲右補闕，因相顧曰："直言者方譏切吾黨，其可捨諸？"予撫手賀之，以爲得雋。及後詔下，徵他日之詞，則許生也。

典校滿歲，西遊岷峨，丞相彭城公雅聞其才，辟以從事。十三年冬，以府檄計事②，至於京師獻歲。回車，灑酒祖道。以子之直而和、敏而文，策名於天府③，叶志於元臣，搏迅飆，翔層雲，將賀不暇給，而別，何爲愴？衆君子中歡④皆賦，使鄙夫類之。

送彭學士序 彭名乘，華陽人。　　　　　　　　　　　　范　鎮

蜀當西南陬，曰輿坤。坤爲文爲臣，故世有方正柔靜之士作⑤。西漢時司馬相如始以文章顯，而後王褒、何武、揚雄，事業著於篇。唐陳子昂用古道振，而時文於變。意者，岷峨蘊精，江漢畜靈，須其時，克生其人乎！

祥符四年，宋興五十二載矣，是邦人新去兵革之苦，始漸聲教之學，而隴西集仙公以道藝行誼登王府。主上紹休，總秉權綱，獨觀昭曠，恢大同之化，罷三互之法，遂有普慈之授焉。縣令前驅，弩鞬甚寵。子弟師教，檄文不修。里有冠蓋之華，家連序塾之盛。議者謂文翁玉堂、子雲書臺，興儒以來，未有侈於今日者已。蓋聖人用一賢，出一令，觀悅之道，其利博哉！昔楊仲桓教生徒⑥，上名錄者三千；魯仲康選高第，至郡守者數十。異時立本朝，議外廷⑦，絲綸王言，潤色神化，則西州士夫未量其被教育也。南荆領軍，非久留之地，故略而無述。

---

① 吏：原無，據《文苑英華》卷七二八補。
② 府：原作"序"，據《文苑英華》卷七二八改。
③ 天：原作"大"，據《文苑英華》卷七二八改。
④ 歡：《文苑英華》卷七二八作"飲"，原注云："集作歡。"
⑤ 正：原作"政"，據《國朝二百家名賢文粹》卷一六六改。
⑥ 桓：原作"伯"，據《國朝二百家名賢文粹》卷一六六改。仲桓，東漢楊厚字，《後漢書》有傳。
⑦ "議"下原衍"之"字，據《國朝二百家名賢文粹》卷一六六刪。

送黃士安應賢良方正序

張　俞

　　元年春，朝廷復用六科召天下異才，著作佐郎江夏王士安自成都提所爲論策，應召而行，俞以言送之，曰：君嘗用策干大臣，獲薦諸朝，遂名方正，而天下莫不聞。聖上方居巖廊，觀萬方，愓然懼不克治，乃策方正。求其所謂爲方正者，豈弊吻誦述，剽盜俗説，以苟爵禄而已乎？今内無嬖女，外無姦臣，宮室不崇，畋獵不遊，鐘鼓不淫，囹圄不囚，姦宄不滋，賞罰不私，干戈不暴，黔黎不嗟，海内順靖，寂無諠譁，可謂理道盛矣。然而國統未立，大本不安；宗子未候，維城不固；賢臣未備，政體不隆；將帥未良，戰陣不勇。故以號令不震，武威不揚，北敵西戎，連衡虎視。天見異，地見妖，水旱蟲蝗，民流饑饉，蓋相望於天下，固寇敵之資也。君豈有意乎？

　　天子方收群策以終太平，延諫諍以通是非。群策舉則治亂見，諫諍入則善惡明。君當思盡言，以道悟主，賢良方正之事也。若曰我將隨世偶合，與兒曹爭一日之利，予則逃白雲而掩口，豈晁、董之復可議乎！

送益牧王密學朝覲序

前　人

　　虎豹伏於山林，鯤鯨游於江海。夫以搏擊蕩躍之性，據淵險勢勝之場，固其宜矣。一旦虞焚其澤，漁絶其流，則狂顧駭群，震溢山海，毛介之族，雲擾電逝，豈罟網之設能制其暴哉！況鳴弦張機，動危其性，彼聞跫然之音，則有覆車觸舟之患矣，豈暇翔擇而後處耶？牧民者亦然。

　　益爲西南之都會，外戎内華，地險物侈，俗悍巧勁，機發文訛，窺變怙動，湍涌焱馳，豈其性哉？守之者非其道也。往歲三困盜臣之暴，故其民翻然得計。自爾三十載，或政失其養，則緣隙乘險，欲蹈前弊，而復其怨，得非駭逸之過乎？是以詔教服御，與天下異。

　　樞密學士太原公既持其節，鎮其地，運方略以適其欲，宣上德以滋其生，緩征賦以豐其財，肅刑政以平其枉。逮二年，黎俗淳阜，獄訟寂寥，和氣休聲，溢於道路，俞遂作《蜀侯賦政詩》以歌之。今我侯以旗節朝於京師，俞適在岐陽，且聞侯之去蜀，其國士大夫，曰兵曰民，咨嗟瞻嘆，千里不絕。好文雅者又競爲詞章，惜侯之行，且頌其用，信謂君子爲龍爲光，有始有卒者也。俞雖流冗，不能忘，乃作詩一百六十言，又爲序以爲送。詩曰①：

> 元侯蘊神略，杖鉞靜坤維。道冠九州牧，威通八國夷。金城全失險，鳳鳥自來儀。佩劍涵星斗，牙兵肅虎貔。旄頭沉怒角，彗尾滅長旗。號令昭文物，功庸煥鼎彝。言朝紫微座，將陟上台司。嶽峻神靈氣，風清袞職詩。雙旌浮日轉，四牡逐飆馳。泣道壺漿滿，梯空劍閣危。玉鸞鳴漢月②，珠珮照秦姬。過陝懷棠樹，經周嘆黍離。節函龍夭矯，詔檢鳳葳蕤。霽聲浮雲閣，春流象璧池。巖廊通夢想，海宇識雍熙。回睠西南國，行謠滿荔支。

送楊鈞廷評赴治温江序

前　人

　　談者謂蜀之地巖險，其民峭急剽速，治不可恩，宜一中以刑，且無事。吏皆以爲然，故得以私天子威，刑用喜怒。其民苟得，而不畏不治，是以居亡其誠，緣飾作文，以應其上，使國之刑日滋，教日壞，繇官邪也。爲吏者不去邪以自訟，而反咎之於民，無乃暴己之狠，而怒彼羊之鬪乎？古人謂上失其道而民散，予猶過之，今乃信然。

　　化元蜀人，有致遠長材，通古今正道。由大理屬官出宰遠邑③。夫邑大而賦煩，地壤而貨殖，俗侈而詐，吏豪而姦，昔之政無有可誦於後者，豈治之難乎？未聞其良也。今清河公既牧於益，化元又臨其邑，所謂上作之，下述之，上下合德，政是以和，余於二君子見焉，姑傾耳聽彼民之頌。

---

① 靜嘉堂本及《全蜀藝文志》卷三二無“詩曰”二字。
② 月：原作“目”，據萬曆本、嘉慶本《全蜀藝文志》卷三二改。
③ 大理：原作“天理”，據文意改。本文標題稱楊鈞爲“廷評”，即大理評事。

送張道宗監簿赴益州序

前　人

凡爲人之子而及於道，未有不由其父之教，而能成其名者，斯乃衆焉；其或求夫所謂爲人之子，而能盡志以成其父之德，則天下鮮焉。況有昏逾矯虔，迷溺陷敗，使公相之業入於臺隸，又何多哉！《書》不云乎："厥父作室，既底法，厥子乃弗肯堂，矧肯構？厥父菑，厥子乃弗肯播，矧肯穫？"則知有賢父而能有其賢子，斯古之人猶難，況今之天下乎！

清河公受命牧益，聞者皆賀爲立功之地，而不知起功之謀。其仲子字景真，年未冠，由太學官侍行。西出都門，有郡民之良者伏車而言曰：密學公以醇仁尹京，内和外清，載臨坤維，布天子典刑。與其勤於民，莫若懲其吏；息其盗，莫若職其兵[1]；圖其外，莫若謀其内；易其弊，莫若安其傾。威莫若斷，刑莫若平，權莫若速，利莫若成。黜無庸，尊有道，樹之風聲，使上下皆適其欲。非内有自親之德，孰能謀之？謀之者固有肯穫之志，成起功之名矣。昔吳祐在南海[2]，諫其父載書入朝，止避謗以清其節，其於佐佑政治，以遺惠於黎庶，不其遠乎？斯景真無所取焉，余亦無取焉爾。

送明運使赴職益州序

前　人

古者諸侯朝於天子，曰述職。述職者，述所職也。自諸侯廢，建部刺史以治其地、司其職，凡所督郡縣之政，無小大悉會計之，然後用賞罰之命。自刺史職廢，乃建漕運之臣，授其柄，繇是權與古諸侯若刺史等。

景祐四年秋，京東計臣、尚書刑曹郎明侯述職於京師，盡發其導民殖農、實國息兵之術。朝廷耸其議，乃三錫命，命執太史筆，轉漕西蜀，翌日進拜兵曹郎。既入謝，詔又賜紫衣、金魚以耀其行。觀夫近世賦政之良，奏議之賢，未嘗有也。由是天下之人知明侯道在於民，志協於上矣，

---

① 職：疑誤，或當作"戢"。

② 吳祐：原作"吾祐"，據《宋代蜀文輯存》卷二四改。吳祐，《後漢書》有傳。

雅所謂爲龍爲光者，其是之謂歟！俞謂古之人榮有道而通，醜無庸而尊。今明侯挾周、呂、文、武之道，以康元元爲心，幸主上采公卿之議，拔於下位，用而不疑。果才而奇，躍然龍螭，燦然寶龜，將欲復堯、禹於茅茨，使大道坦夷，豈止爲龍爲光而已乎！

噫，蜀大國也，國家倚爲外府。其地險，其材侈，其俗文，其風武，其政急，其刑威。兵乘而驕，吏襲而姦，民伺而暴。暴與姦、驕與威，皆非治平久要之勢也，窮焉察焉，得非吏師之過乎？昔屠牛坦一朝解十二牛，而芒刃不鈍者，誠蘊其利器也。今蜀尚非十二牛之大，而侯之刃若斧斤然，豈有髖髀之慮哉！余歡彼民之頌侯來，於是繫之以詩。詩曰①：

> 草木麗地，含滋於天。嗷嗷斯民，繫命於賢。維侯來朝，燁然有光。受天金朱，駟馬煌煌。俾漕於坤，俾刑於疆。侯車未來，我心憂傷。侯車既來，我安且翔。我兵我農，我貢我賦。待侯之令，式和於政。有赫四方，熙我王命。公乎公乎，無遠於塗。

送韓轉運赴闕詩序

前　人

今夫國之患異於古，而有鯨虎之勢者在於戎狄，戎狄之僭暴而有其陰謀者在於幽、朔。禁暴伐謀莫若乎兵，故萃兵捍戎之地在於趙、魏、秦、晉之郊；出財賦以事軍旅②，以克敵爲務者在於吳、蜀之域。是故非趙、魏、秦、晉則不足以訓兵，非吳、楚、蜀、漢則不足以出賦。賦足兵彊，然後可以議戰，則兵之命懸於吳、蜀若此其急也！彼西北二方皆騷然，嚴障塞，耀烽燧，橫亙萬里，屯百萬之師，晝甲夜戈，以伺敵隙，凡三歲無一日休息之期。古之兵十萬尚日費千金，則今之兵非數千金不能給一日之費，況暴百萬之衆，而禦久長之變乎？且地大者備多，兵衆者財匱。彼二方之民外殘於寇讐，內困於兵役，肝腦不塗於地，其役固未止也。是兵萃於二方，而利彌於四海。故曰，屯兵十萬，則七十萬家男不得耕，女不得織，而生民之力窮矣。民力窮，則度支、大農之調安所仰給乎？夫樹本揺

---

① 靜嘉堂本無“詩曰”二字。
② 財：原作“則”，據《宋代蜀文輯存》卷二四改。

則枝幹動，枝幹動則本將枯。四方者，非國之枝幹乎？而蜀蔽秦、隴，走汾、晉，日出財幣以給二方之戎卒，故民不勤而賦有常。今幽、朔變興，震陵疆宇，國家既大發卒，又募兵距塞，遮絕敵道。敵未滅，禍未已，則兵非常日之兵，賦非常日之賦，其取之於民也，不有權術哉？

昌黎韓侯作計運於西蜀三年，内均賦斂，外給秦、晉，財出億計而民不知，其術可知也；假益之治，而兵民用蘇，其政可知也；用是詔勉其勞者三，其績可知也。古人有言，不有君子，其能國乎？韓侯殆能之。

以慶曆二年秋八月受命還朝，小子辱慰薦之舊，敢作詩以頌侯之行。其詩曰①：

> 文儒持利權，幹蜀給秦、晉。財足兵氣雄，賦平民力振。兵伐苦炎火，戎狄奚難爐②！所以天子書，勞侯如嶽鎮。韓侯拜王命，肅肅來修覲。醉辭冠蓋遊，笑讓蠻夷賣。落日明介旅，涼風發車軔。讜謀行可言，號令期民信。

送楊府公歸朝序 前 人

樞密學士、諫議大夫號某楊公治益州，政成有庸，天子賜璽書褒嘉，以慰蜀人之思。四年春，公遂朝京師。庶寮群司，文武吏士，洎外之都鄙，旁及巴、漢之人，西南徼外之夷，莫不咨嗟惜公之行，擁車蔽塗，來獻酒壺。涉廣漢，越巴西，彌三百里，驅而後已。於是合詞而言曰：

> 公之政也，德以柔善良，刑以威暴彊，沃沸盜之鼎，挫利臣之鈀③。内爲幹而强也，外爲枝而弱也，淵然而源澄也，決然而流長也，屹然其防也，振然其綱也。本固而末必茂，皮完而毛可傳，其道固已遠矣。而不知者謂我之刑反以爲暴，謂我之德反以爲譽，此皆抑善與姦，舞其好惡，安足與議夫道！且古諸侯、刺史之職廢久矣，今天下爲守者，謹法制，督財賦，一吏事耳。惟蜀負險擅利，首奮邊人，尾掉蠻夷，怙動聳□，自古暊然，故牧

---

① 其詩曰：静嘉堂本無此三字。
② 戎狄：原作“勁敵”，據静嘉堂本改。
③ 鈀：《宋代蜀文輯存》卷二四作“鋘”。

守之道尤在弛張，不可與天下比。而昧者尚欲以謹法制、督財賦、一吏事爲議，是貴屠牛坦以斧治髖髀也，烏足與語夫權變之治哉！自朝廷務德守柔，刑久不用，於是吏傲而悖，民侈而姦，戎獠合謀，果乘而亂，由不用刑之過也。然後知楊公之德刑也，不在乎一郡。曰：可移之於天下乎？曰：刑罰不可偃於國，征伐不可偃於天下。苟能移而用之，其亦庶乎治矣。某故采爲送公還朝序。

送文府公歸覲序　　　　　　　　　　　　　　　　前　人

江漢出於蜀而會於海，涵天地之澤，浸萬物之生，淵源浩漾，流而不息，遠而益大。其發源會流，成天下之利，百川不足與其類矣，故君子象之。

樞直學士平陽文公誕生於晉，雄姿正氣，稟汾脽之靈焉①；賦政於蜀，豐功厚澤，視江漢之流焉。故善言江漢者，取諸浸潤，與天同功而已，不私乎甽澮之益也。善言蜀政者，謂能樹教本，立民彝，繩百吏，清庶官，登俊良，屛姦宄②，內和兵戎，外撫蠻夷，布上澤於方國，炳休祥於山川，俾夫黎民幸生而無姦心，然後有長世之德，不私乎一物之利，惟平陽公能之。

慶曆七年春，公撫蜀二年矣。是時，自秦而東，及於海隅，旱土不殖，民失其職。天子憂懼，圖靖災眚，不逾旬，再詔免天下之囚繫，又特詔避寢徹膳，求直言，以救其失。而蜀據方面，有成國之重，負治亂之勢，顧無一事乃可省去，是以君子謂公之在蜀，能用刑矣。夏四月六日，詔書至蜀，命公乘傳入位樞司。其未行也，賀者溢於都；其既行也，送者集於途。咸曰：仁人荷天之衢，執天之樞，其庸如何！其恩如何！俞謂古者諸侯之政紀於邦，輿人之誦載於史官。況公之入覲也，輔大君，議庶政，陳廟算，伐敵謀，以安天下爲務，其光靈寵赫又若斯之隆也，豈可使

①　汾脽：原作“汾崔”，據文意改。汾脽乃漢代汾陰縣（在今山西）汾水南的一個土丘，漢武帝曾於此祭祀后土，爲著名古迹。本文所稱之“文公”即文彥博，汾州（今山西汾陽）人，生於汾水之濱，故曰“稟汾脽之靈”。

②　宄：原作“究”，據静嘉堂本改。

江漢之域久而不金石刻乎？

今之序也，本乎實錄，當有能詩者如周人美申伯、韓侯故事，采爲送公之詩焉。

送田府公入覲序

前　人

刺史、太守，職廢久矣，今天下群府悉用博士、郎吏假守其職，故雖將相大臣出典方嶽，不過奉行詔令而已。惟蜀地大人衆，統兵治民，控制戎夷，跨帶萬里，天下之陸海，國家之外府，佩印綬，操斧鉞，班政教者，猶有古方伯之重焉。

聖上嗣位二十九載，蜀人頌守臣之良曰田公。維昔蜀侈而慢，内潰下防，將頑卒驕，民毒厥命，故有三盗乘而爲亂。則非蜀之辜，守將之辜也，吾蜀何有於不事哉！厥後四十年間，爲治者能侮其亂，而不圖其本，謂失諸寬，遂厲其猛，惟吏是暴，惟刑是威。若火焰焰，不燎不止，俾吾民圜視惴伏，凛然惟恐刑之軋於己也。假有烏獲之力，負而不息，亦將僨於地矣。維田公之來，撤燎紓力，解網散刑，與民休宥。仁浸誠結，各熙其生，三蜀所以休神功，忘天覆，由我公之能懋其德。孟軻謂“惟仁者宜在高位”，此其效歟。公嘗冠制舉，掌命書，出平保州之亂。天子以爲文武器，乃授環慶，總平涼，撫秦州，用能卒乘輯睦，邊鄙不聳。遂命鎮蜀，而庸績益懋，可謂亟試起功之秋也。

既二年，詔追入覲，由成都出於劍閣，無官吏，無士民，無緇黃，無臺隸，擁車填道，千里不絶。俞知公之度散關，越隴山，歷秦川，彼西土之兵民戎獠前歌後送，亦若蜀漢矣，豈非仁愛之篤厚哉？雖古之良牧，何以加此！

其年冬，公爲樞密直學士、給事中。俞幽潛白雲，聞有休命，不敢窺天旨、頌龍光，但采詩人美申伯、韓侯之義，送公入朝，幸采風謡者觀焉。皇祐二年冬，閏十一月十七日序。

送張安道赴成都序

前　人

淳化甲午歲，蜀寇亂，今六十年矣。無知民傳聞其事，鼓爲訛語，諠譊震驚，萬口一舌，咸爲歲次於某，則方隅有不幸。然自春抵夏，未嘗有毫髮驚。秋七月，蠻中酋長以智高事聞於黎，轉而聞之益，雲南疑若少動，歲凶之説又從而沸焉，縉紳從而信之焉。西南一隅，朝廷重憂之矣。天子於是命我公來帥，以全蜀安危付之。

蜀世有貨泉儲蓄爲用，自昔王室不綱，則權臣因而據有。是知蜀之可疑，而不知蜀之順逆繫中國盛衰也。彼乘釁而起，因危而守者，延頃刻之景爾，一旦中原有主，則奔服投竄不暇，王衍、孟昶輩是也。方今主上神聖，法制純一，恩霑德流，浹民骨髓，擇守而統之，制兵而維之，蜀固不足疑也，而歲凶之説，其亦怪乎！且蜀自僞昶納土而後，朝廷以爲新國，凡百號令，撫而有之。郡縣之政，姑息苟簡，三十年間，弊寖以大。淳化之際，經制燼矣，賦稅不均，刑法不明，吏暴於上，民怨於下。武備日廢而不知講，盜賊日發而不知禁，是故野夫攘臂，以取州邑，其易如席卷。然則甲午之亂，非蜀之罪也，非歲之罪也，乃官政欺懦，而經制壞敗之罪也。

今則不然，賦無橫斂，刑無濫罰，政無暴，民無黨，力於農則歲豐，工於業則財羨，惟安和是恃，惟嬉遊是圖，甚者以至外饑寒而競逸樂。儻繩以賞罰而驅之於盜，不忍爲也。土兵之籍於郡者，大率柔而多畏，冗而不足用，煖衣飽食，務完其生，以保其妻孥，一夫大呼而覬其從，不能爲也。東兵之來戎者，以爲休息地，至則約其服食，貸人以緡錢，而享倍稱之息。加以法制素定，悉所稟畏，一有小過，刑而歸之，謂其有釁，不敢爲也。

今觀於時則大異，驗於政則甚和，審於民則自安，度於兵則無狀，而曰雲南可慮，斯又不然矣。大理至南詔，南詔至益，其地相去數千里，山川險阻，從而可知。然二虜雖大，皆順服之國也，朝廷亦嘗有恩以縻之。今乃捨部族之常居，附逋賊之餘黨，歷險隘之遠道以謀入寇，彼雖蠻夷，亦知其迂而不爲也。竊謂蠻狄之性，好詐而貪利，邛部諸蠻平時以馬貨我，朝廷務於懷遠，所賞必倍，彼類亦諭其意。得非仗寇之釁，矜己之忠，而徼我以惠歟？必謂之詐，備或闕焉；必謂之信，其訑尤甚。信與詐，置而勿論可也。

然則閭閻之語不足信，雲南之警不足憂。今之好怪者必曰歲當然，無乃溺於用數，而昧於知幾乎？驗之以人事，明也，甲午之說誕矣。公爲國巨賢，德業濟時局，廟堂之才而施設蜀，如户庭爾，必有以撫御統鎮之道，而置之以安也。

昭覺寺宴席送聖從察院還朝序 前　人①

諫以救君上之失，法以繩臣下之非。惟庶政治亂、小人姦邪，可言可察，可誅可勸。朝廷大本，萬務之綱，繫於二司，得人爲重。

聖從爲監察御史九月，上言母老在蜀，詔歸寧。既至，即授諫官。夏五月十五日，去蜀還朝，有郡丞天水趙希仁②、清河張子立，大集賓客，出餞於昭覺寺。日夕飲酬，俞言曰：“聖從孝友純深，寡言善閉，炳文釀學，儲蘊其用，則人固知之。今乃自外遂爲諫官，斯必有矢謨正言合於大義，是以天子悦而進之，則人固不得而知之。”衆曰然。又言：“諫官寂寞久矣，皆用口舌，蜩螗細碎，無益於治，徒使天下不安其生。聖從嘗學古道，當引大體，慷慨諫爭，不吐不茹，折姦殖良，則君尊而臣安，道行而法立，海内處士安有預議於其間哉！”主人舉觴屬而賀曰：“斯言也，固爲行人之事，其可辭哉！其可辭哉！”

送趙大資再任成都府詩序 文　同

上五年秋七月，丞相以成都守臣當更，具所以宜往者名氏陳於上前③，曰：“是其職序才業皆可以稱其任④，惟上之所擇者。”上凝神久之，且曰：“今海内之蕃域號爲至重者，舉莫若吾之全蜀。壤土衍沃，民俗豐

---

① 前人：原脱，據静嘉堂本補。
② 郡：原作“群”，據文意改。
③ 具：原作“其”，據《丹淵集》卷二六改。
④ 皆：原作“者”，據《丹淵集》卷二六改。

夥，外之則八國種落賴之以綏輯，內之則四道郡邑倚之以康靖。得人而重，固異他所。須智略沈辯，威惠肅給，厭輿論之所與，慰遐陬之所欲者，始爲其人矣。我有耆哲，宛在東土，是嘗屢以仁愛明恕撫吾西南之民，其民懷服其信厚，逮今未聞有輒敢一日忘去者。此將煩之再莅於彼，其謂往制，無循襲。”丞相奉被上旨，乃曰：“聖慮所及，度越常議，選委良帥，以遺井絡，遠人蒙慶，不勝至幸。”於是以資政殿大學士召公於營丘。大斾過國，詔趣見上。衆悉謂公輔臣，必以遠解。既對便坐，獨奉天語，雍容啓問，移漏累刻。惟以願得亟裝出都門，並驛臨治，以副上之所以待下之意，訖不以私請自免，以圖便安。遂行。上褒嘉之，馳使勞諭，眷委之厚，無與爲較。

先是，公二紀之中，四臨於蜀[1]。蜀人既聞公來，男嘷於道，女讙於竈，皆曰：“我之匙箸安於食，而枕簟樂於寢者，不圖今日復因於我公矣。”公既至，簡條目，去苛暴[2]，刷滌梗垢，磨盪昏瞀。群疑革而冰消，大擾息而波澄，未逾月，而梁岷之下晏然已爲樂國矣。

同昔者嘗聞之於公曰：“夫感物患乎有心，有心則接於物也泥而不博；臨理貴乎無欲，無欲則燭於理也明而不闇。泯諸妄慮，照以正見，則天下之治，安有所謂齟齬而難治者哉！”蓋公素事如此，以爲身術，故入居巖廟[3]，出殿巨屏，曾不以內外爲輕重，而一以於其所無事者爲政治之本[4]。凡取知於君而獲愛於民者[5]，其將繇此者歟。同常欲有所論撰，以紀公之休懿，會赴官興元[6]，道出門下，公因授以送行詩一篇，俾同爲之序。同乃述上之所以復用公於蜀，與公之所以得蜀人之歡心者，題其篇首。詩自韓魏公而下凡若干章云。熙寧六年上元日謹序。

---

① 四：原脫，據《丹淵集》卷二六補。
② 暴：原作“異”，據《丹淵集》卷二六改。
③ 居：原脫，據《丹淵集》卷二六補。
④ 一以於：原作“以一”，據《丹淵集》卷二六改補。
⑤ 知：原作“之”，據《丹淵集》卷二六改。
⑥ 興元：原作“興言”，據《丹淵集》卷二六改。

送馮樞密還朝詩序

范　鎮

　　茂州羌，漢冉駹之遺也，距成都十舍而遥。雖羈蜀郡縣，而不以中國之法治之，故其叛服不常，綏則盜邊，急則嘯聚，自昔然也。熙寧九年春閏，茂州劫略吏民，殺官兵，劍南諸城騷然震驚。夏四月，乃詔資政殿學士、諫議大夫馮公自渭徙成都以鎮撫之。蜀人聞公之風舊矣，歡喜踊躍，迎擁於道。公既至，則一切鎮以無事，憂者釋然，駭者晏然，隴畝市里，按堵帖息。王師徂征，以誅以懷，巖居澗飲，悉復故處。乃賦田器，給種食，以振業之。莫不稽顙厥角，洗心易慮，要神而誓曰：自今以往，不復敢干王略矣。

　　公以爲，武威既申，文教不可後也。崇飾學校，以紹文翁之隆；講明中和，以追王褒之盛。宣恩德，問病苦。方且與蜀人相安，從其俗以爲遨嬉，曾未暇皇；而蜀人亦欲偃公之休，恃以涵養，以永歲月。

　　冬十月，即拜公給事中、知樞密院事，圖舊德以急真賢也。於是蜀之在官者及其學士大夫，相與采民之言，作爲歌詩序引以獻，曰：公其不終惠吾蜀，而遂東邪？又曰：公雖東，當澤天下，於何而不終惠吾蜀也？凡若干篇，以美以歡，以致其誠愛，慊然若猶以爲未也。《干旄》之詩曰："彼姝者子，何以畀之？"其是之謂乎！公且從容上前，日道其詩之所云，興民之利而除其害，則衆君之作，豈特贈離紀別之爲哉，蓋有以補治道而致和理也。

送成都帥席晉仲序[①]

蘇元老

　　元老聞之《詩》曰："人亦有言，柔則茹之，剛則吐之。維仲山甫，柔亦不茹，剛亦不吐。不侮矜寡，不畏彊禦。"孔子曰："政寬則民慢，慢則糾之以猛；猛則民殘，殘則施之以寬。寬以濟猛，猛以濟寬，政是以和。"夫《詩》之所貴夫柔者，非貴夫柔也，貴夫不侮矜寡也；所貴夫剛

————————————

① 帥：原作"師"，據《宋代蜀文輯存》卷三五改。下二篇標題同。

者，非貴夫剛也，貴夫不畏彊禦也。孔子之所貴夫寬者，非貴夫寬也，貴夫寬以濟猛也；所貴夫猛者，非貴夫猛也，貴夫猛以濟寬也。於此有人，病寒而我下之，病熱而我補之，則人皆以爲賤醫矣。夫良醫豈有他哉，能反賤醫之所爲而已。惟君子小人之用剛柔寬猛也亦然。故夫用剛於矜寡謂之虐①，用柔於彊禦謂之弱，用猛於民殘謂之薄，用寬於民慢謂之削。凡此，皆小人之所爲也。夫君子亦豈有他哉，能反小人之所爲，如《詩》、孔子之所云而已。寒熱補下設之當爲良醫，否則爲賤醫，剛柔寬猛設之當爲君子，否則爲小人，其必然審矣。

崇寧中，詔以今顯謨閣直學士席公爲御史中丞。先時言事者率常毛舉小吏之過差，以藉口，以塞責；至於大吏，雖姦狀顯著，死不敢一言。衆謂公來，必循其迹。公至，則闊略細故，取權倖之尤有氣勢而多者擊之。章既上，率與之偕罷。衆由是咸知公之剛。大觀中，詔以公出鎮成都。成都之俗，吏猾而民奢，遇利則聚而爲姦，值害則逸而爲盜。地險以遠，故常除用重人，既貴且富，恬其故習，莫肯訓正。衆謂公來，必因其俗。公至，則按吏若民之尤無良者，草刈而禽獮之，一道大震。衆由是咸知公之猛。政和中，詔又以公再鎮成都。成都之人仰公威德，前期相戒，莫敢犯令，其姦尢聞風而奔遁②。衆謂公來，必仍其舊。公至，則大霽威嚴③，父詔而母鞠之，遂以無事。衆由是咸知公之寬。

方公之爲御史也，人以爲柔，而不知其出於剛；知其出於剛，而不知其猶柔也。其鎮成都也，人以爲寬，而不知其出於猛；知其出於猛，而不知其猶寬也④。其再鎮也，人以爲猛，而不知其出於寬；知其出於寬，而不知其猶猛也。剛柔寬猛，公豈有心爲之哉，人自異觀耳。蓋公之爲中丞也，可謂不侮矜寡，不畏彊禦矣；其鎮成都也，可謂猛以濟寬矣；其再鎮也，可謂寬以濟猛矣。不侮矜寡，不畏彊禦，猛以濟寬，寬以濟猛，可謂君子矣。

元老爲諸生太學也，雖未獲事公，而聞公之烈，固已忻而慕之矣。元老爲教授漢州也，公適出鎮，始獲事焉。其再爲教授，公亦再鎮，又獲事焉。凡望風十稔，爲門下士五年，蒙道德之末光，而聽聞教誨之緒論，既

---

① 寡：原作“寬”，據上文文意改。
② 尢：原作“究”，據《宋代蜀文輯存》卷三五改。
③ 霽：原作“濟”，據《宋代蜀文輯存》卷三五改。
④ 寬：原作“柔”，據文意改。

久既熟，不可謂不知公者也。其閎大深密者未敢以臆斷也，至於措諸事業，適剛柔寬猛之宜，不知與古之君子何以異也。

今朝廷方行中和之政，以幸天下，而公以召歸，其遂相天子矣。且公之在御史也，職可以言之矣，而未可行之也；今在蜀也，職可以行之一方矣，而未可以行之天下也。夫言之與行之，其勢孰便？行之一方與行之天下，其利孰博？中和之道行之天下，勢便而利博，其在斯時歟。凡居門下者皆可進賀也，況如元老之辱知最厚者哉！

昔龔渤海政成，天子使使者召之，議曹王生願從，功曹以其嗜酒亡節度難之，渤海不忍逆。從至京師，將對之日，王生有所白，而渤海聽之。既至前，對如王生，天子大說。今公之賢何止渤海，而元老之亡狀，豈敢自附於王生①？然辱公之知之厚，義當從公以往；適會遇病，不能束。儻又默默無半辭以別②，則非公所以視遇元老之意，故於公之行，獨贊公之已事。願力行之而已，天下有不大治者哉！

代送席帥序

楊天惠

上即位之七年，詔以吏部侍郎席公爲顯謨閣直學士、知成都府。公少遊蜀道③，登鹿頭，望雪嶺，沿雁浦，尋江源，彷徨周覽山川形勢，而得其豪傑耆舊主名，與其風謠氣俗之詳。及是命，固樂與西南爲不朽事。既練日，即引道。而蜀人亦以公名卿子，清毅有故家風度，必能舉廣漢遺烈，倡方面之治。於是開府之日，小大趨令，民各順聽④，亡所牴牾。老姦宿惡，閉門束手，念自淬厲，求爲柔人。而益、利兩道二十餘州，水芸火耨、山行野負之氓，咸足生理，抃喜盈望，如公戶摩撫而人勞苦者。蓋公設施百未一二，而治功已如此矣。公遂勤成之，行之不變。凡幾年，治益進，功益章。

天子以公名實相應，果可用不疑也，亟下璽書召焉。方坐宣室，開延英，從容賜對天下事，因空紫樞，闢黃閣，以時贊授，無不宜者。回視前

---

① 附：原作“付”，據《宋代蜀文輯存》卷三五改。
② 辭：原作“亂”，據《宋代蜀文輯存》卷三五改。
③ 公：原無，據四庫本《全蜀藝文志》卷三二補。
④ 民：原作“名”，據四庫本《全蜀藝文志》卷三二改。

日風憲之拜，銓衡之遷，猶不足淹步武，況牧伯之寄，岷益之遠，是尚能延騑馭耶？

某，節下小丈夫也，試吏小邑，幸得操簡書，受約束於幕府。公不知其亡狀，時賜之坐，訪所欲言。某亦暇然，思自單竭。陳義未竟，公必知其所以然；至乃未言而蒙識察，不竭而承知遇。士大夫竊怪之，而公處某常自若也。今公還朝廷，某賤，不及從。迎計歲時，不即獲侍，如出骈幪，暴露於谷，如去清陰，履霜於野，其何怙而安①？雖然，鼎鉉之材當爲嚴扉重，圭瓚之器宜爲宗廟珍，以一方不可獨留也，某小子寧能久怙耶？用是自決無恨。望秋風已壯，嚴召方急，某願公以天下之重自重，而不敢有所祈。謹抗手抑首，遷延而辭避。

送成都席帥序 王　賞

席公治蜀之五年，詔書移鎮平涼，賞送別於升仙橋上，而言曰：

契丹，大國也，中國奉幣交歡爲兄弟；靈夏，小國也，臣服於中國。大國富強，其勢爲難動，爲中國之患大；小國迫蹙，其勢爲易危，爲中國之患小。然契丹自澶淵講盟、慶曆再和之後，北邊無狗吠之驚者百有餘年；夏人自元昊以來，服叛不常，五路宿兵，而內引百郡爲助②，敗兵蹶將，困於飛輓者累世而不息。此其故何也？今日契丹破滅，議者謂西方可傳檄而定，是亦弗思耳。以前日之勢觀之，爲患大者反無足憂，爲患小者乃深可畏。無足憂者易亡，則知深可畏者爲難取也。大抵國大則有所恃而不戒，位分太嚴而上下不交，法令太急而百姓不附，故其強易弱。國小則無所恃而常懼，其軍民之勢猶一家也，相恤相救，謀慮日深，故其弱難犯。

平涼四面無險阻，號用武地。若朝廷無深入之計，爲守而已，則可；若欲求朔方故地，則爲執事者不可不慮。古之人欲謀人之國者，必有素定

---

① 何：原作“可”，據四庫本《全蜀藝文志》卷三二改。
② 郡：原作“群”，據嘉慶本《全蜀藝文志》卷三二改。

之策。伍員之於楚①，分兵以肆之；充國之於先零，持久以服之。夫無謀人之智，而使人疑之，拙也；有報人之志，而使人知之，殆也；事未發而先聞，危也。況夏人今有脣齒之憂耶？爲今之策，匿形徹備，使之勿疑焉，而後可以有爲也。賞將有深於此者，而未敢言焉。

送符制置被召序
何　耕

　　二十五年冬，上召四川制置使符公於成都。明年春，命始至，公以次付使事、府事，理裝戒行日。於是賓佐掾史雜然相與懷公之德，惜公之去，往往有不懌者。獨其客何某揄袂奮臂，抗聲於衆曰："公召宜也，已後矣。"

　　公早揚俊聲，雄辭大篇，甲乙上庠，穿經入史②，強記洽聞，貴而彌專，老而不休。於時爲耆儒。登車澄清，擿伏糾貪，風烈言言，嚴而不殘，徘徊巴蜀，十有餘歲。最後以太府卿總四路之賦，國用以饒，軍無乏食，厥功茂焉。於時爲材使者。蜀道謀帥，帝難其人，峻秩西清，命公往臨。剔蠹治荒，公不敢諭，田婦販夫，知公勤勞。於時爲賢方伯。今天子總攬萬幾，躬行福威，舊德名人，登用無遺者。万俟公來自沅州，至之日拜右僕射；魏公、沈公，相繼起遠外，位政府。公視數公，皆一體人也，顧安能鬱鬱久居此乎？與其利專於一方，孰若澤被於天下？與其擁旄仗鉞，爲蕃宣保障之用，孰若垂紳搢笏，有謀謨規誨之益？故曰公召宜也，而吾徒尚何以戚戚然兒女悲爲哉！

　　雖然，蜀父兄有蓄念於此久矣，不敢徹聲於天子，而敢私布於下執事，公其聽之否乎？自秦丞相當國，逐蜀士如棄梗，無一人綴文石之班、望屬車之塵者。或曰，謂其輕而黨同，丞相惡之，故弗用。嘻，亦甚矣！百步之內，必有茂草，而謂蜀之人，人人皆輕，人人皆同也，不幾於誣乎？兩蘇公，兄弟也，伯氏以言語得罪，瀕死不悔；而其季淵靜木訥，出於天性。蜀國范公與溫國司馬公③，平昔議論無一不同，至論樂律，則終

① 伍：原作"五"，據《全蜀藝文志》卷三二改。
② 穿經入史：靜嘉堂本及《全蜀藝文志》明刻本卷三二作"經史縚經"，《全蜀藝文志》四庫本、嘉慶本卷三二作"繹史縚經"。
③ "與"字原在"蜀國"下，據四庫本《全蜀藝文志》卷三二乙。"蜀國范公"指范鎮。

身不能相合也。其不輕不同者，亦可概見矣。或曰，蜀地疏遠，丞相忌之，故弗用。此又非也。宰相之用人，當問其賢不賢，豈當計其疏不疏、遠不遠耶？今有橫木於道，當舉以十夫之力，則取諸吾鄰里鄉黨而足矣；至於當舉以千萬夫之力，則取諸塗之人可也，而必曰吾之父子兄弟焉，吾之鄰里鄉黨焉，則木之橫於道者没世不行尋常。天下之大過於橫木亦遠矣，而宰相方且惟疏遠之務去，嗚呼殆哉！蜀父子竊竊然不能忘情於是者，有以也夫！

側聞万俟公頻年於外，涉艱險，知情僞甚熟甚悉，今其還也，宜必有至公甚盛之觀以懲創前弊①、慰安群心者；而沈公亦嘗爲政於梓於夔，所至有惠愛，既去，人思之。今公又自蜀以往天下，其意者將振蜀人於二三公之手乎？未可知也。公既至，見天子於殿陛上，退而與万俟公、魏公、沈公論天下事孰通孰窒，孰利孰病，其能漠然無一語於蜀哉？蓋非今日庶政一新、公道廓開之秋，則公雖有欲言之心，而不可以言；非公與沈公在蜀時久，凡觀民風、考論人物之詳，則蜀人雖抱無窮之恨，而不敢以告。語曰“日中必熭，操刀必割”，蓋言時之不可失也。公行矣，嘗試爲蜀人圖之。

---

① 觀：原作“親”，據《全蜀藝文志》萬曆本卷三二改。

成都文類卷二十三

序 二

文 集

唐成都記序

（唐）盧 求

　　蜀國自秦始通。秦遺蜀王五美女，蜀亦遣五丁迎之。到梓潼，見一大蛇入山穴中。一人掣其尾，不能得，五人相助，大呼拽之，山遂崩，五丁及秦女皆死。惠王遂遣張儀、司馬錯從石牛道滅蜀。因封公子通爲蜀侯，以陳莊爲相，置巴、蜀郡。遷秦人萬家實之，民始能秦言。以蜀令張若爲太守。前時蜀王開明尚納美女爲妃，蓋武都山之精也。及死，葬於城西北，遣五丁擔其本山之土以爲塚①。今有二石尚在，古老言五丁擔土擔。陳莊既爲秦公子相數年②，遂謀反，殺秦公子。秦伐蜀③，誅莊，封子惲爲蜀侯。惲後母誣惲有罪，賜劍自殺。蜀人以其冤，因爲立祠④。又封子綰爲蜀侯。後復疑綰反，誅死，自此但置守而已。

　　後以李冰爲蜀守，冰始鑿二江⑤，引水以行舟楫。岷山多梓、柏、大竹，坐致材木。又溉水，開稻田，於是沃野千里，號爲陸海⑥。置綿、洛二水，用便溉灌。作石犀五，以壓毒蛟，命曰犀牛，後更爲耕牛二。又作

① 五：原作“武”，據上文及《華陽國志·蜀志》改。下文“五丁”同。
② 陳莊既爲：原作“陳爲莊既”，據《全蜀藝文志》卷三〇改。
③ 伐：原作“代”，據《全蜀藝文志》卷三〇改。
④ 祠：原作“嗣”，據《全蜀藝文志》卷三〇改。
⑤ 二江：原作“三江”，據《史記·河渠書》《華陽國志·蜀志》改。
⑥ 陸：原作“睦”，據《華陽國志·蜀志》《全蜀藝文志》卷三〇改。

三石人立水中。冰非常人也，與江神約曰：“水竭不至足，盛不没肩。”大鑿溷崖①，通沫水道。江之龍大怒，冰乃持刀入水與龍鬥。龍死，遂無水害，迄今蒙利。蜀人稱郫、繁爲膏腴，綿、洛爲浸沃。

昭襄王時，又曰白虎爲患，意廪君之魂也，歷四郡，傷千二百人。王乃募能殺之者，邑萬家，金帛稱是。巴夷朐忍廖中藥、何謝作白竹弩於高樓②，瞰而射之，死。王嫌其夷人，乃刻石復頃田不租③，十妻不罪，傷人不論，殺人不死。與之盟曰：“秦人犯夷，輸黃龍一隻④；夷人犯秦，償清酒一鍾。”其人安之，遂號“白虎夷”⑤。其族又有濮、賨。賨尤武勇，居渝水，夾水以居，爲漢高祖前鋒陷陣，善舞。巴與蜀代爲仇讎，蜀嘗封弟葭萌於漢中，號苴侯，命其邑曰葭萌。

至漢高祖六年，始分置廣漢郡。高后城僰道⑥，開青衣。文帝末，以廬江文翁爲郡守，穿煎油口⑦，溉田千七百頃。立文學，選吏子弟皆就學。令俊义之士張叔等十八人東詣博士受七經，還以教授。於是岷絡之地，學比齊魯。孝景帝嘉嘆⑧，遣天下郡國皆立文學，自文翁始也。張叔明天文災異⑨，後以博士徵，至侍中、揚州刺史。孝武帝置四部都尉，俾立成都十八郭⑩，於是郡縣多城觀矣。又分牂牁置益州，是爲南益州。宣帝地節三年，穿臨邛蒲江鹽井二十⑪，置鹽鐵官。

自漢興至哀平，牧守仁賢，宣德立教，英偉命代之士其出如林，璽書束帛交馳於梁益之地矣。雖魯之洙泗、齊之稷下，未足多也。且漢徵八士，蜀預其四。

高帝分蜀郡北鄙置廣漢，武帝分南鄙爲犍爲，遂有三蜀之號。王莽改

---

① 溷崖：原作“巖崖”，據《華陽國志・蜀志》改。
② 廖：原作“瘳”，據《華陽國志・巴志》改。何謝：《華陽國志》作“何射虎”。
③ “復”下原有“田”字，據《華陽國志・巴志》刪。
④ 隻：《華陽國志・巴志》作“雙”。
⑤ 白虎夷：原作“曰武夷”，據《華陽國志・巴志》改。按：唐人避唐高祖之祖李虎諱，改“虎”爲“武”。
⑥ 僰：原作“棘人”，據《全蜀藝文志》卷三〇改。
⑦ 煎油口：《華陽國志・蜀志》作“湔江口”，“煎”當爲“湔”之誤。又《水經注・江水》作“湔澳”，“油”或爲“澳”之誤。
⑧ 嘉：原作“加”，據四庫本、嘉慶本《全蜀藝文志》卷三〇改。
⑨ 張叔：原作“文翁”，據《華陽國志・蜀志》改。
⑩ 成都：原無，據《華陽國志・蜀志》補。
⑪ 江：原脱，據《華陽國志・蜀志》補。

郡守爲卒正①，以蜀郡爲導江，公孫述爲卒正②，治臨邛。述僭號，後漢光武帝滅述，還爲蜀郡。順帝即位，復爲益州，郡名依舊。州治大城，郡治小城。

靈帝末，以劉焉爲牧，及卒，子璋僞嗣。建安十九年，璋迎漢左將軍劉備至，遂滅璋，稱帝繼漢，號先主，治成都。魏末，司馬昭平蜀，復爲益州。晉受魏禪，以州領郡。武帝末，以成都爲國，封子穎爲王。其後，賨人李雄僭稱王。晉穆帝永和初，遣桓溫擊滅之，復爲蜀郡。譙縱反，安帝命朱齡石討平之。

至梁，分益州，更置南、北二益州，以武陵王紀爲刺史。紀僭帝號，領兵東下，爲湘東王所殺。後魏廢帝前二年，尉遲迥定益州，置總管。後迥舉義旗，不受代，爲隋王堅所戮。隋開皇元年，廢總管，置行臺，以蜀王秀爲西南道行臺尚書令。三年，復爲總管。大業元年，廢總管爲州，又改州爲郡。

聖唐武德元年，復爲總管。三年，置行臺，改爲益州③，以太尉秦王爲益州道行臺總管，又改爲大都督府④。天后析益州置彭、蜀、漢三州⑤。開元二年，始以齊景胄爲劍南節度營田、兼姚嶲等州處置兵馬使⑥，自此始有節度使也。八年，以李濬爲使，去兵馬使。章仇兼瓊兼山南西道采訪使⑦。其後或兼或否，亦無定制。上元二年，始分爲東、西川。廣德二年，復合爲一。大曆二年，又分爲兩川，至今不改。天寶三載，復爲大都督府。十四載，玄宗皇帝巡幸，車駕留五月。至德二年，改爲成都府，置尹，比東西二京⑧，號南都，後復停。大凡今之推名鎮，爲天下第一者，曰揚、益，以揚爲首，蓋聲勢也。人物繁盛，悉皆土著，江山之秀，羅錦之麗，管弦歌舞之多，伎巧百工之富，其人勇且讓，其地腴以善，熟較其

---

① 卒正：原作“帥正”，據《漢書·王莽傳》改。下同。

② 述：原作“叔”，據《後漢書·公孫述傳》改。

③ 按：武德元年全國改郡爲州，時已復稱益州，此處“改爲益州”四字當在上“武德元年”下。

④ “改爲”下原有“宋”字，徑刪。《舊唐書·地理志四》：“龍朔二年，（益州）升爲大都督府。”

⑤ 三：原作“二”，據《全蜀藝文志》卷三〇改。

⑥ 胄：原作“胃”，據《全蜀藝文志》卷三〇改。

⑦ 下“兼”字原作“瑤”，據《全蜀藝文志》卷三〇改。

⑧ 比：原作“北”，據《全蜀藝文志》卷三〇改。

要妙，揚不足以侔其半。況赤府畿縣，與秦、洛並，故非上將賢相，殊勳重德，望實爲人所歸伏者，則不得居此。況控帶蠻落，阨戎限羌，非文武寬猛、包羅法度之君子，則不能得中庸。以是聖庭慎擇，尤難其任。使號有三，曰節度、觀察、安撫。先時，南蠻六部不相臣服，天子每有恩賞，各頒一詔，呼"六詔"。開元末，節度使王昱受賄，上奏合六爲一，乃封大酋帥越國公蒙歸義爲雲南王①，始獨稱南詔。至楊國忠遥領蜀郡太守②、兼采訪使，遂擾邊閫，希立功伐③，乃有瀘南不利之變。貞元中，韋令公皋爲節帥，招復雲南背蕃歸漢。十一月八日，因置使安撫，兼統押西山八國近界羌蠻等使，是爲"三使"。韋令公本以奇勳秉旄鉞，思立邊效，又在鎮且歲久，南詔爲其用，拓地甚遠。公既卒，劉闢繼公，後以兵守險爲不順，誅死，家籍没。後京兆公爲節帥，酷易軍政，殊不以封域爲念，戍卒罔代，邊蠻積忿。至大和三年十二月，蒙嵯巓遂以兵剽掠至城下，杜公填門，不敢與爭。會監軍使矯詔宣諭，蠻人遂退。工巧散失，良民殲殄，其耗半矣，列政補完，尚不克稱。

大中六年四月，詔以丞相太原公有驅制羌戎之成績，由邠寧節度拜司徒、同平章事鎮蜀。蜀爲奥壤，領州十四，縣七十一，户百萬，兵士五萬。外疆接兩蕃，人性勁勇，易化以道，難誣以智。公至，以儉約帥之，以謹廉不伐臨之，以刑賞法制平治之。人歡且舞，旦夕詠公之德矣。

先是，西蜀圖經甚備，朝野之士多寄聲寫錄，主兹務者不勝其煩④，遂盡削而潛焚之。長吏至，即據顯者集爲一軸以獻，縣是百不書一。大中八年，户曹參軍藺弘宗甚好學，且目睹司徒相國之異績，願付以傳示於後。然不以文自任，剪截疏長，蕪言不略，相國乃屬予小子，令刊益之，且曰："不以淹徐疾速，歸於流布，以爲不朽之事。"求受命震怖，又不欲以圖經爲目，乃搜訪編簡，目爲《成都記》，五卷。經與圖之附益，願終弘宗之職，庶以此爲助也。大中九年八月五日叙。

---

① 帥：原作"師"，據《全蜀藝文志》卷三〇改。
② 遥：原作"謡"，據《全蜀藝文志》卷三〇改。
③ 伐：原作"代"，據《全蜀藝文志》卷三〇改。
④ 主兹務：原作"主務兹"，據《全蜀藝文志》卷三〇乙。

蜀檮杌序

張唐英

　　唐英嘗觀自古姦雄竊據成都者，皆因中原多故，而閉關恃險，以苟偷一時之安。譬夫穿窬之人利於昏暝之夕，至於白晝皎然，則無能爲也。且韋皋守蜀二十餘年，其材智機權過於王、孟遠矣，止欲求兼兩川節鉞，而不能得；劉闢惑術士之言，自謂才過項羽，不數月已就檻車之縛。蓋是時，朝廷清明，刑政修舉，賢智在位，紀綱整葺，彼雖欲不臣，勢不能爲也。使皋、闢在五代時，其爲惡必有過於王、孟者。以此知朝廷治，則蜀不能亂；朝廷不治，則不惟蜀爲不順，其四方藩鎮之不順亦有不下於蜀者。

　　當王衍之入洛也，三蜀之人盡喜中國之有聖人，而莊宗總制失馭，中外繼叛。蒲禹卿慟哭曰："觀天下事勢如此，蜀人豈有安泰之期耶，必重不幸爾。"洎知祥入蜀之後，明宗頗以蜀人爲疑，凡高貲有力者盡令東徙。張不立嘆曰："蜀中之叛，非蜀人爲之也，皆朝廷所委用之臣所爲也。"其言蓋有激而云爾。善乎，田龍遊之論曰："僭僞之主改廳堂爲宮殿，改紫綬爲褚袍，改寮佐爲卿相，改前驅爲警蹕，改妻妾爲后妃，何如常稱成都尹，永無滅族之禍耶！"兹可謂藥石切至之言也。

　　王、孟父子四世，凡八十年，比之公孫述輩最爲久遠，其間善惡之迹亦可爲世之監戒。然編録者如《耆舊傳》《鑑戒録》《野人閑話》之類①，皆本末顛倒，鄙俗無取。真宗時，知制誥路公振修《九國書》②，有前蜀、後蜀《世家》《列傳》，然而煩簡失當，尚多疏略。如張扶、馮涓、張士喬、段融、蒲禹卿、張雲、陳及、田淳之徒，諫静章疏皆有益於教，盡棄而不録③，此觀者所以惜其有未備也。

　　予家舊藏前蜀《開國記》、後蜀《實録》凡一百三十卷④，嘗欲焚棄而不忍⑤。今因檢閱始終，削去煩冗，編年叙事，分爲十卷。其間事實未

---

①　如：原作"知"，據《蜀檮杌·自序》改。
②　路：原作"潞"，據《宋史》卷四四一《路振傳》改。
③　棄：原作"弁"，據《蜀檮杌·自序》改。
④　"開"及"後蜀"之"蜀"字原脱，據《蜀檮杌·自序》補。
⑤　棄：原作"弁"，據《蜀檮杌·自序》改。

顯，如鬐須、肥遺、遠望、續長、禹糧、蒲騷之類，各爲解其失誤。凡《五代史》及皇朝《日曆》所載者皆略而不書。名曰《蜀檮杌》，蓋取楚史之名以爲記惡之戒，非徒衒其小説，蓋亦使亂臣賊子觀而恐懼耳。

蜀檮杌後序

陸昭迴①

　　治平四年夏六月，兩當縣尹鄧君惟良顯甫自京師歸，傳殿中侍御史裏行張唐英次功前在閬中監征時所編《蜀春秋》十卷，予嘗得而觀之。其編年叙事之體若荀悦《漢紀》之例，至於褒貶善惡，本末貫穿，駸駸乎馳於漢、魏作者之間，有古良史風②。正召試秘閣③。在仁宗時上《大水災異書》《時政十四事書》；在英宗朝上《慎始書》《水災封事》二道，皆究極乎治亂之變，而探索乎天人之際。今天子特排群議而擢爲御史，以其勇於敢言也。方將攄其所蘊，而大有爲於時。彼《春秋》者，乃區區龍斷時無所用心，而寄之空言，以寓勸戒，豈比夫陳壽、譙周輩齪齪弄筆硯④，紀一方之事，而無補於教耶！

　　次功舊有《國體論》十卷，《唐史誅姦發潛論》五卷，《總要監今論》五卷，《渝南集》十卷，補正《楚書》十三篇⑤，樂府歌詩千餘篇，皆秘而不傳於人。而《春秋》最後出，顯甫好事，密購以歸，予因爲刊行，以廣其傳。昔人得王充《論衡》，藏之以自衒其辯，豈予之志哉！

成都古今集記序

趙　抃

　　僕繇慶曆至今四入蜀，凡蜀中利害情僞、風俗好惡，瞭然見之不疑。嘗謂前世之士編摭記述，不失於疏略，則失於漫漶，不失於鄙近，則失於

---

　　① 陸：原作“睦”，據《蜀檮杌》卷末所載此文改。

　　② 風：原無，據《蜀檮杌》卷末補。

　　③ 正：萬曆本、嘉慶本《全蜀藝文志》卷三〇無此字，四庫本《全蜀藝文志》則改作“初”。

　　④ 譙：原作“醮”，據《蜀檮杌》卷末改。

　　⑤ 正：原作“此”，據《蜀檮杌》卷末改。

舛雜。嚮治平末，因取《續耆舊傳》而修正之。去年，陳和叔翰林以書見貽，俾僕著古集今，別爲一書，此固僕之夙心，而未有以自發也。繇此參訪舊老，周咨碩生①，緝以事類，成三十卷。

不始乎蠶叢，而始乎《牧誓》之庸、蜀，從經也。從經則蠶叢不必書，而書之於後，何也？揚雄紀之，吾棄之，不可也，參取之而已矣。事或至於數說，何也？久論之難詳也。昔者齊太公仕於周，司馬遷有三說焉，疑以傳疑可也。神怪死生之事不可以爲教，書之何也？吾將以待天下之窮理者也。書亂臣，所以戒小人；書寇盜，所以警出沒；書蠻夷，所以盡制禦之本末。終之以伐蜀②，使萬世之下知蜀之終不可以苟竊也。

其間一事一物，皆酌考衆書，釐正譌謬，然後落筆。如關羽墓，今荷聖寺闃然有榜焉；而仁顯者，孟蜀末僧也，作《華陽記》云，墓在草場，廟在荷聖。此目擊之所當棄，而從仁顯者也。若夫知之有未至，編之有未及，則亦一人之功不可以求備，然竊意十得八九矣。後之君子，其亦有照於斯乎？

成都古今集記序　　　　　　　　　　　　　　范百禄③

成都，蜀之都會，厥土沃腴，厥民阜繁，百姓浩麗，見謂天府。縑縷之賦，數路取贍，勢嚴望偉，卓越佗郡。朝廷席五聖之厚，基萬齡之泰，明燭外遐，愛均畿輔。凡選建師長，必一時名德，中外皆曰可，然後以尹茲土。其優馭西南之意，概古邈矣，非獨隆於今也。蜀之所以爲重於天下，雖窮隅鴃舌，咸共知之，而其可以文載而永久者，則往志蹉錯④，近事缺絕，殆不足以彰其重。

熙寧壬子八月，詔以參知政事趙公爲資政殿大學士，再莅此府。蜀之黔黎，夙云易擾，小異故常，必勤上心。是時，天子方惻然矜之，故不憚諉公以遠。公倍道而來，下車之初，釐所當恤，亟即民心，平紛解累，人

①　碩：原作“顧”，據《全蜀藝文志》卷三〇改。
②　伐：原作“代”，據《全蜀藝文志》卷三〇改。
③　百：原作“伯”，據靜嘉堂本、《全蜀藝文志》卷三〇改。
④　蹉：原作“蹐”，據靜嘉堂本改。

乃説懌①，盡知明天子覆育遠方之意甚厚，公亦自謂宜於蜀也。

會翰林學士陳公和叔寓之書曰②："蜀事可觀，惜其墜落，泯泯不耀。"公慨然留意，每政事間隙，延多學博識之士，與之講求故實，掇采舊聞；若耳目所及，參諸老長，考核是非。自開國權輿、分野占象，州部號名因革之別，其鎮其浸岡聯派屬之詳，都城邑郭、神祠佛廟、府寺宫室、學官樓觀、囿游池沼建創之目，門閭巷市、道里亭館、方面形勢，至於神仙隱逸、技藝術數、先賢遺宅、碑版名氏，事物種種，瓌譎奇詭③，纖毚畢書。緜秦漢已來，凡爲守令，犖犖有風迹者若干人；有唐迄今，知府事居多閎碩端毅之望，又若干人。其行事暴於圖史，不可勝述。其始至若代去之年月序次，昭然著矣④。厥生鉅人，千古不乏，澤我文化，雋逸迭起⑤，科選德進，相踵於朝，數百年間，無一遺者。物有其善，雖毫釐云補，實足以爲一方盛觀。自昔僣賊乘民凶災⑥，事變不同，久近亦異，悉其致寇之由，及王師夷難底平之迹。與夫歷世蠻獠，叛服不常，中國所以驅除羈縻，得失之故，又足以爲不虞不若之明鑒。

嗚呼，既有政以孚其惠，又爲書以憲厥後，公之於蜀，可謂志得而道備矣。書成，凡若干篇，以類相從，爲三十卷，名曰《成都古今集記》。人之觀之，信乎蜀之爲重於天下，非虚也哉！

華陽國志後序　　　　　　　　　　　　　呂大防

先王之制，自二十五家之間，書其恭敏任恤，等而上之，或月書其學行，或歲考其道德，故民之賢能衺惡⑦，其吏無不與知之者焉。漢魏以還，井地廢而王政缺，然猶時有所考察旌勸，而州都、中正之職尚修於郡國⑧，鄉閭士女之行多見於史官。隋唐急事緩政，此制遂廢而不舉，潛德隱行，

---

① 説懌：原作"觀釋"，據《全蜀藝文志》卷三〇改。
② 寓：原作"語"，據《蜀中廣記》卷九六改。
③ 瓌：原作"環"，據《全蜀藝文志》卷三〇改。
④ 昭：原作"照"，據《全蜀藝文志》卷三〇改。
⑤ 逸：原作"送"，據四庫本《全蜀藝文志》卷三〇改。
⑥ 昔：原作"惜"，據《全蜀藝文志》卷三〇改。
⑦ 衺：原作"袤"，據《華陽國志》卷首所載此序改。"衺"同"邪"。
⑧ 郡：原作"群"，據《華陽國志》改。

非野史紀述，則悉無見於時。民日益敖，俗日益卑，此有志之士所爲嘆惜也①。

晉常璩作《華陽國志》，於一方人物丁寧反覆，如恐有遺，雖蠻髦之民、井臼之婦，苟有可紀，皆著於書，且云得之陳壽所爲《耆舊傳》。按：壽嘗爲郡中正，故能著述若此之詳。自先漢至晉初踰四百歲，士女可書者四百人，亦可謂衆矣。復自晉初至於周顯德，僅七百歲，而史所紀者無幾人，忠魂義骨與塵埃野馬同没於丘原者蓋亦多矣，豈不重可嘆惜哉！

此書雖繁富，不及承祚之精微，然議論忠篤，樂道人之善，蜀記之可觀，未有過於此者。鏤行諸世，庶有益於風教云②。

二江先生文集序   馬涓

二江先生者，宋公承之也。宋氏簪笏蟬聯，爲蜀著姓。成都屬邑曰雙流者③，先生所居也，左思賦曰“帶二江之雙流”，故時人以二江先生呼之。先生天才絶人，結髮稱奇童。比遊場屋，則雋譽日出逼人。一時輩流，望其鋒却避不敢前，聞先生充舉首，則曰允當，無異詞。既筮仕，隨牒州縣，上官歆艷其名，爭誘以事，有磐錯肯綮處，須先生爲決之爲快。稍官達，則朝廷倚辦，常兼數職，囊印座右纍纍然。人憫其賢勞，而先生撥遣暇豫，未嘗失。簡編筆研，吟諷度日，常曰：“世間樂，孰與此樂，吾將終身焉。”

當元祐六年，先生爲南省郎，涓以晚輩，始預賓客之末。逮涓從事秦亭，而先生持節來秦，於是獲從長者遊，以信宿不見爲間闊。樽酒雍容，每聞先生片語隻句，如窺豹一斑、嘗鼎一臠，固願熟視飫賜，而不可但知舉警策以驚詫未聞者④。今先生没二十有七年矣，始見先生文集。玩味尋思，欲罷不能，蓋嘗廢卷而論之。

孟子曰：“源泉混混，不捨晝夜，盈科而後進，放乎四海，有本者如是。”孟子之言，固自有謂。然爲文者，何獨不然？先生博學而精擇者也。

---

① 爲：原作“謂”，據《華陽國志》改。
② 《華陽國志》所載原文此下有“元豐戊午秋日”。
③ 屬：原作“蜀”，據《全蜀藝文志》卷三一改。
④ 驚：原作“警”，據四庫本《全蜀藝文志》卷三一改。

其學之博，猶采薪者之見一芥掇之，見菁葱拔之，故於書無所不讀，諸子雜説或出入於聖域者，猶冀有得於萬一①。其擇之精，猶齊王之食鷄，惟食其蹠，須數十鷄而後足。其所蘊蓄涵釀，汪汪乎胸中，殆不發不已，故下筆輒不休。筆端駁沓，落紙者皆可諷詠成文②；鈎章棘句，軋軋如抽③，而後爲文也。有本者如是，豈虚語哉！

若夫稽往古之是非，究當時之利病，上以縫補於庭議，下以斟酌於風謡，此先生之文見於祖述憲章，可以維持吾道者也。輸寫胸抱，形摹物象，較重輕於錙銖，媲宫羽於清濁，此先生應時之文，以靡麗爲工者也。訓詁深嚴，字畫奇倔，體商周之《盤》《誥》，追堯舜之碑碣，此先生高古之文，以簡潔爲法者也。至於譴笑之間，稗官小説，旁搜俯拾，附益談叢，此又文之餘事也。淵淵其深，渾渾其醇，舒徐衍溢而不流，激昂蹈厲而不怒，遠之則有稽，近之則不誣。嗚呼，其文之雄乎！

自昔論文者，晉有陸士衡之説曰："石韞玉而山暉，水懷珠而川媚。"後之論文者無以加此。觀先生之文，則君子之所養可知矣。唐裴延翰有言："文章與政通，風俗以文移。"每味此語，則益知文之有用於世，自非小補。而先生之文祇藏於家，第爲子孫寶秘閲習，而不克大流布於時，此平日士論之所惜者。今既成集，可以傳諸無窮，故輒叙其梗概，庶知音者得以覽其詳焉。

凡歌行、詩、賦、時議、經義、論、策、表、啓、書、序、紀、誌及雜述，總若干首，第爲十六卷，皆先生之子宏父手自編次。宏父博達豪邁④，克嗣家風。《詩》曰："惟其有之，是以似之。"後之人欲知先生父子之懿，當以是觀之。

先生之捐館舍也，涓嘗爲其行狀，以告諸誌墓者，故先生之世系、官爵，與其平生出處，皆載於墓誌。副以碑表、謚議，粲然可考，附於文集之後，此不復書。

---

① 冀：原作"異"，據《全蜀藝文志》卷三一改。
② "紙"下原衍"紙"字，據《全蜀藝文志》卷三一删。諷詠：原作"詠詠"，據《蜀中廣記》卷九八改。
③ 軋軋：原作"乾乾"，據萬曆本、四庫本《全蜀藝文志》卷三一改。
④ 豪：原作"毫"，據《全蜀藝文志》卷三一改。

王君禮詩集序

楊天惠

余家弟誠夫頃元符中與成都王君同佐宕渠縣。君於家弟，丈人行也，家弟以父執事之；君視家弟，則輩流如也。家弟嘗論君："近世遺直，老氣鯁固，危冠淳古。遇不可於意，雖敵以上，必盡言拄之，不以一毛假人；人有不受，無敢牾，俛默，惟稍引去。以故與世聲牙寡合，由宕渠歷資中，再不得意，輒致其事而歸。"家弟言如此，余肅然心憚之。

去年冬，有跨巴馬，從野僮，徑造余庭，自持刺大言："我王某也。"余驚起，迎置右座，問何自來。君言："聞子名久，特來耳。"余爲設薄具留之。留信宿，別去。後若干月，命其子奉平生詩文若干篇授余，曰："將序以爲謁。"余拜受卒業，曰：君於詩文深矣！體裁質實，如其爲人，而慇詞彊句，間足自立。讀者始苦難喫，已乃悁悁，有前輩家風味。蓋君之學祖《騷》而宗《選》[1]，旁出没於傳記，故兒時已自能賦，有州里名。既而落魄無就，日與群碎處[2]，故晚年詩多出白語，斳於曉流俗，不以鐫琢爲工。於是君老矣，蓋未始求人，人亦無求之者，而獨有求於余。顧余何足以求哉，凡其所知，姑止於此。

代作集府尹石刻序

前　人

公頃繇長安遷尹成都，方是時，卷燮理之具鎮臨外屏，回經緯之文設飾行臺，如釃河渠以溉尋咫，如崎泰岱以出膚寸，以故倡治有餘日，而賦政無遺功。間建羽旄，俛同民樂；或徙玉帳，旁合賓好。至於酒酣樂作，意氣逸發，徹饗緩帶，風味餘美，輒布善紙，臨素壁[3]，遊戲翰墨之娛，以志燕喜之適。凡爲詩文題紀若干，可謂盛矣！而巨刻細劖，光明磊落，上與參墟交輝，下與雲山增重[4]。蓋公以代言之餘，流而爲文；以賡歌之

---

① 君：原脱，據嘉慶本《全蜀藝文志》卷三一補。
② 碎：原作"輩"，據静嘉堂本、《全蜀藝文志》卷三一改。
③ 壁：原作"璧"，據《全蜀藝文志》卷三一改。
④ 雲山：原作"雪山"，據《全蜀藝文志》卷三一改。

緒，別而爲詩；又以詩文之衍，溢而爲書。故其銀鈎玉畫，世多有之，而西南特爲富。於是縉紳耆舊識藻火之爲美也，過者必肅；山祇瀆鬼知珪璧之爲珍也，護之惟謹。某竊亦博購而寶蓄之，得三十帙。將以其一獻諸公路，仰備覽觀；而取其副藏之名山，以貽子孫焉。

且某聞之也，欲考盛德者必於去焉觀之。昔者周公去東山，而赤舄所履，詠歌無射；召伯去南國，而甘棠所芘，愛思不忘。人心同然，異世吻合。今公道德之光、仁義之澤，所以被蜀土者，其與東山、南國奚有間①？而英詞偉績，金石之傳，所以遺吾人者，亦與赤舄、甘棠何以異？然以星紀數易，閏餘幾更，逖瞻巖廊，邈在雲漢。顧某也無文，獨不能效比興之末技，寫父兄之遐思，乃徒撫奇蹤、奉珍笥，日與田夫野老雜沓頌嘆於玉壘之北，此某所以謀訟不置，而遺恨無窮也。

公開府以某年甲子，還朝以某年己巳，入禁林，升丞弼，邁種方隆，福祿未央。

長松長老顯禪師語錄序

前　人②

頃歲吾蜀佛教惟講席律壇之爲尚，蓋人自以爲無等等法矣，而未始知有祖道之高。晚得真覺勝禪師自黃蘗歸，闡化於成都昭覺寺，初會《易》之廣大變動、周流六虛者，又圓道之微妙混成、先天地生者。遂言曰："吾之法函蓋乾坤不爲大，消殞虛空不爲難，當體見成，隨用立具。"於時西南緇素之士驟聞之，率多聽熒，瞠曈不入。久之，各憮然爲間曰："異哉！此故吾家物也，胡歷劫遺之，乃今獲之？"莫不失喜落涕，恨遭遇之晚。

勝禪師既歿，紹禪師繼之。其法猶勝禪師也，而化度之衆加多焉。紹禪師既歿，顯禪師繼之。其法猶紹禪師也，而緣法之合加盛焉。前住長松，今住保福。其歸依之侶未可計，而濟拔之功未有艾也。時會下高弟有法安者，盡能記禪師兩地爲人言句，錄而刊之，離爲二通。其保福之語則

---

① 東山：原無，據四庫本、嘉慶本《全蜀藝文志》卷三一補。
② 按：本文作者，此處作楊天惠，而《蜀中廣記》卷九五則作蘇元老，《宋代蜀文輯存》卷二六、卷三五亦兩處收錄，未知孰是。然以《蜀中廣記》所收文中自稱"元老"觀之，似當作蘇元老爲是。

平等居士已爲冠篇矣，而長松之録猥諉某承乏①。

嗚呼，釋迦別傳，迦葉親授，西天祖師之所護念，中華耆宿之所承襲，邈哉遐矣，不圖今日及吾身親見之。然以吾觀於禪師微言奧句，關鍵幽密，假令盡合天下禪眼微睨窺之②，吾知其不得髣髴，直羞澀匍匐歸耳。顧某何敢妄談？聊舉其粗，以曉吾黨新發意者，蘄與之交臂作舞，同趣師門云。

庚午省闈唱和詩序③

劉望之

上之二十年④，詔四川制置使李公璆曰："其爲朕類士試之如故。"於是乃用夔州提點刑獄公事、前工部郎楊公椿督之，擇嘗官於朝廷而材若文行之老五人第所程書，佐以知名之士十，望之猥亦在焉。

楊公至，則言曰："蒙舊故以從事，爲誰不能？吾惟棄日月於簿書久，異時吾欲有所言，難其人。今吾子皆一時之選，能與我從容味此樂乎？慎毋以迹遇我。"於是皆喜，思進所有以樂。公出話言，權古今，乃至戲笑，無有間猜，又親出篇章以倡作之。十人者時有所賦，公每率其屬而和焉，不以煩。望之抃手嘆曰："居之相移如此邪！"

公在治時，必吏與法之求，吏亦必公與法之嚴。今公在茲，惟士與禮之修，士亦以公與禮之行，蓋其勢然也。夫下不視所居，乃身是云，上不圖其人，乃時是從，其合也果難。

既爲詩若干篇，官有次第，官氏具存。皆曰："異時無此其盛也。"而一皆奇傑，皆思歸持夸其人，故皆録之，又使望之爲之序以冠之。

---

① 某：《蜀中廣記》卷九五作"元老"。承：原作"丞"，據《蜀中廣記》改。
② "盡"字原在"眼"字上，據《宋代蜀文輯存》卷三五改。
③ 庚：原作"庚"，徑改。
④ 二十年：原作"二十四年"。按：題稱"庚午"，乃紹興二十年。又據《宋史·高宗紀》，紹興十八年五月，以李璆爲四川安撫制置使；又據《建炎以來繫年要録》卷一六二，紹興二十一年李璆卒。則"二十四"年爲"二十年"之誤，據改。

續成都古今集記序

王剛中

昔清獻公删取張彭[①]、勾延慶、鄭暐、盧求、周封等書爲《成都古今集記》三十卷，凡廢興遷徙，及城郭、官府、坊市、庫廄、儒宮、佛室、仙館、神祠、陵墓、渠堰、樓臺、池苑之名數，與風俗之好惡，人物之臧否，方伯監司之至去，蠻夷寇盜之起滅，木石之殊尤，蟲魚之變怪，靡不畢載。其采獲貫穿，亦勤且詳矣。自熙寧訖今凡九十年[②]，事當紀述者蓋難遽數，而舊記莫或踵繼，見聞異辭，日月寖久，恐遂湮滅，可不惜哉！晉陵胡承公常命僚屬論次[③]，未究端緒，尋遷宣撫使，事復中輟。余來此將周歲，蒙國威靈，邊候幸帖息，斯民亦安堵如故。因以間隙搜訪纂緝，作《續記》，凡二十二卷。《前記》載古事往往有差誤，則辨正之，脫遺則補足之。清獻所云“知之有未至，編之有未及”者，余固不免也，其亦有待於後之君子乎！

比較圖序

李　燾

寶元、康定、慶曆間，仁宗以兵誅夏，功弗時奏，民力匱竭。三司使王堯臣取陝西、河東三路未用兵前及用兵後歲出入財用之數會計以聞。寶元元年未用兵，陝西錢帛糧草入一千九百七十八萬，出一千八百五十一萬；用兵後入三千三百九十萬，出三千三百六十三萬，奇數不與焉。用兵之費誠廣矣！陝西視河東北尤劇，兵屯陝西者特多故也。仁宗憂愛元元，惟恐傷之，當是時數詔近臣，考景德以來迄於景祐，凡百調度，靡有巨細，較其入出之數，約以祖宗舊制，裁損其不急者，自掖廷始。兵既解，

---

① “張”字原缺，據《全蜀藝文志》卷三〇補。

② 凡：疑當作“幾”。趙抃《成都古今集記》作於熙寧七年，王剛中《續成都古今集記》作於紹興三十年，相距八十七年，故云“幾九十年”。蓋“幾”俗寫爲“几”，又訛作“凡”。《蜀中廣記》卷九六此句正作“凡八十七年”。

③ 承：原作“丞”，據《宋史》卷三七〇《胡世將傳》改。世將字承公，以紹興七年知成都府。

即下詔切責邊臣及轉運司，趣議蠲除科率，稍徙屯兵還内地，益汰其羸弱，官屬羨溢則併省之。民力由是復蘇，遂登太平。聖算神術，至今賴焉。

今天子神聖一似仁宗，載戢干戈，專意息民，薄海内外，咸受更生之賜。西南僻遠，尤切哀矜，凡用兵之費，前後所減放無慮二千餘萬矣。民力凋耗，殊未能復太平之舊。詔旨諄複，每以寬恤爲言。此臣下所宜講求，庶幾少解當宁之憂者也。輒敢附堯臣之義，取未用兵前靖康元年，及用兵後紹興二十六年，成都一路財用出入之數，列爲二圖。凡物色之非錢者，皆以錢準之。未用兵時，一歲之入總若干，當令吏具出物色細折價例，並錢數總計若干，實著之。蓋收支，仁圖元未具物色細折價例也。而出之不盡者猶五十七萬四千三百有奇。既用兵，則一歲之入總若干，此亦須具錢物價數實總計若干。而出之多者乃踰九十四萬九千六百。雖巧算精思，一歲之入要不足以共一歲之出也。

始，唐分天下之賦爲三：一曰上供，二曰送使，三曰留州。及裴垍相憲宗，更令諸道觀察調度先取於所治州，不足乃取於屬州，送使之餘與其上供者悉輸度支。當是時，兵費皆仰度支，未嘗別爲之名。凡度支錢即係省也。今所謂係省，特唐留州及送使錢耳。送使錢既無幾，其上供錢則往往移以贍軍。移上供錢以贍軍，此天子之甚盛德也，而民又奚傷？惟曩者預給民錢，及期而售其布帛，蓋優之也[1]；今則虛張布帛之直，而多斂其錢民，斯重困矣。且右護軍之戍蜀門者，一歲所費爲錢幾二千三百萬，其物色以匹兩及石計者皆不與焉。或因舊加取，或創新抑納，其條目具之別圖。而成都一路歲所入遽至九百七十七萬四千六百有奇，其實固未登此數，而名額具在，符移督迫，不肯暫弛。欲民力之不凋耗，其可得乎！况此數特以贍軍，而係省猶不與焉。今姑摭係省一二大者言之。夏秋租稅昔爲錢三十九萬者，今爲三百五十四萬矣；吏兵之祿昔爲一十七萬者，今爲五十二萬三千矣；昔爲二十萬七千八百者[2]，今爲四十萬二千三百矣。其他不可遍舉。大抵有增無損，民力凋耗，未能復太平之舊者，其本原豈不在此？

謹按《周易·節》之《象》曰："節以制度，不傷財，不害民。"

---

① 優：原作"憂"，據《宋代蜀文輯存》卷三五改。
② 此句之上疑有脱文。

《小過》之《象》曰："君子以行過乎恭，用過乎儉。"節者事之折中，而過者損之又損之謂也。節可施於太平，而過當行於方今。方今民力凋耗，雖節之未易復也，必過乎儉，然後能濟。幸天子神聖，仁宗故事率已施行，禁侈靡，削浮冗，斯民之利，知無不爲，獨恨臣下弗以忠告。然則斯圖或可補殿帷空闕處乎。圖所載，但成都一路，轉運一司，若其他財用，從別路別司輸大農及少府者，圖皆弗具。抑嘗聞唐馬周告太宗曰："國之興亡，不由積蓄多少，在百姓苦樂。"今蓄積誠少矣，然天子憂愛元元，百姓戶知之。惟加意撫存，使安而樂，則天下復如仁宗之時衹旬歲間耳。

成都古今丙記序　　　　　　　　　　　　　范成大

　　《前記》，趙清獻公作於熙寧七年甲寅，凡三十卷。蜀之始封及分野，梁益州、劍南西川、成都府屬郡縣得名之所自，廢置因革之不同，考之詳矣。後八十七年，當紹興三十年庚辰，王恭簡公續爲之記①，有辨正其差誤，附益其未載者。二《記》今皆具存。《續記》之成距今纔十有八年，雖事之當書者不至甚夥，然恐自是日月寖久，來者難考，乃蒐耳目所及者繼書之，名曰《丙記》。其二《記》已載者，皆不重出云。

---

①　恭：原作"公"，據《全蜀藝文志》卷三〇改。

成都文類卷二十四

記

城　郭

南門記

（唐）張延賞

崇高莫大於君，親嚴莫大於父。君有覆燾，父有訓育，逮於夷貊生知、禽獸性感，不俟教解也。而肖形之內，戾氣間存，觸瑟生災，夢牛成患，何代不有，可勝言哉！賊朏焚門①，亦由是也。族滅門覆，爲愚者鑑誡②，所以書其所由來。其餘則詞存於左右壁矣。興元元年記。

創築羅城記

（唐）王　徽

皇帝改元之六年，諸道鹽鐵轉運兼鎮海軍節度等使、開府儀同三司、檢校司徒、同中書門下平章事、燕國公高駢奏：“臣前理成都，築大城，請紀其事。”上命翰林學士承旨臣王徽授其功狀。臣徽承詔，再拜上言：

夫外户不閉，雖前聖之格言；設險以居，乃有國之雄制。用是則光昭振古，勢讋遠夷。不有高墉，曷稱巨屏？我之奥區，粤惟井絡，繁阜昌熾，摽出宇内。先是蜀城，既卑且隘，象龜行之屈縮，據武擔之形勝。里

---

① 朏：原作“胐”，據《資治通鑑》卷二二九改。“朏”指唐劍南西川兵馬使張朏，德宗建中四年十一月以所部兵作亂，攻入成都。

② 誡：原作“誠”，據《全蜀藝文志》卷三三改。

閒錯雜，邑屋闐委，慢藏誨盗，城而弗羅。矧乎西束江山，南控烏滸，疆理滇洞，密邇①。舊貫因循，日居月諸，殆逾千祀。漢魏以還，英豪迭處。至若公孫述之桀黠，諸葛亮之經營，曾不指顧留心，乘機制禦。斯蓋天藏盛烈，神貯嘉謀，俾集元功，式耀雄武。

自二紀以降，邊部戒嚴，有虧懷柔，或阻琛賷②。雖負山川之險，且乏金湯之固。上顧相臣曰："朕以不德，化罔被於四夷。惟是西南，載罹俶擾，深軫予衷，將若之何？"丞相進曰："陛下以睿哲照臨，臣輔理。臣不能敷聖澤以懷異俗，俾流毒於益人，臣之罪也。然黃帝有版泉之役，放勳興丹浦之師，周逐玁狁，漢備匈奴，是知猾亂，自古皆有。其所以滌屬梗，致時雍，乃在進任忠賢③，馳驅英雋耳。臣伏見今天平軍節度使駢，即威武公崇文之孫也。威武在元和中，屬闒以蜀叛，憲祖殷憂，擇其所以代之者，由是允膺聖獎，能以部兵復梓州，統大軍平玉壘，大節大忠，煥乎典冊。駢能不墜其業，益大其門，既席勳烈之資，克擅匡扶之志。材超衞、霍，氣蓋關、張，忠孝兩全，河山繼誓。聿脩厥德，自成名家，馳譽石麟，焯有美稱。出守天水，邊塵不驚。戎律既申，將略克舉。俄而交趾淪陷，有命遒征，既復土疆，遂錫鈇鉞。則馬援銅柱、楊僕樓船④，步驟之間，莫得倫比，固以威張惠浹，後勁中權。五年於兹，海波不動。朝廷方期拔用，不可久留，爰命徵還，彌增寵澤。時屬龐勳始潰，鄆方未寧，駢則再登帥壇⑤，復開將幕。士絕朝饑，犬無夜驚，威加隣部，化敷屬城。相印以之疇庸，和門爲之增氣。恭以憲宗錄崇文定蜀之勳也既如彼，陛下念駢復交理鄆之勤也又如此，俾榮舊履，重建高牙，必致師貞，可期俗阜。"上曰："俞，爾惟代天其行之。"於是詔駢復以丞相擁節，去汶陽，趨錦里。

至則詢問疾苦，樹置紀綱，巡按封域，周覽郛郭。且曰："夫療疾者必在藥乎心腑，然後可以堅四支；植木者必嘗澤乎本根，然後可以茂柯葉。今城之於蜀，其由心乎，其由本乎。則知不理於近，曷能致遠？不固

---

① "密邇"下疑脱二字。《全唐文》卷七九三徑删此二字。
② 琛：原作"琮"，據《全唐文》卷七九三改。
③ 在：原作"再"，據萬曆本、四庫本《全蜀藝文志》卷三三改。
④ 楊僕：原作"楊業"，據四庫本《全蜀藝文志》卷三三改。《漢書·酷吏傳》："楊僕，宜陽人。……南越反，拜爲樓船將軍。"
⑤ 帥：原作"師"，據《全蜀藝文志》卷三三改。

其内，安能保外？未有不謀而能成，不壯而能威，不勞而能逸者也。”於是擇將量財，拓開新址，分命支郡，以令屬邑，乘時就役，靡不適中。吏不敢欺，人不敢怠，岷峨之下，忻忻子來。昔梁伯哑城，人疲弗處；子囊築郢，見誚於時。曷若駢能度其宜，樂用其士，圖難於易，去危即安。環以大城，用冠諸夏，其功固以相萬矣。

惟蜀之地，厥土黑黎，而又磽确①，版築靡就。前人之不爲，非不爲也，蓋不能也。惟駢果得衆心，克大成績。鳩工揆日，不愆於素，十旬之中，屹若山崎。南北東西，凡二十五里，擁門、却敵之制復八里。其高下蓋二丈有六尺，其下廣又如是，其上則衺丈焉。陴四尺。斯所謂大爲之防，俾人有泰山之安矣。而甓碧塗壓，既麗且堅，則制磁飾頯，又奚以異？其上建樓櫓、廊廡，凡五千六百八間。梲栭櫛比②，闐閭鱗次。綺疏掛斗，鴛瓦凌霄，若飛若翔，如偃如仰。棲息烏兔，炫煜虹蜺。龍然而縈，霞然而橫。望之者莫不神駭而氣聳，目眙而魂驚③。其始也，咸謂冥助，似非人力。其外則繚以長堤，凡二十六里，或因江以爲塹，或鑿地以成濠。則方城爲城，漢水爲池，又何以加焉！是知摩壘者不復矜其能，擊柝者足以抗其敵。所謂能禦大菑、能捍大患者也。其舊城周而復始蓋八里，高厚之制、大小之規，較其洪纖，可得而辨矣。況乎扼束都會，襟帶地形，險易之狀斯呈，强弱之方可見。

自秦惠王疏剪山林，以通中夏。及李冰爲守，始鑿二江，以導舟楫，決渠以張地利，斬蛟以絶水害，沃野千里，號爲陸海，由冰之功也。漢文翁置學校，勸人受業，行俎豆獻酬之禮，於是儒雅之風作。洎威武伐叛，擒大憝而新其人，玉石不得俱焚焉，兩蜀至今稱之。駢之來鎮，肇興武備，俶有禦衝之事，夫然後不爲外夷之所窺矣。惟蜀之人，自冰與翁，自威武暨駢，乃獲佑於天者，四人之於蜀厚矣！長雲斷岸，莫得而隮，古往今來，何嘗能睹？傳不云乎：“人保於城，城保於德。”觀駢之政，可謂保城與人矣。向非挺生俊傑，來弼聖神，則孰能建絶代之遺功，創一時之偉迹者乎！況夫高不可蹦，堅不可觸，俯瞰天表，方駕馬足，銷呑祲祲，亘壓咽喉，訖使豺狼耳之而色沮，目之而膽褫。是謂不争而勝，不戰而服

① 磽确：原作“蹺踊”，據四庫本《全蜀藝文志》卷三三改。
② 梲栭：原作“梲栵”，據四庫本《全蜀藝文志》卷三三改。《文選·景福殿賦》：“梲栭綠邊。”梲、栭均指屋簷前木板。
③ 眙：原作“貽”，據《全蜀藝文志》卷三三改。“眙”同“瞪”。

者也。

新城成，詔加大司徒，封燕國公，旌殊休也。重以萑蒲充斥，荆楚傷夷，遂假威望，兹用底寧。弓矢專征，銅鹽劇任，安危攸繫，一以委之。往哉荆渚，荆渚既清；又徙金陵，金陵以平。救鄾鄖之剽殘，拯江湖之焚溺，朞月之内，罔不樂康。若乃考其才，稽其用，所至難息，所施利興，智無不周，技無不達。韜鈐捭闔，固自生知；詩禮幾微，雅當師逸。雖羽書疊至，應用如神。加以詞鋒莫前，筆力遒勁，屢獻平戎之策，每陳憂國之誠。抑又城府坦夷，器宇冲邃，禄利不盈於私室，夙宵無怠於公家。段熲在邊，未嘗蓐寢；羊侃待士，靡顧囊裝。涯岸不可得而臻，波瀾不可得而際矣。所謂社稷柱石，川嶽英靈者也。則知騈如何臣，城如何功。

烏乎！天贊其謀，地襲其固，非吾君不能用其材，非臣誠不能就其事。故曰：“爲可爲於可爲之時則從。”乃見城由騈而成，騈由君而聲。城既牢矣，人既休矣，宜乎贊盛德之形容，叙勳賢之丕烈。恭以操觚載事①，作者爲難，臣非其人，何以稱此？將欲刊諸貞石，寘彼坤維，垂於無窮，期乎不朽。屬詞愈拙，染翰增慚。銘曰：

　　惟蜀之疆，撫抱岷梁。斗絶諸夏，裂爲一方。啓達上國，肇自秦强。壯者五丁，導彼青冥。鑿巖而梯，飛棧以行。動猶鳥逝，舉若猨輕。漢人既遷，言語乃通。眇邈千祀，遂參華風。界彼邛滇，靡設鍵關。在古侵殘，爲蜀之艱。唐被聖德，間仍凶愿。猖狂逾紀，吞噬無已。芟獮焚驅，野不寧居。皇帝踐祚，驚嗟震怒。爰擇藎臣，推轂以付。時惟燕公，撫俗訓戎。碩畫宏規，神輔其衷。經始新城，心術潛形。乃告編人，版築雲興。相彼井廬，觀於封部。調兹郡邑，量其戶賦。劃界指期，莫敢踰度。蜀人未安，待城以歡。蜀士方危，待城而威。阡陌繩直，門閈棋布。外聳風雲，内局貔虎。卉木葱蒨，麗譙輝映。戎馬夜寧，戈鋋晝静。蜀山巖巖，蜀江滔滔。寇不敢窺，人不知勞。儉而不煩，峻而不譁。去來出入，嬉嬉一家。燕公之德，其誰與隣。燕公之功，式利於人。德入人深，功流不極。勒銘天隅，爲臣表則。

---

① 觚：原作“瓢”，據《全蜀藝文志》卷三三改。

中和四年記。

創築羊馬城記

（唐）李　昊

　　粵若蠶叢啓國，魚鳧羽化於湔山；望帝開基，鼈靈復生於岷水。然則疏鑿巫峽，管鑰成都，而猶樹木柵於西州，跨土田於南越。其後兼併梁漢，睥睨巴賨。獵騎奔馳，會秦王於褒谷[①]；石牛來去，闢蜀路於劍門。空驚化土之徵[②]，寧獲糞金之利？爰自朔分秦曆，聲接華風，代有雄豪，迭爲侯伯。運當奇特，子陽乘虎踞之機；時運非常，玄德負龍蟠之勢。若乃張儀之經營版築，役滿九年；楊秀之壯觀崇墉，功加一簣。

　　洎我唐臨御，聖德昭融，武威雷駭於百王，文德日暉於四海。惟茲益部，扼彼邛關。蒙王肆猾夏之心[③]，坦綽苞亂華之志，時或窺吾卧鼓，覘我韜戎，彎弧學射之山，飲馬沉犀之水[④]。玉帛子女，漂流鑿齒之鄉；珠翠綺羅，散失雕題之域。累朝是忘逸樂，深軫殷憂，夢卜良臣，控彈巨屏。南康王以儒術柔服，教習詩書；燕國公以將略威懷，淬磨斧鉞。息波瀾於錦水，創制度於羅城。蹦百雉之恒規，補一隅之闕事。有備無患，庇蜀人以金墉；避狄蒙塵，安僖皇之玉輦。雲蠻稽顙，遣使來朝。航滇河以獻琛，越沉黎而納款。當廟社阽危之際，鑾輿出狩之秋，坐制南荒，終無北寇，乃燕公之力也。

　　往以玄穹告變，天禄中微，夷門方轉其斗魁，王氏遂分其鼎足。既而莊宗繼絕，皇祚中興，靈旗西指於巴庸，蜀主東朝於伊洛。先帝以初復故地，方懷遠人，須仗權謀，乃眷勳戚。於是詔飛丹鳳，召何晏於並門；節立蒼龍，封杜悰於井絡。即我太尉侍中平原公，分茅金闕，受瑞彤廷。帳移竹馬之邦，輪輾木牛之路。星馳十乘，霧廓三川。宣皇風於上事之初，慰人望於下車之日。且以城邑自經克復，勢尚搔搖，公來如太華之安，帝寄得磐石之固。益民多福，而遇賢侯。公曠度涵空，英風擴古，襲門胄則

---

①　褒：原作“哀”，據《全蜀藝文志》卷三三改。
②　徵：《全蜀藝文志》卷三三作“微”。
③　猾：原作“滑”，據《全蜀藝文志》卷三三改。“蠻夷猾夏”，見《尚書·堯典》。
④　犀：原作“皋”，據《全蜀藝文志》卷三三改。“沉犀之水”，指今成都錦江，事見《華陽國志·蜀志》。

重侯累將，保勳榮則帶河礪山，會族而象簡盈床，奕葉而貂冠滿座。其爲盛也，無得名焉！

頃者以龍戰玄黃，虎爭區夏，殺氣晝昏於日月，陣雲宵蔽於星辰。天柱傾欹，海波動蕩，鼓鼙未息，干戈日尋。公是時幹運璇樞，端持瑤鏡，贊神謀於不測，斷大事以無疑。獻替經綸，折衝樽俎，決勝廟堂之上，制敵掌握之間，借箸爲籌，舉無遺算。內則翊戴天子，外則承寧諸侯，言正色莊，有犯無隱。成少康祀夏之德，弼光武興炎之功，再造巨唐，削平新室。曆數允集，神器知歸。皆由公叶和元勳，光輔洪業。是知取威定霸，崇文教以興隆；安上治民，修禮容而鎮靜。足以神交旦、奭，事侔平、參①。力致大同，宜亨廣運。以之首揚紅斾，式遏錦川。古有遺機，待乎作者。

公鎮臨之始年，中興之四載也，歲在丙戌，春正月十有一日，杖鉞而至。無何朞月，逆帥康延孝自普安竊兵叛亂②，矯詔窺覦，犯我鹿頭，營於雒縣，勢將率衆，必寇近郊。公曰：「清野待敵，於民何罪；堅壁而守，謂我無謀。」況城雖大而弗嚴，隍已平而可步，衆情憂汹，公意晏如。飛羽檄以會兵，伐林木而立柵。森然簇戟，密爾橫簫。環以深溝，屹如斷岸。五日之內，四面尋周。民一其心，士百其勇。於是精選將領，分部熊羆，電激妖巢，火熏狡窟。一鼓而元凶氣喪，載攻而同惡疲頹。擒鄧艾於轞中，斬龐涓於樹下，長蛇碎首，封豕析骸。獻捷功於王廷，掃遺穢於侯甸。一除芽櫱，大定疆陲。公於是提振紀綱，恢宏典法。六條已正，七德兼修。言出令行，家至日見。

未幾，先皇厭世，今上纂圖。聖政維新，睿思求舊，不改山河之寄，永繫社稷之臣。一年而加珥貂③，再歲而升掌武。將軍幕下，列虎豹之爪牙；丞相府中，非鴻鵠之腹背。猶且爵行而不飲，肴乾而不食，診療生靈，討論獄訟。固以忠爲令德，孝出因心，力奉國家，勤修職貢。眡賣繁紆於劍棧，包茅旁午於玉京。史不絕書，府無虛月。閱其廷實，摽出群芳。推晉文尊獎之誠，紹齊桓糾合之業④。天子得以居南面之貴，銷西顧之憂。萬里長城，岋然存矣。

---

① 事侔：原作"士撫"，據雍正《四川通志》卷四〇、四庫本《全蜀藝文志》卷三三改。
② 帥：原作"師"，據《全蜀藝文志》卷三三改。
③ 珥：原作"弭"，據四庫本《全蜀藝文志》卷三三改。
④ 紹：原作"詔"，據四庫本《全蜀藝文志》卷三三改。

公一旦謂諸將吏曰："夫華陽舊國，宇內奧區，地稱陸海之珍，民有沃野之利。郛郭則樓臺疊映，珠碧鮮輝；江山則襟帶牽連，物華秀麗。閭閻棋布，鄽陌駢羅。不戒嚴埤，是輕武備耳。亂臣賊子，何嘗不窺；南詔西羌，曾聞入寇。將沮豺狼之意，須營羊馬之城。吾已揣之，衆宜叶力。"

封章上奏，揆日量工，分界繩基，辨方畫址。百城酋壯，呼之響答以雲來；十萬貔貅，令之風行以霧集。杵聲雷震，版級雲排。王猛鶩畚於城隅，傅說飛鍬於巖下。公間日巡撫，役者忘疲。周給米鹽，均頒牢酒。如般五丁之力，纔踰三旬而成。克就厥功，不僭於素。遠而望也，象衆山之迤邐；俯而瞰也，若峭壁之斗懸。掘大壕以連延，增長堤而固護。鷙鳥搏兮可越，武夫勇兮莫干。摩壘者諒之摧心，守陴者由之示暇。舊城崢嶸而後竦，新城崒嵂以前蹲。勢而言之，若泰嶽之與梁甫；亞而稱矣，若夫子之與顏回。重門開而洞深，危樓亘而翼展。至若八月之江澄寒碧，七星之橋架晴虹，偉乎津梁，成茲壯麗。

公以羅城雖設，智有所虧，重築大敵，鎮於四角。嶔岑掛兔，崚岏棲烏，儼樓櫓於沉寥①，懸刁斗於天表。其東南也，直分象耳，迥眺蛾眉，雲霞斂吳楚之天，烟水送黔虁之棹。其西南也，旁連玉壘，平視金堤，宵瞻火井之光，曉望雲峰之彩。其東北也，樹遙雲頂，氣鬱金堂，雨收而疊嶂屏新，靄薄而重巒晝暗②。其西北也，襟袖廣漢，肘腋天彭，魚龍躍萬歲之池，鸞鶴舞陽平之化。其或碧雞啼曉，金馬嘶風，擁旄戟以登臨，睹山川之形勝。有以見公心同軒鏡，竄詟鬼神，手秉漢鈞，錙銖造化，能於昭代，樹此豐功。鄙金甌爲漏卮，小鐵瓮爲凡器。

其興也已當農隙，其罷也不害鹽時。帝旨咨嗟，王綸獎録。詔書："勅知祥：省所奏重修葺當府城池，已取十二月一日興功事，具悉。卿寵分玉節，榮鎮錦城。守富貴以無疆，慕功名於不朽③。特峻金湯之固，以威蠻貊之邦。況屬年豐，復當農隙，既暫勞而永逸④，仍預備於不虞。益見廟謀，允符朝寄。省閱陳奏，嘉嘆殊深。"公猶歸善於君，讓功於下。諸軍馬步軍都指揮使、光禄大夫、檢校太保、守彭州刺史、上柱國李仁罕，左廂馬步軍都指揮使、金紫光禄大夫、檢校司空、守漢州刺史、上柱

---

① 沉：原作"沈"，據《全蜀藝文志》卷三三改。
② 晝：原作"畫"，據《全蜀藝文志》卷三三改。
③ 慕：原作"募"，據《全蜀藝文志》卷三三改。
④ 逸：原作"益"，據四庫本《全蜀藝文志》卷三三改。

國趙廷隱，右厢馬步軍都指揮使、金紫光禄大夫、檢校司空、守簡州刺史、上柱國張知業等，家傳義烈，世襲丕勳，托弓而霹靂聲乾，揮劍而魚麗陣破。曹景宗鼻頭火出，薛孤延髭尾烟生①，英毅無儔，智謀咸博。左都押衙、金紫光禄大夫、檢校司空、守蜀州刺史、上柱國潘在迎等，或鼎鐘盛族，或書劍名門，佩鞬執弭以從戎，憑軾搴帷而至理，至於華皓，不墜忠勞。是能領袖雄藩，表儀會府，而皆躬臨卒列，統攝庶工。無揚干之亂行，絕趙羅之辭役。明興晦息，日就月將，巨績告終，群才叶贊。

自天成二年丁亥歲十二月一日起工版築，至三年正月八日畢手。公再飛章上奏，詔曰："敕知祥：省所奏修治城濠畢功事，具悉。百堵皆興，四旬而畢。亘羅城而雲畫，引錦水以環流。外禦蠻夷，中權帷幄。公家之事，相業可觀。備覽奏陳，殊深嘉獎。"於以表綸綍褒揚之寵，知朝廷倚注之恩。

其新城周圍凡四十二里，竦一丈七尺，基闊二丈二尺，其上闊一丈七尺。別築陴四尺。鑿壕一重，其深淺闊狹，隨其地勢。自卸版日，構覆城白露舍四千九百五十七間，內門樓九所，計五十四間。至三月二十五日，停運斧斤。其版築采造軍民共役三百九十八萬工。其執事糇糧及役罷賞賫，斗支秤給，緡貫囊裝，其數凡費一百二十萬。其諸將大校，出良駒於皂棧，解重帶於腰圍，選其纖柔，釋其好玩，曾無顧愛，一以頒酬。其縣大夫及寮佐已下，或賞之器帛，或給以緡錢，咸有等差，不無均普。公却奢從儉，節事省財，馬如羊而不入私門，金如粟而不藏私橐，悉肆公家之利，盡充王事之資，圖有謂之功，非無度之費也。

公誠欲爲而不載，朴而無文。衆意未然，墻進固請，四民喧闐於衢闉，萬口號沸於階墀。父老曰："公侯政洽神明，慈如父母。前年定延孝之亂，今歲防蠻蜑之虞。盡力城隍，務安井邑，遂使我等保家庇族，養老寧冲。如是者功德在民，憂勤報國，安可不叙述休烈，雕篆貞珉？豈不美歟，何容辭也？"公謂諸賓佐曰："抑聞乘人之約，義士猶或不爲；貪天之功，智者宜然不取。所修邊備，式耀國威。將欲罄臣節於一時，彰帝猷於萬古，殊非己力，難遏人情。誰當游、夏之才？請紀見聞之事。"

昊相門牢落，堂構蕭條。翁歸文武之材，明時待問；荀息忠貞之志，暗室不欺。寐酣而白鳳昂藏，染翰而墨龍夭矯。嗟乎！鄧禹秉鈞之歲，雖慶承家；陸機赴洛之年，不堪觀國。空餘壯節，退卜良知。驅車幸返於故

---

① 薛孤延：原作"薛敬廷"，據《北齊書》卷一九《薛孤延傳》改。

園，提筆謬登於華館。金臺玉帳，敢差俊彥之肩；綠水紅蓮，獲繼鵷鷺之踔。酷慚薄伎，莫贊雄猷。杜征南以矜大平吳，沉碑漢水；竇車騎以章明出塞，勒碣燕山。猶能炳著簡書，發攄功業。寧偕巨制，永固坤維。尚乏黃絹之辭，孰拂白圭之玷。受恩稟命，紀事表年。巍巍乎不騫不崩，何患於爲陵爲谷！

羅城記

馮時行

　　朝廷用兵恢復陝右，置川陝宣撫使護諸將，治益昌。其後罷兵，宣撫使爲四川制置使，治成都，兼成都軍府事。備關、營屯諸軍凡十餘萬，皆其統御；巴蜀西南與吐蕃、南詔接，由綿、龍包戎、瀘、施、黔，凡三千餘里，皆其鎮撫；合巴蜀六十郡二百餘縣，吏之能否，民之休戚，皆其督察。制置使之任，其重如此，宜其所治城郭甲兵有以示威武，肅觀瞻，制不軌①，銷未萌。乃今城若可踰，隍若可塗，而諸將奔走稟號令，邊吏緩急，絡繹關陝，州縣四集受約束、聽期會，與四方通客遊士、豪商巨賈，皆肩摩袂屬會府下，觀見大府形勢衰落不振，雖有肅心，不能不弛，輕侮徵萌，陰爲禍胎，詎可忽歟！

　　紹興二十八年，天子命中書舍人鄱陽王公領使事。下車未幾，軍民大務，綱條盡舉。已而周視城郭，笑而言曰：“諸侯守在四境，是決不與臨衝相當。譬眉之在人，無與於觀聽食息，然無之，鮮不以爲奇疾大病，悲憂無聊，若不可生。蓋人所當有，不可獨無故也。城池固凡郡國所當有，況西蜀視成都爲心膂，餘郡爲四支，又制置使所治邪！然民方勤於才力，不堪徭賦。”乃蒐壯城卒之役於他者三百卒爲黨，備糗糧，具畚鍤，以授兵司，分董其役。課功惰，明賞罰，人不告勞，歡呼就事。居人咸喜，羊豕醪醴，犒勞踵至。權輿於二十九年五月，迄明年十月成②。比舊凡周四千六百丈有畸。雉堞嚴壯，溝池深阻，氣象環合，頓成雄奧。遠近縱觀，駭愕嘆異。既又表丈尺，而以三百卒者分主之，遇闕則補。倅幕月一巡，帥守季一巡，有不葺，坐其人。如是守之，可以數十百年而不壞。

---

①　軌：原作“規”，據《宋代蜀文輯存》卷四六改。
②　成：原作“城”，據文意改。

公曰:"是役也,費公帑十有六萬,而九邑之民一毫無與。以官自有壯城卒,而卒自有衣糧,故可不勞不費而集事。是宜具載本末,以告來者。"遂以命其屬部沈黎守吏馮時行。夫《春秋》書城防、城虎牢之類,凡三十餘書,蓋備不虞、防未然,政之大經。公當晏然無事之日,爲有事之備,使遇仲尼,當獲大書。下吏既聞命矣,其何敢不勉?公名剛中,字時亨。初召對便殿,詞氣壯偉,上察其器識可任大事,擢左史,遷詞掖,繼授以蜀政,行且大用矣。

新繁縣新展六寨門記續添 周表權

成都屬縣九,而新繁繁庶號爲第一。自唐迄國初,生齒蕃茂,處邑内者如棋布。而邑之周回直沿於江,其地域閑隙而有容,其廛肆寬縱而不迫。至淳化、咸平中,罹兵火,闤闠廬屋,悉化灰燼,生聚凋散,十之五六。乃促其寨,則沿江之迹不復舊矣。迨今太平踰七十年,丁版如國初之盛,獨寨垣狹隘,不能以盡處,故負郭而漸家者溢千數。然而外關鍵,闕巡邏①,眾無所畏憚,而征稅失於譏察,盜賊肆其攘取。至有日暮市散,村落之強梁者出門則使酒號叫,氣放語醜,顧左右若無人,妄詬罵以去,巷陌掩耳,不忍聞聽。往往儒衣冠者被唾面出胯之辱,不敢訴。千室之民實憂且苦且久矣,不亦縣政之大缺歟?茲之弊,予孩童時已厭之。亦嘗有白於大夫者,大夫者或幹不及焉,或汲汲於己營,又何暇恤之耶?

至熙寧七年,眉人秘書丞楊侯孟容父母於我邦,實有才美者。先威吏,吏懾,後愛民,民懷,乃復所謂國初之寨。而能使人悔前革非,罔犯刑辟,真可謂良大夫也。又有餘力,名一十七坊,以區別其善良者焉。已而民歌之曰:"昔外今内,實我侯惠。昔憂今休,惠實我侯。善則勸焉,惡則悛焉。名與時傳,傳於千萬年!"不亦美乎!

是役也,邑子進士馮煦始獻書告大夫,大夫白府、白漕,悉從之。邑人爭出力,以辦土木之費,上不仰於公②,下不擾於私。損弊補廢,利民便時,是可書也。

---

① 邏:原作"羅",據文意改。
② 仰:原作"抑",據文意改。

成都文類卷二十五

記

渠　堰 橋梁附

導水記　　　　　　　　　　　　　　　　　　　　吳師孟

　　蕞爾小邦，必有通流之水以濟民用，藩鎮都會顧可闕與？雖有溝渠，壅閼沮洳，則春夏之交，沉鬱湫底之氣漸染於居民，淫而爲疫癘。譬諸人身，氣血並凝，而欲百骸之條暢，其可得乎！伊洛貫成周之中，汾澮流絳郡之惡，《書》之"濬畎澮"，《禮》之"報水庸"，《周官》之"善溝防"，《月令》之"導溝瀆"，皆是物也。

　　按《史記》：蜀守冰鑿離堆，穿二江成都之中，皆可行舟，有餘則用溉。然則成都水行其中，尚矣。自高燕公駢乾符中築羅城，堰糜棗，分江水爲二道，環城而東，雖餘一脉如帶，潛流於西北隅城下之鐵窗，涓涓然，潤黷所及，不能併蒙於一府。歲久，故道迷漫，遂絕，以故氣象枯燥，而草木亦少滋澤。其五門之南江及錦江，二水之名最著，而渠稍廣，且污潴填閼，或瀲或潐，則編户夾街之小渠可知矣。間有鬱攸之菑，以無水故，艱於撲滅。曏雖以甕貯水爲備，然器小而善壞，非應猝救焚之具，故水不足用。當平居無事時，遑恤氣象湮塞之生疾①，而火災之爲害歟？

　　自丞相吕公及今户部尚書蔡公深惻民患，欲尋故道以達之，而所遣吏類皆苟簡，不能體二公之意，中作而罷。今寶文王公勤恤民隱，目睹水

────────────────

① 湮：原作"烟"，據《全蜀藝文志》卷三三改。

事，憪然疚懷①。博訪耆艾，得老僧寶月大師惟簡，言往時水自西北隅入城，累甓爲渠，廢址尚在，若迹其原，可得故道。遂選委成都令李偲行視，果得西門城之鐵窗之石渠故基。循渠而上僅十里，至曹波堰，接上游溉餘之棄水，至大市橋，承以水樽而導之，其水樽，即中原之澄槽也。自西門循大逵而東注於衆小渠，又西南隅至窰務前閘。南流之水自南鐵窗入城。於是二渠既釃，股引而東，派別爲四大溝，脉散於居民夾街之渠，而輻湊於米市橋之瀆。其委也，又東匯於東門，而入於江。衆渠皆順流而駛②，有建瓴之勢，而無漱齧之慮。回禄之患，隨處有備，又頗得以涑澣湔濯焉。歲或霖潦，脱有溢溢，唯徹澄槽，則衆渠立漂矣。凡爲澄槽二，木閘三，絶街之渠二，木井百有餘所；而民自爲者，隨宜增減，不可遽數焉。

經始於仲春，迄成於季秋，言時計功，盡如其素。不妨民田，不勞民力，不逆地勢，而興除亡窮之利害。古之所謂有功德於民者，宜無間然。彼王褒紀三篇之迹，廉范播五袴之謠，乃一時褒德之美言，與夫千載澤民之實惠，可同日而論哉！謹書其時，以備來者之詢考云。

淘渠記　　　　　　　　　　　　　　　席　益

唐白敏中尹成都，始疏環街大渠。其餘小渠，本起無所考，各隨徑術，枝分根連，同赴大渠，以流其惡。故事，首春一導渠。歲久令瀆，遂懈而壅。大觀丁亥冬，益之先人鎮蜀，城中積潦滿道。戊子春，始講溝洫之政，居人欣然具畚鍤待其行③。部使者議於臺，邑子之無識者謗於里。令既下，知不可遏，則又曹耦相與語曰：“未論其他，積泥通逵，可若何？”先人聞之笑，不爲衰止。既污泥出渠，農圃爭取以糞田，道無著留。至秋，雨連日，民不告病。士夫交口稱嘆，多向之議而謗者也。

後三十年，益忝世官，以春末視事。夏，暴雨，城中渠湮，無所鍾洩。城外堤防亦久廢，江水夜犯西門，由鐵窗入，與城中雨水合，洶涌成

---

① 憪：原作“擱”，據四庫本《全蜀藝文志》卷三三改。
② 駛：原作“駃”，據《全蜀藝文志》卷三三改。
③ 具：原作“且”，據《全蜀藝文志》卷三三改。

濤瀨。居人讙趨高阜地。亟遣官捷薪土塞窗，決小東門水口，而注之江，僅保廬舍。又春夏之交大疫，居人多死，衆謂污穢熏烝之咎。嗣歲春首，復修戊子之令。邦人知疇昔便利，無異辭。且補築大西門外堤役，引江水入城如其故，而作三斗門以節之。舊走馬承受廨舍之南，克寧第一營壘之北①，有污池，積水日深，大雨則吞街衢爲一池②。行人不戒，誤蹈犯，歲有死者。鑿此地，挹池之盈，以匯於大渠，築短垣以護池岸，茲患遂弭。是歲疫癘不作，夏秋雨過，道無涂潦，邦人滋喜。

益謂僚吏："歲二月循行國邑，通達溝瀆，毋有障塞，此王者之政，今長民之所當務也。且前事可師，獨廢之何？"對曰："淘渠之令，歲亦一舉行，里胥執府符爲醉飽左契爾。如豪舉之室屋，權要之官寺，誰敢掊視其通塞者？編戶細人慮不及遠，每早夜叫呼於門，得所欲則去。間有欲問者，患不知其源委，詢諸吏民，各懷私意，莫肯以實告，故因循至此。"益曰："今歲繪爲圖以從事矣，圖可據乎？"皆曰："圖如不可據，則時雨既降，必有受弊之處。今積陰每霽，衢路如汛掃，是圖之功也。"益曰："邑之有溝渠，猶人之有脉絡也，一縷不通，舉體皆病。按圖而治之，則纖毫無敢鬱滯者矣。"益刊圖以示後之君子，如有志於民，意誠而令信，於斯圖也，將有考焉。

後溪記

李　新

大皂之水由羌域中來，裂地擘山，下合岷水，東分爲沱，西北注成都，離爲内外二江。其一自小橋入都市，有篤淵、建昌、安樂、龜化等八橋跨水上。高駢廣羅城，徙内江繞浮笮南之萬里橋③，回内江自洛陽門至大東郭，俱匯於合水尾。其後溝洫堙塞，囷亡灌溉，人多疫癘，天災流行，萬井皆涸，不舒不洩，物無精華。

太師魯公曩鎮全蜀，使治水者循大皂之源，得會仁、濯錦二鄉使餘之水，自曹公堰導小渠，承以木樽，環武庫至西樓。獨府第有水，而城中無

① 壘：原作"疊"，據嘉慶本《全蜀藝文志》卷三三改。
② 雨：原作"南"，據嘉慶本《全蜀藝文志》卷三三改。
③ 内江：疑當作"外江"，即今成都城南錦江。

水，太師魯公曰：「城皆吾家，民皆吾子，一草一木，皆國中之利，而清流不及，何示不廣？」復鑿水溪於閱武堂後，入諸部使者之寺，與凡帑藏所在，園夫衡官，支分派決，均受漏泉之賜，迨前日桔槔抱甕之苦。月墮清沚①，無濁涇數斗之泥；風回漪漣，過靈河九里之潤。

公相既歸，從帝舜遊巖廊，垂三十年矣，後人簡欰，溪亦不治。今龍學王公下車布政，諮諏父老，不作新奇，盡循太師魯公之治，數月而政成。濬開後溪故道，水行如昔，邦人驚喜，再還舊觀。且楚蔿掩爲司馬，鳩藪澤，數疆潦，規堰潴，町原防，以授子木，君子猶以爲禮。是溪之成，忌者惡修，怠者不修，乃指爲燕遊張本。夫不知光澤一方，備預後世，前人自有妙意。某江山褫魄，老不能書事，概論始終，以待久遠考究云。

通惠橋記

益之南、簡之西、陵之北，吾鄉在焉，衝三州之會，民閭僅千室，而商賈輪蹄，往來憧憧，不減大郡。俯市門，有長江漱其址。江出源餘霜山，經龍淵，歷漢陽而南趨。岸蹙勢迅，水驟至，即湍悍不可禦。昔之虹梁鶴表，可恃以固者，輒飄蕩無幾。吏苦興廢，雖古遺愛，至是亦多倦色，民病涉久。鄉僧士賢奮然以緣化從事，即舊址架石磴而廣之。巨若鼇背，過者如步堂上。又積石兩涘，翼爲長堤，延亙凡數十尋。經費不貲②，未嘗以聞有司，借民力而功成，水患遂弭。經始於崇寧三年十月甲子，落成於大觀元年二月丁酉。

士賢請鄙文以誌③，余戲謂賢曰：「凡物載形象，閱時數，寧保勿壞？況石有時以泐。濟凡庸，悟昏瞢，出之沉淪，俾造聖域，其功利孰與是多？」賢曰：「若然，豈可無相，亦安用子言爲？土圮木朽，繩絶船危，石且然爾，橋且然爾。吾且妄作之，子其爲我妄言之。」余嘉僧之誠，能遊戲成如是功德。竊願絺繪章句，華艷其事，爲來者勸。適預能書隨計

---

① 沚：原作「疵」，據嘉慶本《全蜀藝文志》卷三三改。
② 貲：原作「資」，據萬曆本、嘉慶本《全蜀藝文志》卷三三改。
③ 士：原作「上」，據上文及《全蜀藝文志》卷三三改。

偕，方伯戒行甚邇，聊書歲月云。大觀元年記。

萬里橋記

劉光祖

維蜀慕王化、通中國，最爲古遠，載籍之傳尚矣。至周武王牧野之誓，史官書之曰“庸、蜀、羌、髳、微、盧、彭、濮人”①，則其附聲教，識仁暴，概見於經矣。獨秦見伐，資以取楚，儀、錯之爭是也，而儀城具存至今。自秦置守，李冰通二渠，爲蜀萬世利。今萬里橋之水，蓋秦渠也。是時蜀號陸海，蕭何藉之以基漢。漢興五六十載，文翁守蜀，始取蜀秀民，立學官教之，學比齊魯，而司馬相如之文遂擅天下。晚有揚雄氏，續孟、荀之弦於漢之既衰。漢祀中絕，公孫述竊據蜀，蜀人以死抗述者，班班風節，又凛乎東京之首也。其後諸葛孔明用蜀，以仁義公信懷而服之，法度修明，禮樂幾於可復。夫歷周、秦、兩漢，千有餘年，至孔明而以蜀通吳抗魏，三分天下，存漢社稷，雖號霸業，實宣王風。蓋孔明學探伊、傅，而迹併管、樂，蜀人到今矜而誦之不忘。

今羅城南門外笮橋之東，七星橋之一曰長星橋者，古今相傳孔明於此送吳使張溫，曰：“此水下至揚州萬里。”後因以名。或則曰：費禕聘吳，孔明送之至此，曰：“萬里之道，從此始也。”孔明没又千載，橋之遺迹亦粗耳，非有所甚壯麗偉觀也。以千載之間，人事更幾興廢，而橋獨以孔明故傳之亡窮，其説雖殊，名橋之義則一。厥今天下兼有吳、蜀，朝廷命帥，其遠萬里，蓋受孔明之任以來。由蜀走闕，道亦如之。其於此橋，孰不懷古以圖今，追孔明之道德勳庸，而思髣髴其行事？

侍郎趙公之鎮蜀也，始至，謁古柏祠，即命葺之。明年，作祠廟於其故營。又明年，新其故宅廟貌。每曰：“諸葛公，三代遺才也。用法而人不怨，任政而主不疑，非天下之至公，其孰能與於此？今其遺迹，所存尚多，而萬里橋者，乃通吳之故事。前帥沈公嘗修廣之，猶陋弗稱，且易壞，久將莫支②。”則命增爲石魚，釃水爲五道，梁板悉易以木而屋之。橋成耽耽，屋成繩繩，嚴嚴翼翼，都人大和會，觀所未有。民不知役，而

---

① 羌：原作“寇”，據《尚書·牧誓》改。
② 支：原作“知”，據《全蜀藝文志》卷三三改。

公亦樂之。風烟渺然，岸木秀而川景麗，公與客登此，蓋未嘗不徘徊而四顧也。雖然，茲橋也，過而弗能玩，玩而弗能思者衆矣，如公所懷，風景抑末耳。神交千古，又安知諸葛公通吳之志，公亦未嘗一日不在於中原也乎？

光祖忝公元僚，公命光祖爲之記。記其大者而遺其細，蓋將以大者望公，俾公之功名垂千萬世。若曰橋美名，公又與之爲美觀，非知公者，知公莫如光祖。

駟馬橋記　　　　　　　　　　　　　京　鏜

出成都城北門不百步有橋，舊名清遠，凡自他道來成都者必經焉。清獻趙公所編《成都集記》，最爲精詳。余因究清遠得名之自，則成都有橋七，謂象應七星，獨清遠不與。及究司馬長卿題柱之所名升仙者，乃在數。然其説謂當在上流五里，今之名升仙者在下流七里，《集記》已疑其非古矣。余謂長卿負飄飄凌雲遊天地之意氣，發軔趨長安時，欲與蜀山川泄其不平，其操筆大書，當於萬目睽睽之地，決不在三家市無疑也。況象應七星之義，必其屈曲連屬，不應升仙獨與他橋相遼絶。陵谷有變移，册牘有缺逸，竊意近時之清遠，即昔日之升仙。不然，九達之衝，百堞之旁，一杠梁如此，反不載於《成都集記》，何耶？《集記》作於國朝，使清遠之名果得於古，清獻公豈肯略之於簡編之外？余久欲訂正之，而無其因。

先是，橋隸邑尉，邑尉多苟且逭責，疊石編木，工不精良。不惟簡陋，視會府弗稱，歲久石且泐，木且折，勢將圮敗，過者病焉。乃於農隙水涸時，撤而新之，取長卿題柱之語，扁以“駟馬”。因去清遠不經之名，託其辨也；不廢升仙相仍之地，存其疑也。或曰：“是則然矣，無亦以貴富期待蜀士耶？”曰：余何敢淺蜀士。余所期待，又在貴富外。名當傳信，稽事考迹，曰駟馬爲宜。粤自六丁開蜀，參井岷峨之英靈，耻秦不文德，不忍度劍關者百七十有餘年。至漢，文翁守蜀，始振發之。長卿實鍾其英靈者。首入帝京，以雄麗温雅之文動萬乘，震一時。其後蜀士接軫以進者，皆長卿破其荒，議功當爲文翁亞①。文翁創興之學，長卿經行之橋，事雖不侔，迹皆不當蕪没。余來成都，學官欹傾欲壓，已改築棟宇，人謂自成均而下無此壯觀，似足以侔文翁化俗之萬分。兹建橋以"駟馬"名，自是長卿之遺踪亦不泯矣。若曰長卿非全德，不爲蜀士所多，則非余訪古名橋之意也。

橋，石其址以釃水，如堆阜者三；屋其背以障風雨，如樓觀者十有五楹，板其墟②。距江底高二十有二尺，其修十有七丈，其廣二丈。甃南北兩涘以禦衝決，翼東西兩亭以便登覽。經始於故歲十二月之戊戌，告具於今歲四月之庚辰③。是役也，取餘於公帑④，則民不知擾；責成於寮寀，則官無妄費；易名以辨千古之疑，則所傳或不朽。持是以紀於石⑤，尚庶幾無愧辭云。

① 功：原作"公"，據四庫本《全蜀藝文志》卷三三改。
② 墟：《全蜀藝文志》卷三三作"虛"。
③ 庚：原脱，據四庫本《全蜀藝文志》卷三三補。
④ 餘：原作"予"，據《全蜀藝文志》卷三三改。
⑤ 持：原作"特"，據《全蜀藝文志》卷三三改。

成都文類卷二十六

記

官　宇　一

益州重修公宇記　　　　　　　　　　　　　　　　　　　　張　詠

　　按圖經，秦惠王遣張儀、陳軫伐蜀，滅開明氏，卜築是城。方廣七里，從周制也。分築南北二少城，以處商賈。少城之迹，今並湮没。命郡曰蜀郡。自秦至漢，民户益繁，改郡曰益州。由漢至唐，逆順增損，出諸史諜，此不復言。隋文帝封次子秀爲蜀王，因附張儀舊城，增築南西二隅，通廣十里。今之官署，即蜀王秀所築之城中北也。唐玄宗幸蜀，升爲成都府。唐末政弛，諸蠻内寇，高駢建節，即時驅除。以爲居人圍閉，多縈腫疾，始築羅城，方廣三十六里。^{清遠江元在州前，築羅城，開移今所。}顧城之大小，足以知四民之治否。朱梁移唐鼎，遠人得以肆志，王建、孟知祥迭稱僞號。乾德初，王師弔伐，申命參知政事呂餘慶知軍府事，取僞册勳府爲治所。淳化甲午歲，土賊李順據有州城，偏師一興，尋亦殄滅。^{是年降府爲州。}危樓壞屋，比比相望，臺殿餘基，屹然並峙。官曹不次，非所便宜。

　　至道丁酉歲，詠始議改作。計工上請，帝命是俞，仍委使守，以董於役。其計材也，先二年討賊之始，林菁陰深，多隱亡命，詔許其剪伐，以廓康莊，得竹凡二十萬本、椽二萬條。賊亂之餘，人多違禁，帝恩寬貸，捨死而徒，又以徒役之人陶土爲瓦，較日減工，人不告倦，歲得瓦四十萬。新故相兼，無所闕乏。毀逾制將顛之屋，即棟梁桁櫨之衆不復外求；平屹然臺殿之址，即磚礎百萬之數一以充足。其計役也，得繫岸水運二千人，更爲三番，分受其事。夏即早入晚歸，當午乃息，冬即辰後起工，至申而罷，所以養人力而護寒燠也。自夏徂冬，十月工畢，無遊手，無逃丁，所謂不勞而成矣。其計匠也，先舉民籍得千餘人，軍籍三百人，分爲四番，約旬有代，至期自至，不復追呼。由臺殿之土，資圬墁之用，與夫塹地勞人，省功殆半。

其東，因孟氏文明廳爲設廳，廊有厢樓①。廳後起堂，中門立戟，通於大門。其中，因王氏西樓爲後樓，樓前有堂，堂有掖室，室前回廊。廊南暖廳，屏有黃氏名筌。畫雙鶴花竹怪石在焉，衆名曰雙鶴廳。次南涼廳，壁有黃氏畫湖灘山水雙鷺在焉，其畫二壁洎鶴屏皆於壞屋移置。因名曰畫廳。涼、暖二廳，便寒暑也。二廳之東，官廚四十間，廚北越通廊，廊北爲道院，一廳一堂。廚與道院本非正位，蓋搏減古廊二礎之外盈地所安也。涼廳西有都廳，廳在使院六十間之中，所以便議公也。院北有節堂，堂北有正堂，與後樓前堂爲次西位也②。節堂西通兵甲庫，所以示隱故也。涼、都二廳南列四署，同寮以居。前門通衢，後門通廊，所以便行事也。公庫、直室、客位、食廳之列，馬厩、酒庫、園果、疏流之次，四面稱宜，無不周盡。疏篁奇樹，香草名花，所在有之，不可殫記。東挾戍兵二營③，南有資軍大庫，庫非新建，附近故書④。改朝西門爲衙西門，去三門爲一門，平僭偽之迹，合州郡之制，允謂得中矣。不損一錢，不擾一民，得屋大小七百四十間，二營不在數。有以利事矣。若俟木朽而後計役，耗官損民，何啻累百萬計？州郡興修，無足紀錄，且欲旌其削僭爲正，無惑遠民，使子子孫孫不復識逾僭之度。

給事中、判昭文館事安定梁周翰係曰⑤：夫九州之險，聚於庸蜀，爲天下甲也；五方之俗，擅於繁侈，西南爲域中之冠也。多獷鷔而姦豪生，因龐雜而禮義蠹。故朝廷精求良牧，憂在遠人，每難其材，頗精厥慮。亦時有違咈上意，侵鑠下民，理絲而數棼，澄水而屢撓。公屬賊鋒肆虐之餘，主將驕兵之後，收其污

---

① 厢樓：《乖崖先生文集》卷八作"看樓"。
② 前堂：原脱"堂"字，據《乖崖先生文集》卷八補。
③ 二營：原作"一營"，據《乖崖先生文集》卷八及下文小注改。
④ 近：原脱，據《乖崖先生文集》卷八補。
⑤ 按：《乖崖先生文集》卷八梁周翰後記之前原尚有以下一段文字："恭以給事聖門，上賢當朝，碩德立言，稽事理，合化元，不虛美，不隱惡，文成筆端，動即不朽，欲憑實錄，以光遠方。其興修事迹，已述在前。"此段文字似亦梁周翰之語（周翰官給事中，故云"給事聖門"）。

染，滌惠澤以天波，拯其傷夷，示大造於聖詔。萬族有其生意，比屋返其營魂。伊公之推心，合主上素志。顧公府之故治，皆偏政之遺基①，乃削大壯之宏規，俾循列郡之常式。不勞弊於民力，不糜散於國財。未歲云周，民觀驟改。凡視事之所，泊燕勞之堂，寮吏之所休，遊賞之所適，竹樹花卉，所至畢臻。自韋南康驕悍之餘，孟先主僭悖之後，共安其過，習以成風。若今之所營，實毆以合道。輕浮潛厚，凶忮寖仁，循吏所能，允克皆踐。苟采訪之吏亟以狀聞②，而疇庸之恩遄當下霈，參三事之庶政，翊大君之鴻猷，休泰之辰，恢闡益盛，乃中外之同詞也。周翰柴愚有素，顏鑄寧希。自罷禁林，出判上館，漸迫老傳之齒，復多負薪之憂，滯思本微，小才疑盡。遠承延矚③，久未稱懷。蓋明公語營繕之源，敘致周密；垂勸戒之旨，通協神聽。止以寵示之文，便爲貽代之式。輒書後係，聊贊元功。時學士侍郎授代歸朝之年，撰行之日，周翰謹述於高碑之陰云。景德三年記。

銅壺閣記　　　　　　　　　　　　　　吳　拭

府門稍東垂五十步，慶曆四年知府事蔣公堂作漏閣，以直午門。嘉祐中，先公籤書府幕事，拭侍行，猶及見。閣以八分大字題其額，曰“銅壺”，歸然南向，一府之冠也。崇寧元年七月乙酉，閣災。政和元年三月乙卯，拭承乏尹事。始至府，視閣故處，累土如臺然，問吏，吏曰：“前尹蔣即臺爲門，治材略具，朝廷亦嘗賜度牒，售錢六百萬有奇，尹去弗克成。”問錢與材今安在，曰：“材爲他所繕修輒用之，錢則帑官專輒兌費矣。”拭曰：“午門即臺門也，茲唯閣之宜，奚臺之有？”即日便徹累土，圖閣如慶曆時。戒府以本末聞計臺，願給帑官向所輒費錢，檄旁郡市木若石，餘悉從府辦。計使者然之。於是府委倅路侯康國、安侯章、成都譚令愈、華陽趙令申錫、供奉官城外巡檢段希戩、供奉官監養馬務高士若，總

---

①　偏：原作“爲”，據《乖崖先生文集》卷八改。
②　此句“苟”與上句“踐”原互倒，據《乖崖先生文集》卷八改。
③　承：原作“丞”，據《乖崖先生文集》卷八改。

領分莅凡役事。拭謂是舉也，非聞諸朝以期限趣其成，則弛而姑置之，猶前日也，亟馳驛以章上。被旨曰可，賜之限者半年。占於龜筮，得九月壬申，於是命工如所卜日。迄十一月戊寅告成。

通閣上下一十有四間，其高一丈六尺有五寸，廣十丈，深五丈有六尺。審曲面勢，丹堊是飾，瓵覆甍甍，厥有彝度。中設關鍵，闔闔惟謹。此邦士夫若稚若老相與謹曰："吾邦之壯觀矣！使地理書而可信，吾邦自是其岡弗吉矣。"

他日，大合樂以落之。酒行，拭語客曰："《周官》：'挈壺以令軍井，挈轡以令舍，挈畚以令糧。'蓋號令不能相聞，故令之各以其物，省煩趨疾，以便事也。然則漏刻之作，《周官》之所甚重，夫豈末務也哉！《齊詩》：'顛之倒之，自公召之'，'倒之顛之，自公令之'，'不能晨夜，不夙則莫'。則挈壺氏不能掌其職故也①。按：閣安置天聖中燕梓州蕭所制蓮花漏於其下，閣災漏毀。閱十載，更六尹於茲。今吾閣成，漏悉如燕製，匱一、壺一、泉一、箭四十有八。銅烏逼水而下，金蓮浮箭而上。氣二十四、候七十二、百刻、十二辰，率是箭而定。凡我將佐，若掾屬、吏士，時其寢興，悉心公家，以弗懈厥職，尚何瞿瞿狂夫之聽哉！雖然，閣成非難，不擾於民者為難。上既賜以閣成之期，又慮夫因閣而擾也，乃敕提點刑獄、走馬承受官以警察其事。夫為民之長而不知愛民，使民不自聊而困於力役，故其官府園觀，卜築締構，殆無虛日，而藻繪鏤刻，窮極技巧，曾不以殫蠹民之為念。此曹不擊於中執法，不劾於司財，非辜何也？今營閣以嚴漏刻，正《周官》之法，上猶以謂擾則民受弊②，德音督訓，至申言之，此君等所具聞者。請與君等體上之所以仁民愛物之至意，終身銘之，以庶幾不忍人之政。"於是客皆起曰："敢不拜！幸公錄今日語，並以屬來者覽觀焉。"

重修西樓記　　　　　　　　　　　　　　吳師孟

師孟少賤多病，而有登覽之癖。苟有異境佳處，層樓危榭，不問遠

---

① 氏：原作"民"，據《全蜀藝文志》卷三四改。
② 弊：原作"芘"，據《全蜀藝文志》卷三四改。

近，必往觀焉，然後沉塞底滯、憂愁無聊之思，隨望暢釋。故成都樓觀之盛，登覽殆遍。獨西樓直府寢之北，謹嚴邃靜，非參僚賓客，不得輒上。每春月花時，大帥置酒高會於其下，五日縱民遊觀，宴嬉西園，以為歲事，然亦止得到其廡序而已。

自數十年來，柱欹礎墊，鑿枘銷脫，震風凌雨，顛壓可慮。常以大木數十叉牙撐扶，行者疾趨，坐者寒慄。蓋無記石可考其所建年代，訪諸耆宿近百歲者，漫不省知。飛梯凝塵，人不復上者幾二十載。更十餘守，重於修完，非牽陰陽，則憚勞費。

嘉祐六年，東平呂公為蜀守。其明年，顧謂僚屬曰：“民有室廬，尚或繕治。以成都總府，事體雄重，為天下藩鎮之冠。茲樓之名，實聞四方，基構竦壯①，復為成都臺榭之冠。予平生所歷郡國多矣，求之他處無有也。壞然後修，厥費茲廣。”於是驛獻其狀，旨報曰俞。乃鳩工於營，輸材於場。經始於孟夏，落成於初冬。調費計工，率如其素。高明爽塏，曩觀來復，簷拱翼騫，勢若飛動。又明年春，復為花時之會。酒半，揖賓而上。憑欄寓目，氣思飄飄，空闊川平，一瞬千里，江山草木，紫翠明潤。宮剎臺榭，四面環向，次第高下，如揖如侍。民居十萬室，棋布目前。遠近之物容，四時之風景，蓋千態萬狀，不可得而狀也。

南陽公治蜀歲餘，居一日，顧師孟曰：“昔我先正忠憲公來鎮此邦，吾得侍行，與伯仲日遊其上。今予獲繼先治，復登此樓，景物依依，緬懷疇昔，雖忘情者，能不慨然。且嘉呂公不憚小勞，不牽流俗，復積壞將顛之屋，為與民共樂之所，誠可尚也。一日必葺，《春秋》所學。子其為我識興修之時。”師孟生長此土②，樓之興廢，實少長耳目焉。矧獲從諸公遊息於其處有年矣，願書其事與其歲月，使後人再修時得以考信焉。

重修東齋記
胡宗愈

東齋，蔣公之所常息也。公之治蜀，不鄙夷其民。雖自受訴牒，決獄訟於東廳，間之山閣與學士大夫講道勸德，期之以禮樂，亦以審政事之當

---

① 竦：原作“疎”，據《全蜀藝文志》卷三四改。
② 生：原作“興”，據四庫本《全蜀藝文志》卷三四改。

否而自考焉；歸則息於東齋，以頤神明而休筋力。所以待士而如待己，所以治民如治士。觀公之志，顧不知宴安鴆毒之不可懷，苟息於此而自怠歟？《易》曰："澤中有雷，隨，君子以嚮晦入宴息。"嚮晦而思所以隨時之義，則所謂宴息者，蓋以育自強不息之德歟。既而公以謗去，蜀人思之，賢士大夫惜之。廣平宋公子京考公治迹，繪公像於文翁之室，以致蜀人之思。

宗愈假守於此，得公東齋之詩，求昔之所謂東齋，已廢圮而不存，公之志泯泯無所考。爲之復東齋於顯齋之偏，刻公詩於其上。東齋者，公之所建，而息於此者，公之志也。昔者升車褰帷，燕處閑閣，動則遠視，居而自責，精義造微，不蘄苟息，公之志其在於斯乎。前乎公，固有息而思政者矣；後乎公，固有息而思政者矣。人才之不齊如面焉，要之合於理而止。余又爲之圖國初以來至於今太守之像五十有五人於齋壁，以審民之思歟，竊取前人之所長以爲法，思政事之不逮而改趨焉。庶幾不苟息於此，以愧斯齋，亦公之志已。

重修清陰館記 　　　　　　　　　　黃大輿

古之制，退朝曰燕，退燕曰閑。至近世，齋館興焉，所以講道藝、思職業，其術一也；而不知體者或以爲非政。成都自宋有國，臣守賢牧魁磊相望，在慶曆間稱晉陵蔣公。公實作東齋，植梗柟至二千章①，嘗賦七言絕句詩，其人歌焉。蔣公去而東齋廢。積四十有六年，同郡儒者胡修簡公由尚書右丞來爲成都，則修東齋，而益築其前，是曰清陰之館，申蔣公志也。修簡公去，館又不飭。積四十有九年，公之季父文恭公之曾孫吾府公爲川陝四道安撫制置使，而治成都，乃飭而新之。

惟公愛民之心根乎內，自公之節著乎外。雅重興作，祗戒苟惰，用能觖曲參訂，稽度件具，蒐工於有餘，取財於必亡。起八年之冬，盡明年之春，以潰於成，衆弗迨知。館故有牧守題名記，其像則列於齋壁。是役也，訪甲乙之亡逸失紀者而充其閡，閱衣冠之漫污就滅者而還其飭。增繪

---

① 柟：原作"栅"，據文意改。柟同楠。

秦蜀守李公冰而下十人當齋之兩楹，以著舊聞①；分置上所賜詔，與夫御書永和《蘭亭叙》之刻石於館之二隅，以俟後觀。燕閑之義於是無爽，且得爲戒焉。因命其僚黃大輿，俾爲之記。

嗟乎！蔣公之東齋則廢矣，距修簡公之世益之爲清陰之館，復距今而飾焉，而間必有四紀，豈其興廢新敝盛衰果有常數，而世俗之智所不知與？抑皆出於偶然，而亦無足爲異者乎？雖然，固可以見爲政而知體者之難值，而間於歲月甚久遠也如此，遂以公命爲紀。

錦官樓記　　　　　　　　　　　　　　　　呂大防

蜀居中國之西南，於卦爲《坤》，《坤》有致養致役之義，而風俗肖焉。土地之毛，善利絲枲，爲之繒布，以給上國。負於陸，則經青泥、大散羊腸九折之坂；航於川，則冒瞿塘、灩澦沉舟不測之淵。日輪月積，以衣被於天下。此之謂致養。織文錦繡，窮工極巧，其寫物也如欲生，其渥采也如可掇。連甍比室，運筬弄杼，然膏繼晝，幼艾竭作，以供四方之服玩。此之謂致役。錦官之職也，有致養之順，有致役之恭。上自帝后之服、禁省之用，而下至疆臣戰士之予賜，莫不在焉。官廢久矣，故時貢筐，以絲布散於市民，至期而斂之。或苦惡不中程，或得輒私費，急無以償，則破産而不能贍。

元豐六年二月，府言於朝曰：“歲貢錦綺紈羅，度以匹者萬四千，其尤難治者七百三十。上布之費總二百七十萬，募工而涅籍之人歲費三十千，八十人而足，則不煩於民，而得良物以充貢。”詔可之。乃度府治之東，治室以爲織所；興閣於前，以爲積藏待發之府，所以達風燥而遠卑濕也。明年五月，又詔以其所爲上供機院，特置吏以莅之，凡歲貢之在官民者悉典領之。益治綀錦之精麗者千五百端。募工滿三百，不足則僦庸以充之。大率設機百五十四②，日用挽綜之工百六十四，用杼之工百五十四，練染之工十一，紡繹之工百一十，而後足役。歲費絲纊以兩者一十二萬五千，紅藍紫苑之類以斤者二十一萬一千，而後足用。織室、吏舍、出納之

---

① 以：原作“有”，據文意改。
② 元費著《蜀錦譜》引此文無“百”字。

府爲屋百一十七間，而後足居。

　　噫！修貢織，供詔用，藩臣之所宜先，而常委於市人之手，蓋蘇僞邦苟政，利於賤市，遂廢服官之職，因而不能改。今商其所給，乃重於籍工置吏之費，則積習流弊，衆爲蟊賊，實有出於公而不入於織紝之家者，蓋亦多矣。恭惟聖制更新，使民不復被其擾，而吏無所容其姦，足以度前古而垂後世矣。大防承假守之乏，實聞其命，輒叙其所以然。

清陰館記　　　　　　　　　　　　　　　　　　　　　吳師孟

　　誠之爲道也，其至矣乎！存之於心，則爲百行之根；施之於事，則爲可大之業。推而上之，則爲忠義，以尊朝廷，治百官；等而下之，則爲政事，以擾郡國，安庶民。非道純德粹之人，其孰能與於此乎！

　　師孟嘗聞，蔣公之治蜀也，承刑政之敝，民屏而脆，殆不勝其嚴，故先德後刑，專以移風易俗爲意。下車之始，興修學校。聽政餘閑，日與生員講肄道藝，躬親課式，考核等第。延耆儒碩生，開諭爲學之要宜先經術。霽威嚴，忘位貌，若父兄之訓子弟，如朋儕之相博約。諸路後進士慕義沓至，常有五六百員。是年鄉舉，第進士者數倍於前；由敦遣詣太學，策名者亦復如是。曾未期月，風俗丕變，細民遷善而遠罪，偷兒衰熄而遁去。治行高第，轉而上聞，由是朝廷深知，遂欲大用。會爲同時作藩鎮者所忌，釀成飛語，熒惑上聽，尋遷公守河東郡。蜀民大失望，而公訖無慍色，然孜孜嘗有念蜀之心。故蜀民德公之深，淪於骨髓。逮今四紀，化民成俗，猶文翁之倡其教；歌雍詠詩，如武子之德在民。

　　先是，公自府學植梗楠至大廳東齋，其後所植之木多不存，東齋亦已廢圮，唯府學前餘木尚茂盛焉。今兹右丞胡公出鎮西蜀，布政宣化，恢恢然綽有餘地。紹復文、蔣二公之遺烈，大葺學宮，誘進士類，數與士大夫講道問俗。聞薦紳先生稱道蔣公之風績，而冤其去之罔辜，既闢府學西門以臨大路，復爲之重修東齋於顯齋之東偏，鑴公之詩，而爲之記。由府學植楠木接公之舊木，而達於西門，直抵於東齋之前。以公之詩有“留得清陰與後人”之句，復於東齋之前作清陰館，而俾師孟書其事，以慰蜀民追懷之情。將使蔽芾甘棠，若周人之歌召伯；思樂泮水，如魯史之頌僖公。不獨發明賢者之心，抑以間執讒夫之口云耳。

成都文類卷二十七

記

官　宇　二

新建備武堂記　　　　　　　　　　　　　　　吕　陶

安危治亂之變，豈不難言哉①！人之情狃常習，故捨先機，取後患，蓋亦多矣。今朝廷所謂外憂者無如西北，故秦晉趙魏皆宿勁兵爲之用。治軍抗武，於政最先，而天下之勢亦以爲最重。夫重輕者②，天下之異勢，安危治亂所從出，易而無備，則變逆之資也。漢之衰，冀州之兵起；唐之季，桂林之戍叛。禍結不解，乃底滅亡，前轍往鑒，足以懲警。議者知三路之爲重，而不知蜀之不可爲輕，豈善計乎？

夫蜀之四隅綿亘數千里，土腴物衍，資貨以蕃，財力貢賦，率四海三之一，縣官指謂外府。北倚劍閣，險絶天下，東連獞獠，蟠聚深固。西南皆蠻詔，自古獷彊，唐天寶後，嘗與吐蕃併力，以二十萬衆，三道入寇；又嘗止成都西鄙，大掠華人數萬而南。方其王政圮，則姦豪憑險自安，或七八十載，不以賦稅歸中國。吾朝混平宇内，恩柔威禦，咸有深意。淳化之際，吏暴於上，澤壅不流，經制燼矣。民心懷危，盜乘而作③。起甲午，距庚子，七年三亂。狂夫一呼，群應如響，今日取某州，明日陷某縣，嚮風輒靡，何啻卷席之易。戴白父老往往猶言其狀，聞者爲之寒心。然則戎

---

① 言：原作“合”，據吕陶《净德集》卷一四改。
② 夫：原無，據《净德集》卷一四改。
③ 乘：原作“盛”，據《净德集》卷一四改。

防軍政，敢一日廢耶！

龍圖濮陽吳公之開府也，馭兵如民，條教詳白。凡居處飲食之具，與其役任之勞逸，先治以宜，用一厥心。乃度府門之右作備武堂，所以講師律而訓戎伍也。日練月習，率有定令。數視屢閱，饗勞繼之。金鳴鼓奏，士倍其勇，萬眾旁睨，震動耳目。實鎮守之重務，氓俗之深利也。

昔晉武既平吳，欲去州郡兵以衒治安，雖山濤、盧欽力陳大本，以爲非是，亦莫能用。及永寧之後，寇難交起，則郡國無備，不能制。唐穆宗初，兩河既定，蕭俛、段文昌謂武不可黷，乃議銷兵。及燕趙之亂，始幕市人以戰，復喪河朔。斯皆固不知變，撥去根本，苟近效，忘遠圖，安能成天下之務哉！蜀無事七十有三年，議者恬然不怪，民尚嬉樂，惡聞干戈。公一旦遠思長慮，而及於此，不獨爲蜀之計，乃爲朝廷計也。始民惡兵，異公之爲，醜夫曲士，從而騰說。逮其久也，則曰吾將賴之以安，而說者亦愧悔不敢議。《易》之《萃》：“君子以除戎器，戒不虞。”兵法：“無恃敵之不至，恃吾有以待。”其公之意歟！且魯有治戎之備，足爲世法，孔子序録，附於王言。《春秋》書治兵大閱，雖以義製文，中存奧訓。蓋一國之大事，謹興作也。堂之成，敢不第叙本末，及其歲月云。

辨蘭亭記　　　　　　　　　　　　　　　呂大防

蜀有草如薐，紫莖而黃葉，謂之石蟬，而楚人皆以爲蘭。蘭見於《詩》《易》，而著於《離騷》，古人所最貴，而名實錯亂，乃至於此，予竊疑之。乃詢諸遊仕荆湘者，云楚之有蘭舊矣，然鄉人亦不知蘭之爲蘭也。前此十數歲，有好事者以色、臭、花、葉驗之於書而名著，況他邦乎？予於是信以爲蘭。考之《楚辭》，又有石蘭之語，蓋蘭、蟬聲近之誤。其葉冬青，其華寒，其生沙石瘠土，而枝葉峻茂。其芳不外揚，暖風晴日，有時而發，則郁然滿乎堂室。是皆有君子之德，此古人之所以爲貴也。乃爲小亭，種蘭於其旁，而名曰“辨蘭”，無使楚人獨識其真者，命亭之意也。

誠樂堂記

張　震

天下有至樂無有哉？富貴之適，聲色之娛，奇偉之觀，玩好之用，苟悅耳目而快心志者，世之所樂，而君子之所大戚也。智士喜權變，才士喜功名，辨士喜談説，法士喜刻深，文士喜凋篆，以爲吾之所爲，足以爲世用，異乎彼之所樂矣。而曠達者笑之，至有采於山，釣於淵，逃焉而不返，曰："吾無累乎中，無慕乎外，以休吾形，而遺乎世。"自以爲至樂矣。然使其無得於心，無見於道，則其所謂樂，亦非吾所謂樂也。

天下有至樂無有哉？孟子曰："萬物皆備於我矣，反身而誠，樂莫大焉。"夫天地之間，萬物之變蓋亦多矣，得其一必遺其二，是故得之則喜，失之則悲，未有能兼焉者。今也反於吾身，尚有見焉。居天下之物，無一不備於我者，處於斯，出於斯，造次顛沛於斯。斂之善一身，推之善天下，唯吾所爲，無不可者，吾不既樂矣乎？孔子曰："知之者不如好之者，好之者不如樂之者。"夫知之者如耳之所聞，好之者如目之所見，樂之者如足之所履，誠與不誠異也。自吾所有而安之，是之謂樂。充吾之所樂，以至於不知其所以爲樂，是之謂誠。顏氏之樂，樂夫此而已。

府治舊無書室，震始作堂，名之曰"誠樂"，抑退而遊息焉。噫，吾豈真有得於此哉，姑識其日月，以待後之君子，庶知其志云爾。

分弓亭記

范　蓀

蜀自岷山、沫、若水外，即爲夷境。熙寧以來，歲遣禁旅更戍。今留屯成都者，合土兵凡十有七營。邊久無事，軍政廢弛，遊手工技皆得編名籍中，而鎧仗麾幟至朽敗不可用。

乾道六年，蠻寇雅之碉門。九年，犯黎之虎掌，殺州從事，掠居民以去，勢駸駸若無所憚。上憂之，命敷文閣直學士吳郡范公自廣西經略使徙鎮全蜀。公至，即以練兵丁、繕保障抗章驛聞，上賜詔嘉獎。於是簡士卒之驍勇者別爲一軍，壯且少者次之，罷遣其老羸者。日示以作坐進退之法，亦非風雨不休。而尤致意於射，以爲蠻夷所恃，崎嶔大山，掩翳叢木，出没其間，若猿猱然，吾禦之者非刀稍所能及。乃取弓人於綿，弩人於閬，相膠析幹，治筋液角，極六才之良。闢廣場於府舍之北，築亭西向，摘杜少陵酬嚴武之詩，名之曰“分弓”。時輕裘幅巾，引數百人按試技力，而賞罰其勤惰。未幾，軍容一新，悉爲精銳，蹶張者至千斤，挽强過六鈞，而命中者十八九。於戲，盛哉！

公嘗至亭上，顧語其屬曰：“誰謂蜀兵孱乎？牧野誓師，庸、蜀、羌、髳、微、盧、彭、濮與焉，蓋今東西蜀與巴郡是也。諸葛、贊皇二公勳烈偉矣，其平蠻討魏，飛星流電之軍，豈盡出於西北哉？士不素習，而使之操弓挾矢，馳危陷陣，未有不顛仆者，非獨蜀軍然也。今吾軍既練於昔，而猶有所慮。大抵興滯補弊，用力甚難，而敗之至易。經營終歲，而荒之十日，前功蕩然。故曰：‘屢省乃成，欽哉！’功成而弗省，省而弗屢，此唐虞君臣之至戒。而吾亭所爲作，亦欲取以自近而數省之耳。”公大儒，退然若不勝衣，而經綸方略，小用之已如此，況擴而充之乎？所謂收滴博之戍，奪蓬婆之城，又何足言哉！

亭創於淳熙乙未之季秋，成於明年之仲夏。命薯識其歲月，故並公語記之。

雄邊堂記[①]

王敦詩

成都據右蜀之會，近歲併川陝宣撫司，建四川制置使，即其地爲治。所總全蜀六十二州，幅員數千里，其西南與蠻夷接。自關河震擾，外控秦隴，北又與狄爲隣。始置三大將領西兵，分護蜀口，而禁旅散在諸州，勢分力單，教不以律，忽有警，何異驅市人戰？乾道九年，吐蕃賴苗與奴兒結犯沈黎，遠近騷然。諸郡兵弗能扼，乃調西兵臨之。然猖獗不常，殆無寧歲。

淳熙四年[②]，上命今龍圖胡公來帥蜀。公既下車，亟布寬大之令，興滯補弊，内固邦本，外飭武備，申以威信，截然其不可犯。始，公未至蜀，首奏乞增戍西兵，以示彈壓，至是軍聲益張。越明年，奴兒結自縛款

---

① 按：本書卷四六又載此文，題爲《措置增戍兵營寨等事碑》，蓋因題不同而重收。

② 淳熙：原作“熙淳”，據本書卷四六乙。

塞，賴苗相繼稱藩①，互市復通，内寧外謐，廓廓然無一事。

公方深思長慮，以爲蜀久遠之圖。因考古所以用蜀，如諸葛孔明志在中原，而得蜀後，首決南征之策。五月渡瀘，擒縱孟獲，如視童孺，逮其心服，然後爲北定之舉。蓋方經略中原，而猝有腹心之憂，倉皇内顧，則幾事去矣，此孔明所以先事南方之意也。矧我皇上内修外攘，方有事於規恢，合吳、蜀長技，以掃清中原，則所以整師修戎，以爲不測之備者庸可緩哉！而陳子昂猥謂蜀士尪孱不知兵，蓋亦未之思爾。且唐中世吐蕃與南蠻合兵寇成都，蜀人被其毒螫②。其後李文饒鎮蜀，建籌邊樓，圖山川險要。料簡士卒，廢遣獰耄，率户二百取一丁，號“雄邊子弟”。弓弩鎧甲，極其精良，而二邊浸懼，踵接降服。則蜀兵可用，較然明矣。公即推本其遺意，條上利害，乞於本道選内郡精兵千人，集之成都，建營屋一千二百楹以居之，日給米鹽，與成都之兵朝夕作大軍之法。月一臨閲，第其藝之高下，以黄白金犒賞之。凡器械軍行之物無一不備，皆出創製，又各爲其副二千，以備闕壞。無幾何，藝日益長，營壘器械、麾幟色氣日益精明。於是蜀之兵備隱然如一敵國，遠近見聞，有畏有恃。又建堂於廳事之西，列兩庫於左右，以貯軍需甲仗之屬。暇日，合將士習射於其上，而旌別之，遂冠以“雄邊”之名。軍須緡錢十萬不取於他，皆出於節約之餘，以充悠久治兵之費。

既成，命敦詩記其事。夫天下之勢，合則强，分則弱，此必然之理也。今蜀口聚兵，而内郡武備漫不講，非獨失居重御輕之權，而機會之來，一旦出師，又無以鎮其後，豈不敗乃事？今公能於閑暇建萬世之長策，立經陳紀，百廢俱舉。使大夫士人人如公憂國之心，夙夜不懈，天下事其有不立者乎？公嘗爲夕郎③，爲内相，皇上蓋深知其才可以大用，今施設見於蜀者，特緒餘爾。敦詩將指期年，目睹公之行事章章如此，既承命紀述，不敢復以文學淺陋辭，敬再拜而書之。

公平江人，字長文，兒童走卒知之舊矣，復著之，使來者知雄邊之備與斯堂之建自公始。

---

① 賴苗：原作“賴貓”，據上文及本書卷四六改。

② “毒”下原衍“爲”字，據本書卷四六删。

③ 爲：原作“謂”，據本書卷四六改。

新建制置使司僉廳記

呂商隱

國朝分蜀爲四路，以益、利及梓、夔比路置兵馬鈐轄爲率。建炎用兵，樞臣宣威蜀門，始併四路而統之，又創安撫使於成都，仍兼本路鈐轄，以總一路軍民之寄。紹興初，又罷宣威，命成都率爲四路安撫制置使①，其事權與宣威等。是後兩大司更爲廢興，治所亦異。至其控御廣、藩寄專，上分天子西顧之憂，則一也。故制置使必擇有文武長才，知大體，負重望，極漢廷一時選者。

淳熙四年二月，以敷文閣直學士吳郡胡公爲之。公有氣節文章，爲上所器，歷螭坳詞掖，登瑣闈鷟坡，地近職親，眷寵殊渥。迨夫刺姑熟，典留鑰行都，入從出藩，赫赫卓有聲績。且嘗館北使，慷慨不屈，以片言單詞逆折其強悍難塞之請。上謂可大用，以是命，中外皆以爲得人。

公仗鈇鉞，道夔、潼，以至於鎮。所過延見吏民，訪問疾苦。當此時，敵國方和，北鄙無兵革鬪争之聲，惟內郡之民財用竭於征推，訴訟抑於無告，與夫西南二邊疆場之備弛於因循者，公率日夜究切之，大者驛書，小者立行，陽開陰闔。曾未踰年，衆政並舉，邊圻夷晏，治聲流聞，上游數千里廓廓無事。

先是，制置使既置罷不常，苟寓幕府於故錦官樓下，上漏旁穿，岌然欲壓。公暇日顧瞻，謂非所以嚴大行臺者，於是撤而新之。樓建於呂汲公，有汲公自爲記。公重去前人之迹，仍因其制，益以重堂翼廬，前榮後室，署議有所，退休有次。壯觀宏深，始稱西南方岳之體。

既落成，公命商隱記之。商隱復於公："蜀古爲重地，而鎮蜀率用名臣，然未有併總四路，無事則兼制軍民，有事則專司征伐，權重責大如今日者。自兩漢以來，始重參佐之選，至唐而尤盛，非時望士②，不見羅致。其後以將相、以勳業顯者多自幕府出，蓋其識略材具已見於爲參佐之時矣。如商隱輩固陋，焉足以稱是選？公今隆其賓禮，壯其居室，所以待吏屬至矣，凡受署於此者，可不勉思所以副公待遇之意哉！"公笑曰然。遂

---

① 制置：原作"置制"，據本文標題及《宋代蜀文輯存》卷六七乙。

② 時：原作"昔"，據《宋代蜀文輯存》卷六七改。

以爲記。

雄邊堂芝草記

崔　淵

淳熙四年，上命敷文閣學士胡公爲四川制置使、兼知成都府①。環六十州官兵號令實聽於制置使，而成都爲治所。成都道控十六州，而六州邊焉，有警急，書先至成都。異時黎州羌夷反，羽檄下，諸郡之卒輒奔，不利。青羌奴兒結大侵，曠歲不解，至取兵於御前諸軍，兵車往來，内郡苦之。公至，布宣天子大惠，建大將旗鼓，陰練士馬，調穀積要害處，選職任太守往諭威信，與除前患，復故約。夷請命下吏，絶徼毋擾。

公始嘆曰：“國家混一區宇，畫大渡河，棄夷不用，夷且内屬，歲貢名馬，求通於中國，中國許之市，以收夷心。邊有夷儈，或導之繹騷，守者坐愚，或生事，皆非其故也，何至以大兵長技與之較勝負哉！顧今西兵十萬，日夜勇於攻戰，以向中原，乃用之荒寒種落之地，亦過矣。”於是蒐諸郡羨卒，聚之成都，率用西兵技擊之制，行有部曲，居有營次，勳勞有賞，軍須有庫，閲習有鎧甲。凡千人爲軍，軍成，名曰“雄邊”，以其事上聞。天子曰：“噫！惟吾信臣，實董西事，邊備既飭，軍制既定，西方用人，時惟休顯哉！”其所上軍書奏可。公拜手稽首，奉揚天子休命，作堂於府，榜曰“雄邊”，以稱上指。修梁飛榮，萬瓦鱗次，氣象宏偉，與邊俱雄。

堂成於夏五月甲子。冬十月己亥，芝草生於堂之右楹，一本九疊，西出而東向，扶疏秀穎，如傳記所載瑞物，可考不誣。群士大夫、幕府將佐悉來聚觀。顧瞻華堂，翼翼沈沈，和氣上蒸，磅礴宛轉。咸曰：“異哉！自堂之成，軍威益振，邊益不搖，事定民安，蓋有日用不知者。而呈祥效異，乃發於無情之草木，其占爲安爲静②，爲福爲祥，皆以和致。方公之爲此堂也，雖曰用意於邊，而握機制勝，和衆安民，實公之本心。衆和而民安，機静而不動，因時閑暇，降登斯堂，舉酒屬客，燕樂侃侃，歌詩頌聲，更出迭奏。當是時也，邊無夕烽，卒無踐更，且無傳箭。滇以西，粤

---

① “知”原作“之”，又脱“府”字，據《宋史》卷三四改、補。“胡公”指胡元質。
② 爲安爲静：原作“爲安静静”，據文意改。

嶲以南①，名王係屬，天馬來下。祥風所被，自遠而近，達於軍門，升於屋梁。煌煌晨敷，是生斯芝，以表和祥安静之應，而爲斯堂之瑞焉。君子視履考祥，非眩怪以詭俗，侈美以夸世，所履之徵，即休祥之證。且公鎮蜀，於今三年，用静之吉，不但因邊無事而致然也。蓋蜀之害未盡去者，曰茶曰鹽。歲下詔書議蠲減，執事者用計出奇，項背相望，不知其幾。公獨用全力，訖底於成。置局講求，遣官請署，凡所以動心忍性、合異爲同，奏牘如山，飛章如雨。越二年而減放之旨下，茶園之放枯衰者爲錢楮十有五萬，鹽井之減虛額以緡計者四十七萬九千有奇。議定而讙息，事成而民悦。郡縣吏緩督逋，如釋重負；山林藪澤無横取，皆若更生。公之惠利於蜀，卓卓若此！今天用祥以彰公之茂烈，以發揚和氣道達之所自，以永四蜀安静和平之福，是芝也，豈無意哉！"

唐張建封昔爲徐州，得白兔於符離營屯，韓退之以爲武德，行將有凶狡之徒束手待罪。又曰，不在農田，而在軍田。與今雖若相類，然徐州之所以感召者，則未之聞也。退之謂宜奏表以承天意，公乃退託不言，人無知者。因命屬部臨邛守吏陵陽崔淵具書本末②，以爲之記。

嘗竊念，公之軍雄邊也，實用李文饒故事。文饒雖頗著名迹於時，然固有所甚屹屹者。悉怛謀之降③，而奇章沮撓，固爭不能得。凡其所言，朝廷初未盡信，至請以奏篇實諸政事堂之籍，欲與宰相均任其責，僅乃聽之。其中鬱鬱不平者多矣，又何望太和交暢，發爲嘉瑞，如今日哉？蓋公之精神，上能動悟人主，聽公所爲，而朝廷下報書悉如公志；下能訓服羌戎，邊訖無事，以成斯堂之美，修之以輯瑞，應合天人之心。此又公之所有，而文饒之所無也。然天下一理，特發見有遠近大小之異。公以帷幄舊臣，蓋嘗鎮當塗，留守建業，臨江北望，慨然有神州赤縣之嘆。分陝而西，治軍振旅，特其小者，猶能收效致祥，震耀全蜀。異時端委冕弁，輔相天子，合謀併智，掃清河洛，使三邊晏然，天下大治。然後持此之静以爲和，斂此之和以遂萬物，則嘉禾朱草皆可馴致，將有大書特書不一書以詔萬世者，淵非其人也。

---

① 嶲：原作"雋"，據文意改。"粤嶲"即"越嶲"。

② 陵：原作"鄰"。崔淵乃仙井監仁壽（今四川仁壽）人，仙井監古爲陵州，俗稱陵陽，據改。

③ 悉怛謀：原作"悉恒謀"，據《舊唐書》卷一七四《李德裕傳》改。

籌邊樓記_{續添}

陸　游

　　淳熙三年八月既望，成都子城之西南新作籌邊樓，四川制置使、知府事范公舉酒屬其客山陰陸游曰："君爲我記。"

　　按史及地志，唐李衛公節度劍南，實始作籌邊樓。樓廢久，無能識其處者。今此樓望犍爲、僰道、黔中、越巂諸郡山川方域^①，皆略可指意者，衛公故址其果在是乎！樓既成，公復按衛公之舊，圖邊城地勢險要與蠻夷相入者，皆可考信不疑。雖然，公於邊境，豈真待圖而後知哉？方公在中朝，以洽聞強記擅名一時，天子有所顧問，近臣皆推公對，莫敢先者。其使虜而歸也，盡能道其國禮儀、刑法、職官、宮室、城邑制度。自幽薊以北，出居庸、松亭關，並定襄、五原，以抵靈武、朔方，古今戰守離合、得失是非，一皆究見本末，口講手畫，委曲周悉，如言其闥內事，雖耆老大人，知之不如是詳也。而況區區西南夷，距成都或不過數百里，一登是樓，盡在目中矣，則所謂圖者，直按故事而已。請以是爲記。

　　公慨然曰："君之言過矣，予何敢望衛公。然竊有幸焉，衛公守蜀，牛奇章方居中，每排沮之，維州之功，既成而敗。今予適遭清明寬大之朝，論事薦吏，奏朝入而夕報可。使衛公在蜀，適得此時，其功烈壯偉，距止取一維州而已哉！"游曰："請並書公言，以詔後世，可乎^②？"公曰："唯唯。"^③

惜陰亭記

京　鏜

　　予聞乖崖張公鎮蜀時，通夕宴坐郡樓上，鼓番漏水，歷歷分明，一刻差誤必詰之，守籤者服爲神明。公謂鼓角爲中軍號令，不可不謹爾。自予至成都，首訪遺事，所謂郡樓，即今之銅壺閣也。樓屹然自若，銅壺則亡

---

①　越巂：原作"越雋"，據《渭南文集》卷一八改。

②　可：原脱，據《渭南文集》卷一八補。

③　《渭南文集》卷一八此下有"九月一日記"。

其實矣。因詢其漏法，則寅巳申亥①，陟降其水者凡四，既無所依據；且其箭以七日半爲等②，日升一刻，必驟進之，前却頻數③，不無差忒。因喟然曰："此人而不天，豈東坡所謂毋意毋我，而得萬物之平者耶！"

知成都縣事臨邛宋朝英於漏法甚精，予屬其鑄壺刻箭，始更其法。測午中之暑爲升箭之初，畢百刻而後易。仍以曆象考七十二候、初末昏明、晝夜短長之數，日異旬殊，差布於箭。似能以自然之理求之天者。復爲圖鑱諸石，且名以"惜陰"。

有問其然，予告之曰：人性勤惰得之天④，而不可强也。使後世皆陶士行⑤，則此圖爲贅。人不能皆上智下愚，凡有懼心者即可進於善。矧人生誰能滿百，藉令滿百，亦不過三萬六千日而已，幼稚耄期之時且三之一，前賢功業窘束於二萬四千日之境。人以壺漏爲盈也，而不知其年之縮也；人以箭刻爲升也，而不知其年之降也。以器之進，知年之退。苟能充其涓滴之善於其身，如水之盈，能積其圭黍之功於其民，如刻之升，則予在蜀之日尚無負。予惟懼也，尚借此圖以銘諸坐右云。

---

① 寅巳申亥：原作"寅申巳亥"，據十二支次序改。
② 且：原無，據《全蜀藝文志》卷三四補。
③ 却：原作"部"，據《全蜀藝文志》卷三四改。
④ 之：原作"知"，據《全蜀藝文志》卷三四改。
⑤ 行：原作"衡"，據四庫本、嘉慶本《全蜀藝文志》卷三四改。按：陶侃字士行。

成都文類卷二十八

記

官　宇　三　茶馬司　轉運司　鈐轄廳

都大茶馬司新建簽廳架閣記

楊天惠

　　茶之入以息計者凡二百萬，馬之入以尾數者凡若干，而其奇贏、其孳息溢於常數者，不在是焉。每歲以其入分實塞下，又以其課登詔王府。故自階、文、龍、茂並塞之區，以及洮、岷、湟、鄯窮邊之徼，凡兵若民，咸指日望賜，待我而後出入食飲。其爲利害不博且大哉！利如是，然其取於民者民未嘗怨，而市於羌者羌未嘗厭也。蓋其法，市茶以平摧①，估馬以優直，惟其所便，一切捐以與之，故來者滋勸。已則募健卒，儌餘夫，番休遞行，輕騖而疾驅，不涉月達秦隴，則固以享十倍之獲矣。其所取既不苟，而所獲乃不訾如此。故由元豐，歷元祐，更紹聖，時事數化，國是屢變，至於此法，莫之能改也。非不欲改也，是誠有不可改也已。

　　然使者所統，地大以遠，故使事之繁常稱之；事鉅以繁，故文書之夥亦如之。凡縣官之所裁可而行下者，途無曠郵；凡郡邑之所關決而須報者，庭無虛迹。日者有司嘗慮其多而易逸、久而必亡也，悉總爲書而類次之，復闢故屋而別藏之。然而因陋就庳②，規模褊小，下潰旁束，黝昧不爽，文牘後至者或無所容之。而幕府治事之廳尤爲褊迫，群吏晨趨，肩尻厬掎，蹀迹側睨，需次乃進。前此蓋有病者矣，而未遑改作之功。今使者

―――――――――――――――

① 摧：原作“估”，據雍正《四川通志》卷四一改。
② 庳：原作“痺”，據《全蜀藝文志》卷三四改。“庳”同“卑”。

黄公實始命揭而新焉。度地若干尋，爲屋若干楹①，其廣若干，其深若干。經始於元符己卯之秋，落成於明年庚辰之冬。視其中，則大軸山崎，方籤雲委；望其表，則綺疏華煥，門序峻整，赤白炯發，觀者增氣。

時彰明縣令楊某聞而竊言曰：夫金穀乾没之弊根於胥吏緣絶之姦②，萌於圖書之逸亡。此吏治之常蠹，尚非其大者也。夫惟朝没其一焉遺其日③，暮絶其一焉闕其月，積日引久，遺亡猥衆，則其成法與存者幾何？是其爲蠹不既大矣乎！今黄公爲是，顧欲與成法爲無窮計，此其念慮深遠矣，是固不可不書也。乃沐浴而書，告於公而刻之。

都大茶馬司新建燕堂記　　　　　　楊天惠

出國門而西，道伊洛，經陝、華，度雍、岐，抵梁、益，凡爲路若干，爲州若干，而茶馬所産與所聚，與所從出入，皆總於都大使司。任要且重，故常選一時才能知名之士爲提舉或管勾，分領其事，間以禁從貴臣出帥秦中者兼制置之任，以重其權。其一寄治秦中，其一則治成都。常歲以其所部中分之，循行廉問，各以時往，雖窮堡遐壘，必輒環而節撫之。外薄滇筰，中貫褒斜，橫絶壠坻，沐霜露，櫛風雨，蓐食而星馳，窮日力而後即安。既以周歲巡之數矣，其外又有氓俗之疾苦自當諏訪，官吏之良慝自當究切，與夫朝廷之詔令自當以意風告於下者，皆不可以誘人。則凡州縣，蓋有一再至者焉。歲終，則又理文書，戒徒御，奏計於天子。山行水宿，踰月而後至；已事而退，又歷時而後還。其任雖顯，其爲勤亦劇矣。

夫人勤而時有所息，則其勤可以久；息而時有所娱，則其息可以安。今吾使者以終歲之勤，幸一日之息，既至而無以爲樂，則人心或有所不釋。雖靖恭君子初不以是爲較，然朝廷所以通顯使者之意豈適然邪？而使者所以遠而有光華者固宜爾邪？

於是朝奉大夫黄公總職之二年，嘗築錦堂於使居之西，復築新堂於錦

---

① “屋”下原衍“爲”字，據《全蜀藝文志》卷三四删。
② 吏：原作“史”，據《全蜀藝文志》卷三四改。
③ 日：原作“凡”，據四庫本、嘉慶本《全蜀藝文志》卷三四改。

堂之西。相址揆日，定計於功先；賦材料工，取成於慮始。而極隆然，而奧窈然，而隅翼然，而色斐然，高明偉麗，後先翔起。以其與錦堂近，故別其名，榜之曰"燕"，以爲吾將燕休於斯云爾也。

夫以公之治最聞天下，而省府虛位十常三四，朝廷用才寧當以公爲後？而公亦自以才力精壯，樂爲時而出之，寧鬱鬱久留於此？然則茲堂之設，決非爲一身娛，意者要以一日必葺，不肯苟居而止耳。公之心儻出於此歟？嗟夫！茲堂締構之壯，悅可於人，則夫人而見之矣，乃如公締構之意獨運於心，則或者殆未之見也。某不佞，竊以憒憒之詞而發焉，庶幾能見其端，以爲識者先也。

運判廳讌思堂記 文　同

天下之事物常相與宜稱，則文理順而制度得；或鉅細輕重一有未合，率病之，以爲不當然，遂起衆論矣。區宇之大，吾宋盡有之，四指之極，幅員萬里，旁裁直製，界爲諸道。其置使以轉運爲名者，常慎選注，攸服其職①。底財賦，察僚吏，宣布威惠，顓假之柄，其所與蓋已重矣。

惟劍南西川，原壃演沃②，畇庶豐夥，金繒紵絮，天洒地發。裝餽日報，舟浮輂走，以給中府，以贍諸塞，號居大農所調之半，縣官倚之，固以爲寶藪珍藏云。其所謂佐者既非齟齬累循歲月者之所能得③，其所止亦當崇大閎顯，與主者儀形無欹缺，始云其可矣。今其所謂佐者之居，舊嘗一切置之，尋廢既復，亦踐襲往制④。回曲庳狹⑤，不足以視清曠，講燕休。餘基蓊然，蔽没蓬藋，嚮所苴者，未嘗營之。

職方員外郎霍侯以經行明修⑥，所赴宜賴，將漕之貳，實以才擢。既至，考究內外，靜煩省劇⑦，隱繆革悛，潛利宣章。列城信畏，俯伏觀望，

---

①　攸：《丹淵集》卷二三作"往"。
②　原壃演沃：原作"原懋淄沃"，據《丹淵集》卷二三改。
③　累循：《丹淵集》卷二三作"循累"。
④　踐：原作"政"，據《丹淵集》卷二三改。
⑤　庳：原作"痺"，據《丹淵集》卷二三改。
⑥　霍：原作"愛"，據《丹淵集》卷二三及《皇朝文鑑》卷八二改。
⑦　省：原作"首"，據《丹淵集》卷二三改。

不煩告諭，自底恬蕭。惟是居處，厭不如事，思有以增易之，使夫文理制度一與事物相表襮矣。龍圖閣直學士趙公昔總外計，其已詳此，今復仗節臨鎮，於是聞侯之議，志與侯協。乃規斥其地，牆爲一圍。集材於羨，命工於隙，合諸意慮，授以程品，築隆址，植巨廈。曾不累月，匠以成告。危譙支空，廣廡延廇，衡欄擁衛，窗户通潔，若翔而尚矯，將蟠而復振。奇巒秀嶬，發遠思於其上；鮮蔬珍木，悦真賞於其下。寬袤可以觴賓侣，靖密可以籌金穀。壯哉雄乎，誠大邦之崇構，而外臺之偉觀也！

既落之，侯謂廣漢郡尉文同曰："是乃昔之所可指處，今已化爲佳境爾。無石以載①，疑事之闕，將以屬子，子其謂何？"同曰諾。退自念，昔韓退之爲王南昌紀滕王閣，柳子厚與楊長沙叙戴氏堂，皆部吏也。同今奉侯命而紀此職，正宜矣，其敢以不敏辭？乃次其略，刻置宇下，以誇示永久，然慚不文②。

轉運司廨修堂記　　　　　　　　　　　　　　　　孫抃

仁廟朝，興國吳公中復爲殿中侍御史，於至和初彈奏宰相梁公適貪黷怙權，逮嘉祐初，又論宰相劉公沆挾私出臺官補外，二相皆由是去。於是天下想聞其風采。帝用嘉之，特飛帛大書"鐵御史"三字旌其直，繼以"文儒"二字錫之。然以盡言，卒不大用。其後，熙寧四年，乃以龍圖閣直學士來帥西蜀。先是皇考屯田君亦嘗來爲成都令矣，惠愛在民，民思之，久而未忘也。至是公下車，則皆感激驚喜，更相告曰："斯其屯田之子邪？抑嘗宰德陽，宰犍爲，作《紅桑》《荔支》《紫竹》之詩以蠲民瘼，而人至今德之者邪？何父子之美也！其爲我蜀之賜不既多乎！"公於是知軍民之愛信也已，即以簡易爲政。數月之間，令行禁止，闔境稱治。時適議以永康軍爲縣者，公曰："此地控扼威茂，不可廢也。"又繼言曰："昔王均之亂特出於戍兵之所爲③，非蜀兵爲之也。"議減戍卒，而益蜀兵，識者韙之。越明年而報政，遷知長安。今蜀之父老子弟思其流風餘烈，與

① 無：原作"磨"，據《丹淵集》卷二三及《皇朝文鑑》卷八二改。
② 《丹淵集》卷二三此下尚有"治平三年二月十五日記"一句。
③ 王均：原作"王君"，據《宋史》卷六《真宗紀》改。

夫望見其畫像，則莫不咨嗟仰慕，以爲後來者鮮儷焉。於乎，可謂賢也已！公以熙寧壬子去蜀，距紹興辛未蓋八十年，而有孫名桐，以直徽猷閣來領成都漕計。初入境，士民復相告曰：“是屢嘗以藩鎮更使指，所至有聲者邪？乃今知屯田之澤固未艾也。夫周之思召公也，愛其甘棠，況其子孫乎！”故益稱龍圖父子之遺愛，而喜徽猷之來，必能率祖考攸行，施大惠以庇於遠民，如魯人喜齊高子之來盟也。公聞之，悚然曰：“我家奕世載德，今予不佞，幸蒙餘慶優恩，不墮先訓，得繼承於曾大父、大父以在此，其或不力，則何以增九原之光、慰斯人之望也哉！”乃即公廨作聿修堂，退而燕休，取《詩》所謂“無念爾祖，聿修厥德”之義，以自志焉，而屬某書其事，以爲坤維故實。辭不獲命，試妄言之。

昔唐李勣謂房玄齡、杜如晦辛苦立門戶，亦望貽後，悉爲不肖子敗之，故臨終戒其子孫曰：“毋令後之笑吾，猶吾笑房、杜也。”然身沒未久，其孫舉兵覆宗，卒不免取笑於後，何哉？蓋勣當少主房帷易奪之際，顧望一言，俾武氏奮，而唐之宗屬幾殄焉，奈何獨幾其子孫能保門閥乎？由此觀之，天之報施於其人，其去取可知矣。是以魏鄭公犯顏進諫，勸其君行仁義，而有五世孫謩，以剛正復相宣宗。柳公綽歷五院御史，未嘗以私喜怒加於人，而諸孫中有玭，以清直復爲御史大夫。議者謂龍圖逢時休明，知無不言，似鄭公，而輔相不在其身，當在其子孫；御史臺諫出入中外，似公綽，而平昔周人之急，自宜有後。矧由屯田以來，世濟其美，今徽猷懋德不怠，用克昭於顯祖，獨不得爲謩、玭乎？傳曰“有爲者亦若是”，公何辭焉？

轉運司爽西樓記

李　　石

岷爲蜀山之傑，俯瞰井絡於天西維者，皆平川也。環山四麓，凡府寺州廨，丘里之室，郊遂之居，得以審勢高下，隨方廣狹。敞樓觀，鑿戶牖，延空光，挹秀色，如植如負，如飛如鶩，熙而陽，肅而陰，四時朝暮，開闔晦明者，皆岷山雲氣往來、日月吐吞也。成都官治多勝處，端倚此山向背爲重。異時名輩接武於此，往往貪得，擷取爲懷袖几硯間物。神明之所激妙，奇異之所鍾萃，浩乎廓然，文章事業不論，其人胸府氣象可知也。頃以邊圉多事，要塗貴人尚不得緩帶爲治，而金穀計算，踽踽糾纏，求如曩者燕笑豈弟於俎豆升降，以無負西山之勝，非曰不能，有所未暇。況俾之一日之葺，茲豈其時？

使者潼川任公將漕西蜀，方有司齊出納以幸集事，獨能以約致詳，以靜制動，視族庖缺折於大軱一割者，處之裕如。先是，有堂名讜思，層堂作樓而未名。大抵歲久支撐，懍懍若將壓焉者。棟墨塵蝕，斷碑臥草，讀之，則趙清獻公之經始，而文湖州爲之記審矣。可以躋，可以宴，可以憩息。昔之所在，誰續誰似？官如客寄，屋如亭傳，風雨鳥鼠，不經人意。且公則壞之，私則營之，豈人情哉？於是即舊圖新，用力不煩，芟荒撥穢，程績爲多。因以“爽西”名樓，並繪清獻、湖州二像於壁，曰：“吾非敢作也。自有此山以來，如湛輩未問；至於景行無窮，斯人斯文，與岷之三十六峰巍峩於目者，可磨也哉！”

石竊謂：開物成務，此學也，妙之於道；任重道遠，此才也，寓之於仁。固有以媚世爲學，淺粗與農圃同役；以適俗爲才，競走與蒲博爭路。智跨力攘，終爲菑人。不知君子曰道曰仁，將以澤物庇民，而刻意細技，有不足呈。盍亦藏之於無所思慮，毓之於清曠粹夷，放之於虛明爽塏？睘爾心化，倏爾神運，而天道已行矣。公所以嘯詠一室，以風示吾儒仁義忠厚之實，且因蜀山慘舒，爲吾民休戚之占，非特登臨觀美而已。雖然，斯未足以窺公之盡。會公有旨召東去，落成登樓之賦，客有未具。若乃歲月大概，俾來者有考，似不可無籍。

轉運司綠雲樓記　　　　　　　　　　　　　　劉德秀

成都漕臺之右有樓屹然，榜曰“綠雲”，今使者栝蒼盧公所徙建也。樓之始，爲堂於臺治之前鹿園，而冠樓其上，堂曰“讜思”，而樓未名，則治平中霍公交實爲之。堂敝中葺，併樓以新，堂仍舊名，而樓曰“爽西”，則乾道初任公愊實爲之。其建置命名之義，有文湖州與可若李方舟知機之記在。其山川登覽之勝，賓客讌遊之適，前創尚可追見，而後葺者固在，宜無所事更矣，何徙焉？樓之地，厥初營主管文字公廨其上，實聯屬臺治，一嬉笑動息必聞，於理勢俱弗順。前後病之，睨莫能易。及是朽敝甚，主管文字司馬邍謁於公，規徙其廨於鹿園，而以讜思、爽西者置其地，且曰：“清獻趙公嘗爲斯堂顏篆，儻徙此，適與琴鶴堂相峙，於事宜爲稱。”公默揣漕計歲入有齊限，且環一道郡十餘，卒有水旱羨，補不足將不給，顧安所取贏資以事茲役？間閱籍，得自變漕移此時僦舟費，若他道之饋遺，總爲緡二千九百有奇，皆前至不用，而藏之官帑，曰：“吾於是乎有資矣。”即兩撤而新之。程工度材，毫計縷會，費不他取，而用適足。既成，上樓下堂，視前不侈，揆今不陋。堂顏存舊，示不忘始；樓面勢直，名不得仍。故四顧茂林修竹，翁然環翠，則取太白《錦城散花》詩“飛梯綠雲中”之句，易以今名，且屬德秀記始末。

德秀聞，能勤小物者，然後能成天下之務。小之不圖，大於何積？公於一樓之費不苟取以蠹漕計，其勤小物者歟。又聞，能審取捨廢置者，然後能盡用物之智。今公儲所不當用之財以適所用，其審取捨廢置者歟。若是而成天下之務，盡用物之智，不難矣。使公繼自今得一行其勤小物之志，盡籠天下大計，其取捨廢置有萬萬於斯樓者，則其利天下豈有既耶！是可書也。雖然，亦有懼焉。人之情，於物得之孔易，則視不甚惜。後之人其毋以斯樓也不病吾財，而取諸無用，或者傾弗支、漏弗補，以隳公之志也夫，其抑思此以自警也夫。

公名彥德，字國華，廉正仁信人也，其爲治如其爲人。樓之徙建以淳熙己酉十一月之二十五日，斷手以十二月之三十日。後一歲記。

重修東鈐轄廳記

益州占輿鬼之分，爲劍南一都會。朝廷選賢鎮守，以兵鈐統制兩路，復用武臣二員副之。兵農之便宜，刑獄之輕重，撫柔措置，得以關預，權劇任寵，賞格不次，非諸路比。自咸平中掃清寇難之後，垂六十年，民編久寧，不識戈革。上方精究治本，圖安鑒危，故鈐統之官益艱其授。

皇祐四年，端明殿學士楊公治州政成，汾陽公由作坊使領戎事。下車逾年，罔不修舉，官舍頹圮，經葺未遑。公從容請於楊公曰：“廳事將壓，不足以庇風雨；署表不嚴，非所以虔君命。”於是涓辰，始擬改作。自庀事至訖役，能使人以悅道，材工之費亡秋毫及民。公本以儒學登科，而器用適變，其規模制度、審曲面勢，雖梓人獻狀，大率出公之心匠焉。萬瓦鮮鱗，祛囂即新，中以饗軍，可以序賓。

夫人之處湫陋則情寶煩，宅清曠則神機王，情煩則耳目不得不怠，神王則思慮不得不審，茲必然之論也。識者謂公之構是宇，豈特奉身而逸居，專爲宴豆之地，蓋將有所思焉。所思者何？國恩殊優，思有以報之；軍政未便，思有以更之。使坤維阜安，長見豐樂，主上無西顧意，得非心之存乎？以是而言，則公之用心何如！與夫侈飾亭觀不急之尚，可同年而語邪！昔房琯所在，繕理廨宇，乃著能名，前史稱之。今徹壞起廢，廣帡幪之蔭，軒豁壯觀，宜無愧於古君子。直言辱命，俾文諸石，謹提筆以誌歲月。

鈐轄廳重建報忠堂記
朱　輅

　　唐自天寶以後置使劍南道，爲西川節度，治成都。而五季之亂不一姓。宋興，藝祖受命，首發畿甸兵番大戍蜀，而內選侍從執政望人爲守帥；置二護軍，掌尺籍五符，以與府帥聯職，而鈐其任。建東西二寺以處之，號東西鈐轄，而故老相傳號兩衙。自建隆至靖康，閱百七十年，而規模建置如初日。西鈐之居舊有堂，榜曰"報忠"，蓋大觀初高侯偉所治，實創名之，而以轉運判官周侯燾之文志其事及其作堂落成之歲月，而磨石書刻而碑之。建炎中，朝廷始命樞臣奉使宣撫四川，號處置，而聽其以便宜黜陟。於是加府帥安撫，而省西鈐之員。所居之官既不復嗣其前，而堂之棟宇榱題僅存於荒園廢址之間。逮今二十有三年，而閭井皂隸、樵蘇牧圉①，蹂躪出入，遊居參錯於其下。

　　紹興丙寅之歲，劉侯光輔始以右武大夫蒞其職於東鈐之公館。考其官職存廢，而惜其堂之寖以壞也，乃度地鳩材，更築於所治，而徙置碑石於堂中。悉所得舊材，徹去腐敗，而易以新。竹以個，木之棟楹梁榱者以枚②，椽以枝，合三千五百九十。磚之大而磨者以方，狹者以條，瓦以半，合二萬三千三百。堂之深三丈八尺，而廣加二十之一。工以日計者，合役夫七百五十二。起於紹興丁卯正月之丙戌③，而訖於三月之戊子，而役以成。其經理營度，皆侯意所自出，而數十年將壞之屋，鼎新於一日。

---

①　圉：原作"圍"，據文意改。
②　榱：原作"衰"，據文意改。
③　之：原作"以"，據文意改。

侯之説曰："鈴兵之官一職而二員，一廢一存，而職不改其舊。况其名'報忠'，而光輔之來猶不異於建官之初，而使前人之志泯没而不傳乎？且光輔世將家，出入宿衛，扈從邊陲爲扞禦，蒙寵遇於朝者不一世。上幸不棄，録其薄效微勞，使治兵蜀土，以禄其家。日夜思自奮勵，願效尺寸，副恩獎。新斯堂也，追維昔人名堂之意，朝夕而思之，以無忘吾家世事君許國之初心，豈其遊觀燕享之適哉？是宜書。"

侯居官無所苟，自始至至且去，嗇衣節食，收理其遺棄材植，葺其樓亭齋閣堂宇敝陋者十有四，而樓之四周增屋亦二十間。又惜公宇歲久將仆者相繼，於所經歷①，率匠意區處，將次第營理之，期必葺乃已。而於兹堂之役尤致意焉，其知爲臣之義也與。紹興十六年記。

東園記②

李良臣

山林泉石之勝，閑曠静深，與人迹相絶，如廉夫節士冲澹高簡，孑立塵外，使人一見之，名利之心都忘。雖平時貪黷忿躁，胸次焰焰，未易撲滅者，亦復念慮灰凍，得大自在於一息之頃。然廉夫節士多滓蜕埃壤，自放乎山巔水涯，披莽蒼而耕，横清泠而漁，甘守枯寂，不可褻邇。而山林泉石之勝常宅乎幽巖絶壑、崎嶇阻遠之地，非離世遁俗，捐妻子情愛，棄富貴利達，長往而不返者，莫得以享其樂也。

成都，西南大都會，素號繁麗。萬井雲錯，百貨川委。高車大馬決驟乎通逵，層樓複閣蕩摩乎半空。綺縠晝容，弦索夜聲。倡優歌舞，娥媌靡曼，裾聯袂屬。奇物異産，瑰琦錯落，列肆而班市。黄塵漲天，東西冥冥，窮朝極夕，顛迷醉昏。此成都所有也。跂而望山林泉石，不啻楚越之隔，曾得而夢見之哉！

益州路兵馬鈴轄种侯，治其後圃爲池亭臺榭，植佳華，蓺美木。館宇星陳，欄檻翼翼，於闤闠鼎沸之中，而有清流翠蔭、蕭寥傲睨之適。易喧而寂，變劇而閑，易其所難，而致其所不可致，兹不亦異乎！惟舊有池，泉竇埋塞，涸爲枯泥。偶新泉破地而出，從而導之，則故泉繼發，鬐沸衍

---

① 於：原作"余"，據文意改。
② 《全蜀藝文志》卷三四題作《鈴轄廳東園記》。

溢，匯爲澄瀾。因築堂其北，命之曰“雙泉”。挾以二軒，曰“錦屏”，以海棠名；曰“武陵”，以桃溪名。梁池而南爲亭，曰“寒香”，以梅名；後爲茅亭，曰“幽芳”，以蘭蕙名。池東爲大亭，曰“三雨”，以桃、杏、梨名。池南兩亭，東西對峙，曰“綠净”，曰“連碧”。“雙泉”之北，有老柏數十株，巨榦屹立，爲亭其中，曰“翠陰”。復樓其東，曰“朝爽”。西因垣而山，曰“五峰”，下曰“五峰洞”。前爲山館，水繞環之，宛如山間也。於是來遊者舍轡而入門，則塵容俗狀，如風卷去。俯清泉，弄明月，睇層巒之峨峨，悦鳴禽之嘲哳，風露浩然，烟雲滿衣。主賓相視，仰天大笑，初不知其身之在錦官城中也。嗟乎，侯之才力智思，亦高且深哉！埏埴風物，吐吞光景，來清遊於萬里，收成功於指顧。然則推之以撥亂解紛，舉瘡痍疲瘵之俗而登之華胥之國，吾知其不難也已。

抑又有説焉。僕守簡池，連歲以檄程四川進士試文，凡一再至少城。至必謁侯，侯輒具宴俎以相酬酢。視其後圃，荒茀不治，無異村疃。侯其意者以國步方艱，未暇有以自樂也。今年春，解綬陽安，來謝諸臺，距前時不越數月耳，而土木一新，恍如幻出，不覺失聲驚嘆曰：“是何神且速也！”蓋隣境交歡，太母來歸，遠近内外，和氣充塞，今者不樂，將何時而樂乎？於戲！若侯者，可謂能與國同其休戚矣。是皆僕之所喜書，而不得辭者也。

侯名湘，字楚源，豹林隱君之後，浮休居士之外孫，説禮樂而敦詩書，有古元帥之風云。

成都文類卷二十九

記

官　宇　四

重修館驛記

張　庚①

　　景祐丁丑冬，劍南缺牧，上求數治於蜀、素爲蜀人所德者。時一二弼臣以今知府密學公名聞，乃輟開封内史，來鎮三蜀。蜀人喜公以近職持節靖遠方，無不東鄉相語曰：“公昔爲青神邑宰，不尚威而尚仁②，靡不畏其仁。爲十五州憲使，不尚惠而尚直，靡不愛其直。守東川，仁威惠直兼用而不貸。我三蜀民已嘗以公之政與乖崖、文康相輕重矣。”

　　公既下車，屬邑有吏納爲保長而殺人者金，反梏拏其非罪者爲死罪。至刺史廷，公曰：“囚色冤，而護囚者所不直，護囚者其囚乎？”合讞之，護囚者即保長，果殺人；被囚者始豫爭口語，果不殺。逮正其獄，則遠近謂公爲神明焉。己卯夏秋，不雨。舊梁益間遇旱災，雖民饑死滿道，而爲牧者率不敢聞上求減抑常賦，獨公曰：“屬土若穿③，民平日猶艱食，今千里爐爐，稼已病矣，苟坐觀其弊，人謂我何？”亟謀於司漕明太史。太史天下奇材也，勇於義，與公飛驛告於朝。不越月，竟得詔蠲被旱之租半，用是穀不甚翔，活力田之民數萬計。議者謂公之惠不減於時雨焉。公復念蜀之帛供他道軍須最多④，矧昊賊未誅，王師宿隴外，若經度不中權，

賜與安出？乃奏添兩稅外租布直，洎官場買物價。眾既便之，歲入加倍。舊府帑多積絲，相沿成弊，因募工紡織之，得絹四萬匹，皆北輸以雄邊①。古人謂體國利民之道行之甚難，公居方面，從容而行，猶不爲難焉。噫，審決既明，吏卒知懼；食用咸足，盜無繇起；貢入有備，官可少安。

　　由是公語諸佐曰：“周之侯國十里有廬，廬有飲食，而賓至如歸。且成都館基於孟氏，再完於國朝太平興國中，迄今五十年，而梁壞棟撓②，寓者負覆壓之畏。苟乘此餘力，不爲新之，則後將安仰？請監兵王君爲我計其材，材必出於官，勿出於民；爲我程其工，工勿藉於民，必藉於兵。”王既健於事，自春旦星之中，至冬危星之中，治屋三百間，堂廡庫厩，甲丙相位。

　　館既成，公之門生庚獻《重修成都館記》。然《春秋》之法，修舊不書，今足書者，知府密學公行事云。寶元二年十月二十日。

新都縣修廨舍記　　　　　　　　　范　鎮

　　昔仲由治蒲，溝池深，牆屋甚閑，夫子過之，嘆稱其三善。薛惠爲彭城，郵亭廢，橋梁不通，父宣觀之，弗曉以吏事。何則？入其國知其教，觀其法知其智，必然之至理，不易之經義也。

　　古新都之勝邑，當益部之北道，賦輿錯出，編籍浩繁，宰非真賢，人或罹害。東漢中，第五訪以最聞。相去千載間，寂寂寥寥，罕嗣興者，故此縣頻年仍以不治終。故官事之舍寖久不支，震風凌雨，無姘嫮之蔽，上燥下濕，鮮闌閽之避。欲其隆撓棟，敞壞梁，非剛廉敏明，首公而餘裕者，其疇能志於是乎？

　　汾陽郭君縣中秘書爲之宰，正色率民，溫文馭俗。小大之獄，得必以情；幼壯之科，慎於同力。農入異於他界，民居極於按堵。居一日，昌言其眾曰：“署者位之表，寺者事之嗣。嗣不謹則事弛，表不立則位廢。既廢而弛，政將安出？”因上其狀外臺，儲堅財，募良工。凡堂除廊廡若干。

_____

①　輸：原作“輪”，據文意改。
②　壞：原作“壤”，據文意改。

起某年，以某月日成。謂予鄉樹孔邇①，俾記其事。

予嘗病人有貴因循、重改作、容身謹職而去者；不爾，則專勤於末務，急諸下以稱待過客。今而獄必以情，信逮下也；力不同科，仁惠心也；農入則時順，人安則事集。以是而舉，其古人之政乎！後之居是舍，履信繇仁，以順時集事，而民不受其賜者鮮矣。

華陽縣署記　　　　　　　　　　　　　　　　　　　陳　薦

今上壬午春，東武楊君承詔宰華陽。華陽戶五萬，征賦獄爲蜀大縣甲。君通敏敢斷，究法家本意，昭隱以明，決繁以約，摧暴以威，扶弱以愛。未期，政爲下信且樂，整整號無事。部中無老稚，既恨來晚，又畏亟更去。

君嘗以縣署久頹，半不能蔽風雨，集材工新之。周季孟成。穹隆軒谽，棋叙鱗列，素不及陋，飾不及侈，凡人居所宜有者，大小悉具。夫乘權役人，爲土木功，此易白白，懷惠而爲，則無怨。今君爲家長，能庇衛之，增繕一署，真可爲後之來者宜念。權，主恩也，得以尊己，布一令無忘尊主；居，民力也，得以休己，舉一事無忘休民。二者無廢，何愧負哉！自侯國爲郡縣，政教刑罰粹龐平峭，生靈大休戚，治亂大根柢，咸在郡縣。矧郡務間妥叢冗，縣宅大本。蓋事之蝕民蠹國，必由芽蘖，以迨蔓衍。縣能斸去芽蘖，則郡無芟薙蔓衍，勞可非人耶？於戲！天子深拱總綱，以豐祿美賞收群吏功，相君能輔上，來俊良以署吏，俾天下郡縣櫛櫛俱材，則桓撥基幹，章焉在兹。

薦來尉此，適會新署成，託文以題歲月。辱爲僚，不得讓，本其事以書。慶曆四年記。

頌詔廳記　　　　　　　　　　　　　　　　　　　　張　俞

昔諸侯異政，周道所以衰微；刺史宣化，漢德所以隆盛。有宋建國，

---

① 予：原作“子”，據《宋代蜀文輯存》卷九改。

承唐弊極，剗五代亂本，造四海法制，廢諸侯，削武力，割郡縣，建官司，齊統紀，壹號令。相臣議政於上，守臣布職於下，上下合德，君臣同功，淳乎無爲，陵軼周漢。

端明殿學士、兼翰林侍讀學士、給事中弘農公治蜀二年，舉漢刺史之職，宣號令於方國。乃相府門之右地作宣詔廳，恢廓穹崇，壯觀藩宇。於是文武僚佐、將校吏士相與觀而議曰：

夫詔者，天子之命令，制治之大猷也。禮樂由之而生，教化由之而成，刑罰由之而清，赦宥由之而行，賦斂由之而平，法度由之而明，兵以之休，民以之寧。大哉詔旨，包天地，昭日星，澤群生，定八極，帝王之彝訓也。在昔睿聖用之而興，昏季失之而廢，循良奉之而治，姦宄違之而亂。詔之所繫，可不慎哉！

今天下州郡，唯蜀爲大，封域有岳鎮之重，刺史有方伯之尊。梁岷奠其區，江漢流其域，左控秦隴，右扼戎夷，統制二方，包帶萬里，俗侈物衆，姦訛易動。往者守將貪戾，虐用其人，蒐慝聚頑，賞罰自任。上恤之則下暴，上與之則下奪，上宥之則下罰，上通之則下塞，詔令不布，王澤不流。於是三盜乘而互亂，順、均、旰也。則非蜀之罪，姦臣之罪也。我公圖治亂之本，冀安斯民，莫若宣詔旨，諭群心，薄賦斂，省刑罰，屏貪吏，戢驕兵，節財用，自民力，隆學校，厚風俗。一年而教遂行，二年而歲大稔，和氣昭洽，休祥蕃滋。天子聞之，寵以休命。觀夫大廈岳立，號令神行，堯言舜謨，天光日照，乃有黎老童稚鼓舞而頌曰："昔之婪婪，吾民亦貪。今之煦煦，吾民乃豫。頌詔之德，永我王度。"於是天下知公之在蜀，不苟利其身，若此之遠矣！

昔黃霸爲潁川太守[①]，宣布詔令，令民咸知上意。王襄爲益州刺史，宣風化於衆庶，使辯士王褒作《中和》《樂職》《宣布》之詩。漢宣嘉二守臣之良，史冊載爲後世法。今聖上德冠孝宣，我公政邵於襄、霸。斯廳之作，上揚君德，下敦政本，可以風天下、勵後人，孰有間哉！

俞從郡士之後，采錄謠頌，紀德音，以備史官之載冊如班固者焉。

---

① 潁川：原作"隸川"，據《漢書·黃霸傳》改。

新繁縣衛公堂記

宋佾

堂名衛公，思賢也。陝右之孟明館，襄陽之浩然亭，與夫召伯埭、房公湖之類，地因人而重，名隨地而傳，更千百歲，灼然如昨日事。蓋盛德著當時，遺風播後世，雖窮達遠近之不齊，其有所思則一也。

繁江令舍之西，有文饒堂者舊矣。前植巨楠，枝榦怪奇。父老言，唐李衛公爲令時，鑿湖於東，植楠於西，堂之所爲得名也。公諱德裕，字文饒，大和中來鎮蜀，由蜀入相。方言地誌，駁落難究，傳又不載在繁之因。而縣之西南有二橋名蠛水者，尚當時遺事，里民類能言之，則父老所傳蓋有本云。南充雍少蒙莅邑之始，慨然思公之賢而慕之。顧斥其字名，黷於卒胥稱謂之口，乃障堂後壁，嚴繪其像，榜曰“衛公堂”，以尊異之。

公偉人也，文獨步於一時，武折衝乎千里，忠嘉表於四朝，功業冠乎近代。會昌之政，幾致中興，蓋與姚崇相上下。然其至誠能化悉怛謀之野心，而不能杜牛、李之讒口；能決策制勝於晉潞回鶻之役，而不能明智於其身；能以死後之精爽感動令狐，而不能解其生前之恨；能使繁人指樹懷之至今，而不能容於宣宗之世。原公之用捨，係唐之盛衰，則凡所不能，豈偶然哉！要之，萬世知有李衛公，斯無憾耳。公之顯烈尤著於蜀，而遺迹獨存於繁，凡經幾令，莫或加意。今少蒙始圖其形，是正堂名，庶幾觀英姿而想賢業，非直慰邦人無窮之念，且思齊焉。

少蒙明敏絕人，學博而文工，朝廷才之，擢貳劍陽矣。不以將去而怠於毆剔蠹根，疏滌利源，事迎刃解，吏不敢肆，百里帖帖然。猶思衛公之賢以自廣，此其志豈小哉！夫苟謂之賢，世異而道同。衛公之植斯楠，豈期後人之思乎？誠能思之，又能繼之，殆使後人而復思後人也，安知無若今日之爲者，又正名設像，紓邦人無窮之念耶？政和八年記。

雙流縣令題名記

楊天惠①

　　二江令廨之東偏，有故題名碑廳存焉。石理疏惡，字畫漫漶，固難於傳遠；而規置短狹，追琢幾滿，又無以待後。蓋自咸平以上缺而弗錄，已亡可考，自咸平以後雖歲歷僅可識，然或並著到罷，或頗脫弗著，不能皆詳焉。朝奉郎、知縣事李侯嘅其然，亟礱石將易之，前，馳書求余記。某曰：李侯，子之易此石也，將書日月、紀官次，爲新故授受文具，則某無以言矣；將揭姓氏，張善惡，爲銅墨坐右烱戒，則某請效其説。

　　古今論賢令，咸曰西門豹之投巫嫗，董宣之格主奴，何易於之焚詔版。此數者誠難能，然某弗尚也，以爲是特奮須臾之決，就譎奇之名耳，非所以爲中行法也。彼縣令自有職：調護柔良，知其痀癢②；謹察幽隱，達其顰呻。經以德義，緯以法理，主以質實，附以文雅。若是者顧不足就名耶，而何以驚世之迹爲！今夫侯所謂賢令使人愛思者，有能出此耶？而所謂惡吏爲人譏訴者，有能爲此耶？嘗試以此迹前人姓氏，而尋善惡之實，吾知其不可掩已。然吾聞二江有三相，皆舊縣尹也，縣人頗矜以爲寵，常名其廳、存其像，而鄉先生鄧公又載諸詩以實之。其一人乃唐逍遙公韋嗣立也，當時之政號爲二川最，人以故到於今傳之。其二人則名與像俱亡矣，意其政無它異，故易泯也。嗟夫！以公相之尊，等縣邑之陋，名數品級，孰爲顯晦？然朱邑爲嗇夫，去今千載，猶歆歆起人意；而二人者生雖貴重無二，死曾不得與桐鄉烏鳶共飽，此可爲吾大誡。夫惟毋陋微官，而恐忝所荷，有如潘河陽之志，則韋公無難爲也，決爲之而已矣。

　　李侯名孟侯，字聖舉，由華陽遷此邑，再以治辦聞，亦近世賢令之一云。

---

　　① 楊天惠：原署“缺名”，據靜嘉堂本本書目錄及《全蜀藝文志》卷三四改。
　　② 痀：原作“苟”，據四庫本《全蜀藝文志》卷三四改。

華陽縣主簿廳內東壁記

李　燾

　　"李師望，會昌六年攝丞，專知。大中元年秋得替，就選金堂縣令。遷南路運糧使、兼監察御史裏行，遷昌、韶、台、邛、黎等州刺史。咸通九年八月九日，自朝議大夫、前守鳳翔少尹、賜紫金魚袋授嶲州刺史、兼御史大夫，充定邊軍節度、眉蜀邛嘉黎雅等州觀察處置、統押近界諸蠻並統領諸道行營兵馬、制置等使。"右一百一十九字，在華陽縣主簿廳事之東壁。自會昌六年丙寅距今乙丑，凡三百歲，筆墨塗糊，間已缺壞不可讀。參考史諜，乃得其全。而"李師望"三字特居上方，點畫故在，飾以丹青，亦未泯沒也。

　　按《方鎮表》，定邊軍建於咸通九年六月，廢於十一年正月。始，師望言成都經總蠻事，道遠不時決，請析邛、蜀、嘉、眉、黎、雅、嶲七州自爲定邊軍，屯重兵於嶲，而治於邛。懿宗入其言，即詔師望爲節度使。然邛抵成都纔五舍，嶲最南去邛州又千里，緩急首尾不相副，而師望肆爲誕謾，居之不疑，益務掊斂自厚。又欲激蠻怒，幸而有功，殺蠻使楊酋慶等。戍士既積忿，將醢師望以逞，會召還，而竇滂代之[①]。滂貪沓尤甚，蠻未動，而定邊先已困已。驃信乘之，遂傾國入寇，焚掠斬艾，莫攖其鋒，進圍成都，期月乃去。始，蜀人被嵯顛之酷，痛未定也，適四十二年，而酋龍復來，微盧耽善守[②]，吾其蠻乎！

　　師望不知何許人，史亡其傳，其爲鳳翔少尹也，《資治通鑑》録焉，史亦弗載。今以壁記考之，其資歷尤爲詳備。蓋師望初攝華陽丞，專知捕賊務。既而一爲令，三爲刺史，皆蜀郡邑，宜師望之習於蜀故也。唐自天寶以來，方鎮強於京師，作福作威，狼抗無上。師望熟見夫前日之竊位者驕縱自如，而天討終亦弗及，包藏禍心，睥睨旄鉞者非一日矣，卒因蠻事鑿空抵巇，幸得所欲。定邊既自爲軍，而西川節度權始奪矣。統押近界制置行營，師望實兼領之，而成都不得與也。

　　師望始丞於茲，星一再終，而遂建大將旗鼓，獨制方面，符舊邑，趨

---

① 代：原脱，據《資治通鑑》卷二五一補。

② 微：原作"徵"，據文意改。

新府，彼誠嗜利忘恥，得意驕色，政自滿盈；而昔之皂隸輿臺猥蒙師望顧盼之恩者，又將以夸眩曹偶，猶恐其不大章明較著也，則相與更治其嘗所居止，使益壯麗。大栱方梁，塗澤蒼黃，揭其姓名，而大書其官爵，推究本始，用爲光華。情狀卑鄙抑至是，豈不重可憐笑也哉！然而度其當時，所以稱贊師望者又不止此也，此特其僅存者爾。師望往師定邊，曾不再臘，而寇難遽作，蜀人恨不食其肉，而師望復以智免。則夫鄉者稱贊之具自當掃刮磨滅，不留蹤跡，而東壁所記，亦遭圬墁矣，孰知其歲月浸久，風雨摧剝，筆墨隱然復出於楹桷間耶？烏乎，殆天意也！

《春秋》三叛，欲蓋而章，其師望之謂歟！師望之生既幸脫斧質，讀書史者又以瑣細闊略，不復窮究。然其創造禍亂，傾覆邦族者，要不可赦。乃緣壁記，追正其罪，使姦盜亦少知懲戒云。

又壁記①

前　人

主簿，古官也，内自公府卿寺，外則州郡及縣皆有之，而辟召各從其長，天子不命也。西漢二百年，縣主簿莫見於史。永元以後，召陵、寧陽始用義烈著，而考城事尤籍甚。歷魏晉七代，乃無所聞。蓋主簿於縣，其秩最卑，與斗食佐史均號少吏，弗得亢禮丞、尉。非有瓌行瑋節，則其姓氏泯没弗傳宜也。高齊末造，鄉官或降中旨，縣少吏固多敕用，而史記不詳。文皇創隋，始於長安、大興二縣特置主簿，其班僅得視九品之亞。及唐，則舉天下縣遍置焉，除授悉經天官，而品真在九矣。且升其位，而使尉下之，逮今猶然也。

華陽爲縣，古無之，貞觀中始析成都蜀縣②，乾元初又更今名。當析置時，主簿與令、丞、尉蓋隨而有，載祀遷邈，其聽事乃失故處。今所居實自它轉徙，棟宇非厥初也。以會昌壁記、乾符柱刻考之，本唐捕賊務。捕賊務之名，史絕不書，其知務事者亦復無定，或以丞，或以功曹、參

---

① 按：據文末所述，此記原題蓋本作《重修主簿廳事記》。又據本文，此文原刻於梁上，則非壁記。

② 縣：原脱。《太平寰宇記》卷七二：“華陽縣，本成都縣地。唐貞觀十七年分成都縣之東偏置蜀縣，在郭下。乾元元年玄宗狩蜀，駐蹕成都，改爲華陽縣。”據補。

軍，此皆因壁記、柱刻而後略見①，其他固不可復知也。會昌迄今，逾三百年，兵數起，成都中千門萬戶，時遭焚裂，求往日之破甍斷檻，殆尺寸莫獲；而此廳事顧能獨存，杇鏝朱墨，未改其舊，是故偶然耶？將成毀自有數也？烏乎，其閱人蓋多矣，轉徙之縣與始得而居者，皆亡所推尋，其可考者止此②。

歲壬戌之秋，余實來主此縣簿，掃壁而讀記，洗柱而視刻，念其多歷年所，慨然有感於余心。行且去矣，乃使匠氏支植傾頹，革除腐爛，墍茨丹臒，煥如作新。苟無它虞，則繼自今尚可爲數十百年計也，興廢補壞，敢不務乎！遂並書設官置縣所從來，爲《重修主簿廳事記》，而刻諸梁，以告後之人云。

新繁縣三賢堂記　　　　　　　　　　　　　　　樊汝霖

吾友沈居中爲新繁，以暇日訪繁上故事，則得賢者三人焉：其一唐宰相李衛公德裕文饒，其一我宋故贈太師王公益舜良，其一龍圖閣直學士梅公摯公儀。三賢者，李衛公、王公嘗爲是邑，而梅公則邑人也。居中於是即縣署之東創爲堂，繪三公像其上，榜之曰“三賢堂”。既成，以書抵予曰：“其爲我記之。”

嗚呼！衛公之事業文章，世傳之、史載之詳矣，而不書其爲繁，豈以公勳烈如彼其崇，一縣之政不足爲公道歟？觀其節度西川所以治蜀，相武宗所以治天下，而所以治繁者可見矣。逮今餘三百年，父老思之不忘，以縣署最大一楠四柏爲公手所植，此與周人指甘棠以懷召伯何異！前任人爲此作文饒堂，後更名“衛公”，蓋得之矣，而堂宇褊小不稱。及是居中徹而大之，並與王、梅祠焉。

王公始字損之，年十七，以文謁張公詠，奇之，改今字。祥符八年進士，後以殿中丞來爲邑。始至，有犯法者，鄉所素嫉也，公條其姦上府，流惡處。自後一待以恩信，迄其去，不更笞一人。去而爲韶州，終江寧府通判。位不滿其德，則有子荊國文公，熙寧間相裕陵，以經術爲天下學者

---

① 壁記柱刻：原作“壁柱記刻”，據上文改。
② 止：原作“且”，據文意改。

宗師。

梅公，天聖五年第進士甲科，歷臺諫，言事有體，仁宗嘉之。嘉祐二年，與歐、王、韓、范司貢舉，得人甚盛。時蘇內翰在得中，以箋謝諸公，而謂公爲大臣元老。其秋出守杭，天子賜詩寵其行。後徙金陵、河中府以卒。

甚矣，三人者之賢，天下所共忻慕也，而居中獨拳拳於繁。其於李衛公、王公不特取以勵己思齊焉，蓋以勵來者也。乃若梅公，則將爲一邑勸焉①。或謂：“繁於成都爲劇邑，自梅公以來，擢巍科、躋顯仕者不乏賢。在熙寧爲御史，元祐初自考功郎中知今潼州，呂丞相、蘇公皆賢之，則有若周公尹正孺；在今中興，爲給事中，羽儀朝廷，蜀之仕者視爲領袖，則有若勾公濤景山。何獨一公儀氏哉？”居中曰：“然，吾固知不可一二數，特取其所自始者爾。而況梅居鄉時，實與王相值，凡以詩往來者八十六。和易而思深，平淡而旨遠，讀之使人一唱三嘆，大雅君子也。吾喜其有補於風化，爲刻石其祠矣，有能登堂而瞻其像，讀其詩，雖暴悍者，吾知其易直子諒之心莫不油然爲之生矣。以美化厚俗，未有捷乎此也，是豈小補哉！”居中之論如此，誠有味其言也，予是以書之。

居中名卣予，金堂人，建炎二年進士第三人，時以左奉議郎知縣事。清慎強敏，縣學、縣南門一新。徵科以時，庭無留訟。逾二歲，人安之，唯恐其去也。有不予信，視其所作堂，亦足以知其人矣。

雙流逍遥堂記　　　　　　　　　　　　　李　燾

雙流有堂曰“三相”，其得名最久。案諸史牒，唐韋嗣立嘗長斯邑，政績殊異，後相則天、中、睿。所稱三相，嗣立其一人也。餘二人蓋莫知孰何。或曰：嗣立父思謙、兄承慶仕皆歷鳳閣鸞臺，邑人深德嗣立，故併思謙、承慶，法其形貌，因集其門户②，而號以三相，他族不當間此。或曰：圖像故止一人，好事者強增益之，俾益三數。不知嗣立爲相，實三拜三已，所稱“三相”，即嗣立也，思謙、承慶無與焉。

---

① 爲：原作“焉”，據《全蜀藝文志》卷三四改。
② 户：原作“凡”，據《全蜀藝文志》卷三四改。

余謂思謙、承慶雖無①，併存之，寧過於厚。若論斯邑②，要當以嗣立爲主。且究其本末，嗣立蓋長於治民，相國殆無足言。自隋改廣都曰雙流，迄今踰五百歲，佩銅章、結墨綬者紛不可紀，而嗣立獨擅能名，入踐臺閣，更以平章事檢校汴、魏兩州，不嫌遠外，先十八人請行。晚益流落，而巡察使猶表其清白可陟之狀。所長果在此，不在彼。當時最課，諒非苟相諛悅，必有當民心可傳繼者，惜哉，予未之聞也。嗣立既能得民，其好尚復與流俗小異。雖居廊廟，每自託於山林。孝和嘗幸其居，即詔嗣立襲逍遥公復故封。逍遥公者，嗣立之族人，在宇文周時志節尤高。嗣立要非復對，然察嗣立胸懷本趣，似不以紛華盛麗爲悅者。顧弗能蚤自絶於匪人，與楊、宋、崔、趙同執國柄。豈必真知方外之樂，抑亦羞處污穢，姑託此强自洗濯乎？故余於嗣立，猶有取焉爾。

嗣立去雙流既五百歲，而予實來。邑之穨剝殘缺固非當時比，而余又遲鈍迂闊，不堪世用，拊存凋瘵，惟恐傷之，得免斯幸，而何敢望嗣立之最課！若山林，則予所固有也，嗣立又烏得以權勢而兼取之③？乃即堂之南更啓窗户，乘嗣立故封④，而命以“逍遥”。簿領空隙，徜徉其間，庶幾不失余之初心，且爲斯邑故事云。

教授廳堅白堂記　　　　　　　　　　　　李　石

君子必擇其所宜居，如適然居之，猶擇也，猶則宜不宜有不暇擇⑤，而唯其所適焉。大凡人之奉其四體，莫不唯其安佚便利，與夫鮮華甘美之擇，以爲耳目鼻口之適；一有不擇，則爲非所宜，而有不適焉者，則命之曰陋。陋者，不擇之病也。故昔之君子，出則願爲九夷之居，其處也，雖顏巷之惡，不以爲憂者，凡以矯世之棄所陋而取所宜者，故能適，適則不陋矣。

石以博士被罪還蜀，不三月，天子神聖，哀憐其罪，畀以成都學官。

---

① “雖無”下疑有脱文。
② 斯：原作“思”，據四庫本、嘉慶本《全蜀藝文志》卷三四改。
③ 勢：原作“執”，據《全蜀藝文志》卷三四改。
④ 乘：疑當作“承”。
⑤ 猶：疑當作“適”，適則不暇擇其宜與不宜。

至是士友皆語以喜而嗟，蓋喜其至，而嗟以非所宜也。既到官，即捨懷懷數楹之屋，皆支撐摧剥①，以爲居者。方冬春交，雪霰風雨之會②，屋之東隅無他草木，唯梅、竹二物，如相視而嘻，而相語以悲者。方念所以流轉棄擯以即死，得爲此惠者，乃天也。因思所以自適者，試酌酒梅竹間，長言之曰："不曰堅乎？磨而不磷。不曰白乎？涅而不緇。"於是二物者相與笑之曰："吾之二物所以得全於歲晚寂寞者，以不知其名之居也。今子以是與我而名焉，我一而物衆，而我與物始爲仇敵矣③。以一堅而受衆脆，則堅者磷；以一白而受衆污，則白者緇。"石於是復舉酒以酹二物，且聊以自適，而爲求名者之戒。

---

① 撐：原作"掌"，據《宋代蜀文輯存》卷六二改。
② 霰：原作"散"，據《宋代蜀文輯存》卷六二改。
③ 爲：原作"焉"，據《宋代蜀文輯存》卷六二改。

成都文類卷三十

記

府縣學　一

殿柱記[①]　　　　　　　　　　　　　　　　　　　　　　　缺　名

漢初平五年，倉龍甲戌，旻天季月[②]，修舊築周公禮殿。始自文翁，應期鑿度，開建頖宫，立堂布觀，廟門相鈎，閣司幔延[③]。公辟相承，至於甲午，故府梓潼文君增造吏寺二百餘間。四百年之際，變異蠭起，旋機離常，玉衡失統。强桀併兼，人懷僥幸，戰兵雷合，民散失命。烈火飛炎，一都之舍，官民寺室，同日‧朝，合爲灰炭，獨留文翁石室廟門之兩觀。禮樂崩塌，風俗混亂，誦讀已絕，倚席離散。夫禮興則民壽，樂興則國化[④]。郡將陳留高君節符典境[⑤]，迄斯十有三載。會直擾亂[⑥]，□慮匡救，濟民塗炭。閔斯丘虛[⑦]，□□□冠，學者表儀，□□□□，大小推誠，興復第館。八音克諧，鬼方來觀。爲後昌基，□神不□。

---

① 《隸釋》卷一題作《益州太守高眹修周公祀殿記》。
② 天：原缺，據《隸釋》卷一補。
③ 閣：原缺，據《隸釋》卷一補。
④ "民壽樂興則"五字原脱，據《隸釋》卷一補。
⑤ 典：原作"興"，據《隸釋》卷一改。
⑥ 直擾：原作"□複"，據《隸釋》卷一補、改。
⑦ 丘：原缺，據《隸釋》卷一補。

進士題名記

田　況

　　蜀自西漢，教化流而文雅盛。相如追肩屈、宋，揚雄參駕孟、荀，其辭其道，皆爲天下之所宗式，故學者相繼，謂與齊魯同俗。然世有治亂，化有隆薄，士之出處貴賤，實繫於此。唐季五代，政紀昏微，斯文與人，幾至墜絶。

　　國家之起，海内統一，堯文舜明，寖昌以大。其設科考士，擢取之多，則前王之所未有。益州自太平興國以來，登進士第者接踵而出。天聖、景祐中，其數益倍。至慶曆六年，一牓得十八人。皇祐元年，得二十四人。它州來學而登第者，復在數外。其盛也如此，豈非世化治隆，人隨而興乎？主學者議建榮名堂於宣聖殿之東北，盡題皇朝及第進士名，刻於石柱，以示來者。予喜聞而遂其請，又爲之序。時皇祐二年五月一日也。

經史閣記[①]

吕　陶

　　蜀學之盛，冠天下而垂無窮者，其具有三：一曰文翁之石室，二曰高公之禮殿，三曰石壁之九經。蓋自周道衰微，鄉校廢壞，歷秦之暴，至漢景、武間，典章風化稍稍復講。時文翁爲蜀郡守，起學於市，減少府用度，以遺博士，遣諸生受業京師；招子弟，爲除更[②]縣，且以補吏，或與之行縣。民用向化，幾比齊魯。自爾郡國皆立學，實文翁倡之。所謂石室者存焉。至東漢之季，四海板蕩，兵火相仍，災及校舍，弦誦寂絶，儒俗不振[③]。興平中，郡將陳留高眹修舊補廢，作爲廟堂，模制閎偉，名號一新，所謂禮殿者見焉。及五代之亂，疆宇割裂，孟氏苟有劍南，百度草創，猶能取《易》《詩》《書》《春秋》《周禮》《禮記》刻於石，以資學者。吾朝皇祐中，樞密直學士京兆田公加意文治，附以《儀禮》《公羊》

---

①　《净德集》卷一四題作《府學經史閣落成記》。
②　更：原脱，據《净德集》卷一四補。
③　振：原作“正”，據《净德集》卷一四改。

《穀梁傳》，所謂九經者備焉。始漢景末，距今凡十六代，千二百四十餘年，崩離變革，理勢不常，而三事之盛，莫易其故。然則冠天下而垂無窮，非夸說也，考實以議也。

惟經史閣之成，基勢崇大，棟宇雄奧，下視眾屋，匪隘即陋。聚書萬卷，寶藏其間。斯亦近類三事，傳千百年而不可廢者乎。龍圖閣直學士濮陽吳公因其成也，會僚佐與蜀之士大夫，及其講師、徒弟凡若干人，飲酒以落之。德風洋洋，頌聲愉愉，布宣於一方。有若闕里弟子集雩壇之下，歌詠先王道德，而歸諸聖門；又若魯侯至泮水之上，國人望其車旂和鸞而樂見之，視其顏色笑語而有感恩向化之意。嗚呼，其盛矣哉①！

公純誠好善，治有本末，所至以勸學爲先，見一士可以語道，誘進之常若不及，乃詩人所謂能長育人才，則天下喜樂之也。陶於是推明公意而言焉。夫治性修身以及國家天下，大略本之仁義，其文莫詳於經；監見古之人注措發施、正邪粹駁，與其生民幸不幸，其迹莫著於史。

世之學者不矜誦數而率履其言，不競多聞而慎擇其是，則爲有得，亦庶幾善學歟。初，閣之營建，皆幕府太常博士王君霽爲之謀。君修潔有文，嘗典吳興郡學，挈其規範，來遺諸生，匪獨施諸閣也②。

元祐府學給田記　　　　　　　　　　　彭　戢

成都府門之外有通衢二焉，一直門之東西，一直門之南北。衢因孟氏僭踰之迹，廣背九軌。治平間，部刺史有因民所利者，俾之廬之，以爲列肆，而斂其𢇍布③，輸之學官，歲不減七八百緡，而生徒廩給半賴於是，公私利之。元豐七年冬十一月九日，居民夜火，延逮公門，倉卒之間，調兵工數百，僅能撲滅。而計事者圖深慮遠，以謂重城之間，官府所止，兵甲所聚，帑藏所積，圖牒所存，必慎其微，而後可以亡大患。且所去小而所存大，所害微而所利博者，智者之所必爲也。乃盡徹其屋廬，徙其居民，而廛里之征，一旦失之。由是學官歲入遂減其半，而厨廩始蕭然矣。

---

① 盛：原作“威”，據《净德集》卷一四改。
② 《净德集》卷一四此下尚有：“時熙寧四年十二月一日。”
③ 𢇍：原作“缺”。按《周禮·廛人》：“掌斂市𢇍布。”注：“𢇍布，列肆之稅布。”據改。

元祐改元之初，運使章公蔡、運判孫公亞夫患其不給，乃上章懇請損公田以補之，而有司拘文，莫之得。章再上，其詞懇切，有詔以公田千畝賜焉。恭惟國家熙寧更化之初，建學校，置師儒，新經術，列三舍之法以造士，而道德性命之學擴新學者之見聞，其教養之術，自三代以還，未之聞也。聖主嗣服，開導化源，以謂治必本於教化，而教化之行必本諸學校，故增置學官，棋布海內。其保養潤澤之仁，足以遠繼《菁莪》之樂育矣。向非二公告嘉謀、導皇澤，使學校之間非徒存養士之名，而有養士之實，則後之學者豈能飫天恩、泳聖澤，樂先王之道，爲邦家永永之光哉！

竊嘗謂，聖人之養士也，務養其志氣，而不止於養其身；士君子之自養也，務養其大體，而不志於口腹。然身逸而後可以責其志氣之完，口腹充而後可以求其大體之備。故《易》曰："天地養萬物，聖人養賢，以及萬民。"夫豈徒養之，固將用之。用之以及萬民，而志氣不完、大體不備，則事至而不惑，物來而能名者鮮矣，豈聖人養賢之意哉！然則居學校之間者，當以學古之道爲心，而不以餔啜爲意，志其大者，而略其小者。使異日登公相，作百僚，智足以辦事，材足以任官，名足以成身，祿足以及親，忠足以事君，然後上有以稱朝廷樂育之誠，下有以副二公勤勤於學者之意也。戠尸職師儒，術業無聞，不足以輔學者之聰明，然美二公之有以廣朝廷賜也，於是紀之於石，因以勉從學之士云。

給田記

侯　溥[1]

聖人以聖養賢，賢人以賢養賢。五常六順，所以綱萬世而不綫[2]，而天下之治所從而出也。養賢有本末，唯君子爲能盡養之之術，而本末具焉。六經粹醇，誼誼仁仁，養之之業；真儒大師，委委蛇蛇，養之之職；高堂邃宮，顯顯隆隆，養之之地；粻膳藘鹽，潔潔嚴嚴，養之之食。四者不可以闕一，有其一而無其三，有其三而無其一，與有其二無其二，皆不

----

① 此文作者原缺，據靜嘉堂本本書目錄補。侯溥，字元叔，河南人，熙寧中居成都，元祐六年中賢良制科。

② 綫：疑誤。

足乎養也。學非其師，則所謂經者有時而不明；居非其資，則所謂學者有時而不久。既欲其明，又欲其久，非上之人爲之深圖，則明與久奚緣而得全乎①?

西州之校官，其爲居顯隆極矣，而資者不腆。龍圖諫議吳公樂於養賢，誨訓不倦，諸生之集者殆八百人。會詔旨：凡州郡新命學官者，畀以十夫之地。公乃按成都、犀浦二邑所籍入之田五百六十畮有奇②，以益舊田，爲十夫。於是二臺皆通賢，樂公之謀，協然成之。而今而後，學者有以爲資，而少寬於日費，優遊乎名教，涵泳乎德業。持是而出，則皆名臣，持是而處③，則皆巨人，其賜自今始。

溥用公誤薦，竊職庠舍，目是田之所自給，因書其事。若夫步畮疆畛、粢稻斂輸之數，則鑱石之陰，觀者可求諸彼。

御書大成殿額記

席　益

紹興六年十一月，左迪功郎、新成都府府學教授范仲殳言：“臣所任成都府府學大成殿，建於東漢初平間，天下棟宇之古無過此者。而未有題牓，願陛下萬機之間，親御翰墨，揭之殿額，以示人文化成，流道德之富，覃及遠方之意。”上可其請，即命仲殳乘傳以賜。次年九月辛巳，仲殳至自輦轂下，臣益備位牧守，率籲僚佐，出迎於郊，拜受於先聖祠下。圜冠方領之士濟濟翔翔，閭巷阡陌鮆老黃幼聳觀謹呼，咸用欣戴天子闡融文教、遐不作人之盛德，罔不奮勵感激，興於禮義。嗚呼，懿哉！

晉丞相王導有言：“方今戎虜熾熾，國恥未雪，忠臣義夫所共扼腕撫心。宜正人倫，設庠序，使俎豆之事，幽而更彰，以著淳風，流德化。”天子不以蜀之遐闊僻陋，越在裔壤，肆頒宸筆，光裕黌宇。烟霏露結之形④，鸞翔鳳翥之勢，煥乎如日月麗天，雲漢昭回，可謂甚盛舉矣！

昔苗民逆命，虞舜舞干羽於兩階，七旬而來格。宣王興衰撥亂，命召公平淮夷，其詩曰：“矢其文德，洽此四國。”臣雖駑劣，敢不推廣上意，

---

① 奚：原作“矣”，據文意改。
② 畮：原作“晦”，據文意改。“畮”同“畝”。
③ 而：原無，據上句文例補。
④ 霏：原作“扉”，據《全蜀藝文志》卷三六改。

聳勸蜀之士大夫悦禮樂，敦詩書，和衆安民，慎固封守，以仰裨中興之業，追蹤前古，無忝聖神樂育之惠。臣益頓首，幸甚！紹興七年十月十日記。

府學石經堂圖籍記　　　　　　　　　　　　　　　前　人

蜀儒文章冠天下，其學校之盛，漢稱石室、禮殿，近世則石九經，今皆存焉。自孝景帝時，太守文翁始作石室。至東漢興平元年，太守高朕作周公禮殿於石室東，圖畫邃古以來君臣聖賢。然亦有魏晉名流，以故世傳西晉太康中刺史張收始畫，非也。殿有畫自高朕始，殆收嘗增益之。今壁間又有東晉人士，蓋收之後繼有畫者，不知誰氏也。齊永明十年，刺史劉悛益以禮家器服制度。僞蜀廣政七年，其相毋昭裔按雍都舊本九經，命平泉令張德釗書而刻諸石。

本朝因禮殿以祀孔子，爲宮其旁，置學官弟子講習傳授。故蜀帥尚書右丞胡公宗愈作堂於殿之東南隅，以貯石經。益之先人鎮蜀，奏秩文翁①、高朕於祀典①，又請樂工於朝，教士以雅聲，而後頖宮之禮樂文物粹然近古，自國家三雍之外，無與比者。

郷者逆胡荐食上國②，惟蜀賴天子神聖威武，得保生聚邑屋。而吏視軍賦爲急，春秋釋奠，守者不親行，敕下吏攝事，以故風雨鳥鼠之虞不免黌舍。蓋自東漢興平元年歲在甲戌始作禮殿，逮我宋紹興六年丙辰，歷年九百四十有三③。其間，僞蜀刻石經之歲是爲晉開運甲辰，至是一百九十三年矣。益實受命，盡護全蜀，兼行太守事。兹歲八月，諏日在丁，率僚屬及諸生釋菜於學，見藏經之堂已就傾圮，爰鳩工庀材，鼎而新之。非飭觀瞻，庶幾俾石經圖籍不虞風雨之剥蝕，而學官弟子得以講心傳授，經明行修，爲國家儲其材也。

夫詩書可以格頑，俎豆可以化暴，誠使文教昌明，雖垂軒皇之衣裳，舞有虞之干羽，自當功成於疆外。如其不然，則伏湛行鄉射於東京征伐之

---

① 文翁：原作“高翁”，據《全蜀藝文志》卷三六改。
② 逆胡：原作“外域”，據静嘉堂本及嘉靖本《全蜀藝文志》卷三六改。
③ 九百四十有三：原作“六百七十有三”，據四庫本、嘉慶本《全蜀藝文志》卷三六改。

間，王導興學校於江左草創之始，是真迂闊矣。或者聞此而猶未喻，吾將賦《子衿》之三章，悲原氏之將落也。尚有君子者，知此心哉！紹興七年記。

修成都府府學記

馮時行

紹興二十八年冬，天子命中書舍人鄱陽王公出鎮全蜀，明年四月至成都。下車，謁孔子廟，顧見學宮圮毀不治，喟然而嘆，且言：“皇上撥亂反正，易干戈爲俎豆，開立政化，純用儒術。常以萬幾餘閑，手抄六經、《論語》《孝經》《孟子》、戰國樂毅、晉羊祜列傳，及圖孔子與門弟子七十二人像，躬爲敘贊，頒之郡國，藏之學宮，以示惇勸，以幸斯文，德至渥也。成都，西南大府，當時學校薦祭無位，肄習無所，其何以仰承聖明休德？”亟命度材計工，涓吉肇事。力不民役，費不民取，易腐敗而新之，與新作而補其闕。凡四百楹，皆敞豁靚深①，精堅嚴賁。公來視成，諸生東自荆、夔，西極梁、洋，坌集廡下，歡喜鼓舞，咸願記載，傳之將來。公以命其屬部沈黎守吏縉雲馮某，俾叙其興作之由，且繫以辭。

公名某，字某②。其治蜀純用儒術，其有得於經術者，豈弟樂易之政，無愧於前人。詞曰：

> 梗楠於山，魚龍於圉，物生有元。彬彬學宮，蓄儲其中，登爲卿公。聖神宅尊，滌除妖氛，焕以堯文。夏校周庠，達於四方，聲教洋洋。皇曰岷蜀，詩書之俗，誰歟其屬？振其殫竭，孚其俊傑，繫於近列。西南巨屏，綿絡參井，惟公是命。皇曰往哉，惟撫惟懷，實惟汝諧。漢有文翁，千載吏宗，汝惟其同。公拜於庭，皇丞其行，虎熊旟旌。公來祈祈，致其肅祇，先聖先師。顧瞻頹傾，心經目營，亟命鼎新。刊山浮川，巨桴雲連，徒旅闐闐。己卯仲冬，日旦氏中，涓吉肅工③。千趾俱升，趨之烝

---

① 靚：原作“睹”，據《全蜀藝文志》卷三六改。

② 此二句，《全蜀藝文志》卷三六作“公名剛中，字時亨”。

③ 肅：原作“嘯”，據嘉慶本《全蜀藝文志》卷三六改。

烝，各奮而登。翔然其成，焕然其明，杳然其深。公其省之①，邦人從之，㞢㞢嶷嶷。公升於堂，而色而康，嘉言孔揚。諄復誨語，如父如母，邦人鼓舞。歡傳萬口，父兄師友，更相進誘。一日二日，化行洋溢，如風之疾。惟皇作極，貴儒尚德，百王之式。惟公之賢，受命於藩，皇澤遐宣。斡旋樞機，皇曰來歸，蜀人其思。樂石峨峨，矢詩不多，千古不磨。

謹記。

進士題名續記　　　　　　　　　　　　王剛中

國家三歲大比，以進士題名實貢闈，蓋唐曲江之遺制也。自皇祐五年田宣簡公知成都，取太平興國五年成都進士田望之已下姓名，復刻於府學石室東厢之石柱，所以紀西蜀文物之盛，且表示學者，而使知勉焉。聖上中興，駐蹕吳會。建炎元年，詔川陝去在所遠，乃分省額，就蜀置院考校，以合格姓名奏於朝。自是成都登科者益眾矣。然自皇祐創制，迄紹興甲戌，凡一百五年，環柱刻之既，士一再舉，無以自列，殊失勸勵之意。於是攻石爲柱，而繼刻之，以補前人之闕，使來者睨柱而書，亦將盡而有繼云。紹興三十年十一月初一日記。

大成井記　　　　　　　　　　　　　　李　石

外學吏李石作二井於成都，先筮得《巽》，揲之六☷，☷九而老之《坎》☵焉②。曰：此井祥也。陽搖其精，陰開其明③，水湛乎深，土溢乎津。順所汲以免於險，吾井其濟乎！乃闕甃三尋有咫，得食焉。分東西爲亭，以“大成”名，據《象》詞也。歲大荒落，日清明，大余一十二，

---

①　之：原作“其”，據四庫本《全蜀藝文志》卷三六改。

②　☷：原作“☳”，據《方舟集》卷一四改。《全蜀藝文志》卷三六此二句作“揲之六三，三九而老之《坎》☵焉”。

③　陰：原作“陽”，據《方舟集》卷一四改。

小余一千七百七十一。銘曰：

　　一奇而精，六偶而盈。此天地合，水所未形。我浚其原，如
海之溟。派挹華滋，分注以清。我則不驟，待其淵渟。有纏之
修，此險之行。爾汲爾學，無敗厥成。

增瞻學田記　　　　　　　　　　　　　　　　　　　　梁　介

　　上即位之年冬十有一月，命吳興沈公出鎮全蜀。明年夏五月，至治
所，布宣教條，刬剔蠹敝，風聲所暨，不嚴而肅。未浹日，詣學宫，延訪
諸生，考察藝能。升堂者五百餘，濟濟闓闓。公顧之喜，問所仰以爲養
者，皆曰：“一歲之入，不周於用。至謁之臺府，不能拒也，勉以其遺餘
及之，明日又告乏矣。求者既憚其勞，應者亦厭其數，則拱手端坐，使士
自引去，莫獲究其業。此豈特貽學校之羞，職在風化者亦與厚顔矣。”公
於是慊然，求所以滋殖之，逾年乃濟。有田千五百四十九畝，屋十有六
區，廣狹之度，多寡之入，私有契券，官有版籍。皆命付之學官，計所增
益，視曩者又倍焉。公曰：“是足以傳遠矣，而不足供一時之急。”則又
舉庫錢四千緡充之。
　　方邊陲多事，征調數起，藐爾蜀罷於供億，在位者督簿書，赴期會，
朝不謀夕，其視勸學養士，迂闊弗切，何啻虚文。而公注意之深，用力之
顓，經營特久，若負大責，迄用有成。非本儒術以出治道，孰肯顧省於此
哉！賈誼謂移風易俗，使天下回心嚮道，類非俗吏之所能爲。夫移風易
俗，其爲事也若緩而甚急，若易而甚難，能之者無近名，不能者無近罰，
此宜世俗之所共忽也。然不有其具，亦莫見其效。曰教曰育，則其具也。
作而豐之，不匱不陋，起人之所廢，嚴人之所慢，則公胸懷本趣可見矣。
　　公名介，字德和。治蜀政成，被旨入對。士蒙公之休，勤者以飭，惰
者以愧，且念公去此而弗克傳也，乃請刻之石。

修學記　　　　　　　　　　　　　　　　　　　　　　楊　甲

　　成都學宫自漢至今千餘歲，祠殿講室，巋然獨存。其西屬延三百楹，

壯麗廓大，是爲崇寧新學。而歲久弊漏，污甚。蜀連帥所統治繁夥，月率一入學見諸生，爲故常，講席徹即上車去，不暇按行。或有意苴補破敗，吏緣爲姦，厚費府廩，圬墁枝撐目所及，以誑不察，故雖數加葺，亦易壞。

淳熙二年六月，敷文閣待制范公自桂林移鎮全蜀。始至，謁先聖，率諸生列拜庭下，覽古嘆息。顧見屋室陊剥，木老石腐，則慨然欲興廢。於是諏晝講度，核經費虛實，選吏程督，刮絶蟊蠹。自禮殿、石室與今學官講誦之舍，師儒之堂，黝闇缺落，風雨入而鳥鼠宅者，皆徹新之。蓋踰年而役休。沈沈翼翼，嚴靚宏固，爲西南冠。公來新學，延見多士，與耆儒宿師考難肆義，訓誨熟復。自左右序生與四方之觀遊，若弟若子，望公辭氣容色，揚厲奮發，願識嘉績顯刻，以毋忘公德。公使甲記載本末，甲辭不獲命，則具著公惇本勸學，委訓示後，與蜀人所欲聲公無窮者，爲詞綴語下。

公名成大，字至能，吳郡人。以儒長者治蜀，有大惠利及民。然其政發源，實始興學。其辭曰：

遠哉兹學，循吏所作。鋤荒鑄頑，爰初維艱。築室考宫，誘民其間。被之書詩，惠我後人。聖有廟祀，士有攸宇。相其喬木，曰此千載。孰傾不扶，以雨以風。掃除壞污，起自今公。斤材鳩工①，左規右程。執斤從之，役徒蒸蒸。乃崇乃治，毋有庮腐。廓焉新宫，以就爾士。士曰樂哉，其來翼翼。誦歌講讀，金石屋壁。公往視成，弁服在門。揖之畢升，進退齊平。公曰“士子，吾敬誨汝。聖作斯學，惟汝擇取。蓋古有訓，自本自根。餘力則文，以華其身。滔滔利聲，則非我徒。毋墮爾修，愧此學廬。”士拜稽首，載銘公言。敢有斁遺，公參在前。井絡之區，槁乾既濡。民以順賴，士勸毋怠。公歸廟堂，我思維勤。毋壞於成，以詔來者。

---

① 材：原作“財”，據嘉慶本《全蜀藝文志》卷三六改。

新修四齋記　　　　　　　　　　　　　　　　　　　　　李　燾

　　蜀郡文學掾李浩、蘇詵具書告丹稜李燾曰："成都學者日增，統帥陳侯懼學宮不足以容，乃即公堂之左右更築崇寧廢址，新爲屋二十八楹，分爲四齋，疏爲四十八窗。高爽靖深，學者益趨焉。總其費爲錢一萬九千緡有奇，經始於去冬，落成於今春，而秋毫弗以煩民。此美事也，諸生咸願有所紀述，敢以告。"燾再却而再至，已乃喟然嘆曰：營繕齋屋，事固甚美，雖勿記，豈不粲然陳前？而燾私切有感焉，則不可不爲諸生評之。

　　蓋聞古之士皆自學，學必有講習之處。在家曰塾，其曰庠、曰序、曰校，蓋各因所處而立之名，初未嘗有大小升降之殊也。歲時朋萃群集，有司於是取賢斂才，推而上之，其不率教者屏之。夫推而上之，亦必有講習之處焉，斯總名曰大學。大學惟王者之都得有是名，非王都則名曰學而已。故鄉黨莫不有學，謂國乃有學，固已失之。且庠、序及校，皆所以明其講習之處云爾，未始訂某處爲序，某處爲校也，亦未始曰庠不得名序，序不得名校，校不得名庠也。昔孔子射矍相之圃，蓋以魯君之命致衆而論士，然則圃亦學矣，豈必曰庠、曰序、曰校，而後爲學云乎哉！若孔子固未嘗言庠序，其言庠序，則自吾孟氏始。孟氏雖列三代學名，而其義則專在養教及射，修吾孝弟忠信而已，故曰"學則三代共之"。皆所以明人倫也，又曷嘗分東北西南、上下左右？或在廟，或在國，或在郊，春秋冬夏，所居各異，詩書禮樂，所教亦不同。如大小戴所記，鄭康成、蔡伯喈輩所箋註，紛然交加。雖巧辨曲通，言之成理，考正求定，終須掊擊。況又增以成均、米廩、瞽宗、辟雍、膠謝①，與夫三靈五府，別號異辭，叢脞雜遝，混爲一條，不可致詰。先儒悟其齟齬，難以位置，則從而爲之説，曰周兼四代之制，蓋一處並建四學，非四學各爲四處也。然其説要未允當。姑置周勿問，彼區區之魯，而亦兼四代之制乎？《泮水》詩今且存，米廩、瞽宗、辟廱、膠謝不少概見，不知漢儒何所依憑，而公倡異

---

　　① 膠謝：四庫本、嘉慶本《全蜀藝文志》卷三六作"膠射"。下文同。按：疑當作"膠序"。《禮記·王制》："夏后氏養國老於東序……周人養國老於東膠。"鄭玄注："東序、東膠亦大學，在國中王宮之東。"《魏書》卷八《世宗紀》："崇建膠序，開訓國胄。"

端，彊入它類，疑誤學者。蓋其甚病在溺心以博，未識古書之正偽，更怵世瘝，傅會緯説，錯亂經言。遂使後世人主惑其名而不究夫學之實，籠絡牽聯，惟恐漏落，崇侈土木，贅聚冠履，於孝弟忠信所當修者則未始致意焉。其言豈不諄諄，特其意倜倜然遠耳。

漢孝武幸從董仲舒等議，立大學，置五經博士，舉孝廉，增弟子員，或獻雅樂，則對三雍，當時抑亦可謂彬彬矣。然孝武實急功利，士之精通秀穎者皆不肯遊學，遊學者特章句之儒，初無益於成敗之數也。逮孝昭欲救民間疾苦，更召天下賢良文學以訪之。則其所養竟非所用，此不究實之害也。光武創業未及五載，於傾側擾攘之間，亟立大學，雖不免以讖決事，而崇尚儒術，有意其推本之也。孝明、孝章，是承是繼。其後稍怠，學舍鞠爲蔬園。永建六年，更造黌宇，開拓房室，舉郡國明經耆儒以充入之①，大將軍下至六百石悉遣子弟遊學。逮本初之元，編牒數踰三萬。郭林宗、申屠子龍雖高尚其事，亦復周旋是間，獎拔人物，扶樹道教，爲諸生倡。范孟博等與聞國政，深議不諱，自公卿以下皆折節下之。假託如黃子艾、晉文經，稱疾臥家，士大夫請見弗許，三府辟召，輒加詢咨，隨其臧否，以爲予奪。當時儻非假託，得不謂盛乎？要不可與先漢同日語。曾無幾何，旋遭鈎黨之禍，議者反歸過於大學。若是，則學終無益於政，袛有損爾。是不然。學之爲王者事久矣，化民成俗，匪學莫繇，顧用之何若。後漢之學，是猶近古，及其末造，聲教廢於上，風俗清乎下，百餘年間，亂而不亡，匪學之力歟？若郭有道名冠大學，而超然塵垢之外，不爲好爵所縻，正言直節，巍巍獨全。彼子艾、文經終賴符偉明及林宗輩排斥，詐不得售，禍發鈎黨②，大學何與也！惜漢儒但指經術爲禄利之路，而不推本於孝弟忠信，俾人自進修，所用者狹爾。

本朝遍天下立學，肇於慶曆，極於崇寧，其得失之迹③，有目共睹，而三舍升降、月書季考之法纖悉備具。大率誘以禄利，故未見豪傑之士卓然自大學興起者，此則士所共嘆也。夫修其天爵，而人爵從之，又何俟於誘？若誘之空，激令躁競，不安命分，是不耘苗而又揠之長者也。獨明道、景祐間，胡翼之治湖州學，其規摹去古差近。弟子往來常數百人，莫

---

① 耆：原作“者”，據《全蜀藝文志》卷三六改。
② 此句“禍”和“發”下原有空格，靜嘉堂本及《全蜀藝文志》卷三六不空，今從之。
③ 迹：原作“速”，據嘉慶本《全蜀藝文志》卷三六譚言藹校改。

不以仁義禮樂爲學。其出辭氣、動容色，人忽遇之，不問可知其師爲翼之也，磨礲浸灌之功多矣！慶曆更新大學，有司請下湖州，取翼之法以爲大學法焉。抑嘗聞，翼之弟子各以經相傳授，又別置齋舍，榜曰“治道”，凡欲明治道者肄業於茲。如治民、治兵、治溝洫、治算數之類，咸因其性而肄業焉。劉彝蓋治溝洫者，至今猶以水利著，夫豈苟然純用科舉爲學哉！及元祐，欲革元豐三舍詆訐苛繞之敝，初命程正叔與顧子敦①、孫莘老同更定學制，三人議別置尊賢堂及待賓、吏師等齋，實用翼之故事。會胡元夫與正叔異趣，事不果行。今天下立學皆遍，師生相與言，惟作大義、詩賦、論、策爾，是猶曰不給，而況敢及科舉外事？且徒飲食之，而不於是取賢斂才，無怪乎自怠自棄者之多也。今多有是説，欲減鄉舉十二三，以其額界郡國之學，使學者繇是發身，其得人未必不愈於三歲驟舉於其鄉者。是或一道也，而朝廷憚於改弦易調。然好學者亦豈因是而遂輟其所好乎？

　　燾鄉侍講席，嘗從容爲上言②，乞稍變試文體格，無若今之猥釀熟爛，庶幾豪傑有以自見。上甚鄉納，趣令就直廬條具。既得旨，須再試即行，會燾去位，事亦隨寢。若試文體格不變，又不於是取賢斂才，則郡國之學誠徒立爾。必不得已，翼之故事尚可仿依而馳騁，使學者不妨課試如式，復於科舉外專精讀書，且有以自食，無復營求擾亂。優遊厭飫，日知其所亡，月無忘其所能，比及成就，則自當與古爲徒，謂學果無補於當世，吾不信也。

　　昔文翁初起學宮於成都市，及元朔五年，詔天下郡國皆立學官。蓋天下郡國學官實自成都倡之，後之爲成都者，於學官不敢不致力。雖迷國誤朝若崇寧宰相，其致力尤甚異時，縱不説學，亦必枝拄邪傾，圬墁赤白，蓋虛矜僞，以干縫掖之譽。今陳侯獨能躬行節儉，削浮冗之費，罷誇詡之燕，日積月累，創成大厦③，其視文翁減省少府用度以成就蜀諸生，無不及焉。其爲德厚矣，諸生盍亦思所以報之乎？司馬相如雖文章冠天下，然弗張四維，似非吾黨。揚子雲金口木舌，真漢大儒，而出處之際，未免跋疐。彼嚴君平、李仲元沈潛自遂，莫我縈維，乃可敬仰爾。嗚呼，繇文翁

---

① “敦”字原缺，注云“太上御名”，據嘉慶本《全蜀藝文志》卷三六譚言藹校改。顧臨字子敦，見《宋史》卷三四四。所謂“太上”，指宋光宗趙惇，“惇”與“敦”同，故避“敦”字。

② 爲：原作“焉”，據萬曆本、四庫本《全蜀藝文志》卷三六改。

③ 厦：原作“夏”，據《全蜀藝文志》卷三六改。

以來，仕而顯者固多矣，何君公、趙志伯、謙、温等雖登三公，君子弗貴也。惟范景仁起寶元，終元祐，其進退雍容，實光於嚴、李。若景仁，斯不負玉堂石室云。

燾無德之齒，猥杖於鄉，稱道不亂，則燾何敢！其私竊有感焉者，蓋具此，姑以復諸生，其尚交儆我哉！

重修創府學記
楊　輔

成都自崇寧改建學宮，厥初取具觀美，不暇久遠計，以故繕治無寧歲。淳熙初，輔教授府學。九年夏，復以事至成都，所目擊者，七八年間已兩更大創葺，皆刻石紀事，則其餘蓋可以類見。

上踐祚之歲，敷文閣待制豫章京公自工部侍郎來牧全蜀。夏四月，始至成都，即學延見諸生，閱實，具得其狀，則嘆曰：“屋大而幹弱，是愈葺愈弊。若損十年之費，撤而新之，可得大治，且持久而不敗。”於是決意庀事。風雨奮發，役不累月而就。由東序而入者，旁行復爲兩序，序爲齋廬者四。由西序而入者亦如之。而又通廡以達其往來，盧亭以遂其燕適。庖厨以具公養，而退有煬竈；牖户以安講習，而居有几榻。浴有室，井有亭，潔污燥濕，各遂其處。凡屋之以間計者一百三十有六，而一橡一杙，不仍其故。

是歲，輔待罪茶馬事，其冬始至治所。明年正月朔旦，從公謁拜先聖，退行新學。顧見木石魁磊，棟宇軒豁，而匠製緻密，顯敞突奥，至無一可憾，蓋爲之眩動愕眙，非復異時耳目之所接者。既又斥其餘力，易壞增缺。合新故屋五百八十有五楹，無不端嶠行列，引繩可度。崇寧所創，至是撤去殆盡，而新學於是大備，其嘗經行四方者以爲舉天下郡國所無有。嗚呼，可謂盛矣！

惟成都學宮遠有所自。今西蜀之士千里畢赴，歲二月待試而入逆旅，無餘館則舍於旁民居者，多至數千計。當此時，而學宮圮弊不飭，聚焉而無所託，其何以崇示賢方伯風厲儒學之意？則公之所以未及下車，大建新學，誠可謂治蜀之當務。輔嘗觀，往者學校盛時，賢儒相望，由諸生而起者，名卿巨公，落落間出，下焉者猶掇緝聞見，決取仕進，以知名當世；而近歲，則有可深嘆者矣。今公爲是新學，慮深而意廣，高明可以豁滯固，靚深可以息浮靡，潔躅可以屬操尚，而宏達可以遠鄙倍。凡所以尊其居、移其氣者，豈徒爲是輪焉奂焉，使過其下者咨嗟嘆息而已哉！嗚呼，學者其尚勉焉！流以源深，華以質榮，反是而呫呫闛闛，以重貽學校之愧，則其責在士；既簡其修，亦導其趨，反是而蕩決，而後爲之禁，則其責在師氏。公行造朝，白發其議，願益重師席之選，使長如公在蜀，示有表勸。如是而後，公之新學，本末先後始得以無憾。

輔職事有間，幸從公遊者踰年，被命董餉西師。將別，公命以記新學。輔固謝，詞陋不足以表盛大。會公且召去，度不可已，則勉書其事，期與學者涵泳封植，以益無忘公之賜。

公名鐙，字仲遠。博大明敏，治蜀四年如始至。其治以安静爲本，遇有所建立，類宏偉如公爲人，而學宫特其一爾。蜀人德公既深，他日仰公之事業，思而不可得見，則於新學然而觀之①，猶足以想其規模風烈之概也。

---

① 然：疑誤，或有闕文。

成都文類卷三十一

記

府縣學 二

大唐益州大都督府新都縣學先聖廟堂碑文 並序

（唐）楊　炯

　　叙曰：銀衡用九，天門壓西北之荒；銅蓋虛三，地戶拆東南之野。迴七星於上列，太清不能潛混茫之機；環四海於中州，巨塊不能秘生成之業。聖人有以見天下之賾，擬諸形容；聖人有以見天下之動，行其典禮。靈圖廣運，百姓日用而不知；神理潛行，萬方樂推而不厭。

　　古者熊山南眺，金崇橫上帝之居；鳳穴西臨，玉室考爰皇之宅。五龍乘正，按天讖以希微；六羽提衡，驗星謠而汗漫①。洎乎尊盧、赫胥之代，驪連、栗陸之君，皇極建於初基，鴻圖始於中葉。莫不憑三靈之寶位鼓舞陰陽，藉六合之尊名財成宇宙。未有貴而無位，博而無名。大禮由其再造，大樂出其一變。蕩蕩乎，人無得而稱焉；巍巍乎，其有成功者也！

　　若夫司徒立勳於天地，還承帝嚳之家；微子開國於商周，仍慕成湯之業。雖赤烏曆數推移於景亳之都，而白馬旗裳赫奕於風丘之表。由是千年有屬，萬物知歸。乾坤合而至德生，日月會而星靈降。奎婁胃昂，風驅白虎之精；角亢房心，雲鬱青麟之祉。君王異表，儀石紐而法丹陵；輔相宏姿，狀皋陶而圖子產。豈止鑿執玄象②，摛光芒於北斗之宮；括成地形③，

---

　　①　汗：原作"罕"，據《楊盈川集》卷四改。
　　②　豈止鑿執玄象：原作"豈讓鑿乾玄象"，據《楊盈川集》卷四改。
　　③　括成地形：原作"托地成形"，據靜嘉堂本、《楊盈川集》卷四、《全蜀藝文志》卷三五改。

騰粹氣於東山之曲。非天下之至精，其孰能與於此！

神冥造化，德合陶鈞。獲冲用於生知，運幽幾於性道。窮庶事之終始，協庶品之自然。睹者不識其靈，仰者不知其德。步三光於太極，照曜三門；含萬象於中區，聲明萬國。惟深也能通天下之志，惟幾也能成天下之務。非天下之至神，其孰能與於此！

道尊德貴，挫銳同塵。始於中都宰，終於大司寇。能使長幼異節，男女別途，路無拾遺，器不雕偽。姦雄獨立，初明兩觀之誅；政教未行，仍赦同狴之罪。盟齊侯而歸四邑，夷不亂華；黜季氏而覆三都，家無藏甲。非天下之至剛，其孰能與於此！

青光歇滅，赤籙衰微。一匡爲海岱之尊①，一戰有河防之霸②。故得三王不相襲，禮亡於寇戎；五帝不相沿，樂入於河海。是以哀生靈之板蕩，痛宇縣之分崩③，歷聘諸侯，棲遑異國。其爲大也，法象莫之能容；其爲高也，黎元莫之能睹。時非我與，遂厄宋而圍陳；道不吾行，終樂天而知命。非天下之至柔，其孰能與於此！

太山不辭土壤，故能成其高；滄海不讓細流，故能成其大。自季孫之賜我也，交益親矣；自敬叔之乘我也，道彌尊矣。於是歷郊社之所，考明堂之則。金人右對，仍觀太祖之階；斧扆前臨，還訪周公之位。然後刪《詩》《書》而續《易》象④，動天地而感鬼神。運百代之舟車，開千齡之戶牖。是故雷精日角，聞道德而摳衣；月顙山庭，奉琴書而撰杖。非天下之至文，其孰能與於此！

智以藏往，有感而必通；神以知來，無微而不照。論五行於帝輔，潛觀太皥之先；揆七廟於天災，預察釐王之過。星流十月，徵曆象於衰周；日泛三江，采謳謠於霸楚。神無方而易無體，聖人通變化之津；河出圖而洛出書，聖人悟興亡之兆⑤。非天下之至明，其孰能與於此！

極天蟠地之禮，周旋揖讓之規，百神於是會昌，二儀以之同節。非禮

① 匡：原作“注”，據嘉慶本《全蜀藝文志》卷三五譚言藹校改。“一匡”指齊桓公“九合諸侯，一匡天下”。

② 河防：疑當作“河汾”。河水、汾水，謂晉國之地。此句似指城濮一戰，晉文公遂稱霸諸侯。

③ 宇：原作“寓”，據《楊盈川集》卷四改。

④ 續：原作“讀”，據《楊盈川集》卷四改。

⑤ 悟：原作“晤”，據《楊盈川集》卷四改。

無以別父子兄弟親疏之序，非禮無以辨君臣上下長幼之位。本之於元氣，徵之於太古，德足以法於九圍，道足以用於八極。服先王之制度，黜紅紫而無施；欽上帝之明威，感風雷而有變。非天下之至恭，其孰能與於此！

五行四氣，十二月還相爲本；五聲六律，十二管還相爲宮。至音將簡易同和，廣樂與神明合契。盛於中國，還陳《武象》之容①；奄有四方，自得《文王》之操。《南風》奏雅，知大舜之溫；《北里》宣淫，體殷辛之暴。非天下之至和，其孰能與於此！

悲夫！日中則昃，動靜之常也；月滿則虧，盈虛之數也。自太平王佐委龍翰於芳年，禮義霸臣摧獸文於華月，則知天之將喪也，則知道之將廢也。雖復頹山壞木，兆悲歌於兩楹；夏棟周牆，陳盛則於三禮。猶使文明焜爛，百王知察變之機；鐘石鏗鏘，萬代抱希聲之樂。信可謂備物致用，立成器以爲天下利者，莫大於聖人也。既而三河失統，九州之寶幣不歸；四塞提衡，萬里之長城繼作。星妖日祲，乾象暗而恒文乖；禮壞樂崩，彝倫斁而舊章缺。泊夫碭山休氣，潛膺赤帝之圖；沛國真人，密召黃星之錄。尊襃成之厚級，殷崇聖之榮班。學校於是大興，文武由其不墜。年當晉、宋，運距周、隋，太山覆而崑崙倒，天柱傾而地維絕。三重赤暈，還開爭戰之端；千里黃埃，荐有干戈之務。亂罹瘼矣，黔首何依；王室蠢然，蒼生無主。閭閻匝地，今來爲講武之場；荊棘參天，昔日作談經之市。

皇家撥亂反正，應天順人，鼓之以雷霆，潤之以風雨。馳攙槍而掃穢，上廓鵬雲；決河海以澄姦，下清鼇極。今天子握大象，運洪鑪，星重輝，海重潤。乾回北列，垂衣裳於太紫之垣；日出東方，備法駕於中黃之道。釋氏之無天無地，盡入提封；伯陽之有物有象，咸乘禮節。太階三襲，明瑞氣於朱符；中極四遊，法祥光於玉燭。東膠西序，雲閣蓬丘，國號陶唐，家成鄒魯。遂使西山童子，陳歌謠於璧水之前；南國老人，受几杖於環林之下。乾坤之大德行矣，皇王之盛節明矣。江茆鄗黍，晨昏薦帝之祥；鳳穴麟州，晷刻因天之瑞。乘輿乃選吉日，協靈辰，詔風伯以行觀，促雷師而出豫。房爲天駟，仍施列缺之鞭；斗爲帝車，即動招搖之柄。奠玉帛，奏金絲，登介丘，下梁甫。擁神休而尊明號，莫之與京；按玉冊而考銀繩，於斯爲盛。於是回輿轉斾，臨曲阜之郊畿；駐蹕停鑾，訪

---

① 象：原作“像”，據《楊盈川集》卷四改。《武象》，周武王之樂舞。

雲壇之軌迹。若使九原可作，大君得廊廟之才；千載有知，夫子記風雲之會。即以乾封元年追贈太師，禮也。咸亨元年，又詔曰："宣尼有縱自天，體膺上哲，合兩儀之簡易，爲億載之師表。顧惟寢廟，義在欽崇。諸州縣廟堂及學館，有破壞並先來未造者，遂使生徒無肄業之所，先師闕奠祭之儀，久致飄露，深非敬本。宜令州縣，速加營葺。"

新都學廟堂者，奉詔之所立也。因三農之暇，陳複道之規。考幰帳於西京，訪埃塵於東魯。梅梁桂柱，深沉風雨之津；鏤檻文窗，曠望江山之表。納流雲於上棟，白日非遥；披濁霧於中階，青天在矚。雕鐫暐曄，窮妙飾於重欄；山海高深，盡靈姿於岌宇①。門生侃侃，如陪文杏之壇；胄子鏘鏘，若預崇蘭之室。每至南方二月，草樹華滋，北陸三秋，風烟搖落，莫不列蘋蘩於上席，行禮敬於質明，奠椒桂於中樽，敬神明於如在。爾其邑居重複，原野平蕪，出江干之萬里，入參星之七度。龜城藹藹，焕繁霞於百尺之樓；蛟浦澄澄，洗明鏡於千秋之水。文翁舊學，日往年歸；劉禪平堂，烟荒霧慘。武侯龍伏，猶觀八陣之圖；壯士蛇崩，仍辯五丁之石。左巴右獠之勝域，陸海三江之奧壤。

大都督周王，天皇第八子也。玄元繼天而作，降仙才於玉斗之庭；武昭應運而生，開霸業於金城之域。五潢高映，流滋液於咸池；十日旁羅，散光華於若木。星懸帝子，遥澄井絡之郊；岳列天孫，遠控彭門之野。姬公以明德之重，行寶化於周南；曹植以懿親之賢，發金聲於魯北。通議大夫、行長史南陽來恒，隋十二衛將軍榮國公之元子。申侯太岳，鎮其靈襟；傅説長河，昭其神彩。龐士元蓄西申之逸羽，始踐題輿；管公明絆東道之雄姿，初臨別乘。朝議大夫、守司馬宇文純，左衛將軍、靈州都督之次子。台門鼎族，傳呼榮戟之榮；玉質金相，海若河宗之寶。庾冰清識，得嚴令而非常；桓温貴遊，無車公而不樂。縣令鄭玄嘉，滎陽人也。東周玉裔，北海金宗。列矛戟之森森，吐風流而蔀蔀。尺兵不用，瑕丘有上德之君；枹鼓希聞，洛陽有神明之宰。丞京兆韋德工、主簿扶風馬仁礦、尉清河張嗣明、北地傅懷愛等，荆藍灼爍，鄧杞扶疏。許玄度入風月之清關，郭林宗獲神仙之妙境。南昌晦迹，共梅福而齊衡；左部韜真，與喬玄而等列。博士張玄鑒、助教費仁敬等，碧鷄雄辯則江海沸騰，白鳳宏辭則烟霞噴薄。一州聞道，親居典學之官；四子乘風，來聽《中和》之曲。

---

① 岌：原作"反"，據嘉慶本《全蜀藝文志》卷三五改。

圓冠列侍，執巾袟於西階；大帶諸生，受詩書於北面。泮宮之上，更聞通德之門；小學之前，復見華陰之市。鄉望等，魚文驥子，震耀於平原，漢女巴姬，駢羅於甲第。杜陵亭長，終成輔相之才；桐鄉嗇夫，且著廉平之號。莫不公私務隙，即聽弦歌；陰雨時閑，仍觀俎豆。逍遙城郭，拜夫子之靈祠；髣髴風塵，見夫子之遺像。

天道之璣衡莫測，下問書生；陽精之遠近未知，來求小子。當仁不讓，思齊於上古之名；遊聖難言，有愧於中郎之石。其詞曰：

太虛寥廓，洪鑪噴薄。上綴三宮，旁清八絡①。玄津獨化，聖人攸作。鼇柱爲居②，龍門是託。爰清爰淨，惟寂惟寞。

龜讖韜名，魚圖表靈。火紀雲紀，天正地正。君臣禮制，宇宙輝明。文武既沒，成康遂行。群飛海水，若羽天星。

玉筐曾裔，金符遠系。鐘石雖遷，山河不替。乾坤降德，陰陽合契。虎嘯風清，龍騰雲逝。三元載佇，萬方攸濟。

魯道既昏，綿綿若存。祿移公室，政在私門。學而方仕，謙而彌尊。聽之也屬，即之也溫。義責齊國，刑懲季孫。

多能惟聖，道廢惟命。天下莫容，諸侯走聘。至於是國，必聞其政。仁義立身，溫恭成性。不圖爲樂，終悲擊磬。

九野八方，棲棲遑遑。從周返魯，考夏觀商。先王道術，夫子文章。可久可大，爲龍爲光。星衡入室，月準升堂。

智周通塞，神兼語默。幾然而長，黯然而息。漢承周運，胡亡秦國。察往知來，研精茂德。無必無我，自南自北。

萬象皆宗，千靈共同。惟變所適，居常待終。樂天知命，匪我求蒙。北辰之北，東海之東。百王遺訓，萬世餘風。

時亡玉斗，運鍾陽九。周井龍沉，秦原鹿走。生人卷舌，道路鉗口。禮樂崩頹，典章殘朽。萬邦請命，三靈授手。

日角升圖，星精應符。載揚風教，重闡規模。數遷三國，年當五胡③。星芒夜指，日暈朝枯。環林摧折，璧沼荒蕪。

---

① 絡：原作“洛”，據《楊盈川集》卷四改。
② 鼇：原作“蛇”，據《楊盈川集》卷四改。
③ 胡：原作“湖”，據《楊盈川集》卷四改。

赫矣高祖，粤若稽古。丕哉文皇①，照臨下土。地維旁綴，乾紘上補。鯤化三千，龍飛九五。爰及列聖②，重規襲矩。

我君文思，念兹在兹。金鏡八海，珠囊四時。三雍九室，秋禮冬詩。紗帳語道，青衿質疑。載垂仙渙，廣創靈祠。

丕圖按籍，遠求陳迹。玉檻烟開，金窗雨闢。睟儀侐侐，雲居寂寂。弟子摳衣，門人避席。階列籩簋，庭羅絲石。

地接臨邛，山橫劍峰。滇池躍馬，沮澤蟠龍。中望擊節，高門扣鐘③。陰靈肸蠁，文雅雍容。書池必變，几席常重。

今還古往，寂寥無尚。太山既頹，吾將安仰？梁木斯壞，吾將安仿？異代風行，殊塗影響。敢立言而徵聖，冀得意而忘象。

雙流縣文宣王廟記 　　　　　　　　　　　　　李　畋

聖人之性，冥乎太極之先；其爲道也，邁乎草昧之際。蓋太極判而陰陽運，聖人出而仁義興。動植始乎陰陽，億兆本乎仁義。過是而論，則乾坤幾乎息，人紀將可誣，又焉足議帝王之道利及生民哉！故用之則治，違之則亡，不僭在人，取鑑方册。

聖宋啓運，文德誕敷，纂極建皇，一統萬宇。爰自宇縣，率諸郡邑，大藩小侯，衋奉明詔，建至聖文宣王廟，悉以學校肄焉。雙流縣者，匯二江之左界，申益部之右圻。陶中國熙盛之風，爲西州衣冠之地。舊有釋奠之所，居縣東偏，年遠制卑，鞠爲茂草。梁木斯壞，相夢奠而增悲；風雨不虞，縱假蓋而奚及？

景祐三禩夏四月，青宮舍人南陽張公立奏課進秩，出宰是邑。剛明敏達，蒞政優通，導三時以訓民，誠一言而折獄。由是錢鎛之器備舉，敧攘之盜遂亡。懷教既孚，禮讓自著。遂度地置臬，徙創廟貌於縣之西南隅。於時執藝子來，量事度制，創殿宇三間。皇皇晬容，被袞正位，以亞聖兗國公配坐，十哲服侯冕而夾侍焉，六十子朱衣纁裳以從祀焉。觀其繪塑精

---

① 皇：原作“王”，據《楊盈川集》卷四改。“文皇”指唐太宗。

② 及：原作“天”，據四庫本《全蜀藝文志》卷三五改。

③ 扣：原作“扛”，據《楊盈川集》卷四改。

研，神彩若動。復敞門闌廊廡、齋廳神厨，翼以弦誦之房，署以板著之位。以至裸豆之器、粢稷之盛，具體堅完，靡不審備。公然後會佐僚、延縫掖，用饗禮以落之。式歌且謠，邦人知勸，弦歌之聲比屋，講藝之席連甍。洋洋然，侃侃然，《子衿》《伐木》之詩因是而作矣。故今歲國家下鄉舉里選之詔於郡國，俾校藝於雲龍庭，是邑嗣賢能書者四十有四人，被薦者六。斯非倡善之驗乎？清識之士謂公之爲政也，先之以敏農，農勸則俗阜；次之以辯訟，訟息則民安；終之以務學，學優則士進。兹是三者，能不爲二千石之張本乎？

敗退居自適，辱公走吏嗣書，詢及鄙文者再，且感公服聖人之道既深且篤，因廣顏生"彌高"之嘆、孟軻"未有"之論，用誌於石。豈曰性與天道不可得而聞乎？若以崇飾土木，謂之教盛，兹故不書。

華陽縣學館記　　　　　　　　　　　　張　俞

三代之學縣秦廢，蜀郡之學由漢興，而天下之學由蜀起。歷漢至宋，殿室畫像，古制盡在，則蜀之學，其盛遠矣哉！始唐之衰，侯王怙亂，崩裂區宇，盡削典法。民擾厥命，不盜則兵，仁義禮樂，於世何有！惟孟氏踵有蜀漢，以文爲事，凡草創制度，僭襲唐軌。既而紹漢廟學，遂勒石書九經，又作都內二縣學館，置師弟子講習，以儒遠人。王師既平蜀，仍而不廢。

華陽縣學館者，僞廣政十二年作，迨今一百餘載矣。棟撓牆圮，鳥鼠攸居，新進晚生，陋而不顧。有弘農楊安之，爲縣甚治，慨念墜學，哀群士財，因而新之。事未克究，得江東沈扶來承其政，益用儒雅，要歸於道。興學飾像，嚴翼堂宇，上以遵朝廷之制，下以成楊君之故也。

惟華陽理於州內，而州故自有漢學，前樂安蔣公既已大之，今平陽文公率而教之。濟濟洋洋，禮樂流衍，縣鄉之學，亦從而興。上動下效，風化柔靡，可追古治，可表後式，長世不墜，惟賢是勢。實慶曆四年楊君始修之，後一年而沈君克成之，又一年晉人張俞爲之記。

郫縣文宣王廟記

前　人

瞽者不能視其形，聾者不能聽其聲。問瞽者曰"天何如"，則曰"惡乎睹"；聾者曰"雷何如"，則曰"惡乎聞"。噫，天之形、雷之聲，是萬物無有其大者也，而聾瞽者莫能知。有能舉天地雷霆之大，而不諄諄然言高明之形、震陵之聲，則聾瞽者惡能知有其大哉！今天下之人，亦猶聾瞽者矣。昏冥頑戾，交賊於心；溺邪叛正，氛塞其性。繇是聖人之道衰微闇昧，而夷狄之法熾焉。上之人不務明聖人之道，開盲抉聾，俾知君臣父子生養之德、去亂爲治之本，用安天下，而曰聖人之道大而不可稱焉，苟稱之，是譽天地之大，褒堯舜之善也。噫，若是，則子思、孟軻、荀卿、揚雄明仁義、拒楊墨，皆徒云耶？予豈不知聖人不待稱而後爲聖耶？然而必稱誦之於後者，蓋人不能明於道，而溺邪説以亂其性，亂而不已，予懼夫道之將不傳於後世也，是故力稱而勤誦之，猶恐夫人之不能入焉。矧欲默而自信，豈不爲愚惑者耶？故有舉天雷之大於聾瞽者之側，亦若是而已矣，孰不曰有益於視聽之昧昧者哉！故予謂能言聖人者，亦軻、雄之徒也，其可已乎？

郫縣故有文宣王廟，久壞不治。慶曆五年，殿中丞、知縣事長樂馮君善於治民，謂廟堂之設，教化所繫，遑遑如不及，乃治而新之。棟宇像貌，尊嚴甚厲，邑之士民莫不肅嚮。七年，秘書省校書郎安定胡君少連繼爲兹縣，甚得人和，又按《禮圖》畫衣服、冕弁、車旗、禮樂祭祀之器於壁，題其制度，帥學者講習焉。俞實邑人，謹以辭記其事，且俾學者知道之所以傳。慶曆七年記。

溫江縣宣聖廟記

前　人

有宋班正朔九十年，上國至於四夷之人，罔不習孔氏之道以柔其俗。而斯邑有故廟久壞，民甚病之。皇祐元年秋，樂安任君爲政之二年，嘗自訟曰："斯廟之壞，斯民之病，非吏之罪而誰之罪？我苟安而去，後將有賢者必爲之①，則我之玷永不磨矣。"又曰："兹果爲之，則財用不可取於公，不可奪於民。二者既不可，則廟終不爲之耶？苟必爲之，以利於民，私之其可乎？"乃因禄之餘，度己之用，飭材備藝，修舊起廢。益以壯宇，渥以丹彩，皇皇隆隆，飛如屹如。乃神像貌，乃設籩豆，器用既潔，享祀孔時。遂練吉日，具牲儼服，滌濯行禮，奠神告位，以休斯民。既退，復曰："斯廟也，示民有本也，於聖人之道則何有焉？所謂道者在乎六經，翼六經而明乎道者在乎群書。"復用禄以貿經解、義疏並諸世史，古今之書、蟲篆之學②，可以教童孺之業者皆在焉。

某聞而嘆曰：皇家用文治天下，休寧群生，得安其性命，而無暴殄之害，實由聖人之道行乎萬物之間，故天子嘗詔郡縣飾像貌以明神功。守宰奔命，罔敢廢怠，故天子廟學，咸如魯堂。然而未有不取於公、不斂於民而成之者。至如出己之禄，盡己之私，嚴聖人之廟，成學者之事務，則天下未之聞也。古謂知其本，勇於義，任君之謂歟。

君世爲蜀人，自唐至今，用文辭登科，爲將相舊族，迨三百年矣，故能知由孔氏之道而成乎名。《春秋》小善必書，矧若斯之爲者乎？予故書君之修廟、置經書之由，以憲於後。

雙流縣重修文宣王廟碑陰記③　　　　　　　　　鄧　至

世非孔子，則皇不得稱皇，帝不得稱帝，王不得成王，霸不得成霸也。何哉？自孔子生而名教樹，名教樹而異端息，致稱皇者絕鴻荒之誚，稱帝者彰禪讓之美，爲王者杜篡奪之譏，霸者免專恣之責。則皇、帝、王、霸之實由聖師而方顯，矧萬古君臣之分、父子之親、夫婦之節、男女之別者哉！夫如是，則配帝配天，未爲越等，豈唯被袞垂旒，加一王之號，可酬萬古之恩乎！王仲淹所謂"通於夫子，受罔極之恩"者，誠哉是言也！則李唐之追諡，吾謂其盡美矣，未盡善也。

然郡縣建廟之制，由是而創始，自時厥後，循而勿替。其於建置規

---

① 後：原作"復"，據文意改。
② 蟲：原作"蠱"，據文意改。
③ 按：此文與本卷前面所載李畋《雙流縣文宣王廟記》應是刻於同一碑之陰陽，編次亦當相接。

畫，則繫乎賢不肖，中間壯麗者有之，湫隘者有之，是致風俗亦從而厚薄。宮舍九河公立改造之，虞部李侯畋載之悉矣。今所紀者，止明乎屋宇之制、籩豆之數、悦隨之衆、糾勸之人，具載碑陰，庸被采者之詳觀，亦以驗風俗之不變肇基於此乎。

郫縣移建學記
張楚民

聖人以道教人，非咈其所有而强其所無也，因其同然之心，而開其天。神而明之，在於天下，小大精粗各隨其性之所得，或有見於刑名度數之末，或有得於文章禮樂之間。其妙或出於形器之表，始於爲士，終乎爲聖者有矣。先王以謂，有教焉，非庠序則不達，故自家至於天子之國莫不有學。此致治之本，有國之先務也。

竊惟神考御極，作新人材，天錫真儒，發明道術，通六經之説，而會於聖人之心。地之相遠也，世之相後也，考其言如同時，端拜而議於一堂之上，無有不合。明而易見，約而易守。於是時也，家無異學，士無詭論，此道德所以一，而風俗所以同。天下之學，幾與三代侔，雖窮鄉陋邑，猶知有事於庠序。況乎蜀學之興，其來久矣。漢景武間，文翁起學宮於成都，爲郡國倡。其後邦人司馬相如、揚雄之徒爲天下學者師。夫漢之初蜀未有文也，苟非文翁善教，有以動其英華，則斯人也雖有豪傑之姿，亦沉俗而不作矣。烏乎，學之成也，其功如此！士之才，世不乏也，惟其教之而已。

岷山之陽曰郫，成都之屬邑也。本其風俗，儉而好禮，質而尚文。忠義有如何君公，道學有如揚子雲，皆邑人也。而流風未泯，使後世瞻慕，足以興起。舊有廟學，居廛之隅。慶曆中，殿中丞馮君沆始興作之，楚民先君嘗紀其事。逮今五十年，褊迫傾頹，學者嗟懼，相與合財，胥東南疏明之址，自邑請命於府，而徙建焉。已而歷久弗就，垣桷顛欹，上雨旁風，人莫之顧。有善學知本之士五六人，憤嘆周營，而力匱不振。奉議郎郡江楊侯漢良以能借治，下車顧問，勉趨其終，捐金庀工，期月而見。蓋經始於壬子七月，而考之以丙子仲春。因釋奠而告成孔子，都人盛集，如觀闕里。耆老咨嘆，願率其子弟而與於學，士請琢石以識其功。

侯謂楚民嘗試學校，俾爲之詞。夫事重謀始，始或善矣，而職之非其人，措之非其術，則善始者每廢而不立，故君子貴乎成終之爲難。以侯之才，無適不宜，而縫掖之士猶恨侯來之晚也。楚民獲書歲月，載名先君之後，有榮耀焉，故承命唯唯。

新繁縣學記　　　　　　　　　　　　　　　　　　吳　茲

蜀學比齊魯，尚矣，而成都新繁邑尤號多士，弦誦之聲相聞也。獨學宮隳敗不治，縣大夫春秋以令修祠事而已。蓋邑大劇，治者力不給，而父老畏吏並緣侵漁相成，無興學事，學以是廢。

崇寧二年正月，詔州縣悉建學。居數月，宣德郎郭君用舉者領邑事。始至，讀詔書，曰：“興學校以養士，令職也。明詔惻怛如是，其敢不承！”呴走按行，則腐撓庫陋，不可復葺，而近市喧囂，且將徙之閑燕。於是屬其民諭天子德音，聞者獲其夙心，皆踴躍願奮，獻地輸材，惟恐居後。既營，民皆裹糧荷鍤，以供役事。君日勞徠勸相，以身率之。踰月而考成。廟貌嚴肅，序廡修廣，堂室靚深，垣墉崇固。以楹計凡六百有奇。役工二萬，而無追胥之煩；用錢八百萬，而縣官所給纔有二。君師僚吏泊諸生行釋菜禮，摳衣升堂，頌禮甚嚴。退即其次，百用具修。

父老縱觀，太息曰：“是吾蓄意數十年而不敢發者也，何意垂白，而觀大化之流乎！舊學之建有石刻，君大父光禄公實職其首，先君朝奉公嘗佐是邑，今諸生尚有經講授者。君又一新此學於吾邑，是世有造矣，盍紀之，使吾子孫毋忘郭氏乎？”鄉先生句宗召即以語遣人赴京，屬之同年生吳茲。茲曰：昔漢之初，叔孫通爲制禮儀，魯兩生嗤之曰：“禮樂所由起，百年積德而後可興也。”國家自藝祖肇造區夏，百四十年於茲矣。海內大寧，既庶且富，離離乎禮樂制作之時也。主人述元豐成均之法，推之四方，使虞夏商周之盛復見於旦暮。而郭氏亦世官於繁，故教告未孚，而人謹趨之。然則德澤涵養，豈一日之積耶？魯兩生之言不誣矣。諸生鍾江漢之炳靈，被漸摩之渥澤，方夙夜奮厲，以承休德，將見材行完成，可承可庸，炳然並進於朝，使衆咸曰崇寧教養之效，循吏承宣之力也，顧不美歟！

郭君名瑜，某州人，天資明恕，御吏謹彛策，而抵民甚厚，久而益力。大父諱輔，先君諱子皋云。崇寧四年記。

郫縣犀浦鎭修文宣王廟記

　　韓愈稱，自天子至都邑，守長通得祀而遍天下者，惟社稷與孔子。然社稷祀事無如孔子之盛。勾龍棄以功，孔子以德，固自有次第。柳宗元亦言夫子之祀，爰自京師太學，遍於州邑。夫子之道閎肆尊顯，二帝三王其無以侔大也。韓、柳以文名唐世，其論孔子之祀，因以推崇其道德，然後知自生民以來，果未有如孔子者。予嘗謂，孔子之道德，不過仁義而已爾。大中而易行，至正而難犯。天地之所以久，日月之所以明，鬼神之所以幽，人物之所以蕃，山川之所以寧，鳥獸之所以若，莫不由此。在昔堯授之舜，舜傳之禹，禹傳之湯，湯傳之文、武、周公，爲之禮樂以文之，政刑以齊之。天下之①，中國以尊，四夷以服。周衰，王者之迹熄，而仁義之教幾乎絶矣。孔子以大聖之資，繼堯、舜、禹、湯、文、武、周公之所傳，無其位，不得行其道，書之六經，以傳後世。自孔子以來，有生之類不至於滅者，豈不知其所自哉！堯、舜、禹、湯、文、武之治止於當時，孔子之教垂之萬世，其祀也固宜。嗚呼！仁義之說行，爲人君者修己以安百姓，爲人臣者盡忠而不固其位，爲士者難進而易退，爲民者親上而不怨，則天下無不治矣。天下治，而雖有夷狄，莫之敢窺矣。苟或不然，則雖崇其廟像，潔其牲幣，新其簠簋，猶曰不祀也。

　　朝廷自慶曆中詔郡國皆立學，學必有孔子廟。犀浦舊爲縣，肄成②。治平間，府尹清獻趙公始葺而新之，縣令馮接爲記。熙寧五年縣廢，而廟猶存。歷年既多，椽棟毀墜。宣和中，蒲叔豹監鎭，又修之。至建炎四年，有司議鬻官田，廟亦與焉，鎭人費大受以前輸官而得之③。廟在田野之間，爲民居所蔽，大受又以其私舍易民居，撤屋爲道，以通往來。今監鎭張君楫見之，慨然曰：“廟獨有一殿爾，其入無門，其進無廊，爲村僮牛羊踐履，可乎？”乃出錢三萬授鎭人舒禹圭禹大受之子如淵④，使成之。爲重門兩廊，又闢其廊廡爲齋廳、講堂及弦誦之舍。奕奕峻整，克稱

---

① 此句疑有脫誤。

② 肄成：不可通。疑當作“隸成都”，隸、肄形近而訛，又脫“都”字。

③ 前：疑當作“錢”。

④ 禹：疑當作“與”。此句謂以錢授舒禹圭及費大受之子費如淵。

厥居。

乙丑歲二月，張君率鎮之士子釋菜於廟，以其胙行鄉飲酒禮，觀者歡嘆。禹圭等請記於予，予嘉張君聰明材智，長於吏事，故能尊道崇教如此，是以樂爲之書。

華陽縣學記 張行成

眉山程勤懋傳宰華陽，既新學館，屬予記其事，曰："舊學西向，大成殿在東北，棟撓椽腐，風雨不庇，諸生之居鞠爲茂草。今改築，正文明之位，南嚮闢三門，殿中峙，東西兩廡翼之，以繪從祀諸子。最後建講堂，舍職長諸生員以四齋。爲屋凡四十五楹。不侈不陋，庶幾仰稱朝廷興崇學校之意。勤先人政和間嘗宰是邑，公正不可干以私，邦人以'鐵面'稱之，遺愛今未泯。勤不令，竊世官，時適多事，區區遵守遺訓，不敢費通負，貸新租，迫期限，以生事濟姦，重困吾民。訟之敗風教者，不敢不治也①。惟直是予，不敢曲法，不敢深刑。奔赴期會偶爾後他邑，而斯人亦相安，得以餘力爲是舉焉②。"懋傳云爾。

按《成都記》：華陽縣學，孟氏之太學也。華陽古梁州之境，卦直《坤》，故俗尚文；星屬鬼，故君子通敏。其人任③，武王伐紂，始見於經。自文翁立學官，得張寬、司馬相如輩，厥後王褒、何武、揚雄、莊遵之流繼出，漢之英才，蜀最爲富。迨今千餘載間，儒術藝文猶甲乙天下。方孟氏之僭，志士恥食其祿，至有不教子孫讀書者，慮求仕也。彼太學所養，視文翁時果髣髴萬之一耶？雖然，給事中郭延鈞建議修禮殿④，宰相毋昭裔以俸金刻石經，而廣政十二年別建此學。君臣孜孜如此，其心以爲不若是則恥焉爾。況堂堂鉅宋之世，而可視學宮蕪廢，泰然不以刻意哉！抑又聞，治國如治家，身法即政法也。惟君子見遠者大者，否則小而近焉。是故謀國者急聚斂而緩教化，起家者先計算而後講學。蓋財利之效

---

① 也：原作"他"，據文意改。
② "得"原作"德"，"焉"原作"爲"，據文意改。
③ "任"下當脫一字。
④ 郭延鈞：《宋史》卷四七九《西蜀孟氏世家》、《十國春秋》卷五二《李昊傳》作"郭廷鈞"。

速，道德之功遲也。時俗雍熙，官府優遊，崇儒雅以飾吏事，譬之富家延師教子，已足稱賢。若倥傯不暇給，而肯存心化本，正如原憲之歌《商頌》，顏子之樂簞瓢①，舍古循吏，或未之見也。艱難以來，鄰好雖修，邊備未弛，計司責縣宰令，興文書，急星火，戀傳乃能作是事，賢乎，其知務哉！

重修雙流縣學記　　　　　　　　　　　　　　　梁　介②

　　老、佛二氏，人皆敬畏之，無貴賤少長。其徒欲廣其居，攝衣扣門，應者無吝色。運土木，供資糧，指期而成，若無甚難者。至於吾儒之有學，學之有宮，誠欲加葺焉，近在吾黨，率之惟艱。豈吾夫子之道不以禍福貽人，故人敬畏者不若老、佛氏之加厚哉③？今夫學其道，誦其言，用其教，皆學校之所從見者也；視漏弗填，忽傾弗支，將以是責農商工賈，可乎？士必嚴其鄉校，蓋己事也，有司者治之，已足深愧，告之而弗從，其人可知矣。推此慢心，示其子弟，易世之後，性習庸鄙，不得與士並列，其禍可勝既哉！

　　史君松老宰雙流踰年，士民益安其政，獨邑之學距治舍百步，而庳陋欹側，剝蝕荒毀。邑大夫士以至日奠謁於先聖，相顧駭愕，請於令君，願合私財新之。令君用其請，鳩工合材，督視其役，浹歲而畢事。若殿若堂，若廊若廡，煥然更新，與向之所見大異矣。

　　夫園囿陂池、樓觀臺榭，人之所以自娛者孰不先焉，君顧不暇問，於吾儒之鄉校，則汲汲然興起之。而邑大夫士視所當爲，不待告戒，必盡其力。易衰陋之風，返全盛之觀，使後生子弟得於觀瞻，因文以修其實，因教以起其行。則是役也，不特新令君之賢，知所先務，亦以見鄉俗之美，知所崇尚也。

---

① 簞：原作“簟”，據《論語·雍也》改。

② 梁介：原作“缺名”，據靜嘉堂本本書目錄改。

③ “者”字原誤重，徑刪。

重修溫江縣學記續添

楊 綰

古之學者爲己，非以干禄也，修其天爵，而人爵從之，故曰：學也①，禄在其中矣。"始其以正治心，以直養氣，以誠復性，以通制行，明於窮理而達於知命，孝於事親而忠於致君。端己以格物，修身以齊家，父子嚴，兄弟睦，夫婦敬，朋友信。得志與民，由之坐廟堂，斷國論，代天工，熙帝載，則化行於天下，三公上爵、萬鍾厚禄，若固有之，不以爲泰。夫如是，何嘗有盜儒而釣名②，假詩書以牟利，逞浮辭而昧至理，騖虚聲而喪實守，若後世爲者哉！後世之爲，吾嘗憫之，因溫江令尹欲予銘其所學也③，復感嘅於斯言。

皇宋以文治，序庠遍四海，而溫江學校逮三徙方爲得地，蓋有賢令尹劉君勃者倡之，曰郭君瑜者續營之，多士悦而成之。予謂二尹：士志於道，惡衣惡食，在所不恥，況乎宮室？今更新是學，將備祠祭燕處之所歟，抑以長育人材爲務？館諸生於是學，將以科第禄利誘之歟，抑以進德修業爲之勸？予謂多士：於學必至於聖人，而爲君子儒，非特褒衣博帶、書畫誦説而已。諸君於此相與切磨，讀古人之書而求其所以言，繹古人之言而考其所以行④。非仁弗居也，非義弗由也。微言妙旨，決自得之。志意完固，思慮審定。德期於備，行期於成。因履召祥，福祐來助，功名富貴，設不求焉，亦自獲矣，科第禄利，曾何足云！苟異諸此，唯流俗是狗，世好是溺，雖得之，亦不足算也。則峨峨新宮，直祠祭燕處之所耳，豈吾所以望於諸君者哉！請觀銘詩：

　　江出岷山，其源濫觴。晝夜不捨，萬折必東。其流湯湯，永
　不可方。爰歸滄溟，波濤駕空。大江之陽，古邑萬春。作新泮
　宮，於邑之南。有門有垣，有齋有堂。惟師暨生，於時講明。樂

---

① 也：原作"者"，據《論語·衛靈公》改。
② 釣：原作"鈞"，據文意改。
③ "所"下疑脱"修"字。
④ "繹古人"前原有"古人之書而求其所以言"十字，明是衍文，據文意刪。

胥講明，惟一惟精。先王之道，古聖之經。如播良田，五穀既分。是穟是穧，必有豐年。咨若多士，罔或弗勤。學海至海，視此大江。勉旃多士，勿復自輕。有爲亦爾，舜乎何人！

成都文類卷三十二

記

祠　廟　一

諸葛武侯廟記　　　　　　　　　　　　　　　（唐）呂　溫

　　天厭漢德，俾絶其紐，群生墜塗，四海飛灰。武侯命世，實念大極，魏姦吳輕，未獲心膂，胥宇南陽，堅卧待主。三顧稍晚，群雄粗定，必也彗掃，是資鼎立。變化消息，謀成掌中，戰龍玄黄，再得雲雨。於是右揭如天之府，左提用武之國，因山分力，與水合勢，蟠亘萬里，張爲龍形。亦欲首吞咸鎬，尾束河洛，翼出中夏，飛於天衢，然後魚驅勾吳，東入晏海。大勳未集，天奪其魄！至誠無忘，炳在日月；烈氣不散，長爲風雷。英雄痛心，六百年矣。

　　於戲！以武侯之才，知己付託，土雖狹，國以勤儉富，民雖寡，兵以節制强。魏武既没，晉宣非敵①，而戎車荐駕，不復中原。或曰奇謀非長，則斬將覆軍，無虚舉矣；或曰餽糧不繼，則築室反耕，有成算矣。嘗試念之，頗賾其原。夫民視德以爲歸，撫則思，虐則忘。其思也不可使忘，其忘也不可使思②。當漢道方休，哀平無政，王莽乃欲憑戚寵，造符命，脅之以威，動之以神，使人忘漢，終不可得也。及高、光舊德，與世衰遠，

---

　　① 晉宣：原作“晉室”，據《呂衡州集》卷一〇、《文苑英華》卷八一四改。晉宣王司馬懿。

　　② “其忘也”句原脱，據《呂衡州集》卷一〇補。

桓、靈流毒，在人骨髓，武侯乃欲開張季世[1]，興振絕緒，諭之以本，臨之以忠，使思漢，亦不可得也。向使武侯奉先主之命告天下曰：“我之舉也，匪私劉宗，唯活元元。曹氏利汝乎，吾事之；曹氏害汝乎，吾除之。”俾虐魏逼從之民眢誠感動，然後經武觀釁，長驅義聲，咸洛不足定矣。奈何當至公之運，而強人以私[2]？此猶力爭，彼未心服，勤而靡獲，不亦宜哉！乃知務開濟之業者未能審時定勢，大順人心，而克觀厥成，吾不信也。惜其才有餘而見未至，述於遺廟，以俟通識。唐貞元十四年記[3]。

城隍廟記

（唐）段全緯

陽之理化任乎人，陰之宰司在乎神。人保於城，城保於德。德者，神所憑依也。則都邑之主，其城隍神之謂乎！

蜀地土惟塗泥，古難板築，至秦惠王始命張儀與蜀守張若城成都。其環十二里，其高七十尺，廨署廛里畫其下，井幹樓櫓森乎上。其金椎初作，壞頹莫就，有大蔡周旋而行，俾壘堵依準而立，即今城也。其神功乎！由此而來，乃墉湳崇濬，啟塞扃固，萬雉邐迤，一都繁會，臣民支持，金湯繕完。故前年蠻寇卒來，戎備無素，但擾郊鄙，不近閭閻，閉闤戒嚴，即時罷退。則扶傾捍患之力，其陰靈幽贊之神乎！

前之舊祠，寓託隈堞，偏陋逼隘，星歲滋深。是用改度方隅，惟新經構，去乎幽奧，就於高明。其日惟丙，其辰惟巳，其卦直《巽》，其宮在西[4]。揭署於高門，弘敞於正堂，丹臒於周墉，圖繢於回廊。廟貌如生，像容有睟，神保是饗，永安定位。俾夫農無水旱，人不夭札，屏絕蠻夷，阜安閭里，護乎封域，富庶乎億年。爰書經營，以昭祀事。

---

① “開張”句：原脫“張”“世”二字，據《呂衡州集》卷一〇補。《唐文粹》卷五五上作“開季世，振絕緒”，亦通。

② 以：原脫，據《呂衡州集》卷一〇補。

③ 末句《呂衡州集》卷一〇作“唐貞元十四年七月二十五日，東平呂某記”。

④ 西：原作“四”，據萬曆本、四庫本《全蜀藝文志》卷三七改。

南瀆大江廣源公廟碑①

（唐）李景讓

　　《戴禮》有之曰："五嶽視三公，四瀆視諸侯。"古之禮於嶽瀆尚矣。在昔夏后氏隨山濬川，以畫九州，華陽、黑水，界我庸蜀，劍閣之陽，益部饒焉。岷山導江，東別爲沱，禹績也。瀆者，曰江、曰河、曰淮、曰濟。導積石、桐柏、沇水，凡四流，皆發源注海者也。唐天寶六載，開元神武皇帝加封南瀆爲廣源公，其三者亞焉。瀰沛滈汗，自峽奔荆，且北且東，百川會同，爰及吳楚，萬里歸海。水府怪神，非江不安；水物族生，非江不全。海門二山，逆我爲滄，由岷激沱，遠邁無壅。斯所謂祗上天而被下土，南瀆之爲大也壯矣！

　　開元皇帝古禮是式，詔曰："惟夏四月，肇辰迎氣，太守其率祭官祀南瀆於益州。"設玉篚及洗、樽、罍、簠、簋。既舉羃，初獻，祝進神右，跪揚我詞。其文曰："維某年歲次某某月朔，某甲子②，嗣天子遣某官某昭告於南瀆大江。惟神包總大川，朝宗於海，功昭潤化，德表靈長。今因夏首，用率常典，敬以玉帛犧牲、粢盛庶品，明薦於神。尚饗！"至於今不衰。詔之歲，歲直丁亥，迨及戊寅，當大中十二年，合一百一十有二歲。越五月，朔辛酉，日甲戌，臣景讓承聖敬文思和武光孝皇帝詔，自御史大夫、檢校吏部尚書尹成都，鎮蜀西川。又五日戊寅，復加檢校尚書右僕射，其他如故。凡再命，皆以兼御史大夫寵焉。秋七月庚午，乘軺至止，遂謁瀆廟。惟神盛烈，著金石刻③，他所必見，於斯闕耶？惟神奉大禹之休，得蠶叢、魚鳧、望帝之勳，開明之決玉壘④，李冰之穿二江，嘉而保之，沃此黎首，水旱不作，於今賴之，赫哉成功，其可默耶！乃作銘曰：

　　　　滔滔沱江，發自岷山，浪溢流飛。走峽之荆，迨及吳楚，百

---

　　① 廟：據文意添，無此字則文意含混。《全蜀藝文志》卷三七作"廟記"。
　　② 歲次某某月朔某甲子：原作"歲次月朔日子"，據雍正《四川通志》卷四〇、四庫本《全蜀藝文志》卷三七改。
　　③ 著：原作"不"，據萬曆以下各本《全蜀藝文志》卷三七、雍正《四川通志》卷四〇改。
　　④ 決玉壘：原作"没王壘"，據文意及《全蜀藝文志》卷三七改。《華陽國志·蜀志》："開明決玉壘山以除水害。"

川以歸。南北東西，萬里湯湯，電激雷馳。水府神宅，鮫人陽侯，世不可窺。南瀆之功，載主載張，陰烈希夷。上戴大禹，丕承我唐，開元其期。先主不容，天絕劉宗，匪瀆殆而。洸洸孔明，鞠凶墮星，匪瀆不悲。念此下民，於萬斯年，九穀繁滋。我來守土，敬揚神休，以琢豐碑。

新修江瀆廟碑 蘇德祥

五行迭用，水實居多；四瀆朝宗，江惟其長。八卦之畫也，《坎》之爻冥契北方之數，水實主之；二儀之判也，岷之山騰爲東井之精，江實出之。惟堯之世，斯水未治，遂有民墊之虞，以嗟方割①；惟禹之興，斯江既道，故有納錫之效，以示成功。其利萬物也，大不可極，深不可測，而靈潤之功著焉；其納百川也，則察之無象，尋之無邊，而靈長之德昭焉。

昔者三國連衡，吳人擅命；六朝割據，陳氏稱雄。及晉祚之隆也，下樓船於玉壘；隋基之盛也，進戈甲於金陵②。降孫皓則濟爲安流，擒叔寶則寂無駭浪。得非有道則應，無道則否，威靈不昧，肸蠁斯在？

若乃方軌十二，惟帝之都邑；勝兵百萬，惟帝之爪牙。非富庶無以示國威，非漕運無以資邦計。語其順流而下，委輸之利，通西蜀之寶貨，轉南土之泉穀。健帆高持則動越萬艘，連檣直進則倏踰千里。爲富國之資，助經邦之略。此又妙不可盡之於言，事不可窮之於筆也。

當隋之開皇二年，文帝以沈祭之缺禮，乃營之以廟貌；唐之天寶六載，玄宗以廣源之美號，爰封之以公爵。而自梁室暴興，蜀人僭命，王氏則起之於前，孟氏則繼之於後。或征或戰，越四五朝；稱帝稱王，垂七十載。化風久隔，祠典莫修。應天廣運聖文神武明道至德仁孝皇帝握乾樞而御極，弔坤維而問罪。聊施良策，纔舉偏師，未越六旬，已平三蜀。既而王道坦，泰階平。四夷八蠻，有跂扈者盡爲臣妾矣；名山大川，有隔越者盡入提封矣。爰伸昭謝，用酬玄貺，乃下明詔，遍立嚴祠。有司承制，繪樣於素，頒之於所部；長吏祗命，官蔵其事，取之於大壯。土木盡其妙，

---

① 嗟：原作“差”，據四庫本《全蜀藝文志》卷三七改。
② 陵：原作“隣”，據《全蜀藝文志》萬曆以下各本改。

丹膡窮其利。俾功斯畢，列狀以聞。我其潔籩豆、馨黍稷，永享神以明德；神其助造化、和陰陽，潛祐我之治世。式覃睿旨，俾建豐碑。臣敢頌皇猷，刊之翠琰。豈比夫沉於江底，杜元凱惟尚功名；賦彼江流，郭景純但矜詞藻而已哉！銘曰：

> 江之源兮，出蜀之界。江之流兮，歷吳而大。利萬物於南方，納百川而東會。嗟乎！盜發於唐，兵起於梁。神之祀兮，久廢烝嘗。美哉！我宋之昌，彼蜀之亡，神之廟兮，復構棟梁。我其享神以蠲潔，神其祐我以豐穰。勒銘垂裕，休無與疆！

江瀆廟醮設廳記　　　　　　　　　　　　馮　浩

四瀆以善利視爵號、秩祀事，有國之通制。江發於岷，會於海，廣溉遐浹，地產美厚，惠大固不可負，其爲報之禮所宜重。益之譙門之南，廟貌存焉。廟前臨清池，有島嶼竹樹之勝。紅葉夏發，水碧四照，爲一州之觀。

慶曆乙酉春，樞密學士平陽文公來帥，用立夏齋祭，又禱雨，屢至廟下。謂其僚曰：“太祖皇帝始平蜀，崇廟制而新之。朝廷歲馳所署祝，再命刺史，承祀惟謹。神實惠於民，民奉之不忘。又樂遊池上，當乖崖時尤盛。”因相外門之東，得墝地二百步，別爲醮設之宇。驛聞於朝，而後蒇事。墢窪薙茀，新基固厚。方練材庀用，會西江暴溢，浮美木千計而至，棟榱榰櫨，咸給其求。役者笑咢，爭勸其力，不踰時而工休。叢宇耽耽，飛簷將翔，隱隆閎奧，面池負廟，不侈不陋，境寂氣肅。

一日，公來視之，曰：“吾將享神於斯，娛民於斯。”乃鐘鼓而樂之。蜀之老相與議曰：“公相山西兵二年，有功於邊，上念吾蜀遠，倚公來臨。下車乘民之飢，純用仁義格於治。振公廩，減稍食，諭益及諸郡富室損有餘之積，得米三十二萬斛，以活吾民。省歲供縑帛，革常平之法，罷稾秸之賦，使吾父子夫婦皆安而居。和氣生於衆心，仍歲大穰。興學校以訓士子弟，刺姦薦良，大小罔不治。今興土木，公由享神樂民而後爲，無毫斂於民。公之德於蜀，可謂至矣！其將推是心以及天下，豈吾蜀能久其幸耶？”浩辱公命，俾識其事，且聞老者之語，敢次第云。

江瀆廟碑

胡世將①

　　皇帝嗣位之十三載，聖德誕敷，格於上下，兵革不用，輿地來復，覆載之內，罔不驩喜。乃正月丙戌，大赦天下，撫寧神人，無所不至，命長吏葺諸神之祠。而江瀆廣源王廟在成都，艱難以來，歲久弗治。守臣世將既再拜奉命，退切惟念：江水祠蜀，遠著祀典。而其濫源岷山，朝宗於海，以節宣天地之氣，靈潤所被，東西萬里，功利及物，不可數計，祀秩之尊，冠於四瀆。今祀在吾地，而壞不加葺，以重勞上命，臣之罪也，其不可弗虔。即齋戒祇懷，躬至祠下，閱棟宇之傾撓者，垣墉之穿敗者，塗茨之剝落者，陛城之陷缺者，丹堊之漫闇者，度所以新之。周行庭廡，間見二碑巍然②：其一唐節度使李景讓文，載天寶六年詔書：「惟夏四月，肇辰迎氣，其率祭官，祀南瀆於益州。」而其祝詞曰：「嗣天子某，遣某官某，昭告於南瀆大江。恭以玉帛犧牲、粢盛庶品，明薦於神。」其一國朝右補闕蘇德祥文，載藝祖乾德六年詔，舉唐祀典，以立夏日祭江瀆於益州。開寶五年，帝以舊祠隘甚，命有司繪河瀆廟制度，增取趙廷隱故第，以建今廟。蓋祀事之修，備嚴唐制，而廟貌之盛，爰自本朝。載瞻規摹，用意宏遠。顧將廢於因循，益震懼不自寧。於是勵官僚，稱事任，市材甓，募工徒，稽課程，謹出納。一物之直皆取於官，一夫之役弗病於農。以三月丙寅命工，至六月丁巳落也。凡爲屋百六十有九楹，用錢七百二十萬有奇。雖輪奐一新，而舊貫無改。於以崇開寶之成規，修前代之令典，仰承聖上中興復古之意。臣誠不佞，竊庶幾萬有一焉。謹再拜稽首作詩曰：

　　藝祖繼天，百神受職。命蜀祠江，有廟奕奕。聖主中興，我祖是承。飭其守臣，蜀廟以新。有嚴其棲，有秩其祀。群吏祇肅，惟天下使。祀睨於神，弭災致祥。佑我下民，江水湯湯。惠

---

　　① 胡世將：原作“胡宗愈”。按：文中自述云“守臣世將既再拜奉命”，則此篇當爲胡世將所著。據《建炎以來繫年要録》卷一一八、一三二，胡世將以紹興八年正月爲四川安撫制置使，兼知成都府，次年九月罷。本文即作於九年六月。而胡宗愈於北宋哲宗末年已卒，不得爲本文作者，因改。

　　② 二：原作“一”，據靜嘉堂本改。

此坤維，其永無疆。

重修江瀆廟碑 陸　游

自古水土之功①，莫先乎禹；紀其事於《書》，莫備乎《禹貢》之篇。《禹貢》之所載②，莫詳乎江漢，曰“嶓冢導漾，東流爲漢”，又曰“岷山導江”。遊嘗登嶓冢之山，有泉涓涓出兩山間，是爲漢水之源，事與經合。及西遊岷山，欲窮江源，而不可得。蓋自蜀境之西，大山廣谷，谽谺起復，西南走蠻夷中③，皆岷山也，則江所從來，尤荒遠難知。而漢過三澨，至大別之麓，亦卒附江，以達於海。故江爲四瀆之首，三代典祀，秩視諸侯；而楚大國，亦以爲望，有事必禱祠焉，可謂盛哉！

成都自唐有江瀆廟，其南臨江。唐末節度使高駢大城成都④，廟與江始隔⑤。歷五代之亂，淫昏割裂，神弗受職，廟亦弗治。宋興，乾德三年平蜀。越八年，當開寶六年，有詔自京師繪圖遣工，侈大廟制。傑閣廣殿，修廊邃宇，聞於天下。慶曆七年，故太師潞忠烈公以樞密直學士來作牧，則又築大堂並廟東南，以爲徹祭飲福之所，而廟益宏麗矣⑥。厥後雖屢繕治，有司不葺，寖以大壞。上漏旁穿，風雨入屋，支傾苴罅，苟偷歲月。

淳熙二年六月，令尹敷文閣待制范公之始至也，躬執牲幣，祇肅祀事。既退，讀開寶中修廟碑，惕然改容曰：“此太祖皇帝之詔，敢弗虔！”南出登堂，見忠烈公之識，則又嘆曰：“潞國，予自出也，敢弗嗣！”始有葺廟意矣。會歲旱，公潔齊以禱，曰：“三日而雨，且大治祠宇以報。”如期，高下洽足，歲以大穰，公饒私餘，蠻夷順服⑦。乃自三年二月庀工，訖四年五月廟成。總其費，木以章計者八千一百二十有八，竹以個計者四

① 功：原作“工”，據《渭南文集》卷一六改。
② 貢：原脱，據《渭南文集》卷一六改。
③ 夷：原作“費”，據《渭南文集》卷一六改。
④ 城：原脱，據《渭南文集》卷一六補。
⑤ “與”下原衍“成”字，據《渭南文集》卷一六刪。
⑥ 益：原作“亦”，據《渭南文集》卷一六改。
⑦ 服：原作“報”，據《渭南文集》卷一六改。

萬九千四百七十，磚甓釘以枚計者十八萬七千七百二十有四，丹青黝堊以斤計者一萬八千有七，梓匠役徒以口計者二萬三千八百。爲屋二百有九間，牆六千八百七十尺。廟之制度，復還開寶、慶曆之盛，而有加焉。

於是府之屬吏來請遊刻文麗牲之石，且繫於詩。詩曰：

> 井絡之躔，下應岷山。蟠踞華夷，江出其間。奔蹴三峽，放於荆揚。我考禹迹，九州茫茫。千礎之宮，肇自開寶。吏靡嚴恭，庭有萊草。范公來止，事神是力。廟未克成，當食太息。江流東傾，於海朝宗。廟成公歸，與江俱東。壯哉湯湯，環我蜀城。萬古不竭，亦配公名。

益州增修龍祠記

田　况

《祭法》：“山川林谷丘陵能出雲、爲風雨、見怪物，皆曰神。”鄭氏謂：“怪物，雲氣非常見者也。”愚謂既曰“出雲、爲風雨”，又曰“見怪物”，是怪物非止於雲氣，但能聳動人耳目、靈應非常事皆是也。

蜀之西山，有池曰“滋茂”，亦曰“慈母”①，以其能興雲雨、救旱暵、枺養百穀而得是名。唐開元中，章仇兼瓊既得平戎城，夢一女子謂曰：“我此城之龍也，今棄戎歸唐，願有以居我。”章仇異之②，表爲立祠，在益州城西北隅。厥後水旱禳祈，蒙嘉應者數矣。逮高駢廣新城，其祠乃入城中。既而板築至其處，輒有大風雨壞之。駢亦夢神女，自稱滋茂池龍君，求其祠限闉外，以便往來。駢寤而從之。蜀人記其事，傳爲信然。皇朝典是邦者多爲民禱雨獲應，故其祠益嚴。

予署事明年春三月，雨時霢霂，僅沾土而復止，斄麻被野，日燥以病。江流勢微，醹導者不足以溉，旁山群邑尤懼失歲，群祀無不遍走。或曰：“西山滋茂湫，稔聞其異，意將有所待乎？願遣吏誠潔者取池水，具音樂，緇黃歌唄，迎而懇祠之，宜有冥感。”吏至其所，亟取水以走，謂爲偷湫，然雷風亦隨而起。及抵郛外祠中，雲色靉靆晦矣，是夕大雨。三

---

① 慈母：原作“母慈”，據《蜀中廣記》卷七、《大清一統志》卷三一四改。按：《蜀中廣記》引《登真書》，此池又名“慈姥”。滋茂、慈母、慈姥皆一音之轉。

② 章仇：原脱“章”字，據《蜀中廣記》卷七補。按：“章仇”乃複姓，不得單稱“仇”。

之日，遠近告足，遂致有年。

先是，祠之中扉前皆不屋，蒿榛污塞，垣牆缺然。因命幹集工徒，慮物材，增完而敞大之，以答神之休。然欲作文記之，而未果也。明年春，復旱如初，又迎水而祈之，其應亦如初。予乃謂同僚曰：“是豈非《祭法》所謂神而非常事者耶？”退而爲之記。皇祐二年記。

郫縣蜀叢帝新廟碑記

張　俞

水於五行，爲利害最大。四瀆爲之原水，而江又爲四瀆之長，其爲利害益大矣。昔洚水警堯，天下昏溺，江實爲暴，民受其害。帝乃命禹決江疏河，東放於海，則天下受其利。然後受舜禪讓，終陟元后，功配天地，德被萬世，自水始也。故孔子修《書》，述禹之事尤勤備焉，繼而嘆曰：“禹，盡力乎溝洫，吾無間然矣！”劉定公亦曰：“微禹，吾其魚乎！”然聖人之功大而易法，簡而易循，因時制治，必通其變。厥後千五百年，蜀有開明氏能振其道，故禹之功復興焉。

在昔蜀有賢主曰望帝，獲楚人鼈靈以爲相。當是時，巫山龍戰，崩山壅江，水逆襄陵，蜀沉於海。望帝乃命鼈靈鑿巫山，開三峽，決江、沱，通綿、雒，合漢、沔，濟荆、揚，然後蜀得陸處，人保厥命。望帝以其功高，讓位而去。鼈靈遂稱叢帝，號開明氏，襲都於郫。故蜀人誦先王功者，以開明氏比夏后氏焉。其後三百年，秦強伐蜀，命其臣李冰爲守。是時江妖爲暴①，沫水淫流，沃野歲災，民受其害。冰乃誅水妖，通水道，鑿二山，釃二江，灌溉千里，變凶爲沃，人賴其利。故史氏美冰之功，於蜀爲大。自冰没後千五百載，其功益彰焉。夫禹，大聖人也，智極於水，用能因天順地，永生厥民。若叢與冰，道不行於周、秦，而能迹禹之功，厚利三蜀，非有大賢之業，安能至此！

天水趙君曰：“予觀蜀之山川及其圖記，能雄於九丘者，蓋乘成水利，以富殖之，其國故生生不窮。然非開明氏，則巴蜀魚其民，淮、漢污其澤，湮禹之力，遺後之患，憂可弭乎！其後復得秦守之事，謂其功出開明氏之

---

① 暴：原作“瀑”，據萬曆本、四庫本《全蜀藝文志》卷三七改。

下。而蜀人獨神冰之廟祀，史氏惟載冰之後功①，反使紹聖之烈闇而不耀，世祀湮滅，予甚懼焉。蓋所謂日用而不知，遂忘其本矣。按《禮·祭法》，聖王之制祀，功施於人則祀之，能禦大菑則祀之，能捍大患則祀之。若開明氏，可謂功施於人、能禦大菑、能捍大患者也。予適治兹土，而壠墓在邑之南，彼民無知，古闕祭享，非所謂遵明詔、存功烈者也。"康定二年春二月五日，始作新廟成，益州牧樂安公命辭來祭。

趙君乃躬執祀事，會民吏以享之，衆始大悅。趙君名可度，字叔儀，治郫有稱，觀其所舉可知也。銘曰：

江發坤險，堯憂懷襄。夏后瘠力②，其流洋洋。巫龍崩山，江沈蜀疆。開明疏鑿，民復其常。外通淮、漢③，內殖岷、梁。利盡西海，實惟華陽。聖聖同功，千載合符。微聖之力，蜀其魚乎。江陽之腴，郫惟舊都。丘墳巍岌，拱木號呼。血祀不作，神何以居？新廟奕奕，牲牢孔碩。民享其文，神歆其質。舊功克照，大患斯逖。不有博雅，孰躋聖匹？載德者言，銘厥金石。

杜宇鼈靈二墳記　　　　　　　　　　　陳　皐

戰國時，蜀災昏墊，杜宇君於蜀，不能治，舉荆人鼈靈治之。水既平，乃禪以位。死，皆葬於郫。今郫南一里，二冢對峙若丘山，獨鼈靈墳隸净林寺，寺僧夷其崇爲臺觀。隱士張俞懼其遂湮没，請於郡而碑之，因置祠其上，與杜宇岡勢相及。宇之墳尤盤大，民蒥畬之，其來遠矣。

皇祐壬辰春，净林僧死，寺籍爲田，許民墾甸，而鼈靈墳與寺俱化爲民畝。張俞聞之，建言於縣尹虞曹外郎郭公，公愀然動色，駕而省之。明日，進士杜常等五十八人以狀理於庭。公報曰："昔者七國相血，生民肝腦塗地，獨杜宇亡戰爭之競，有咨俞之求，以拯斯民。雖鼈靈成洪水之功，微宇不立，議其賢則杜宇居多，載其烈則鼈靈爲大。二人嗣興，其舜、禹之業九之一焉。況勤民禦災，皆載祀典，微此，則古之聖賢暴於原

---

① 惟：原作"雖"，據文意改。
② 瘠：疑誤。
③ 漢：原作"海"，據静嘉堂本、《全蜀藝文志》卷三七改。

莽，而吾不之知矣。”於是具不可籍之議聞於郡，郡嘉其請，俾復其寺，訪名僧以主之，得景德寺禪者垂白焉。白好静退，能禪寂，邑人所嚮仰，公於是命之。因盡域二墳隸於寺，命刻石志其事，庶來者知二人有大造於西土，宜與惠無窮。皇祐四年九月二十四日記。

靈泉縣聖母堂記　　　　　　　　　　　　　　　蘇　惲

　　靈泉邑北，直嚮馳道，俯僅一舍地，聚落帶鎮市。去市徑行，越距半里，拔秀衆山，環列崇阜，遭回岩嶺，瞰若百雉城隅，嵃岑繚匯，崛竦天外，綿亘固護，高揭雲表。由其峰半，挺設平崗，健盤壯垣，方秩千步。中構佛宮，領僧刹迨百室，有古褚氏聖母祠堂在焉。

　　謹按：隋開皇中，褚氏名信相，自江都來，本唐安郡青城縣黑水溪人也。黃冠草帶，幼悟佛心，葛帔練裙，夙參法要。先遊方外，首卜此山①，端擇勝址，芟薙芒柂，科樹枯柏②，塵初地之位，創安居之漸。偃息禪梵，韜秘聲味，勤事大雄氏教本，爲空寂師表，日遞月進，精一無怠。當時所聞見者，亦未甚悉而奉之。適值歲歉田稼，民傷饑饉，則持龍頭小鐺散粥而飼之，救拯生聚，衆給千萬，活病充疲，咸告豐飫。厥後以圓明相空，俗身委化。奉之者指其故地，置祠塔以歸其靈，俗議民傳，號曰“米母院”。

　　俄屬唐武皇會昌歲，削廢天下寺宇，斯院與塔，亦例除毀。時革宣皇，大中九載，白丞相敏中按節右蜀，首謀興建，尋得法潤禪師主之。仍訪遺基，再藏能事，揭崇構，堂殿廊廡，牙閣寢室之備③，咸與惟新。就刻舊塔石，繪其遺像，遂設祠焉。逮咸通中，悟達國師知元由長安來觀兩蜀名地，寓此僑隱，亦繼住持，因題爲“聖母院”，其山亦從而名之。唐室下衰，荐經王、孟兩世，胙土僭朔，斯地靈異之應愈新於人。救旱乘時，灼示爲霖之兆；拯民布惠，尤司及物之仁。神變屢聞，曾無曠歲。

　　炎宋大中祥符二歲，府主密直任公中正聆其顯迹，拜章聞上，願錫名

---

　　① 卜：原作“下”，據《全蜀藝文志》卷三七改。
　　② 科：原作“枓”，據静嘉堂本、《全蜀藝文志》卷三七改。枯：嘉慶本《全蜀藝文志》作“栝”，疑是。栝，檜樹也。
　　③ 寢：静嘉堂本及嘉靖、萬曆《全蜀藝文志》卷三七作“宿”。

額。未幾詔下，院新"瑞應"之號。至寶元、慶曆、皇祐之初，亢閔時澤，蜀土遘厲。府主密直張公逸、楊公日嚴、相國文公彥博、端明楊公察，畢諭將校，就堂祭請，置府佛廟，設鍾梵焚獻以祈之。匪夕而應，甘澍浹於百里之內，農稼稔字，蕃固秋成。

享大年之望。洎三殿省丞潘公洞、徐公汾、劉公永咸出宰是邑，軫民告雨，來拜祠下，皆獲祥應，著文賦詩，大誌其異。邇後動越兩蜀，走巴、邛、綿、漢、梓、遂，列郡縣鎮，凡屬僭旱，奔來千里，請禱於前，動皆協懇，章章然以願從人。其神化之若是，與夫包山奠宅，庸列"聖姑"之名，崧岳升高，亦著"啓母"之祀，可並駕而議其明效。

祠前舊刊李唐大中時朱道異譔記，辭旨巽懦，頗肆誣誕，尤不可詳究。觀其統載創院時禩，禱雨應祈之狀咸闕如也。院僧惟膺懼其故事湮廢，因集其本末，請序而申之。貴乎聖母之遺烈，斯院之所以興，盡傳於時不泯。余故執筆，爲錄其實。時皇祐六年三月日記。

成都文類卷三十三

記

祠　廟　二

新繁縣新建靈應廟記　　　　　　　　　　　　周良翰

　　昔晉楚治兵，子玉夢河神求瓊弁玉纓，子玉弗與。晉果敗楚師，楚人歸咎子玉。苻堅寇東南，會稽王道子以威儀鼓吹求助鍾山之神，奉以相國之號。及堅北望八公山，見草木皆類人形，若將赴敵者，頗有懼色，遂以百萬之師敗於肥水。河神以瓊弁玉纓敗楚師，此固不足道，而鍾山之神受相國之封，然後助晉師，吾亦少之。惟我英顯武烈王，自東晉以來，逮於有宋，功德卓然，靈異昭著，鏤之金石，殆不可以一二數。蓋助順輔正，不待祈禱，除邪討逆，捷若影響。方點狄憑陵，中原塗炭，河朔、河東、陝西百餘州盡爲賊有，兵驕乘勝，欲來寇蜀者屢矣，率皆及門，逡巡而不敢進。夫三路甲兵非不勁也，山川形勢非不險也，獨我四川晏然無虞，且爲朝廷中興根本。雖一時將帥盡忠，士卒用命，以三路較之，蓋有非人力所能致者，實神之威力是賴。以今準古，豈可與鍾山之神同日而語哉！宜國家崇極封爵，蜀人嚴侈廟貌，以奉祠事，盡誠致欽，而不敢後也。

　　良翰承乏邑事且將及年，一夕夢冠而法服者、甲而持斧者。雖在夢中，意其爲神君勇義侯也，乃亟下氣伸頤而頷之①。而被甲者引導，指殿宇廊廡有未就處。俄而寤驚，駭汗遍體。明日語同寮，皆云：“神君祠宇雖因神霄廢宮，然未就者十之四五，豈有待耶？”時予方董役灌口，相繼

────────────

①　伸頤：原作“神顧”，據嘉慶本《全蜀藝文志》卷三七改。

部糧益昌，蓋未暇也。將行之夕，忽迷悶委頓，闔縣之人驚曰：“前數日神降而附語於人曰：‘吾今所居之殿，舊嘗奉安玉皇[1]，縣令有意爲吾改建，特不肯出一言耳，更數日當自知之。’今令如此，乃知前日之言不妄。”於是數千百人奔走祠下，相與燎香再拜而禱之曰：“若縣長無恙，即士民盡力營建，如神之意。”予俄傾復蘇，自此邑人咸願移建。乃相與卜地，而未得也。一日，法要院僧繼文有言曰：“院旁有隙地，爲人睥睨久矣，願捨爲神君廟基，冀絕爭訟。”時衆議紛然，莫知孰從，神忽現於所指之地。衆讙呼曰：“神意在此，不可違也。”其議遂定。然深溝丈餘，主事者頗以爲憂。無何，邑民三十一鄉鳴鼓結社，千百爲群來助，上工者源源不絕。不閱月，視平地增高五尺。於是富者出財，壯者出力，巧者出技，各捨所有，以答神休。又有分任廟事者二十餘人，或主營造，或掌出納，皆邑中好事者也。

經始於紹興四年三月，落成於五年之春。廣殿長廊，挾以樓觀，旁有翼殿，後有寢堂，更衣受釐，咸有室處。共八十五間。清溝橫於前，大江繚於後，喬木修竹，映帶左右，氣象雄偉，稱王者之居。凡自外來莫不咨嗟嘆息曰：“壯矣麗矣，敏矣速矣！”是孰使之然哉？方今軍旅數起，賦斂百出，爲邑令者但知從事簿書期會間，曾何惠愛以及民？予視邑人，厚顏多矣，何以使人樂從勸成如此之速乎？得非神之功烈昭著，威靈赫然，人自歡趨，蓋非有司所得而與也。

落成之日，民大和會，士女闐咽，簫鼓沸天。自是駿奔走、執豆籩者無虛日。不獨繁上之人也，有士人王孝友者自成都挈其家，奉三牲之祭於祠下，且語人曰：“予有夙志，本詣七曲山，忽夢神君若相告戒云：‘吾今在繁上，無勞遠去。’謹遵神言，是以來此。”且神之功德施於宗社，及於生民，所在有祠宇，而云居於繁上，豈樂斯廟之得其地而安於此耶？抑亦鑒邑人奉事之勤而少留也？

廟成之初，予適授代而去，邑中士人每有書來，未嘗不以廟碑爲請，且曰：“邑人因公崇建此廟，其何以辭耶？”乃爲記其興建之由，復作迎、享、送神詩三章系於其後，俾繁人歌以祀焉。

神之來兮自帝所，百靈導從兮前歌後舞。駕風馬與雲車兮，和鸞鏘而翠旌舉。將揮斥乎八極兮，忽弭節乎此土。樂新宮之壯

---

[1] 安：原作“要”，據《全蜀藝文志》卷三七改。

麗兮，聊逍遙而容與。其一。

壽宮敞兮白玉堂，奏鈞天兮酌瓊漿。蕙肴蘭烝兮薦以蘋藻，神歡欣兮載色載笑。昇斯人兮樂康，千秋萬歲兮俾民不忘。其二。

神之去兮我心悲，乘回風兮載靈旗。電掃妖氛兮海波靜澄，疵癘不作兮年穀順成。保我國祚兮亘千萬祀，吾人報事兮有隆無替。其三。

時紹興丙辰中秋日記。

雙流縣城隍廟記　　　　　　　　　　　　任　淵

郡邑通祀城隍之神，蓋必有初，久而失其傳也。古者祀事下逮戶竈中霤，況城隍，郡邑所恃，有神司之，其尚何疑！昔梁武進兵郢城，有毛人數百踰堞而下，見於史策，則知崇墉深壍，當隆盛時，神所守護也。

雙流爲邑甚古。邑治東北有城隍祠，喬木蒼然，地勢深邃。昔人相宅於此，蓋以爲岡阜磅礴，淑氣所鍾，而東北艮方，於道家書是謂鬼神出入之門，其祠之地宜也。紹興二十五年，有因其頹圮，改築治西南者。令長屢易，邑居不寧，父老以咎儻在是。後二年，眉山李燾仁甫來令茲邑，始復其故。棟宇像設既已具體，仁甫去爲賓幕，予以無能，猥嗣其事。爭訟稀簡，催科不煩，官寺終日閴寂，如古招提，圄空或至連月。豈惟風俗淳厚，士民哀予疏拙，不忍累之，抑神之庇貺是賴。

遂以餘力增飾祠宇。繪塑之工，各致其巧。侍衛儼列，扁榜崇麗，氣象葱鬱，神用燕娛。稚耋歡忻，奉事彌謹，降祥儲祉，自今益蕃。

蓋神雖無方無體，不常厥居，而其好惡之情計亦與人不甚相遠。如大家世族轉徙僑寓，一旦返其百年故居，能不忻然樂之耶？漢家用諸儒議，徙甘泉、汾陰之祠於南北郊，而咎異著見。由此觀之，雖天地之神亦各願歆其舊也。夫神既不敢彌忘，舊貫不當改，前人之善不可沒其實，而圖籍記載，其事物廢興又將有考，皆所宜書也，遂書而刻之。

重修先主廟記

任　淵

　　智、力之不勝義也久矣。自昔英雄豪傑乘時崛起，有能仗義而行，偉然正大，指麾號令，天下從之。雖其不幸，不克大有所成就於當時，而風烈之餘猶足以聳動後世，歷千百載尊仰而懷思之，有不能自已者，非以義勝故歟？

　　東漢之季，王室陵夷，曹氏怙姦賊之資以擅中原，孫氏席彊大之勢以併江左，皆矜尚智力，求所非望，非有志於王室也。海内之士劫於威制，雖俛首聽從，而心不與之。至後世利害不相及，則排貶譏笑，未始不容。惟蜀先主昭烈帝以宗胄之英，負非常之略，崎嶇奔走，經理四方，最後伐劉璋，遂有蜀漢。蓋將憑藉高祖興王之地，建立本基，然後列兵東向，誅有罪而弔遺民，以紹復漢家大業。其理順，其辭直，非若孫、曹氏之自為謀也。當是時，丞相忠武諸葛侯實左右之。人品意象，高遠英特，駸駸乎伊、呂之間。應變機權，本於道德，内修綜核之政，外舉節制之師，欲以攘除姦凶，混一區宇，不負其君付託之意，可謂社稷臣矣。彼其君臣仗義而行，正大如此，是以海内之士心與而誠服之，舉無異論。雖厄於運數，屈其遠圖，而後世有讀其遺書、過其陵廟者，未嘗不咨嗟流涕、尊仰而懷思之也。夫義之所在，俯仰無愧，天地且將直之，見信於人，亦其理之然哉！

　　成都之南三里所，丘阜巋然曰惠陵者，實昭烈弓劍所藏之地。有廟在其東，所從來遠矣。大殿南向，昭烈弁冕臨之。東夾室以祔後主，而西偏少南又有別廟，忠武侯在焉。老柏參天，氣象甚古，詩人嘗為賦之。廟久不治，風雨摧剝，殿廡門牆，率皆頹圮破缺，像設僅存，至或露處。

　　紹興二十有八年秋九月，蜀當謀帥，上親擇廷臣文武兼資、可屬方面者，得中書舍人王公，命以龍圖閣待制制置四川，使出鎮成都，臨遣甚寵。粵明年夏四月，公始至，用故事謁諸祠奠獻。至此，顧瞻太息曰：“有大功德於蜀人，宜莫若昭烈、忠武。廟貌乃爾，亦獨何心！”亟命有司繕治之。鳩工庀材，咸有程度。以是歲十月己巳經始，落成於明年三月己丑。雖號為因舊起廢，實再造而一新之。棟宇宏敞，丹雘鮮明，堅壯精密，足以經久。祠與惠陵皆護以垣墉，限禁樵牧。築室忠武祠北，明潔幽邃，有事於神者得以休焉，蓋舊所無也。用工萬一千六百七十有八，爲錢無慮二百萬。木章竹個，取於津步商旅之征，勞與費民不知焉。

既成，命淵記之。淵懼陋不克稱，固辭，公不許，乃冒昧書其事。蓋嘗妄論王霸之説，以謂義近王，智、力近霸。竊觀昭烈、忠武之所爲，非深於王道，未易明其心於千載上也。今公之所學，宏遠高明，正論凛然，一以宗王爲本。嘗過公孫述廟，笑唾不顧，至劉蜀君臣，嚴事之如此，意固有在，非特以欽崇秩祀爲牧守之所當先也。鎮蜀未幾，威德流聞，民夷寧謐，視忠武不愧。異時志得道行，其助恢漢業，興三代之禮樂，不難矣。

公名剛中，鄱陽人。開豁邁往，而克勤庶事，綜練周密，治蜀之政，百廢具舉，不獨新此廟之可書也。

紹興三十年記。

郫縣善應廟記　　　　　　　　　　　　　　　黃夷則

乾道四年五月，左承議郎王君倬以四川制置使、兼知成都軍府事晁公武之辟，知郫縣事。是歲蜀旱，郫四郊之土裂而不合，實者秕，植者僵，秧者死。君憂見顔色，視事之日，走郡祀，無應者。聞諸父老曰："有浮屠氏之宫曰金仙，唐之靈澤寺，慈姥池龍娑竭羅王者故居也。以公精神禱之，或者其應乎。"公即衣冠，率僚吏，燎薌執板告。念起而雲旋，烟升而雨澍，百里内外，溝澮皆盈。君却蓋而返，民擁君馬首，手加額，喜至泣下，歲用有年。或議徹故祠新之，君方究求民瘼，蠲省浮令，兢兢亶亶，未皇也。

明年又旱，鄉大夫士若民相顧，邑落大作佛事塔廟，蓋凡古所謂求雨之術者既用矣。公作而言曰："鄉吾與爾有事於金仙之龍而應，今旱勢如此，爾將焉之？吾嘗讀忠文張公記，滋茂池龍娑竭羅者，登仙龍也，以慈爲心，以慈爲行，宅幽深隱，不爲物先，迫而後應，其得道者。意如何？"民曰："大夫，吾父母也，吾敢不唯父母命！"君走祠下，民闐然嚴旂幡、奏鐘鼓、錯諷唄從君，且飭壇宇，奉像設安置之，如君旨。雨霈然下者三日。君愀然曰："今凡再禱而再應，率不旋踵。令不令，豈宜有此？民輸其誠，神聽其聰，吾將何以稱之？視民愧矣。"明日，鄉大夫士之賢者謁君，且言：“大夫爲政，未幾而成，士力學，農力田，工商安其業。顧俗無悍驕，吏亡猾姦矣，龍之靈抑知君之爲。夫有德焉不報，非民也，固願新龍之祠，求公一言諾。”君曰：“是德爾民者，而報之宜，予何辭？”唯唯退，合財力爲之。楹以枚計者若干，廣袤以丈尋計者若干。幽深壹家，可宅可隱。

將以明年七月大作樂落成，走行李寶山下，謁記於導江黃夷則，且訂疑焉。夷則曰：予讀忠文公記僧供備之事①，異矣。予聞娑竭羅龍者，鹹海龍也。江、河、淮、濟，是惟四瀆，大川三百，小川三千，合焉而一之，是爲海。今環郫之地不滿百里，而金仙之湫視海當不啻合勺②，顧安焉不以爲小，何也？豈得道者合散無常，潛飛以時，乘雲氣，御陰陽，得於《易》所謂知進退存亡而不失其正者，故能不大瀛渤，不隘杯水，莫迎其首，孰尾其後？彼超忽變化者，宜優於此矣，尚何疑！惟滋茂之山，考之《登真書》，一曰慈姥，在益西南四百里，有靈藥可以已疾。山無毒害，猶慈姥焉，故曰“母”。訪諸秩祀，廟號“善應”而已，他未之聞也。今蜀人曰“善應夫人”，而忠文公之記亦曰封爲“善應夫人”者，抑第弗深考耳。廟故有像，王服而坐祀，即所謂娑竭羅者。今當以廟像爲正，而名其祠曰“善應”，或者其庶幾耶？予固未之必也。雖然，是固不可不記也③，爲之記。

王君字令修，雙流人，所至以豈弟慈祥得其民。再禱雨而應也，或問故，君曰：“天地惟無心焉，一於誠而已。至人亦惟無心焉，一於誠而已。人苟惟無心而返於誠，是之謂以一合一，天地可參也，而況於鬼神乎？況於人乎？吾非能然也，聞之師然也，而吾信之。”縣故有便齋，君至，字之以“敬簡”。嘗曰：“使今南面之君子皆敬以自持，簡以行之，如仲弓父之言以爲治，何有哉！”已而喟然。然則君之心，尚概見於此夫。

乾道六年記。

---

① 供備：原作“供事”，據靜嘉堂本改。
② 啻：原作“適”，據靜嘉堂本改。
③ 不可不記：原作“不可記”，據文意補。

靈泉縣尉廳南康王祠記

李流謙

　　尉廨之南康祠，不治久矣。頹壁蠹椽，厄以風雨，像設黯晦，香火衰寒，過者弗莊。非神則然也，所宅之地然也。尉之居如蟻垤，如蝸廬，吏卒如凍蠅，尉窘悴清苦如寒蟬。而神下臨之，其祠之陋，興廢而莫之葺，固理也。予之來更二十晦朔，慨然欲葺之而不果，今僅如志。然既盡用其力，亦姑補其缺壞與祓飾其舊，而不能大有所更革。又自秋徂冬，凡數閱月，始訖役。其難若此。嗟乎，亦可憐矣！

　　既已事，酌酒而告之曰：督姦詰盜，尉職也；神不耻而宅於是，亦其職也。尉職明，神職幽，然尉不若神之靈①，明不若幽之察，則神舉職爲易，尉實賴焉。苟疆隅妥清，凶梗遏伏，尉安於明，則神安於幽矣。夫如是，神之祠一日不葺，尉何面目視神？謹用書之壁，以告神，且以告後來之尉，俾曰：若予之謬，猶知倚神而葺是祠，其不謬於予者，祠必可保其勿壞。

南康郡王廟記

張　繽

　　郡邑通祀有功德於其民者，蓋古制也。秦時蜀守冰鑿離堆，辟沫水之害，溉田以億萬計，相與尸而祝之者今環蜀境。漢興，守文翁飭屬諸生於學，蜀地學京師者比齊魯。其後學校官爲石室以祠翁，至欲與周公、孔子配。秦守以功惠，漢守以德教，光明俊偉，世傳誦之。自是以來，凡守之賢者，蜀人必爲建祠，或繪其像，天下名鎮未是有也。何者②？蜀遠而地勝，受蜀之寄必其要官大人所可倚重者，丞相、御史往往不盡拘以文法，政令能專，膏澤可下。而蜀之人亦以所事於君師者事之，安其令而不違，故雖去而敬其奉嘗，猶不敢忘。然則蜀視天下，其亦可謂敦厚而易治矣。

　　唐制用節度使治蜀，前後名人相望。韋南康王在治最久，德惠最著。

---

① 若：原作“告”，據《澹齋集》卷一五改。
② 何：原作“甚”，據萬曆本《全蜀藝文志》卷三七改。

今蜀人之祠王者秩於土神，家有其像，而府城内外獨無專祠，於禮爲不稱。今龍圖閣直學士、四川制置使内相胡公鎮蜀之明年，惟蜀諸路鹽之額浮，茶之賦重，與夫夔峽科買金銀之弊，垂六十年，民力重敝，吏陰拱熟視，莫一措手。公悉審核精考以聞，凡所以爲民之瘼者不一而足。公討理脉絡，刮求根株，盡變革乃止。初，青羌奴結之未就順也，公時方入境，增調西兵，指授方略，扼其脊尾，制不得肆。至是懾服，面縛塞下，環蜀地數萬里安於静簡，雨暘順序，年穀屢豐。衆政既舉，乃講舊典之缺，度故宫宇之隙地，新庀王祠。門屋耽耽，廣殿渠渠，修廊環擁，便坐後列。經始於八月之庚申，告成於十二月之庚戌。土木陶甓朽墁之工凡九千六百五十四，費一出於官，而民不與知。蜀人戴公之德，猶昔之德王也，王祠既建，民益抃舞。

繡以部中守吏，入受約束於公府下，公命繡記其事。辭不獲請，繡乃復考王之終始而復於公曰：“王治蜀二十一年，當貞元姑息猜忌之間，外能折吐蕃之鴟張，以功自結於朝；中能撫柔其民，三歲一復，使蜀士晏然，皆樂其生。王之德於蜀蓋如此。然王之始進也，以隴州假守斬朱泚之使。至其末也，露章斥王叔文之姦，建請憲宗監國，朝廷爲之增氣。大節凛凛，皎若日月，豈獨書治蜀之功哉！且今之蜀猶昔之蜀也，王用蜀兵破吐蕃四十八萬衆，俘其驍酋，靡不如志，雖諸葛孔明南定之功，無以尚之。而往者數歲間，黎雅小夷陸梁山谷，吾將士乃巽懦不武，久無尺寸功，今始聞其稽顙屈服。然則王之折衝英略，著於簡策之舊者，其可不崇大之，以昭示來葉？公方將奮張王靈，洒掃宇縣，以成陛下復古之烈，宜於王眷然興懷而不置也。”語未既，衆皆起，曰：“子之言然①，盍遂書之？”繡因以其事敬書於石。王諱皋，字城武，《唐史》有傳。

淳熙五年十一月壬申記。

城北靈應廟記

楊祖職②

惟天地人，勢異而理一。自其異而言之，不知其相距幾千萬里，而升

<hr/>

① 子：原作“予”，據《全蜀藝文志》卷三七改。
② 職：疑當作“識”。楊祖識，字世孫，成都人，楊天惠之孫。見《全蜀藝文志》卷四八游桂《楊祖識謚議》、卷五四費著《氏族譜》。

降往來，若爲其相通也。自其一而言之，則所以主張是、維綱是、推行是者皆有所主，非偶然者。自軍興以來，蜀土無風塵之警，所以庇之者，誠國家德澤之滂流，亦神靈效順之陰助也。嘗謂敵人窺境，草竊扣關，咸見威光烜赫，震怖崩潰；師旋之後，梓潼祠門馬背汗洽，而後知神之賜也。眾目感泣，恨無報，於是所在設行祠，以昭奉事。

維神居掌參宮①，治在水府，佐姚佑唐，助順翦逆，逮於我宋，逾八百禩，厥功愈昭。自國家龍興以來，蜀四受兵。咸平中，均、順悖於成都；熙寧中，生羌擾於汶川；建炎、紹興之間，北鄙大警。凡再不靖，神皆以陰兵助王師，使蜀父子兄弟不困鋒鏑，而朝廷無西顧之憂。靈迹晰晰，具載紀牒。若夫雨暘之祈應於影響，夢寐之祥契於符節，使人移孝爲忠，助國施化，炳然一方，如在上下，如在左右。故丞相文公彥博、韓公絳、張公浚，其司川蜀，皆先嚴奉。

成都會府也，而舊祠附於城北羌神七聖廟中，蜀人大以爲慚。於是四民盡技，以自獻於神，即故地而改築之。規模宏大，即十四年弗能就其什五，主事者半已散亡，或幾於廢。今制置龍學胡公過而矍然曰：“嘻！此民之庇也，而緩如是，何以爲國事神？然民力微矣，成功隳矣，前日之費，其可復得？”乃出緡錢終之，以侈神賜，以畢民願，以息人勞，不負國家寧神之意，而民不知。凡爲費無慮四萬七千緡，爲屋百四十有七楹。大殿四，設廳一，更衣之所、齋宿之居、庖厨廩藏，莫不嚴備。門觀翬飛，修廡繩直，洞戶閟宮，倚漢薄雲。遠邇聚觀，又以爲公與神夙契，非偶然者也。

祖職嘗讀書，沉思静慮，若有所得，默喻身世之去來，了然胸中，而不能以告人。嵩嶽之神降爲申甫，箕尾之宿本於傅説，當時所傳，必有受授。昔江瀆祠宇，密學蔣公伐其木②，而潞國文公壯其居，皆有其故。如公設施，要有知其解者，豈祖職所能識哉！

僝工以淳熙五年六月五日，斷手以六年七月六日，而祖職爲之記，以是月旦。繫之以詞③，以送迎神，使巫覡歌之。詞曰：

荃來朝兮帝閽，理集計兮天階。抗霓旌兮上征，纏瓊佩兮植

---

① 掌：原作“撐”，據文意改。
② 伐：原作“代”，據静嘉堂本改。
③ 詞：原作“祠”，據静嘉堂本改。

圭。將歷參躔兮揖太微，羌按節兮中堂。整星弁兮峨峨，澹容與兮重行。載朱鳥兮馮蒼龍，出天門兮上扶桑。荃歸宿兮紫壇，雲裾翩兮下來。閶闔啓兮奔飛廉，騎繚轉兮西南。復緤馬兮中唐，脫劍履兮從容。外告辨兮方歸，左蟲象兮右文魚。掩貝闕兮嚴水扉，荃倏忽兮往還。監茲土兮相羊，伯正直兮民康。能齊宿兮事神，眷顑顔兮勞之。篆雲鳥兮記將，將用復兮帝庭。降錫伯兮純嘏，溢斯民兮鼓舞。醼芳烈兮牲肥，騫報祀兮無窮。仰盻饗兮億年，與國祚兮天長。

靈應廟記

章　森

神，孔子不語，神哉其茫忽乎！蜀人指汙馬、城呼等事，神我七曲祠張王舊矣，至今父老語咸平成都均、順之變，熙寧茂州生羌之擾，猶震讋自失，故祠王遍郡國，雖里社亦屋以祭。皆曰："耿耿王靈，功在蜀，其不可誣。"蓋非祝史覡人執懺怳譎怪以亂斯民耳目者。王祠七曲自唐，我聖朝屢頒勳爵，今爲英顯武烈忠祐廣濟王，極所尊禮也。

森聞之，神則天，天遍體於物，神體物而不遺者也。陽開陰闔乎覆載之兩間，無一弗察焉。猶曰官各以其職，凡南面出政教皆天子所也。海嶽山川之靈，匪天也耶？王，天人，莅蜀猶所治，宜執尺誅，掃蕩醜逆，以振我國家，以燕佑我蜀人如此。成都根抵，得祠成都尤宜。故祠在城北五里，與神羌並。規制下窄，像室黯漫，獨兩額有咸平、政和歲月可考，用知蜀人以功祠王信如狀。今祠即故地而更徙之，是崇是廓，隆伏衍迆，卜惟吉。

淳熙六年夏四月，森實來成都主銓試事。事已之明日，謁王今祠下。大扃傑觀，層殿中屹，隆棟翬起，堅礎磐踞，翼之修梦，護之椓垣。殖殖其庭，萬騎斯容，夕牲之所隅列焉，蓋夥爲王宮沈沈者。王得祠蜀，蜀祠莫此擬。問孰何所經始，退曰：蜀守楊君從望與其鄉大夫士若而人。問之日月，則前歷八十五甲子矣。問役，曰：凡則事半前之人，功倍之，今制置使胡公力矣。公於蜀寧固根本，衆蠹具飭。摘山煮泉，昔病而今瘳；椎結卉服，始叛而終臣。時雨時暘，仍歲大熟，蜀廓廓無事矣。於是因我蜀人所以德王者，求妥王靈，以永我終庇。乃捐寬儲，與之講畫，四蜀部使者聞之來助①。取材某山以時，簡某工惟良。歷十有四月，祠成，民不知所爲役也。嗚呼，廢興時哉，成否人哉！

辭麗牲之石，公以屬之森。元年秋②，森泝舟，連三日驚，夜夢贊者肅入庭，呼語云云，自是涉驚湍無恐。今視之處，嘗所夢者，王若惟我私。儻屬焉其在茲，森不得辭。

公名元質，字長文，平江人，近旨加敷文閣學士再任。若主計考工條目之詳，有碑陰在。辭曰：

> 莫見乎隱，莫顯乎微。天耶人耶，闔闢一機。我蜀父兄，兵革不識，惟天子德，惟王之力。於赫王靈，帝命孔將。靡譎用張，覘資而猖。移孝爲忠，我觀厥初。施於我民，帝心之符。玉虯驂雲，靈奄來下。雙鍔余佩，岷流余帶。宏賁茲宮，且焉止斯。匪王其寧，以寧我西。師帥今公，爲天子使。王命自天，亦相天子。肅肅我疆，萬詩書家。王燕翼之，公心孔嘉。曰王曰公，我蜀敢私！帝其命哉，四方其圖之。

淳熙七年記。

---

① 來：原作“求”，據靜嘉堂本改。
② 元年：當是“六年”之誤，即淳熙六年。

成都文類卷三十四

記

祠 堂 一

諸葛武侯祠堂記 （唐）裴 度

　　度嘗讀舊史①，詳求往哲，或秉事君之節，無開國之才，得立身之道，無治人之術。四者備矣，兼而行之，則蜀丞相諸葛公亮其人也②。公本系在簡册③，大名蓋天地，不復以云。當漢祚衰陵，人心競逐，取威定霸者求賢如不及，藏器在身者擇主而後動。公是時也，躬耕南陽，自比管、樂，我未從虎，時稱"臥龍"。《詩》曰："潛雖伏矣，亦孔之炤。"故州平心與，元直神交④。洎乎三顧而許以馳驅，一言而定其機勢。於是翼扶劉氏，纘承舊服，結吳抗魏，擁蜀稱漢。政刑達於荒外，道化行乎域中。誰謂阻深，殷爲强國；誰謂輕脆⑤，勵爲勁兵。則知地無常形，人無常性，自我而作，若金在鎔。故九州之地，魏有其七，我無其一，由僻陋而啓雄圖，出封疆而延大敵。財用足而不曰浚我以生⑥，干戈動而不曰殘人以逞。其底定南方也，不以力制，而取其心服；震懾諸夏也，不敢角其勝負，而

---

① 舊：原作"漢"，據成都武侯祠原碑改。

② 碑無"亮"字。

③ "在"上碑有"載"字。

④ "故州平"二句：原作"荆州平心與玄德神交"，據碑改。按：州平，崔鈞字；元直，徐庶字。

⑤ 輕：碑作"蓮"。蓮音 cuō，脆弱。

⑥ 財：原作"則"，據碑改。

止候其存亡。法加於人也，雖死徙而無怨①；德及於人也，雖奕葉而見思。此所以謂精義入神，自誠而明者矣。若其人存，其政舉，則四海可平、五服可傾。而陳壽之評未極其能事，崔浩之説又詰其成功，此皆以變詐之略論節制之師，以進取之方語化成之道，不其謬歟！夫委棄荆州，不能遂有三郡，此乃務增德以吞宇宙，不黷武以爭尋常。及出斜谷，據武功，分兵屯田，謀久駐之計②，與敵對壘，待可勝之期，雜乎居人，如適虛邑，彼則喪氣，我方養威。若天假之年，則繼大漢之祀，成先主之志③，不難矣。且權傾一國，威震八紘④，而上下無異辭⑤，始終無愧色，苟非運膺五百，道冠生知，曷以臻於此乎！故玄德知人之明者，倚仗曰"魚之有水"；仲達姦人之雄者，嗟稱曰"天下奇才"。

度每迹其行事，度其遠心，願奮短札⑥，以排群議，而文字蚩鄙，智願未果。元和二年冬十月，聖上以西南奧區，寇亂餘孽⑦，罷甿未息，污俗未清，輟我股肱，爲之父母，乃詔相國臨淮公由秉鈞之重，承推轂之寄。戎軒乃降，藩服乃理。將明帝道，陟落綏懷；溥暢仁風，閭閻滋殖。府中無留事，宇下無棄才。人知嚮方，我有餘地。則諸葛公在昔之治，與相國當今之政，異代而同法矣⑧。度謬以庸薄，獲參管記⑨，隨旌旄而爰止，望祠宇而修謁。有儀可象，以赫厥靈。雖徽烈不忘，而碑表未立。古者或拳拳一善，或師長一城⑩，尚留斯文，以示來裔，況"如仁"之嘆終古不絕⑪，其可闕乎！乃刻貞石，庶此都之人存必拜之感云爾。銘曰：

　　昔在先主，思啓疆宇。擾攘靡依，英雄無輔。爰得武侯，先
　定蜀土。道德城池，禮義干櫓。煦物如春，化人如神。勞而不

---

① 徙：原脱，據碑補。
② 謀：碑作"爲"。
③ 志：原作"智"，據碑改。
④ 威：碑作"聲"。
⑤ 而：原無，據碑補。
⑥ 札：原作"袖"，據碑改。
⑦ 孽：碑作"烈"。
⑧ 法：碑作"廛"。
⑨ 記：原作"計"，據碑改。裴度時爲武元衡西川節度掌書記，故曰"管記"。
⑩ 城：原作"誠"，據碑改。
⑪ 如仁：原作"如在"，據碑改。孔子稱贊管仲："如其仁！如其仁！"此處以諸葛亮比於管仲，故曰"如仁之嘆"。

怨，用之有倫。柔服蠻落，鋪敦渭濱。攝迹畏威，雜居懷仁。中原肝食，不測不克。以待可勝，允臻其極。天未悔禍，公命不果。漢祚其亡，將星中墮。反旗鳴鼓，猶走司馬。死而可作，當小天下。尚父作周，阿衡佐商。兼齊管、晏，總漢蕭、張。易代而生，易地而理①。遭遇豐約，亦皆然矣。烏乎！奇謀奮發，美志天過②。於嗟平、立，咸受謫罰。聞之痛之，或莅或絕。甘棠勿翦，騂邑斯奪。繇是而言，殊途共轍。本於忠恕，孰不感悦；苟非誠愨，徒云固結。古柏森森，遺廟沈沈。不殄禋祀，以迄於今。靡不駿奔，若有照臨。蜀國之風，蜀人之心。錦江清波，玉壘峻岑，入海際天，如公德音③。

元和四年記。

縻棗堰劉公祠堂記 　　　　　　　　　　　　　何　涉

益居三蜀中，地廣衍，疏衆流以沃民田，以塹都邑，由是得川名。故時汶江跳波，刮午門南，東注。治有子城，而無郛郭。唐丞相高公駢之作牧也，懲蠻詔張吻，擇腴而噬，且謂走集宜險，因度高城其外④，周數十里，開包橐以容居民。築堤郫江，號縻棗堰，折湍勢，匯於新城北，以休養生聚，護此土不然。五代遘屯，靡皇西略，兩僭相繼，弗恤弗備。

皇朝乾德四載秋七月，西山積霖，江水騰漲，拂鬱暴怒，潰堰，蠡西閭樓址以入，排故道，漫莽兩堨，汹汹趨下墊。廬舍廛閈，浩乎若尾閭橫決，傍無厓滸。思次之㫋，與交易之質劑，離聯渾沄，雜百物資儲，蔽波而逝。獨用晝故⑤，民得不爲魚。開寶改號之初，天子輟端明殿學士、尚書兵部侍郎劉公熙古帥州，始大修是堰，約去訖民害，招置防河健卒，列營便地，伺壞隙輒補。以故連絕水虞，比屋蒙仁，多繪像而拜，思之與乖

---

① 地：原作“代”，據碑改。
② 志：原作“智”，據碑改。
③ 如：原作“知”，據碑改。
④ 城：原作“域”，據四庫本《全蜀藝文志》卷三七改。
⑤ 晝：原作“畫”，據文意改。

崖等[1]。自時厥後，綿祀八十，功忽而歲輕，事久而日遺。言言巨防，朘薙隤毁，升高遐望，江之端頫城大醫，如餒鶩焉。恬而弗圖，可爲駭嘆。

慶曆乙酉，朝議曩霄歸款[2]，西邊粗定，回顧井絡，宜得良帥，遂自隴右加今知府文公樞直，改轅而來，畀厥飢羸，使安業乳哺。公力勤才敏，不以高簡自飾，視劇冗若坦解牛[3]，若石運斤。幽陰阬蹊，燭露夷易，巨細疏密，莫不曲到。一日，嘗從僚吏詣所謂縻棗堰者，左右臨顧，推本利害，而曰："非中山公，成都其瀦乎！昔者勤勞何謂，後者解弛何謂？將利近易知，害遠難究哉？以吾爲尹於兹，誠不可遺西人他日戒懼。"由是大營工揵，益庳附薄，爲數十百年計。盤據廣袤，罔分隖屬，湯湯洪波，演漾徐轉。堰脊舊有神宇，榜曰"龍堂"，俚而且巫，義不足訓。公以爲，思人愛樹，《國風》所由著美，今中山之德入人深如是，而廟貌弗建，實前所闕。因易新制，敞劉公祠堂其上，爲里禜水旱、報豐穰之所。矧自經始，公發之，既作，公巡之，已成，公落之，可謂惠訓不倦，功施於民君子矣。

越踰月，涉承檄至府下，公具道首尾，仍命縷其事，將金石刻。涉按《祭法》，能禦大菑則祀。若劉公者，築堰以除民害，其禦大菑者與。《春秋》常事不書，非常，書。公增修兹，爲無窮利，其非常者與。衆皆曰然，遂列言以獻。

慶曆六年記。

張忠定公祠堂記

王　素[4]

我國家天命開基，藝祖以聖功神武烜赫寰海，初拔上黨，取維揚，納高氏，復長沙，乃議伐蜀。一日，召諸將於便殿，出川峽地圖，指示方略。靈旗西展，劍南悉平，元元仰首，始見白日。非發於淵衷，授以成算，疇能若此之速也！

自乾德三年距嘉祐四年，守是邦者三十九人，皆巨公碩望，政孚惠

---

① 思：原作"恩"，據四庫本《全蜀藝文志》卷三七改。
② 款：原作"嘆"，據《全蜀藝文志》卷三七改。
③ 冗：原作"穴"，據《全蜀藝文志》卷三七改。
④ 此文作者原署爲"缺名"，據静嘉堂本本書目録改。王素以嘉祐四年知成都府。

洽，鎮安遠俗，誠有賴焉。惟清河尚書張公乘狂寇之餘，負濟時之術，制權臣，平亂階，庸蜀底定，吾民汔康。恩淪骨髓而不竭，信堅金石而不變。一言一話，談之者以爲美；一舉一動，守之者不敢踰。何其德之重、才之傑也如此！《書》曰“民心無常，惟惠之懷”，《詩》曰“愷悌君子，民之父母”，公之有焉。天子知公政成，發節促召，吏民叩庭而告，願留儀形，得慰去思。智不自滿，拒而弗許。嘗留書一幅遺僧希白，題曰“後十年方開”。公捐館宛丘，希白聞訃，持以趨府，言如所期。啓封斂觀，乃公畫表，自號“乖崖公”。命繪於天慶觀之仙遊閣。

今年春，素承乏來益，始謁諸廟，見公之容，愀然嘆曰：“張公勳業在人，祠尚未立，闕孰甚焉！”因諭從事興起之。會鈐轄營東署材具，而待歲月之便，至和中增巡檢司，廢而不居。合二宇而成之，不撘民力，不奪農時，無可得而譏也。遂集寮案，整衣冠，潔籩豆，嚴奠獻。是日，州人無幼艾，捧牢酒，或喜或泣，拜於堂下，衆懷感慕，如公復生。昔周人之思召公，愛其甘棠，勿翦勿伐，今此舉也，予何愧焉？繼此守者，升公之堂，見公之像，畏之如神明，尊之若師表，勉當重寄，無忝前良，使賢躅美政亘耀千古，不其偉歟！

嘉祐四年記。

文翁祠堂記

宋　祁[1]

蜀之廟食千五百年不絕者，秦李公冰、漢文公翁兩祠而已[2]。冰爲蜀鑿離𡼲，逐悍水[3]，以溉民田，溉所常及，無旱年。西人德之，因言冰身與水怪鬭，不勝，死，自是江無暴流，蛟蜃怖藏，人恬以生。故侈大房殿，歲擊羊豕雉魚，伐鼓嘯簫[4]，傾數十州之人，人得侍祠，奔走鼓舞，以娛悅神，祝已傳嘏，而後敢安。翁之治蜀[5]，開學校，以詩書教人，澡

---

　　① 此文作者原署爲“缺名”，據靜嘉堂本本書目録改。《宋景文集》卷五七、《皇朝文鑑》卷七六、《全蜀藝文志》卷三七，亦收有宋祁此文。
　　② 已：原作“祀”，據《宋景文集》卷五七改。
　　③ 悍：原作“捍”，據《宋景文集》卷五七、《皇朝文鑑》卷七六改。
　　④ 嘯：原作“笑”，據《宋景文集》卷五七改。
　　⑤ 翁：原作“公”，據《宋景文集》卷五七改。

刷故俗，長長少少，尊尊親親，百姓順賴。其後司馬相如、王褒、揚雄以文章倡，張寬以博聞顯，莊遵、李仲元以有道稱，何武入爲三公，漢家號令典章，赫然與三代等。蜀有儒，自翁始，班固言之既詳矣。

初，公爲禮殿，以舍孔子及七十二子之像，殿右廡作石室，舍公像於中。晚漢學焚，有守曰高眹能興完之，後人又作眹像，進偶公室。歲時長吏率掾屬諸生，奉籩豆饗醪薦於前，虔跽謹潔，一再奠而退辭，無敢不信焉[1]。冰以功，翁以德，功易見，德難知，故祠雖偕，而優狹異焉。

嘉祐二年，予知益州，往款公祠，至則區位湫溢，埃蝕垢蒙，不稱所聞。大懼禮益懈忽，神弗臨享。其明年，乃占學宮之西，攻位鳩工，弗亟弗遲。作堂三楹，張左右序及獻廡，大抵若干間。布尋以度堂，累常以度庭，疏窗以快顯，壯闔以嚴閉。采有青丹，陛有級夷，瓦密棟強，若棘若飛。乃肖公像於宁間[2]，繪相如等於東西壁。本古學之復莫若眹，本今學之盛莫若故樞密直學士蔣公堂[3]，故繪二公於宦漏，皆配祠焉。於是擇日告成於神。揖而升，籩罌、果酒、脯脩紛羅而有容，可以告虔[4]；趨而降，罍樽、巾洗、席燎並施而不悤[5]，可以盡儀。相者循循，任者舒舒，禮生於嚴廣，靈妥於閑寂故也。

噫，自公以來，蜀之人自視若鄒魯。宋興，名臣巨公踵相逮於朝。先帝時，巨盜再作亂，弄庫兵，爭劍閣，是時蜀豪英無一污賊者，群頑愁窘，不容喘而滅[6]，非人知忠、家知孝使然耶？所使然者，不自公歟？傳曰"非此族也，不在祀典"[7]，公在之矣。則是祠之作，願自余而古，無俾壞息云[8]。

祠之興，同尚之賢，則轉運使趙抃及提點刑獄使者凡三人；賢輔之勤，自通判軍州事祝諮以降六人；營董之勞，自兵馬都監毛永保而下二人。咸畫像於西廂，列官里於石陰。

銘曰：

---

① 敢不：原作"不敢"，據《宋景文集》卷五七改。
② 肖：原作"省"，據《宋景文集》卷五七改。
③ 故：原作"古"，據《宋景文集》卷五七改。
④ 告：原作"造"，據《宋景文集》卷五七改。
⑤ 席：原作"度"，據《宋景文集》卷五七改。
⑥ 喘：原作"啄"，據《宋景文集》卷五七改。
⑦ 祀：原作"祠"，據《宋景文集》卷五七、《禮記·祭法》改。
⑧ 壞：原作"外"，據《宋景文集》卷五七改。

公二千石兮守大邦，冠峨峨兮綏斯皇。出有瑞節兮車騎羅，石室孔卑兮人謂何？新堂翼翼兮耽耽，庭廣直兮序巖巖。吏奉神兮不譁，神來徙兮此其家①。儼群賢兮並陳，公所教兮如其仁。庖魚挺兮俎肉鮮，神來享兮憺宛延②。公教在人兮無有頗，蜀賢不乏兮才日多。俗祥順兮孝慈③，公祀百世兮庸可知。

治平四年記。

學射山仙祠記　　　　　　　　　　　　　　　　　　文　同

龍圖閣直覺士趙公抃治平二年夏四月被詔守蜀，明年春三月上巳來遊學射山④，主民樂也。

故事，有張柏子者嘗居此學道，以是日成，得上帝詔，駕赤文於菟，籥雲衢⑤，迒天闕以去。爾後凡其時，兩蜀之人如以戒令約不赴而有所誅責者，犇走會其上，詣通真觀禱其神，從道士受秘籙以歸，一年禍福率指此日惰與恭之所招致也⑥。自昔語如此，人益起敬。逮今遠近以期而至者愈無執數。成都燕集，用一春為常，三日不修，已云遠甚，然各有定處，惟此山之會最極盛矣。太守與其屬候城以出，鐘鼓旗旆綿二十里無少缺。都人士女被珠貝，服繒錦，藻繢巖麓，映照原埜，浩如翻江，曄如凝霞，上下立列，窮極繁麗。倘佯徙倚，直暮而入。

公既至，喜遊人之逯然，復愛其地距城不一舍，而孤嶺橫出夷陸，景氣殊曠絕，但謂宮室獨與物不比稱。明日，召知縣事李君弼賢語之曰："此隸治下，載籍譜，實號勝處，而模矩制量諸不如所說，奈何議者不咎，將屬之於守宰歟？予與君其欲對人不愧中，在謀其完矣。"遂授之宜所以當然者。君曰："諾。公所命，弼賢能為之。"乃調匠度材，悉以良法，不煩公，不傷私。未逾時，而已云事畢矣。為三清殿，為張先生祠堂，為

---

① 徙：原作"此徙"，據《宋景文集》卷五七改。《皇朝文鑑》卷七六作"格"。
② 宛：原作"冤"，據《皇朝文鑑》卷七六改。
③ 孝：原作"考"，據《宋景文集》卷五七改。
④ 月：原脫，據《丹淵集》卷二四補。
⑤ 籥：原作"蘥"，據《丹淵集》卷二四改。籥通躍，踏也。
⑥ 日：原作"曰"，據《丹淵集》卷二四改。

道宮齋館，爲燕宇便室，與凡所以可爲之事者一一無不有，亡慮三十楹。開岵延連，輝顯華旿，兀於雲際，勃於林表，誠棲真秘厦，而合宴之佳觀也。

自是日有來者，嗟頌顧矚，聚吻而談曰："此地不知化爲榛墟者凡幾年，一日爲賢者所經慮，芟舊而揭新之，詎偶然耶？豈神靈所居不可廢，待其人而後俾興之邪？不然，何歷歲滋久，而無一有所問者耶？蓋屬之我公也①。盍延其傳，以附於地志②？"公因使文同爲之紀其粗。四年記。

范文正公祠堂記　　　　　　　　　　　家安國

公嘗曰："周、漢之興，天下爲福爲壽數百年，當時致君者，功可知矣。周、漢之衰，天下爲血爲肉數百年，當時致君者，罪可知矣。"考公之時，朝廷致君之人，喜功畏罪者尤多，惟公之望，節若南山，貴名之起，揭如日月。亘諸夏之廣，盡九夷之陋，凡有舌者皆恥不談希文，何耶？好善優於天下而已矣。善人，天地之紀也，政教之本也。其所以優於天下者，能思天下之所不思，能爲天下之所不爲，先天下之憂而憂，後天下之樂而樂也。然知爲可憂，則先王之澤無不被於世矣③；知爲可樂，則一夫之生無不獲其所矣。公之憂如是，而竟無以解其憂；公之樂如是，而竟不得享其樂。豈成功則天歟？公疏上壽儀以正君道④，諫楊太妃不可稱制以立母儀，述張華事西晉以諷宰相，此天下所不能思也。公參大政，首請天下興學，取士先德行不專文詞，減任子以除冗官，此天下所不能爲也。上《百官圖》以任人材，舉縣令、擇郡守以固邦本，保直臣、斥佞人以明國聽，復遊散、去冗僭以厚民力。此天下之憂，而公先之也。西民禍兵，以龍圖閣直學士帥延、慶。橫山、靈武，勢如腐槁，朝廷乃以邠州管內觀察使授公。公曰："漢御史出案二千石；唐御史，節度使以軍禮見；本朝學士、丞、郎出臨戎閫，節度諸將望風禀律。皆由朝廷之重也。居內朝近侍之職，有彌縫闕失之道；若貪厚祿，換此外帥，體當承迎朝廷指

---

① "蓋屬"句：原無，據《丹淵集》卷二四補。
② "地志"下原有"宜矣"二字，當是衍文，據《丹淵集》卷二四刪。
③ 被：原作"備"，據雍正《四川通志》卷四一改。
④ 道：原無，據四庫本《全蜀藝文志》卷三七補。

縱，無復議論廟算得失矣。況西華之人知有龍圖老子，不知有太尉也。"竟辭。元昊以書窺伺朝廷，公惡其僭號，斥不爲奏，自答其說，諭以逆順禍福之理。元昊卒伏公言，稱臣請和。此國强民息，天下知其樂也。

然則所謂優於天下者舉是耶？於事則顯功也，於善則粗迹也。上臣之善莫大於禮樂，世有不得其門而入，雖房、杜之美，其如不能何！庠序者，禮樂之門也。得其門，知其文矣；知其文，達其情矣；情文備，則致君挈國之功，言不下帶，而禮化行如神矣。吾宋聖治，迨慶曆僅百年，太平之效，以文致實，景德、祥符之風不減三代；而功成治定，未暇制作，天下之人望禮樂之門，不得而入。公闢其門，使天下由之，雍泮之水洗天下之心。後進之君子，先進之野人，參軌結轍，可以論述制作者與時輩出。然考積德之年，天實有所興也。

成都學宮，西南觀教之地，二漢以降，非善人之迹不存。近世宏堂列像，迨逾百人，皆所遵德景行。熙寧初，公仲子丞相純仁漕蜀，西南之人始請公像，圖之經史閣西廡，諸生歲時謁款於前。以筵俎未稱，積愧甚久。元祐戊辰，寶文閣直學士李公尹蜀，誠於應物，樂於爲善，凡可以成法者皆欲舉之。客有告曰："蜀有學自文翁始①，本朝郡邑有學自范文正公始。天下之爲烈者，先王之所不遺；法施於民者，世主之所必報。不遺之所以顯仁，必報之所以立義。事有惻然之仁、孑然之義，一及於蟲魚草木，雖曠代異古，且猶不忘，況赫赫耳目之前，明德輔世，及於士民乎！願正公祠，使天下爲善者勸。"李公樂其請，命工成之於禮殿之東，與石室對峙焉。客喜而歌曰：

> 岷山之靈，會公之英。千歲之聲，非雷非霆。道德之澤，以保我後生。明哲之誠，禮義之經。百世之廟，如日如星②。教化之功，地平而天成。

郫縣何公祠堂記

侯 溥

君子治亦仁，亂亦仁，治亂殊時，而君子之仁一也。孔子曰"殷有三

---

① 翁：原作"公"，據四庫本《全蜀藝文志》卷三七改。
② 下"如"原作"之"，據嘉慶本《全蜀藝文志》卷三七改。

仁焉",其以異於迹而同於心乎。微子之去,無以異乎箕子之留而囚辱也;箕子之囚辱,無以異乎比干之諫而剖剔也。先王廟貌,去則祀,否則絕,微子不敢留;先王大法,生則傳,否則亡,箕子不敢死;先王忠義,死則得,否則喪,比干不敢生。各有所當然爾。

漢德中缺而大盜作,方此之時,蜀郡有二仁焉:生焉而仁,其唯揚子雲乎;死焉而仁,其唯何君公乎。子雲於漢爲給事黄門,三世不徙其官,其受禄也輕,其任事也微。一日遭新莽之變,而責子雲以死國,是不知道者也。《詩》曰"既明且哲,以保其身",子雲之謂乎!君公起諸生,而位三公,爵通侯,主在與在,主亡與亡,固其職矣。姦慝構誣,卒以隕生①。《詩》云"之死矢靡它""之死矢靡慝",其君公之謂乎!子雲不死,而《太玄》《法言》垂之萬世,猶箕子之有《洪範》也;君公不生,而高名大節,千古凛凛,猶比干之諫而死也。使子雲有君公之位,而君公居子雲之地,則亦彼死而此生矣。生者以文傳,而死者以忠傳。文可日見,忠隨世異,是以子雲之祠盛於蜀②,而君公獨未聞焉。

君公葬於郫,綿東漢,閱劉蜀,歷二晉,以至於唐,至於五代,至於今,蓋亦久矣。宅兆四周,化爲畦塍,貧夫力耕,殆至穿夷。所賴以知者,特二石柱爾。知府大資政趙公聞之,惻然曰:"君公之忠可以摩激萬祀,今也食不得以血於廟,墓不得以鬣於田,殆非所以揚厲名教。"乃籲有司移告於郫,俾治厥封,俾建厥祠。於是著作佐郎趙潏以縣令實職其事。先是,嘉祐中邑儒何昌禹嘗憤居民穰此墓之四周,而末如之何,因其賣之也而市之。至是,其侄邁獻其地三百步。有進士宋誠倡邑之學者,復市二百步以獻。昔墓且毁,今築以修;昔廟未建,今宇以祠。乃礱石柱,鑱識年月;乃殖嘉木,表正疆畛。

功既集,大資政命溥爲之記。溥伏觀古之君子立身行己,太上立天下之所不能立,行天下之所不能行;其次立所難立,而行所難行;其次立所當立,而行所當行。如君公者,蓋竊以爲得其上焉者矣。封其墓,建其祠,其誰曰不然?

熙寧六年記。

---

① 卒:原作"率",據《全蜀藝文志》卷三七改。
② 祠:原作"詞",據《全蜀藝文志》卷三七改。

成都文類卷三十五

記

祠　堂　二

張忠定公祠堂記

楊天惠

　　故贈尚書左僕射濮陽張公爲政於蜀久矣，然蜀人奉事如新行臺，畏愛如隔信宿。蓋由今崇寧之乙酉距前淳化之甲午①，逆數甲子已一百一十有二年②。維是城闕之衣冠與市區之翁媪凡幾換易，雖其當時駕竹小兒常及公行奉折轅車者，亦已翳滅，飄爲煨塵；至於脱漏一二遺子弱孫，亦復衰落，跂跂向盡。然後生孺子歲時念公，乃如公初辦嚴欲離軍府時事，至比其大父與高曾行禮意勤渠，反更過之。此非人情榮古上鬼，喜以所聞爲勝、不睹爲神，抑亦公之盛德有所膠固，令人不可懈於心。故自公在事，吏民固已竊圖容表，共祠於家，飲食必祝，薪無棄我。

　　然而比公去治，歷年引久，乃未有築宇俎豆之者。及樞密直學士王公始爲廟室，附祠典如典禮；而龍圖閣學士劉公又從而潔完之，庀事益光。已而星霜流易，木石老憊，月支歲拄，危就傾仆。於是今大尹、前户部尚書虞公過而怪焉，曰：“此蜀召、奭也，奈何乎忘之？”言未既，有號於衆者曰：“信也，後之矣！宜乎公以我爲忘也。我則非人，其又奚言？”旦日，則相與頓首伏府門下，因鈴史具言所以慚負狀，願假期日自效。虞公遣吏勞苦，罷之，亟下令華陽如其請，且以知縣事李君孟侯董匠事。凡

---

① 乙酉：原作“乙丑”，據嘉慶本《全蜀藝文志》卷三七改。乙酉，崇寧四年。
② 二：原作“三”，誤，據嘉慶本《全蜀藝文志》卷三七改。

葺屋七十楹，度堂十几，竭作十旬，百堵用成。寢宮閎清，牆户鮮整，氣色明喜，靈觀忽還。又以虞公之德爲與公合也，輒繪生祠，而置堂中央；並取同時部使者一二大人像離列其次。

於是東蜀楊某聞而竊言曰："甚矣，蜀人之愛張公也！其好語故事者往往旁掇茫昧，爲神異之傳，學士大夫多疑之，故弗論，特論公始所以平治亂紛，終所以輯美風俗。大抵氣決嚴重如汲黯，而不强塞；拊循安和如倪寬，而不濡懦；操制英發如趙廣漢，而不輕急；治體綿密如召信臣，而不寒儉。故内修政刑，外靖羌夷，皆有度程，不失尺寸。下至米鹽估直、燕遊在所，講若紀律，不可輒易。昔黄霸居潁川，蓋八年功乃成；公鎮西南亦七歲，治益顯。然霸微緣飾爲奇怪，辭畔異路，鳳凰神爵，疑與上計之奏鶃雀之謬無以異。乃公所爲，則無有是，獨就理法，爲久遠規緻，膏味嗛足後人。嗚呼，所謂盛德必百世祀，非公所謂耶？故論之以告遺民，且爲迎神詩曲授覡巫，俾歌舞焉，而並刻之。詩曰：

> 若有人兮濮上，告外趣駕兮焉往。朝嵩洛兮蓐食，晡咸秦兮共張①。寒飆飛兮電掣，即參井兮一歇。坒劍扉兮俄蓋，呵力丁兮扶轍。倚鹿頭兮徜徉，指其下兮餘鄉。水油油兮雲委，天與地沓兮耕桑。靈既集兮安止，休後乘兮山趾。父老羅拜兮勤歸，問何閎兮音旨。步從容兮新宮，仰桂楣兮叢叢。睇垣廡兮四繚，紛采飾兮青紅。靈顏愉兮康樂，御圓方兮綺錯。進巴歌兮歃舞，神已汰兮不惡②。西玉壘兮微冥，臨岷水兮不驚。南靈關兮窈眇，與雪山兮爲扃。靈之歡兮澹蕩，更千秋兮一餉。決祥液兮天門，浸吾人兮决潒。謂君公兮良勞，起我壓兮崇朝③。公行歸兮三府，視此赤白兮中霄。

華陽趙侯祠堂記　　　　　　　　　　　　前　人

吾里有仁焉，銅山趙侯純祐，名申錫。本故家子，有美才，數試吏，

---

① 秦：原作"奈"，據嘉慶本《全蜀藝文志》卷三七改。
② 汰：《全蜀藝文志》卷三七作"忕"。
③ 壓：嘉慶本《全蜀藝文志》卷三七作"塵"，疑是。

以能聞於人。繇州縣三陟奉議郎、知華陽縣。華陽隸成都，其治直府城中央，户版夥繁，訟牘紛委，固倍餘邑。又與尹廷四五行臺纏連錯峙，勢相關制，難於專達。趙侯獨富風力，敏功緒，遇聱忍事，尤喜爲之。

縣故有沙坎堰，不知起於何人，凡溉田三萬七百九十畝，頗沃美。然歲月猥深，官不時省，堰浸堙缺，江流亦遷去，田因以廢，夷在草間。雖世業者尚棄弗顧，而浮客尤輕亡徙，不可留。以故公租歲閼一千餘緡①，省賦歲閼四百餘緡，而私穫之失不在歲②。侯至，則喟曰：“曩輸入而今不入，曩穫美而今無餘，豈終不可爲耶？爲而新之，豈不在我？”由是訪遺迹，按故道，參校圖錄，訂以耆舊，遂相地宜，築堤故處。高二十五尺，長四百四十尺，其址之闊如高之數。用木五百章，捷竹二萬個，役夫五萬指。不浹旬，功告就，水即赴溝，支分脉別，油油宛宛，灑灌如初時。願復故業者、願就新廛者挾牘自言，唯恐人先。鉏耒交起，塍壠飭治，土膏和美，秔稻奮張。於是草萊畢溉，而洫有膡流，人曰：“是非水泉之利也，侯實利之。”賦租迄入，而私有衍藏，人曰：“是非田租之賜也，侯實賜我。”乃即堰側構新堂，乃圖侯像於其中，曰：“使世世子孫無侯忘也。”間走人過余，求爲之記。

余觀魏史起論西門豹不能美鄴田爲不仁，不知引漳水爲不智。豹賢令也，其治鄴，使人不敢欺，當時無及焉者；亶以一不圖此，蒙不仁不智之名，後世不以爲過。及起繼之，卒能化舄鹵，生稻粱，爲鄴人所歌，誠賢於豹遠甚。今侯風力如是，功緒如是，假令與豹易地，與起並時，吾知河內之績不在起③，在侯無疑也，非直賢於豹而已。

頃者侯治廳廡，得斷碑壁下④，蓋前令趙世長《種柳》詩也。其自叙嘗從乖崖行柳，安轡升仙橋上⑤，隨而觀者數千人。乖崖號曰：“此趙公手植也，宜呼曰趙公柳。”人咸應曰：“諾。”侯讀之及半，忽驚寤，髣髴類其疇昔所爲，遽拓本示余，且言當復種此，以竟趙公故事。然侯方從辟書佐漕幕，柳之種否未可知。余欲寄聲父老，幸爲侯植五株堂旁，勿翦勿伐，以永侯愛思，宜有益。父老其聽余言，毋忽！

---

① 租：原作“祖”，據萬曆本《全蜀藝文志》卷三七改。
② 穫：原作“獲”，據雍正《四川通志》卷四一改。歲：疑當作“焉”。
③ 績：原作“續”，據《全蜀藝文志》卷三七改。
④ 斷：原作“繼”，據《全蜀藝文志》卷三七改。
⑤ 仙：原作“遷”，據《全蜀藝文志》卷三七改。

政和元年記。

韓忠憲公祠堂記

閻　灝

自侯國爲郡縣，傳記始有列循吏者。固須凜德讓，風迹清邵，所居民富，所去見思，生有榮號，歿得奉祀，則其章明與日月參光而無窮已也。漢元始詔書祀百辟卿士有益於民者，蜀郡以文翁，九江以召父應。詔歲時郡二千石率官屬行禮，而南陽亦爲信臣立祠。昭然史策，增徽赤制[1]。其後此典一墜，昧没千載。然而有碩德傑望，矜式薦紳，厚澤英績，周洽民俗，丕啴瑰偉，自與禮之“法施於民”“以勞定國”者合，而輿心稱願，以祈薦饗，則此甚盛事，可得已耶？

宋天聖中，韓忠憲公以樞密學士、諫議大夫鎮成都。威靖仁涵，内外誠盡，方嚴正直，動迹儀矩，中心樂易。以教化爲首務，俗尚悛革，安趨夷逵。始，日官以蜀當有兵變或大沴爲言者，朝廷憂之。公於陛辭之日，二宮諭以占説，公俯伏曰：“願以屬臣。”既至，蜀果大旱，炎暘午熾，狼顧駭駭，素寡儲峙，生意潛奪。公齋咨惻憂，形見顔色，遽發他廩粟，及令富室造饘粥以賑救餓殍。日自循往按莅之，撫慰噢咻，率繇淵誠，賴以獲全者不翅千萬。始議救災也，僚有請限節米價者，公曰：“不可。物始翔踊，居蓄者固靳嗇以射利，祈倍稱之息，此令一出，環千里之粟閉不至矣。姑待之。”不浹日，諸郡之輦餽大至，價遂少損。公嘗於中夕端肅衣冠，祈請帝神，霍雨如期[2]，焦槁以蘇。斥絶宴嬉，還集疲瘵，捐瘠完好，武斷縮慄，易荒爲穰，化擾爲寧。或言張乖崖歲出米萬斛估於民，頗漁庾實，白請減之。公曰：“此朝廷所以濡澤遠人，爲最急者，豈可輕議耶！”因前期倍數以給償之[3]，且刻石置廬中，示後爲不可革之意。驕亢寖久，府江幾涸，蒔稼將瘁，溝澮填闃，提封暵然，澆潤靡及。公遂遣官行視江流，訪故老，得堰曰九升口[4]，未始疏導。即命新釃爲渠以注之，水行徑便，均溉諸邑。後常修決，倚爲滋植，而利甚豐博。蜀之戍兵，舊

---

① 赤制：原脱，據《全蜀藝文志》卷三七補。
② 期：原作“斯”，據《全蜀藝文志》卷三七改。
③ 償：原作“價”，據文意改。
④ 九升口：原作“九外口”，據《宋史》卷三一五《韓億傳》改。

比食淡，公損鹽佑，差等而鬻予之，著爲定令。新繁、彭、益之交，舊匿姦寇，賊有“閃地黃”之號，公行剽殺，蒙隱逾時。公廉知之，鉤發逮捕，情得罪具，誅竄渠支，清洗胠篋，至今新繁無盜。公敦尚儒雅，平日誘進文士，以倡教育。會詔秋貢士，公戒有司，務公其選，躬視精核，擢章君陳爲舉首，章遂登甲科，後立朝爲聞人。餘悉時之髦彥，接武以取名第。西南文章，基此而盛。藩會讌饗，往皆趨佛宮廡下，蕝具湫底，庖宰擾雜。公飭材於廣庭爲廳事，以宏豐鎬之地，遠去剚割①，表揭瞻望，方隅偉之。

踰再期，會以御史中丞召還，蜀民慊悁，如失慈哺。公歸朝，尚以邛部蠻馬歲來鬻於永康，經踐山川，知道途險夷，爲蜀後日虞，建言願徙即沈黎，朝廷從之，居以杜覘伺之便。嗚呼，何於蜀之恩始終隆隆耶！踰三十年，袴襦之頌歌不衰。

天福於遐，世象其賢，上復用公第三子端明殿學士、翰林侍讀學士、尚書禮部侍郎公繼治之。追功席休，踐修厥猷，紹參神明，今昔相照。官榮家範，古所未有，德威宣白，歲時太和。於是耆耇善良會千百數，擁榮戟門，道前世祀事，謂忠憲公之祠不修，爲蜀之愧，願即文翁廟之南宇爲一室，繪犀日之表，而以端明公侍其旁。庶西南人事之無窮，以大朝廷用世德之盛，其不可辭。端明公曰：“衆之請至矣，矧利義無疑。”遂許之，而止其圖己像。堂序樸嚴，繪事莊潔，毅如嶽鎮，煥如星辰，憑憑威靈，萬世瞻仰。

既已，邦人士大夫謂灝竊頖宮之遊，日與諸生道古今盛美，宜實其紀，從金石刻。灝再拜受命，而繫以詩曰：

> 惟宋受命，繼古聖聖。弼臣皋夔，世載德盛。嚴嚴韓公，有倬其道。方國碩望，朝廷元老。天聖之末，蜀人荐饑。公竭惠慈，營營百爲。厚恩春晹，凜威秋霜。善惡判明，納民安康。始三十年，世象其賢。公功愈昭，斗奎於天。蜀之父老，百拜庭下。願修公祠，以永瞻慕。岷盤坤維，江紀南國。公祠之嚴，相與無極。漢之文翁，宋之韓公。邦人永懷，穆然清風。

---

① 剚：原作“封”，據嘉慶本《全蜀藝文志》卷三七改。

丞相張公祠堂記

唐文若

丞相無盡公既薨之五年，淵聖皇帝嗣位，詔特贈公太保。今天子紹興八年，復命有司訪其家，連狀公行，將賜謚與碑，以申淵聖前日之意，以昭公遺烈，且從人望故也。先是靖康亂，虜入中國，有見公繪像者，輒拜曰：“使丞相在，吾不復南矣。”荊湖間群盜起，暴甚毒，過公墓，每咨嗟泣涕，相戒勿犯，或爲之封植，致奠乃去。近世之宰相死，人有稱思，獨故溫國司馬公，次未有如今之盛也。

惟國朝之治，自熙寧及崇、觀，異同之論再起，至公爲相，復罷去，國事自是紛然矣。始公以一身任天下之責，抗後世之患，殷然惟正言直道，處群邪交擊間。其爲助甚寡，其爲力甚難。終之寧其身退出，不肯屈一語以負天下，其有功於人甚大。公既死，天下之禍作，世之士大夫猶沿襲委靡，或爲妖孽以負國，無毫髮顧藉於其身。天下愈追慕公之賢，知其向之爲力之難而服其誠，恨其見用之不盡而嘆其已死。猶幸世復有如公者起，而力振其禍，久而未之見也，則反以思，而公之名由此日益尊。烏乎，天生公以遺世，而用捨存亡，輕重如何也！

公初被遇於神廟，擢用於泰陵，晚相徽考，天下指日，謂慶曆、嘉祐之治可復。不幸群姦切齒，公以三十年耆德，不獲一日安相位。顧其所施設，曾未及十一而身退，且不幸死矣。然公爲丞相也，潁濱黃門嘗語人曰：“張公早歲以論諍得直聲，老夫容有間然。晚節誠心愛民，民喜之，老夫亦喜之。”因論孟軻格君心之非，曰：“此大人事也。”意以是屬公，公聞而頷之。原公自布衣起西南，卒位政府，中更元祐、熙豐之異，末流競成黨與，公獨無所附麗。大略以正君愛民爲己任，將庶幾孟軻所謂大人者。

公既罷政居荊取①，天下言宰相者不以甲乙，有來於南者爭先問公起居狀，有鬻公章奏於市，即駢首聚聽，且俟公之歸。如是者十餘年間，其意不少衰。烏乎，此殆非以智力驅之使然也。

公嘗嗜浮圖學，謂其要與孔孟合，凡古今聖賢相授受悉本於此。其迫

---

① 取：疑當作“楚”。

而應於世者，非公得已也，其何有於天下後世邪！彼區區揚己取名，瞭然使戶曉，抑亦公之細，而天下之不幸爾。故予嘗論之：昔唐天寶之亂，明皇幸蜀，嘆張九齡不用，遣使度嶺弔祭，與公今日之事政相類。大抵賢人君子用捨存亡，於其身固無憾，而世之所係蓋如此，顧異時挾邪醜正、以姦佞攘奪爲得志者深可以爲戒。此又朝廷褒贈忠烈、風示天下之意，不可不論。

是歲，公之子右承議、直龍圖閣茂適自楚還蜀，來謁於文若曰："先公起蜀人，蜀人爲宰相自先公始。而蜀故未有繪象，既無以彰大君賜，而後生何所瞻仰乎？其敬反出夷狄盜賊等下。今將建祠於大慈寺白馬院之東南隅，雖蕞爾一室，不足以俎豆先德，亦姑以塞責而已，子曷爲我記之？"文若曰："昔先君，無盡公客也。公之大節施於朝廷，見於史册，播於天下者，聽聞之甚熟。然固未易輒述述之且未暇，請獨著其嘗所嘆述，與近事之卓然者，叙於歲月之前。"以付寺僧，而告之曰：昔在徽考，有賢宰相，張姓而複名，既没，天下思之，號無盡公。而不以云者，斯其衣冠也，來者必飭焉。

紹興八年記。

張忠定公祠堂記

王剛中

謹按《禮經》曰："有功德於民則祀之。"又曰："盛德至善，民之不能忘。"信哉是言也！藝祖受命，四方僭叛，以次削平。乾德中，一舉下蜀，首命參政呂公餘慶知成都。越三十餘年，更十二政，而得尚書張公以繼之。又五年再至，率成考績①。其爲治大抵以嚴猛奮屬制其暴，以精明果斷摘其姦，以公平信義善其俗。訟至於庭，據案一決，悉中其隱，百姓驚嘆，以爲神明而不敢犯。及受代而去，密令寫真，封以授僧希白，戒之曰："後十年即可開。"及期視之，公適化去，而訃至矣。於是蜀人慟哭罷市，置公畫像於天慶觀之仙遊閣，建大齋會，事之如生，歲歲不絕。迄嘉祐己亥，府帥侍讀王公素始大建祠於府治之東。落成之日，人無幼艾，爭捧牢酒，或喜或泣，列拜於庭。雖周人之思召公，襄人之思羊叔子，無

---

① 績：原作"續"，據《全蜀藝文志》卷三七改。

以加焉。既又取公治蜀斷語可爲後法者①，凡百三十首，圖於壁。烏乎！公之治可謂有功德於蜀人②，而蜀人懷公德善，亦可謂不忘者矣。

剛中猥以庸陋，被命帥蜀，兼治成都，距公又百六十餘年。遐想風績，卓乎莫及。嘗奠祠下，徘徊周覽，惜其歷歲滋多，而堂宇且弊，乃命即其榱橡梁柱之撓弱而不支者，瓴甓堦礎之缺斷而不承者，高甍隆棟風雨之所飄剝者，長廊巨壁丹青之已漫滅者，悉舉而更新之。仍於祠後增接兩廊，建堂三間，築垣墉以周之，而稍植花木於堂北，以爲士大夫謁祠遊息之所，且以稱邦人嚴奉之意。繼自今以往，若時加修飭，俾勿壞，則爲政者有所矜式，而吏民亦悅服而易治，是真有補於風教者，其可不書以告後之人？

司馬溫公祠堂記　　　　　　　　　　　　　　　　張行成

故諫議大夫司馬君池以某年作尉郫邑，越明年某月，生公於官廨，字之曰"岷"，以山稱也。是歲，諫議君手植松、柟各一本於庭。迨今凡若而年，自諫議之死，骨已朽矣；公相繼殂落，靈亦歸矣；而二木之中，其一松者亦枯摧矣。唯是茲楠，蒼蒼猶在，邦人依之，尚可想見公初生時也。公之遺德在天下，名在後世，行事在國史，固一代偉人也。當其道未合之初，天子敬之而不用，權臣憚之而不親，天下仰之而不濟。不獨其身見黜於朝廷，波及遺言，亦見抑於死後者凡數十載，則松之不愛，而楠之不錄，固其宜也。

邇來世道頓革，士風漸回，上自朝廷，下逮黎庶，咸知公議之不可破，而公之言爲不可抑，於是朝廷旌其家，學士誦其書。後生想像其風采而不可得，則又丹青肖形以寫瞻慕者，無室不有，公之道蓋大明於天下矣。思其人，愛其樹，又理之必然者。

於是邑丞李公作堂以嚴公之祭，護木以永公之思，蓋從人望者。柟之青青，公生在茲，邦人是榮；祠之翼翼，公像在茲，後生是式。公之道彰矣，不假於一柟，而茲柟實託公以不朽；公之道傳矣，不私於一邑，而茲

---

① 爲：原作"謂"，據《全蜀藝文志》卷三七改。
② 謂：原作"爲"，據《全蜀藝文志》卷三七改。

邑實賴公以不辱。柟之喬，斤焉而雕，惟公之道，磨天地而不銷；柟之節，斧焉而缺，惟公之道，涸河海而不竭。則茲堂之建，非以嚴公也，乃以爲護柟之標榜；茲柟之愛，非以榮公也，乃以榮邑之冠冕。堂之毀，公不毀也，柟則毀矣；柟之辱，公不辱也，郫則辱矣。嗟乎，郫之民、郫之吏，繼今而後者，其善護茲木乎！

寇萊公祠堂記

鄭　銓

　　府城之東有廟曰“見報司”者，故太子太師萊國寇忠愍公之祠堂也。廟初本澄覺院，治平二年賜名“正覺”，敕書存焉。院初爲十方，有禪師曰可居自雲頂來住持，因塑公像與雲頂山之神曰利國王者，並祠於院之東偏。歲既久，鄉人事之，頗著靈異，民相與質其曲直，報輒如響，遂呼爲“見報司”。今雖有僧居之，而院實廢爲廟矣。“見報司”之説頗不經，而傳之既久，有不能廢；然爲善爲惡，使民知有所報，則存之足以示勸戒，亦不必廢也。

　　紹興甲子，廟將壞，鄉人徐復與院僧圓證率好事者再新之，改前日之佛宮爲萊公之祠堂，公始正離明之位。前爲兩廊，其東廊開一位以祠利國王，其西一位亦塑神像以居之。祠堂之後爲齋廳，乃往時之法堂。又改方丈爲妙音堂，以備僧徒道場。僧房、齋庖皆備，視前日規模，不復然矣。復恐歲月寖久，人弗知興起之由，屬予記之，予既爲誌其詳矣。

　　按《成都古今記》，正覺院與見報司俱不載，惟《前記·祭祀門》有王者八，而利國王在焉；有公者十，而寇萊公在焉。《前記》乃趙清獻公所集，當時既載祀典，則廟與院不宜俱失。《續記》乃王公時亨所修，而《廟宇寺院門》亦不録，故鮮有得其詳者。春秋之祀官並祭萊公與利國王甚久，又未知自何人始也。今述其重修之因，以貽來者。若萊公之遺德，則有國史在，茲不復出也。然則生而聰明正直，有功德於民，死而祀之固宜。況事有可以起人之敬，而生其良心，亦何嫌而不書之哉？

成都文類卷三十六

記

寺　觀　一

至真觀記 （隋）辛德源

　　蓋聞聖人抱一，得一所以爲正；君子謀道，履道所以稱吉。故緝雲訪襄城之任①，尚曰俱迷；則天睹姑射之阿，猶云獨喪。嗟乘日於善卷，眇思恭挹②；嘆舍車於柏成，顧慚長往。方知太極之理，元始之宗，法於自然，是焉名“太”。雖四海之富，不足以易其生也；百官之榮，不足以移其志也。又有肆樂池之適，警龍驂而載驅；暢伊川之遊，翻鶴駕而遐舉。安期遠逝，久淹巡海之勤；淮南上征，退深遺迹之慕。斯亦念德不怠，自誠而明，臨渤澥而漏河宫，登泰山而小天下者已。

　　粵若稽古，猗歟我皇，匪犀戴勝，握戈懷斗，方堯即同八采，類禹不減三寸。勳彰歷試，恩著登庸，潛初飛五，俟時而作。顧盼而銷黑祲，挹讓而處青蒲③。求衣於未明，推食於已旰。研幾鄗城旦之書，通奏開反支之日。以萬邦之罪爲罪，故法約而刑清；以百姓之心爲心，故兵動而民譻。春路秋方，果馬天馬之客，榆關銅柱，皮服卉服之賓，莫不重譯來庭，同軌入貢，雁行魚貫，輻湊馳道。匡飾之功、隆平之化，諒足以頡頏軒、頊，孕毓高、光，遐邇鬱搖，長爲稱首。既而委裘多暇，垂拱巖廊，

────────────────

　　① 緝：原作“晉”，據四庫本《全蜀藝文志》卷三八改。
　　② 挹：原作“揖”，據文意改。善卷，據傳説乃上古賢人，堯曾北面問之，舜欲讓天下與之，俱爲禮賢之意，故云“恭挹”。下文“挹讓”亦訛作“揖讓”，與此正同。
　　③ 挹：原作“揖”，據《全蜀藝文志》卷三八改。參見校記②。

宴處超然，忘懷塵累。披九光之寶蘊，受三洞之真文，追蹤繼東户之辰，託夢等華胥之夕。固以龍漢協期，開皇闡其嘉運；豈止明神分福，勾芒錫其永年而已！又乃元良體正，維叡居宗，光炳重離，義高匕臠。敬愛基乎百行，温清備乎三善。菀鳳條而振藻，降虎闈而肆業。含超啓誦，跨躋莊丕；嶽蒔淵凝，寔寧監撫。繁椒之實，棠棣之華，陵陸晬鴻漸之儀，藩屏諧《麟趾》之詠。葭莩峻茂，表裏禔福，允文允武，唐哉皇哉！昔揚子雲有言曰："或千年一聖，或三聖一時。"沓矩循規，寔其然矣。

蜀王秀者，皇帝之第四子也。稟太華之靈，資恒昴之精，挺金氣之英，賁玉田之榮。天縱其哲，日就其美，純嘏内融，温朗外照。顔生殆庶，香名肇於佩鞿；應侯順德，嘉譽興於翦桐。故能連衡言、冉，駢驪邘、晉①，才膚俾乂，事諧俞往。開皇初便封蜀王，尋除上柱國、總管益州道二十四州諸軍事、益州刺史。靈關設險，望重坤維；和夷致功，實稱天府。選徒雲夢，帶牛佩犢者風趨；袨服荊臺，擊轂成帷者霧合。塗盈巷飲，江滿棹歌，水陸攸歸，華戎是萃。梁世崇文尚侈，其失也淫；周氏殉武任質，其弊也魯。暨乎皇上②，帝德載甄，王猷載宣，率禮不越，遂視既發③。纚貿渾衡，若被膏雨。況復曹參出相，重師黄老之術；申公誨道，更惇周孔之訓。正之以幅④，彪之以文，市獄静而弗擾，詞義粲而彌蔚。苞姬旦之多藝⑤，兼季路之能官。二難措而無壅，六條舉而罔滯。爲其都鄙而經之，闢其閭里而居之，取其田疇以伍之，修其庠序而教之。四民肅然靡雜，九逵坦焉如砥。穰穰我庾，邵父匹而知慚；青青子矜，文翁比而自愧。於是綺襦擊壤，連甍謳五袴之謠；黄髮觀風，同辭訴一變之善。家給人足，康年孔殷；革弊遷訛，泰餘且洽。

夫聖主之訓，祀享皆在⑥，法施乎民；明堂辟雍，備昭令典。矧伊長樂之舍，紫書映空青之林；扶搖之丘，翠蓋蔭琅溪之水。懸珠若黍，天人之衆畢臻；浮龜似蓮，神仙之侍俱集。暫遊而周六合，一誦而歡萬齡。其

---

① 邘：原作"邢"。按：《左傳》僖公二十四年："邘、晉、應、韓，武之穆也。"杜預注："四國皆武王子。"蜀王楊秀以隋文帝子而受封，故以比邘、晉。"邘""邢"蓋形近而誤，今改。

② 皇：原脱，據萬曆本、嘉慶本《全蜀藝文志》卷三八補。

③ 視：原缺，據萬曆以下各本《全蜀藝文志》卷三八補。

④ 幅：原作"愊"，據《全蜀藝文志》卷三八改。

⑤ "苞"下原有小字注"意也"，不知何意，據四庫本《全蜀藝文志》卷三八刪。

⑥ 祀享："享"字原缺，從萬曆本《全蜀藝文志》卷三八補。四庫本《全蜀藝文志》作"紀綱"。

於攘大災、捍大患，考諸咸秩①，尤宜進禮。故以開皇二年正月下詔，令於益州建至真觀一所云。眠日維庚②，瞻星在午，王乃沉首，怡然盱衡③言曰：“大君有命，渙汗斯弘。佇雲衿於玉庭，想鳳笙於金闕。增玄宮之冥算④，拯幽夜之重昏。濟氓導俗，何莫由此？雖東海仙童，頳鱗未睹；而西州智士，白駒可維。宜務梓匠之勤，妙盡求賢之選。”爾其前臨逸陌，却負長瀛。蕙樓接登景之房，瓊臺帶蕩真之室。荷珠的皪，花落車渠之沼；竹色便娟，葉掃瑠璃之地。祥禽雜囀，瑞草羅生。仁智之所安也，藺軸之所般也。

法師京兆杜誺等，並組織廉信，礱練嗜慾，特超之異士，獨行之奇才，不敢馮河窺驪龍之頷，唯希負笈奉駮麟之駕。吞星燕月，拳拳服膺；謁帝愉皇，孜孜拜首。以為顯仁藏用，天地忘亭育之功，而蒼璧黃琮，必陳敬恭之禮；移風易俗，聖賢遺芻狗之惠，而拊石鳴球，終致歡欣之樂。故不知手之舞之，足之蹈。共采他山，式旌上善。贊大道之根底，美盛德之形容。貽世作範，乃為銘曰：

邈矣乾元，悠哉樸散，宇宙祐坦，玄黃剖判。氣合而亨，物生而難，運有因革，時移昏旦。紀龍名鳥，行夏乘殷，各炳其瑞，遞襲其芬。三代爰降，九土斯分，垂袞引道，全德罕聞。惟聖作則，惟皇建國，渾成庶類，蕭夕群麀⑤。比景之南，戴斗之北，舟車所屆，何思不克！英王分陝，齊禮化民，寬猛互設，月輝日新⑥。下偃如草，上煦如春，行有餘力，智即歸真。肅肅靈觀，祁祁吉人，長懷綠輦，眇覬瓊輪。華陰霧曉，台嶺霞晨，或采芝鏡，乍試丹銀。東鄰錦市，竹龍飛蠻，西矚青城，琳堂凝翠。勿曰無象，莫云無味，居後必先，處卑而貴。謂仁遠乎，義存克己；謂室邇乎，應在千里。我祈錫胤，神肾鑒止，藩儀享

---

① 秩：原作“洪”，據四庫本《全蜀藝文志》卷三八改。《尚書·洛誥》：“祀於新邑，咸秩無文。”

② 眠日維庚：原作“珥日統庚”，“眠”字據嘉慶本《全蜀藝文志》卷三八改，“維”字據四庫本《全蜀藝文志》卷三八改。

③ 然：原脫，據四庫本《全蜀藝文志》卷三八補。

④ 玄宮：原作“左宮”，據嘉慶本《全蜀藝文志》卷三八改。

⑤ 蕭夕：萬曆本《全蜀藝文志》卷三八作“消息”，疑是。

⑥ 月輝：原作“輝月”，據萬曆本《全蜀藝文志》卷三八乙。

禄，鼎祚延紀。子房告退，志弗矜功；曼倩朝隱，史不核終①。情深師古，思結臨風，永言遊衍，方寄瀛蓬。

大隋開皇十二年六月日記。

再修大慈寺普賢菩薩記　　　　　　　　　　　（唐）韋　皋

真如常寂，色相假名。法本從緣，誠感必應。大慈寺普賢像，蓋大煦和尚、傳教沙門體源之所造也②。儀合天表，制侔神工，蓮開慈顏，月滿毫相。昔普賢以弘誓，願於南贍部洲贊釋迦③，文拔群生苦，而塵俗昏智，莫睹真相。雖同諸法，究竟寂静，而隨所應，爲現其身，即色即空，皆菩薩行。自昔鎔範於寺之東，像成功巨，莫能締構。危棟洩雨，頹墉生榛，狐狸梟鷲，號嘯昏晝。於戲！明可以照幽晦，教可以達群迷，何廢興之變陰隲於冥數？

昔大曆初，有高行僧，不知何許人，曰："斯像後十年而廢，廢二十年而復興。"我今皇帝神聖纂圖，詔四方藍宇修舊起廢，斯其明效也。皋因降誕慶辰，肅群寮，戒武旅，上崇景福，齋於斯寺。睹象王雄傑，天眼慈矚，禮足諦視，悅如有神。而廢敝湫漏④。殆無人迹，將何以招誘沉淪、發揮誠敬？遂南遷百餘步，度宏規，開正殿，因詔旨，諭群心。千夫唱，萬夫和，奮贔屭，峇穹崇⑤，橫緪運，巨力拔。始雷殷而地轉，欻雲旋以山回。面西方而聖教攸歸，鎮坤維而蠢類知向。於是平坎窞，翦蒙籠，橫空准繩，審曲面勢。連廊靄以雲屬，三橋揭其虹指；廓廣庭之漫漫，增重門之巇嶙。是知至道默存於濁劫，元功必啓於康時。不然，何神像巍巍，冠諸有相，久而弛廢，將有待而興乎？觀其左壓華陽之勝，中據雄都之盛，岷江灌其前趾，玉壘秀其西偏，足以彰會昌之福地，弘一方之善誘，安得不大其棟宇，規正神居哉！夫像末陵夷，去聖彌遠，定教者必滯於物，遺物者亦住於空。將求乎中，弘我至教。乃擇釋子達真源之所歸者，

---

① 核：原缺，據萬曆本《全蜀藝文志》卷三八補。
② 大煦：《文苑英華》卷八一八作"大照"。
③ 南贍：原作"贍"，據《全蜀藝文志》卷三八改。
④ 敝：原作"故"，據萬曆本《全蜀藝文志》卷三八改。
⑤ 峇：《文苑英華》卷八一八作"岑"。

於以居之。

皋授命方鎮十有七年，求所以贊皇猷、裨大化，嘗以萬人之心不俟懲誡①，靡然歸善者，釋氏之教弘矣。況冥祐昭報，大彰於時，崇而守之，亦同歸於理也。是用上承聖意，虔奉天心，存像存教，以勸其善。

貞元十七年十一月二十日記。

寶圍寺傳授毗尼新疏記 前　人

516

真源本於靜，習靜者式乎煩②；情偽生於動，制動者存乎簡。昔我大聖如來，慈救像末，肅全儀以軌衆，持細行以護譏③。俾外緣不競，內蘊皆空，壽我法命，留乎濁劫者，非《毗尼》之藏歟？是以大士優波離傳教引範，攝身端矩，白月恒滿，意珠常淨。自是龍象繼世，光乎梵倫，雖佛日久沉，而昏衢不昧。其後三百年中，五部分流，各從師說。猶江河競注，終合於滄溟；耳目殊用，同歸乎一體。及乎像法倫正，餘波東流，始以華文，傳譯梵字。其賾微探奧，合異歸同，使玄關洞開，幽捷莫閉，安得不枝羅三藏，派引群流？繁簡之旨，與時而用，宜矣。

自飲光淪化，六和紊緒，卑摩已失於詞費，惠遠未適於深微。而太原素公，獨得真奧，旁求證據，辯惑稽疑，始立《四分宗記》；猶懼玄源未暢，妙理或遺，引而伸之，作《開四分宗拾遺抄》。軸盈二十④，言成百萬，足使迷雲開而聖旨明，邪綱壞而群心定。然而學者尚以神分於廣用，目倦於勤求，道將得而心疲，理未究而意殆。廣文所以存義，文繁而義亡；簡言可以趣寂，言約而真契。

大曆中，故相國元公以大臣稟教，授囑弘持。慮水雜甘露，味忘純正，爰命薦福寺大德如淨。以爲素公之疏傳矣，五師之旨明矣，意已得而象可忘，魚其獲而筌奚設？將刪彼證諭⑤，獨留精真，使理契惟一，行歸

---

① 誡：原作"試"，據《文苑英華》卷八一八改。

② 式：疑當作"戒"。

③ 譏：原作"機"，據靜嘉堂本及嘉靖本、萬曆本《全蜀藝文志》卷三八改。按：譏，稽察，謂稽察僧衆。

④ 二十：原作"廿"。按：此是駢文，此句當作四字，不可合爲"廿"，因改。

⑤ 刪：原作"珊"，據《全蜀藝文志》卷三八改。

無二，法筵清衆，匪勞而著功。其文彌冥，其道彌廣，不亦善歟？大德乃歸心契冥，精啓聖意，故繁而必削，簡不遺真，可以趣玄蹤，足以端覺行。元公由是上聞，俾施行乎天下，坤隅三府，各置律壇。斯藍也，炳異徵奇，著於前昔，復建壇宇，俟兹弘揚。

屬精義初傳，編錄猶少，將使函丈請益①，披文究真。皋鎮守方隅，軍務之暇，躬覽聖教，永思弘益。夫博以寡要②，世儒猶病；簡以鄰道，真乘所先。故曰"苾芻清净，令法久住"，胡可以繁文而撓其静正？則薦福《新疏》，精而易行，信矣。皋昔嘗莅職屯田，佐元公於淮右，睹公達西方至教，尚矣。而代遷人謝，遺志在兹，泊余弘傳，同贊聖意。遂以俸錢繕寫《新疏》四十本，兼寫《法華疏》三十本，命寶園律大德光翌總而行之。爰集緇徒志行純深、表儀端素二十一人，隨給其疏，以成其志，庶止作雙就，純而不雜。彼翌上人者往親學於薦福③，性聰行貞，儀度可則，又於莊嚴寺貞操大德院聽授《法華》，同契三昧，俾兹講授，以發幽蒙。其有後學履操精全，可傳其道者，並刊名貞石，以示宗歸，爲《寶園靈壇傳授毗尼新疏記》。貞元十八年十一月一日建。

鸚鵡舍利塔記

前　人

元精以五氣授萬類，雖鱗介羽毛，必有感清英淳粹者矣。或炳耀離火，或稟奇蒼精，皆應乎人文，以奉若時政。則有革彼禽類，習乎能言，了空相於不念，留真骨於已斃。殆非元聖示現，感於人心，同夫異緣，用一真化。

前歲有獻鸚鵡者，曰："此鳥聲容可觀，音中華夏。"有河東裴氏者，志樂金仙之道，聞西方有珍禽，群嬉和鳴，演暢法音，以此鳥名載梵經，智殊常類，意佛身所化，常狎而敬之。始告以六齋之禁，比及辰後，非時之食，終夕不視，固可以矯激流俗，端嚴梵倫。或教以持佛名號者，曰："當由有念，以至無念。"則仰首奮翼，若承若聽。其後或俾之念佛，則

① 丈：原作"杖"，據萬曆以下各本《全蜀藝文志》卷三八改。
② 寡：原作"冥"，據嘉慶本《全蜀藝文志》卷三八改。
③ 翌：原作"昱"，據上文及静嘉堂本改。

默而不答；或謂之不念，即唱言阿彌陀。歷試如一，曾無爽異。余謂其以有念爲緣生，以無念爲真際。緣生不答，爲緣起也；真際雖言，定本空也。每虛室戒曙，發和雅音，穆如笙竽，靜鼓天風，下上成文，念念相續，聞之者莫不洗然而加善矣。

於戲！生有辰乎？緣有盡乎？以今年七月悴爾不懌，巳日而甚。馴養者知其將盡，乃鳴磬告曰："將西歸乎？爲爾擊磬，爾其存念。"每一磬，一稱彌陀佛，泊十磬，而十念成，斂羽委足，不震不仆，奄然而絕。按釋典，十念成，往生西方。又云，得佛惠者，歿有舍利。知其說者，因不隔於殊類哉！遂命火，以闍維之法焚之。餘燼之末，果有舍利十餘粒①，炯爾燿目，瑩然在掌。識者驚視，聞者駭聽，咸曰："苟可以誘迷利世，安往而非菩薩之化歟？"時有高僧慧觀，常詣三學山巡禮聖迹，聞說此鳥，涕淚悲泣，請以舍利於靈山用陶甓建塔，旌異也。

余謂此禽存而由道，歿有明徵。古之所以通聖賢、階至化者，女媧蛇軀以嗣帝，中衍鳥身而建侯，紀乎策書，其誰曰語怪？況此鳥有弘於道流，聖證昭昭，胡可默已？是用不愧，直書於詞。

貞元十九年八月十四日記。

寶曆寺記

前　人

大覺神用，保釐群生，怳乎其若存，皎爾而不昧，隨願現量，應祈無方。苟修之必誠，其效之必速。寶曆寺者，劍南西川節度觀察處置等使、檢校司徒、中書令、南康王臣皋之所創也。臣皋以守司西蜀向二十載，奉若睿旨，緝寧遐夷，兵休邊陲，人獲富庶。天寶爲德，顧何力焉？而位日加崇，祿日加厚，思弘聖教，以答昌運。遂以俸錢於府之東南，擇勝地，建仁祠，號曰"寶曆"。章表上聞，帝俞，錫以銀牓，天文煥炳，昭誠也。因紀其締構之初，述其經始之志，用播貞石，永貽將來。

間歲以軍府多暇，遵奉朝典，行春布令，涉江而南。相彼原阜，磅礴鬱起，勢雄坤維，阻潒流而人民不居，眇近郊而黍稷斯茂。惟蜀之土薄水淺，居常墊隘，將利其俗，爰圖爾居。乃架雙橋，通習險，規地勢，分直

---

① 舍利：原作"利舍"，據靜嘉堂本、《全蜀藝文志》卷三八改。

繩。人遷如歸，一日成市。豈不由樂我皇道，豐其有家？崇崇寶刹，雄居厥右，啓奇致也。於是增峻趾，列高墉，規梵天而立制，集班倕以騁巧。邃殿耽耽以雲蔚，危樓蓬蓬以虹指。千楹電烻，萬拱鼞飛。錦江澄明而俯檻，雪嶺晴開而入座。用能崇福廣化，網羅群情。曉鐘清水月之音，宵唄警昏沉之耳①，足以增聞者之慧也。刊梵文於貞石，炳萬字於雲幢，所以導瞻仰之目也。禪堂究無生之義，廣座喻蓮花之旨，所以詮語默之致也。夫如是，則飛沉動息，十有二倫，咸以見聞，悟於觀聽，孰不歸於正而去其邪？夫物無邪心，則五福自順；五福自順，諒可以贊皇猷，輔神用，期寶曆於無疆也。有大德神捍者，玄學海蓄，惠辯雲涌，智足以守正，明足以閑邪，揚乎德音，不在於是？爰命統緇，張司寶坊，俾像法之中，復弘正見。

銘曰：

　　元真大覺生滅空，弘誓救物悲智中。粤有精誠通寂默，事隨心願回化力。天長寶曆本無窮，徒以臣心贊厥庸。空門悠遠理難測，仁祠誘善表至德。俾歸清净協厥中，殊方詭類聞見同。永資福慧庶莫極，遐慶太平斯萬億。

菩提寺置立記　　　　　　　　　　　　　　　　　（唐）段文昌

蜀城正南，當二江合流之上，萬井聯甍之內，獨有岡阜，回抱數里，地形含秀而高坦，木色貫時而鮮澤。以氣象言之，不有金刹梵宇，孰能主其勝勢乎？天寶末，玄宗巡狩此方，崇護法教，度僧建寺，大啓休福。至德二年，長史盧公元裕奏置此寺，以"菩提"爲號焉。先是，僧衆與鄉黨耆舊相厥林野，將興塔廟，徘徊凝睇，漠然無所，乃諗於草堂寺無相大師以質之。大師傳繼七祖，於坐得三昧，以不思議之知見，破群心之蒙惑，遂指兹地，宜開法門。夫風行地上而萬竅自號，大師一言而天人咸悅，故得廣輪棟宇，版築垣墉，翦榛莽以立宏規，繚荒墟以羅物象。

大曆初，節度使、相國崔公寧以此寺創名，修建未就，乃迎彭州天餉山惠悟禪師以居焉。禪師即無相大師之升堂法子也，覺照圓朗，了於實際，以方便説，化導群生，俗流歸依，其衆日倍。經始之制，於兹復興。

---

① 宵：原作"霄"，據《全蜀藝文志》卷三八改。

其後有信心居士薛藏、尹侃者，生於岷峨，得其靈秀，氣豪量闊，宗敬二乘，皆能以財發身，悟愛爲妄，捐捨寶貨，同修梵場。蚩蚩之徒，隨我先唱，方構雲起，儼如天成。觀乎崇殿巍巍，殫於宏麗，列柱同力以壯趾，攢櫨分形以扶拱，䂥紺宇而色明①，洞綺寮以霞散。金碧絢煥，逢倒景而共照；珠鐸玲瓏，無回飇而獨響。長廊之外，江浦悠然；高檻之端，雲峰對出。有巖壑之松桂，是人寰之林藪。學無生者得自在，攝威儀者無缺落。住持之益，其何博哉！

繇是言之，非龍駕之巡幸，無以建法幢，懸雕牓；非大師之言授，無以識茲地，占幽奇；非居士之捨財，無以集工輸，成像設。參會而來，福祥冥感，流慶昌運，推乎無窮。今皇帝纘八聖之耿光，奉三無私以端拱，則全蜀之保寧、法輪之常運，庸詎知其際耶！

徵其建立以來招化檀施者，有若寺主惠嚴，姓張氏，操行端明，始終無替，綿歷五紀，成此茂功；押寺臨壇大德玄拯②，德高宿植，振起律儀；上座惠通識敏量寬，道藝兼蘊；都維那行持、典座行謙聰悟多聞，探詳經論。咸緇門挺秀③，戒行精嚴④，若衆流爲川，群材成廈。喜日月之既就，嘆成功之莫紀，年代悠緬，易爲消失，不立篆記，將何以報多士之有問乎？請余爲詞，用述前迹。

銘曰：

時久太平，幽陵起兵。騎入宮闈，塵飛杳冥。翠華西巡，旋復天京。崇演法梁，爲濟群生。藹藹崗原，於江之涘。盤林走壤，或隱或起。建寺之辰，經營於此。誅茅破藪，夷高埋坤。云誰知之，大師所指。萬材既構，百役齊功。日就月將，化爲蓮宮。正殿渠渠，舮稜倚空。長廊複宇，霞截雲重。乃有二士⑤，回向正法。能成香剎，標於濁劫。瞻敬自生，萬緣皆攝。利益弘溥，偉哉善業！西南巨鎮，地足寶坊。形勝之中，愛此清凉。遠對前山，終古蒼蒼。貞珉既刻，永播坤方。

長慶二年記。

---

① 䂥：原作“䃲”，據四庫本《全蜀藝文志》卷三八改。
② 玄拯：《全蜀藝文志》卷三八作“玄極”。
③ 咸：原作“或”，據萬曆本、嘉慶本《全蜀藝文志》卷三八改。
④ 戒行精嚴：原作“戒用青嚴”，據萬曆本、嘉慶本《全蜀藝文志》卷三八改。
⑤ 士：原作“事”，據萬曆本、嘉慶本《全蜀藝文志》卷三八改。

資福院記①

（唐）李德裕

　　夫威鳳之炳然，非海晏則不至；卿雲之蔚然，非氣和則不耀。故君子藏器抱璞，含粹毓德，遭遇其時，則光明不曄②。是以干木之退也，高於千乘君；曼容之仕也，止於六百石。先僕射佩虎符而知足，視蟬冕而蔑如，由斯志矣。先僕射苞文武之用，有直清之德。良玉美潤，徒蓄寶於荊岑，喬松幽深，不呈材於巖廟，知者所以嘆息也。

　　丞相鄒平公鍾是餘慶，爲唐寶臣。公天挺奇表，角犀特秀。居五嶽也，稟太華削成之狀；方四時也，得清秋爽朗之氣。森矛戟以耀穎，粲珪璋而洞照。蓋人之傑歟！憲宗皇帝以神武之姿，墾菑除害，睿慮澹以泉默，英威赫而電斷，兵權秘計，皆中詔決之。參神算者，唯公與二三髦士；揣摩潤色，繫公稱首。既而平淮夷，盪齊寇，四罪咸服，八表晏然。雖則武力之拘原，亦由謀臣之決策。暨今上之宅憂也，袞龍未襲，嚮明未位，召公於東宮含春殿，歔欷前席，付以大柄。公乃請偃武論道，與天下休息。上若涉水而有舟檝，馭馬而得銜策，始拜言以命咎，即其時而相說。君臣之遇，古無儔也。公之爲政，貞以制動，平以稱物，其志在於識相體、弘簡易而已。嘗以爲用京房之法，則煩碎而亂理；聽嗇夫之辯，則捷給而傷化。由是遵坦夷之路，窒邪枉之門，不勤人以務遠，耻竭澤以言利。矧乎洞虛明之境，應必有誠；端不言之蹊，孰不歸我？故舉聖政者，稱公爲良相焉。

　　公之趨丹陛，侍紫垣，名冠近臣，寵加贈典。先僕射自珥貂而升左揆③，先夫人由趙郡而啓大國，金印石窌，當代榮之。建中初，先僕射以柱下史參梓潼軍計，典昌、榮二郡。益部之内，有林居一廛。庚氏誅茅，始傷於寄寓；仲長樹果，終見於繁蔚。公年纔佩觿，志拾青紫，方覃思於經籍，未馳騖於文章，遊焉息焉，必在於是。及鍾家艱，乃入爲官。暨韋太尉鎮是邦也④，公釋褐從事，在賓幄之間。逮兹抗龍旌，佩相印，曾未

---

① 李德裕《李文饒別集》卷七題作《丞相鄒平公新置資福院記》。鄒平公指段文昌。
② 不：四庫本、嘉慶本《全蜀藝文志》卷三八作"丕"。按："不"與"丕"通。
③ 射：原作"相"，據《李文饒別集》卷七改。
④ 暨：原作"第"，據《李文饒別集》卷七改。

一紀，繼爲三台。公下車逾月，訪於舊館。邵伯之樹未翦，武侯之廬猶在。於公邑里，遂見高車①；龍驤閉閬，竟容長戟。公瞻構灑泣，循陔永思，以爲徵壞壁者，夫子之居尚毀，固朽宅者，如來之乘斯遠，孰若歸於净土，環以香林？乃購之於官，以爲精舍，又以桑門之上首者七人居之，所以證迷途而資夙植也。殿堂曾立，軒房四注，鎔金作繢，髣髴諸天。況乎蜀山葱蒨，下臨於雉堞；錦江明滅，近繚於郊坰。紅樹倚檻，清渠傍砌，海雛乍來，靈草長秀。彼之聽和音者不唯於寂慮，聞異香者自入於禪薰②。公之孝思，永代作則，豈止何充之宅獨入檀那，將與文翁之堂俱稱不朽。

德裕藐焉孤生，流落於代，辱公感舊，遂不見遺。公自内廷升台司，居視草之列，二三年間，位階先達，由是議人倫者歸公之盛德。不陪密座，驟變寒暑，迂懸榻之念③，虚授簡之恩。且嘗典綸綍，獲備官屬，報德不讓，懼斯文之闕焉。

長慶二年十月日建。

新修福成寺記

(唐) 劉禹錫

益城石門街大達坦然西馳④，曰石笋街，街之北有仁祠形焉，直啓曰福成寺。寺之殿臺與城之樓交錯相輝，繡干碧霄⑤，望之如崑閬間物。大和四年⑥，蜀帥非將材，不修邊備，南詔君長諜得内空⑦，乘隙坌入，鬭於城下，或縱火以駭衆，此寺乃焚，高門修廊，委爲寒爐⑧。

如是者再歲，帝念坤維⑨，丞相復來。山川如近⑩，父老相識。環視

① 車：原作“居”，據《李文饒別集》卷七改。
② 聞異香者：原作“聞者異香”，據《李文饒別集》卷七改。
③ 榻：原作“禍”，據《李文饒別集》卷七改。
④ 石門街：《劉夢得文集》卷三〇作“右門街”，《文苑英華》卷八一七作“有右門街”。
⑤ 干：原作“于”，據《文苑英華》卷八一七改。
⑥ 大和：原作“太和”，據《劉夢得文集》卷三〇改。
⑦ 諜得：原作“謀帥”，據《劉夢得文集》卷三〇改。
⑧ 寒：原作“塞”，據《劉夢得文集》卷三〇改。
⑨ 念：原作“命”，據《劉夢得文集》卷三〇改。
⑩ 近：《劉夢得文集》卷三〇作“迎”。

故地，寺爲焦墟，載興起廢之嘆，爰有植因之願。乃命主俸吏："以吾緡錢三十萬爲經營之基。"自公來思，蜀號無事，時康歲稔，人樂檀施。公言既先，應如決川，乃傾囊褚，乃出懷袖。勝因化愚，慧力攝慳，男奔女驟，急於徵令。匠者度材以指衆徒，藝者運思以役衆技。斤鋸磨礱，丁丁登登①。陶者儲精，圬者效能。欻自火宅，復爲金繩。沿故鼎新，因毀成妍。華夷縱觀，萬目同聳。

既告訖役，公來慶成②，雲鮮日潤，輝映前後。於是都人舞抃而謠曰："昔公去此，福成以熮；今公重還，福成復完。民安軍治，亦如此寺，庸可勿紀乎？"公實聞斯言，遂折簡見命，謹月而日之。時大和某月日。大檀越具官封爵段氏。其他發大願者、程功董事者，自中貴人及賓僚將吏若僧徒，偕籍之而刻於石。

修玉局觀記

彭　乘

一氣委於化，觀化則歸無；萬物生於無，本無而爲有。繇是物物自別，事事自分，不爲而成，其用弗匱。形上形下，非柔非剛，廣包太虛，微在毫末。吾不知物各自造，而造物者有主耶，抑自然爾？自然爲性，虛無爲體，其道也歟，道之用可勝言哉！在天地爲動靜而無動靜，在日月爲晦明而無晦明，在雷霆爲響震而不響震，在山河爲融結而不融結，在四時舒慘爲變而不變，在百穀草木爲生而不生，在八音爲和而不聞，在五色爲彰而莫睹。其於人也，爲誠明之性、視聽言貌焉。非天下之至通，其孰能與於此乎！且人在道中，道在人中，人全道用，而能體法。雖不可見，觀萬物而索之，反照自然。原其所感，無所執系，强爲之名；名有所宗，宗其所自也，是以名迹分焉。名迹分而異途顯，故物物紛擾，靡所定列。人而無別，與飛走同，故聖人則乾坤，明上下，順其節，因其和，而明禮樂。禮樂之用，其在人神，人神必有所宗，故壇墠以興，牲器以設，宗廟以制，嶽瀆以崇。《虞書》之始曰"禋"，《洪範》之陳曰"祀"③，必有

---

① 登登：原作"澄澄"，據《劉夢得文集》卷三〇改。
② 公：原作"工"，據《劉夢得文集》卷三〇改。
③ 陳：原作"八"，據《全蜀藝文志》卷三八改。

其具，乃能其事焉。斯蓋人倫之宗，政教之始，俾人有所向，神有所居。凡功施生民，必盡宗祀，寔敦本也。道爲物始，不其本歟？功德之大，詎可名述！

彼宮廟之列，抑由此焉。雖三洞九宮杳在上清之境，太微紫極自居無色之鄉，彼常有聞，或難致詰。惟太上混元上德皇帝體自然之用，本無始之宗，探象帝之前，立先天之化。武丁之世，誕質厲鄉，柱下同塵，函關演教。以恍惚離形質之表，希夷非視聽之端，託有寄無，申明大道。將令萬物自化，統歸眾妙之門；百姓樂推，默契不言之教。其德也博，其用也淵。然後各復歸根，反其所自，故曰消則爲氣，息則爲人。非謂妄惑之言，蓋恢教化之極。將見寂寥妙本，澄湛淳源，修身者去甚去奢，治國者無爲無事。亦猶宓犧畫卦，二儀之德方明；孔子立言，百王之法斯在。夫如是，非崇嚴廟貌，豐潔精誠，日月所臨，咸爲崇奉，其可得乎！至若飛布雲霞，穹崇土木，深模絳闕，邃狀丹臺，彼積陽華，此取大壯。止欲極誠於道而率人趣善焉，非爲福禍報應而設爾。

益州玉局化者，二十四化之一也。傳云：後漢永壽中，老君與張道陵至此，有局腳玉座自地而出。老君升座，爲道陵演正一之法。既去，而座隱入地，因成洞穴，故以玉局名之。矧當坤維奧區，輿鬼之分。墨池、石室，旁資古勝之蹤；岷山、導江，遠供清粹之秀。樓臺屹峙，俯瞰郡城，紀曆寢遙，基構斯在。

皇帝實崇慈儉，業盛盈成，以清虛爲宴遊，以樸素爲玩好。八元授職，五老賡歌。耕鑿熙熙，莫知何力；趾喙蠢蠢[1]，但樂至和。崆峒攸軫於順風，赤水久全於罔象，豈止非心黃屋，讓德紫庭。至誠感通，天人合契，故真祖示儲靈之應，寶符錫無疆之休。誕告成功，備修墜典，祗肅法駕，躬謁真源。崇懿號以示尊嚴，率含靈而底清淨。俾物自化，與道同功。自然二辰駢珠璧之光，五靈爲池藪之物，域中四大，貫而一焉。有以見游泳淳和，出處沖妙，帝皇之理，指掌而窺。乃詔寰區，溥崇靈宇，將俾混元之道，赫赫巍巍。

知府、諫議大夫、集賢學士凌公，以命世之才，布移風之政，盡《易》象黃裳之美，得詩人溫玉之稱。輒自諫垣，臨茲藩屏，教化周洽，仁惠式敷。誠格於民，民咸知勸，和樂之至，屢爲豐年。庶俗既康，郡政

---

① 喙：原作“啄”，據《全蜀藝文志》卷三八改。

以簡，故靈勝之迹，時忽駐遊，睇其弗臧①，必加完葺。斯化密邇府署，制度僅存。自東漢權輿，皇唐崇飾②。王氏竊據，廣其閨闥，壞此殿堂，並爲內禁，尋與府庫，悉爲災焚。後主因其舊規，復創祠宇，循其功力，亦匪恢宏。逮將百齡，頹毀相繼，不可終否，屬於昌期。公以國家詔被普天，誠歸真教，聿遵虔奉，將務增修，飛章上聞，詔允其請。揆之以日，作於此宮，除舊創新，闢小爲大。工無巨細，罔不經心，人之悅從，匪憚其力。東西廣七十七步，南北長七十五步。中建三清殿七間，東廂三官堂、鍾樓暨玉局洞屋，西廂九曜堂、太宗皇帝御書樓。並齋廳、厨庫、門屋、周回廊宇，共一百三十五間。未變槐檀，畢新棟宇，奢不逾制，儉而中規。不妨農時，不勞民用，自然赤城在目，何須紫府遊神。臺殿霞明，想像金樓之影；松蘿霧鬱，依晞李樹之陰。壯麗規模，率若神化。非我公聲心悉力，遵奉明詔，曷以臻於此乎！

化主浦若谷，克嗣焚修，偶茲興創，愈宜精確，以永增崇，且將紀歲時，俾存金石。式揚巨績，宜屬鴻才。乘識有津涯，文無經緯，狂簡類吾黨之子，研精非道家者流。照靈府以晶明，未分日月；豁丹田而曠蕩，莫貯乾坤。強索空筌③，仰遵嘉命。濡毫扣寂，良愧斐然④，大中祥符八年十二月日記。

重修大中永安禪院記

前　人

成都郡有宗西竺教者曰德元，真性圓明，幼齡解悟，精練行業，能濟衆緣，勤至一心，逮越四紀。咸平辛丑歲，得今永安禪院居之。湫屋壞堵，尤極荒闃。於是率募化誘，冀克興崇，土木集工，漸增棟宇。環二十載，凡創立百餘間。繇是延敞殿堂，刻繪佛像，香積豐潔，器用悉具。天禧中，悉籍其有，請今欽禪師住持，俾揚教法，與衆共也。且誓其徒曰："隆茲寶刹，寔假衆財，靡替至誠，致集勝事，宜乎來者，緣合即居。矧以成壞迭臻，泡幻易滅，有爲皆妄，浮生幾何，假物強名，詎定常主？茲

---

① 臧：原作"藏"，據萬曆以下各本《全蜀藝文志》卷三八改。
② 唐：原作"帝"，據《全蜀藝文志》卷三八改。
③ 索：原作"素"，據四庫本《全蜀藝文志》卷三八改。
④ 斐：原作"裴"，據萬曆本《全蜀藝文志》卷三八改。

後法屬，當泯異心，無徇私，無差別，但以義聚，勿爲爭侵。有渝是盟，必罹陰殛。”作是語已，懇予誌之。

夫真如寂無，謂其無則泯之也；諸相具有，執其有則繫之也。是以離有無際，超圓寂中，非言說可知，豈名迹能繫？然而不有言說，詎覺其昏迷；不循名迹，曷彰於化導？所以塔廟像設之制，蓋率人歸向，而俾之趨善也。非夫超悟精進，勵肅至誠，力奉覺雄，功拯迷俗者，疇能與於此乎？

斯院倚郡之隅，列艮之上，載祀寖遠，珉琰銷刓，締構之初，茫昧莫究。會昌中，例屬除毀，基迹僅存。大中初，相國白公敏中輟巖廊之崇，膺藩翰之寄①。眷茲遐俗②，思洽於純禧；緬彼真風，實裨於理化。慨斯頹圮，遽議增修。軫慮且深，俾工繼務。巨廈壞而重集，崇構屹乎復新。不有異人，曷居靈境？乃請無漏和尚居之，尊道行也。厥後盈虛委運，隆替屬人③，嗣襲遞更，不復詳悉。

皇宋之御宇也④，天開鴻緒，神贊珍圖。法輪廣運於無垠，惠炬潛昭於有赫，舟輿所至，祠宇畢新。雖蒼葍飛香，盛傳於中土；而萑蒲聚盜，荐起於西陲。回祿延災，招提半燼。邈此蓮花之界，闃如麥秀之墟。鯨音曉絶於春容，麇迹時分於町疃。元公暨來遺址，感慨經營。以爲成物者功當利他而泯己，應機者教必由相而歸真。所以躬窮榛蕪，力排瓴甋。檀施願集，梓人規呈，斤風交運於瑰材，繩道宛分於金界。於是丹刻楹桷⑤，飛矯螮虹，相儼玉毫，儀標珠髻⑥，先像設而崇教本也。而又堂廚虛寂，軒廡縈回，梵繞香園，經開寶藏，篤禪誦而廣法惠也。至若茂林嘉樹，所以延結社之賓；曲沼方池，所以育含生之類。實經行之淨界，而率化之妙門，傍晲闤闠，倬爲勝致。師以緣力既就，齒齡漸高，深懷永圖，弗處成績，懇求開士，盡捨精藍。事與欲諧，應猶響答，故茲耆德，亟副乃誠。禪師一錫周遊，半偈明解，鑑忘拂拭，幡任飄颺。踐鹿苑之康莊，出虎溪之軌躅。道存先覺，依歸者矞雲其臻；言會大乘，參訪者甘露攸飫。向匪

---

① 翰：原作“榦”，據靜嘉堂本改。
② 眷：原作“春”，據《宋代蜀文輯存》卷四改。
③ 屬：原作“蜀”，據文意改。
④ 皇宋：原作“皇宗”，據文意改。
⑤ 楹桷：原作“盈桶”，據《宋代蜀文輯存》卷四改。
⑥ 髻：原作“髽”，據靜嘉堂本改。

行業積著，名德溢聞，則曷以當於此乎？

　予性尚求真，心殊遣悟，未離文字，猶滯筌蹄。止書興立之因，勉徇傾勤之請。能事二紀，愧無美詞。時天聖四年記。

成都文類卷三十七

記

寺　觀　二

金繩院記　　　　　　　　　　　　　　　　　　　楊　億

　　夫西竺之教被於震旦，而像運千歲，塔廟之制勃興；東井之絡主於益部，而沃壤千里，禮俗之化歸厚。蠶叢古之建國，銅梁天之設險。帶二江之流，爲一都之會，四民州處，萬商成淵。稽河圖之文，惟福基之憑固；擬雞園之舍，邈壯棟以迭隆。

　　金繩禪院者，舊號龍華院。唐天復，有禪月大師貫休者通內外之學，爲道俗所宗，風什研精，名聲籍甚。當土德之季，戎車競逐，侯王起於無種，雲雷以之遘屯。拊劍顧盼以稱豪，專闢福威而自出。燕開碣石之館，市駿骨以翹材①；秦築逍遥之園，演貝文而重道。繡玉更薦，簽笈四臻。而師方遊所泊，久寓荊渚，藩牧致禮，邑子傾向。時王氏掩據蜀土，將爲西帝，延致千里之客，彌豐四時之供。師乃遐冒重阻，往干典謁，叩以空寂之理，嗣以篇題之贄。虞卿既見，殆蒙白璧之頌；湯休能詩②，迥繼碧雲之妙。錫之紫服，待以賓友，請住茲院，極其禮遇。師自壬戌遊蜀，至丙寅定居，比壬申入滅，凡歲星一周於天矣。上足惠光大師曇域克紹遺躅，弗忘肯構。其後有正覺、法忍、法寶、演教四大師繼承世系，無廢

---

①　材：原作“林”，據萬曆本《全蜀藝文志》卷三八改。
②　休：原作“沐”，據四庫本《全蜀藝文志》卷三八改。湯休指南朝宋僧惠休，本姓湯，故稱“湯休”。

先烈。

今住持賜紫釋惠聰者，自咸平辛丑始掌院事。迥悟宗諦，煥發覺明，願力攸資，信施彌博。遠者來而邇者悅，輸貨沓臻；即其舊而圖其新，胥宇尤盛。凡作佛殿、齋廳、僧堂、浴室及衆舍二百五十餘間。礱密石以庀材①，丁丁畢取；側紫金而布地，旷旷有華。侔天界之莊嚴，爲衆園之依止。香象蹴踏，並輚霞祴之修禪；靈鷲飛翔，無異果唇之住世。大中祥符之祀，詔賜今名，揭凋榜於楣門，燭霄輝於海會。陳跂有煥，名香歇而復熏；惠命增延，祖焰續而無盡。善利之績，疇可儗哉！

聰師藉予虛名②，謂窺秘興，丐詞紀實，遠不及讓。獨冥煩之未祛③，頗滅裂而爲愧耳。

覺城禪院記 王　曙

後學以像設者有爲也，滯於名相；禪般者無心也，曾是空寂。著空棄相，此既失矣；從無入有，彼何得哉！我佛所以啓頓漸之門，示悟修之路，頓則頓悟言語文字之俱非，漸則漸修六度萬行之不捨。權實交映，理事互融，無一物不是於真如，盡十方皆歸於己用。大千世界，猶若浮漚；無餘涅槃，有同昨夢。蓋達觀之上者，豈常談之得乎！

益州覺城禪院，昔李唐明皇奄宅函夏，有詔郡國各建伽藍，並以開元爲名，皆一時之壯麗。迨中和俶擾，守臣負固，頭會箕斂，惟利是視，草創竊弄，未遑寧居。擅茗荈之兼贏，據隧肆而墻鬻。以茲寺庭宇，密邇市廛，因而有之，莫我肯顧。雲徒海衆，曾何足以少留；寶落璇題，杳不知其處所。陶籬僅隔，顏巷潛通。若金石之聞，乃止不壞；何神明所祐，巋然得存。今此院者，即開元之址也。孟氏廣政中，出女侍爲尼，俾居其間，號延福院。後棄而去，復爲僧坊。爰有閬中鐵幢長老擁錫來遊，載營載葺，衆號鐵幢院。又有神操紹續紀綱，操授道信，道信授秦人微禪師。微師歸關中，道信荐主僧務。風雨攸蔽，禪頌漸興。

---

① 庀：原作“化”，據嘉慶《四川通志》卷三八改。庀，治。
② 予：原作“子”，據萬曆本《全蜀藝文志》卷三八改。
③ 獨：原作“蜀”，據萬曆本《全蜀藝文志》卷三八改。

今傳法沙門元信禪師，俗姓昝氏，本郡華陽人也。幼齡穎悟，脫落囂塵，辭親出家，尋師訪道，不遠千里，行詣百城。飄然沅澧之間，遍遊江漢之域。聿來舊楚，乃契宿緣，得法於郢州芭蕉惠情禪師。情嗣南塔，南塔嗣先仰山，先仰山嗣潙山，潙山嗣百丈，百丈嗣江西，江西嗣南嶽，南嶽嗣曹溪。即禪師於曹溪爲八代嫡嗣，於釋迦如來爲四十一代法孫。師機緣既契，更不他之，有願還鄉，卜居演化，言旋舊里，求叶初心。道信喜師之歸，延請入室，密以傳授，且俾興修。師音容粹和，戒行高潔，慈悲喜捨而爲事，行住坐臥以相應。由是法衆歸心，士庶仰懷。乃謀締構，乃募檀般。卓鄭隆富之家興金而布地，闤闠伎巧之族運斤而成風[1]，朴斲丸挺[2]，雜沓坌並，人悅來而不絕，材襲積而居多。遂量工程，考廣袤，易奇邪爲方正，變湫隘爲平夷。自經始於辛卯，告成於戊午，凡歲星再周天矣。壇宇顯敞，正殿翬飛，戶牖重深，禪堂岑寂。丈室清閑而奧秘，僧房宛窱以虛徐。齋廳來苾芻之流，厨庫有蒲塞之饌。廣博嚴靜，盈二百間；共具絢紾，約數千事。又爲轉輪寶藏，繕寫十二部經。珠交露縵，彌覆其上；金姿綵彩，錯落其間。實福祥之淵源，雄都會之瞻矚。

今知樞密院、刑部侍郎樂安任公昔鎮藩服，仰師道行，且以受佛付囑，悉心護持，以“延福”舊稱乃僭僞所署，露章上清，俞詔下臨，特賜今名，彌光列剎。仍錫隙地，乃南其門，芝檢賁於藂林，雲篆揭其標牓。而師宴坐一室[3]，應病與藥，載離寒暑，不出戶庭。初，廬帥雷公特奏命服，亟請開堂，師問答隨機，扣擊無滯。故遠近道俗，多所歸依，前後王臣，靡不欽重。

曙雅遊苦早，悟道滋晚。被聖明之優渥，寄刺舉之聲政。遽傳而至，燭理未康，雖嚮師之名，莫造師之室。偶餘日之怡蕩，一款關以從容，即席而境閑，忘言而機契。風幡搖颺，直指仁者之心；庭柏青葱，自識西來之意。師既而曰：“夫示有，作爲方便也；撥無，因果斷滅也。方便即濟人無量，斷滅則末法疇依？惟兹院之紹隆，懼後時之堙漫，且礱石之斯久，願爲辭以見紀。”贊希有事，出和雅音，胡其幸焉，安敢讓矣！一來廬阜，即是遠公之社人；永鎮頭陀，欲刻簡棲之碑字。

---

① 成：原作“承”，據四庫本《全蜀藝文志》卷三八改。
② 丸：原作“九”，據嘉慶本《全蜀藝文志》卷三八改。東漢馬融《長笛賦》：“丸挺雕琢，刻鏤鑽笮。”“丸”是揉成丸狀，“挺”是拍打成型，均爲製器之法。
③ 室：原作“食”，據萬曆本《全蜀藝文志》卷三八改。

聞思三法資修記①

晁　迥

予自少及老，以儒學求仕進之外，而志於道也久矣。非謂分別名相，有所偏局，但泛觀鼎峙之教歸趣符合者，隨意采録，實爲心要。蓋知同歸於善，而三聖之書以其方言類例各有文質隱顯、詳略深淺耳。綿歷以來，逮今衰朽，而崇尚彌切，豈非宿習之然乎？古先章句，其利極博，而散在經論②，孰能和會而發明哉？自好涉獵援據，推而廣之，別致曲成之用；抑亦事必師古，唯以立意爲宗，不以能文爲本。區區之誠，不自揆也如此。

予思往歲，嘗接今御史中執法秋曹貳卿晏公清談，偶及《南華真經》。予記公盛稱之語凡三句，包含微旨。其名云："其動若水，其静若鑑，其應若響。"予退歸，檢閲此語，出於莊、列二子之書，大約述至人體用之狀，而微密難曉。《莊子》之注太簡，於此三句之下都注之云"常無情也"。《列子》之注稍備，各解之云："順物而動，故若水也；應而不唱，故若響也。"予素聞大人先生之論云：敏於事者唯變所適，滯於物者未可與權。是以每遇見聞，得一善則拳拳服膺，弗忍遐棄，姑務點化，入助道品，譬如範良金、琢美玉以成器而爲利也。所愛此三句之語凡十二字，深思祖述，而下筆惟艱。暨乎引年致政，獲棲息乎京邑之舊廬，闔扉隱几，久於恬宴，乘興揮翰，追叙前志。剖析構綴，吻然相參，不分内外經典之語，混爲心法而已，處世出世，皆可足用。今始辨其名理焉。

"其動若水"，蓋表至人周流，無擇物，大委順也。此合乎隱君子書中"上善"之理。竊謂學大道者，在乎無可無不可，外順世間法，虛緣而葆真，當如此矣。可目之曰"無礙法門"③。

"其静若鑑"，蓋表至人洞照，無遁形，大明徹也。此合乎古先生書中"寂照"之理。竊謂内習之證，唯静而明，物來斯應，心無主宰，當如此矣。可目之曰"無意法門"。

---

① 按：此文與成都無關，不知《成都文類》何以收録，《全蜀藝文志》又從而收之。
② 論：原作"綸"，據静嘉堂本、《全蜀藝文志》卷三八改。
③ 曰：原作"日"，據《全蜀藝文志》卷三八改。

“其應若響”，蓋表至人虛應，無留閡，大曠達也。此合乎黃帝書中“谷神”之理。竊謂觸事而夷，物情難著，既應即止，勿復存餘，當如此矣。可目之曰“無住法門”。

此三法者，上根圓智，精修密詣之妙門也。輒杼軸於懷，而未有作者，庶乎導揚前烈①，啓迪後來②，可以智窮其理，不可以言盡其意。夫勤行之士，若能默識訓致，殆所謂曲盡其妙。乃至中根以上，聞而信重，加之善誘，自他俱利，法施洪福，未易可量。願三復以無煩，知百一之有補。深愧狂簡，幸不以人廢言也。

天聖七年記。

重修昭覺寺記　　　　　　　　　　　　　　李　畋

妙色非相，有相則尊；真諦無言，有言則大。矧夫法身普現，帝綱交映，寶月破昏於濁際，靜刹植福於沙界，肅五蘊之紛擾，具十善之莊嚴，惠照倒迷，無一遺者，斯相之尊也。法音贊運，群動無妄，大雲秘藏於貝闕③，師子敷座於紺宇，攝四大之種性，歸一如之總持，解脫障纏，無一悖者，斯言之大也。既尊且大，則有爲之教興，無涯之利顯。在乎人天寅奉，王臣護持。塵劫不遷，是曰常住，其斯之謂歟！

昭覺寺，成都福地，在震之隅。先是眉州司馬董常宅，舊名“建元”。其締搆紹嗣之由④，具蕭相國遺碑悉之矣。唐乾符丁酉歲，爲了覺大禪師宴居之所。禪師法號休夢，姓韓氏，京兆萬年人。時宣宗興復象教，乃應詔誦經，對御落采，配終南山之捧日寺。具大戒於律師神佑，悟般若於石霜慶諸⑤，參法要於百丈懷海，契心印於洞山良价⑥。初至洞山，洞山問：“近離何處？”曰：“湖南。”又問：“途中還見異人否？”曰：

---

① 烈：原作“列”，據嘉慶本《全蜀藝文志》卷三八改。
② 啓：原作“後”，據嘉慶本《全蜀藝文志》卷三八改。
③ 於：原作“千”，據《全蜀藝文志》卷三八改。
④ 紹：原作“招”，據《全蜀藝文志》卷三八改。
⑤ 般若：原作“技若”，據嘉慶本《全蜀藝文志》卷三八改。
⑥ 洞山良价：原作“洞仙俍价”，據《宋高僧傳》卷一二改。

“若是異人，不涉途中。”价深器之。後領旨寓蜀，始立一大寺①，闢甘露門。開堂日，僧問：“净名大士入不二法門，旨趣如何？”曰：“山僧未敢舉明。”又問：“若如是，即事理不分。”答云：“扁舟已過洞庭湖。”凡言峻機晤，以復如是。時劍南節度使崔公安潛奏改“建元”②，敕賜今額，仍給紫衣一襲，式光宗教。未幾，僖宗出狩，駐蹕西州，召禪師説無上乘，若麟德殿故事。由是開泼聖慮，握乾綱而不動；運輸神力，回天步而高引。玉鑾反正，而帝眷彌深，賜禪師紫磨衲衣三事③、龍鳳氍毹毯一榻、寶器盛辟支佛牙一函，布展義之澤也。越明年，王氏建節制兩川，於禪師申尊叔之祀，奏錫師號曰了覺大師。及王氏開國，而禪師滅度，享年八十一，僧臘五十一。門人洪福等建窣堵於當寺後庵，以令身歸之，謚曰“真隱之塔”。爾後宗派傳襲，真風炳然。至今住持大德延美上人以了覺大禪師爲五代祖。

上人陽安郡平泉人④，姓杜氏。禮本寺懷進大德爲出家師，依彦通律師授具足戒。性惟真實，體本虚静。開口無機，化不言而鷗狎；虚懷善應，施不求而谷盈。禪林果熟，蒼蔔彌香；覺苑地靈，黄金争布。作大利益，須非常人，美公之謂歟！

兹寺有常住沃土三百廛⑤，滫場斂稱，歲入千耦，並歸寺廩，與衆共之。有舟航大賈輸流水之錢，山澤豪族捨金穴之利⑥，五銖一縷，悉歸寺府，無一私者。由是構樸斲之材，較班輸之技，而興修之議於是集矣。寺之殿宇，舊且百間，今廣而增者三百。建正殿，塑金釋迦像一軀，爲黑白扳足之地。修經藏，挾唱梵之堂四屒，爲權實轉輪之所。廣方丈之室，傳達摩心；備水陸之儀，宣梁武教。及羅漢、六祖、翊善、大悲，各列一堂。又分千部經爲東西龕，續建紀天列宿堂一所，仍加壯麗。以至安氂侶，供公庖，局次有叙；厨倉寮庫，齋廳浴室，重門挾屋，啓閉以時。上縫瓦以如鱗，下密磚而若砥。左瞻右顧，俱是道場；一起一居，無非佛

———————

① 寺：原作“事”，據四庫本《全蜀藝文志》卷三八改。
② 潛：原作“漸”，據新、舊《唐書·崔安潛傳》改。
③ 衲：原作“納”，據静嘉堂本、《全蜀藝文志》卷三八改。
④ 上人：原無，據文意補。
⑤ 沃：原作“泼”，據萬曆本《全蜀藝文志》卷三八改。
⑥ 穴：原作“宂”，據《全蜀藝文志》卷三八改。

事。寺之舊址，覆於頹垣①，鞠爲茂草，僅百年矣，以至悖蹊樊圃，可畏其鄰，認牛忘羊，莫分其主。美公一旦豎版築以繩之，興百堵，斬舊封，葺牆五百餘間，周匝園圃，而諸鄰相讓，無一違者。凡供食之豐潔，法席之華煥，時一大會，朝飧千衆，累茵敷坐，如升虛邑，未有一物，爰假外求。寺之勝迹，有僖宗幸蜀放隨駕進士三牓題名記，陳太師塑六祖像，蕭相國文建寺碑，會稽孫位畫行道天王，浮丘先生松竹，張南本畫水月觀音，翰林待詔失名氏，今寺額始自長安降到。摸昭覺寺額，俱經亂不亡，爲唐故事。斯皆化感利捨護持之力也。

自大中祥符戊申歲承領住持，迨三十有餘載矣，惟食不兼味，衣不重繭。言必諦信，故人無間言；行必總持，故身無擇行。深入無礙，物我不二。經云"雖説種種道，其實爲佛乘"，吾見其人矣。然能爲愛河之舟檝，不住中流；開覺路之康莊，俾求諸道。故入其門者，如登般若之岸②，似升毗尼之室。樹繞七重，塵無一點，信花界之勝果，錦江之福田者焉。尚能韜光愈晦，功成不居，耳聞贊揚，口稱慚愧。是謂常住不住，所得非得者乎！

今門人賜紫沙門人遜謂布施回向，嘆未曾有者，典教宗尚，寧可闕歟？遂持了覺禪師誥敕三通③，修寺行狀數紙訪畋，請紀茂實。畋且念景德初，與今岳陽牧張都官遂肄業於兹，倏爾歲寒，永言夢寐。山陰都講，曾栽揮塵之松④；衣錦相公，偶鑿偷光之壁⑤。及乎嘗醍醐之味，目琉璃之色，爲日久矣。德我既深，固不牢讓。大哉！開群迷之眼，俾矚乎大明，象設之精也⑥；安不動之心⑦，俾諧乎一法，言教之謂也⑧。是故其相則尊⑨，所以祛其幻相⑩；有言則大，由是辯其魔言。令蠢動廓然，見種

---

① 覆：原作"復"，據文意改。
② 登：原作"遜"。按："遜"之義爲逃遁，於文不相應，今據《重修昭覺寺志》卷三改。
③ "持了"二字原缺，據萬曆本以下各本《全蜀藝文志》卷三八補。
④ 塵：原作"麈"，據四庫本《全蜀藝文志》卷三八改。
⑤ "公偶鑿"三字原缺，據四庫全《全蜀藝文志》卷三八補。
⑥ 精：原作"請"，據《重修昭覺寺志》卷三改。
⑦ 不：原缺，據四庫本《全蜀藝文志》卷三八補。
⑧ 也：原缺，據文意補。
⑨ "是故其"三字原缺，據四庫本《全蜀藝文志》卷三八補。
⑩ 幻：原作"幼"，據《全蜀藝文志》卷三八改。

種性。曰實曰權①，歸乎一揆，付諸佛子，歷劫奉持，非師釋氏之雄者，其孰能與於斯文！

天慶觀五嶽真君殿記　　　　　　　　　　　　　彭　乘

大象無體，萬物應化，其體也；至人藏用，萬法感通，其用也。稽乃體用，強爲之名。無有本源，自內而出；孰爲衆妙，由外而來。非凝精冲寂②，曠乎虛極，不見皦昧，冥於自然者，詎能與於此乎！自然其神，含凝真一，無方無物，無本住法，會無涉有，散殊萬類。清寧於高厚，誠明於性稟，氣秀嶽降，得其純粹，含虛寂照，生與道妙。繇是精練至行，濟導含識，行充功格，升列真籍；或於清浮濁滓間，統名山福地、洞宮靈府。至若善惡祥應，感召報貺③，率由主宰。故尸赤城者瀛洲仙伯，職句曲曰紫陽真人。

赤城洞天，則龍蹻甯先生所治也。先生嘗爲陶官，通神幽隱，或蹈履烈焰，隨烟上下。黃帝順風禮問，受《龍蹻經》，得御飛雲術，遂封五嶽丈人，佩三庭印。開元中，感夢宸極，因立祠於山趾，嚴飾真像，冠蓋天，服朱光，春秋崇祀，祺祥沓示④。中和初，再封希夷真君。坤維奧區，峰嶺連屬，標靈迹者，青城爲勝。道書云世間有十大洞天，此其一也。星根月頂，風容雲骨，寫影浮翠，表裏森秀，彌數百里。鍾奇毓異，蕃靈藪怪，寔真仙所宅焉。宜其保祐生聚，奠茲方鎮。仰洪蔭，報神貺，崇廟貌，盛祠薦，綿世不輟。國家所以望秩精意，存真飛眷，韶傳旁午，苾芬虔潔，祈祓黔庶，介福攸酢。

益州天慶觀天寶院真君殿者，道正明真大師王文正締構也⑤。師稟粹清淵，熙真妙域，誠志劫毖，神韻凝靖。持符負甲，常存備守，破環截帶，夙謹傳授，三一潛運，兩半無染。咸平中，嘗主青城山觀，奉詔加崇飾。師勤力事任，寔有成績，故邑屋歸仰，言動響效。載懷道庇，鑒寐虔

① 權：原作“推”，據《全蜀藝文志》卷三八改。
② 凝：原缺，據萬曆本《全蜀藝文志》卷三八補。
③ 貺：原作“況”，據萬曆本《全蜀藝文志》卷三八改。
④ 沓：原作“杳”，據《全蜀藝文志》卷三八改。
⑤ 王文正：原作“文王正”，據《全蜀藝文志》卷三八改。

潔，如在之想，思有所寄。凝精心於輪奐，存真相於殊好。絳臺琳室，霄階紫陛，鳳構標勝，陽華寫制。遂於本院齋宮南創建真殿五間，及兩掖廊廡。憲太微之殊裁，壯明霞之寶勢，重欒雲蔓，夷庭砥闥。崢嶸棟宇，靚深博敞，彩緻間錯，延眺眩目。高閑洞啓，寶座中峙，即邑人楊昌義造施真君像及左右掖侍。涂髹冪紵，鋪金飾彩。四規雙理，日簪霞髻，伏晨偃月，蹲龍躍鳳，異相具足，瞻仰增肅。殿内粉堵圖五嶽帝君、四瀆公袞、山川總領、神仙部屬，環周複宇，若趨而暨，皆錦江逸士李懷袞善筆，里中宿儒王中吉、夔州助教袁琪、新安耆艾俞進光、華陽信士楊元正佐財底績也[1]。星紀周運，衆功迄備。

其經始也，欲造潛山司命、廬嶽使者以居右，至是潛山容相已備，而廬嶽模範尚闕。蓋坤維九江，西南重阻，繪事匪肖，曾莫髣髴，適募能者，復議姿狀。會有黃冠李茂皋至自廬阜，囊圖簡記，來詣師室，事與誠契，冥應昭倬。至是方具制度，成茲志願焉。

且夫道者道也，萬物由之，而有深賾不可際，擬議莫能盡，失其旨則恢誕詭異，無所不至，聖人所以極深研幾，會其歸趣。虛無恍惚存乎妙，淳元本始歸乎模，名迹器象繫乎的，感通變化冥乎神，好惡用舍屬乎性，彌綸範圍之謂教。率性順理，清浄無爲，教之用也；君師禮樂，制度名物，教之迹也。施用以涉迹，循迹以宗本。故天地社稷、郊廟祭祀，示有宗也。彼祠宇像設，范金埴土[2]，香臺法几，繢寫刻繪者，蓋託以寄心，存乎歸嚮，而底於化也。《禮》曰：“法施生民，以勞定國，能禦大災、捍大患，則祀之。”猗歟！其施厚者其報美。至道統天地，至人化育於天地間，其施厚也，故后辟臣庶，際極溥率，必罄宗奉者以此。

師以能績汔濟，誠願載協，條其事狀，丐文紀實。旌善申美，宜識歲月，故爲疏舉，第愧泛略云耳。嘉祐四年七月二十六日記。

集真觀記
呂　陶

佛老之術與吾儒並驅爭騖於中國，歷千百年，源深流長，津際渺漫，

---

① 佐：原作“佑”，據萬曆本《全蜀藝文志》卷三八改。
② 埴：原作“稙”，據四庫本《全蜀藝文志》卷三八改。

徒類益滋，氣勢益壯。自國都郡邑，至鄉閭黨巷之聚，率置廟貌，以虔祀事。學六經者謂其戾去吾教，有駁出掃蕩之志，爲言與力舉能勇也；若乃信嚮堅慤，崇奉切至，則乃愧彼焉。

走郡城而南，瀕江流而東，田壤四平而積腴，園林百秀而交蔭①，遺址舊棘，屹然其間者，集真老子祠也。唐天寶中，以金星玉芝之祥，始命建創，榜曰"真符"。皇朝祥符六年，又賜今額。前府尹宋公祁俾青城山道士黃方中居之，府民羅布廣多出緡錢以繕葺②。乃崇門屋，乃翼廡序，乃嚴神位，乃闢壇宇。惡儉鄙侈，得虛寂清淨之勝焉。夫天寶距治平踰三百年，治亂不常，兵戈間作，民廬官舍多若陵谷之變，獨此老廟③，雖圮不壞，後有居者，自能完治④。

惟仲尼之德覆被四海，義均社稷，血食無愧，自天子達於庶人，咸有北面尊師之禮，著在祀典，大不可忽；而州邑之廟，傾敗不屋，十常二三。慶曆中，詔天下興學，多士靡然嚮風，絃弦誦之地。未幾，議者舛馳，學亦有廢。豈吾儒信嚮崇奉其道，不若彼徒之堅慤切至耶？抑禍福之理近則易諭，仁義之功遠而難知也？記集真者得而詳之。治平元年二月日記⑤。

崇道觀道藏記⑥

范　鎮

太史公論道家之言，而曰："使人精神專一，動合無形，贍足萬物。""指約而易守，事少而功多。"至於爲《史記》，則以韓非、申不害與老子同傳，豈非後世多事，必於有爲以至於無爲乎？班固所志纔三十七家、九百九十三篇，而伊尹、太公、辛甲、鬻熊、管子之書在焉。至隋乃分經戒、餌服、房中、符籙凡四種，合三百七十七部、千二百一十六卷，而不著其目。唐有道家類，又合以釋氏，而得百三十七家、七十四部、千二百

---

① 蔭：原作"陰"，據《淨德集》卷一三改。

② 羅布廣：《淨德集》卷一三作"勾希廣"，當是。繕：原作"善"，據《淨德集》卷一三改。

③ 老廟：《淨德集》卷一三作"仙祠"。

④ 自：原作"日"，據《淨德集》卷一三改。

⑤ "者得"以下十三字原無，據靜嘉堂本補。"二月日記"，《淨德集》卷一三作"二月二日"，無"記"字。

⑥ 此文《國朝二百家名賢文粹》卷一二六題作《成都府天慶觀道藏記》。

四十卷，以著於録，而《管子》列於法家，所謂伊尹、太公、辛甲者皆亡不傳①，獨鶡熊之書存。自明皇後，不以著録者又百五十八家、千三百三十八卷②，則其溢於漢者千五百八十五卷矣。噫，老子著書五千言，以爲盡天地事物之理，後世學者寖廣，而其書至於如此其多，豈以其事虛無，其辭難知，必支離而後至於簡易，如太史公所謂乎？

宋興③，祥符、天禧中，始崇起其教，而玉清昭應宮、景靈宮、會靈觀、祥源觀皆置使典領。又命其徒與諸儒裒其書，訂正謬訛，繕寫以藏於其處，而以其餘賜天下宮觀，以廣其傳，獨劍南一道未皇暇焉。嘉祐初，成都府郫縣道士姚若谷、梓州飛烏縣道士朱知善慨然欲盡讀其書④，而莫由得也，於是東走於鳳翔府之上清太平宮、慶成軍之太寧宮，又東至於亳州之太清宮、洞霄宮、明道宮⑤，凡得書二千餘卷。太清宮者，老子所生，所謂厲鄉者也。有九井，有古檜，有丹竈，於是縱觀焉。又覽唐開元及祥符中行幸故處以歸。治平元年，今天子既即位，若谷又與其徒仇宗正、鄧自和列言於府曰：“釋氏書遍滿州縣，而道家所録獨散落不完。願至京師，得官本以足其傳。”於是端明殿學士、兼翰林侍讀學士、尚書户部侍郎韓公知府事，以其狀聞，且言：“蜀之名山秘洞，勝景爲多，而道家書不完，無以奉揚清净之風。”有詔即建隆觀給官本以足其傳，凡得五百帙、四千五百卷，溢於唐者又千九百二十二卷，可謂完且備矣。

若谷、宗正、自和且將益其書爲五本，藏於成都之天慶觀、郫縣之崇道觀、青城山之丈人觀、梓州飛烏縣之洞靈觀、綿州之洪德觀，使學者優遊⑥，以求其所謂清虛自然之要，而至乎其師之道，如太史公所謂者，顧不偉歟！若谷，飛烏人⑦，後徙於郫；宗正，青城人；自和，綿州人。三人者，持操堅至，而皆有功於其教者。後之人觀其勤勞，而不輕其守，則其書之傳爲無窮矣。

治平二年十二月日記。

---

① 亡：原脱，静嘉堂本作缺字，《全蜀藝文志》卷三八作“没”，兹據《國朝二百家名賢文粹》卷一二六補。
② 三十八：原作“八十三”，於上下文計數不合，據《新唐書·藝文志》改。
③ 興：原作“典”，據静嘉堂本改。
④ 讀：原作“也”，據萬曆本《全蜀藝文志》卷三八改。
⑤ “亳”原作“毫”，“洞霄宮”原脱，據《國朝二百家名賢文粹》卷一二六改、補。
⑥ 遊：原作“柔”，據《國朝二百家名賢文粹》卷一二六改。
⑦ 人：原作“以”，據嘉慶本《全蜀藝文志》卷三八改。

新建五符幢記①

文　同

事有絓於荒忽茫昧之中，緜曠古及下世，無俗書以傳。凡智齷狹，浾不能究度，至詆忌蔽人，令弗通思慮，所該外物，語者率謂狂裔罔誕，非經見②，乃用擯笑不講録。是皆蒙塞自淺，豈寥然壹盡大方之理者歟！其有導神幾，宣靈謀，混淪焉行於亡形，以鎮養乎元元，使怪屬不作，消祓摧殄，不得横悍以肆其姦③，是術也，凡王侯保土社，苾群品，當知嚮服而尊高之，渠可嫚忽邪！其所謂，蓋《太上洞真靈寶五老赤書》云。

按元始至真，肇探於太樸之先，凝神火庭，尋詳曲折，煥譯妙勢，爲天奥寶。告瑞發應，秀映靈都，神杖封固，長依趺息。大道君、玉帝諸真懇請恭受，反復難遜，傾倒切至，始賜矜諭，敕詣紫微，居齋九旬，後肯付界。然猶戒禁，勿得布下，是天所貴重若此。不記從何劫運，漏墜人世，有聖研極，鐫胎剖魄，識其倪緒，取安諸隅，廣宇泰寧④。傳云：東京桓帝永壽時⑤，正一道陵患魑魅恣雜，闕人鬼使異行，植幢岷山，誓刻嚴毒，自是判然，幽明不殽。至黄唐文缺，重璊置昭慶道祠，歲久鬚然，頗剥爛，幾泐無所考。

宋五世天子英文明睿，升用賢俊，命侍臣趙公抙鎮蜀。公致治未期，民物宜順，暘潤孔時，川隰生栐，蠶饒穀登，體腹温飫。薔訛勃疫，淪伏不起，寇兵弭消，寂無纖譁。頌公平循，聲辭邕邕。公固以爲未然，復訪悠遠安保方域，俾無虞戾之深計。顯效休功，件已設施，事可託神，亦圖崇修。原掾陳汝玉學廣知博，告公具前，躬模秘符，解瓠論辯。公得且喜，告下趣輯。乃相玉局衍基，絜爲靈場，築垣繕宫，就完種勝。

初，伐石西山，嵋地深宵，材洪埶鉅，輓致殊力，工徒愁嗟，求策迷所。一時暴潒涌發，漂碇下碉，出道平夷，遂可筏行。既至正晝⑥，裔雲

---

① 《丹淵集》卷三二題作《成都府玉局觀新建五符幢記》。
② 經：原作“輕”，據《丹淵集》卷二二改。
③ 悍：原作“浑”，據《丹淵集》卷二二改。
④ 宇：原作“寓”，據《丹淵集》卷二二改。
⑤ 帝：原無，據文意補。
⑥ 至：原作“止”，據《丹淵集》卷二二、《全蜀藝文志》卷三八改。

叢飛，潝然下覆，天光明麗，景氣晏悦，晻藹高真，颯若來況。都人觀繞，驚嘆喜蹈，回頸望公，祝若父母，云"護我等亭育撫燾"。心精神虔，祥報昭露。明日授匠矩尺，礱爲觚榦，恭肖神畫，鐫勒其上。科禁周具，供所祈納。大坤之維，永永蒙佑。噫！大霄妙章，上靈秘篆，何此群兆，幸焉邇睹。常爲投依，以挹厥休，千萬億年，公惠無泯。

一日，公戒部吏文同，使紀其事。同謹再拜，撰辭以獻，復類而爲詩，以與蜀人，使長言之無窮。其辭曰：

於未物前，有氣混茫。廓無嵳崖，淐瀁汪洋。中函神胞，孕此咸章。靈鋌決分，飄青墮黃。布照大空，流精發光。乃時玉符，獲於元皇。自然秘文，盤葩屈芒。支交歧聯，蜿紆結張。皇執焉嘻，練於洞陽。瑩煥九霄，瑞應蔚彰。書簡刻金，輝燭焜煌。太陽靈洞，俛仰是將。惟時諸真，嘯命以蹕。詣皇咨觀，祈必願償。命入太空，九光華房。廓開金扃，動抉雲囊。戒勿下傳，上館乃當。何劫墜流，降奠五方。桓志末朝，幻獝肆狂。虎冠道師，得焉其詳①。植石摹形，大岷之傍。陰怪震驚，掃滅伏藏。後多歷年，復治於唐。迄今巍如，鏤迹劣亡。治平之君，堯舜禹湯。詔用趙公，付之蜀壃。公來民宜，翦暴呴尫。大和熏烝，百體具康。肌燠贏襦②，腹果衍糧。境殄崔蒲，獄朽桁楊。沸舌頌公，壽福熾昌。願公光華，袞衣繡裳。移蜀之爲，天下以滂。公聞曰嘻，是志曷荒？有及後人，乃利也長。或告真文，本先圓蒼。可圖營之，福招禍攘。流蔭西南，被賴無央。公喜趣爲，日不暇遑。牙譙西禺，玉宇是望。高宮翼如，彩枅繪梁。覆幢其間，崒然百常。先時堪輿，與公效祥。水朘雲幨，異孰爾量。蜀人其承，永禼害殃。公德之深，萬世曷忘。杪哉末兮，峴碑陝棠。

治平四年二月記

———

① 詳：原作"祥"，據《丹淵集》卷二二改。
② 贏：原作"贏"，據《丹淵集》卷二二改。"贏"謂有餘。

成都文類卷三十八

記

寺　觀 三

四菩薩閣記　　　　　　　　　　　　　　　　　蘇　軾

　　始吾先君於物無所好，燕居如齋，言笑有時。顧嘗嗜畫，弟子門人無以悦之，則爭致其所嗜，庶幾一解其顏，故雖爲布衣，而致畫與公卿等。長安有故藏經龕，唐明皇帝所建，其門四達八板，皆吴道子畫。陽爲菩薩，陰爲天王，凡十有六軀。廣明之亂，爲賊所焚。有僧，忘其名，於兵火中取其四板以逃。既重不可負，又迫於賊，恐不能皆全，遂竄其兩板以受荷，西奔於岐，而寄死於烏牙之僧舍。板留於是，百八十年矣。客有以錢十萬得之，以示軾者，軾歸其直，而取之以獻諸先君。先君之所嗜百有餘品，一旦以是四板爲甲。

　　治平四年，先君没於京師，軾自汴入淮，泝於江，載是四板以歸。既免喪，所嘗與往來浮屠惟簡誦其師之言，教軾爲先君捨施，必所甚愛與所不忍捨者。軾用其説，思先君之所甚愛、軾之所不忍捨者莫若是板，故遂以與之。且告之曰："此明皇帝之所不能守，而焚於賊者也，而況於予乎？予視天下之蓄此者多矣，有能及三世者乎？其始求之若不及，既得，惟恐失之，而其子孫不以易衣食者鮮矣。予惟自度不能長守此也，是以與子，子將何以守之？"簡曰："吾以身守之。吾眼可霍，吾足可斮，吾畫不可奪，若是足以守之歟？"軾曰："未也，足以終子之世而已。"簡曰："吾又盟於佛，而以鬼守之，凡取是者，與凡以是予人者，其罪如律。若是足以守之歟？"軾曰："未也，世有無佛而蔑鬼者。""然則何以守之？"曰：

"軾之以是予子者，凡以爲先君捨也。天下豈有無父之人歟，其誰忍取之？若其聞是而不悛，不惟一觀而已，將必取之，然後爲快，則其人之賢愚與廣明之焚此者一也，全其子孫難矣①，而況能久有此乎？且夫不可取者存乎子，取不取者存乎人。子勉之矣，爲子之不可取者而已，又何知焉？"

既以予簡，簡以錢百萬，度爲大閣以藏之，且畫先君像其上。軾助錢二十之一，期以明年冬閣成②。

大聖慈寺大悲圓通閣記　　　　　　　　　　　前人

大悲者，觀世音之變也。觀世音由聞而覺，始於聞而能無所聞，始於無所聞而能無所不聞。能無所聞，雖無身可也；能無所不聞，雖千萬億身可也，而況於手與目乎？雖然，非無身，無以舉千萬億身之衆；非千萬億身，無以示無身之至。故散而爲千萬億身，聚而爲八萬四千母陀羅臂、八萬四千清净寶目，其道一耳。

昔吾嘗觀於此。吾頭髮不可勝數，而身毛孔亦不可勝數。牽一髮而頭爲之動，拔一毛而身爲之變，然則髮皆吾頭，而毛孔皆吾身也。彼皆吾頭而不能爲頭之用，彼皆吾身而不能具身之智，則物有以亂之矣。吾將使世人左手運斤而右手執削，目數飛雁而耳節鳴鼓，首肯旁人而足識梯級，雖有智者，有所不暇矣，而況千手異執而千目各視乎？及吾宴坐，寂然心念凝默，湛然如大明鏡，人鬼鳥獸雜陳乎吾前，色聲香味交遘乎吾體，心雖不起，而物無不接。

接必有道，即千手之出、千目之運雖未可得見，而理則可具矣。彼佛、菩薩亦然。雖一身不成二佛，而一佛能遍河沙諸國，非有他也，觸而不亂，至而能應，理有必至，而何獨疑於大悲乎？

成都，西南都會，佛事最勝，而大悲之像未睹其傑。有法師敏行者，能讀内外教，博通其義。欲以如幻三昧爲一方首，乃以大旃檀作菩薩像。端嚴妙麗，具慈悲相，手臂錯出，開合捧執，指彈摩拊，千態具備，手各有目，無妄舉者。復作大閣以覆菩薩，雄偉壯峙，工與像稱。都人作禮，

---

① 難：原作"多"，據《東坡全集》卷三五改。
② 《東坡全集》卷三五於此句後有"熙寧元年十二月二十六日記"一句。

因敬生悟。予遊於四方二十餘年矣，雖未得歸，而想見其處。敏行使其徒法震乞文，爲道其所以然者，且頌之曰：

吾觀世間人，兩目兩手臂。物至不能應，狂惑失所措。其有欲應者，顛倒作思慮。思慮非真實，無異無手目。菩薩千手目，與一手目同。物至心亦至，曾不作思慮。隨其所當應，無不得其當。引弓挾白羽，劍盾諸械器。經卷及香華，盂水青楊柳。珊瑚大寶炬，白拂朱藤杖。所遇無不執，所執無有疑。緣何得無疑，以我無心故①。若猶有心者，千手當千心。一人而千心，內自相攫攘，何暇能應物②？千手無一心，手手得其處。稽首大悲尊，願度一切衆。皆證無心法，皆具千手目。

聖興寺護凈門屋記　　　　　　　　　　李大臨

成都府城之東偏，有寺曰聖興，御史大夫王承俊之宅也。大曆初，杜鴻漸領東西川節度使，改爲永泰寺，武宗時例毀廢。大中三年，僧定蘭，華陽人，苦行精進，能外形骸。蚊蚋噆膚，雖終夜不之卻，曰："我報慈母恩也。"宣宗聞之，詔至長安，得對稱旨，賜予優加。遂丏西還，復構此寺，塔殿堂廊，無慮四百楹。定蘭之功德行業，唐翰林學士鄭處誨贊序甚詳，此不盡紀。

府城地狹，人繁物夥，又寺宇迫民簷，寔爲闤闠。故三門之外，中除隙地，乃溲溺之場耳。涸濯委積，曾無隔閡，犬豕馬牛，踐蹂習常。監寺大師文爽有道行，博通經論，每開慈憫心，惡其不清凈之甚，欲創屋翼張而蔽掩之，庶幾寶坊香刹，蚤莫焚修，祈福於四衆，因建白府帥。翰林侍讀學士王公素乃命簽書節度判官吳師服度地按視③，利病昭然，若師之説不誣。師自發私囊千六百緡，造外舍十有八間於三門左右序，且以護凈。市民占止，月儳直萬錢。

---

① 無心：原作"心無"，據《東坡全集》卷三八改。
② 物：原脱，據《東坡全集》卷三八補。
③ 學：原作"書"，據《全蜀藝文志》卷三八改。

師告予曰："底處無田産資給①，橛楠率皆摧圮②。今獲月租，願以完葺充用，決不可爲齋蔬之費。來者主之，不易其承，則我之志行矣。一有不如是，神明殛之，當墜無間獄，永劫沉淪，無有出期。可不慎哉！"予得而書之，以深戒後之主者。

中和勝相禪院記   蘇 軾

佛之道難成，言之使人悲酸愁苦。其始學之，皆入山林，踐荆棘蛇虺，袒裸雪霜，或刲割屠膾，燔燒烹煮，以肉飼虎豹鳥烏蚊蚋，無所不至。茹苦含辛，更百千萬億年而後成③。其不能此者，猶棄絶骨肉，衣麻布，食草木之實，晝日力作以給薪水糞除，莫夜持膏火，熏香事其師如生，務苦瘠其身。自身、口、意，莫不有禁，其略十，其詳無數，終身念之，寢食見之。如是，僅可以稱沙門、比丘。雖名爲不耕而食，然其勞苦卑辱，則過於農工遠矣。計其利害，非僥倖小民之所樂，今何其棄家毀服、壞毛髮者之多也？意亦有所便歟？寒耕暑耘，官又召而役作之，凡民之所患苦者，我皆免焉。吾師之所謂戒者，爲愚夫未達者設也，若我何用是爲？劓其患，專取其利。不如是而已，又愛其名，治其荒唐之説，攝衣升坐，問答自若，謂之長老。吾嘗究其語矣，大抵務爲不可知，設械以應敵，匿形以備敗，窘則推墮滉漾中，不可捕捉，如是而已矣。吾遊四方，見輒反覆折困之，度其所從遁，而逆閉其塗，往往面頸發赤。然業已爲是道，勢不得以惡聲相反，則笑曰："是外道魔人也。"

吾之於僧，慢侮不信如此。今寶月大師惟簡乃以其所居院之本末求吾文爲記，豈不謬哉！然吾昔者始遊成都，見文雅大師惟度，器宇落落可愛，渾厚人也。能言唐末五代事傳記所不載者，因是與之遊甚熟。惟簡則其同門友也，其爲人精敏過人，事佛齊衆，謹嚴如官府。二僧皆吾之所愛，而此院又有唐僖宗皇帝像，及其從官文武七十五人，其奔走失國，與其所以將亡而不遂滅者，既足以感概太息，而畫又皆精妙冠世，有足稱者，故强爲記之。

---

① 田：原作"由"，據《全蜀藝文志》卷三八改。
② 橛楠：原作"櫏桶"，據《全蜀藝文志》卷三八改。
③ 年：原作"生"，據《東坡全集》卷三五改。

始居此者，京兆人廣寂大師希讓。傳六世至度與簡。簡姓蘇氏，眉山人，吾遠宗子也，今主是院，而度亡矣。

熙寧元年記。

壽寧院記

侯　溥

儒之心、迹，佛之性、相，一也。道不以心性爲體，故求道於心性而不可得；然所以冥於道者心性也。迹相亦然，道不存乎迹相，故求道於迹相而不可見，然所以行於道者迹相也。宇之之謂廟，層之累之之謂塔。指廟與塔而問人曰："此道乎？"雖至庸俚，其答之也，必謂之塔廟，而不謂之道。試反之曰："非道也，則盍摧之？"彼其人必將鳴指膜拜，而不敢作摧之之意①。推此，則塔廟，其佛之所以行道之迹相乎。

釋氏自永平迄今，緜天子、公卿、士大夫，或信而愛，或詆而斥，或泥而佞，或毀滅而欲其忘，其爲更閱多矣。蓋周、唐之二武，以君天下之重勢，盡力而除之，勢宜不得復興。方是之時，桑門蒲塞涕目洟鼻，相與齎咨憤戚於隱伏之中。居未幾，而塔廟之嚴復興於天下，而厚費生民之力，不翅膏油之沃炭，雖暫灰死，而卒之逾熾於前也。意者禍福緣報，必有形驗，而生民之震畏忻慕，淪浹肌體，所不可得去邪？

佛以静爲樂，故凡塔廟皆潔精謹嚴，屏遠俗紛。獨成都大聖慈寺據闤闠之腹，商列賈次，茶爐藥榜、逢占筵專、倡優雜戲之類叅然其中。以遊觀之多，而知一方之樂也；以施予之多，而知民生之給也；以興葺之多，而知太平之久也。此固壽寧院荒蕪於昔而盛於今歟②。何謂之盛？院莫大乎繼承，而僧患夫寡。今有文皇、仁廟之灑翰，章聖之文章，以恩歲祴一人。師徒綿綿，日營日修，是故書有完藏，象有宏宇，入其門而柱石潔然，及其中罳而草木脩然。其爲殊尤絕勝而得之天人者：有石盈尺，而塔之形影皛焉發乎蒼穹之表，此得之天也。有孫知微之筆，鬼神恐其暴形，日星恐其運行，林木恐其發生，濤浪恐其奔鳴，瘠者爲僧，傴者爲道，趨翔者爲衣冠之士，此得之人者也。其爲生者，有温江四夫之田，始於張忠定公詠之所界，而成於馬正惠公知節之所奏。此其所爲日盛也。

---

① 摧：原作"推"，據静嘉堂本、《全蜀藝文志》卷三八改。
② 昔：原作"著"，據《全蜀藝文志》卷三八改。

初，淳化寇竊之後，院爲廢田，吏民植碑乎其中，以頌上德。於是内臣王繼恩領招安，而忠定作鎮，乃議蒐擇名行僧，使筦是碑，而得僧希白，遂奏求賜今院名。白，華陽人也，姓羅氏。其教外通吾儒經，善草隸，有詩行於時。安文惠王元傑始封益，見而器之，貽之以詩，奏授師名文鑒。凡院之所縣盛，皆文鑒爲之也。獨完藏經，成於其孫文蘊大師重巽，而藏經之堂繼成於重復之手。巽、復皆言行謹厚人也。復今爲都僧正，而求予記，因書其本末云。

熙寧元年記。

聖壽寺重裝靈感觀音記　　　　　　　　　　　　　前　人

始天聖庚午，先人嘗禱嗣於觀音，既寢而夢焉。慈顏法相，與世之繪塑者無以異。蓋談緣報感召者久之，且示後年所當有子之兆。先人寤而喜，遽呼工繪其事於繒，手筆以識。已而壬申春，僕以生，如始夢之言。既成人，先人嘗戒曰：“汝它日凡見觀音象，唯謹，無少忽；有求汝爲觀音贊記，亦唯謹，無少忽。”溥恭服戒訓，刻在心肺。烏乎，先人没且二年，小子未嘗吐一言以文觀音之靈德，而答先人之心，惟是恐恐不敢放。竊欲求觀音驗應之地，以導發愚素，而未之獲。

今年夏四月，聖壽寺靈感觀音院僧守賢袖謁以見僕，自言陵州貴平李氏子，幼隨師爲佛學，寄大慈寺。一室湫陋，不足以登講學之徒。治平中，嘗作世之所謂詩書啓事者以干府帥南陽趙公，願丐胼縵之所。會兹院之所以住持者，公以爲畀。院有觀音塑像，則唐奘三藏峕歲行道乞靈之地①，久歷年所，象以坋晻。肯此春始議完飾②，嚮佛之人相與施助。今兹觀音大士與奘公侍立之象熠然以新，願求文記，以詳其傳。僕惟先人之戒，其敢少避？又况求之之勤哉？謹紬其事。

惟觀音圓通妙湛，普護一切含識，隨緣應見，爲一十九身。其權與修道，固不可得言。今靈感之象雖發於奘，而象之經始固亦不可得知。蓋寺建於晉，而廢於後周，意者兹象其塑於宣帝大象之際乎。按：奘公潁川人，俗姓陳氏，隋末出家。唐武德初入蜀，至成都，寓今院。院有觀音塑

———————————————
① 奘：原作“獎”，逕改。下同。“奘”指玄奘。
② 肯：疑當作“賢”，即上文守賢自稱。

像，師夙宵行道，環繞虔肅，凡三年，其地爲之没踝。一日，師行道，有僧衣弊瘍穢，癯焉而至。師告曰：“以爾不蠲，勿觸污吾道場。”僧復之曰：“子不讀《普門品》乎？應以比丘身得度者云何？”師悟，乃膜拜，則皇然既已化爲觀自在菩薩之形矣。因授師以《般若心經》，且教之曰：“它日逢苦厄，誠心誦此，吾必汝護。”言訖忽不見。貞觀初①，師往西域求法，至河沙，無復輪蹄之行，魑魅憧憧，妖形怪儀，或後或先。師誠心念觀音名，不能却，乃誦嚮所授經，甫云“鉢哕誐攘”，而四顧潔然矣。凡師得以達給園，親戒賢，獲釋氏書六百五十七部以還震旦，皆《般若心經》之力也。

初，師環繞没踝之迹，自唐歷五季，二姓之僭，嚴嚴具存，今求之無有也，既磚之矣。詢之耆老，蓋往因寇亂有所圮毀，主者從而堙之。吁！圮而存，不猶愈於堙乎？居其居，食其食，滅其靈感之迹，視今賢公厲力篤志以完飾其象，彼獨無愧於地下哉！

賢公門弟子三人，曰勤、曰遜已祝髮，曰遠者未焉，皆能扶助其師，方將修復堂廡厨室之頹缺甚者。雖靈感之象，而盛衰興廢亦且有定數邪？不然，何前日之坋晻，而今日之光明也？賢公世儒家，佛學外，嘗以儒術爲講説，其得有此院而尊大其教者，亦業儒之功也。

熙寧三年記。

靈泉縣瑞應院祈雨記

前　人

府之邑曰靈泉，而邑之聚曰洛帶者，有佛廟，其名“瑞應”。廟之所以名此，以祥符中樞直任公中正奏之；名之所以得此，以開皇中信相菩薩致之。信相，菩薩名也。菩薩，隋蜀郡青城縣黑水溪褚氏女也。其傳曰：麻衣竹笄，善説法要。會歲飢，以龍頭小鼎爲粥以飼人，日飫千萬，不竭不盈，人始異之。死之日，用竺法火化，異香彌山，舍利晶瑩。會昌擯佛，其塔亦圮。大中中，白丞相敏中節度劍南，始命法潤禪師訪其塔之舊石，而刻其象。自爾迄今，其驗益神，凡時之旱暵必禱焉。

今年春二月，雨膏弗時，甲者弗牙，苞者弗葩，民吁以嗟。知府事、

---

① 貞：原作“正”，此是宋人避諱改字，今回改。

大資政、諫議南陽公曰："久矣，吾聞褚菩薩之爲靈也，盍請禱焉？"乃命試主將作簿樊靖款瑞應，具香供，以菩薩之象歸於府。蓋十有三日辛巳發自洛帶，條風隨車，自東而西，距府十里，密雨遽作，通夕霑灑，潤可一尺。公前期戒屬吏齋謹，越翼日，帥屬吏以笙歌鼓樂逆於門外[1]，而設供於大慈佛廟。炬蜜烟乳[2]，蔬麵方丈，且告之曰："民旱久矣，是以有今日之請。願留七日，以祈甘澤。"是夕又大雨。越三日乙酉，通夕大雨，非特一尺之潤而已。原隰罅發，今合以濡，草木焦禿，今榮以好。既七日，復命靖奉之以歸於瑞應，公送之如始逆焉。

蓋嘗思之，道無所不在，而佛無所不是。翠竹黃花，同歸妙用，故雖塔石之象，亦足以爲惠澤於一方。夫誠者在我，則應者在彼。苟我之不誠，而求彼之應，其亦難矣乎！今夫石象之應，豈菩薩惓惓於其間哉？南陽公之純誠所召耳。溥目是靈感，輒書其事，使人知菩薩之驗，與公之誠爲表裏，不以不誠而專恃於乞靈云。

熙寧七年五月日記。

壽量禪院十方住持記　　　　　　　　　　　前　人

永平初，佛氏之書甫入於漢，雖《四十二章》，而性、相二宗參然已具。其曰："心不繫道，亦不結業，無念無作，非修非證，不歷諸位，而自崇最，名之爲道。"此佛之所以言性，而後世指而謂之禪者也。蓋嘗推二宗之說，以謂猶儒氏之四科。顏子請事非禮勿言，得不長於言語乎？用之則行，得不長於政事乎？好學不二過，得不長於文學乎？聖人獨以德行目之，何也？從其大者焉爾。禪之爲禪，妙湛圓通，而莫之閡，此其本也。今夫衫乾陀而名長老者，視肉不食，得蒜不食，昳午不食，此其與戒律之士奚以異哉？其獨得名禪者，是猶德行之科足以兼三長乎。

始，《四十二章》之文雖有性說，而學者溺於淺近，以教自纏。不知己之無垢，乃外求清净；不知佛之在我，乃從事土木。有大通人曰達摩，爲法隱痛，聿來兹土，始於一花，而枝傳葉布，乃浹天下。

---

① 樂：原無，據萬曆本《全蜀藝文志》卷三八補。
② 蜜：原作"密"，據嘉慶本《全蜀藝文志》卷三八改。"炬蜜烟乳"謂以蜜爲炬，燃乳生烟，形容香火之盛。

在王蜀時，有若洪杲禪師，至自青州，棲於東禪。方是時，二衆錯居。蜀主仰師重德，以二宫奚曰道真、道粉爲之侍使①。後有娼道玉，聞師説法，言下有得，遂祝髮事師。玉，府娼之尤者，物論填然，朋矕族嗥。蜀主震怒，命鞠之，知師純固精確，愈深器之。師因以所棲畀貫休，而卜宅於府郊之東南普通山，距府十數里。誅茅夷林，上下棟宇。玉留於城市，今俗所謂大胡坊，青州尼院則其居也。蜀人號鵁鴒爲連點七②，華陽隱士田逍遥訪師於山而見之，問師曰："如何是連點七？"師曰："屈指數不及，地上無蹤迹。"此《景德傳燈録》之所遺者。

自本朝太平興國六年，有澄廣者由邛之大邑演法於此，而昭善者繼之。自時厥後，師徒代襲，法亦罔克傳。前此春，院僧仁鑒、守堅者自列於府，願延道行耆老闡揚宗風，追復青州之前躅。知府大資政南陽公是之，命有司精擇其人，而以無爲山長老惟迪充選。迪平生布衣蔬食，怡怡如也，法傳雲門，啓道明切。嘗答問佛者，曰："日出東方卯。"再乞指道，師曰："三日後看。"又僧問："諸佛未出世時如何？"師曰："富嫌千口少。""出世後如何？"師曰："貧恨一身多。"南陽公嘗作賓主語，師亦繼焉，曰："賓中賓，日月無故新。賓中主，杖長三尺五。主中賓，問答是何人。主中主，正眼誰敢覷。"其語大略如此。其迹可異者，凡三居名山，而三紹真身。始居馬溪，則有水觀和尚；次居無爲，則有寬惠和尚；今兹普通，則有青州和尚。皆結膝趺坐，儀相莊重，豈人事之適然乎？迪之來也，成都之人激躍感勸，皆曰："南陽公自青州鎮全蜀，而青州之法紹興，其緣會乎！"此又尤異於迪之三紹乎真身也。議者以爲普通復青州之高風，而革其代襲，自今日始，不可以不記，故爲書之。

熙寧七年記。

大中祥符禪院記　　　　　　　　　　　　　　　　　吴師孟

一真無相，窮理則非空；萬法有爲，要終則不實。然而證於無者孰能離相，資於有者安得不爲？諸器世間，一切法爾。敕賜大中祥符禪院者，唐元和聖壽寺三十院之一也。然自繫賜敕額，不隸於寺焉。孟昶僭蜀檀越

① 二：原作"一"，據文意改。
② 鵁：原作"鵬"，據静嘉堂本改。

主樞密使王處回字亞賢之所建也①。僞廣政九年丙午歲，實晉少帝開運三年也，亞賢捨私帑買毗盧、百合、法寶、羅漢、七俱胝等五院②，合而爲一。其年七月二十四日僝工。締構之初，鼎新大壯，一椽一甍，皆不即舊。至十三年庚戌歲二月迄成。土木之盛，冠諸羅摩，號曰崇真禪院。佛殿、法堂、僧堂、客館、齋廳、净厨，乃至波演那舍應用什物，及諸犍稚，罔不備具。自開運以來，名畫事相，遍滿其間，輪奐蕭洒，實大殊勝。無慮四百楹有畸。僧堂南北構二堂二龕，蓄秘典兩藏。時有一老人自來應募，頗矜其能，伐石爲龍，磐繞龕下，活狀蜿蜒，巧製精絶，夜輒光怪，觀者駭異。而老人不取備直，唯日食須魚及水中之物。功既畢，而不知所詣，人皆以爲龍所化現，自鐫其像云。僧童之儔七十③。成都縣文學鄉負郭水田七頃，華陽縣金城坊賃院一所，皆充常住，歲入租斛，月斂傀緡，以備蒲尼繕葺之費。

始，亞賢之子曰秘書少監德琦建白知府侍郎呂公餘慶，請靈龕山諲諲禪師住持。諲傳小師懿爽，爽傳德嚴，爲都監寺。至道乙未，順賊既殲，德嚴詣闕，陛見之日，太宗嘉獎，面賜紫衣，號圓明大師，仍許復歸住持本院。祥符元年歲次戊申，轉運使、刑部員外郎施公護奏賜今額。嚴既圓寂，院付小師仁璲，以管内都僧正主之。璲傳崇教，教傳守則，則傳守謙。則、謙皆八十餘歲矣。知府龍圖劉公庠以今都表白賜紫惟古净行純裕，緇白信向，特給符牒，俾之住持。

先是崇教舊已礱石④，欲俾師孟紀叙建院賜額之因，久而未克。今兹古師又能追繼祖師之志，復以識文及書丹見屬。師孟自念昔者先大父與圓明有方外之契，嘗爲親題院額，於今手澤存焉。重愧二師之勤，其敢以淺陋爲解？

熙寧十九年記⑤。

---

① 僞：原作“爲”，據文意改。
② 胝：原作“眡”，據《七俱胝佛母所説准提陀羅尼經》改。
③ 儔：原作“籌”，據嘉慶本《全蜀藝文志》卷三八改。
④ 礱：原作“磐”，據文意改。
⑤ 十九年：熙寧僅十年，此處“十”“九”二字當衍一字。

普通寺記

張商英

普通寺在成都東郭之二十里，寺之不寺久矣。熙寧初，惟迪禪師自綿竹無爲，大衆請，始來住持，予爲之記曰：

昔如來以一大事因緣見於五濁惡世，與其初學十地之徒敷衍微密之教。及其究竟成就，則遍滿十方，各從五體，同放寶光，交加相羅，猶如寶網。蓋道至於融，則光無不照；義至於了，則神無不通。悲夫！道不遠人，人非離道，而群生積障，浩劫傳迷，聚如法水之冰，散若七巾之馬，自取狂惑，標爲長久，出沒漂流，胡可勝弔！屠坦操刀則牛羊縠觫，由基調矢則猿狄哀號。滯魄戀於幽陰，妖魅憑於木石。此不悔厭，向何妙明？

迪師以六祖二宗之真風誘接開示，倒洞庭於九疑之野，泛獨月於四溟之水。下根傳聞，猶將超越，何況神驥，略施鞭策？

夫扣床倚杖，合掌盤足，曲折縱橫，皆師之機也。必欲求之於應對酬酢之間，譬猶辯說之際，斯所謂鹿還幽谷，犬吠荒茅者矣。嗚呼！言之於無所言，聽之於無所聽，則師之旨，其在茲乎！

嘉祐禪院記[①]

馮京

成都府嘉祐禪院，古名毗盧，本僞蜀近密王處回所捨宅也。兵火之餘，有敝屋十數楹在頹墉荒榛間。雖邇通衢，而門無車馬之迹。嘉祐二年，端明殿學士宋公守成都[②]，始命長老齊海開堂演法，十方住持。七年，詔賜今額。初，海師之來也，召參學門人峨眉紹紀而議曰："今吾與爾俱被府命，以興梵刹。非大法堂不足以倡吾宗，非香積食不足以具供施，非鉅廈不足以安清衆。"於是募信者建法堂、僧堂、香積廚，六年而後成。

治平二年，海師移席長松山，府尹端明殿學士韓公命紀師嗣領其衆。紀師營繕，日勤一日。乃建寶殿以嚴尊像，購經典以備誦持，闢三門以示趣向，立丈室以延叩請。有太廟齋郎游之才爲起藏殿以祕教乘，新津張氏

---

① 祐：原作"佑"，據靜嘉堂本改。正文首句同。
② 成：原脫，據《全蜀藝文志》卷三八補。

壽享施田七十畝以助歲供，都人王守慶入圃畦八畝以廣院基。凡爲屋百五十楹，居者得所安，學者蒙所益。始於都會，號大道場，遊方之徒，歸者如市，遠邇檀信，靡然嚮風。非紀師智力，安能至是哉！西蜀士民繁多，人心樂善，然禪林之興，殆無二世。使繼而主之者皆如師之勤，則法會有不興乎？

使釋氏子皆如師之心，則祖道有不隆乎？紀師以余鄉守是邦，屢嘗訪師，廢興本末，聞見最詳，不憚數千里之勞，而以記文見託，因直書以貽之云。

元豐三年記。

成都文類卷三十九

記

寺　觀 四

大聖慈寺圓通院佛掌骨記

劉　涇

　　世言相國佛牙、陳留佛指、天清佛舌、歧陽佛骨，光靈離異。我念凡夫得遍見上四種，頗有觸而長之者。熙寧初官淮南①，一日，龔氏子持佛掌骨來。孔翠藻藉，玲瓏爲函，晝作日如鏡，夜作月如燈炬。時出堅固子如珠璣，如鷄舌螺殻，往往震動心目。與女人童子五體投頓，妄意是事，來歸我家。

　　元豐初，服喪里廬，思有以嚴先君之遊，取諸身則臭穢，取諸物則空乏，於是以授圓明大師敏公。時方建大悲像重閣，既獲寶骨，不異所聞。初與一二士請見密室，既而呈露搖蕩，遂傾都人，閣以成就。圓明三以書來屬余以記之，余曰：勿咄咄怪甚，惟狂克念作聖。萬化生乎身，鼠肝蟲臂、槁木之枝，皆有是也。且人以骨，象以齒，犀以角，龜以甲，玉石以光采，旃檀以香，此何所修飾哉？而此寶骨，筋皮氣血，生意斷盡，其爲變化之行，不入狡獪，使人心微，悲涕欲死，要惟圓明與。如圓明者，及我能知之也。

　　余外勞十年②，頗欲歸，見親戚長者，而衣無繫珠，寂寞恍惚，念有寶骨□他人可取以富。雖然，盍反觀焉，謂是喻耶？謂是實也？

　　元祐五年記。

---

① “官”下原有“遊”字，據靜嘉堂本刪。

② 余：原作“餘”，據《宋代蜀文輯存》卷二七改。

成都文類卷三十九 ／ 553

温江縣觀音院芝堂記

孫　漸

　　今上即位之十有三載，朝廷清明，政恬人嬉，閬集翔鶴，亳見靈光，咸鎬符璽龍文鳥篆之祥應時而出。乃講朝會，乃告宗廟，肆赦改元，昭示天下與來世。是歲夏四月八日，有芝生於温江縣觀音院齋廳之楹，一本而數結，烟縷氤氳，閱月不散。始，主僧道絢來告，僚吏邑人咸往觀焉。問其木，則丸然而實，非伏毒之所蒸成也。視其屋，則暈然而壯，非流濕之所融結也。以位則古，以色則白。而其始生又符天竺如來示生之日，此豈偶然哉！噫，有司弗敢以聞，拘常制也。退而思之，以謂自古符瑞多爲有道之應，《詩》之來牟，《書》之嘉禾是已。方是時，聖人君子在上，修德不懈，致祥不驕。自秦以來，時君世主皆有侈心焉，媚附之臣進，而符命讖緯之説興，至使矯激者指言祥瑞爲迂怪不經，而一切非之，亦已過矣。若夫通人之論則不然。韓退之作《獲麟解》，而亦頌連理之瑞木；柳子厚爲《正符論》，而乃表同蒂之嘉瓜。要在分當否，辨治忽而已。然瑞木嘉瓜，資土而殖，因人而成，非投身於卑污不屑之地，而能免爲腐草朽株者幾希。

　　是芝也，生於紺園清净雕樑紋楚間，不根而芽，不叢而華。嚴霜烈日，其色莫得而瘁；震風凌雨，其本不爲之摇。殆非瑞木嘉瓜之比。而和氣所格，神化所冥，又非可以耳目臆度論也。謹按載籍，芝之名，其總五，圖其別，一百四十有二種，曰漢武帝之甘泉，曰孝宣之銅池，曰唐肅宗之延英，其出未嘗不爲王者瑞。而世之識真者少，好名者衆，求而不得，則妄認鬼曰以當之，無足怪者。我本朝真宗皇帝封禪告成，郡國所獻，無慮萬計，奎文睿藻發於繼照、真遊、崇徽之歌，嗚呼盛哉！今天休地寶莫不畢至，一本之芝，孰爲虧贅？蓋自理觀之，物無小大多寡之倪，而瑞世絶特者萬不加多，一不爲少，余安得而略之？因名其廳曰“芝堂”，而且欲作頌述芝之美，久而未能。會遊有城①，暮宿儲福定命真君祠，訪采茹之②。泊中夜，恍然若有感者，寤而爲之頌曰：

---

① 有城：疑當作“府城”。
② 之：疑當作“芝”。

西母薦祉，金精效奇。是生神草，雲英瓊蕤。給園之中，湔水之湄。地其幽矣，芳而孰知。陟彼岷宮，真人頎頎。夜授秘訣，謂余褰之。沃之醴泉，濯之天池。羞以石髓，茹而忘飢。黃、綺爲侶，喬、松可期。盍獻天子，以薦神祇。萬壽稱觴，允逢其時。秘不以聞，厥咎誰尸。余拜受命，曰敢不祇。寤歌《芝房》，恭俟采詩。

頌既成，道絢竊願以有請，書而授之。元符元年十一月記。

天寧寺轉輪藏記 吳 拭

有居士者，家住庵峰，信脚閑行，五湖四海，作家相見，不免葛藤。且道："葛藤，還有過否？靈山古佛，四十九年，說偈說經，如瓶注水。少林老子，面壁無言，隻履西歸，一籌不畫。方諸饒舌①，互立門庭，殃及兒孫，到今未了。庵峰個裏，一味葛藤，不是瞿曇，不非達摩。有人透得，許汝同參；若也無人，歸堂打睡。"

有善知識，號元靜師，聞居士言，特伸一問："事無一向，古語有之。從上老人，隨緣出世，舉揚提倡，豈得已乎？不得已中，無非三昧。我所住刹，賜榜'天寧'，祝我聖人，億萬歲壽。凡我佛事，種種莊嚴，其最莊嚴，有大輪藏。是輪藏者，誰始圖之？曰純白師②，實主募事。守真、惟選，暨彼宗化，爲白出力，鳩構滋辦。迨範與勤，閱三住持，藏則成就。如地中涌，鑴鏤藻絢，匭金則碧。海神四旋，天人挾持，黃卷赤軸，函帙麗好。吹大法螺，擊大法鼓，唄音琅琅，作薄伽梵。於時巨輪，其運如風。蜀清信衆，若稚若艾，或合其爪，亦或胡跪，歡喜踊躍，嘆甚希有。我所住刹，有是勝緣，居士云何，不宣此義？"

士則語靜："其諦聽之。我於過去，無數劫中，有一比丘，問轉法輪。我於爾時，畫一圖相，我且置之，隨喜結緣，爲藏作記。願此輪藏，常轉不停，如天健行，日月久照。佛秘密語，亦復如是。以如是故，獲大饒

---

① 諸：原作"緒"，據文意改。

② 白：原作"曰"，據四庫本、嘉慶本《全蜀藝文志》卷三八改。純白，僧名，下文云"爲白出力"，是也。

益。上贊君父，願我君父，與天齊休①，如日之升，如月之常，如西方佛，其壽無量。”

靜從坐起，曰：“未曾有。公作是言，契我佛指。崇寧乙酉，斯藏圓滿，政和辛卯，乃克論次，時節因緣，何可思議。請錄公語，歸而刻之。”

政和元年記。

556

正法院常住田記　　　　　　　　　　　　　　　楊天惠

建隆中，王師西征，蜀之君臣，彎天威不違咫尺，自知靈誅之不可逭也，惶怖稽首，願奉土地以獻，舉其孥入，受廛比編氓。有詔俞許，命諸將振旅，獨以降王北還。由是僞國一時迷復之士始脫罪死，蒙更生，煥然如蠮蠮之發覆瓿，曠然如蛙黽之出坎井，若將伏砧鑕而起，若已據鼎耳而下，靡不振抃，狂走相慶。時僞節度使田欽全與其夫人郭氏謀所以飾喜而效報者，盡捐所有土田施諸正法寺，仰為皇明禱於上下天地神祇，蘄千萬年欣戴無極。蓋其田東起成都之會仁，折而南，屬之華陽升遷，又西盡會仁，少北起成都之學射，繚而北，合於成都萬歲。罫布綺舒，粲若一井，其旁雖時間以他田，概亡幾稜。以今量法，步之周衺，度可為田萬畝以上。然其中頗包屋廬、墳墓、道涂、筊竹之壩、溝澗之塍，多寡乘除，率十數實得七八。田、郭既還朝，受宅里於王府，大過望，輒以前日捨田狀聞諸公，丐下府縣，訂正畎入，付寺僧為久遠據。

是時蜀人新去不謐，厇安有德，剗裂之餘，土多荒漫，蹊斷隧滅，殆不可識。有司宣撫聞見，趣成圖券，僅能記南東衡從之位，若畦町之交入，經界之錯出，貿如也。升平寖久，生齒漸繁，人棄刀劍市錢鏄，相與墾田修稼事，以故曩時甌甆之區弗在草者，類澤澤就開鑿。初得新田三千七百七十三畝，而佃甿之老身長子者妄主名竊有之，而府縣核實，乃獲隸寺，然地之未入者參半弗翅。自慶曆距元豐，執耜日以衆，闢壤日以廣，蓋又得美田四千七百七十三畝，而旁近計伍侵蝕②，如故調加巧焉。寺僧

---

① “願我”二句：原作“願我與君父天齊休”，據四庫本、嘉慶本《全蜀藝文志》卷三八改。

② 計：疑當作“什”。

稍欲檢察，則其徒輒手棘待諸塗，往往相掊擊瀕死。府縣病之，上下合謀，以爲此弊之滋，歲久不可疶正，姑歸縣官，可弭讙訟。因兩置枉直不竟，第籍入之。衆遂嗛塞捨去，獨長僧德信奮曰："理固有在，物固有歸，在公即輸之公，在私宜還之私，何得憒憒若此！"遽挾故圖，輯破券，走三千里，赴於都下。事付府縣，仍格不行。寺衆疑怠，諉曰已矣，亡可爲者。信猶不變，攘袂言曰："是故我圖券中物，我當以死爭，田若不歸，義不生還。"復裹糧叩頭省户下，辯析彌苦①。太師魯國公適秉筆，見而哀之，曰："咄，汝毋苦。是田之籍於官，其與幾何？惟田、郭葵藿之願有不可逆，爾衲子精衛之志有不可奪，吾爲汝直之。"翌日言於上，悉以田歸寺。

於是寶文閣待制汝南周公方領漕事，捧符嘆曰："廊廟之識大體，不當如是邪？爾信子何爲者，乃能成事卓卓，如夙志學，若遭遇自有時哉！"顧語東蜀楊某大書之②。某書已，重爲告曰："信子，今朝廷推方田令，疆理四海，尋尺之土，咸一一究正，無容毫髮盈縮之差。異日書具，將户頒焉。信子當礱別石謹刻之，其於詒遠，益可保無疑，某重爲信子樂之。"

凡田之被旨乃崇寧四年四月二十七日，其復之寺乃崇寧四年七月二十六日。綜之新舊田合八千五百四十六畝有畸。而記之成，寔政和七年四月初三日也。

某既應汝南周公之教爲正法寺考訂常住田畝後先之數、縣鄉經界衡從之位、有司辨治歲月之實，大書於石矣，而禪師信老猶振袂特過，願繼有述。其言曰："凡田之賦役，公有版籍，凡租之出納，寺有簿領，不必複記，可按而知也。獨兹夏秋，佃氓輸租於寺廩者，故事斗有升龠之耗，號曰斗面，積微而衍，可餘五百斛。顧此經入外物，易以乾没。信以謂租之經入，當辦賦役，嚴佛供，飾道場，安僧徒，亡可加損者。乃如田、郭氏捐施之休德，大丞相畀還之隆賜，歲時報禮，詎可怠輕？信謹以賸入之貲，歲度僧一，仍斥其餘，大合佛事，廣爲田、郭滋幽顯之福，盡數乃止。信老矣，恐一夕僵仆，而或者奄私之也，吾子强爲信申記之，庶來者莫之窺窬也。"某曰："嘻，天下寧有不信佛天、

不畏鬼神者乎？其孰敢公攫之，將安用記乎？"雖然，記此所以
慮後而圖遠也，正過計，庸何傷？始附書著前記之末。有渝斯
記，法眾盍共譙詰之！東蜀楊某書。

北溪院化僧龕記

前　人

化僧者，初不識誰何，蒼顴黧面，去來郫、繁間甚熟，市人蓋多見
之，而無相問訊者。崇寧五年十二月二日晨，從外來，乞食城中如故常，
洋洋也。視日欲昃，輒囊其衣，若將去。行次廛東，小息於逆旅馬氏乞漿
焉。斂祴趺坐，漿未饟而告寂。玉骨山峙，不杌不倚，邑人環禮，日數百
人。有喜事者迎置北溪，嚴以髹漆，閟以龕室，取諸香花而散其上。

東蜀居士聞而嘆曰：異哉，我昔未之見也。是導師者，不離闤闠喧
闐，而示靜便；不鄙屠沽垢紛，而示精潔；不捨生死濁惡，而示究竟；不
樂相好設飾，而示堅固。其音制和軟，類近里社人，而莫知其名氏。其膚
理朧勁，類七十許人，而莫知其壽臘。其衣履簡野，類空林衲子，而莫知
其居止。嗚呼！生，吾不知從師遊；没，吾徒知志其迹，是刻舟之說也。
雖然，由吾之說，睹師之相，起欣慕相，成净信行，庶其有從入哉！

師之寂凡三日始歸北溪，後十日爲之記。

朱真人石洞記

鄒敦仁

靈池之東山，巖巒疊循，左右而趨者，參差若鸞鳳翔翅；又其中嶄
高，勢如龍驤。自分崍而下，不知其幾千百仞也，若驟若馳，迤邐赴深
澗。曰朱真人祠者，正枕此山足。境物清曠，复出塵世。惜乎舊洞隳圮，
或埋塞爲過路①，於今四期矣，未有究其所以然者。

寶鼎蒲叔豹來宰是邑，興滯補廢，百事修舉。因暇日，按碑記訪尋遺
址，而心默識焉。於是鳩工開葺。惟二月既望經始，越十有五日告成。觀
其依巖鑿洞，洞深而邃；甃石引泉，泉冽而甘。接洞爲亭，夾以明窗；架

---

① 埋：原作"烟"，據萬曆以下各本《全蜀藝文志》卷三八改。

石爲橋，次以橫磴。修竹環列，嵐光掩映，風籟披拂，與澗溜相應，如聽琴筑。蓋所謂蓬壺方丈之景者，一朝而復矣。

敦仁時權邑尉，每樂真遊，超覽物外，輒滌慮而獻言曰：夫道無古今，物有成壞。方世與道交興，則是洞之託於數者昔壞而今成，豈無所待而然邪？《易》曰：“苟非其人，道不虛行。”嗚呼，盡之矣！

宣和元年三月日記。

石長者院記 史　相

石賴長者，石其姓也，賴其名也。地曰石賴，蓋以長者得名也。長者族系家世，無文記可考。蜀父老相傳，有一僧遊五臺山，踰年不睹文殊光相，忽逢山中老人語曰：“菩薩出遊蜀，今以旃陀羅身託業於筰橋南，乃其化現，非有二文殊也。”僧然其言，至成都物色訪尋，果於橋南見一人，風姿奇偉，如老人所説，遂往造見。長者延入室，與語，意旨密契，歡喜踴躍。長者復化文殊，刀化爲如意，飛出屋。蜀人異其事，因以其所居易爲道場，今所葺院是也。長者操刀於屠肆，几上肉經大暑無臭腐，飛蠅過者弗集，輕重多寡，一割無毫釐差。蓋得手應心，進乎技者，非有道也歟？

問者曰：“破戒犯律，日以殺爲事，有道者如是乎？”余發其蔀曰：“汝以持守戒律，動有所礙爲道邪？抑超出戒律，動無所礙爲道邪？長者遊戲屠宰間，視身如物，視物如身，物與身皆非真實相也。清濁淨穢隨所寓而適，又奚擇焉？道固如是也。昔之得道者類多埋照，混迹於酒肆屠門，故解牛有養生之妙理，屠羊有輕賞之高義。雖食蜆捕魚，不害其爲道，何獨於長者而疑之？”問者形解心釋，始信鼓刀遊刃間，道有在於是也。

院遭五季兵火，遺址蕪没，過者興嘆。聖壽寺僧自淳懼靈迹湮滅無聞，以願力再新之。自元祐經始，迄宣和辛丑，而工告休。安佛有宮，處僧有堂，炊爨有厨，會集有廳，廊廡門面，亦略具體矣。其徒弟等實贊其事，並識之，庶託長者之名而不朽焉。

余書其事已，復爲長者説偈言：“稽首孤峰妙湛尊，高卑淨穢了不分。奏刀騞然道所存，託此豁開不二門。”

宣和五年記。

天寧萬壽禪寺置田記

張　浚

　　勤公圓悟禪師有大因緣於世，能以辯才三昧闡揚佛教，無論士庶，皆知信仰。師以大慈悲心，作平等觀，種種譬喻，接以方便，若貴若賤，各各歡忻。靖康之初，首承詔旨，來抵京師。公卿貴人，爭至其門，捨所愛物，而爲供養。金珠寶貝，象馬器服，凡所好玩，曾不吝惜。師隨其意趣，一切攝受，秘藏寶蓄，纖芥不遺。衆人視之，若甚愛者，雖其徒衆，貌肯心疑。予時被召，蒞職太常，爲其徒言：“勤公所行，我實知之，慎勿生疑。彼其存心，等擬太虛，森羅萬象，殆非直實。又如明鏡，妍醜隨現，惟所應之，了無著者。是特將以一大事因緣故，建立法門，爲佛庇蔭，垂裕後來。”於時其徒，且疑且信。

　　歲在癸丑，予解使事，歸省庭闈。勤衝冒大暑，遠來問勞，始爲予言：“克勤住昭覺之八年，復爲南遊，殆二十年而歸，今執掃灑之役又四年矣。參徒日至，聚指三千，後將有不給之憂。我之歸蜀，嘗捐千萬錢鼎新妙寂，回視篋中所有尚八百萬，將求成於大檀越，市田千畝，爲久遠計，上祝皇帝無疆之壽。”予聞其言而悅之，喜知人之不妄，因以禮部度七僧符及俸餘二十萬錢助成其志。且上之在維揚，嘗詔師赴行闕，賜坐便殿，委曲慰藉。顧其道之足以感動人主，決非偶然。予之爲此，其亦所以崇美聖主之意也。

　　勤既遂所欲，又求予爲記。夫佛之道有益於世間，非特使人起爲善之心而已。其毀棄天倫，絕滅世法，於吾道初若少悖；至於忘嗜欲，絕貪愛，輕富貴，外死生，視天下之物無一可以少動其心，有補於教化者甚大。嗚呼，使天下之爲士者皆知去貪懲欲，以天下百姓爲心，而於富貴死生之分了然胸中，必將安分守義，盡節效忠，而天下不復有非常之亂。上而朝廷何傾危之足憂，下而百姓無侵漁之可患，天下無有不治矣。予故因勤之請，聊爲言之。後之田斯田，食斯食者，宜勉勵此道，庶幾不墜勤之高風焉。

　　紹興三年記。

溫江龍興寺無盡圓通會記　　　　胡叔豹

　　湔江之東有大寶刹，高踞一隅，榜曰"龍興"。樓觀巍然，下矙井邑，緇黃雲屯，仰給一縣。四眾欣然，無不喜捨，各捐所愛，以植福田。紹興十年，有一長者念此精舍金碧剝落，欲大莊嚴，結清淨因。乃率正信踊二百人，每歲一設圓通大供，欲操其贏，畢此願力。有曰祖元，是大導師，彈指贊嘆："善哉！此方植眾德本，我與有緣。"則以如幻修三摩提，焦心勞形，不遑食寢，無一剎那示怠惰相。見者皈依，所化如響，寶殿雲堂，以次而就。又念眾寮卑陋狹隘，中不虛爽，非修行地，復丐隣田，增基築室，前爲舫齋，旁創經閣。未淹歲月，土木崇成，高明靖深，悅可心目。人天和會，相與縱觀，踊躍歡喜，嘆未曾有。於是長者復作是念："宮室既備，饘粥未充，方來衲子，何以取給？"載盟善友，益侈前供，號曰圓通無盡道場。復以其餘，歲市稻田，增舊所有，而爲常住，俾諸佛子飽滿屬厭，身心安穩，增長菩提。

　　惟此勝利，廣大無邊，一切布施，功德難比。時有居士見聞隨喜，而說偈言：

　　　　世尊滅度時，敕我大菩薩，不令般涅槃，誓度無量苦。惟諸
　　菩薩中，聞思修大士，願力最深重，夙緣在震旦。以是因緣故，
　　應現來此方，不辭入塵勞，撈摝生齒聚。或梯山航海，來傳佛心
　　印；或攜尺刀佛，引導於群迷；或爲普照王，覺悟諸有情；或爲
　　通悟師，攝化河沙眾；或居補陀巖，或嫁金沙灘。應身無不在，
　　詎止三十二。波濤無邊方，爲世作津梁；盲冥生死夜[1]，爲世作
　　大炬；疾苦極號呼，爲世作醫王；火宅長熾然，爲世作甘露。我
　　觀五濁海，皆造無盡業，而我大士心，悲憫亦無盡。眾生一聞
　　名，度無量苦惱；況作大勝會，其福無等比。而此世間福，有爲
　　即有盡，名爲殊勝相，究竟非真實。我今說其實，佛子善諦聽：
　　堂堂大丈夫，各具大人相，願以信佛心，信我無量佛。眼耳鼻舌
　　身，一一諸毛孔，放無量光明，照破大千界，與諸佛菩薩，等無

---

①　盲：原作"育"，據萬曆本《全蜀藝文志》卷三八改。

有差別。儻於此會中，一稱觀世音，彈指頭面禮，豁然即超證，佛境便見前，刹刹與塵塵，無不逢大士。大士初不聖，而我亦不凡，乃知大士我，非一亦非二。佛子善信受，當作如是觀，而無能觀者，是真圓通會。

同庵記

耿延禧

禪老然公以同名庵，常攜其榜，隨所居而揭焉。蓋師佛家流也，而遊戲於篇章翰墨之事，出入乎公卿搢紳之間，以儒釋同於一法。師，西蜀人也，而泛江湖，涉嶺嶠，不鄙夷夫瘴癘蠻獠之俗，以遠近同於一鄉。雖然，此殆見其小者爾。方其晨而升堂，暮而入室，皆楊歧、圜悟之密旨也，而與鐘魚鼓板同為一音；以衣冠來周旋應對，及阿闍梨合掌問訊，皆隨緣世諦之餘事也，而與萬象森羅同為一印。是猶五百大阿羅漢各解內外中間之言，不當佛意，而皆本乎佛之正理。又如衆大菩薩談不二法門，各隨所樂，而不出乎維摩之一默。蓋瓶盤釵釧吾見其為金，而查梨橘柚吾知其為味爾，惡睹其異耶？或問儒與老莊同異，阮瞻對以“將無同”；或問儒與釋迦同異，羅浮生對以“直則同”。咄哉！曲不失其為同，直何足盡同？有同何傷，乃必曰無同為貴乎？是未可與言同也。

爾時太秀居士說是法已，重說偈曰：

彭殤秋毫太山齊，舉莛與楹屬西施。一指一馬無兩岐，此語大粗師所嗤。含裹十方真覺知，觀十方空手所持。一切有物皆菩提，此涉言詮師所離。彼肇法師空怪奇，南泉庭花示全機。要知睹面當機提，如麻三斤時所疑。語默不犯離與微，江南三月鷓鴣啼。大同無我大音希，言語道斷絕百非。世人未識同庵師，欲識同庵參語詞。

紹興乙丑記。

增修大悲閣記

趙　耆

　　由賢劫來，浮屠修行多取窮山，風雨互侵，藜藋高柱，夠泥巢顛，植不撼動，把茅爲蓋，曾不遑施。及其成就，功超行溢，兩足俱尊，毗盧遮那宮殿樓閣逼塞十方，綿亙三世，廣博無量，莊嚴惟稱。蓋亦於道，可簡則簡，不爲不足；可華則華，不爲有餘。以是義故，累土聚沙，便了功德，而不簡陋；木天金地，始號因緣，而不華侈。

　　爰當西南，有大都會，曰張儀城。人具善根，依佛信法。有大藍若，曰聖慈寺，佛事最勝，古今共傳。元豐壬戌，有大法師，敏行其名，造大悲像，端嚴妙好，千臂千手，千耳千目。復建大閣，嚴覆像貌。有大居士東坡先生，文章宗師，名動海表，爲作記文，綴之以頌，此閣有壞，而文不泯。

　　《詩》云：“亂生不夷，靡國不泯。”迨今紹興十有一祀，歲在辛酉，比丘秉信謂閣雖雄，而不靖深。降堦踰閫，地窨文墨，有來供設，敷座迫拘。閣瞰大池，宕曠沉灌，夏潦翻波，勢若吞嗋，有來遊者，反生怖罳。乃蔓榱題，蔭蔽延密，碧瓦參差，鳩欲飛去。乃梁池央，樨楯相屬，傝閣窈窕，引繩直趨。乃築短垣，障池三面，黑月經行，了無憂軫。用力日旬，四稔而就。凡造如是，岡不欽肅。以拳加額，戴目瞻禮，因形窮理，因理生悟。

　　於此有士，初自形觀，曰臂司運，曰目司視，元化所造，自有定形。西海之外，民惟隻臂，居反膝上；北海之外，民惟隻目，當面中央。生理滿足，雖曰自如；沴氣奇偏，僅同禽獸。伊陰與陽，冲和反本，在人爲靈，於類爲正。兩臂者人，一切諸佛，亦復兩臂。太子臂六，固自神異，而況千臂？兩目者人，一切諸佛，亦復兩目。老翁目四，固自神異，而況千目？失聲贊嘆，莫可思議。於贊嘆間，竟以理得。惟人兩臂，偏廢而運礙，故天下雖重，所不可易。惟人兩目，偏盲而視昏，故金屑雖貴，所不可安。以我兩臂，推彼菩薩母陀羅臂，本同一臂；以我兩目，推彼菩薩清净寶目，本同一目。請論兩臂：莛草洪甗，咸在所舉，其妙無大，把握宇宙，此與千臂，用實無異。所舉既礙，雖增兩臂，巨擘技指，不失爲病。請論兩目：萬象森羅，咸在所觀，其□無間，洞察天淵，此與千目，用亦無異。所睹既迷，雖增兩目，重瞳大孔，不失爲賊。千臂千眼，非異非增，士悟所得，理固如是。

善哉！菩薩形相，存於閣下，人資勝詣，遂造理窟，非獨敏行之力，亦兹秉信之功。余於是乎記之，不以附於東坡爲嫌也。

成都文類卷四十

記

寺　觀　五

光福院西睦定身記　　張有成

府城之東，列刹相望，惟光福距城爲近，名禪寺，有西睦定身舍焉。而院宇蕞然，介於民居，寄櫚連棟，標楬不存，往來者弗知爲院也。余官華陽，旦暮過門，久而始得其處。異日奩香訪之，像設埃没[①]，蛛窠鼠塵，鑪無餘灰。主僧法緣踉蹡出迎，問其興廢，漫不能知，出左券數紙示余。蓋僞蜀廣政，施者名氏，而圖經及清獻趙公《成都記》略無半詞紀摭，則院之不振也久矣。

按《傳燈録》，益州有二禪，字異而同音：曰西睦，嗣東院從諗；曰棲穆，嗣夾山善會。今定身即東院之嗣也。嘗開堂，有俗士舉手曰："老子便是一驢。"師曰："山僧爲汝跨。"彼無語。後三日復來，曰："某前日被賊師拈杖逐出。"平居忽唤侍者，其人應諾，即曰："更深夜静，共伊商量。"其機緣止此，然一臠可知鼎味矣。

先是，法緣病此院之壞[②]，使其徒持簿乞民間，微細積累，仍其址而新之。爲佛殿、齋廳、兩挾屋、棲止之房、庖厨之所，以居其屬。而定身閲歲滋久，雖真骨强勁，靈膚堅密，不扤不倚[③]，然鉛采漫漶，相好黝昧，

---

① 像設埃没：原作"像埃没"，《蜀中廣記》卷八三作"像設没"，據補"設"字。

② 先是法緣：原作"先緣是法"，據《宋代蜀文輯存》卷六三改。

③ 扤：原作"抗"，不通。《蜀中廣記》卷三八作"杌"，亦非。據文意當作"扤"，扤，摇動，因改。

信者慊之。家君始倡邑人出力嚴之，乃施髹漆，乃閟龕室，神宇凛然，乃還舊觀。既成，集其徒散諸香花，聲鐃鼓魚螺，設伊蒲之饌以落之，間禱家君，命牛馬走爲記。

余觀世間迷誤之流，愛其幻軀，不啻金玉，然數十寒暑，則老死瞖滅，飄爲煨塵。彼達者則不然，棄之尸陀林以飼烏鳥，初不以爲難；而戒光定力，炎休膠固，歷劫壞而自如。乃知一切法，以愛故壞，舍故常在，豈謂是耶？雖然，一受其形，成就破壞，固已具足，而余乃以世間情想贊嘆刻畫，豈真知師者邪？姑鐫之石，以識歲月。

紹興十六年記。

永慶院記　　　　　　　　　　　　　　　　　　　孫朝隱

自武擔循城而西，林樾秀美，景物清潤。有冢岌然峙於城隅者，前蜀王君光圖之墓也。傍有永寧佛宮，枕墓之顔，則王氏追崇掃洒之地也。本朝崇寧二年始革爲十方，錫名永慶，以棲雲水之侶。更涉五世，棟宇隳廢，臺殿傾圮。時有比丘，法號道寧，慧力梵行，人天歸敬。遂率一方長者，鳩材傴工，革而新之。廢址頹垣，忽聳凌雲之棟；金繩寶界，坐侵星月之光。起於紹興乙丑之春，成於丙寅之夏，遂爲西郊净坊之勝。

方王氏之興也，改廳堂爲宮殿，以墳墓爲陵寢，而此佛刹因之以興。曾未數年，而狐兔已棲於楸松之下矣。聖宋龍興，削平僭僞，紺祠琳宇，因而不改，遂使祥雲佛日，輝映遠近。至於寧公，不憚興作之勤，化出宮殿樓觀於摧殘瓦礫之中，厨堂廊廡，焕然一新。自非爲佛棟梁，以垂裕後世爲心，誰至是哉？迹其巧力，當與天地無窮也，後之安禪選佛於其間者可不念諸？

紹興十八年記。

大中祥符院大悲像並閣記　　　　　　　　　　　　馮檝

世出世法，從一心起。心有染净，遂分真妄。妄心雜染，發起八萬四千塵勞；真心清净，出生八萬四千妙用。心妄則爲衆生，心真則爲諸佛。

衆生以塵勞而墮於輪回，諸佛以妙用而爲之救拔。自昔觀音大士爰因曠劫，奉事觀音，如來法教以從聞思修入三地，大士依而行之。初於聞中，入流亡所；所入既寂，動靜二相，了然不生。知是漸增，聞所聞盡。盡聞不住，覺所覺空。空覺極圓，空所空滅。空滅既滅，寂滅現前。忽然超越，世出世間，十方圓明，獲二殊勝：一者上合十方諸佛本妙覺心，與佛如來同一慈力；二者下合一切六道衆生，與諸衆生同一悲仰。惟下與衆生同悲仰故，所以憐愍衆生，具有八萬四千塵勞，造八萬四千惡業，受八萬四千苦報。惟上與諸佛同慈力故，所以等齊諸佛，具有八萬四千妙用，現八萬四千清净寶目，示八萬四千母陀羅手。目之所視，或慈或滅，或定或慧；手之所運，或執或持，或提或引。救護衆生，得大自在。

夫大士救衆生之苦，一身之中必取手眼之多者。何也？蓋觀衆生苦，援而置之安樂之地，惟手眼可以致力。儻於世人僅有兩手兩眼，疇能普見受苦衆生而拔其苦哉？且目以觀見爲義，如大圓鏡，有相斯現。相有八萬四千，來則照之。惟能照察，則可以周知衆生之業而受諸苦。手以提拔爲義，如大醫王，有病斯救。病有八萬四千，來則治之。惟能療治，則可以盡拔衆生之苦而共樂。大士既具八萬四千手眼，而無刹不現，無生不度，所以十方世界或雕或鐫，或塑或畫，綵繪其像，而以香花燈燭、珍果飲食而爲供養，祈福禳災，解難除厄。有八萬四千種，無不立應，皆稱衆生祈求之數而應之也。然今之世間，所刻之像止取千數者，以過是則非智巧所及，姑從中制而爲之耳。

成都府聖壽寺內救賜大中祥符院，院乃偽蜀相懷靖公王處回捨財興建，堂殿屋宇共四百間，最爲宏麗。中有暖堂，年遠頹壞。公七世孫長講賜紫沙門法珍發心，於紹興十六年勸誘闔府檀信千家，遇本命元辰、生朝諱日，即領二十僧爲持大悲等咒，仍歲化五十家修設圓通道場。以所得施利，於十七年季春役工雕造千手眼大悲像。至二十一年孟冬，像成立，高四十七尺，橫廣二十四尺。復於二十二年季春，即故暖堂基而稱像建閣，閣廣九十尺，深七十八尺，高五十四尺。於紹興二十二年三月七日閣就，奉安聖像於其中。像如閻浮檀金，聚而爲山，晃耀一切，千目咸睹，千手咸運，無方不照，無苦不救，一切有求，隨感隨應。豈惟爲衆生植福免難之場，實趣菩提涅槃之妙門耳。

嗚呼！人纔兩目，不可責以並觀；人纔兩手，不可責以兼用。大士千目之多，同時照矚，而照無不察；大士千手之多，同時運用，而用無不當。奚爲而能是耶？究其所分，在有心無心之間耳。凡人以有心逐物，逐此則忘彼，逐彼則忘此。大士則以無心而應一切，故能現無盡之手眼，以赴衆生之求，求則應之，而應無不宜也。豈獨觀音能然，人孰無耳，耳孰無聞，儻能各各返聞，以聞自性，自性即得，成無上道，是亦觀音而已矣。故曰："未來修學人，當依如是法。"文殊之言，豈欺我哉！

昭覺僧堂無盡燈記　　　　　　　　　　　　　計有功

有法燈，有世燈。法燈水乳相傳，世燈膏火相續。昭覺雲堂，擇法勝地，屋翼華煥，海衆霧集。人傑地靈，念念禪悦，夙興夜寐，甚者幾廢寢食。由是佛龕齋堂，修廊後架，列炷明燈，其來斯久。膏蘇不繼，例遣堂僧，分化遠外。緣有易難，事生疲厭。或曰：爲法燈來，受世燈苦。辦道之志不堅。左綿沂公年德兼艾，累踐綱維之職，歷見是事，惻然憫之。彈指説誓，願罄囊膏，立長生庫，舉其贏息，永爲膏火之資。俾我有衆，專精進心，息經營力。僉議允協，選擇同袍掌其事，講若畫一。造始紹興丁丑之元，以屬慶嵩、一禪，又求記於灌園居士。

居士曰："佛過去世，密羅比丘因燈行乞，授記作佛，號曰然燈。最後須彌燈光如來[1]、净其、旃陀等佛[2]，皆施燈而證果。今求者施者，沂獨以身任，豈自利耶？"二士曰："沂非自利，亦非思念今日在會法衆而已。願我同志以無盡心，續無盡光，結無盡緣，俾人人獲天眼第一。"求文之大意如此。贊嘆而言曰：夫捨家求道，身不可不辛勤，心不可不安逸。其辛勤也，山行水宿，虎狼爲伍，使人以操修入道。其安逸也，不耕不織，百用具足，使人以慚愧入道。今也營營馳求，則固免矣，而乃優遊卒歲，謂吾當然，此真慚愧也。衆其勉之！吾意止此，若其發蒙破蔀，珠交玉映，則有堂頭緣公大法炬在，慎勿向燈影中行[3]。

贊曰：

以一燈傳千萬億燈，燈燈分別；以一心傳千萬億心，心心明

---

① 須：原作"次"，據《法苑珠林》卷四八改。
② 陀：原作"迦"，據《法苑珠林》卷四八改。
③ 勿：原作"忽"，據文意改。

徹。前念法燈苦世燈，千身一舌；今據世燈悟法燈，一堂千月。幾人親到龍潭，當機直截。劃斷明頭，暗頭直滅。正照現前，天開日晃。此無盡燈，出無盡藏。

金繩院觀音塑像記

員興宗

聖人觀萬法而返於一，而其極也，一足以涵萬。流行散徙，揮綽洞達，上足以抗太虛、入窈冥，下至於融八紘內外萬物形狀變化之情。人愈即而無窮也，測而無得也，逐之而無及也。浩乎巍然！詰其何自而一，與夫一之所以運量至此，伊誰究之，而誰識之邪？意必有虛而明、圓而靜，返流全一者之得之也。昔者吾窮乎西方之學，以爲莫尚乎休復於一以致用①，所謂觀音大士者，最其全一者也。彼由聞而心圓照，物未致而心自融，心未起而聞自具，衆機不張，而一真內澄。是以聞薰聞修，聞所聞盡，非有萌於物而有意於聞也。衆萬控搏，舉不外吾之聞，此其所以爲聞也與。或曰：吾耳之性，猶聖賢耳之性也，循聞之本，非自外入，非不外入也，何獨大士云耳哉？然衆生不復於聞，而大士獨曰聞復，何謂也？曰：是非天下之所能備也。衆生以聲緣撓心，吾聽內謬，則吾真內賊，孰哉鬱鬱乎，是其中有弗一者乎②！今吾試窺諸天地之間，虛空與一氣之相遭，而律之本於是焉生。彼其樂之融於中而泄之金石者，天下非固求聞，而有不能不聞者也。其聲氣之接，疾徐奮蕩、往來憤啓之變，善聞者遺聲以契妙，契妙以合一，混混洋洋，吾不知因聲而後有聞邪？因聞而遂有聲也？是二者，其真爲一乎？其異邪？若使衆人叢聽於康莊之逵，心之不冥，而境之衆多也。雖九奏乎吾側，清者，濁者、疏亮者，直而條達、柔而曼衍者，吾先兆乎常變作止之意耳。執一則廢一，執宮則羽廢，執羽則商廢。始焉心迎而距，終焉聽雜而流，若是而自名於爲聞，其果有得已乎？抑其無得也？如知其無得，則知衆生流浪，爲聲所蔽，既以倒聞爲機，蓄聞爲誤，至於六用迷惑而不可振者，斯已矣。故夫古之聰聽於樂者必返於聽之初，形充空虛，其來無止，其去無朕，了衆樂於寂然之初，而後衆音之所不得遁。此天下之至聽，而君子充其類以治性者也。然則至聞

---

① 休：員興宗《九華集》卷一九作“體”。
② 弗：原作“佛”，據《九華集》卷一九改。

無聽，而後爲聞，而況聖賢自性聞聞者乎！今彼大士，以一精明而離二，生滅翳除，故聞復，則道惡乎往而不聞？聞極故圓妙，則聞惡乎往而不可？真聞現前，而十方平等，雖一佛二佛，以至千萬億佛，同一慈力；雖一國土，他國土，以至恒河沙國土，同一悲仰。體於無窮，而化於無垠，大士之本聞猶未數數然也，惡睹所謂能贊其聞矣哉！

成都金繩禪院主僧道如者，喜誦大士之教而銷諸學。常以爲金繩之地，塔廟勝處也，觀音之像闕焉，於是戚焉以憂，敕工具衆寶香檀，搏土爲像，衣金螺紺，珠瑟炫燿，法帶卧具，玲瓏宛轉。與夫前施後列，逸浪層崖，恍惚怪怒，祥雲瑞霧，花葩竹石，青紅晃蕩。疏曠簡遠之意，率皆匠之於心。窮之無端，而視之無涯，神造鬼設。豈所謂融然受，勃然應，沛乎其技之妙，而妙竟不自知也。異時觀者或因像致禮，因禮生悟，其不在茲乎？

陵陽員興宗見聞妙麗，即爲著大士入道之因，且繼之頌曰：

我觀世間人，種種患無明。一根不銷復，六用自成障。聞既不可得，況自聞聞者。譬彼遊都城，忽聞衆樂作。鼜鼓及鐘磬，祝圉諸琴瑟。是聲本涵聞，非以聞故有。而諸妄執者，先循聞所在。即聲以爲聞，是聞非真實。如是倒聞機，未幾聞變滅。循聲故流轉，旋流獲無妄。如文殊所說，稽首觀世音。不住一切相，覺寂聞自融。聞性圓滿故，心精既遺聞，是則真聞者。以致無量劫，及恒沙國土，皆以聞攝入，各究竟圓通。我今釋塵勞，敬禮光明像。願一彈指頃，修證亦如是。

超悟院記[①]   郭　印

自漢永平而上，中國未始有佛。然堯、舜之無爲，禹、湯之用中，文王之不識不知，夫子之無我，顏子屢空，曾子守約，孟子養浩然之氣，皆盡心知性之學也。其與釋氏忘死生、屏嗜慾、離塵垢，蓋同道矣。至齊、梁、隋、唐間，爲佛之徒始盛唱禍福，神報應，聾瞽末俗，求尊大其師，以自售其教。至使人主去玉食而爲奴隸，虛禁禦以捨朽骨。一人倡於上，

---

① 超悟：原作“起悟”，據静嘉堂本改。

百人和於下，而禍福報應之説根蟠本固於天下，牢不可拔。營宮室，侈塔廟，廣僧尼，惟恐後，曰："不如是，福不我臻，而禍凛凛也。"嗚呼，愚哉，豈佛之意哉！

成都大慈寺曰聖慈，唐至德初所建也。合九十六院，地居衝會，百工列肆，市聲如雷。政和二年冬，火其旁小院十有六。府帥席公旦請於朝，頒緡錢改建超悟、宣梵、嚴净三刹，使學禪者居超悟，學律者居宣梵，學講者居嚴净，而超悟則命僧文英主之。英承灰燼之餘，鳩工庀徒，創建禪宇，凡爲屋千楹。且闢龍宮，以藏貝葉，規橅恢敞①，氣象雄特。始成，而旁院復火，勢且延及。師函白府，毀正寺之三門以絶之，請後自建，火乃止，而三門復新，師用力勤矣！院始無田，師合施者金錢，且請廢寺之產於官，成三百畝，以備桑門之供。師死，嗣子義登、義全各益以家田，及誘福唐朱氏，得百畝，故能耽耽爲大叢林，無復異時囂塵煩污之聲，可喜也。

雖然，院之廢興，於佛何有？昔持地菩薩平治險隘，修作橋梁毗舍，如來謂曰："當平心地，則世界地一切皆平。"師前知方寸之間具大寶刹，巍巍堂堂，鎮四天下，火不能燒，水不能没，雖八萬四千浮屠寶塔之功有所不及，亘閻浮提皆超悟矣，禍福報應果安在哉！

師姓蘇氏，泉州人。往來商成都，富鉅萬。留意禪悦，忽若有悟，盡捐資，移書別妻子，祝髮於嘉祐院。妻子萬里入蜀訪之，師絶不復見，堅坐一室，歷三日寂無人聲。妻子知師志不可奪，棄去，以故聲望愈高。四坐道場，住超悟二十餘年而没。義登懼其師之功不彰，求予記其事。予舊接師也，故喜爲之書。

龍迹觀記

李　石

成都府二十里有道士觀，本乾寧間桂州功曹楊素之故宅，《九幽拔罪經》云李真人嘗居之。慶曆間，有白龍自西來，投入觀之井。白霧三日，吐火珠如彈，浮水上，土人遂以"龍迹"名之。觀基趾起於進士牟諴等施之，爲地十畝，爲殿宇、廊廡、兩序百楹。像設、土木、丹碧則道士楊

---

① 橅：原作"撫"，據文意改。橅同模，《蜀中廣記》卷八四引本文正作"模"。

慶隆唱之，小師桂悟真和之，而一觀之體用具矣。

按創觀出唐乾寧，而龍見僅自吾宋慶曆，觀舊應有名，不應近取龍見之祥而爲"龍迹"之名也，抑亦前未有名，而漫爾世俗之名乎？大道無名，聖人無名，凡可以强名而見於有爲者，皆非其真也。不得已，因其變化至神，鼓舞妙象，曰道曰聖，寓人於龍，則觀之取名爲不陋矣。況夫膚寸之雲而施蔽天之澤，三日之雨而爲旱歲之利，扇風霆，走江海，則龍之功，豈特岷峨一方惠而已乎！吾將屬道士善護此井，以無忘龍所宮，則祈禱香火之集，永永爲此觀無窮常住，亦一助也。異時樂事君子與龍策勳聞上，俾拜敕書之賜，以侈龍之威靈，抑未遲否？

又云，時有小龍見觀之近江水中，並書以紀異。

通真觀捨田記　　　　　　　　　　　　周　時

紹興甲子，予既遷葬先君於學射山之麓，歲時伏臘必來拜幽堂，躬饗祀。是時所謂通真觀者，兀然殿祠外，枝撐破屋數椽，餘皆榛礫之場也。後二年，予自蒲頓沿檄成都校藝秋官①，來山中。斤斧丁丁，土木之功過半，已鬱鬱有氣象矣。主香火鄧處厚蓬首黧面，雜作於塵土中，拂衣相顧揖，且笑語如平時。處厚同里閈，卌歲相周旋，素知其誠樸高行，勞問久之，因謂："天下無難事，興廢果在人也。"處厚曰："山野無動人之具，惟辦一心以對天，恐不足以任真人之責。蓋事有權輿，不敢不告。有羅先生者，世以'赤脚'號之。混俗導養，神全氣固，美鬚髯，紅頰，目光炯炯。凡言吉凶禍福，如龜卜燭照，少無差，人爭見之。一日，出城之北門，謁知府郭公。舉家燒香拜跪，環立惟謹，次第言之皆如見。最後一女子作禮甚肅，羅曰：'既禄食，又有子，恐嗇於壽。惟於荒廢寺觀作大緣事，可以延之。'其夫何某受命調溫江尉，及得子，皆如其説。或曰學射山通真觀久廢，欲施其財，而未決。羅乃徒步間道物色之，處厚杳不之覺②。羅歸，曰：'可矣。'遂捐田百畝，爲齋厨之供。處厚又取其地利之積入，修造附益其襯施而枝梧之。"至紹興二十七年，觀成，並得其田以歸。

烏乎！蜀之山高水深，固多隱士異人往來塵市間，異時如朱桃椎、孫

---

① 沿：原作"衔"，據靜嘉堂本、《蜀中廣記》卷七三改。沿檄，謂遵照上司公文。
② 杳：原作"者"，據《蜀中廣記》卷七三改。

思邈、爾朱先生者不一。今羅先生實其流輩耶？至於以田而易年，坐了其耆艾，假修短之論以冀其必從邪①？抑夭壽有數，而神符秘咒果可以損益之也？予皆不得而知之。然一念之誠，上通於天，受天之祐，亦人事之必然者，故並書之，以爲善念者之勸。

重修安靜觀記

王剛中

紹興二十八年，臣剛中以書命代匱西掖。會蜀闕帥，九月庚辰，臣實承詔安撫制置四川兼知成都府，一再引對便殿。凡恤民察吏、治邊御將之法，皆蒙面加訓敕，委曲詳盡。既又曰："成都之靈泉有朱真人觀，久不葺，其葺之。此皇太后旨也。"臣祇慄拜命。越明年四月戊子，至所治。靈泉令何令望來謁，即諭上意，俾經度，遣通判府事范千秋督之。閏月甲寅庀役，十月己酉訖工。凡爲夫一萬二千一百有奇，爲錢一千五十三萬有奇。爲門爲廊，爲殿爲閣，爲齋廳及它屋，總九十六間，增廣故基三十步。規模象設俱壯麗，視舊不侔矣。調用悉自官取，纖毫弗敢擾民。

臣已繪爲圖復於上，念不可不記其本末。謹按：妙通真人姓朱氏，其名字載《新唐書·隱逸傳》。蓋生於周、隋之間，歷武德、貞觀，得道仙去，莫知所終。然浮遊四方，專務救民疾苦，賢士大夫往往遇之，或在長安，或在彭城，不但蜀也，而蜀人事之尤謹。若夫升聞九重，感悟萬乘，降心加禮如今日，則真人博大之風，殆非世俗所能窺測者。抑嘗觀竇、高二長史事迹，揆真人胸懷本趣，則與齊蓋公所言"治道貴清净而民自定"，指歸略同。竇軌怙威喜殺，欲吏真人，真人輒逃去，贈遺珍好，弗納也。高士廉慈惠務教化，真人乃出見之，及詢以政，真人瞪視不答。士廉亦默識此，曰："是使我以無事治蜀也。"因簡條目，薄賦斂，而蜀果大治。臣雖不肖，竊願自附於士廉，庶幾不負聖天子所以屬任之意焉。

真人錫號"妙道"，崇寧五年詔也；觀名"安靜"，重和元年詔也。今觀皆一新，惟真人繪像寔廣政間周元裕所爲，中更順賊之變，觀悉煨燼，獨此繪像，火弗能及，風雨飄搖，粉墨故在。趙清獻公嘗記其異，茲不敢更造云。

---

① "假"上《蜀中廣記》有"乃"字。

成都文類卷四十一

記

寺　觀　六

金繩禪院增廣常住田記　　　　　　　　　　姜如晦

　　成都諸刹以昭覺、正法爲大，保福、信相等次之，金繩未在屈指之列
也。淳熙甲午，道人某主院事，百廢具興，乃作五百應眞巖洞。其裝嚴殊
勝，不在潼川洞門下，諸方蓋莫及也。由是龍天護持，道俗趨向，出財市
田，以廣常住者，相繼而至。有河東太原之鄧景亨者施十四畞有奇，直一
百四十萬錢。成都李元有施二十六畞，直一百八十萬錢。潼川僧曰道方施
二十畞，直四十萬錢。

　　凡此皆住持道人願力，應眞大士福力。願力無窮，則福力無量，施者
受福，當亦無邊，而金繩之田甲乙於四大刹，當有日矣。然以《金剛經》
觀之，若人以三千大千恒河沙世界七寶布施，得福雖多，若以四句偈爲人
演説，其爲福德，勝前福德。蓋如上所施，是福德相，非福德性也。我今
啓白住持①："若人願以廣長舌敷演微妙義，舉四句偈，爲施田者説，使
彼施者展轉演説，證一切空，則大地衆生盡入如來性功德藏，視彼頃畞斛
斗之施之福，未可同日語也。"住持笑曰："老僧昔無卓錐之地，今又無
錐可卓，安得更有四句偈爲他人説耶？施田受田，儻有來歷，記之足矣，
何言？"僕曰："唯唯。"

　　景亨之室曰袁氏，元有之室曰蔡氏，主事者皆繪其像於功德堂之末，

---

①　白：原作"曰"，據文意改。

而記其遠日於異時，則付之後來者，故並書之，以告來者。

金繩院五百羅漢記

前　人

　　院在唐名“東禪”，在僞蜀名“龍華”。國朝鳳州太守王蒙正斥而大之，梁柱宏壯，爲諸方冠。其建置如禪規外，又爲大殿三，相屬於東偏。大中祥符元年，始賜名“金繩”。建炎軍興，升成都府路安撫爲四川安撫制置使，別置官屬。三殿繪事雖富，而像設缺焉，有司便其空闊，即用爲官屬廨舍，院綱坐是頹委幾五十年。乾道庚寅，上命敷文閣待制廣漢張公震知成都，罷制置司官屬。一日，公顧瞻棟宇，雄壯偉麗，長太息曰：“制置司興廢無常，安知後日之不復？若乘其間嚴像設，以補異時缺典，杜後日館廨之害，不亦善乎？”於是命僧子文領院事，諭意指，文以五百大阿羅漢請。閱四歲，像設纔二百，於其中殿作彌勒像，未施金碧，而文歸寂，今住持勤公繼之。

　　勤以乙未春正月，不假方便，諸聖推出，來住此刹。始至，有立魔論鼓惑衆者，謂勤決不嗣文志。勤刻苦經畫，錙銖積累，儉薄受用之須，散文所散，用文所使，終文所事，一毫不易，魔論乃息。未幾何，施者雲委，不謀而同。乃闢前殿以爲洞戶，貫三爲一，成大寶巖應真妙相，周回間錯，無量變現，龍宮海藏之會儼然未散。

　　歲在戊戌，大功德藏相將落成。大帥內翰胡公從佛地位[①]，現官僚身，具大正見，觀察無量壽佛事從三昧起，而作是言：“當來彌勒，號稱次補，三十二相則已裝嚴，云何釋迦大寶覺王世出世間，爲人天師，能轉聲聞，入佛知見，而於此刹，寶座從虛？譬如公朝千官百辟，袞冕巍峨，森列殿庭，至尊不臨，孰爲宗主？”乃即後殿施紫金檀，作釋迦像，與彌勒稱。五百相好有不具者，俱爲足之。前佛後佛，共轉法輪，與諸羊車，作大教主，諸修行事，諸化導法，周遍寶坊，靡不畢具。雖我世尊法華會上，眉間白毫所照世界，所現瑞相，所作佛事，何以過此？靡金錢一萬萬，而住持足迹未嘗一出戶庭，自非具本來福德藏，修本來福德性，真應於事相

---

　　① 大帥：原作“大師”。按：“師”當作“帥”，“大帥”乃制置使之俗稱。胡元質以宋孝宗淳熙四年二月任四川安撫制置使，見《宋史·孝宗紀》。據改。

者，安能如是巍巍堂堂也哉！

院枕繁闠，酒坑婬窐，盜山殺海，勢席詐怛，財鳩氣蟒，惡習盤結。周回四隅，境風業火，一刹那際，摧菩提樹，焚般若鍾[1]。鐵圍深固，阿鼻暗黑，無量苦事，種種見成，如蟻旋空，以苦爲樂，晝夜觀歷，而不覺知，是則名爲可憐愍者。今於其中，即事示相，因相起信，轉大苦海，成大善林。化愚癡人，發智慧心；化暴急人，發忍辱心；化懶惰人，發精進心；化傲慢人，發恭敬心；化散亂人，發禪定心；化淫穢人，發清净心；化貪盜人，發滿足心；化慳鄙人，發檀施心；化嗔恚人，發歡喜心；化殺害人，發慈善心；化妄誕人，發真實心。種種心生，種種心滅，一彈指頃，捨惡趨善，其爲饒益，無有限量，無有窮盡。諸來觀者，彈指贊嘆，得未曾有。

爾時有一居士，自凡夫境，諦觀凡夫，作諸妄業，受諸妄報，王侯螻蟻，共一苦聚，心生悲惱，未有咨決。又聞如是大都會中，有大業坑，復有如是大功德海，歡喜踴悦。稽首作禮住持，問之曰："昔須菩提常白世尊：阿羅漢道從無諍修，無諍三昧，人中第一。又白世尊：我從空生，證解空果，成無上道。即是義觀，無諍及空，是阿羅漢滅妄證真二大法門。我觀世間種種障業皆從諍起，諍心一萌，河沙國土微塵衆生各立見界，自爲同異，於普佛境，失普物性。又觀世間諸不空者，皆依粗濁事相而立，認賊爲子，返爲賊媒，自劫家寶，客境窮露，無可誰何。今子於此有諍界中開示無諍正修行路，不空界中開示真空本寂滅體，雖則對病設藥，猶墮有爲。但此界中諸有生者染病方深，云何勿藥？假一切有，詣一切無，畢竟無中。藥病兩亡，事理俱泯，惟病與藥，總成昨夢，露地白牛，卓然獨立。子之所志，其在兹乎？"住持顰蹙而言曰："嗟乎哉，是何子之多事也！老僧昔者南遊諸方，至於何山，見一威猛大師子王，寓名曰辯，於千載後，無見見中親見臨際。我於此老承事供養，經歷年歲，寂無所知。忽從戶外賣菜聲中聞師子吼[2]，我於爾時性命俱斷，悟本來空，無得而得。今於此刹作粥飯頭，飢來即食，飽來即睡，十二時中，一切平常。如子所說，我總不知，但以前日創建已有其緒，成功不毀，姑爲終之。諸世界中及世界法，總是大阿羅漢普通道場，無用強生分別，作善惡想，立取捨見。

---

① 鍾：萬曆以下各本《全蜀藝文志》卷三八作"種"。
② 聲：原脱，據四庫本《全蜀藝文志》卷三八補。

何山所得，如是如是。"

居士曰："咄！龍生龍子，鳳生鳳雛，四海老勤，名不虛得。"筆集緒言，因以爲記。

玉局觀崇禧殿記 胡元質

臣聞天之所以開聖人，繄必有所因也，蓋將盡畀所覆，使司牧之，全三光五嶽之氣，以一天下。故受命之符，有開必先，兆於多事之日，培夫太平之基，誠非偶然者。漢之光武，三代以還，中興之功成於建武之盛際，不知中興之兆見於建平之初元。其年甲子，降生之夕，休徵嘉應，史臣特書，豈非天開聖人之明驗耶？天祐皇宋，聖聖相繼，皇帝陛下膺天曆數，應千歲河清之瑞。維建炎元年，歲在丁未，十月二十二日，實誕彌之節也。方時多艱，中原俶擾，太上皇帝遑遑汲汲，紹開中興，而所以終其功者，庸詎知夫天意固有在耶？濟陽赤光，已燭天矣^①。聰明天爲之生，勇智天爲之錫，實濟世安民、混一六合之資，聖人之所獨得於天者，太平所繇基也。

成都府府治之西南，有觀歸然。按道書，耽仙嘗說經此地，涌出玉局，因以名觀，列二十四化之首。在甲子，中丁未，實主之，皇帝元命也。昔華山爲明皇本命旺氣之舍，猶禁不穿治，矧皇帝帝德廣運，咸五登三，其元命所主，經見甚白，欽崇之禮所當先者。臣代匱帥蜀，兼守是邦。竊惟如南山之壽，若《天保》之歸美報上；天子萬年，若《常武》之對揚王休。臣不佞，深有慕焉。爰率旁近部使者同出緡錢，即其觀創建元命殿，旁挾兩廡，規模氣象，極其雄嚴，以爲上帝隤祉錫羨之地。乃淳熙五年夏五月經始，歲行既周纔訖工。每遇會慶節、正、至三元，與夫元命之日，敬率文武官朝謁，祝萬歲壽於庭，永爲彝典。爰剡以聞，乞賜之名，以示無窮崇奉之敬。維冬十月，有旨從之，錫名"崇禧"。命下之日，歡聲旁魄，如霆如雷，皆謂吾君壽富熾昌，於穆不已。

臣敢拜手稽首，推其意而言曰：在《書》有之："今天其命哲，命吉凶，命歷年。"其命均出於天，而其所以命則或有異焉。豈非天以眷命而

① 已：原作"光"，據靜嘉堂本改。

生聖人，聖人當修德以應天命耶？命之在天，修之在人，顧所行何如耳。堯之聰明文思，而輔之以兢兢；舜之濬哲文明，而輔之以業業；湯之齊聖廣淵，而輔之以慄慄；文王之聰明齊聖，而輔之以翼翼。夫以帝王之絶德，皆天所授，而躬行若是力者，蓋不矜其所可恃，而敬其所可勉也。故自正心、誠意，擴而充之，至於齊家、治國、平天下，皆聖人修德以答天命者也。歷年之久長，子孫之逢吉，命雖不於常，而福善之至斷可必。皇帝陛下聖緒天縱，德妙生知，篤愛敬以事親，屬勤儉以率下。政修化行，彌薄海縣，道豐仁洽，布濩天區。姑以蜀言之，如酒之估重，鹽之額浮，茶之課溢，關外和糴之擾，夔路上供之費，沉痼百姓，幾年於兹。聖心怛焉，乃出緡錢，每歲爲之蠲减，幾二百三十萬緡有奇。起捐瘠於溝中者，又不知其幾億鉅萬也。蜀去天萬里，恩惠浹洽如此其暢，則夫幅員之廣、生齒之衆，漸被汪濊之澤，涵泳泰和之時，可概見也。宜其同心愛戴，飲食必祝。天鑒昭晰，如在左右，無疆之錫，無窮之基，與天同長，與地同久，與日月不息，與維斗不忒，億萬斯年，寧有紀極耶！若夫沉幾密運，規恢遠圖，屬志復古，帝念甚烈。聖而不可知之，神固亦難以涯涘矣。自罷多事，將六十年，天地之數離必合，安時處順，晦養既久，發勇智於天威，運聰明於神武，其傑孰能禦之？生於多事之際，甲子一周，身及太平，天命顯著，爲禧之崇，其有加於此者哉！臣何幸，身親見之。

淳熙六年十二月日記。

靈泉縣安静觀改作十方記　　　　　　　　　扈輔

世謂黄老之道與儒流異，而不知清净無爲，即吾"何思何慮""思無邪"之説也。膠西蓋公得其學，授曹公參，參之治齊治漢皆效。唐蜀郡朱公隱今之靈泉，澹然自守，一介不妄取。寶長史軌以禮羅之，委珍賂，遁去；獨高士廉得一瞪視之，識其意曰："是使我以無事治蜀也。"乃簡條目，薄賦斂，蜀果大治。君子以是知朱公所懷與蓋公同，而黄老之學真有益於治道也。

朱雖仙去，猶眷眷不忘生靈，浮遊世間，以療疾救苦爲務。蜀人即其故居祠之，聖宋賜額"安静觀"，錫號"妙通真人"。紹興二十八年，上皇以皇太后旨，命帥臣增修其宇。淳熙四年秋，内翰給事胡公奉詔安撫制置四川兼知成都府。越明年夏旱，遣使禱於祠下，不崇朝而雨，歲乃大熟。公感之，而患其徒之不肅也，遂改爲十方，自青城山召明素守靜大師韓元修開山住持。韓卒，命法嗣孫克勤繼之。鐘鼓益新，四方施供益至，氣象恢然，視前不侔矣。

先是，公之政以清靜寬厚爲本，拔寒素，修軍政，服夷狄，舉醨茗、酒課。五十年之弊一旦掃去。凡所設施，秋毫弗擾，殆與真人心契神會，不待得於眉睫而後知之也。邦人含餔鼓腹，安公之政，用是建生祠於觀之西，繪公像以事之。輔以門下士伐石以記，非獨示一時改律張本，抑述公之德，以詔後世也。

真人諱桃椎，其詳見《唐史·隱逸傳》。公名元質，平江人，今以敷文閣學士、中大夫被旨因任。異時歸秉鈞軸，推其道以治天下，當出曹公治漢之右，豈特治蜀如其治齊而已哉！區區士廉，有不足道者。此真人默望於公如是，而輔之所以樂書也。

淳熙六年十二月日記。

昭覺寺無量壽佛殿記　　　　　　　　　　　　　王正德

淳熙六年正月二十三日，四川制置使、敷文閣學士胡公之夫人魏氏，以其弟軍器監丞叔介大祥，欲擇勝地建無量壽佛之像，以資冥福，久莫之得。因其父參政敏肅公諱日設供於昭覺禪寺，至庫前，見穹屋十數楹，翼以廊廡，閎壯靜深，可爲佛宮，而其下蕪穢弗治。夫人有感焉，於是規度面勢，整修壞陋，遂建無量壽佛以居之。像成，設坐几窗牖凡供具，又命其女慧齊大書殿名以揭之。復念傍壁污壞，弗稱巨麗，將飾而新之，繪西方變相。而壁之塗忽有剝落者，視其下則舊有畫宛然，即西方變相也。僧老環拱嘆嗟，以爲異事。夫人亟命工盡去舊塗，補其圮闕，蓋以丹青之飾，光采呈露，而殿益華好，克稱西方氏之居。邦人和會，闔城來觀，以謂此屋閎百年，過而遊焉者幾千百人，而曾無一人發之。雖久否則傾，久晦則明，物之理也，然非夫人之德，則無有發之者。豈道心默契，顯晦固有待耶？夫人第三子通仕胡紳幼而敏悟，素所鍾愛，次年十月五日偶以微疾不起，死之夕與其生之日時俱同，固知壽夭有不得而加損。夫人痛焉，又命工妝塑觀音、勢至二像於無量佛之兩旁，以資冥福，淨土道場於是備矣。

或曰：“夫人爲是佛事，福田利益不可思議。”余曰：夫人之心豈誘於福田利益而後動耶？方敏肅公坐廊廟，布大政於天下，盡還遷客於南，而今大學公又屬砭石①，以起西蜀之病，夫人蓋有助焉，是非福田利益之尤乎？夫人性根於仁，定生於慧，宴坐蟠經，垂二十年，而今志益屬。既書《楞嚴》《圓覺經》，鋟之木，以幸學者，又刺指血書《金剛經》、彌陀、勢至經以薦考妣，今又書《妙法蓮華經》七卷，口誦心惟，洞達奧妙，雖老師宿學業於西方氏之教者，自以爲弗及，是豈偶然者哉！

余於釋氏嘗不知曉，至是若有得焉，故爲記之，而又贊之：

惟一切心，具一切佛，彼昏蝕之，弗見杪忽。匪心則然，如大明月，微雲過之，顛倒毛髮。惟定於一，內明外通，八萬四千，一毛竅中。我聖有作，毋以一唯，訂之西方，理一無二。敬出頌言，擊蒙刮瞖，導揚佛心，垂戒終古。

新繁縣朱真人祠堂記　　　　　　　　　　　　　　　劉光祖

古之仙者，或詭服變名姓，佯狂市井間，人莫測其爲；或啖食草木土炭諸臭惡物，逢人不擇貴賤，肆口罵毀，至以瓦石擊走之；或事化丹砂水銀諸不死之藥，往來海上，遇其徒，授之秘方，期不泄於人世。所傳多此類也。或云，有陰功者亦得白日仙去，是皆不可疑其有無。而余常常喜道朱真人事，讀《茅茨賦》，悵然知其爲隱者也。其言有曰：“壁崩剝而通風，簷摧頹而瀉日。”又曰：“削野藜而作杖，卷竹葉而爲巾。”余雖不能然也，而意殊欣然慕之。至其終篇有曰：“口無二價，日惟一餐。”於是置卷而嘆曰：仙者無他，惟修心、養生二事而已矣。惟其純一不變，人罕能之。使人能終身不二價，則赤子之性常全，終日不再食，則沖虛之氣常集，其於仙也何有！修心以保真，養生以煉神，其爲道也簡易，其爲功也悠久。余嘗考唐《隱逸傳》，然後知真人之事非有荒忽詭異之迹，而皆可究也。裂冠毀服，竄匿林莽間，彼竇軌者方以多殺戮爲治，固高人之所鄙而不顧也。雖高士廉粗知安靜之理，亦烏能識夫人不言之妙哉！纖芒屬置

① 公：靜嘉堂本作“士”。

道上，人曰“居士屩”也。以米茗易之，輒取去，終不與人接。其所爲如此，而傳不言其所終。至今其迹顯晦不常，然而人所共傳者，每每於夢中以藥石愈人疾。

本朝崇寧間，賜號妙通真人。比歲蜀人信事之益多，邑有其祠，家有其像。今新繁縣隆道觀新作祠堂者，鄉貢進士李渼、王焞率其邦人之爲也。余與李氏兄弟交，重其能以文學相繼取科第。渼之兄溟必欲得余文記立祠本末，余魯鈍，性不喜外騖，竊於真人之道有感焉，故樂爲李氏兄弟書之。若夫祠堂之歲月，有不以廢興爲存亡者，不必記也。

淳熙八年六月日記。

藥師院記

失　名

大城之北百步，道歧而東又二十步，有院焉，建置甲子未詳。古德相傳，昔有發地得佛相如藥師，故院因以名。僧以律居之，族派支分，後皆絕，其有傳者，獨老比丘宗擇耳。院距余居，視去城遠近相若。余昔來遊，瞻像設，則蛛網蝸涎，金彩剝蝕，頹垣壞宇，雪嘘風饕。擇雖有經營，意在落落也。

余宦遊久，一旦還家過之，則向之故者新，蠹者堅，頹者起，缺者完，卑者高，蔀者明，狹者廣。大殿飛樓，堂埕廊廡，寮室庖井，次第周列。金鋪璇題，結構精麗。洪鐘遞扣，響答數里。余怪，問擇曰：“是何因緣，有此殊勝？”曰：“是蓋釋梵神力所持，檀那願力所就耳①。此土諸山，坐大道場，地入瀋廣，凝土度木，興大佛事，如壯士展臂，不借他力。我院無常住一壠之饒，錙累黍積，丐乞以成。心智囊金，盡於此矣。於我法中，是爲像教。樹佛集徒，燒燈散華，敷崇筵榻，使後之佛子安住禪那，得大善利。我持是念，上報佛恩，以是因緣，成此勝地。”余曰：“光新寶所，師功難量，若以報恩，無有是處。且瞿曇初生，一手指天，一手指地，周回七步，目顧四方，曰：‘天上天下，惟我獨尊。’正當是時，天不能蓋，地不能載，昆蟲草木無安住地，十方虛空盡皆消殞。師於此際，名何爲佛？以何爲恩？復於今日，謂何爲吾？欲以何報？若言有

---

① 力：原作“立”，據文意改。

佛，是謂謗佛；若言無佛，我今何在？爲復論恩，恩不自恩；若欲報恩，報不自報。佛我恩報，是塵非法，一切俱空，見墮斷滅，云何造寺，名報佛恩？設復有人，以大勢力，興大蘭若，金剛爲地，白銀爲山，非報也；風鈴百級，霜瓦萬楹，非報也；金繩經道，寶網羅空，非報也；圓頂如星，緇徒如塵，非報也；梵唄轟雷，膜拜震地，非報也。爐薾華薾，多伽羅薾，多摩羅跋清妙之薾，薾氣成雲；燈光鑑光，妙湛寶光，無垢摩尼圓明净光，光明破夜。無量寶聚，塵劫莊嚴，於諸佛法，了無交涉。雖然，師試自我求之。盡天地日月、山河國土、城府廬落、溝谷達道、園林臺觀、舟車井臼、虎兕虬龍、鷄豚鳥鼠，乃至若干形、若干聲音、若干臭味、若干名品、若干動轉，峥嶸寂歷，遍界難藏，我佛衆生，互爲主伴。若能如是，則塵塵佛事，刹刹寶坊，十字見成，何勞造作？"擇聞是語，合掌贊曰："善哉！我於佛事，抱寶號窮。仁先所陳，冰消瓦解。我今直下，於我所見，一動一静，一石一木，歷歷知歸。敢請大書，永嚴梵刹。"余笑曰："有是哉！"乃爲之記。

擇俗姓李氏，於佛慧海，具大信力。年三十祝髮受具，今逾八十，精健絶人。子慧覺，義學該貫。孫慶海，得江湖化度忘返；慶洪，能嗣師教云。

成都文類卷四十二

記

堂　宇

墨池準易堂記

何　涉

　　道昧於叔世而白於盛時，迹毀於無知而伸於有識，蓋其常爾。揚子雲立漢哀、平、新莽際，號爲名儒，聲光馮馮，雖千百年亡輒衰貶。有宅一區，在錦官西郭隘巷，著書墨池存焉。後代追思其賢而不得見，立亭池端，歲時來遊，明所以景行嚮慕。入魏、晉、李唐，其間興衰如蠓薨薨，如蠅營營，侵侮讙譊之聲未窮，而氏姓俄變；獨子雲之宅歸然下據，不被廢徹，亦足以信其材度藝學爲世所仰也。

　　王德數盡，中原潰喪，王建由草竊進攘蜀土，僭立稱號，用淫虐暴恣以成其一切，固不暇識所謂揚子雲果何人也[①]，宅與墨池垣入官界，爲倉庾地。至知祥、昶世及皇朝，仍而弗革。淳化甲午紀，順寇始亂，放兵燒掠，隆隆積廩，化作灰皁。賊平，主者因其地改創營隝[②]，以休養卒徒，環堵儒宮，彌益污辱。慶曆丁亥，今相國集賢文公適爲是都尹，有中興寺僧懷信詣庭言狀。公嘆惋累日，命吏尋遺阯，畫疆以還其舊，然屋已名龍女堂，池復湮塞澳澀矣。方議疏葺，而公遽追入覲，事用中寢。

　　明歲戊子，提刑司田郎高侯惟幾乘間獨至，睹荒圮渺莽，咨嗟久之，且言：“子雲八十一首、十三篇，逮他箴、頌，其詞義奧遠，山生澤浸，

上與三代經訓相襮襸。士大夫不通其語，衆指以爲孤陋。用其道，反紬其迹，如聾善救俗之風將墜地弗振何！"退諭賢僚名卿，斂俸餘以圖經構。知尹、直樞宥程公學據壼窔①，人推宗師，扶乘颰流，敦尚名義，聞而説，命取良材，充助其用②。都人士逮田衣黄冠師，雖平時叛吾教、訹他説以自誇者，亦欣歡忘劬，來相是役。辨方審曲，率有意思。直北而堂曰"準易"，繪子雲遺像，正位南嚮，諸公儀觀列東西序。池心築臺③，置亭其上，曰"解嘲"。前距午際，軒楹對起，以須宴會，曰"吐鳳"。奇葩雜樹，移植交帶，垂苕森列，氣象藹藹。三月晦，凡土木黝堊之事畢成。

君子謂高侯是舉也，扶既廢，補久闕，其激勸風旨，雖古人不過。矧夫資識端亮，學術雄富，若導積石、引長河，愈久愈洪，無枯涸慮。文章麗密，據法裁詖，若衣藻火，以退異服，故舉動建置皆可師。小子不文，承命恐悚，謹爲之記。時慶曆八年。

揚子雲宅辨碑記　　　　　　　　　　　　高惟幾

《前書》傳：揚子雲之先"揚侯逃於楚巫山④，因家焉。楚漢之興也，揚氏遡江上，處巴江州。即犍爲郡。漢建元末領江陽，今圖經有揚雄宅並洞，洞前刻揚雄像。此即揚侯爾，以雄名最顯，後人慕之，第稱曰揚雄宅與像，迄此存焉。今爲道宫。而揚季官至廬江太守。漢元鼎間，避仇，復遡江上，處岷山之陽，曰郫，有田一廛、宅一區"。《禹貢》曰："岷山之陽，至於衡山。"孔安國曰："岷山，江所出，在梁州南。衡山，江所經，在荆州。"李膺《益州記》曰⑤："岷山去成都五百里，有岷山縣，江源所起也。"故其西之八十里，江之南，石紐，禹所生處。而班氏謂"岷山之陽曰郫"，采摭之誤耳⑥。且岷去蜀郡五百里，郫去成都四十里，則郫不在岷山之陽明矣。

蜀都故□曰中興寺，即西漢末揚雄宅。南齊時有僧建草玄院，以雄於此草《太玄》也。《蜀記》曰："草玄亭，即揚雄草《太玄》所也。宅在

---

① "樞"原作"驅"，"窔"原作"奧"，據静嘉堂本、《全蜀藝文志》卷三九改。
② 充：原作"凡"，據《全蜀藝文志》卷三九改。
③ "臺"字原脱，據萬曆本、嘉慶本《全蜀藝文志》卷三九補。
④ 子：原脱，據嘉慶本《全蜀藝文志》卷三九補。
⑤ 州：原作"山"，據《全蜀藝文志》卷三九改。
⑥ 摭：原缺，據四庫本《全蜀藝文志》卷三九補。

州城西北二里二百八十步。"揚氏《蜀王本記》云:"蜀之地本治廣都樊鄉,後徙居成都。"秦惠王遣張儀定蜀①,築成都而縣之。今州子城乃龜城也,亦儀所築。縣經曰:縣在子城西北二里一百步。今草玄亭廢址乃其宅,去縣僅二百步,與二説符矣。《益州圖經》有揚雄坊,而郫無揚雄宅,郫亦不載揚氏遺事,是知季五世傳一子,世世爲成都人也,宅豈郫乎?矧郫與岷殊不相涉,史氏務廣載備言,掇掇之舛,固亦有焉。予因辯其誤,意泥古者止以班史岷陽之郫有宅爲然。

醉經堂記

張商英

何霖澤民作堂於碧鷄坊之右,名以"醉經",丐予記之。記曰:

太古之時,六經之道禁於天地混茫間。天下之人不知所以養身之具,乃相與污尊而抔飲,茹毛而啐血。俎豆之事,闕而不講。君臣上下、賓師朋友之間,無以相接。有聖人者作,乃調和仁義道德之術,造六經以醺酣天下之人②。伏羲、神農之時,沉濁以厚,堯、舜、文王沛而清之。周公斟酌,以勞萬民。於是,四海之内皆有士君子之行焉。至周末而變,諸侯卿士無德可頌,號呶酕醄悖於典法。仲尼乃爲之賞罰而繩糾之,六經之道自是始備。聖人以清,賢人以濁,君子以厚,小人以薄。仲尼既没,諸子之徒剽攘糟粕之餘而失其傳,私售其説,以腐壞天下之口腹。楊、墨苦而薄,莊、老淡而漓,使好之者懵然狂惑,而不可責以正禮。孟子、荀卿、揚雄復去其滓,遂復釀厚。故韓愈嗜而美之曰:"孟子醇乎醇,荀與揚大醇而小疵也。"古之人常醉於斯矣。其始也其色洒然以恭,其性陶然以和;及其沉湎也,静聽而不聞譊譊之音,熟視而不見外物之華。杳然忘家,則三歲不窺仲舒之圃;嗒然遺形,則累旬不櫛世南之髮。忿而争則樂詳擊地,肆而狂則接輿歌鳳。悲則賈生慟哭,喜則買臣行謳。蓋六經之醉人也如此。

今澤民既醉於經,又能作堂,以爲醉所。嗚乎,澤民年少而量洪,吾安知子之不爲醉翁也!

---

① 原無"蜀"字,據四庫本《全蜀藝文志》卷三九補。

② 醺:原作"薰",據静嘉堂本改。

藂桂堂記

常　瓌①

　　國朝設科取士之制，名謂之因隋唐之舊，實肇造一王成憲。其著之甲令，綱紀條目，纖悉微密，精審明白。天下安而服之，而人材輩出，公卿相望。高文絶武，鉅德殊勳，鎮社稷、光邦家者，率由此選，故世號進士爲"將相科"。蓋其自鄉黨所保任，郡國所貢薦，禮部所程考，至天子親試於廷，一切按法，無敢慢，至公。雖有鬼神，不能竊毫髮須臾之幸。有司謹尺寸銖忽之間，而每獲魁梧非常之器；士子就規矩繩墨之內，而自見豪邁不羈之才。是以朝多得賢，下罕失職。雖不用三代取士之殘法，而盡出三代取士之本意；雖不侈三代取士之虛稱，而盡收三代取士之極功。故士以進士登科爲榮焉。夫天下之所謂榮者，榮其無私而已。恩澤因緣、爵公封侯者尚矣，而世莫之榮也，蓋天下知其私爾。嗚呼！惟天下有公法，然後士有公進；惟士有公進，然後天下榮之。況於一邑之小、一家之中，而登科者躍躍，宜乎藂桂堂之作也。

　　堂作於延壽佛宇，而延壽在雙流之東門。雙流者，成都府之隸邑也。宋氏家雙流，而雙流以進士起家始於宋氏。凡宋氏登科，慶曆五年二人，曰右賢，曰右仁②，皆贈朝散大夫曰文禮之子也。長爲太常博士；次爲朝散大夫，贈朝議大夫。治平二年一人，曰構，朝議之子也，爲朝奉大夫，贈太中大夫。元豐五年一人，曰良孺，博士之孫也，爲朝請郎。崇寧五年一人，曰京，太中之子也，今爲朝散大夫、太府少卿，出知邠州。宣和三年一人，曰衍，太中之孫、太府之兄曰亮之子也，今爲迪功郎。自朝議至迪功，祖父子孫聯四世，自博士至朝請，祖孫再世，而皆大夫之後也。

　　邑人既榮宋氏登科之始，又榮宋氏登科之多，推本大夫教子之美。而熙寧中邑令尚書屯田員外郎徐侯九思嘗揭其所居坊曰"藂桂"，故堂名用之，且圖宋氏自大夫以來像於堂上。邑人之語曰："使吾邑之冠者童子登斯堂，見大夫之像，則莫不樂其賢父兄。使吾邑之先生文人登斯堂，見博

---

　　① 瓌：原作"環"，據静嘉堂本改。常瓌，棣州商河（今山東商河）人，崇寧五年進士，見晁補之《雞肋集》卷六五《朝奉大夫常君墓誌銘》和《分門古今類事》卷八。常瓌父嘗官於蜀，其母爲金堂人，常瓌或亦宦蜀，故熟知蜀事。

　　② 右仁：原作"古人"，據《全蜀藝文志》卷五五費著《氏族譜》改。

士、朝議之像，則莫不訓其良子弟。使吾邑之衆歲時大和會，過堂下，瞻望宋氏之一門服章煌煌，而英風秀骨，容貌出類，其咨嗟嘆息徘徊而不能去者不知幾何人也，則爲善者不亦用勸矣乎？”

雖然，宋氏其來遠矣。大夫有隱君子之德，有令聞於其鄉。弟曰堂，舉賢良方正科，深《春秋》學，名見國史。博士健爽挺達，悟死生之説。朝議佐邦領郡有迹，未老勇歸，見其子爲使者、太守。東坡先生所謂“丈人今年二毛初，登樓上馬不用扶”，又曰“縈轓上壽白玉壺，公堂登歌《鳳將雛》”者，贈送太中迎親知彭州詩也。太中受知神宗皇帝，數稱上意旨，屢典州，兩爲尚書郎，文學政事，譽讙一時。朝請雅粹儉潔，喜自晦匿。太府初鎖其廳，取科名，歷郎版曹、天官，遂貳光禄、太府。年少立朝，不阿附，詞藻爗然。迪功擢第又以鎖廳，年尤少，未壯辯洽，有祖父大略。

夫善久者積厚，積厚者報長。宋氏之善久乎？視大夫，則其上世可知也。宋氏之積厚乎？既五世矣，則其來者可知也。或曰：“宋氏善久積厚，而累世之仕者又皆聰明雋拔，獨未大顯，何也？”有應者曰：“聚興忽，起一朝，不仁而貴富，生兒豚犬，嗣酒甕，續飯囊，非所謂福也。惟禮義忠孝之傳，業行聲名之襲，冕裳輿駟之繼，不斬不斷，譬猶源之往也，無窮而甚長，是所謂餘慶也。今宋氏五尺之子、三尺之孫，競務於詩書，憤悱淬磨，晝夜勤苦，若有物迫逐之，然則天之報宋氏，其可涯也哉！”

杜工部草堂記

趙次公

六經皆主乎教化，而《詩》尤關六經之用。是故《易》以盡性，而情性寓之詠，則《詩》通乎《易》。《書》以導事，而事變達之詞，則《詩》通乎《書》。《詩》興而禮立樂成，無《詩》則禮樂無以發揮。《詩》亡而後有《春秋》，有《詩》則《春秋》無復勤聖人之筆削。然則《詩》之旨不其大乎！故孔子删《詩》之後，而爲二百四十二年之褒貶。孟子尤長於《詩》，而有七篇之書，其與《風》《雅》明教化無異也。

自孔孟微言之既絶，而《詩》之旨不傳。區區惜別，已失於漢；華麗委靡，又失於六朝。唐自陳子昂、王摩詰沉涵醇隱，稍爲近古，而造之未深，其明教化者無聞焉。至李、杜號詩人之雄，而白之詩多在於風月草木之間、神仙虛無之説，正何補於教化哉！惟杜陵野老負王佐之才，有意當世，而骩髒不偶，胸中所蘊，一切寫之以詩。其曰"許身一何愚，自比稷與契"，又曰"致君堯舜上，再使風俗淳"，此其素願也。至其出處，每與孔孟合。"尚憐終南山，回首清渭濱"，則其遲遲去魯之懷；"勳業頻看鏡，行藏獨倚樓"，則有皇皇得君之意。晚依嚴武，未愜素心①。枉駕再顧，赴期肯來，禮數非不寬也，而卒未免於嫌忌，致同袍有"蜀道難"之悲。吁，可慨夫②！

我公以甫氣味之同③，神交於今日。而况閭閻有揖遜之風，松竹無荒蕪之嘆，在甫所得爲多，則甫之精爽凛然，宜安新宫之爽塏而樂之矣。儻甫無恙，其遇公也，受知之篤，始終不渝，嚴公視之，得無怍乎？彼之疇昔論詩，孰與今者刻詩之意也？天下後世由是識曲阜之履，愛甘棠之木，誦其詩以知教化之原，豈不自我公發之邪？

又　記

喻汝礪

紹興己未，天子憫然念全蜀之民久敝於兵④。會成都請帥，上問於二三執政，欲掄文武智略閎博之士，俾之保惠而鎮綏之，以休寧其父兄子弟，以厭其疆場戎翟之不嘉靖⑤，以紓予憂。翼日，宰相選第一二臣以聞，上弗許也，已而曰："朕得其人矣！習先王之典章憲度，重之以篤實任事，無易張燾者，維予寵嘉之。第蜀逴遠，燾能爲朕行乎？其以朕意召而諭焉。"宰相具述上旨，公作而言曰："上有詔，燾敢不承！"宰相又曰："公毋遽，俟聚堂，尚熟議之。"公曰："上乏使而命燾，燾其行矣，奚議之爲？"宰相以公語聞，上太息良久曰："朕顧張燾學術行能⑥，是應陪禁闥、策大事，其去朝廷非是。"而公請行益勤，於是制詔中書門下，以吏部尚書張燾爲寶文閣學士知成都府兼安撫使。公頓首奉詔，入辭殿中，具奏所以飭正蠱敝、恢鴻中興之策。上嘉納之，天語褒異曰："朕當寘諸坐

---

① "皇皇"以下十四字原脱，據萬曆本、四庫本《全蜀藝文志》卷三九補。
② "吁可慨夫"四字原脱，據萬曆本、嘉慶本《全蜀藝文志》卷三九補。
③ 此句之前似有脱文，"我公"不知指何人。
④ 憫：原作"憫"，據静嘉堂本、《國朝二百家名賢文粹》卷一二二改。
⑤ 戎：原作"戒"，據《國朝二百家名賢文粹》卷一二二改。
⑥ 學術：原作"術學"，據《國朝二百家名賢文粹》卷一二二乙。

右。"且得旨，浮荊鄂、道夔巫以入蜀。公行至京口，乃更請由宋汴，走函洛，歷崤渭，遐矚乎二周、三秦之形勝①，因得與宣撫司規所以隱蔽扞衛庸蜀之計。詔從之。

入蜀之初，乃推上之所以夙寤晨興、念慮遠方之意，與夫所以臨軒慰遣、憂勤寬大之詔，鏤板宣布。蜀人呼舞，至相與泣下。居無何，敵人果寒盟，盛夏穿塞，霍蕩三輔，巴蜀震動。當是時，關門廢備，儲會單耗，有司責糧急甚，人心寒懼。公乃下令代以官粟，至秋償焉，軍食豐盈，民不怨疾。蜀距行在所幾萬里，郡邑解慢，諱職不問。大吏養交，以苟簡爲便民；小吏墮偷，以督責爲生事。事滋不治，民冤無愬。上因命公②，寬恤全蜀。公性儉勤屬，練核庶務，乃引四路之訟而親決之。領略判斷，支分葉解，千縷萬牙，細見毛脉，是非美醜，各聽分位。間者鹽酒之法日益廢壞，吏務便文，民困月額，父媼流離，嗷天不聞。公唏然曰："煮海榷酤之弊極矣！知所以張之，而不知所以弛之；知所以用其利，而不知所以救其弊。州縣之吏撥書錯數，計日而責焉，殆未有以慮之也，其何以支悠遠，厚死亡，隱西南而詘敵人乎？"亟狀其事以聞，有詔嘉許。於是委州縣奔走事令③，緒求盈虛，損浮蠲乏，人不告病。庚申之春，歲惡蜀饑，東山之民羸餒日甚。公命海惠僧真惠作饘淖廩給之，賴以全活者亡慮六萬餘人。又命實四場於城中，逮鰥分貧，飲茹窮燥，閉糴之豪不敢牟利。

唯公恫視蜀人之疾苦，必思所以拊摩而飲藥之，其要在於建畫長利，存定窮寡，貶伐貪濁，扶起廢滯，以爲屏維四川悠久亡疆之計。於是乎絀殘吏之程督不時、前期邀功者，蒐污吏之冒濁苟容、漁奪百姓者，振士大夫之淹滯而開其磨勘升改者。章洊聞④，詔皆賜可。

嗟乎！蜀，大國也，泉流甘清，土壤肥好，士嗜書，工文章，民服水溉田，粟稻麻麥⑤，隣伍往來，盤餐酒漿。自虜結難，而蜀人始騷矣。逮公保釐而來，細意養活，財貨運行，諸產遂長，士農工賈，各有次行，而人始得以飲食滋味。嗟乎，公之德於蜀如此！

而意猶未厭也，復念文翁以道訓蜀，諸葛武侯以義保蜀，張忠定公以

---

① "遐"上原衍"治"字，據《宋代蜀文輯存》卷四七刪。
② 命：原脫，據靜嘉堂本補。
③ 委：原無，據《國朝二百家名賢文粹》卷一二二補。
④ 洊：原作："游"，據《國朝二百家名賢文粹》卷一二二改。
⑤ 麥：原作"密"，據《國朝二百家名賢文粹》卷一二二改。

鉏惡表善治蜀，乃即其廟宮而治新之。辛勤拭刮，不留昏埃，神來神去，照映羽衛。居頃之，又語其屬曰："杜少陵詩歌一千四百有餘篇，考其志致，未嘗不念君父，而斯民是憂。顧其祠宇距城不能五里，騫陊摧剥，何以昭斯文之光？予甚自愧。"乃斥公帑之餘，弗匱府藏，弗勤民力，命僧道安董其事，增飾之。慮工一千五百，計泉八十萬有奇。創手於紹興庚申八月丙戌，訖季冬之乙亥告成。斲石爲碑，二十有六，盡鑱其詞於堂之四周，次第甲乙，毛末不欠。

　　辛酉孟夏，汝礪以職事見公，授受之次①，飯於誠正堂。公曰："屬治草堂小異，吾儕盍往觀焉？"飯已，肩輿出郊，謁先主、武侯閟宮，遂入草堂，弔少陵之遺像，飲滄浪亭。亭並浣花，竹柏濯濯可愛。縱觀詩碣，公顧曰："考石多所日矣，願得公文，以紀其事。"汝礪謝曰："公自妙齡注鼎科，居久之，升柱史，遂司帝謨，作典誥文書，抗真議，斥天下之病，此①開物成務之文②，而汝礪所難也。"辭不可，則論著之。

　　昔之風人叙君臣父子而訓之禮，比兄弟朋友婚媾而詔之義，哀宗廟嘗享牲器③，賓旅禮樂，征伐戍役，宮室幣帛，衣服池臺，藪澤餚耟，鷗蝱酒醴④，而制之數。善焉鼓舞詠物之，不則讒切箴誨之。尹吉甫、召穆公、仍叔、史克、嘉父之流，愁悽乎怨思，昌美乎誦聲。是皆切贊美惡⑤，分擘善敗，典圖崇替，而鑑燭後世也。少陵之詩故亦如此。根於忠信孝弟，著於君臣、父子、夫婦、朋友。其紆餘扶疏，宛轉附物，雍容而不迫，愔愔乎如揖遜議論，冠佩於一堂之上，父坐子立，雝雝俞俞於閨庭燕豆禮樂之間。至夫陳古悼今，勸直而懼佞，抑淫侈倖巧而崇節義恭儉，槁焉增傷，愍惻當世，婦子老孺之騷離，賦歛征戍之棘數，哀怨疾痛、慅戾隱閔亡聊之聲，不翅迫及其身而親遭之。其於治亂隆廢，忠佞賢否，哀樂忻慘起伏之變，衍迤縱肆，無乎不備。忽忽乎其能化也，就就乎其通道達物也，越越乎其總一神明而貫局萬類也。遊之於肯綮衆虛之間，寓之於無所終始之際，激之以海水蕩潏、飛雲屑雨之聲。吁，不得盡其極也！

　　《易》曰："通其變，遂成天下之文。"嗟乎，非盡天下之至變，何足

---

① 受：原脱，據《國朝二百家名賢文粹》卷一二二補。
② 此：原作"皆"，據《國朝二百家名賢文粹》卷一二二改。
③ 哀：原作"襄"，據《國朝二百家名賢文粹》卷一二二改。
④ 鷗蝱：原作"鹹梅"，據靜嘉堂本、《國朝二百家名賢文粹》卷一二二改。
⑤ 贊：原作"錯"，據《國朝二百家名賢文粹》卷一二二改。

以成天下之至文也哉！斯文也，儻使申公傳之，李克受之，河間獻王陳之，而吳公子札觀焉，則昭陵之所以帝，天寶之所以微，肅、代之所以中興，次爲雅頌，鼇爲變風，坐而第焉可也。今公治蜀，其所以憂恤斯民之心，見於施置如此，此其所以眷眷於少陵之詩乎！故曰“再光中興業，一洗蒼生憂”，誠公之志也歟①。

讀書堂記　　　　　　　　　　　　　　　　　　　　　鄭少微

古之文字未煩悉也。稷、契、皋、夔之生，《典》《謨》尚出其身後，豈有書可以誦習哉！而稷、契、皋、夔卒爲萬世師。孔子時，書浸浸多矣，然《詩》《書》《易》《春秋》皆待孔子而後成，《禮》《樂》則徒有其說而已。是三千之徒，其見六經蓋或未完也。而孔門高第類有王佐之才，其下爲將爲相者咸著績業，其退而不仕者亦淡然適於性命之情。自諸子九流紛紜於後世，書至汗牛充宇，而顓門立黨，口授筆傳，不勝其多。學者以博覽爲賢，六經傳注以至百氏世傳之史②，既以漁獵之矣，曰未也，下至卜祝醫治之術、釋老之教，無乎不閱。然而人材愈陋，事功不躋，莫髣髴於昔人。則讀書之與不讀，未可議夫損益也。今夫閭閻之人，初不能占畢而諷《急就》，及激於義理，則出詞制行，往往萬卷五車學士忸怩嘆息不暇。豈道德之運在神潛而心得，誠不止於簡冊間歟？

予友房少猷年少雋逸，獨往特立，不爲瑣瑣計，顧嘗杜門揖古人而與語。方新其所居之北，築堂焉，名曰“讀書”，謁予文記之。予謂書不可不讀，苟不得其所以讀，則不如不讀之愈也。君今徜徉乎文囿，揭厲乎聖涯，泛觀詳說，志氣日益，靈可以至矣，而猶見笑於高人，以謂君之所能者書耳，中有物焉，伏羲之所不能畫，蒼頡之所不能製。君嘗試掩卷，茫然以思，適所得者果何等耶？則茲堂之成毀，君或未自保也。雖然，由鞭轡而後即馭之妙，自規矩而後造匠之巧。室藏典訓，以示家法，固度越靳券契、崇廩帑者千百倍矣。蓋不可不陳者，姑如是焉可也，必拘拘然不徹於象數之外，茲堂也，不幾於書肆乎？一旦有輪人過君堂下，其將何詞以對？

---

① 此句之下，《國朝二百家名賢文粹》尚有“故並書之。年月日，仙井喻汝礪記”。
② 注：原作“著”，據《國朝二百家名賢文粹》卷一二二改。

近古堂記　　　　　　　　　　　　　　　　　　　王　灼

　　古今一時也，世或是古非今，不以爲矯，居今行古，不以爲泥，何也？曰：古之道難施於今者，既絕滅無聞矣，今所當用者間有傳焉，欲違之以從吾私，勢不可也。上古穴居而野處，後世聖人易之以宮室。古之葬者厚衣，以薪葬之中野，後世聖人易之以棺槨。上古結繩而治，後世聖人易之以書契。變通盡利，何事於古也？然堯、舜二《典》，禹、皋陶二《謨》皆首稱“若稽古”。三代之興，文質迭尚，固有損益，亦各有所因。蓋例以古爲師，未嘗聰明自喜，妄有建立。故祖述者其正也，變通者其權也。日遠世衰，聖賢之心迹微矣，有君子焉，或見而知之，並時而傳，或聞而知之，百年而傳。用此治身，用此治人，古道賴以不墜。至若聖賢之教化德澤，行國中，被天下，日遠世衰，尚一二可觀，則君子又喜爲之稱説。孟子曰：“紂之去武丁未久也，其故家遺俗、流風善政，猶有存者。”《蟋蟀》詩序曰：“此晉也，而謂之唐，本其風俗憂深思遠，儉而用禮，乃有堯之遺風。”夫紂去武丁雖云未遠，祖孫相望，蓋九世矣。晉僖公之時距堯已千五百歲，然皆餘教未泯，舊俗未遷，而君子能明其未泯與所未遷者告人，豈欺衆耳目，要好古之譽乎？抑古之道果可嚮慕，至此極也？

　　元豐初，眉山守居作樓觀，大蘇先生記之曰：“吾州之俗，士大夫貴經術而重氏族，民尊吏而畏法，農夫合耦以相助，此近古者三。”先生曾侄孫漢良今占籍成都，取記中“近古”兩言名其堂，秦音楚奏，示不忘本，亦可謂有志於古矣。漢良少通家學，多識前言往行，若將與時競。壯而自放江湖者數年，始歸，從桑門諮决心要，又若身世相忘。晚乃懷故鄉，眷眷其俗，又若譏刺今之人不如昔，欲躬振起之。何其多轍也！予聞桑門奧旨，謂十世古今，不離當念。漢良果能貫之以一，則過去、見在、未來如夢幻光景，了無可擇，而吾妙用行其中，尚遠近云乎哉！

浣花四老堂記　　　　　　　　　　　　　　　　　　郭　印

　　四老堂者，華陰楊審之所建也。審父損之，字益之，甫冠，爲虞部員外李畋門下士,工詞賦。六預鄉書,兩居首選,通《易》《詩》《書》《春秋》《論語》。講授諸生,四方從學者不下數百人,每牓計偕,登第者甚衆。元豐中,試特奏名,賜同學究出身。丁母喪,服除,調綿州巴西縣主簿。後遷幕職,知鹽泉縣。爲嘉、眉州考試官,得人。郡守、監司交章薦以京秩,時年六十有六。秩未滿,謂子孫曰:“吾晚籍仕版,禄不逮親。吾欲謝事,庶得一朝官,恩及泉壤,人子之願畢矣。”諸公所舉京秩,上書固辭,遂告老,授通直郎,繼以覃沛轉奉議郎,錫六品服。雍容里社,日與致政承議郎任傑漢公、承議郎楊武仲子臧遊。其後楊咸章晦之以通直郎掛冠歸,即簉其間,是爲“四老”,唱和詩中可見矣。四老皆以恩免得官,致仕升朝,朱衣象笏,顒顒雅雅,出則聯轡,坐則連席,春晝秋宵,一觴一詠,有無窮之樂,鄉人咸欽慕焉。漢公年八十四①,晦之八十一,子臧八十二,益之七十五以終。

　　審弟畿、泉、猶子高嘗坐普賢僧舍,慨念四老平時蕭散於此,欲繪其生,而未之遂,乃請於審,築堂圖像,以示方來,審忻然從之。蓋大觀四年三月也。堂既成,審、畿繼歿,高亦亡,而士夫瞻睹,必問所因,僧莫能對。畿之子雲叟、高之弟允恐湮沒不傳,屬余紀其始末,因録四老詩並刻於石,其意甚美。

　　嘗謂,昔四皓當秦之末,避地商山,至漢高祖亦不能臣,後世仰之,不啻如太山北斗。如前四公,生承平時,晚得一命,餼廩未豐,乃退而閑居,詩酒共適,終其天年。雖與四皓出處若異,而道相同、心相契也。世固有曳紫垂金,龍鍾髦齒,貪戀爵禄不忍捨,甘與後生晚輩駢肩接武於權要之門,爲衆指目,視四老獨無愧耶?嗚呼,四老其可以爲世楷式,可以警當途之流競也夫!

　　紹興十五年記。

監古堂記

師淮父

　　成都人有隱而不仕曰馮氏之老者,君子人也,嘗於其家闢地而爲堂,期於疏明峻潔而止,不務飾也。堂成,則遂出金錢,盡市古以來凡有名經

---

① 公:原作“翁”,據上文改。

書子史百家之説，以實其中，朝夕遊焉，樂其百味，而莫之厭也。然不欲獨擅，則又分其所啖嗜者以遺其子，其子樂之，亦猶翁之樂也。乃相與名其堂曰"監古"，以志其所得。因吾友人黃思忠而求記於予。

嗟乎！吾不識馮氏，安知其所得者爲何。然思忠嘗向予語其父子者數，其必有異，因爲之言曰：子之所以監於古者，豈以今爲不足也歟？今固陋矣，子獨不見夫日月之運行與寒暑之相移，飂然如浮雲之得喪，而不可留也。即而推之，則自今以上者皆古耳，其相去不能以寸，而子區區然欲監之。且使子而生於狶韋氏之前[1]，亦將求所以爲監哉？吾知子有所不能，且不暇也。世衰道微，邪説暴行有作，君子不幸而罹之，欲逃焉而不可得，則乃於古而盡心焉。蓋亦離物違人，不得已者之爲耳。嗚呼，其事如此，而吾安得訾之？

然而世之所謂必有監於物者，皆不足乎己者也。苟足乎己，則爲聖爲哲矣，尚奚待於外哉？吾以爲不然。古之聖哲莫過乎堯、舜、禹、湯、文、武、周公六七君子者矣，考其言行，猶不免稽於古先，監於前後，是以道德光輝，而聲聞愈隆，歷百世而不可掩。矧惟中智，而又生於聖人之後，其可忽諸！故嘗論之，有聖哲之實者，而後辭其名而不居；自居以聖哲者，必無其實者也。天下之禍莫大於無其實而竊其名，愚而自用，賤而自專，傲然於志得之地，而僥一時之榮，溺於聲色之奉，而忘恐懼之心。如是者，法必亡，宜吾君子望而去之，幾不能與之並生，而必思所以反之也。傳曰："見善如好色，見不善如探湯。"馮氏其有焉。

然吾私怪馮氏父子出於兹時，而能不以世故嬰其心，馳騁上下，用力數千載間，不爲不至，卒然而名其居之堂曰"監古"，以志其所得，此必有幽深難索之理存焉。今吾特摭其近者而記之，得無愧其求乎？雖然，人之所以好惡者不相遠也，安知馮氏之不我同乎？

獨有堂記　　　　　　　　　　　　　　郭　印

予闢雲溪凡二年，其臨流眺遠，坐倚行吟，與夫鳴琴對弈、賞花釣鯉之所略具，而宴賓朋、列圖書，則闕其地。後五歲，誅茅定礎，植堂焉，

---

① 狶：原作"稀"，據靜嘉堂本改。狶一作"豨"，狶韋氏，傳説中古帝王名。

字以"獨有"，取子莊子"獨出獨入，獨往獨來"，是謂"獨有"之意。

　　客怪而問焉："子之雲溪，過者不拒其入，來者必與之遊，堂名之揭何悖哉？"予應之曰："夫世之所謂獨者，蛻迹塵泥，谷棲澗飲，違物離人，而立於獨者也。惟同乎物，同乎人，而於同之中超然有不可混者，是之謂獨，獨全於道者也。在太極之先，出庶物之首，湛兮或存，不侶萬法，而飛潛動植、智愚貴賤，無一不有，唯聖人默契之，冥冥之中獨見曉焉，無聲之中獨聞和焉。其見聞與人同，而見見聞聞與人異。顏淵之嘆夫子曰：'仰之彌高，鑽之彌堅，瞻之在前，忽然在後，如有所立，卓爾。'回之所謂'卓爾'，其周之所謂'獨'歟。予觀天下之人出入乎户庭，而不知其所以出入；往來乎道路，而不知其所以往來。憧憧泯行，至老且死，可悲也。有能於出入往來之際知其所以然者，斯可與語'獨有'之義矣。"客曰："唯唯。"遂書以爲記。

又　記

　　郭信可於所居之西東作堂，以爲燕衍之地，撫蒙莊之言，命之曰"獨有"，屬其友馮時行爲之記。

　　夫西州沃野千里，鬱葱華潤，其間隆堂峻宇，崇臺延閣，覽物象之奇，極遊觀之娛，不啻千萬。至於美淡薄之至味，顧幽寂之華觀，會萬象於一歧，錯微塵於無極，能以是爲燕遊之適者或無其人，豈信可所以命斯堂之言乎？夫昭曠在前，盲者無達觀；廣奏盈耳，瞶者絶瑩聽。知信可之深者能相索於無何有之表，不知者或以爲病。予請言其所不知者。獨者人之對，有者無之偶。信可自少時已得道於静南堂，超人我之域，過有無之量。及今老矣，道既熟矣，將以斯堂爲廣漠之野、無何有之鄉，物我兩忘，而萬物皆我，若何爲獨非獨耶？總貫萬彙，而莫窺其朕，若何爲有非有耶？此信可之所謂獨有，非世俗之所謂獨有者也。人見其於斯堂，起居言笑不異於人，而其徜徉徬徨，所以跨寥廓而遊汗漫者，莫得而見之矣。

　　信可曰："子真知我者，請書以爲記。"

淵樂堂記 續添

楊天惠

　　吾蜀有達伯曰木雁先生，生岷峨之厓，長邛崍之墟，出入於脂膏遊俠之窟，而其心泠然①，獨追正始、永和之人而師友之。然其拔起甚苦，其擢置甚厲，其造端甚銳，其收績甚勝②。金寒玉燠，五十有餘年，而後得寄禄第七品，賦秩四百碩，闖五畝之宅，名百塍之田。於是稍斥隙土，築小堂焉，名之曰"淵樂"。會將致爲臣，歸老於其央，間以書戲其友東蜀楊天惠曰："予癯儒也，暴享此，得無有物瞰之？因書韓公《示兒》詩曰：'始我來京師，止攜一束書。辛勤三十年，以有此屋廬。'夫經之勤，營之劇，悴形忍性，磨以寒暑，而偶有獲焉，此韓公詩之所以飾喜，而予欲記之，亦以志難也。唯是名堂之意頗有以，而或者未即曉之。今夫淵明嗜酒，樂天亦嗜酒；淵明工詩，樂天亦工詩。凡語故事者，夫人知其然。乃予所以千載尚友之意殆不其然也，子盍忖予心而試發之③？"

　　天惠伏書喝噱曰："富哉名乎！吾有以索夫子之慝矣。夫論人者無論其人，而論其人之天。按淵明以微故輒行，而樂天以直言屢黜，是其過人已遠甚，然尚非其巨者也。晉、宋之交，新故糅分，朝而南，暮而北，未見有堅明不二者也。獨淵明逍遙前去，無所回其迹。牛、李之禍，簪笏償路，朝爲卿而暮爲隸，未見有脱遺無預者也。獨樂天並介中立，無所蹈其瑕。儻者先生所以取二子，寧是耶？抑非歟？"

　　於時天惠董役通濟江上，腹稿雖成，竊自疑其言之强鄙，弗敢出也。行且謀以身承教，共定其當焉，而病莫之前。後一年，先生自大邑力疾歸，坐堂上，委衣冠而嬗。予聞之，抵机哭曰："嗟乎，無與定吾文矣！"蓋鍾期死④，伯牙破琴而不復鼓然；徐君亡，季札挂劍而亡所愛之。二人豈以死生寒久要之盟哉！吾意先生精爽超徹，決不漸盡，時撫鶴翎過城郭，猶當問記之有亡也。輒憶枯思之遺餘，稍補輯之，以授其子，俾寘諸堂右。

---

① 泠：原作"冷"，據四庫本《全蜀藝文志》卷三九改。
② 績：原作"續"，據萬曆本《全蜀藝文志》卷三九改。
③ 忖：原作"恃"，據《全蜀藝文志》卷三九改。
④ 期：原作"明"，據《全蜀藝文志》卷三九改。

成都文類卷四十三

記

居 處 — 閣 園 溪 亭

孝廉閣記 馬涓[①]

皇祐二年春，仁宗肇講明堂故事。越九月，大饗禮成，制詔天下舉孝廉有聞之士。於是樞密直學士田公況守成都，采石室諸生之議而表上之。其略曰："布衣李甲，信誼急物，愷悌肥家，純誠不浮，美行可述。臣謹以名聞。"朝廷嘉之，而重其敦遣，詔即其家賜束帛羊酒，長吏勞問。一時士人欣慕焉，而孝廉之名遂暴著於西南。

孝廉字申之，著籍雙流縣。縣郭之南有山曰宜城，茂林鬱然，其下即孝廉居也。縣宰徐九思曰："鄭公名鄉，高陽名里，此前世旌賢之美事也。"因以"孝廉"名其坊。孝廉少年嘗補廣文館生，比請舉，不中有司選，即拂衣歸，曰："共爲子職，可遠遊乎？"由是終身不復出。其事親誠愨無容，親没即廬於墓，除喪然後去。家本饒財，而性喜周急，當其可予，一切不校。以是暮年貧匱，人所不堪，而孝廉處之淡如也。平生嗜讀書，務通經適用，不治章句。尤刻意於《易》，鈎索精微，後學所不及。晚遊息於老佛之書，得其深趣。慕白樂天，飲酒賦詩，集成二十卷。當時鄉里巨公如范内相景仁、李紫微才元皆其交友周旋者。觀其所與遊，則其爲人大概可知矣。

---

① 馬涓：原作"缺名"，據《宋代蜀文輯存》卷三二改。

孝廉有弟朝請郎名石①，字介夫，以才俠稱。介夫二子：長公朝，字夢得，未冠登科，爲朝散郎、通判綿州；次公清，字彥通，以累舉授涇州文學。夢得以詩自名家，彥通以能賦擅場屋。而故尚書金部郎中宋公承之，即孝廉之婿也。金部風韻高明，如晉、宋間王、謝輩，辨論博洽，筆下鋒起，人莫敢當，而古文詩句爲士子矜式。仕終陝府西路計度轉運使。當金部少時，孝廉固已異之，常曰："吾季女賢而文，捨宋氏子，非其配也。"遂以歸之。實生子京，字宏父，雋偉過人，有父風，嘗爲太府少卿，今復持陝右漕節。朝廷姑試以事，而其功名所到，殆未易測量也。嗚呼！父子甥舅、兄弟祖孫，皆以儒術醞藉，卓然有立於時，何其盛耶！

孝廉所居，旁有佛祠，主僧建閣，繪孝廉像於其中，以朝散、文學及金部公列其次，復繪少卿侍其後，蓋從鄉人之願也。少卿常誦孝廉治命曰："'吾有萬松在宜城山，我死必葬此地。吾女至孝，其能奉我祀。'京不幸永感矣，其復忍忘此語乎！願與子孫世承李氏之祭。"聞者咨嘆。

閣成，繪事畢，主僧以書來請記其事。涓嘗獲遊於金部、少卿父子之間，義不可辭也，謹爲書之，以示來觀者，庶有所考云。

清風閣記
蘇　軾

文慧大師應符，居成都玉溪上，爲閣曰"清風"，以書來求文爲記，五返而益勤。余不能已，戲爲浮屠語以問之曰：符，而所謂身者，汝之所寄也；而所謂閣者，汝之所以寄所寄也。身與閣，汝不得有，而名烏乎施②？名將無所施，而安用記乎？

雖然，吾爲汝放心遺形而強言之，汝放心遺形而強聽之。木生於山，水流於淵，山與淵且不得有，而人以爲己有，不亦惑與？天地之相磨，虛空與有物之相推，而風於是焉生。執之而不可得也，逐之而不可及也。汝爲居室，而以名之，吾又爲汝記之，不亦大惑歟？

雖然，世之所謂己有而不惑者，其與是奚辨？若是而可以爲有邪，則

① 石：原作"群"，據《宋代蜀文輯存》卷三二改。静嘉堂本作"召"，亦當爲"石"之訛。《易·豫》六二："介於石，不終日，貞吉。"故名石，字介夫。
② 烏乎：原作"嗚呼"，據《東坡全集》卷二五改。

雖汝之有是風可也；雖爲居室而以名之，吾又爲汝記之，可也，非惑也。

風起於蒼茫之間，彷徨乎山澤，激越乎城郭道路，虚徐演漾，以泛汝之軒窗欄楯幔帷而不去也，汝隱几而觀之，其亦有得乎？力生於所激，而不自爲力，故不勞；形生於所遇，而不自爲形，故不窮。嘗試以是觀之。

澄紛閣記 鄭少微

有人於此，不免營什一以養親，而其心能知名教之可慕，至不屑鄉鄰譏笑，而劬劬然願一遊其藩，愈久而愈不倦者，是可以與之乎？曰：人之生也固善，不幸偶涉於不善，一旦悔艾①，悵悵然未明夫今日之復果足以勝昔日之迷否也，求其塗而不獲。方是時，無君子者指示，且瀆告之使悟，又稱可之使悅，則其人亦將惰廢而不修。夫爲君子，而使既迷思復之人歸我，而蒙拒，則不仁孰甚焉？

成都張君鎡者，幼嘗學問，未練事時，自放杯酒間。年三十餘，忽追咎曰："男兒家貧親老，安可爲是？"遂力治產業，以智取予。不數年，仰事俯畜之計沛然有餘。而張君愈益好事②，藏古書畫器物，遇意所好，必致之無吝容，門外率多長者車轍。常患所居喧隘，乃新其旁舍建閣焉，而名之曰"澄紛"。烟峰雪嶠，層城華屋，與夫佛寺樓觀之雄麗，可以周覽而無遺。唯賢士大夫之來，始啓鑰導以登焉，或求其賦詠，礱石以待之，它則否。聞人一語之善，退輒抄錄以遵行之。嗚呼，其志豈不可嘉也哉！

一日，來請曰："鎡辛苦半生，以有此弊廬，非敢求安也，妄意欲與賢者遊於斯。今兹適成，脫不得君文以見鎡志，猶不屋也。然非特爲鎡計也，里中寧不有妬鎡者乎？一覬其讀是文，或翻然捨舊而趨新，亦不爲無助云。"余於是爲之記。

眉山家申父頃語余云："張君非止好事耳，每至其家，見其撫憐二孤侄，良有恩意，出於誠心，過如己子。"申父此言不誣，尤可稱者，故並

---

① 艾：原作"交"，據静嘉堂本改。艾通义，懲戒。《孟子·萬章上》："太甲悔過，自怨自艾。"張栻《癸巳孟子説》卷四："一知悔艾，以進於君子之域。"

② 益：原作"亦"，據文意改。

述之。

勾氏慈蔭園記

劉 涇

勾氏爲繁田大姓，有園館甲縣城之北。予嘗與遊其間，園未榜，子孫適求名，予曰名“慈蔭”可也。蓋其祖母許太夫人實屯田郎中立之之女兄，以賢歸勾府君。府君樂道徜徉，太夫人身攝家事，以柔正爲裏，文明爲表。不出咳唾，而女婦奉教，如見父師；不運機算，而僕使稟令，如走官府。方且優遊閑暇，手抄六經疏義，韞匱具在。府君因之養德日高，門户温煖飽滿，子孫讀書樂善，其志行日茂。府君不幸去世，而太夫人正内外位，氣數福厚，旁臨族人。其根本堅固，枝葉扶疏，歲寒如松柏，蔽芾如棠棣，輪囷鬱葱如非烟非霧之氣。所以爲蔭覆者，皆太夫人致也。子子孫孫於是蒙之以享安佚，得無凋衰暴露，迄爲蜀賢大姓者，豈汝曹力哉！予名曰“慈蔭”，不爲過矣。

太夫人老大繼去世[①]，卜幽宫園中。初穴地得侯兆，自葬至於今，家無疵癘，里巷敬信悦慕，依倚以爲城社。然則太夫人存没，所以爲勾氏之福亦備盡矣，天地報應豈偶爾哉！因作文刻石園壁，告其子孫，思太夫人如存，勿自伐之，以永於萬年。

合江園記

蔡 迨

合江園，唐尹韋忠武作。後因其亭爲樓閣臺榭，參植美竹異卉，薈翳參差，而春芳夏陰，波光月暉，以時獻狀，無不可愛，故爲成都園亭勝踐之最。嘉時暇日，方伯刺史與其賓寮名勝登臨燕衎，傳觴授簡，以極其驩，幾與東平之溪堂、山陰之蘭亭争長也。而吕正愍之記實刻在石。夫地因人而重，則是園蓋可知矣。然園可娱官[②]，官之人未必皆材。又屬公府

---

　　① 老大：静嘉堂本作“者老大”，《宋代蜀文輯存》卷二七作“者老丈”，皆不可通，疑有誤。

　　② 娱：原作“疑”，據四庫本《全蜀藝文志》卷三九改。

尚簡重，燕遊闊疏，因弗以治。樓敧亭侈，花竹窮剷荒穢，蕭條可念。其無恙者，獨長江茂林耳。

淳熙二年春，季唐來爲是官①，入其寺，傷焉，欲繕其隳圮，而病其貲②。會提點刑獄晉原李公兼漕、領府事，唐白其故，公亟出緡錢材甓，畀以庀事。址之墟者屋之，宇之仆者起之，楹桷牖户、上覆旁障之腐而缺者易而新之。弗廢其舊，而加壯焉。而又補藝花竹，叢條暢茂，咸復其故。園之壞而修者數矣，莫若今日之壞甚而修之力、而成之敏也。非獨唐能張其官，實惟晉原公達所以爲政，雖職並事叢，而細大必舉，頤指如意，致其下盡力焉，它視此可知也。

工之訖，宜有以志。迨將如吳會，艤舟亭下，唐請書其事，喜爲之書。是年記。

勾氏盤溪記　　　　　　　　　　　　　　　李　石

君子之於物也，物之而已，不以爲身之累也。不以爲累，雖天地之大，吾能物之；一以爲累，如飲食衣服，皆反爲身病。故必以吾之一身較其大小輕重，而爲之等級。身外之物，泛然來，悠然去，以身爲量，而君子之物備矣。且一丘一壑，所須甚微，而係物甚大，以身取給可也。不則連甍阡陌井絡，包山絶江，障林蔽麓，造巧飾浮，使它人視之以爲玩，己因之以爲病，何益哉！嗚呼！斥桑麻之用以種桃李，飾茅茨之用以充藻繪，如齊雪宮之麗，如梁金谷之富，一山之植非累牛不致，一蕳之種非兼金不集；又求所以牣其中者，非聲色不娛，非絲竹不樂，此桀紂之惡不至是也。傳曰：“非人其物，惟德其物。”君子媲身以對物，不以物爲身之累，果如此哉！

吾友繁江勾君友於之作盤溪，非苟於作也。樓以藏書，堂以教子，亭以賦詩，榭以置酒，且自誓曰：“俗子污我不污門，凡士浼我不浼室③。”

清風蕭户，明月贊席，抱琴之童，挾卷之子，照映几杖之側，徜徉筆

---

① 季：静嘉堂本、《全蜀藝文志》卷三九、雍正《四川通志》卷四一均作“李”。
② 貲：原作“訾”，據萬曆本《全蜀藝文志》卷三九改。
③ 浼室：原作“我室”，據萬曆本《全蜀藝文志》卷三九改。

硯之間。吾乃今知勾君之志於物，以爲盤溪之取亦多矣。

吾嘗過勾君，問其所以作之之說，曰：“吾學不適於時用，官不迨於世資①，聊以盤溪之尚，易其平生謬用之心。望望外物，乘除消長，不既汰矣乎？他人往往以斜川見詆，吾甚不樂，得一語以洗其侈名之謗足矣。”余天彭倅罷，徒步過之，門生何夔、趙鶚從君欣然迎客，謁記，許之。十年，又以書來，復許之。不三月，君今亡矣，因書君平生語，以誌掛劍之義。

盤溪記　　　　　　　　　　　　　　　　　　　范仲藝

始予先君試吏新繁，稱邑中勾氏多人士。曰友於字信卿者名銳於學，有當世意。已而試有司，數不合，晚乃得官，主閬中簿。度不能酬其素，即棄官去，脫遺世事，寄意閑適。其所居有溪環繞，清澈可挹，因取唐人李愿“太行之谷曰盤”者以名其溪。沿溪下上，沙澄而谷岊，土腴而植蕃，躋攀曲折。視着屋穩處爲堂、爲亭、爲軒、爲庵、爲寮，掩映相望，至者如行圖畫中。累甓爲洞，窮之而深；治涉爲航，浮之而安；架虛爲橋，即之而通。悉旁緣昌黎序中語，摭其意而揭之扁榜。經營之初，物色自獻；騁望之際，面勢咸得。嘯歌俯仰，觴酒杖屨，盡一溪之勝，而胸中梗概始披於此矣。

予童時侍先君，已聞君賢，仲兄齊叔又與君通昏媾，而盤溪之名往往流於士大夫之聽，思一往遊，以足於登臨，而未暇也。繫官於朝，君書來，以圖相示，屬予記之。

予惟山林、富貴，二者莫或得兼。富貴而或羞焉，求人以塗之人恕我，不可得；而山林之樂，苟多取之，尚不爲貪，人情常以自恕，擅壑專林，而不知止者有矣。然自漢以來，柴桑、輞川，僅以一二名於天壤，他皆泯没，至不得其處。則凡致意於烟霏草木之間，而人品或非者，此又可以欺世也歟？

惟君澡於學問②，持滿而未發。既其入仕，筋力未及於衰，視世之夸

---

① 迨：原作“追”，據萬曆本《全蜀藝文志》卷三九改。
② 問：静嘉堂本作“門。”

華，悠然無以易之，處陰息影，休其轂而不悔，非徒以枯槁宿名也。是可書。

素履亭記 張　俞

安定胡希逸作望岷亭之一月，天水趙仲謨亦於望岷之五十步復作素履亭，疏明崇秀，夾輔林野。觀二亭之勝，予不知宰、尉復有亭矣。予前已爲望岷記山川魁巍，氣勢浩麗，後之人殆難爲象；今於素履，其有身規之詞乎？

《易·履》之初九曰："素履往，無咎。"説者謂禮以文爲主，文以質爲本，當《履》之初，未離於質，非禮之隆，往而無咎，故曰獨行其願。其在九二，則幽潛之人吉；於六三則以柔乘剛，不修所履；九四則以陽乘陽，處多懼之地；九五居尊決正；上九則居極元吉①。夫惟初九履道守素，雖德未光，然動而無悔，是以君子象之。今趙君取之，乃名於亭，其欲象之者歟！否則卑以陵尊，簡以怠功，華以亂實，悦以近邪，眇跛爲能，履虎咥凶，兹有悔者歟②。

趙君有志在仕，不屑卑位，其慎所履者歟！予善其取義，乃辨指歸之説，命之曰亭記。

恤民亭記 前　人

恤民者何？憂民之不得其治也。江夏黃士安宰成都之一年，作斯亭以圖其治，曰："法之不行，亂公也；令之不一，惑聽也；賦之不均，惠彊也；刑之不中，暴下也；吏之淫污，容慝也；盜之侵陵，弛防也③；豪猾幸生，與姦也；罷弱失職，忘德也；冤枉無告，昧察也；農殖不修，怠本也；賢能不升，忌功也；讒諛在右，曋私也。官有其一，害厥政；民有其

---

① 元：原作"無"，據《周易·履》改。
② 兹：原作"慈"，據《宋代蜀文輯存》卷二四改。
③ 弛：原作"施"，據靜嘉堂本改。

一，害厥生。天下有丘山之害，寡毫釐之利，而欲民之免於災厄窮匱，難矣哉！傳曰‘恤民爲德’，又曰‘勤恤其民’。吾職司其位，在恤其不足。至若法行而令一，刑中而賦均，吏肅而民節，姦亡而冤理，賢進而讒退，暴息而善興，固百里之事也。無縱喜怒以亂刑，無徇權寵以忘義，一邑之利若身之利，一邑之害若身之害，以一身爲百里之命，其亦庶於治乎！”

予聞而笑曰：“凡牧民之急，小者守宰，大者輔相而已。小以親之，大以紀之，而君者静以生之，治天下如此而止矣。凡今之言治者曰：爵不列等，胡民之恤？禄不侈私，胡民之憂？若是者，可謂善謀於治者也。若君之言，無乃營營於思慮，役役於仁義，其去今之理道不亦背而趨乎？”復曰：“民乎民乎，安所爲乎？其自治乎，其自亂乎？孰恤孰誅，孰賢孰愚？予不知其所如。”君噤，而亦笑曰：“吾將固愚矣，安能捨其恤而逃迂也哉！”予知其不可止，於是書之。

士安博學尚義，號爲方正。名其亭，有字小之藴邪？當有能者共之矣。

望岷亭記

前　人

凡爲亭觀池臺於得勝之地，則雖無山川而曠，無江海而閑。况郫城據岷之陽，繚江宅川，自古都邑，故有叢亭之勝，山海備焉。今邑大夫安定胡君自江南來，聳兹遊觀，然恨尚有餘勝鬱而未揚。會方牧廣平公命作縣之重門，門臨閑田，盡掃蕪穢，植爲西園，遂作大亭，號曰“望岷”。是亭西至岷山百里而近，蟠地鬱天，萬峰連延，終古孕碧，擁臨三蜀。

其望伊何？春雲始波。崑柔閬藹，涵蔚瀛海。火宇無陰，萬木交蒸。重巖沓嶂，倚雲峨冰。秋空凝輝，秀卓天骨。朝陽夕月，異態殊色。寒日慘烈，時見奪闕。青城、天闕，各岷之一山耳。三峰含光，隱射天末。崑有第一、第二峰，及大面，是爲三峰。此望岷之大概也。故君子望之，則目益加明，形益加静，心益加清，故可以脱拘攣之域，入道義之庭，清静無爲，而治功日成矣。苟使小人望之，則目若加盲，心若加昏，俯仰悲戚，蹙其本生。有若越人之視章甫，海鳥之聞鍾鼓，豈其性哉！俾之違義冒利，入於刑死，則欣然自謂登蓬萊、棲崑崙之不若也，奚肯謂岷山之尚可望耶？然則岷峨之靈秀，亦烏爲小人而設也？以一山而推天下之理，則君子小人之道亦若是焉而已爾。

胡君字希逸，强明公潔，治遂無訟。且觀前宰長樂馮君道元修叢亭之事，復大修之，又特作斯亭，可以見志。某遂爲文，以示愛山之君子。

如詔亭記

范純仁

都官郎中知漢州周君思道以進士登科，歷官於朝，以天子郊祀及登極恩，累敘封其父，自大理評事至今爲都官員外郎；又賞賜五品服，丐於朝，以緋衣銀魚授其親，里人榮之。都官君生平讀書爲儒，恬退不仕，以名理詩詠自娛。年過八十矣，康寧好德，後來矜式之。先名其居之林亭曰“義方”，其子果能自勤，立官爲中郎，位二千石。俄被進秩，詔書有“教子義方”之語。翰林鄭毅夫，其姻家也，更名曰“如詔”。公卿貴人多爲詩以詫其盛，自趙公已降，凡若干篇。

思道貽書，屬予敘其事。予頃主漕劍南，聞都官君之行誼修潔，壽考安逸，且嘉思道之孝謹端良，能起其家而榮其親。雖未嘗登其亭，而觀楣顏之榜，固已蕭然如左右蘭茞、前後琳琅之照映芬馥也。又以見朝廷以孝治天下，尊其親，以及其人之親，使士重名節，家興禮義，養材於庶方，推惠於無窮也，故聊書其大歸云。

思道名表權，成都新繁人。熙寧十年八月日記。

合江亭記

呂大防

江沱自岷而別，張若、李冰之守蜀，始作堋以榷水，而閼溝以釃之，大漑蜀郡、廣漢之田，而蜀以富饒。今成都二水皆江沱支流[①]，來自西北，而匯於府之東南，乃所謂“二江雙流”者也。沱舊循南湟，與江並流以東，唐高駢斥廣其城[②]，遂塞縻棗故瀆，始鑿新渠，繚出府城之北，然猶合於舊渚。渚者，合江故亭，唐人晏餞之地，名士題詩往往在焉。久莆不

---

① 皆：原作“此”，據嘉慶本《全蜀藝文志》卷三九改。
② 城：原作“穢”，據嘉慶本《全蜀藝文志》卷三九改。

治，余始命葺之，以爲船官治事之所。俯而觀水，滄波修闊，渺然數里之遠。東山翠麓，與烟林篁竹列峙於其前。鳴瀨抑揚，鷗鳥上下，商舟漁艇，錯落遊衍。春朝秋夕，置酒其上，亦一府之佳觀也。

既而主吏請記其事。余以爲蜀田仰成官瀆，不爲塘埭以居水，故陂湖潢漾之勝比他方爲少。儻能悉知潴水之利，則蒲魚菱芡之饒，固不減於蹲鴟之助。古之人多因事以爲飾，俾其得地之利，又從而有觀遊之樂，豈不美哉！茲或可書以視後，蓋因合江而發之。

逸心亭記 章詧

粵若緱山積秀，耀真胄於千齡；淮水澄源，煥清風於百世。紀其貴盛，則同日分爲五列侯；稱彼才華，乃當時號曰三珠樹。析仙枝於奕葉，流英概於遐方，隱顯雖殊，卷舒一致，即太原王君表正鍾其緒矣。

君幼而雅於好尚，壯而多聞，交遊必賢，談笑惟義。迨乎知命，於所居東偏創園亭以適性。蹊分桃李，愛其若君子之芳馨；陰茂松筠，賞其若志士之節操。凡植奇葩異實，咸資興詠。或燕遊嵇、阮，以樂天和；或集會荀、陳，以聲名教。飲不迨乎沉湎，言必盡乎切磋。由是四方輴車望風而至，千里多士慕義而來。君必盱衡倒屣，勤勤拳拳，聞義必行，從善爲樂。一日，僕息輗林下，晤語樽前，屬君操觚，求亭之號。乃本其事，題曰"逸心"，固資日休之義也。

偉乎！君其儲詩書以尊道，勵弦誦以傳家，則慶衍後昆，美紹先德，莫之京矣，又何必塵生羅韈，珠貫歌喉，方謂之樂歟？會有浴沂之士朋簪而來，遊是亭，觀是説，能無優之哉？

浣花亭記 田況

人之情，久居勞苦則體瘝而事怠，過佚則志荒而功廢，此必然之理也。善爲勸者，節其勞佚，使之謹治其業，而不失休遊和樂之適，斯有方矣。

近世治蜀者以行樂爲郡務之一端，蓋壤土迫陿，民齒稠夥，農工趨力，猶水火漂燔之急。雖年穰屢獲，丁疆下户尚不饜菽芋；一不勤而重歉，當何如哉！至若機杼刺繡、錦繒纑纊之出，則衣被四方，無如此饒者，然民之力亦已劇矣。典是邦者，未言政之精疏峻弛，歲時出入，燕敖必盛，騎從鼓鐃，歌優雜伎，以悅民觀賞，慰其勞苦。每歲皆有定日，亦不甚過，然輒易其常，則民懟而失所望。自歲旦涉孟夏，農工未盛作時，觀者填溢郊郭；過浣花之遊，則各就其業，太守雖出，遊觀者希矣。故浣花一出，在歲中爲最盛。綵舸方百尾①，泝洄久之而下②，歌吹振作。夾岸遊人肩摩足累，綿十里餘。臨流競張飲次，朋侶歌呼，或迎舟舞躍獻伎。曠夜③，老幼相扶，挈醉以歸，其樂不可勝言已。信乎，皇仁溥遠浸滲，蒙幸太平之效致然歟！

浣花舊有亭，在今梵安佛寺中，唐盧求記成都事，言之頗詳。亭廢已久，遇出遊，則即其地幪以席幕，爲饌賓之所，既庳且疏，風雨不能庇，饌已撤毀④，吏亦以爲勞。予既遊而歸，遂飭工度材爲亭。崇博壯顯，彌十旬，圬墍皆具。案舊興壞，與衆共樂，不可不書其所謂，以示來者。

少休亭記　　　　　　　　　　　　　　劉　涇

自成都趨陵、簡，如在蜀，必由靈泉。過分崍，其山周數百里，高大阻險，以石次第爲步。暑雨冬雪，則馬不進，僕亦以病告；欲少休於中半，而無巢窟方丈之地，行者患焉。余簡人也，持以告縣令黃君曰：“有走世路而至老不自言勞者，人或相以安逸⑤，則輒怒怨，負其走愈疾，顧何物使之？今行者之困於險也，馬思伏櫪，僕無偷安，各念寢處，欲少休其勞生。而君有地百里，不遂與之覆載，此爲失仁智，又害其良心甚矣，奈何？”君持以告轉運使晉陵胡公、吳興劉公，曰：“此非特令之能事也⑥。”於是度財力，以人意所在爲舍館，過客得止，大庇其下。

① 舸：原作“艜”，據文意改。
② 洄：原作“湎”據文意改。《爾雅·釋水》：“逆流而上曰泝洄。”
③ 曠：原作“曠”，據萬曆《四川總志》卷二五改。曠，日不明。曠則爲目不明，不合。
④ 撤：萬曆《四川總志》卷二五作“輒”。
⑤ “相”下疑有脫字。
⑥ 特：原作“持”，據萬曆以下各本《全蜀藝文志》卷三九改。

嗚呼！行者之區區，名與貨也。其心欲少休焉，則可與之，不可拒也。方寒暑憊倦，暴其體膚，正於反復中，而乃處陰靜，得樂地，由是惚然知其妄行，將賦歸而求家，則雖匹夫婦之惠，亦仁政也。無使居者有不出戶之見，而並在高位君子①。笑而請名曰"少休亭"。

紹聖二年記。

待鶴亭記   李流謙②

靈泉故瘠儉③，舉一邑無觀遊之地，獨妙通祠側有蘭若曰"興福"，其外憑高爲亭④，可臨綠野。市井廬落，雲烟草樹，田洫溝塍，參錯蔽虧，畢陳乎其前，一睇千里。來登者神豁氣夷，心目俱爽，最爲邑名勝處⑤。昔人榜之"望錦"，以錦官城可跂而望也。蘭若久荒圮，梟狐窟巢，如逃屋亡家。一僧衰癃，無徒屬，色頗凄涼，故亭與之偕廢。椽脫棟搖，壁壞甃裂，瓢囊之瘠，往往捨焉。環其地柏數十⑥，老陰壽榦，亭以爲勝者，亦半戕於斧斤⑦。紹興壬午歲元日，邑令楊公過焉，顧瞻久之，曰："是去真棲不一弓地，污穢乃爾，其何以安？"歸語邑尉李流謙，相視一嘆。明日，興福僧來言曰"智海老，不能有是亭久矣。考之舊刻，亭之建不知何時。崇寧改元，歲在壬午，宰王君者以葺祠之餘材新之。今歲復壬午，意者冥數之符，亭當惟祠之歸。願併其地，使黃冠掌焉，智海本心也。"公曰："可哉，吾何敢專⑧？"適流謙詣府，遂具其事，俾白大尹王公，亦欣然可。乃呼道士王行真付之，且屬其興修之役。公首捐廩粟倡，其僚各輸斗石食衆工，凡邑子及客子之樂施者聽而不強。又親爲指畫，自真人殿左廡破壁爲門，伐翳夷阻，架溪而梁之，疊石而上，凡一百二十有二級，

---

① 並：萬曆以下各本《全蜀藝文志》卷三九作"病"。

② 李流謙：原作"缺名"，據李流謙《澹齋集》卷一五、《全蜀藝文志》卷三九改。

③ 靈：原作"聖"，據《澹齋集》卷一五改。靈泉，縣名，治今成都龍泉驛。

④ 其：原作"在"，據《澹齋集》卷一五改。

⑤ "最爲"句：原作"最名邑勝處"，據《澹齋集》卷一五改。

⑥ "十"下，《澹齋集》卷一五有"株"字。

⑦ 戕：原脫，據《澹齋集》卷一五補。

⑧ 何：原脫，據《澹齋集》卷一五補。

以達於亭。即亭之舊而加葺焉①，支補其墮漏，灌洗其漫漶垢污，而徙所謂茅茨者於其後。於是氣象騫奮超拔異疇昔。自廡望之，橫橋如畫，石磴如梯，空亭縹緲山巔如飛來，隆崗伏坡爲之扶衞，草木朋附，若奔若迎，殆與眞祠素爲一者②。祠初無客館，客至亡所舍，至是始有托足休駕之所，皆滿意焉。

屬役於四月，而落成於七月。公閑民事，輒來督視，不啻治己之林囿臺池者。未訖役，流謙授代去。既數月，公書來曰："亭成矣，子實贊我，可無一言紀歲月?"流謙曰：亭微矣，然公意所屬，徒以老仙，蜀人之所尊事，而是祠也，臺家之所更建。汲汲奔奉，根極於至誠，故視唾其地如唾其面。精念冥感，至使闍黎自託於不能，願以是歸之黃冠。大尹王公恭承密旨③，既克新華棟，享上之恭，久而益嚴，凡便於祠者亡不開可，是以斯役不勞而濟。此皆可書。"望錦"舊榜，於祠不類也，易之曰"待鶴"。昔仙人丁令威、蘇耽皆仙去，化鶴以歸。舊傳殿庭之柏故有鶴來，安知非老仙，而莫識也。於斯亭也，願與諸君待之。

公名先進，字用之，永康之青城人④，古君子，而今循吏云。

紹興三十二年九月日記。

---

① "即亭"二字原脱，據《澹齋集》卷一五補。
② 者：原作"首"，據《澹齋集》卷一五改。
③ 旨：原作"音"，據《澹齋集》卷一五改。
④ "之青城"三字原無，據《澹齋集》卷一五補。

成都文類卷四十四

記

居　處 二 軒 齋 庵 塢

蒙軒記　　　　　　　　　　　　　　　　　　　　　張商英

　　成都白馬寺之浮圖敏行，以其所居之軒爲"蒙軒"，所著之文爲《蒙編》，其自號爲"蒙子"。謂予知"蒙"之説，而求記焉。乃推卦之象，而爲之記曰：

　　山下出泉，受之以蒙。於物爲稺，於人爲童。始乎初筮，卒乎聖功。若知夫泉之所以出於山乎？涓涓以生，源源以行，行之不息，包載無極。沛乎爲江河，洋乎爲渤澥，湛乎其爲陂澤沼沚，紆乎其爲溝洫川瀆。風波不能撓其静，泥垢不能污其清。炎之以火，不能變其冽；堙之以山，不能激其平。雨雪霑濡而不益，魚龍噴吸而不腥。順方圓以應物，隨巨細以授器。澤九州而不謂之功，駕萬航而不謂之利。蓋泉之妙用如此。而其所以爲泉，乃自乎山下之蒙。今有人於此，汲泉而缶之，一日而喪其寒，二日而喪其甘，三日而喪其潔，四日而腐，五日而魚，曰泉之性如是。是果泉性乎？曰：有泉則有是，無泉則無是，是果有無乎？而王弼之説《蒙》，又曰："山下出泉，未知所適。"此特知人之所以適泉，而不知夫泉之所以自適。今吾以泉之本而告於蒙子，若蒙子者，其知本之人歟！

藏遊軒記

鄭少微

古之有道者安其定分，而未嘗以非義貸諸人。彼一身之害，苟能自甘之，雖死不怨也。然仰事俯育，與凡冠昏喪祭之用，待吾而後給，則吾亦何心坐視而不之恤歟？而古之所謂有道者，類皆却饋辭聘，闔戶自守，上焉父母甘旨之奉，下焉妻孥衣食之須，與夫歲時伏臘所以行禮者，舉無闕焉。由是知古之貧者蓋不若後世之士，空然無以爲資也。故顏回有郭外之田以供饘粥，有郭内之田以爲絲麻，所以能樂夫子之道以終其身。揚雄有宅一區，有田一廛，所以能覃思渾天，著法語，泊然不交於當世。使二子無以爲資，雖不至隕穫，然亦寧免棲棲汲汲，而不累其至樂乎？戰國時有蘇秦者，自言：“使我有雒陽負郭田二頃，吾豈能佩六國相印？”如秦者，挾揣摩以賣人之國者也，其術志於動，誠使有負郭田，亦豈能頓忘其捷捷之辯，而樂仁義於畎畝哉？然則既有以爲養，而又知所以安其養，非有道者不能與焉審矣。

方公幼承先人之緒業，占田皆灌溉上腴，歲有餘收，宅成都闤闠中，虛明靜深，如在山林。其爲養既已過乎古人矣，而公未嘗以其有餘者自驕。平居刻意學問，色不形喜愠，口不及臧否。於所居之東偏蒔竹柏，製軒名曰“藏遊”，取《學記》所謂“藏焉修焉，息焉遊焉”之義，顧其志豈不韙哉！余將語公以“藏遊”之説。

公知夫賈者之蓄貨，與匠者之治木乎？夫賈者擁高貲於通道大都，凡貨之滯於市者，吾皆以善價致之，措之閑處，如無有也。一旦求者接迹於門，則所蓄之貨，不忻乎重而自重矣。有賤丈夫者，專取衆人之貨，而其物又皆輕浮易腐，勢不可以多售，且不可以久蓄，遂至於挽人而沽之，而財之喪者已過半矣。學者亦然，前言往行汪洋乎胸中，未嘗即人，而人自趨之；其可以投合世俗之所好，而不可以治身齊家、尊主庇民者，皆不學也。夫是之謂“藏”。匠之治木也，終日運斤，能使盤根錯節迎風縷解；苟不得其理，則徒憊其筋力，雖荏染之材皆得以攖其鋒。至乃巧匠則不然，徐之疾之，先其易而後其難，腕調手適，而刃若揮虛焉。學者之“遊”亦如此而已。聖經賢傳充牣於吾前，吾欲多取之，則患其汙漫而無宗；欲少取之，則又脱略而不盡。究刑名度數，則神不能超其表；考是非治亂，則識不能居其先。此無他，不得其所以遊故也。知藏而又知修，譬如賈者能積而不休；夫唯不休，所以見其功而覺其尤。知遊而又知息，譬如匠者能作而不極；夫唯不極，所以德彌新而道愈出。公試推余言而思之，庶幾其有得乎！

也足軒記

譚篆

　　此君清節如巢、許、夷、齊，超然自立於風塵之表，不可屈辱。而渭川千畝，富等封侯，司馬太史乃以貨殖取之，已爲此君厄會矣。至杜紫微作賦，又比君以十萬丈夫，甲刃樅樅，密陣環侍，意氣嚴毅，則再厄於軍旅中，竊爲君憤之。雖然，君之以自守者，寒暑不能移，貨殖、軍旅尚足爲君辱乎？君固自若也，厄與不厄，則繫夫所以取於此君者何如爾！

　　余林下友錦官李潛夫，風流如晉、宋間人，嗜好與余埒，不可一日無此君，蓋知所取矣。所居之北隅，一軒清灑，公以“也足”名之，取詩人三兩竿已足之意。余每過公，必徑造竹下，嘯詠終日。主人語屑霏霏，而此君風韻蕭然，如升孔堂，如遊鄭鄉校，君之佳意有以移人也。坐久，若有所得，戲語公曰：“如是足乎？”公徐舉魏公之語而告余曰：“若以爲足，今不啻足矣；以爲不足，雖萬此，寧有足耶？顧吾所植，一叢之陰爾，而爲用且大，以滌耳目，以清心腑，以娛佳客，以來佳禽。金之瑣碎，其弄月也；玉之玲瓏，其鳴風也。把酒於是，論文於是，無一日不進於君，而君亦於余有歲寒之舊焉。雖種愈萬個，亦若是而已，公謂余於此足乎？其未耶？”余曰：“足之意則得矣，而未盡也，請畢其說。世間萬物，多寡相形，何有窮已。隨所遇而安焉，則無適而不足也。鷦鷯一枝不爲欠，必以種多爲足者固未是；鵬之鄧林不爲餘，必以種寡爲足者亦未爲得也。公以數竿爲足矣，異時此君族屬繁大，子孫衆多，則將蔽君之庭矣。執柯而臨之曰：‘吾方足於寡，何以多爲？’則公與此君且俱爲累矣，何取於名軒之意乎？惟其多亦足，寡亦足，有之亦足也，無之亦足也，隨所遇而安焉，然後爲得。”潛夫曰：“善。”三隅譚某用其説爲《也足軒記》。

義勝軒記

喻汝礪

　　錦官楊公南叔强當紹興間得異石涪陵，有鑱字三，曰“義勝利”云，蓋秦觀少游書室中物也。急攜以歸，築屋聚書，以“義勝”號之，詔其子嵩望、從望、泰望、民望考古論著於其間。紹興戊午，喻汝礪客於叔强之方庵，日從叔强父子誦古人之義不置。他日謁歸，叔强謂汝礪曰：“先生將還跨鼇，於吾‘義勝’未有以存之，盍圖之？”辭之不可，於是爲之言曰：

　　處約者道必遠，嗜利者毒必厚。郤至居賭而亡，子文逃富而昌；秦后多車而奔，晏嬰惡富而存。甚矣哉，利之溺人也！學者之所當察也，學者之所以自誠而明者也。誠則一，一則不惑，於是乎知天下之輕，萬物之細，死生之一，而變化之無所終始也。飄搖乎詩書，暴浣乎道義不可奪之節，屨足乎肘見之衣、一豆之食，而偃蹇乎竊秦之爵、千乘之富也。至於不幸而漓然值乎患難困阨死生之變，蓋將仰而歌，歌而笑，洮洮乎有以樂而安之也。此無他，義足以勝也。故曰：孟軻勇於義，不以貧富貴賤死生動其心。夫勇於義，則人不能飲我以利矣，其誰攻之？養生者，氣不勝則邪攻之；爲國者，道不勝則敵攻之。朝廷之上，忠正壯長，讒邪斯盡，賈區欲利、貪沓冒没妖幸之人不市於其間，彼怙詐力、出怪勇，曾不能侔强於我也，夫又安能我勝哉？非幸人之莫己勝也，貯義於朝廷，而流其華澤，以四注於天下，天下之從我也，猶河之下砥柱而屬之海也。此學者之所留意也。

　　夫學者，所以學爲天下者也；義者，天下之藩籬也。岷益志義之士何武、李固、譙玄、李業、費貽、馮信、任永、王嘉、王皓之流[1]，殺身覆族，不以漢釣利，蓋有三仁之英烈，而世之論者咸以義士壯之，予固惑之也。蓋嘗詠味二三丈夫之風致，羞篡逆，折暴悍，不義之臣釋劍聽罪。幸遇吾夫子之予之，侔於夷、齊、比干間，謂之仁人，非借之也。伯夷、叔齊叩馬首諫武王，太公曰“義人也”，扶而去之。仲尼則曰：“求仁而得仁，又何怨？”由是論之，夷、齊，義人也，而吾夫子固嘗予之以仁矣。

---

　　① 皓：原作“浩”，據《華陽國志》卷一〇上改。

故曰："參乎，吾道一以貫之。"曾子於是言曰："夫子之道，忠恕而已矣。"忠近義，恕近仁，是二名也，吾夫子固嘗一之也。

建始、元始之間，天下號令賞罰之柄，一則敬侯，一則曲陽侯。方是時也，亢義益固，截然不撓者，樂昌侯耳[1]。蜀郡張匡詭王鳳之功以獵漢氏[2]，棘以險語毒商，商之遽亡，而漢遂微。成都羅袞者又復撓附曲陽、定陵，廢著鬻財，往來巴漢中。予嘗醜二子狃行不義，以贏其國，而憾未有以討之也。及觀李元禮以義死漢，時宦寺圍塞，天下士瘖負不敢言。蜀郡景毅以其子顧爲膺門生，乃自表免歸，時人義之。予於是尊博毅而卑畜二子也。

蜀之富人鮮車怒馬，第以乾没取勝。叔强之居，左馬醫，右酒肆，而前博戲也，乃復閉關垂簾，寂如無人，守靜味道，澹然虛夷。獨於教子甚勤，於利則甚疾之也。雖復四子同年以妙歲注科第，叔强嗜義之心益勤也。每日刻退，肥仁義之訓以熏沐其中，而猶以爲省也。故予於四君子者，特以忠義大節勵之曰：軒冕在前，非義不榮；斧鉞在後，義死不避。惟四君子者，尚有以厚取之勿屑也。

石君軒記　　　　　　　　　　　　　　　王汝直

石，天下最無情物，不入世俗耳目玩好。其嵌岑磊落，突兀怪異，弗類乎楷牆碣柱鬼瑣塊然礦礦者，惟洞庭所產尤勝絶。洞庭去蜀，繞繚萬里，是石也，非好事而有力者不能致之。成都舊大姓易氏有一株，不知其所從來。高圓八九尺，千穴萬竅，穿者如洞，凹者如室，聳者如峰巒，伏者如堆阜。苔封蘚蝕，雲漬烟潤，疑幾千年。易氏寶之累世，家替不守。吾親李子達輟萬錢贖之，置其北園。

嗚呼！孔子曰："仁者樂山。"蓋山者厚靜，而不競於物，特爲仁者之所好樂。子達園亭，南則有峨眉，西則有岷山、曲尺、大面、雪峰。旁顧周視，披松開竹，朝夕隱見，門户窗牖間可挹可覽，子達愛而嗜之。尚或不充其情，乃以兹石具天下之所謂山者而似焉，於是不惜其力而求之。

① 樂昌侯：原作"東昌侯"。按：《漢書》所載東昌侯與此處所述之事不合，當作"樂昌侯"，即下文所言王商也。據改。王商，《漢書》卷八二有傳。

② 張匡：原作"張康"，據《漢書·王商傳》改。此乃宋人避趙匡胤諱改字。

既得之，又作軒，早晚飲酒弈棋，徘徊其旁，與之若良朋佳友，不相失也。子達之所喜好，其不篤於仁者能如此乎？夫惟君子寓其所樂，而苟志於仁，則其他豈足道哉！因爲之記。至石之流落遷徙出没，及其浮沉遭遇，或幸或不幸，皆有形有相，託乎天地造化者之尋常事耳，不必書也。予記其石，又得子達所以好石之意，復命其軒曰“石君”，而贈之以詩曰：

> 女皇烹盡瀟湘玉，重君標樹留西蜀。雨過初看泰華青，烟來更作岷峨綠。千秋萬古悲流落，四海五湖同渺邈。最憐松竹未相忘，復幸園池皆可託。不邀世好汩埃塵，終付清奇與隱淪。主人每爲臨風月，高卷疏簾待白雲。

竹齋記

鄭少微

竹齋，房少猷所建也。少猷居近市①，車馬揚塵，人語囂譁，徹於戶牖間。雖圖書琴瑟森列後前，風泛席而不幽，月當庭而不爽，詩夢不靈，酒德不高。試求其故，夫豈珍篁美箭檀欒扶疏者，兹未足君所邪？爾乃徙植數竿，盥餘一漑，箸次載芟，護養彌年，苗叢敷樾，離離嫋嫋，金聲而玉振。然後環堵虛白，頓有他天，向來坌緒，澡雪無留，信嘉卉之能娛人也。

夫君子之玩物也，必有得於物，而後致其樂。王子猷曰：“安可一日無此君！”執禮者類譏焉，謂晉世人士率唱奇以警俗②，竹何關吾事，而溺好如此？且江左英韻，王氏得之居多，子猷汩楊闇世，胸膽傲兀，其寓意遠矣，而當時官長乃以曹事責之。鷗鳥不下，理宜然也。

今君爲是齋也，果有得於竹否邪？《詩》曰“如竹苞矣”，《禮記》曰“如竹箭之有筠也”。君種竹是也，如竹實難，余願君如竹。君如竹奈何？蓋不可以一隅舉也。君隱几靜以思，支筇默以察，則數竿者乃君之賢師友也。儻曰“吾追昔人，姑惟好之”，而不繹竹理，其去富門貴胄把玩妖紅麗綠，役春熙以誨淫者尺寸耳，殆非余所以述齋之意也。

---

① 居：原作“君”，據《宋代蜀文輯存》卷三一改。
② 士：原作“土”，據《宋代蜀文輯存》卷三一改。

似是齋記

黃大輿

宣和四年秋，予攝官成都，即官舍廳事之西廡爲齋居一間，而名之曰"似是"，取王徽之答桓冲語①。

或曰：古之君子雖仕而爲貧，其大者固可以不動聲色而優爲之矣，而其於小者亦無有不屑之心焉。以孔子之聖，而嘗爲委吏，嘗爲乘田，嘗從魯人獵較。而後之君子則不然。蓋徽之爲騎兵參軍，冲問之曰："卿署何曹？"則對曰："似是馬曹。"問："管幾馬？"則對曰："候至舍問吏。"又問："馬比死多少？"則對曰："未知生，焉知死？"所謂於小者而不屑也。夫人於小者而不屑，於大者不能優爲，此何足疑，而更以名齋，不亦過乎？曰：始予之來成都也②，見幕府之士焉，斬斬然各事其事，用力甚勤而不辭，凡世所謂親戚鄉黨交遊之私，不得行於其間，而人服其公也，則未嘗不退而思曰：彼將有爲於世，則歷金門而上玉堂，無一不可爲者，其視此宜若小，然而皆無有不屑之心，是學孔子而至者也。顧予病攤而增放矣，上之爲諸子之公勤，以求學孔子，則其勢逆而且難；下之用徽之對冲之語以自寬，則其勢順而且易，猶以反掌易登天也。取以名齋，其誰曰不可？

予即事以來，無公事督迫，不復追部刺史之門；非胥佐立前，執筆而請署，不復識簿書也。暇日幅巾野服，趺坐而意行；否則求叢林，從學佛者清談終日。同僚有茶官安少張，洛中人，鬢髮班班，五十餘矣；獄曹掾張文老，本蜀人，而今家於京師，長予二歲。皆賢明而信厚，耿介而任達，學博而文甚奇，無一毫許時輩氣味。以莅事之餘，相爲遊從，遇其合時，如與蔣詡、陶潛卜隣而聞者數矣，而況徽之也哉！

於其將代，聊書以記。

---

① 桓：原作"柏"，據《晉書》卷八〇《王徽之傳》改。
② 予：原作"子"，據《宋代蜀文輯存》卷四八改。

頤齋記

黄成孫

君子之自養也，始於至静而已。夫物之襲我而取之者，如兵之奇焉，循環而無端。吾動而陽，則與物俱遷，故其情隱焉；吾静而陰，則與物俱息，故其形見焉。方形之見也，彼且爲無窮，吾亦與之爲無窮，故行於萬物而不牾①。交臂並馳，忽然俱没，突則俱出，而兩不俱傷，蓋惟静以應物者而後能之也。

在《易》，上《艮》下《震》曰《頤》。《艮》止而静，故《艮》之三皆吉；《震》躁而動，故《震》之三皆凶。非夫《艮》吉而《震》凶也，凡《頤》之道，吉於静而凶於動也。今夫外狗者内喪，故《頤》之《剥》曰：“捨爾靈龜，觀我朶頤。”逐夫末者其本必顚，故其《損》曰：“拂經於丘頤。”以其所以養害其所養，則弗能爲也，故其《賁》曰：“拂頤，十年勿用。”此《震》體也，皆動而凶者也。瞑而坐者見乎四海，馳而視之，不睹乎車之下，則静者常察也，故其《噬嗑》曰：“虎視耽耽，其欲逐逐。”當其不可爲而不爲，則其不爲之也功，故《益》曰：“拂經，居貞吉，不可涉大川。”動者病矣，然静而不能動，則静者常死，夫惟天下之至静唯能動，故其《復》曰：“由頤，厲，吉，利涉大川。”此《艮》體也，皆静而吉者也。今夫天地也，萬物也，上動而下止者也。物之下動而上止者，惟《頤》焉爾，是其所以爲《頤》者《震》也。《震》不自動，繫於《艮》而後動焉。《艮》不止之於其上，則《震》雖動不能也，則其所以爲《頤》者《艮》也，非《震》也。故動不自動，其静者動；静不自静，其止者静。夫能止其所止，則《頤》之道盡矣，而物於我何有哉！

河南宇文紹奕袞臣於所居之東偏結齋曰“頤”，以自養也。苟惟《頤》之《復》是踐，能止而静，則其動必有大過人者焉。袞臣實吾友人太祝公之子，右丞南陽公之孫，太郎蜀國公之曾孫，蓋力學而知所養者也。《詩》曰：“惟其有之，是以似之。”袞臣有焉②。

---

① 牾：原作“捂”，據文意改。
② 袞：原作“兖”，據静嘉堂本改。

牧齋記

孫松壽

予讀《易》至《離》，得聖人治心之一法，曰"畜牝牛，吉"。蓋順則爲養也。是牛也，長於上古，則固跨八極而飲滄海矣。其在堯、舜、禹、湯、文、武、周公、孔子之間，招之不來，麾之不去，無首無尾，而卒莫能名，則是數人者，牛且不得窺，而況考其牧乎？然而未見其一日縱也。堯以欽，舜以恭，禹以敬，文王小心，武王祗順，周公不失聖，孔子不踰矩。嗚呼！帝堯而下，所謂釋兹在兹矣，而矜莊端栗，猶若牧焉，則是爲己之牧者輕，而爲天下後世牧者重也。

自吾夫子而下，得一牛唯恐失，慄慄然牧之終身者[1]，猶庶幾焉。顏淵以禮牧，曾子以孝牧，子思以誠牧，孟軻氏以直牧，天下之善牧者也。而顏淵之牧也精，曾子之牧也畏，子思之牧也徐，孟軻之牧也肆。顛倒縱橫，泛然不繫，而指揮叱咤，左右前後，唯吾所使，則孟軻氏蓋牧之雄者也。牧雖不同，要爲盡其性之所安，以卒歸於康莊九軌大道，不然，牛其風矣。

自是而外，是牛也，隱於黃茅白葦、荒洲野嶺之間，漫不去來者多矣，何敢望牧？辯如儀、秦，不足以拔其一毫；智如孫、吳，不足以捫其一角；富如晉、楚，不足以有其一蹄；威如秦皇、漢武，其併宇宙之心若將冒海隅出日，通道於九夷八蠻奄有之，然欲窺此尺寸涔蹄則不可。嗚呼，其難哉！方是時，牛不遠人，而牧之之法蓋具之詩書禮樂，皆其方略之精奧者。然操筆直前之人，則有如揚雄氏、韓愈氏出，其推明牧法爲最詳，亦可謂善牧者。

不知牧者果何物耶？不知其爲非牛耶？予愚不能辨。此牛以其初常犇逸犯稼，後雖極力牽挽，而人終不之悟者十八九，不可不謹也！不可不謹也！捨是，則蹂人之田，角澱澱，耳濕濕，堂下牽以釁鐘者多有之焉。嗚呼悲哉！嗚呼悲哉！而後堯、舜、禹、湯不名之妙，曾、顏兢兢之物，他人視之，幾若牧人之夢矣，而其自以爲忘牛，目視雲漢，脫落羈絏，然卒喪於尺寸之刃，肩披股裂，糜爛於世俗之鼎者，後雖悔，其何追！

---

① 慄慄：原作"標標"，據《宋代蜀文輯存》卷五〇改。

嗚呼，堯、舜、禹、湯、文、武、周公、孔子，世之願學而必至也。若猶未也，捨顏淵、曾子、子思、孟子，其何師？故作《牧齋記》。

銘曰：

觀《離》中空，我心之象。包羅六合，其用甚廣。畜牝牛吉，順則為養。旦旦牧之，以求其牧。荷簣荷笠，風雨並隨。以蹊人田，尺箠以麾。牧之又牧，無須臾離。或寢或訛，顛沛莫違。念茲在茲，是謂能牧。羹食瓢簞①，若見其獨。釋茲在茲，是謂能縱。堂堂周公，吾不復夢。不縱不疑，堯舜之微。歸而求之，則有餘師。我銘是齋，敬以自持。鷄鳴孳孳，惟無邪其思云。

鈍庵記 蹇汝明

故贈朝散郎王公曼卿，成都人也。其治生如鴟夷子皮，其待士如鄭當時，其急義如郭解，其教子如竇十郎。所居在府之北郭，當京蜀之孔道，車馬走集之衝。旦旦衣冠在門，食客滿坐，鄰廬親舊之乏粟者亦待公舉火而炊也②。身為布衣，而名譽至京洛間。其後二子登科，門下之客稍貴，而公亦老矣，乃即其碧雞之別業創鈍庵焉，以為休息之所。庵在茂林修竹間，遊塵不到處，蓊鬱葱蒨③，闃然岑寂，去所居踰百舉趾。公杖屨逍遙，無日不至。賓客來者如到巖谷中，但怪公貶損日甚，而名實之不相副也。余聞之，曰：不然。夫鈍者真也，利者巧也。真者天德也，巧者人偽也。觀公平生好賢急義，迹雖若泛泛然，而一皆出於真誠，故其事久而益親，晚而愈篤。豈非神錐之鈍默存乎胸中，純一不雜而然歟？回光末路，指此地而為歸宿者，固所宜也；不然，安得陰德流衍，子孫蕃熾之如是哉！

公既歿，諸子奉其家法謹嚴，凡一草一木經公手植者，見之必變色而作，所謂鈍庵者，虛榻而不敢處，過其下必肅。公之仲子輯，余婿也，累來求記，因意其梗概而書之。冥冥神交，當亦首肯此言。

公諱子延，字曼卿云。

---

① 簞：原作"簳"，據《宋代蜀文輯存》卷五○改。
② 乏粟：原作"要乏"，據靜嘉堂本改。
③ 蒨：原作"債"，據靜嘉堂本改。

卧雲庵記

朱輅

大聖慈寺傳法保福院圓明大師真惠闢其丈室之後爲牖以北向，撤去闇塞，即而通之。吏部尚書鄱陽張公以寶文閣學士作鎮成都，以暇日適至其處，愛景物之幽遠，樂世外之閑曠，命以爲庵，名之曰"卧雲"，而親書其榜以揭之。真惠以告朱輅，求文以爲記。

輅謂惠曰：若知"卧"之説乎？從吾儒言之，則汲長孺卧於淮陽，諸葛孔明卧於草廬，陳元龍卧於荆州，謝太傅卧於東山，裴中令卧於北門。此數君子者，其功業材器見於國祚生靈，則不待説而知也。從黄老言之，則其卧徐徐，名之曰泰氏；其寢不夢，名之曰真人。化人遊於帝宫①，希夷休於泰華。栩栩蝶遊如蒙吏，倚牆雷鼾如彌明。若是者，老莊則爲畸人，而道家者流目之則爲神仙，其實一也。從浮屠氏之説，則得正法眼藏者，又謂之禪。偃息受道時則有普願，結草濛帔時則有希遷，饑飯困眠時則有惠海。自昔以爲高人大士、超世出塵之流也，三者豈有異哉？其經綸酬酢，揮斥變化，蓋皆有事焉，而非世之頽然熟睡者也。張公以爲吾儒之學原老佛之要，前之數君子與夫畸人大士者非其千載尚友，則皆往劫之吾身也。故公之治蜀，其尊儒得士，如吳公之客賈誼；其樂道清净，如曹參之師蓋公；其刻心佛祖，如康樂之依惠遠。合是三者，而一以貫之。方其寓形於一息也，如孫叔敖甘寢秉羽②，如南郭子綦嗒焉而嘘，如昔鶩子燕坐林下，從容無爲，而文公、叔度之化行矣。彼上人者，隱几對榻，相忘一室之内，而居於無何有之鄉。雖在闠闤，與山林何異，何必被褐懷玉，逃世遠去，而後爲雲霞之士也哉！苟無見於是，而唯卧之嗜，則甘晝寢者，夫子斥之以朽木糞牆；樂睡眼者，瞿曇斥之以蚌蛤螺蜥③。不有以證之，則孔子曲肱之枕，與觸屏之寐奚辨？維摩詰視疾而卧，與據槁之瞑奚别？均受之形性，而同異之相去邈乎天壤之不侔矣。陶淵明，江左古逸民

---

① 帝：原作"音"。《列子·周穆王》載：西域有化人（魔術師）來，以法術攜周穆王夢遊清都紫微天帝之宫。宋華鎮《雲溪居士集》卷一三《舟中晝寢》詩："貪逐化人遊帝闕，不知梅福過扁舟。"是"音"應爲"帝"之訛，因改。

② 敖：原作"傲"，據静嘉堂本、《莊子·徐無鬼》改。

③ 蚌：原作"蚌"，據静嘉堂本改。

也，嘗言五六月北窗下臥，遇涼風暫至，自謂是羲皇上人。誦其言，想見其風，如相將造於臥雲之遊。微斯人，吾誰與歸！

梅塢記　　　　　　　　　　　　　　　　　　　　　　　李　石

石拙於學，其施於吏亦拙也。方會府多事，英俊爭竭其趨走之巧於大吏之前，獨隱忍以守其前之拙不變，大吏者亦察其一拙外無他，不怪也，故於考核文簿瑣瑣中，比他人幸有曉夕須臾之隙。

捺舍稍僻且陋①，邀求者所不至，獨與學官相比鄰，學之士子日集説學問。庭户隘甚，恐不足以辱，乃徹去昔之屏伏蔽藏，以爲今之疏明曠達，得數席地，俾客至不以其隘爲嫌，而主人亦得以陋自安也。屋簷之南有老梅，株如柱軸，一根别爲三四股，可蔭十許步。環以數小竹，而蓬艾藜藿者亦相與溷其清明，而夷俟其側。因留數小竹外，悉芟去之。仍闢屋一角作窗，以即其蔭。每每風日開闔，燦然之光、蕭然之聲往來几硯書帙間②，與静境相接，如行村塢，因以“塢”名之。又植穉柏二百周牆之陰，與梅爲佳伴，作他日凌冬霜雪愛玩之樹，是又拙之拙者也。後有我輩人，或不免留落一試，公退燕休於此，爲護此梅，以待其柏之成，仍勿笑其拙也。

---

① 捺：原作“橡”，據《方舟集》卷一一改。
② 帙：原作“秩”，據《方舟集》卷一一改。

成都文類卷四十五

記

畫　像 名畫附

前益州五長史真記 　　　　　　　　　　（唐）李德裕

　　益州草堂寺《成都記》云：在府西七里，去浣花亭三里。列畫前長史一十四人①，節度職不帶尹，則帶長史，非今賓佐也。代稱絕迹。余嘗於數公子孫之家獲見圖狀，乃知草堂續事靡不造真者。昔巖野旁求，徒聞審像，稽山高舉，惟止鎔金，孰若託之丹青②，妙盡神照？楚國祠廟，魯王宮室，泊此邦文翁舊館，皆圖歷代卿相，燦然可觀。雖有慕於前良，曾莫究於形似，豈與夫年代已遠，遺像猶存，入虛室而烟霞暫披，拂浮埃而瑤林斯睹。

　　余以精舍甚古，貌像將傾，乃選其功德尤盛者五人，模於郡之廳所。追惟二漢臺閣，皆有圖寫，黃霸、于定國雖宰相名臣③，不得在畫像之列；卓子康德行君子④，而在功臣之右。今之所取，意其在斯乎！

　　采色既新，光靈可想，儼若神對，吾將與歸。因叙其事，詒諸來哲。大和四年記。

---

① 長：原脱，據《李文饒文集・別集》卷七補。
② 託：原作“記”，據《李文饒文集・別集》卷七改。
③ 于：原作“於”，據《李文饒文集・別集》卷七改。
④ 康：原作“師”，據《李文饒文集・別集》卷七改。東漢卓茂字子康。

張益州畫像記

蘇　洵

至和元年秋，蜀人傳言有寇至，邊軍夜呼，野無居人。妖言流聞，京師震驚，方命擇帥。天子曰："毋養亂，毋助變。衆言朋興，朕志自定。外亂不作，變且中起。不可以文令，又不可以武競。惟朕一二大吏，孰爲能處茲文武之間，其命往撫朕師？"乃惟曰："張公某其人①。"天子曰："然。"公以親辭，不可，遂行。冬十一月，至蜀。至之日，歸屯軍，徹守備，使謂郡縣："寇來在吾，無爾勞苦。"明年正月朔旦，蜀人相慶如他日，遂以無事。又明年正月，相告留公像於净衆寺，公不能禁。

眉陽蘇洵言於衆曰："未亂，易治也；既亂，易治也。有亂之萌，無亂之形，是謂將亂，將亂難治。不可以有亂急，亦不可以無亂弛。是惟元年之秋，如器之欹，未墜於地。惟爾張公，安坐於旁，顏色不變，徐起而正之；既正，油然而退，無矜容，爲天子牧小民不倦。惟爾張公，爾繫以生，惟爾父母。且公嘗爲我言：'民無常性，惟上所待。人皆曰蜀人多變，於是待之以待盜賊之意，而繩之以繩盜賊之法。重足屏息之民，而以磁斧令，於是民始忍以其父母妻子之所仰賴之身，而棄之於盜賊，故每每大亂。夫約之以禮，驅之以法，惟蜀人爲易；至於急之而生變，雖齊魯亦然。吾以齊魯待蜀人，而蜀人亦自以齊魯之人待其身。若夫肆意於法律之外，以威劫齊民，吾不忍爲也。'嗚呼！愛蜀人之深，待蜀人之厚，自公而前，吾未始見也。"皆再拜稽首曰然。

蘇洵又曰："公之恩在爾心，爾死在爾子孫，其功業在史官，無以像爲也。且公意不欲，如何？"皆曰："公則何事於斯，雖然，於我心有不釋焉。今夫平居聞一善，必問其人之姓名與鄉里之所在，以至於其長短大小美惡之狀，甚者或詰其平生所嗜好，以想見其爲人。而史官亦書之於其傳，意使天下之人思之於心，則存之於目；存之於目，故其思之於心也固。由此觀之，像亦不爲無助。"蘇洵無以詰，遂爲之記。

---

① 某：《蘇老泉先生全集》卷一五作"方平"。

公，南京人，爲人慷慨有大節，以度量雄天下①。天下有大事②，公可屬。

繫之以詩曰：

> 天子在祚，歲在甲午。西人傳言，有寇在垣。庭有武臣，謀夫如雲。天子曰嘻，命我張公。公來自東，旗纛舒舒。西人聚觀，於巷於塗。謂公暨暨，公來于于。公謂西人：“安爾室家，無敢或訛。訛言不祥，往即爾常。春爾條桑，秋爾滌場。”西人稽首：“公我父兄。”公在西囿，草木駢駢。公宴其僚，伐鼓淵淵。西人來觀，祝公萬年。有女娟娟，閨闥閑閑。有童哇哇，亦既能言。昔公未來，期汝棄捐。禾黍芃芃，倉庾崇崇。嗟我婦子，樂此歲豐。公在朝廷，天子股肱。天子曰歸，公敢不承？作堂嚴嚴，有廡有庭。公像在中，朝服冠纓。西人相告，無敢逸荒。公歸京師，公像在堂。

載酒亭群公畫像記　　　　　　　　　　　　　　范　鎮

子雲，右蜀人，事漢成、哀、平世，歷新室，身詘而道不得行。子雲没，宋興八十九年，上距今千餘歲，其鄉人之學者森然若林之植於朝③。其在太平興國中，有若諫議大夫田公錫之論議，參知政事蘇公易簡之博大。雍熙、淳化中，有若直昭文館陳公充、直史館朱公台符之文雅。景德、大中祥符中，有若侍御史張公及之介潔，集賢校理王公涅之温恭，職方員外張公逵之疏達。其在今慶曆，有若虞部員外李公畋之經術，翰林學士彭公乘之恬退，翰林學士孫公抃之厚重，屯田員外陳君希亮、户部員外梅君摯、殿中侍御史何君郯之直方，度支員外郭君輔、屯田員外張公中庸之通敏，直集賢院李君絢之夷曠。是皆子雲之徒，學其道而得其傳者。

益州提點刑獄度支高君既葺子雲之居，鑱其書，又畫其像，以及其徒，意者使後來觀之，知賢人之道有塞有通，有詘有伸，塞於晦時而通於

---

① 雄：《蘇老泉先生全集》卷一五作“容”。
② 有：原無，據《蘇老泉先生全集》卷一五補。
③ 朝：原作“翰”，據《國朝二百家名賢文粹》卷一四五改。

昭時，詘於不用而伸於有用云爾。

巡撫謝公畫像記

呂　陶

真宗景德三年夏四月，西南方有大星①，占者謂應在蜀分。上惻然動心，以爲蜀去朝廷遠，民之疾苦尤難知，天有異象，可畏不可忽，其擇廷臣之賢而通世務者往綏元元。於是公以屯田員外郎巡撫益、利。又詔同九河張公詠議鼓鑄利害，乃考鐵價，製錢幣，重輕適均，物估用平，衆甚便之。時方寇亂之餘，百弊滋起，土俗凋困，惟九河公洎公相與講謀，作爲憲令，安全紓息，極盡統要，俾其世世子孫恃之以生。故張公之治蜀爲天下最，實公有以助之也。既而舉部吏數十，執政以多爲疑，公請連坐，冀其必用。自爾奉使舉吏皆連坐，而公之舉者太半有立於時矣。

成都舊風，凡奉使來者，繪像於天慶觀之仙遊閣。公之後六十有四年，其孫司封郎中景初師厚以按刑之命至，故亦繪公之像於壁，所以推崇先烈，而永蜀人之瞻也。

恭惟真宗皇帝承天下熙盛之極，恩隆澤厚，及民骨髓，跂行喙息，罔不欣戴。然而星變一出，則恐懼警戒，以蜀爲憂，分命良臣，審究時病，豈非奉天愛民之心乎？惟公純誠大略，深體上意，施設有原，期底靜安，豈非推己濟物之義乎？夫奉天愛民，聖君之令德；推己濟物，賢臣之能事。王道之起，莫先於此。而君臣兩得，惠加遠方，固可以著示後世，率爲大範也。

公諱濤，字濟之，爲太子賓客、陳留伯，薨，以子絳知制誥，贈禮部尚書。若乃出處之本末，勳烈之終始，則范文正公之碑，歐陽公之誌，尹師魯公之行狀，悉得而載，此特於蜀之一端爾。師厚儒者，知治體，風概落落，有援世之意。時方改作，以福斯民，而或忘利義之辨，累疏列其不可，無愧於祖構云。

熙寧四年記。

---

① 有：原作“在”，據靜嘉堂本、《净德集》卷一四改。

大聖慈寺畫記

李之純

　　舉天下之言唐畫者，莫如成都之多；就成都較之，莫如大聖慈寺之盛。僕昔監市征歷二年餘，或晚暇，與朋僚遊，所觀者纔十一二。比將漕七年，亦屢造焉，而未及見者猶太半。今來守是邦，俾僧司會寺宇之數，因及繪畫，乃得其詳。總九十六院，按閣、殿、塔、廳、堂、房、廊，無慮八千五百二十四間，畫諸佛如來一千二百一十五，菩薩一萬四百八十八，帝釋、梵王六十八，羅漢、祖僧一千七百八十五，天王、明王、大神將二百六十二，佛會、經驗、變相一百五十八堵，夾紵雕塑者不與焉。像位繁密，金彩華縟，何莊嚴顯飾之如是！

　　昔之畫手或待詔行在，或祿仕兩蜀，皆一時絶藝，格入神妙；至於本朝，類多名筆。度所酬贈，必異他工，資費固不可勝計矣。其鑄像以銅，刻經以石，又不可概舉。此有以見蜀人樂善鄉福，不吝財施者，蓋自古而然，非獨今日之侈。自至德已後，寫從官、府尹、監司而下僚屬真，迨於今凡三百九十人，有經數百年而崇奉護持無毀者，又以見蜀人敬長尊賢之心，雖久不替。噫，其可尚也哉！

　　四方之人至於此者，徒見遊手末伎，憧憧湊集，珍貨奇巧，羅陳如市，祇以爲嬉戲衒鬻之所，而不知釋子隸學，誦持演說，化導亦無虛日，故以藏經大部、律僧長講之數兼列云：諸院爲國長講計七十三座，諸院大藏經計一十二藏。

宋穆武高楚王繪像記

李之純

　　楚王高氏諱繼勳，字紹先，謚穆武，太皇太后之大父，烈武魏王諱瓊之長子。世家譜系，始終德業，具載國史，見於御篆《克勤敏功鍾慶之碑》，茲舉其略：真宗咸平三年，逆卒王均據益州亂，王以崇儀副使爲益州兵馬都監、提舉諸州軍巡檢事。招安使雷有終以兵五百人授王，攻東郭二門，未下，引兵與賊戰於彌牟寨。其眾大潰，追擊至嘉州界，生擒百餘人，獲僞黃繖、金塗槍而還。有終益以精卒，復攻二門，下之，賊退保子城。王大建麾幟城上，諸將知已得城，於是有終進薄天長門，賊更出拒戰。時會暮，王謂有終曰："賊軍鄉罷，急擊之，可有功。"王乃從數騎往馳賊陳，身被數創，血漬甲縷。馬中矢死，更馬以戰。入內都知秦翰以兵來援，賊知不可拒，還走入城。王開圍縱之，均遂夜遁。翼日，王率有終撫循城中，封府庫，敕所部秋毫無所犯[①]。均既誅，天子賜書褒諭，以定蜀功進崇儀使。方王拔城，適有中使密傳詔曰："今賊嬰城自守，而久未下，外暴官軍，內乏百姓，顧其策安決？若縱之使跳去，彼烏合之衆安能久伏林莽乎？"及均敗，正如聖略所出。居亡何，賊黨楊承海[②]、謝才晟復收餘衆保巖谷中，數招貸之，不出。又以爲綿漢劍門路都巡檢使。乃募里中惡少年，輒伺知賊動靜。一日，徒步領輕兵馳歷險阻[③]，徑所匿處。賊不意王之至也，方解衣自如，莫知計所出。王手格殺數人，餘麾衆縛之，蜀爲之無盜。

王在蜀有威名，號神將，黃髮之老猶能詳道，畏愛威德，迨今不忘。惟蜀之風，尊賢貴長，凡官守代去，必請繪神表，以永瞻敬。故王之弟崇儀副使繼宣爲兵馬都監，閣門使繼元爲本路兵馬鈐轄，侄供奉官遵裕走馬承受公事，孫莊宅使士言爲兩路兵馬鈐轄，皆圖形於成都寺觀。獨王闕焉，豈以擾攘方定，而未遑及是耶？

元祐戊辰，王之孫士敦以閣門通事舍人鈐轄兩路兵馬。至之日，首訪耆舊，求拜王像而不得，愴然感慕，出家廟真容寫於安福寺之正法禪院，見索鄙文，以誌本末。

噫嘻！王雄毅勁果，血甲犯陳，奮揚天威，震蕩坤服，而賊以之平。蓋激發忠憤，以成武功。蜀人更生，有大惠矣。王之孫又欲論譔祖德，章示遠裔，使知朝廷命將，必擇智勇。人臣報上，決盡死力，故戡定寇難，所向無不克，彼勇暴者其敢僥倖而萌逆節乎！上廣孝嚴親，而民用警懼，可爲萬世戒，止患未形，於義豈不韙哉！忠與孝，人所聳聞而樂道，顧雖淺陋，而不敢辭已。輒叙其事，而繼以詩曰：

於顯穆武，奕世多績。克嗣先烈，竭忠奮力。躬犯行陳，賊
均之亂，討平惟丞。宣振國威，惠此梁益。功成去久，孝孫至

---

① 敕：原作"刺"，據《名臣碑傳琬琰集》上卷九王珪《高康王繼勳克勤敏功鍾慶碑》改。
② 承：原作"成"，據《琬琰集》上卷九、《華陽集》卷四九改。
③ 步：原作"出"，據《琬琰集》上卷九、《華陽集》卷四九改。

止，追懷感惻。爰擇淨剎，圖真素壁。英氣生動，桓桓之風，尚形於色。邦人仰瞻，進退祇惕。徐思恩厚，孰敢犯順，凶悖潛革。永靖厥後，王之餘澤。

楞嚴院畫六祖記　　　　　　　　　　　　　　　文　同

僧惟中，字慧雅，本隸蓬州開元寺，後遊成都，不復歸其鄉者凡四十年①。性孤潔，與人不妄合。精禪律之學，善吟詩，氣格清謹，其徒許之與可朋爲上下，常呼之曰詩伯。可朋，蜀僧之能詩者。復通吾儒書，學者從質其義，日滿座下。羸形垢面，破衣敗屨，見者不知其中之所有能如是者。俗年六十，示滅於大慈之甘露道場②，慶曆五年乙酉五月九日也。

前時盡傾其橐中得八萬錢，諉其所常往還者楞嚴道人繼舒曰："我將去矣，生平之餘止此爾。其爲我命奇工繪六祖像於爾院之毗盧殿③。雖然，用此被唾罵，我不敢辭矣。且欲使來者見是相，知是心，以是知見，故能被除諸妄，而泯相忘心，我爲是功德之意也。"道人諾之。會廣漢劉允文有名於時，遂召使圖其事。采飾殊絕，鋪置有序。

叩問傳付④，密義相屬，一花五葉，先後交照。信畫評之善品⑤，而法苑之勝緣也。

予舊與惟中討論五經大義，甚重之，畫此時，予亦常觀允文下筆。後十七年，予自秘閣校理乞侍親，得相遇於臨邛郡⑥，道人使予記其事⑦。

---

① 歸：原脫，據《丹淵集》卷二二補。
② 道場：原脫，據《丹淵集》卷二二補。
③ 毗盧殿：《丹淵集》卷二二作"釋迦殿"。
④ 問：原作"聞"，據《凡淵集》卷二二改。
⑤ 畫：原作"書"，據《丹淵集》卷二二改。
⑥ "遇於"二字原脫，據《丹淵集》卷二二補。
⑦ 末句《丹淵集》卷二二作："道人使予記諸石。嘉祐六年辛丑五月十五日，東園芳洲亭書。"

文湖州竹記①　　　　　　　　　　　　　　　　　　　呂　陶②

　　君子之智思能過於人，則事無巨細，皆足以取高，此衆人所以尊仰欽
愛之不已也。畫者，中有擬像，而發於筆墨之間，苟臻其極，則近見群物
之情狀，遠參造化之功力。自古賢俊往往能之，蓋取其如此歟。

　　與可之於墨竹枯木，世之好事者皆知而貴，子瞻嘗謂盡得其理，固不
妄也。頃年來成都，畫此兩物於嘉祐長老紀師之方丈，紀師寶之，以誇識
者，乃西州僧舍勝事之一也。

　　與可在文館二十年，其材可巨用，將老矣，尚恂恂小州，胸中之蘊曾
不少露，通塞榮悴，無一毫罥諸心。名教至樂之餘，時作墨竹枯木一二，
以寓其幽懷遠趣，真所謂粹靜君子也，豈特筆墨之間有以過人哉！知則語
其大，不知則語其細，知不知，於與可何損益耶！此可與高爽明達者言，
不可與鄙闇道也③。

莫侯畫像記　　　　　　　　　　　　　　　　　　　楊天惠

　　江西莫侯治郫三年，有佳政，蔚然傳西南，某聞之舊矣。崇寧三年七
月，某以事免鐵官，無所歸。或曰："盍稅邛乎？"曰："不可，吾故治，
其曷可以留？"或曰："盍旋梓乎？"曰："未可，吾乏貲，其曷可以濟？"
"然則奈何？"曰："吾聞莫侯長者，吾將寄孥焉，是必能撫我。"

　　既行，屬歲旱，所過赤日射地，黃壒勃鬱襲人，苗暍死町間，穀價翔
貴。從者病且恐，余曰："行矣！饑飽吾有數。"後三日，進及侯境，則
道里清塏，白水瀲瀲，彌望橙葉覆地，秔芋人立，軒舞翠氣，殊不知有雲
日苦。問水瀕人，則皆曰："此吾大夫之賜也。吾邑食岷水支流，歲爲堰，
大者若干，小者若干，其役夫若干指，溉田若干塍。故時吏弗省役，役弗

---

① 《浄德集》卷一四題作《文與可畫墨竹枯木記》。
② 呂陶：原作"呂元鈞"，"元鈞"乃呂陶字，本書各篇作者例署其名，而不用字，因改。
③ 《浄德集》卷一四於此下尚有"熙寧八年六月十日記"一句。

竭作，穿築釃治，不皆如律，偶一愆雨，水輒厥涸，故歲多失稔。今侯之來，敏於百治，而水政尤謹。其按行必豫，其相視必親，其功治凡要、科配差次必經心目。晝則執枑臨之，夕宿野次，與傔隸均甘苦。故堰之高厚倍於舊，而溝之深廣什之。凡我所以無旱暵之恐，非侯則誰使?”余曰：“然，名定不虛。”欲入見，爲侯道之，會余有疾，弗果。然侯聞余來，亟遣騎勞苦，問所乏，如十年舊。間率諸僚身存之，歲時賙給有加①。

越明年二月，侯秩滿當去，邑人固德侯之賜，又惜其去，憾不能留，於是圖侯衣冠於某所，將世事之。像成，又相率環觀而歌舞焉。余於惜侯之去，其一也②，乃述所見，以授其人，使書諸像左。

雖然，侯之治行豈顧止此哉，而余所書止於此，蓋詳於所見，略於所聞，所以傳信也。信以傳信，則人之得吾文而傳者，可以信於其他矣。

左右生圖記   李　石

《左右生圖》③，漢石室故事也。文翁集蜀士教之，分左、右兩序，記其鄉里姓名而字之，刻之石。左生若干，右生若干，典學從事以下若干，合若干人，其餘固有漫滅不可考者。

然自有此學，即有此士。漢歷世，暨我皇宋，蜀學之盛當紹漢，得書以補晉唐之缺文，寥寥亦復不可見。惟熙寧中弟子員至五百，時則蜀守蔣堂密學也。自三舍法罷，學之士益落，僅至百五十人。至張燾尚書，增其員至三百，括隱田以廩之。然亦歲去歲來，閱春秋二補試，濫食而惰實業者未容盡去，學司之籍更爲玩文矣④。蜀爲鄙遠，不得與東南士偕集成均，獨有鄰州隨侍補入之法，而又以廩入爲限，不能盡其來，可嘆也。

會科舉前之一歲，士願肄業者衆，學官以歲有限員，爲守請於兩提舉學事司，則願補春廩入之不足而無拒其來。由是聽以歲補入之，數至八百餘員。學官擇其通經有獲者倡率⑤，而嚴其日考月書之程。於是四蜀之士

---

① 賙：原作“調”，據《全蜀藝文志》卷四一改。
② 此句萬曆本、嘉慶本《全蜀藝文志》卷四一作“余亦惜侯之去其邑也”。
③ 圖：原作“徒”，據《全蜀藝文志》卷四一改。
④ 更：原作“吏”，據嘉慶本《全蜀藝文志》卷四一改。
⑤ 獲：原作“護”，據萬曆本《全蜀藝文志》卷四一改。

畢赴，相與自愛重，多名秀俊乂①。相與分八齋②，其鄉曲姓名以齒爲
《小錄》。以請於學官，請如漢故事書之，爲《辛巳左右生圖》。

紹興三十一年記。

徙文湖州木石畫壁記_{續添}　　　　　　　　　　　　　　　　楊天惠

鄉丈人石室先生文公，近世文藝之雄。自其爲大布衣，即以古文獲重
語於天下③。然壯思銳甚，注射縑素不能休，則又於書畫焉發。時將官
邛南，會姻友於郫，飲酒西禪之精舍。夜艾氣酣，跂燭作此枯木怪石於方
丈之壁，蓋初試手然。_{斷句。}然筆力天就，已自與詩品俱稱第一。

畫去今五十八伏臘矣，某不及知。晚幸交公之子冲卿，乃克聞之，於
是假館主者求觀焉。歛衽三肅，仰而遊顧，徒見老幹聱牙，蒼質矗矗，旁
枒紐雲，下根裂地，不知幾萬年物，乃今猶植立楹間。謖謖乎如空山臞
仙，真骨強勁，歷劫壞而不僵④；岌岌乎如幽林古佛，耆膚堅密，閱歲寒
而無恙。余心懍然怙之，以爲公真王摩詰也，特變化出没異耳⑤。然世無
通宿命者，斯言未可出之。獨憾託非其地，頗爲拙目輕題，墨漫漫橫斜於
其上，輒太息久之不能去。

間以告主簿事王君舜選，舜選奮曰：“吾力能辦此。”乃併其壁徙置
公堂之中央，飾以欄楯，周護極謹。某曰：“社櫟多壽，山石耐久，物誠
有之，人亦宜然。方文公仕初筵，越不過三十許耳⑥，胸中磈磊，已有此
奇，是肯效兒女爲柔熟耶！君視此畫，決非世人婉孌之觀。其戒興臺固扃
鐍⑦，遇過客俗子，勿輕與言，必審其人氣節不凡，乃發視之。”

其畫以皇祐之癸巳，其徙以大觀之庚寅，而某爲之記⑧。

─────────

① 乂：原作“又”，據萬曆本《全蜀藝文志》卷四一改。
② 齋：原作“齊”，據《全蜀藝文志》卷四一改。
③ 語：疑當作“譽”。
④ 歷：原無，據《國朝二百家名賢文粹》卷一四四補。
⑤ 變：原作“遺”，據《全蜀藝文志》卷四一改。
⑥ 越：《宋代蜀文輯存》卷二六作“歲”。
⑦ “戒”原作“戎”，“臺”字原缺，並據萬曆本《全蜀藝文志》卷四一改補。
⑧ 此下《國朝二百家名賢文粹》卷一四四尚有“以政和之辛卯。舜選名某，南榮人，愛客
嗜義，爲士所尚云”二十二字。

成都文類卷四十六

記

雜　記

古柏記

田　況

　　成都諸葛孔明祠古柏年祀寖遠，喬柯鉅圍，蟠固凌拔，有足異者。杜甫嘗作歌，段文昌亦作文，摹狀瓌奇，人多諳誦。故老相傳及記事者云：自唐季凋瘁，歷王、孟二僞國，蠹槁尤甚，然以祠中樹，無敢剪伐者。皇朝乾德丁卯歲仲夏，枯柯復生，日益敷茂。觀者嘆聳，以謂榮枯之變，應時治亂，武侯光靈如有意於兹者，誠爲異哉！因命工圖寫，備述本末，以貽好事者。自三分訖今，八百餘齡矣。

王稚子石闕記

劉　涇

　　西漢循吏稱文公，老於成都，其石室在學官。東漢循吏稱王稚子，葬於郫縣，即今之新都，石闕在道傍。然石室依古禮殿，得不磨滅，而石闕獨暴露，骨立可憐。歷兩漢千三百餘年間，二人爲古今吏師①，而遺迹亭亭，勢參岷峨，氣凛雪山，蓋官學者所當臣於下風，以幸教髣髴；而至有未及知者，其不韙如此。
　　予訪古石類，得秦石犀、石笋、漢石室、石柱、石闕，凡五物。若

---

① 二：原作"一"，據《全蜀藝文志》卷四〇改。

犀、笋與柱，無甚損益事，而室、闕苟不朽，則實二人之甘棠也。於是新都令王君天常趣古甚力，得予説，因請大尹莆陽蔡公爲稚子作屋書榜，以昭昏昏。

按闕面有隸字三十一，法度勁古，過於鍾、梁；闕上下有衣冠鳥獸等象僅可辨，氣韻精簡，過於顧、陸。並以告來者。

郫縣嘉禾記

楊天惠

眉陽李侯退修令郫之明年夏五月，崇文鄉之氓舉瑞禾闖門而言於公。同本駢穎，生意奮張，異甚。侯麾手誨之曰："嘻，吾知謹職字民而已，是何爲者，亟持去！"越六月，永太鄉復有白者，本益修，穎益槩，頎頎毿毿，九榮一秀。邑之僚乃言曰："殆天賜也，侯其可辭？此在書，其占爲有年，今兹歲其多稼乎，神告之矣。"於是命工圖狀上府君。無幾也，某鄉繼有獻，視前小異，而穎同之。

侯間以事詒其客楊某，某曰：固也，攬天地之奇以自賣，質草木之怪以爲大，侯之所恥，某亦恥之。乃如嘉禾，實異於是，唐叔得之，列而爲書；曹植得之，哦而爲頌。彼憂國者固願年豐，而愛民者尤欲人足。故夢魚之祥，事特未定，古人猶歌謠焉以飾喜，豈若兹禾，依類效信，的的如此不誣者耶？聞之，朝廷方更大化，數下恩澤詔書，而侯資適今世，有平易近民之美法。理以繩己，而不以操約人；教條便事，而不以夸詡世。以故施置寬簡，上下便安。於以導迎嘉氣，翕受多祉，其果有成哉！昔漢魯恭治中牟，有三異政，皆殊尤絶迹。河南袁安蓋賢尹，頗疑弗信，及聞嘉禾植便坐，乃始渙然，以爲豹、産之化流行，休瑞應時而生，輒以書聞，恭由此顯。今方面固類安賢，而從事如肥親伍亦不乏。侯尚良食[1]，其將有抵掌而談公府，疾驛而聞上閤者焉。雖不敏，猶能爲侯筆之。

---

[1] 尚：原作"向"，據《國語·楚語上》改。據《國語》記載，楚國大夫湫舉娶申公子牟之女，子牟有罪逃亡，湫舉害怕被連累，也逃亡到鄭國。將逃至晉國，路遇蔡聲子，聲子請他吃飯，説："子尚良食，吾歸子。"意即你就好好吃飯吧，我能使你平安回楚國。這裏説"侯尚良食"，意思是讓李退修安心等待。

新繁古楠木記

蒲咸臨

周公賦《鴟鴞》之年，大風拔木，乃命邦人起而築之，最爲異事。然大風拔木，天也；起而築之，人也。大木所偃，因人而起之，當無足怪者。孔子定《書》，從而記之，示訓戒也。

元祐八年，繁江隆道觀玉帝殿庭有古楠二章分列左右，如輔如弼。一夕，風雷大作，偃其左偏者。邑宰命匠石取之。方執柯伐其枝，忽聞軋軋聲，乃稍稍起立，匠石皆在其上，如猿猱然，觀者驚駭。邑宰降堦，俯伏謝罪。君子以是知天道之不可誣已，校諸《金縢》，茲爲尤異，蓋以不待人力而自起也。

今五十有一年矣，搢紳先生尚能言之。若不鑱諸石，以永其傳，則無以訓戒後代。余被命尉茲邑，道士詹次淵請書其事，因從《春秋》記異之法，月而日之，以警不能寅畏上帝者。

遊浣花記

任正一

成都之俗，以遊樂相尚，而浣花爲特甚。每歲孟夏十有九日，都人士女麗服靚妝，南出錦官門，稍折而東①，行十里，入梵安寺，羅拜冀國夫人祠下。退遊杜子美故宅，遂泛舟浣花溪之百花潭，因以名其遊與其日。凡爲是遊者，架舟如屋，飾以繒綵，連檣啣尾，蕩漾波間，簫鼓弦歌之聲喧闐而作。其不能具舟者，依岸結棚，上下數里，以閱舟之往來。成都之人於他遊觀或不能皆出，至浣花，則傾城而往，里巷闃然。自旁郡觀者，雖負販芻蕘之人，至相與稱貸易資，爲一飽之具，以從事窮日之遊。府尹亦爲之至潭上，置酒高會，設水戲競渡，盡衆人之樂而後返。其傳曰，此冀國故事也。

① 東：當作“西”。按：錦官門爲宋代成都城之西南門，杜甫草堂、梵安寺更在其西，不得反向東行。

冀國姓任，本溪上小家女①。任媼嘗禱於神祠，夢神人授以大珠，覺而有娠，明年四月十有九日而生女。稍長，奉釋氏教甚謹。有僧過其家，瘡疥滿體，衣服垢弊，見者心惡，獨女敬事之。一日，僧持衣從以求浣，女欣然濯之溪邊。每一漂衣，蓮花輒應手而出。里人驚異，求僧，已不知所在，因識其處爲百花潭。會崔寧節度西川，微服行民間，見女，心悦之，賂其家②，納以爲妾。寧妻死，遂爲繼室，累封至冀國。既貴，每生日即來，置酒其家，艤船江上，訪漂衣故處，徘徊終日。後人因之，歲以爲常，且即寺之東廡作堂祠之。

　　余自爲兒時，得於傳聞如此，顧未嘗一至其處。今歲之夏，以事留成都，而適及是日，與二三友觀焉。訪冀國遺迹，漫無可考，獨有吳仲庶所作《祠堂記》，與余昔所聞於爲兒時者大抵略同。時余猶爲疑其説之不然者。余按《唐書》：大曆中崔寧自蜀入朝，留其弟寬守。楊子琳自瀘州襲之，寬戰力屈。寧妻任素驍勇，出家財募士，得千人，設部隊，自將以進。子琳懼，引去，蜀賴以全。止以姓見，初不載其封冀國，及爲何許人。其嘗扞大寇，以功得封，史家略而不書，尚或有之；至其家世，實不知所據。杜子美詩曰“百花潭北莊”，又曰“百花潭水即滄浪”，其來久矣，非由冀國而得名也。吾意蜀人之不忘冀國之功，歲即其祠致禮焉，因相與朋聚爲樂，非謂其爲此邦之人，及嘗有爲僧漂衣之異也。而或者因百花潭之名，附會其説，務爲誇誕，若不足憑。況潭在成都爲近郊，使冀國實生於是，寧方節度鎮蜀，何至奪其境内之民而妾之，豈爲民父母之意哉！此甚不然者矣。

　　客有謂予曰：“杜子美在蜀，與寧同時，潭之得名與子美實相後先，子又安知其不然？寧跋扈人也，何有於境内一女子乎？大曆之世，朝野多虞，干戈兵甲，時有所貸而不問，重以從事中原，未遑他及。寧自視僻遠，違禮叛律，以資聲色之奉，以欺朝廷之不知，且莫我誰何者，蓋有所恃而爲此也。後寧從德宗狩奉天，爲盧相譖死，不能保其首領。雖曰非罪，得非罔上之報，天或使之邪？方寧無恙時，驕其嬖妾，至馳騁出遊於十數里之外，使人習之而不能改，遺風餘烈，猶足以啓後人之佟心。想其當時，車服之盛，疾驅於通道大都，震耀其閭里之人，傲睨一時，不知有

---

① 溪：原作“漢”，據文意改，指浣花溪。
② 賂：原作“敗”，據萬曆本《全蜀藝文志》卷四〇改。

識者得以指議其後。雖冀國嘗有功於蜀，而專恣亦甚矣。"

吾以吾之説如此，客以客之説又如此，相與詰難久之。會日暮，笑謂客曰："是遊可樂，事之然否，姑置之，未暇究也。"

坐客皆笑而罷①，明日録其言爲記。

雙流昭烈廟碑陰記

任　淵

成都屬邑之田多仰渠堰，自九昇口而下，當修治者無慮二十餘所，然皆不甚廣袤。其在雙流境上而綿亘最遠、功力最大者，曰新開江、張懷杜源，雙流、廣都二邑之長更督治之。歲正月，堰役興，調四邑之夫數千人，什伍爲隊，隊各有長，名籍具在，實未嘗充數。始至僅十六七，日就減損，過旬則零落殆盡，在者皆癃老羸弱。期會既迫，篝火趣作，因循苟簡，易以決壞。執事者患苦其然，欲時贅聚而頭數之，則又甲乙更代，上下相蒙，趣過目前，竟不得其要領，徒費日力，無益也。至於運石之夫，艱苦爲甚。方風雪盛寒，掊土搜索，執畚荷簣，戰栗不自持，所得纔拳然數十，或取之深淵，没過腰膝。舟上下數里，挽牽滯留，而竹落長者至六七丈，凡十許往返，僅能實之。二弊不去，此其功之難成也。

紹興三十一年，予護新開之役，廬於江上。堰薄風埃，憊甚，思有以革去之。忽悟而笑曰："吾得之矣。錢米榷之官，則役夫可不令而至；故基不輒毁，則石可無求而足。堰之利害，決於兩言爾。"蓋凡執役之夫，日費米人二升，薪菜之錢二十，皆取給於田主，而姦民豪姓往往靳嗇，僥倖苟免，不肯供役。或曰："汝負吾租，當爲我出力。"則徒手役之。其實給者，隊長與點吏乾役自潤，而陰免其役，以故所調夫多逃匿，不充數。予始建議，令田主當出錢米者先期輸之官，官爲擇近便地置帑廩受之，悉書於籍，無所隱逃。役既興，則擇其伍中謹愿者發錢米，並日給，使造飯羹，以時餉餉，鳴鼓會食。主者嘗之②，罰其脧削不精旨者。人既得飽，用力自倍。衆又畢集，可就數其在亡。歲之初春，民方艱食，未有

___

① 客皆：原作"而談"，據萬曆本、嘉慶本《全蜀藝文志》卷四〇、雍正《四川通志》卷四一改。

② 主：原作"王"，據静嘉堂本、《宋代蜀文輯存》卷五四改。

所營，何憚而不就役？藉令逃去，吾帑廩固在，可召募閑民而役之也。

予又思，堰歲一終，積石當益增倍，今皆安在，而艱得若此？問之父老，則曰：“每秋冬，官來行視營度，既畢事，堰工以舊竹落可充薪燎，則計丈尺，取民錢鬻之。民爭徹去，不留一簀，濱江之石至加椓杙而隲之。以故石多淪没，所存無幾。諸邑競取，或至相擊。”予因下令，役事未起而敢徹舊落者，杖而黜之，罰金有差。申戒丁寧，堰工無敢犯者。

二説既行，明年予護張懷杜源之役，所調夫遠近皆計工賦役，指期責成。間有漏名籍者，詰其長曰：“汝常以運石迎糧爲解，今糧既官給，石取之左右，將安往耶？”皆摧謝請罪。人既增多，日力有餘，晏集早罷，不使蒙犯霧露，又無鞭笞督趣之苦，翕然赴功。每當易置竹落，堰工必先白官，將徹某所若干丈尺，官自臨視，捐舊落予之，而使盡取石投置旁近，其沉流數尺許，則以鈎竿出之，巨細靡遺，積若丘阜。新落既布，復取以實之，俄頃充滿，堅鞏緻密。是歲程限比常歲減三之二，役夫未嘗一濡其足，而捃拾舊落之餘，可爨可燎，不待嚴樵①。取石甚易，雖童兒可使，不必科簡丁壯也。既成，父老來觀，駭其神速，獨堰工以舊落失亡，所得不腆爲言。予曉之曰：“汝無僦舟載石之費，是豈不足相償，況本非汝物耶？”皆意滿而去。

役罷，予計帑廩尚有餘蓄，復欲以歸其主，士大夫合辭言曰：“吾邑學宫齋廬牆牖破缺，生師講誦無所，曷共圖之？巽水循岡阜北來，方家以爲吾邑之利，塗淖堙塞，宜以時濬導。邑東三十里所，官道之接成都者，二水漱嚙，頹圮沮洳，往來者病之。邑人李君大年願出財力補治，顧未有倡而助之者。縣治之大門與郭門之四出者，弊陋欹傾，無以表邑屋之壯。傳舍堂宇，殆將壓焉，邑當孔道，使客將安所税駕？是數役者皆當興。今公私困匱，一錢不可得，盍以治堰帑廩之餘供其費，吾儕樂輸焉。”予高其義，用其言，又以聞於郡府。衆役並舉，皆幸有成，而斯廟光新，亦其一也。故因記廟事，而並刻之碑，庶來者或有取焉。若夫衒能好勝，專務裁損功費，以干進沽譽，或以封殖其私，廢前人成規，而遺患兹邑，非予所期，亦非神之所與也。

---

① 嚴：《宋代蜀文輯存》卷五四作“巖”。

砌街記

范蓀

天下郡國惟江浙甓其道，雖中原無有也。太、少二城，坤維大都會，市區櫛比，衢隧棋布。而地苦沮洳，夏秋霖潦，人行泥淖中，如履膠漆。既晴，則蹄道轍迹，隱然縱橫，頗爲往來之患。

紹興十三年，鄱陽張公鎮蜀，始命甓之，僅二千餘丈。後三十四年，吳郡范公節制四川，爲竟其役。鳩工命徒，分職授任，程督有方，尺寸有度。費出於官，而不以及民；日廩以食，而人競力作。未幾告成，以丈計者三千三百有六十，用甓二百餘萬，爲錢二千萬贏。率一街之首尾立兩石，以識廣狹，凡十有四街。然後所至側布，如江浙間，雨不乘橇，騎不旋濘，徐行疾驅，俱從坦夷。父老相與喟曰："'周道如砥'，其尚見於斯乎！"

昔者單襄公騁宋過陳，火朝睹矣，而道弗不可行①，於是嘆司空視塗之失職，而知其不久。子產以乘輿濟人於溱洧，而徒杠輿梁弗修，孟子曰："惠而不知爲政。"夫善爲政者，緩急有序，大小畢舉，未有治其急而忽其緩，志其大而略其細者。而善觀人之國，亦必以是。公之於蜀，藥傷補敗，苗耨髮櫛，無一不用其方，至道路之政，世所謂緩且細者，亦整治如此。百世之下，四方之人入其境，仰公之賢，推此以考其政績，尚可髣髴云。

淳熙四年記②。

措置增戍兵營寨等事碑③

王敦詩

成都據右蜀之會，近歲併川陝宣撫司建四川制置使，即其地爲治所，總全蜀六十二州，幅員數千里。其西南與蠻夷接，自關河震擾④，外控秦

---

① 弗：原作"弗"，據《國語·周語中》、四庫本《全蜀藝文志》卷四〇改。
② "四年"下，《全蜀藝文志》卷四〇有"四月日"三字。
③ 此文又見於本書卷二七，題爲《雄邊堂記》，蓋因標題不同而誤重收。
④ 河震：原作"可捍"，據本書卷二七改。

隴，北又與狄爲鄰，始置三大將領西兵，分護蜀口。而禁旅散在諸州，勢分力單，教不以律，忽有警，何異毆市人戰？乾道九年①，吐蕃賴苗與奴兒結犯沉黎，遠近騷然，諸郡兵弗能扼，乃調西兵臨之。然猖獗不常，殆無寧歲。

淳熙四年，上命龍圖胡公來帥蜀。公既下車，亟布寬大之令，興滯補弊，內固邦本，外飭武備，申以威信，截然其不可犯。始，公未至蜀，首奏乞增戍西兵，以示彈壓，至是軍聲益張。越明年，奴兒結自縛款塞②，賴苗相繼稱藩，互市復通，內寧外謐，廓廓然無一事。

公方深思長慮，以爲蜀久遠之圖。因考古所以用蜀，如諸葛孔明志在中原，而得蜀後，首決南征之策。五月渡瀘，擒縱孟獲，如視童孺，逮其心服，然後爲北定之舉。蓋方經略中原，而猝有腹心之憂，蒼皇內顧，則幾事去矣，此孔明所以先事南方之意也。矧我皇上內修外攘③，方有事於規恢，將合吳、蜀長技，以掃清中原，則所以整師修戎，以爲不測之備者庸可緩哉！而陳子昂猥謂蜀士尪孱不知兵④，蓋亦未之思爾。且唐中世吐蕃與南蠻兵寇成都⑤，蜀人被其毒螫。其後李文饒鎮蜀，建籌邊樓，圖山川險要，料簡士卒，廢遣獷耄，率戶二百取一丁，號“雄邊子弟”，弓弩鎧甲，極其精良，而二邊寖懼，踵接降服。則蜀兵可用，較然明矣。公即推本其遺意，條上利害，乞於本道選內郡精兵千人，集之成都。建營屋一千二百楹以居之，日給米鹽，與成都之兵朝夕作以大軍之法。月一臨閱，第其藝之高下，以黃白金犒賞之。凡器械軍行之物無一不備，皆出創製。又各爲其副二千，以備闕壞。無幾何，藝日益長，營壘器械、旄幟氣色日益精明，於是蜀之兵備隱然如一敵國，遠近見聞，有畏有恃。又建堂於廳事之西，列兩庫於左右，以貯軍需甲仗之屬。暇日，合將士習射於其上，而旌別之，遂冠以“雄邊”之名。軍須緡錢十萬不取於他，皆出於節約之餘，以充悠久治兵之費。

既成，命敦詩記其事。夫天下之勢，合則强，分則弱，此必然之理也。今蜀口聚兵，而內郡武備漫不講，非獨失居重御輕之權，而機會之

---

① 乾：原作“訖”，據本書卷二七改。

② 兒：原脫，據本書卷二七補。

③ 我：原無，據本書卷二七補。

④ 猥：原作“豫”，據本書卷二七改。

⑤ 兵：原作“合三”，據本書卷二七改。

來，一旦出師，又無以鎮其後，豈不敗乃事？今公能於閑暇建萬世之長策，立經陳紀，百廢具舉。使大夫士人人如公憂國之心，夙夜不懈，天下事其有不立者乎？公嘗爲夕郎，爲内相，皇上蓋深知其才可大用，今施設見於蜀者，特緒餘爾。敦詩將指期年，目睹公之行事彰彰如此，既承命紀述，不敢復以文學淺陋辭，敬再拜而書之。

公平江人，字長文，兒童走卒知之舊矣，復著之，使來者知雄邊之備與斯堂之建自公始。

貢院記　　　　　　　　　　　　　　　　李　燾

吳郡胡長文以龍圖閣直學士安撫制置四川，遣人持書及類省試貢院圖來武陵，屬眉丹稜李燾。其書指言：“西南大都會惟蜀，異時學於京師甚眾，蓋敵齊魯，斯文所從起也。國家習用文治，士愈輻輳。每三歲取士詔下，合成都九邑士來應有司之試者數踰五千，日增而未止。舊貢院既狹小，不足以容，則更就佛寺，取具臨時。爲士者固非之，相仍已久。建炎初，始有詔即成都類試一路十五州進士之當試於禮部者。紹興二年，宣撫司承制併三路四十三州，當試日皆即成都試焉。繇七年以來，類試成都，率循二年之制。後或即閬，或即利，或興元，則隨宣撫使所治所也。其十一年試事雖屬宣撫使，而試所還即成都。宣撫使既罷，則皆制置使專之，自始及今，歷四十八年矣。西南昔號坤鄉，而《坤》於卦爲文，文士輻輳，匪云地勢，抑天理歟。且天子分取士之權以畀外閫，事體至重也，豈郡國歲貢與計偕者所得比哉！而輕易苟簡，惟佛寺是因，其徒數遭逐徙，咸憚牆屋穿漏，睨視弗葺，任其頹破。及寓試所，迅期趨辦，表綴供張，務蔽目前，稍缺藩户，流弊滋出，殊不稱明天子所以待天下士之意。屬將明命，盡護全蜀，實董淳熙四年類省試事。所逢若此，惕然不安於衷，爰議改作。度隙地於錦官坊，直府治之南。其袤九十一丈，廣五十一丈四尺。興誦云吉，龜兆日時，鳩材築基，久乃克爲。凡爲屋三百七十二楹，爲牆三百二十六堵，用工十萬九千四百六十六，費錢六萬三千緡，米二千九百六十五石，皆有奇。役起五年之秋，秋毫不以煩百姓也。今成矣，盍爲我記諸？”

余讀其書竟，取圖披觀，規模誠爲壯麗靡麗，喟然嘆曰：長文用力於斯文久矣，其改作此，信善哉。然切嘗考禮部貢院之名實自唐始，或謂始於文皇，非也。開元以前，貢舉皆屬吏部，命考功員外郎主之。二十四年，明皇謂考功望輕，乃稽貢舉於禮部，命侍郎專掌其政令，別給以印。禮部貢院得名，蓋始於明皇也。國朝貢舉，率循唐舊，間命他官知貢舉，而貢院固屬禮部。元豐嘗廢貢院，印亦隨毀，尋復給印，而貢院則猶取具臨時。元豐末年，開寶寺實寓貢院，火，試官有焚死者，而試卷悉爲灰燼，此非有司苟簡之過歟？崇寧彌文，創建外學，以待四方所貢士，則禮部貢院自是特起，不復寓他所矣。政和二年，又從董正封建請，令諸州遍立貢院。

　　竊嘗謂貢院屬禮部，其設於京師則宜，四方遍立焉，殆非古制也。古者諸侯三歲一貢士於天子。天子將祭，則先習射於澤；已射於澤，而後射於射宮。説者曰，澤蓋宮名。天子之射宮在廟，而澤宮所在無文，蓋即寬閑處近水澤而爲之。澤射既獲，乃射於射宮；射再獲，則與祭於廟。與祭於廟，斯官爵之也，故澤非諸侯所當有。考以四代之學，辟雍其近是歟。古者取賢歙才必於學，故曰澤者，所以擇士①，非舍學而即他所也。後世庠序或廢或立，或立而弗備，有司略不究俊秀升進等級。凡四方之士賓於王者，舉集京師，既無所程其技能，則不免取具臨時。此貢院所以肇建於唐，與學並立，要亦非古制也。然有其舉之，則莫可廢矣。近時諸州緣董正封建請，又爭立貢院，往往挾士以擾民，識者病焉。當正封時，猶或有以藉口，蓋舍法方盛，課督日繁，遊於學者不敢一日去而之他，則其選於鄉者或可別即他所。舍法既罷，士不於學焉取之，而必爲貢院，以待三年四五十日之用，多見其不知務也。

　　或又曰：士之選於鄉者日益增多，鄉校不足以容焉，得不舍其舊而圖其新哉？此又不然。學於天下固不可一日無也，而古諸侯，非天子命之教，則不敢立學，其嚴蓋如此。本朝慶曆間，用范文正公議，嘗詔天下遍立學，此盛德事也。群下不克奉承，學未遍而詔亟寢。又崇寧從蔡昌化議，學乃遍立，雖遐陬荒裔，罔不遍焉。然事必核其真，匪直爲觀美也。今觀慶曆與崇寧，得士果孰多乎？孔子爲鄉大夫，矍相之射蓋詢衆庶以取賢歙才，非聖人私爲之，君所命也，猶今日郡國試士。然古以射，今以文，其名異，其實同耳。子路執弓矢延射，或聞誓言，則如堵者其半已不

---

① 擇：原作“澤”，據《宋代蜀文輯存》卷五二改。

敢入；及裘、點揚觶而語，則僅有存者。故論士惟其賢才，若但以多爲貴，非所聞也。使今之有司能爲子路、裘、點之所爲，則士亦何至雜遝若近時之難擇，而必斥大棟宇以招徠之乎？

此余素所持論如此①，而長文乃屬余記此②，豈不誤哉！雖然，言各有當也。余固曰貢院屬禮部，其設於京師則宜；今天子分取士之權以畀外闈，事體至重，誠非郡國歲貢與計偕者所得比，實如長文所言，故改作類省試貢院，以旌上賜，禮亦宜矣，此不可不記也。

抑嘗聞，嘉祐以前試於殿廷，尚多黜落，臨軒唱第，其不預選者幾二百人，皆揮涕失聲。仁宗憐之，故自嘉祐後，廷試無復黜落，君子未嘗不稱仁宗至仁，而哀士之淺薄也。乘輿巡狩吳越，士生西南，尤憚涉險，得與計偕，亦遲遲其行。天子委曲加惠，故即以古澤宮擇士大典就付西南統帥③；既擇，乃趨行在所策試，遂官爵之。此政古所謂獲於射宮，則與祭於廟者，其法蓋祖述仁宗廷試無復黜落故事，其恩意則愈益深厚矣。不寧惟是，士之積累舉數當特奏名者，亦於是擇取，而徑許之仕。凡考文者，天子又自選四人，錫命九重，遣以金節密受，制置使以時放焉，其事體豈不重乎？明天子所以待西南之士至矣盡矣，果無負矣！唐代宗亦嘗令兩都分試，特以歲歉，暫爲省食計耳，於義陋甚，非若我國家時措之宜，兩便於今，且合於古。領斯事者得不思所以異其禮，而委上賜於尋常哉！故類省試貢院之改作，斯可謂變之正也。《春秋》記禮之變，必謹其始，矧變之正，可無記乎？繼自今，吏銓鄉舉要將必試於此，然則用此殆無虛歲矣，焉可不記也？

余去鄉久，於蜀故弗詳，頗聞長文治蜀④，慨然有愛民之心，嘗奏減茶鹽重課，爲緡錢幾五十萬，及上供金帛之白著者亦幾二十萬，皆遺黎數十年所患苦者，一旦得少蘇息，式歌舞之。其聽訟、治兵，蒐訪人物，罔不盡瘁極摯，類省試貢院特一事耳。故余並敢以素所持論作記，庶幾學者競勸，益思所以報明天子憂顧遠方、養成寒俊之意，且無忘長文之德。

---

① 余：原作“予”。按：作“予”雖不誤，但前後文李燾自稱皆作“余”，今改從一律。
② 余：原作“於”，據《宋代蜀文輯存》卷五二改。
③ 擇士大典：原作“澤士夫典”，據《宋代蜀文輯存》卷五二改。
④ 長：原脫，據靜嘉堂本補。

成都文類卷四十七

檄　難　牒

諭巴蜀檄

（漢）司馬相如

　　告巴蜀太守：蠻夷自擅，不討之日久矣，時侵犯邊境，勞士大夫。陛下即位，存撫天下，輯安中國，然後興師出兵，北征匈奴。單于怖駭，交臂受事，屈膝請和。康居、西域，重譯請朝，稽顙來享。移師東指，閩越相誅；右弔番禺，太子入朝。南夷之君、西僰之長①，常效貢職，不敢怠墮，延頸舉踵，喁喁然皆嚮風慕義，欲爲臣妾。道里遼遠，山川阻深，不能自致。夫不順者已誅，而爲善者未賞，故遣中郎將往賓之。發巴蜀士民各五百人以奉幣帛，衛使者不然，靡有兵革之事、戰鬥之患。今聞其乃發軍興制，驚懼子弟，憂患長老，郡又擅爲轉粟運輸，皆非陛下之意也。當行者或亡逃、自賊殺，亦非人臣之節也。

　　夫邊郡之士聞烽舉燧燔，皆攝弓而馳，荷戈而走，流汗相屬，唯恐居後。觸白刃，冒流矢，議不反顧，計不旋踵，人懷怒心，如報私讎。彼豈樂死惡生，非編列之民，而與巴蜀異主哉？計深慮遠，急國家之難，而樂盡人臣之道也。故有剖符之封，析珪而爵②，位爲通侯，處列東第，終則遺顯號於後世，傳土地於子孫。行事甚忠敬，居位甚安逸，聲名施於無窮，功烈著而不滅。是以賢人君子肝腦塗中原，膏液潤野草，而不辭也。今奉幣役至南夷，即自賊殺，或亡逃抵誅，身死無名，諡爲至愚，恥及父

---

① “僰”下原衍“犍”字，據静嘉堂本、《漢書·司馬相如傳》删。

② 而：原作“儋”，據静嘉堂本、《漢書·司馬相如傳》改。

母，爲天下笑。人之度量相越，豈不遠哉！然此非獨行者之罪也，父兄之教不先，子弟之率不謹也，寡廉鮮恥而俗不長厚也，其被刑戮，不亦宜乎！

陛下患使者有司之若彼，悼不肖愚民之如此，故遣信使，曉諭百姓以發卒之事，因數之以不忠死亡之罪，讓三老孝弟以不教誨之過。方今田時，重煩百姓，已親見近縣。恐遠所溪谷山澤之民不遍聞，檄到，亟下縣道，使咸喻陛下之意，無忽！

露布天下並班告益州文 魏明帝

劉備背恩，自竄巴蜀；諸葛亮棄父母之國，阿殘賊之黨。神人被毒，惡積身滅。亮外慕立孤之名，而內貪專擅之實，劉升之兄弟守空城而已。亮又侮易益士，虐用其民，是以利狼①、宕渠、高定、青羌，莫不瓦解，爲亮仇敵。而亮反裘負薪，裹盡毛彈，刖趾適屨，刻肌傷骨。反更稱說，自以爲能，行兵於井底，遊步於牛蹄。

自朕即位，三邊無事，猶哀憐天下數遭兵革，且欲養四海之耆老，長後生之孤幼，先移風於禮樂，次講武於農隙，置亮畫外，未以爲虞。而亮懷李熊愚勇之智，不思荆邯度德之戒，驅略吏民，盜利祁山。王師方振，膽破氣奪，馬謖、高祥，望旗奔敗，虎臣逐北，蹈尸涉血。亮也小子，震驚朕師，猛銳踊躍，咸思長驅。朕惟率土莫非王臣，師之所處，荆棘生焉，不欲使千室之邑，忠信貞良與夫淫昏之黨同受塗炭，故先開示，以昭國誠。勉思變化，無滯亂邦。巴蜀將吏士民，諸爲亮所劫迫，公卿已下皆聽束手。

檄蜀文 （魏）鍾會

往者漢祚衰微，率土分崩。生民之命，幾於泯滅。我太祖武皇帝神武聖哲，撥亂反正，拯其將墜，造我區夏。高祖文皇帝應天順民，受命踐

---

① 利狼：原作"利閬"，據《三國志·魏書·明帝紀》裴注引《魏略》改。

阼。烈祖明皇帝奕世重光，恢拓洪業。然江山之外，異政殊俗，率土齊民，未蒙王化，此三祖所以顧懷遺恨也。今主上聖德欽明，紹隆前緒，宰輔忠肅明允，劭勞王室。布政垂惠而萬邦協和，施德百蠻而肅慎致貢。悼彼巴蜀，獨爲匪民，愍此百姓，勞役未已，是以命授六師，龔行天罰，征西、雍州、鎮西諸軍五道並進①。

古之行軍，以仁爲本，以義治之；王者之師，有征無戰。故虞舜舞干戚而服有苗，周武有散財、發廩、表閭之義。今鎮西奉詞銜命，攝統戎車，庶宏文告之訓，以濟元元之命，非欲窮武極戰，以快一朝之志。故略陳安危之要，其敬聽話言。

益州先主以命世英才，興兵朔野②，困躓冀、徐之郊，制命紹、布之手。太祖拯而濟之，興隆大好。中更背違，棄同即異。諸葛孔明仍規秦川，姜伯約屢出隴右，勞動我邊境，侵擾我氐羌。方國家多故，未遑修九伐之征也。今邊境乂清，方內無事，蓄力待時，併兵一向。而巴蜀一州之衆，分張守備，難以禦天下之師；段谷、侯和沮傷之氣，難以敵堂堂之陣。比年以來，曾無寧歲，征夫勤瘁，難以當子來之民。此皆諸賢所共親見也。蜀相壯見禽於秦，公孫述授首於漢，九州之險，是非一姓，此皆諸賢所備聞也。明者見危於無形，智者窺禍於未萌。是以微子去商，長爲周賓，陳平背項，立功於漢，豈宴安鴆毒，懷禄而不變哉！

今國朝隆天覆之恩，宰輔宏寬恕之德，先惠後誅，好生惡殺。往者吳將孫壹舉衆內附，位爲上司，寵秩殊異。文欽、唐咨爲國大害，叛主讎賊，還爲戎首。咨困逼禽獲，欽二子還降，皆將軍封侯，咨豫聞國事。壹等窮踧歸命，猶加盛寵，況巴蜀賢智見幾而作者哉！誠能深鑒成敗，邈然高蹈，投迹微子之蹤，措身陳平之軌，則福同古人，慶流來裔。百姓士民安堵舊業，農不易畝，市不回肆，去累卵之危，就永安之福，豈不美與！若偷安旦夕，迷而不反，大兵一發，玉石俱碎，雖欲悔之，亦無及已！各具宣布，咸使聞知。

① 鎮西：原脫，據《三國志·魏書·鍾會傳》補。
② 朔：原作"新"，據《三國志·魏書·鍾會傳》改。

爲東海王討成都王檄文

（晉）孫　惠

穎稟性强暗，增崇位號，阿比奄官，專任孟玖，遂使恣睢，殺活由己。疾諫好讒，小人滿側，官以賄成，位以錢獲，囚以貨生，獄以幣解①。百官卷舌，朝野隱伏。按穎之罪，書記未有，禍甚叔帶，逆隆魯桓。爲子則不孝，爲臣則不忠，爲弟則不順，爲主則不仁，四惡具矣。豺狼之性，有甚無悛。

爲庾翼檄李勢文②

（晉）庾　闡

告巴蜀士民：夫昏明代運，否終則泰。賢哲睹幾以知變，不肖滅亡以取禍。昔皇運中消，乾綱暫弛，曜、勒窮凶③，肆暴神州；李、劉啓逆，竊逼岷川。翼以下才，任符分陝，未能仰宣皇恩，招携以禮，而使三巴之民制於犬羊之群，元元之命懸於豺狼之口，所以假寐永嘆，疢如疾首者也。凡百黎甿，秋毫不犯，檄至，勉思良圖，自求多福，無使蘭艾同焚，永作鑒誡。信誓之明，有如皎日！

數陳敬瑄十罪檄

（唐）楊師立

伏聞庖丁解牛，鑒骨節於形外；伏波聚米，察山谷於目前。若匪通人，奚臻妙理？師立材非馬援，智乏庖丁，見率土之銜冤，爲大朝之雪恥。今國家以黃巢肆逆，宇縣罹災，鑾輿播越而未安，宗廟凌夷而失守。

① 幣：原作“弊”，據《藝文類聚》卷五八改。

② 庾翼：原作“郄鑒”，“郄”爲“郗”之誤，郗鑒《晉書》有傳。然此文實非爲郗鑒作。文中云“翼以下才”，是發此檄文者名“翼”，嚴可均《全晉文》卷三八載此文題作《爲庾稚恭檄蜀文》，庾稚恭即庾翼，是也。

③ “曜”原作“耀”，“勒”原脱，據《藝文類聚》卷五八改、補。“曜、勒”指劉曜、石勒。

凡在臣子，孰不痛傷！而西川節度使陳敬瑄因守藩維，坐觀成敗。伏自大駕駐蹕，縱令群盜害人。不能行政理以安時，但欲示軍功而駭眾。只要威權在己，冀令朝野歸心。惡既貫盈，人皆憤惋。聊書十罪，用去一凶。實望此時，共垂詳悉。

且功高者禄重，德厚者位尊。敬瑄本自凡庸，素無智略，事因際會，位極人臣。乃至稚女孩童，皆霑寵禄；閨房皂隸，並受渥恩。使功勳者切齒而不言，勞舊者扼腕而懷恨。其罪一也。獻可替否，必在忠言；指佞觸邪，須憑直士。張侍御正朝廷綱紀，暗被誅夷；孟拾遺疏陳敬瑄是非，遂遭陷害。或殞命於滄江之下，或亡軀於幽室之間。想其強死之忠魂，必得申冤於上帝。自此中外結憤，愚智吞聲。其罪二也。妄議公主，擅許和親，挫大國之威風，長南夷之僥倖。蓋緣陳敬瑄受賂，遂令海內興譏。其罪三也。恭、顯弟兄，總非勳舊，皆食厚禄，並陟崇階。蓋陳敬瑄罔顧刑章，黷亂朝憲，外姻內族，冒貴貪榮。其罪四也。全無懼謗，豈識廉隅，但興苟且之心，唯恣淫泆之行。升徐賡為公座，因令奪安鄴之妻；致光庭登甲科，只為聘陳敬瑄之女。聞之者寧無慚恥，見之者皆有嘆嗟。其罪五也。鄭相公運籌於岐隴，率眾於邠涇，橫控梁洋，遂安劍蜀。陳敬瑄深懷嫉妬，互起讒言①。其罪六也。王蘊賤隸之徒，姚坤凶狀未具，皆被殺戮，可鑒幽冤，賞罰之權自陳敬瑄出。其罪七也。恣行威福，紊亂規繩，除移不白於天書，擢用只憑於使牒。元隨諸校，偏授官榮；扈從六軍，曾無優渥。其罪八也。搜羅富户，借彼資財；抑奪鹽商，取其金帛。三倍折納稅米，兩川縮斷度支。妄指贍軍，多將潤屋。其罪九也。東西二蜀節制，徇意誣君。云討韓秀昇，峽路回戈；請擊高仁厚②，當川歇馬。不甘下視，可驗平欺。如此用心，自為得計。其罪十也。

且為臣之義③，有一於此，未或不亡，況皆具之，何以能久？師立今則感人祇之怨怒，奮貔虎以平除。已點驍銳精兵及八州壇寨共五萬人騎，舉義長驅。問罪西府，志在扶持天子；誅滅亂臣，止欲生致陳敬瑄。面奏聖上，請行國典，以正朝綱。應諸道公侯、諸州牧伯，共期嫉惡，同為除姦。或義士忠臣，或州府將校，但能梟敬瑄首級，送師立軍前，即便卷甲

---

① 互：原作"牙"，據《全蜀藝文志》卷四三改。
② 擊：原脱，據萬曆本《全蜀藝文志》卷四三補。
③ 義：原作"首"，據萬曆本《全蜀藝文志》卷四三改。

弢弓，歸朝謝罪。皇天后土，實聞此言，凡在人臣，幸鑒忠懇。

代成都帥檄

邵　博

朝廷既付帥以全蜀兵民之寄，帥深念國勢艱危，思所以寬上西顧之憂者不敢不力。今敵國之禍半天下，議者謂敵情終不能忘，蜀帥固料之。敵人以鐵騎衝突決勝，使其出平原易野，則勇矣；果扼吾蜀，將自取禍也。蓋天下之險在蜀，大山長谷，數千里之間，自古無路可出。梯空爲棧以往來，行者必棄輿焉，腰絚扶杖，後先相挽牽。或棧壞，則墮於萬仞之下，不見蹤迹。此豈用武之地哉？敵之長技廢矣。帥比下約束，敵之來，堅壁清野，斷路據險，使其鼓勇則不得進，示怯則不得退，久駐則不得食。將盡決四山所瀦之水灌之，雖百萬之衆，可使化魚鼈異物無遺也，其能得志哉！此不待智謀拳勇之士，談笑可辦，況有如諸君之高才絕藝乎？

今官軍、民兵與應募之士已百萬，器甲犀利，糧儲山積。斥堠明甚，敵之動靜，朝夕所知。帥有備矣，於此責將士焉。傳曰：師克在和，不在衆。無輕舉，無爭功，無信流言，無泄秘計，無以私事相仇。皆兵家所忌也。帥爲成都三年矣，環百城之境，無風塵草竊之虞，朝廷察焉，故當更而復留。尺土之功，帥未嘗自列也，帥之心可見矣。以天之道，社稷之靈，朝廷奠安①，異時論保蜀之功，帥將以將士之名次第上之，不自有焉。其或違衆慢令，不以帥之言爲用，罰不敢私。尚聽之，毋忽！

難蜀父老②

（漢）司馬相如

漢興七十有八載，德茂存乎六世，威武紛紜，湛恩汪濊。群生澍濡，洋溢乎方外。於是乃命使西征，隨流而攘，風之所被，罔不披靡。因朝冉從駹，定筰存邛，略斯榆，舉苞蒲。結軌還轅，東鄉將報。

至於蜀都，耆老大夫、搢紳先生之徒二十有七人，儼然造焉。詞畢，

---

① 奠：原作“尊”，據萬曆本《全蜀藝文志》卷四三改。
② 難蜀父老：原作“蜀父老難”，據《文選》卷四四改。

進曰："蓋聞天子之牧夷狄也，其義羈縻勿絕而已。今罷三郡之士，通夜郎之塗，三年於茲，而功不竟，士卒勞倦，萬民不贍。今又接之以西夷，百姓力屈，恐不能卒業。此亦使者之累也，竊爲左右患之。且夫邛笮西夷之與中國並也①，歷年茲多，不可記已。仁者不以德來，強者不以力併，意者其殆不可乎！今割齊民以附夷狄，敝所恃以事無用，鄙人固陋，不識所謂。"

使者曰："烏謂此乎！必若所云，則是蜀不變服，而巴不化俗也。僕常惡聞若説，然斯事體大，固非觀者之所覯也。余之行急，其詳不可得聞已，請爲大夫粗陳其略。

蓋世必有非常之人，然後有非常之事；有非常之事，然後有非常之功。夫非常者，固常人之所異也。故曰，非常之原，黎民懼焉，及臻厥成，天下晏如也。昔者洪水沸出，氾濫溢溢，民人升降移徙，崎嶇而不安。夏后氏感之，乃堙鴻水②，決江疏河，灑沉澹菑③，東歸之於海，而天下永寧。當斯之勤，豈惟民哉，心煩於慮，而身親其勞，躬胝胼無胈，膚不生毛，故休烈顯乎無窮，聲稱浹乎來茲。且夫賢君之踐位也，豈特委瑣握臠，拘文牽俗，修誦習傳，當世取説云爾哉！必將崇論閎議，創業垂統，爲萬世規。故馳騖乎兼容並包，而勤思乎參天貳地。

且《詩》不云乎：'普天之下，莫非王土；率土之濱，莫非王臣。'是以六合之內，八方之外，浸潯衍溢，懷生之物有不浸潤於澤者，賢君恥之。今封疆之內，冠帶之倫，咸獲嘉祉，靡有闕遺矣；而夷狄殊俗之國，遼絕異黨之域，舟車不通，人迹罕至，政教未加，流風猶微。內之則時犯義侵禮於邊境，外之則邪行橫作，放殺其上，君臣易位，尊卑失序。父老不辜，幼孤爲奴虜④，繫累號泣，內嚮而怨曰：'蓋聞中國有至仁焉，德洋恩普，物靡不得其所，今獨曷爲遺己！'舉踵思慕，若枯旱之望雨，戾夫爲之垂涕，況乎上聖，又焉能已？故北出師以討強胡，南馳使以誚勁越。四面風德，二方之君鱗集仰流，願得受號者以億計。故乃關沫若，徼牂柯，鏤靈山，梁孫原。創道德之塗，垂仁義之統，將博恩廣施，遠撫長

---

① 西夷：《史記》《漢書》《司馬相如傳》作"西僰"。

② 乃堙鴻水：《漢書·司馬相如傳》作"乃堙洪原"，《文選》卷四四作"乃漂洪塞源"。

③ 以上二句"江"原作"流"，"灑"原作"漉"，"澹"原作"瞻"，據《漢書·司馬相如傳》改。灑，分也；澹，安也。

④ 虜：原脫，據《史記》卷二七《司馬相如列傳》補。

駕，使疏逖不閉，曶爽闇昧得耀乎光明，以偃甲兵於此，而息討伐於彼。逖邇一體，中外禔福，不亦康乎！

夫拯民於沉溺，奉至尊之休德，反衰世之凌夷，繼周氏之絕業，天子之亟務也。百姓雖勞，又惡可以已乎哉！且夫王者固未有不始於憂勤，而終於佚樂。然則受命之符，合在於此。方將增太山之封，加梁父之事，鳴和鸞，揚樂頌，上減五①，下登三。觀者未睹旨，聽者未聞音，猶鷦鵬已翔乎寥廓，而羅者猶視乎藪澤，悲夫！”

於是諸大夫茫然喪其所懷來，失厥所以進，喟然並稱曰：“允哉漢德，此鄙人之所願聞也。百姓雖勞，請以身先之。”敞罔靡徙，遷延而辭退。

回雲南牒

（唐）高　駢

先是雲南遞到木夾督爽牒，劍南西川節度使駢復牒云：

大唐劍南西川節度使牒雲南詔國牒：我大唐聖皇帝德配二儀，光齊兩曜，仁霑動植，聖役神龍。煦萬國而盡若青天，養兆民而皆同赤子。東隣若木，西屆流沙，北通陰山，南抵銅柱，莫不貢珍而納贄，航海而梯山，請混車書②，願爲臣妾。是知卑微螢耀，不敢並於太陽；齷齪蹄涔，焉能踔於神驥？且自九夷八狄、七戎六蠻，雖居要荒，盡遵中國，力爭不得，天使其然。所以孔聖云：“夷狄之有君，不如諸夏之亡也。”縱外夷驕倨，索中國等倫③，是無博古知今，但擬率凶逞志。雖恃荒陬之獨力，背以天時，必爲寰海之諸蕃，哂其僭越。力不足憑④。且以蠓螨之飛騰，不離溝瀆，欲追鸞鳳之羽翼，擬接縹霄，雖是童兒，亦知不可。

且雲南頃者求合六詔，併爲一蕃。與開道途，得接邛蜀，許賜書而習讀，遽降使而交歡。禮待情深，招延意厚。傳周公之禮樂，習孔子之詩

---

① 減：此是據《文選》。《史記》《漢書》《司馬相如傳》作“咸”。咸，同也，此謂漢德上同於五帝，於文意較長。
② 請：原作“諸”，據明謝肇淛《滇略》卷八改。
③ 索：《全唐文》卷八〇二作“豈”。
④ 此句下，萬曆本《全蜀藝文志》卷四三空四格。按：當缺四字。

書。片善既知，大恩合報。忽窮兵黷武，掠土侵疆，再犯朗寧①，重陷交趾，兩俘邛蜀，一劫黔巫。塗炭城池而極多，皆爲灰燼；驅歸士庶而非少，盡作幽冤。轉恣胸襟，罔知悛革，吞越巂之舊地，圍相如之故城②。凌犯不休，貪殘轉甚。昔時交趾都護不閑理兵，舊日朗寧元戎未解誅寇。黔巫師帥③，邛蜀儒臣，受以侵欺，容其殘暴。

某比者親征海裔④，克復龍編，驅駕三千之師，勦除十萬之寇。南定縣則全軍陷没，如乾鎮則匹馬不回。羅和一空，嘉寧俱盡。贊衛段酋遷安南節度。之斬酋⑤，騎將麻光高溪洞都統。之亡軀⑥，李膳龍安南城内守將。則面縛於軍前，張詮行營都統。則生擒於陣上。沉白衣殁命之衆，將帥至長行二千餘人皆白衣，號殁命軍。如赤日消冰；殺朱弩伐苴之軍，詔王親軍三千並陷安南。若烘爐焰熾⑦。膏塗草莽，骸積丘山，士卒睹之而稱心，夷獠觀之而快意。趙諾眉扶耶等在界上道都統三十餘年也。而就戮，楊思緒善闡節度兼平官、充供軍使。亦自裁⑧。董鐸龍咸通七年除安南節度使，替段酋遷。之恓惶，范昵些安南行營都統。之窘泪。每來侵擾，無非敗亡。江橋則盡底焚燒，采筏則從頭覆没。波封瓦解，扶耶大殱。容易誅鋤，若高原之縱燎；等閑撲滅，如順坂之走丸⑨。鏟削城池，掃殄妖孽。先仗睿謀之果斷，後資神武之誅擒。掩韓信滅趙之功，吞樂毅定齊之策。普天盡悉，列國洞知。

昨日來鎮西川，移從汶水，仗節而不施導騎，單車而直抵坤維。大開城門，放出人物，三軍而遣歸營幕，百姓而使返鄉閭。此時詔王，未離近地，固無疑阻，直擬誅鋤。不比從前帥臣，只務姑息凶醜，唯將和好，便是策謀；今則已知天時，誓雪國恥。

前詔王遣張棟成等將領軍伍，稱是行人，未至府城，揚言和好，身纔入境，兵已繼來。況是詔王親行，公然詐僞，侵欺大國，熒惑元戎。戮僕之儀，須依古典，其張棟成等並已軍令處置。且詔國前後俘虜約十萬人，

---

① 朗寧：原作“郎寧”，據《舊唐書》卷一九上《懿宗紀》、卷四一《地理志》改。下同。
② 圍：原作“爲”，據《全唐文》卷八〇二改。
③ 帥：原脱，據萬曆本《全蜀藝文志》卷四三補。
④ 某：原作“其”，據《全唐文》卷八〇二改。
⑤ 酋：原作“首”，據《資治通鑑》卷二五〇、《安南志略》卷四、卷九改。下文同。
⑥ 高：原作“亮”，據《新唐書·南蠻傳》和《蠻書》卷四、《資治通鑑考異》卷二三改。
⑦ 烘爐焰熾：《滇略》卷八作“紅爐熾焰”，較勝。
⑧ “楊”原作“相”，“闡”原作“門”，據《資治通鑑》卷二五〇改。
⑨ 坂：原作“板”，據嘉慶本《全蜀藝文志》卷四三改。

今獨送杜驤妻，言是没落。且杜驤守職本在安南，城陷驅行，固非没落。星霜半代，桎梏幾年，李氏偷生餘喘而空令返國杜驤早歿遺魂而不得還鄉。今則訓練蕃兵，指揮漢將，鐵衣十萬，甲馬五千，邕、交合從，黔、蜀齊進。昔時漢相有七擒七縱之功，今日唐臣蘊百戰百勝之術，勳名須立，國史永書。且杜驤官銜，李揺門地，不是近親，但王室疏宗、天枝遠派而已。

李氏並詔國木夾並差人押領進送朝廷訖，故牒。

又　　　　　　　　　　　　　　　　　　（唐）胡　曾

　　駢統益部，兼號征南，蠻陬聞名，預自屏迹。然猶時飛一木夾，誇兵革犀象之盛。駢判回木夾，命記室胡曾爲之詞：

　　牒：前件木夾，萬里離南，一朝至北，開緘捧讀，詞藻焕然，獎飾過多，欣慰何極。實以乍同邊鎮，纔到藩籬，且按此朝之舊儀，未委彼國之新制。不知氈拓，唯認苴咩，尚呼南詔之佳名，豈見大朝之美號。要從微耗，且是所宜。

　　伏承驃信王化風行，君德雲被，凋題屈膝，駃舌折腰①，卉服來庭，毳裘入貢。蓋以深明豹略，精究龍韜，波伏西天，草偃南土者。然侵軼我華夏，無乃不可乎！將謂我皇帝有所負於彼邦，邊臣有所負於彼國，慮彼直我曲，獲罪於天，是陳木夾申懷，用貯榮報②。及披回示，已見事根，止於因繋使人，放歸彼國。始乎小怨，終此深讎，吞噬我朗寧，虔劉我交趾，取我越巂，犯我益州。若報東門，乃及再四。

　　夫物居中者尊也，處外者卑也，是以衆星拱之北辰，百谷趨之東海。天地尚不能違，而況於人乎！我國家居天之心，宅地之腹，四方八表，莫不輻湊，亦猶北辰之與東海也。誠知土地山河，歸於有德；雖云有德，亦須相時，苟無其時，安可妄動？明公博識多聞，豈不見仲尼乎？仲尼之聖踰堯、舜，顏子之賢過夔、龍也③，六合茫茫，無立錐之地者，蓋無其時

---

① 駃：原作“駃”，據《鑑誡録》卷二、《全蜀藝文志》卷四三改。
② 貯：疑當作“佇”，即等待。
③ 夔龍也：《鑑誡録》卷二作“祖龍沛令萬萬”。

也。適使仲尼生於秦末，乘胡亥之亂，用顔回、閔損爲宰相，子路、冉有領將軍，子貢、宰我充行人，子夏、言偃典書檄，雖六合鼎沸，可期月而定也。當此之時，劉、項只可都頭①，韓、彭不過下將耳。聖人雖有帝天下之德，而無帝天下之時，終不妄動。及子路欲使門人爲臣，以爲“欺天乎”；及自嘆曰：“鳳鳥不至，河不出圖，吾已矣夫！”止於負手曳杖，逍遥倚門，告終而已。王莽不識天時，苻堅不知曆數，妄恃强富，爭帝乾坤。莽以百萬鋭師來襲後漢，光武以五千之衆破於昆陽。苻以六十萬精兵折於東晉，謝玄以八千之卒敗於壽春。豈不爲欺天罔地所致者乎？國富兵强，何足恃也！

周王杖箠於岐山，漢祖脱褐於泗水，我高祖起自隴州。蓋明公只知其一，未知其二，見其形，未見其兆也。今與明公陳之，望審參焉。

昔周王承公劉之德，遇殷紂之暴，刳剔孕婦，塗炭生靈，剖賢人之心，斮朝涉之脛。三分天下，而二歸周，文王率諸侯而朝之。至於武王，觀兵孟津，八百諸侯，不期而會，尚曰“彼有人焉，未可圖也”，退歸修德。觀乎聖人去就，豈容易者哉！及微子去，比干剖，箕子奴，民不聊生，皇天厭之，國人棄之，武王方援旗誓衆，一舉而滅紂者，蓋天奪殷而與周也。我皇方宵衣旰食，肩堯踵舜，父事三老，兄友百僚，推赤心於比干腹中，懸白日於微子頭上，諸侯合德，百姓歡心。唯天下有人聖如周王，家有姬旦，戶生吕望者乎？

漢祖承帝堯之德，遇秦皇無道，併吞六國，恃宇宙一家，焚燒詩書，坑滅賢哲，築長城於紫塞，造阿房於皇州。鬼母哭蛇，人臣指鹿，民不聊生。皇天厭之，國人棄之。是以陳勝一呼，天下響應，漢祖西入，五星都聚者，蓋天奪秦與漢也。我皇帝方崇詩書，任賢哲，卑宮室，恤黔黎，野無歌鳳之人，朝有問牛之傑。天下有人英如漢祖，家有韓信，戶生張良者乎？

我高祖承玄元之德，遇隋煬荒淫，徭役不息，徵斂無度。竭生民之財産，爲巡幸之資糧，虎噬群賢，猱剝庶母，浮沉遼海，疏鑿汴河，今年東征，明年西伐，民不聊生。皇天厭之，國人棄之。是以我高祖應天順地，奄有四海者，蓋天奪隋而與唐也。我皇方淡薄聲色，杜絶巡遊，夢卜宰輔，倚注藩屏，思成垂拱，惡習干戈。皇天方贊，國人方歡。天下有人雄

---

① 都頭：《鑑誡録》卷二作“比肩”。

如唐祖，家有敬德，户生玄齡者乎？

而況越巂新州，牂牁故地，不在周封之内，非居禹迹之中。曩日邊將邀勳，妄圖吞併，得之如手加駢拇，失之若頷去贅瘤，九牛之落一毛，六馬之亡半毛，何足喻哉！

僕雖自絳紗，素軌黃石，既探師律，固識兵機。奉詔鎮壓三巴，撫安百姓，思敦禮樂，恥用干戈。每傷虞芮之爭田，永念姬周之讓路，苟不獲已，即須訓戎。且蜀地闊數千里，郡列五十城，户口至多，士卒之眾，可以揮汗成雨，吐氣成雲。蓋緣從前元戎，皆是儒者，有昧見幾而作，但守升平之元規，雖分帝憂，不教民戰，是以彼國得以深入，無備故也。僕示之以三令，教之以八陣，鼓聲而進，鉦動而退，甘與之共，苦與之均，義等埴篪，情猶瓜葛。閱禮樂而敦詩書，務耕桑而聚穀帛，使家藏甲冑，户貯干戈，賞罰並行，公私共貫。既識三略，便可七擒，不唯喝倒不周，亦可擘開太華。

況彼國自長慶已來，搔擾益部，殺人之父，孤人之母，掠人之妻，鰥人之夫。焚人之廬舍，使人暴露；剪人之桑麻，使人寒凍。蜀人怨恨，痛入骨髓。僕乘其眾怒之勢，示其報怨之門。況抱雞搏狸，不由人教；乳犬敵虎，自是物情。既仗宗廟之威靈，兼統華夏之精銳，若乘流縱棹，下坂推車，豈勞心哉！

僕官是宰衡，位當侯伯。被堅執銳，雖則未曾；濟河焚舟，平生所貯。彼國將帥之強弱，邦國之盈虛，坐可酌量，何煩詢誘？且六合之外，舟車不及，聖人不言。彼國在聖人不言之鄉，舟車不及之地，縱主上英哲，人臣俊乂，亦猶燭龍銜耀，只可照於一方，春雷振聲，不能過於百里。天與不取，談何容易！

夫天有五賊，見之者昌。彼國縱曉六韜，未閑五賊，而欲泥封函谷，水灌晉陽，何其謬哉！五賊者：夏桀張羅，殷湯祝網，是以仁而賊不仁也；殷紂剖生人，周文葬枯骨，是以德而賊不德也；齊國厚徵薄貸，魯國厚貸薄徵，是以恩而賊不恩也；項羽殺義帝，漢高祖舉哀，是以義而賊不義也；陳後主驕奢，隋文帝恭儉，是以道而賊不道也。能行五賊，兼曉六韜，方可奪人山河，傾人社稷。我朝未有五失，而彼國徒自陸梁。以此推之，興亡可鑒，何勞遠離庭户，始識安危，久習韜鈐，方明勝負？而妄要姑息，不務通和，回示荒唐，一何乖戾！罔念孔、顏之知命，翻效莽、堅之覆車。交趾喪亡，可知人事；新都失律，足見天時。若望降尊，便希抗禮，但百谷不趨東海，衆星不拱北辰，則不可議也；苟未如是，則不可改圖。昔管仲入周，不受上卿之禮；蘇武在虜，無虧中國之儀。事有前規，固難更易。況小不事大，《春秋》所誅。若彼直我曲，恐招天殃；既彼傲我謙，何患神怒？

見已訓齊士卒，調集糗糧。或玉露垂槐，金風動柳，建鼓數里，命車指南，涉巂弔民①，渡瀘會獵，繼齊魯之夾谷，紹秦趙之澠池，便是行人，豈遺佳策？

皇帝聖旨以具前緘奏聞，不復多談，恐乖忠告。謹牒。

---

① 巂：原作“雟”，據《鑑誡録》卷二改。

成都文類卷四十八

箋 銘 贊 頌

益州箋①　　　　　　　　　　　　　　　　　　（漢）揚　雄

巖巖岷山，古曰梁州。華陽西極，黑水南流。茫茫洪波，鯀堙降陸。於時八都，厥民不隩。禹導江沱，岷嶓啓乾。遠近底貢，磬錯弩丹。絲麻條暢，有粳有稻。自京組畛，民攸溫飽。帝有桀紂，湎沉頗僻。遏絶苗民，滅夏殷績。爰周受命，復古之常。幽厲夷業，破絶爲荒②。秦作無道，三方潰叛。義兵征暴，遂國於漢。拓開疆宇，恢梁之野。列爲十二，光羨虞夏。牧臣司梁，是職是圖。經營盛衰，敢告士夫。

官　箋③　　　　　　　　　　　　　　　　　　（僞蜀）孟　昶

朕念赤子，旰食宵衣，託之令長，撫養安綏。政在三異，道在七絲。驅鷄爲理，留犢爲規。寬猛得所，風俗可移。無令侵削，無使瘡痍。下民易虐，上天難欺。賦輿是切，軍國是資。朕之爵賞，固不踰時。爾俸爾禄，民膏民脂。爲民父母，罔不仁慈。勉爾爲戒，體朕深思。

---

　　① 按：本書原收此文抄自《藝文類聚》卷六，乃是節錄，題作《益州箋》。全文見《古文苑》卷一四、《全蜀藝文志》卷四四，題作《益州牧箋》。
　　② “茫茫洪波”至此，原無，據《古文苑》卷一四補。
　　③ 官箋：原作“著官箋”，不通。據《蜀檮杌》卷下載：“（廣政）四年五月，（孟）昶著《官箋》頒於郡國。”“著”字是動詞，《成都文類》誤作爲題，今删。

講堂箴

韓　絳

嗚呼，天地之道遠乎哉？聖人之心異乎哉？動而任於理，則天道是已；純然得其性，則聖心是已。吾謂通其說者，必以三才之原，未始不出乎一也。人之七情，中焉而未發也，則粹德内融，豈不曰天下之大本歟？及其發而皆中節也，則和理外著，豈不曰天下之達道歟？中者性也，寂然而有容，則與天道合焉；和者情也，澹乎其若忘，則與聖心會焉。所以八卦九章，推明天人相與之際，而著爲吉凶休咎之符者，非三才一原之效邪？

自古教化之迹，或因或殊，然而未始不本諸性情，而納之皇極者矣。貴賤以之位，父子以之親，兄弟以之友，夫婦以之順。此皆不待學而後知，直出於性理之常分爾；況乎學斯學者，宜如何哉？惟不獨私乎其身而已。爲能擴而大之[1]，包乎四海而不外，詡乎群物而不遺[2]，使六沴弗得作，諸福莫不至，是豈非休吉之符歟？彼有肆情縱欲，暴蔑禮義，父子之不保，兄弟之不咸，矧肯仁於親戚鄉黨乎？矧肯憂於鰥寡孤獨乎？是皆不知反求躬，自滅天理，違所以養命之道，以取禍敗，顯則有金木訊之，甚則有鬼神譴之，是豈非咎凶之符歟？

夫學校之法，所以養士，使適是道，而後養乎蚩蚩之氓者也。豈徒華言詞以自矜，飾聲名以自高，希寵利以自封哉！惟知其本者無取於彼，而三者亦兼而有之矣。

成都之學，郡國莫先焉，士人之衆，四方鮮擬者。其講堂舊庳隘，不足以容諸生，僉謂予曰：“蔣侯嘗建西學，後輒毀撤，其基尚存，盍興築焉？”因相其所，圖構廣廈，爲十有三筵，度深稱是。以甲辰歲三月庚申落成。耆幼縱觀，咸曰：“時當於其旦，則先生正衣冠，帥諸生群萃於是，以習揖讓周旋之儀。相與

---

① 擴：原作“推”。按：静嘉堂本此字作小字“今上御名”。《成都文類》編於理宗慶元中，則“今上御名”應是“擴”，因改。

② 物：静嘉堂本作“吕”，《全蜀藝文志》卷四四作“侣”。

衍聖經以明乎天道，治性情以全乎中庸，使父父子子、兄兄弟弟、夫夫婦婦、老老幼幼，一之乎大順。故伸而上之以事其君，則誠節於是乎立；推而下之以庇其民，則事業於是乎成。不自德而德隨之，不自功而功與之，使風化之盛，不其廩廩乎！”

　　然則學校之設，將以講求三極之道，沉浸先王之澤①，盡在是矣，豈曰無用之地、不急之務哉！予慮是堂異時或若西學之廢，輒爲之箴，以告當御。

休哉天民，有物有則。弗完厥中，自肆戕賊。聖哀其愚，化奚由默。圖惟敷施，明用俊德。學校之興，教育有經。賢率不肖，胥及群氓。豈伊異術，一本爾情。情之不極，淪以蹈刑。止邪未發，將保爾生。靡敢靡正，瀆性之靈。自暴自棄②，烏足與齒。師生其難，思廸於禮。在昔有若，去座爲恥。賜不受命，萬世攸鄙。矧過是者，言行之僞。敢登此堂，寧無內愧？斯庭燕閑，斯宇閎邃。揖讓威儀，講聞道義。下士背馳，君子來視。毋或壞隳，永錫爾類。

觀政閣箴　　　　　　　　　　　　　呂大防

　　成都圖開寶以來牧守之像於大慈寺閣，徒記其爵位名氏與其在官歲月，而不錄其政事之美惡。豈居是邑，不非其大夫，邦人之禮宜如是歟？然不足以申勸戒，爲後來者法。余輒采秦漢至於唐領太守、刺史、節度使之職，有政迹可考，而畫像存焉者，得二十有八人，別圖於它閣，而名其榜曰“觀政”。蓋觀其善足以勸，觀其不善足以戒。其政事雖可考，而像不存者，捨之；像雖存而僭竊不軌，或闇庸無聞者，黜之。此觀者不可不知也。寺僧求文，余以謂古者官有箴，爲作箴以授之。其詞曰：

蜀於《禹貢》，是爲梁州。華陽黑水，處坤之陬。其山四塞，氣鬱以遒。人矜其技，物產其尤。牧野之師，有功宗周。秦始列郡，置吏罷侯。守冰殖利，渠田肇修。肆彼一方，無衣食憂。文翁處後，教民文章。多士

---

① 先王：原作“先生”，據《全蜀藝文志》卷四四改。
② 暴：原作“禽”，據萬曆本《全蜀藝文志》卷四四改。

化之，傑出馬、揚。張堪廉惠，去而益張。五倫清約，人監允臧。廉范便民，警之所當。种暠繩姦，不以勢妨。

李膺修設，善飾其身。高映勸學，其迹猶新。養士之利，愈久愈存。賢哉孔明，討魏扶漢。思清以密，德順而健。其功不克，天未厭亂。王濬豪俊，知略不群。畫策平吳，卒賴其勤。高儉循吏，爲唐元臣。象先廷碩，嗣美且文。嚴武暴厲，忿欲並申。天寶政紊，乃以牧民。崔寧繼之，以昏易昏。

壯哉南康，橫身扞難。種羌方熾，力弭其患。中朝以安，浮議可嘆。崇文貪殘，得不償失。元衡静安，飾以儒術。文昌更事，遠俗清謐。敏哉文饒，裕蠱治詳。擾弊之後，補敗藥傷。外禦其侮，内教有方。嗣復、悰、薈，遵故守成。叢、孜秕政，民無以生。駢乎多罪，禍積釁盈。冤女呼天，虐及孤惸。瓛、瑄信盜，俾民卒瘏。燼及邦家，可不慎歟！自秦以還，鎮守之臣，政有良窳，存乎其人。牧臣司梁，敢告執巾。

座右銘

（漢）嚴　遵①

夫疾形不能遁影，大音不能掩響。默然託蔭，則影響無因；常體卑弱，則禍患無萌。口舌者，禍患之門，滅身之斧；言語者，天命之屬，形骸之部。出失則患入，言失則亡身。是以聖人當言而懷②，發言而憂，如赴水火，履危臨深，有不得已，當而後言。嗜慾者潰腹之矛，貨利者喪身之仇。嫉妬者亡軀之害③，讒佞者刎頸之兵。殘酷者絶世之殃，陷害者滅嗣之場。淫戲者殫家之墊，嗜酒者窮餒之藪。忠孝者富貴之門，節儉者不竭之源。吾日三省，傳告後嗣，萬世勿遺。

蒙軒銘

趙　抃

顏淵聖徒，終日如愚。伯陽亦云，深藏若虚。彼無演子，少師佛圖。

---

① 嚴遵：原作“嚴君平”，今改作名。
② 懷：萬曆本《全蜀藝文志》卷四四作“慄”。
③ 軀：原作“驅”，據《全蜀藝文志》卷四四改。

翹翹秀整，籍籍名譽。下筆文采，開口詩書。大乘探賾，頓教諮諏。將墜之勢，我持我扶。有軒執名，以"蒙"命諸。蒙久則亨，蒙養以需。如砂中金，如蚌中珠。或取或捨，聖人凡夫。蒙乎蒙乎，寧已矣乎！

石室銘　　　　　　　　　　　　　　　　　宋右仁

　　昔夏禹定九州貢法，明三壤同異，山川、草木、鳥獸、戎狄，土地所生，財賦所出，聲教所暨，咸悉載之，無一遺者。至於天下人性賢愚，民心善惡之所繫，則闕而不載焉。三代而下，史策所存者，咸能著之圖籍，而志其地理。迹其記録，則於天下人民所繫之性，亦略而無聞焉。聖賢之述作，亦有所闕乎？豈聖賢之志將有所蘊乎？意者謂人性之上下不常於世，隨其教化而移易也。故上之教行則民興善，上之令嚴則民興暴，皆從其上之所爲爾。語曰如風之偃草，又曰若泥之在鈞者，豈虛言哉！此聖賢所以不可不筆之，而傳後世者矣。

　　且蜀之開國，地遠中夏，民性怯懦，而多浮侈。迨文翁之爲守，立學校，造講堂、石室，以備其制度，遣俊乂之士東受七經，還以教授。於是風教大行，而岷絡之地比於齊魯。厥後相如既没，而淵、雲之徒森然繼出。兩漢之際，舉不乏賢，得人之稱，迨今攸盛。

　　於戲！蜀始以僻陋險隘，人民夸誕，古謂難治。暨文翁以儒學教導之，則其人莘莘然嚮慕於文學，而見用於當世者，得非上之教化移易於人民若是哉！覽之前記，尤美其事；觀夫遺迹，則石室猶存。雖前賢有銘其徽烈者，大率言立學興儒，而以石室琱琢，取學者磨礱之意，又欲樹功於不朽也。觀其言詞，似有未盡賢守教化之深意，因復廣而銘之曰：

地有常形，民無常性。繇上之化，所從而正。維蜀之郡，在天一隅。俗尚浮侈，人希服儒。賢哉文翁，來牧兹土。爰立石室，始興庠序。俾此岷絡，儒風大行。於以兩漢，英賢踵生。降及我朝，得人侔古。家慕淵、雲，學隆鄒、魯。政教下格，文才上通。迨今蜀人，詠歌德風。

丞相張公祠堂銘

田　棋

　　大丞相文忠張公以治平三年春初仕爲雒縣簿，其年冬十有二月，來攝華陽縣衡山鎮之征官。越明年秋八月，丁內艱而去，迄今凡九十年。鎮之護國寺有堂，舊刻公之遺詩。紹興乙亥，棋來獲觀，景想風烈，良用慨然。乃新椽礎，以繪公像，從公之孫新敘南通守講究家傳，記其年月。嗟夫，公之大節在史官，文章在天下，勳德在生民，是區區者亦何加損於公哉！《詩》云："高山仰止，景行行止。"意其在茲。銘曰：

　　天爲斯民，挺生賢哲。誰爲厲階，梗而莫合。偉哉文忠，岷峨之英。瑞爲鳳皇，聲爲雷霆。熙、豐、元祐，迄於崇、觀，世故多矣，金石不變。晚而來歸，舜韶一夔。豈不能從，愛莫助之。抱關擊柝，我初不屑。粲然珠璣，散落遺碣。貂袞閶閶，凌烟功勳。豈真公耶，天壤至文。噫！天何時復生此老，浮遊汗漫，固有不朽。

有斐閣銘

王　賞

　　溫江蘇國士企先於東郊別墅創爲小閣，前有修竹，後有流水，予名之曰"有斐"，而爲之銘。銘曰：

　　淇水湯湯，綠竹漪漪。武公之德，託興在茲。圭璧之質，琢磨成器。願子百年，惟公是似。

主一齋銘

張　栻

　　成都范文叔以"主一"名齋，予嘉其志，爲銘以勉之。

　　人之心，抑何危。紛百慮，走千岐。惟君子，克自持。正衣冠，攝威儀。澹以整，儼若思。主於一，復何之？事物來，審其機。應以專，匪可移。理在我，寧彼隨。積之久，昭厥微。静不偏，動靡違。嗟勉哉，自邇卑。惟勿替，日在兹。

石室贊   鄭藏休

自張儀諷蜀，劍路攸通。向者魚鳧①，未知蠶叢。詩書罔設，禮樂誰崇。征伐不休，城池屢空。爰暨有漢，是生文翁。符守此邦，鬱爲儒宗。大開庠序，匪我童蒙②。誦以八索，歌之九功。化流南蠻，德伏西戎。豈曰滇筰，亦惟巴竇。其後相如，傳之揚雄。岷峨孕靈，川瀆氣融。石室猶在，金聲無窮。南鄰孔門，北接玉宫。千齡萬古，永播餘風。

太原王公寫真贊   彭　乘

報政而圖像，民懷也；因而書之，彰善也。樞密學士太原公理益部，心清智恬，謹身帥先。惇重以鎮靖，信厚以飭屬。懋學振道，以樹風教；劭農勸分，以重民本。謹約條詔，簡恤訟繫，以循憲度；示惠昭信，申令嚴禁，以馭戎旅。風教洽，則民歸厚而禮讓興；農時務，則五稼登而敳攘弭；刑罰中，則物性全而明慎至；師律正，則驕暴戢而屯戍肅。然後群吏檢長，僚屬恪奉，上下齊一。雖事劇浩穰，而決流抑隊之易，蓋理適其道也。優政簡洽，物情導達，民樂融浹，而感通爲協氣、爲豐年。比屋熙熙，率知其所自。情發乎中，形於外，含淳泳德。嗟嘆詠謌之不足，思欲播弦誦、鏤金石、圖儀形，以永惠愛，以存瞻仰。若狄祠召樹，有所傾嚮，垂諸無窮。

於是相與籲心協志，景從響效，遍擇靈勝，得大慶觀仙遊閣，彗雲寶勢，岡連嶺屬。乃增綵緻，乃潔粉堵，爰訪善工，以傳奇相。筆精像肖，和氣秀骨，隽鋒淵角，聳拔風塵之表。自鈞

① 向：原作“何”，據《全蜀藝文志》卷四四改。
② 匪：萬曆本《全蜀藝文志》卷四四作“啓”。

漕鈐戎，同時僚屬，悉圖於右。肅肅然，寥寥然，秋雲歛空，景物澄霽，纖靄不泛，青天在矚。來者竦躍，款睇鶩望，虔鞏拊抃，徘徊移晷。於是耆老大夫、薦紳先生相慶於前，且議曰：岷峨生聚被聲教者七十禩，諸侯守土僅更三十，然文軌所至，重鎮寔夥，奚此方切軫宸眷？得非帝閽遼邈，山川重複，形束壤制，天設其峻阻，帶脅羌夷，犬牙荆漢，田野豐沃，邑居隱賑，六合之交會，萬商所淵聚，舟車委而底貢是仰乎？復以連仍嘯聚，人困於俶擾，倍儲兵以擬備，要在整戢焉。安危反掌，屬於授任。自偽主歸覲，凡守茲土，必柬望實以鎮寧①，匪輟倚衡之用，即仗心膂之寄，蓋慎重也。逮乎經久，茲選稍怠，傳瑞西至者罕材，諸位或刀筆烝用，或綺紈假授。昧道放利，背馳政體，紛更繩準，寬猛失中，理絲彌棼，揠苗反瘁。俗陶至化，而富庶寧久；兵革橐戢，人莫知爲用。凶醜潛伺，二寇繼其孽，肆毒境土，荐及凋瘵，殘殞疲役，勞費靡極。抑由擇用匪良，速茲姦宄，俾斯民罹其暴也。物不終否，故受於泰，鑒前軌以選才傑。寬裕綏靖，遠俗以之康阜。疊政嗣理，迄今一致，民亦復其樂。我公詳酌損益，正以應物，奇邪黜濫，望風畏弭。從容中道，坤維千里，率從心化，用格靖理。蚩蚩俞俞，被賜深極，故有是報也。則知政之興廢不繫於時，而繫於人，信矣哉！

夫致異類者莫洞乎誠，會萬殊者莫正夫一。故誠於物，飛走無異心；通其方，夷貊同善教。蓋動乎所感，而信著於外也。火炎水潤，物性之著者，其信於人必矣。矧君子精純篤實，履乎大中，施於有政，又何所不至哉！

乘孤陋者也，預公誠契有日矣，心冥道義，迹泯窮達，才懿業履，固所詳悉。屬服喪里閈，當公作鎮，耳聆和聲，目睹能事，身寧善政，里人輿誦，得以諷采。遊揚紀列，第從衆志。
贊曰：

五靈翔遊，應和而至。人或圖之，仰爲嘉瑞。豈若懷賢，傳諸繪事。矧我君侯，教行信被。隨俗雅化，浸仁沐義。豈弟君子，方隅受賜。靈關之右，千里從風。天矚共理，民情感通。原田膴膴，囹狴空空。有聲皆

---

① 柬：原作"束"，據文意改。柬，選擇。

誦，無襦不重。欲報之德，恭圖睟容。貽厥來裔，睎蹤景鍾。飛閣彗雲，依稀崑閬。器質嚴肅，神鋒秀爽。望衢罕窺，鎔金莫狀。陶然德輝，邈乎宇量。大蔡靈府，長城巨防。翼翼嵩神，堂堂漢相。岷山千岑，岷江萬潯。期公惠愛，等極高深。文希炳蔚，思竭深沉。蟾滴濡翰，龜趺鏤金。式旌賢業，洞寫民心。流芳永久，共美棠陰。

張尚書寫真贊 田　況

　　九河張公詠，淳化、咸平中兩被帝選，以全蜀安危付之。時寇孽之餘，民皆傷痍散流，生不自保。軍帥復恃功橫騖，部下剽脅善良，禍甚於寇。公賞戮明果，復以其事密聞於朝，既而易帥旋師。民漸安輯，以至於治，德功茂於蜀表。噫，當救患庇民時，小爲媕合畏顧，則亂未涯也，非賢者處之，何以取濟哉！逮今諱日，遺老善士尚齋集於天慶觀，莫拜畫像之前。公嘗自爲真贊，俾蜀人圖於觀之仙遊閣，其首云“乖則違衆，崖不利物”，遂自目爲“乖崖”。公雖外示貶損，而內有所激，故卒云“欲明此心，罪之無斁”，此其歸也。世人隨而稱之，豈考其實耶！予恐英聲異績久而湮曖，故作真後贊，並公之自贊刊石觀中，以永蜀人之思。時皇祐元年十二月一日序。

自　贊

　　乖則違衆，崖不利物。乖崖之名，聊以表德。徒勞丹青，繪寫凡質。欲明此心，罪之無斁。

後　贊

　　乖不離正，崖弗厲公。名雖自貶，有激於衷。衆隨而稱，孰知其功。敢明公心，以馳無窮。

府學文翁畫像十贊

宋　祁

　　按：吴曾《能改齋漫録》云①："蔣堂，字希魯，宜興人。仁宗時以樞密直學士知成都。嘗召高才碩生會試府中②，親較才等，勸成學者。於學之側别建西學，以廣諸生齋室。迄成，而公移蒲中。其後轉運使毁之，以增廨舍。既而常山宋公尚書至府，聞其事，嘆惜久之。且欲成公意，乃即其舊址建文翁祠。祠之内圖嚴君平、鄭子真、司馬相如、揚子雲、蜀士先賢凡九，及公之像而十，常山公爲之贊。"

漢蜀郡太守廬江文公贊

　　天挺耆俊，有德有文。漢天子命公，往撫蜀人。蜀始樸蒙，公不謂然。選士詣學，歸相教言。一年而業，二年而儒③。五年大成，家詩户書。以勤相矜，以惰相耻。出有教父，入有順子。文如馬、揚，節如嚴、李。由公教之，聲塞天地。蜀戴公仁，世世奉祠。千五百年，惟公之思。

司馬相如字長卿贊

　　蜀有巨人，曰司馬氏。在漢六葉，爲文章倡始。言必故訓，革戰國之弊。斳凋混茫，從神取秘。摛發厥章，日星佐華。《封禪》遺篇，意竭詞奢。武用東之，紹七十二家。行雖小訾，後帝賢嗟。

王褒字子淵贊

　　子淵軒軒，洵美有文。《小雅·鹿鳴》，帝用攸聞。此盛德事，讓不

---

① 此按語係《成都文類》編者所加，故引吴曾《能改齋漫録》。
② 中：原作"事"，據清武英殿本《能改齋漫録》卷一二改。
③ 二年：《宋景文集》卷四七作"三年"。

克堪。頌聖得賢，戒松、喬是耽。以諫大夫，數從幸巡。受詔作賦，持節迎神。未克告猷，少謝良臣。

嚴遵字君平贊

君平沉冥，賣卜肆中。子以孝言，臣以告忠。日足百錢，閉門著書。十餘萬言，黃老其徒。李彊牧州，喜欲吏君。揖風而慚，嚅語於脣。還謂子雲："子誠知人。"九十壽終，聲概高旻。

張寬贊

惟武嗣位，而有荒志。厥德靡升，神不妥祀。媟然靈媛①，止乎渭濱。帝使走咨："何所而人？"媛告"七車，能爲我言"。君稽首對："吾祀弗蠲。"帝用謝愆，改香厥薦②。天人之交，自我而見。

李仲元贊

高也絕俗，雖介不通。卑也污俗，雖順不恭。淵哉仲元，內粹外渾。衆不我知，揚子識其賢。其賢奈何，在通恭之間。可器有名，非行至完。彼顯在人，吾晦與天。天而不人，萬世其傳。

何武字君公贊

汜鄉爲人，鯁固清明。嫉惡比周，直軝安行。先問儒官，已乃事事。望佟德充，晚相天子。天子倚之，姦臣內憎。天喪道消，卒爲賊乘。玉折不撓，身没名升。

---

① 媛：原作"援"，據靜嘉堂本、《全蜀藝文志》卷四四改。
② 香：《宋景文集》卷四七作"馨"，較勝。

揚雄字子雲贊

卓哉子雲，爲漢儒師。準《易》《論語》，同聖是非。百家濫淫，我獨正聲。譎怪縮藏，孔道光明。歆也致訾，謂抵醬蒙。惟譚有言，必傳無窮。《劇秦》詭詞，恨死新時。曰漢中天，果不吾欺。

後漢蜀郡太守高朕贊

顯顯若人，有政自律。摘民耳目，尊右儒術。晚漢多艱，校屋蕩焚。經生罔依，弦誦不聞。君大紹興，新堂及廡。繪帝皇以還，冠服所祖。大掖翱翔①，坐復鄒魯。與文偶祠，血食千古。

宋蔣堂字希魯贊

蔣侯挺挺，天與嚴方。健而文明，不逢不將。始治蜀人，政未及孚。纖者嫉侯，膏吻騰誣。侯政已孚，蜀人熙熙。侯坐徙官，遠近驚咨。侯始興學，紹文之餘。百堵增增，大庭厥居。髦俊聿來，晝經夜史。盎然西南，號多君子。侯既去州，右區即毀。侯惠在人，已膚而髓。子産相鄭，先謗後歌。來世視之，謂侯如何？

宋尚書畫像贊

吳師孟

至和三年，蜀守將更，前數月宰議，推擇一二侍從臣，列名以聞。上謂宋祁伯仲名世，非特文藝爲國華采，抑政事精明，可任方面，於是公自定武改轅而西。蜀人積聞公名，舉欣欣然，東鄉以俟，唯恐公車之徐也。其士人遲公之來也尤甚，至各屬其道業，與其所屬詞章，繕録執獻，願得一言質是否，而爲進退之決者。公始至部，先即學官，以道義訓諸生，而第其所獻藝業，拔

---

① 翱翔：原作"翔翔"，據《全蜀藝文志》卷四四改。

諸翹然者，次補生員，掌其政令。自是西州士人知向方矣。然後設教以束姦吏，裕農政而厚本業，民獄平反而不縱，戎政謹嚴而不殘①。春澤秋霜，膏潤震肅，諸理節適，罔有缺漏。行之歲餘，風化大洽，始於戶庭，而周於列郡。民益帖泰，訟益衰熄，上下晏然，表裏悅穆。廷中清靜，日日無事，圍數千里，以妥以安。再期召還，民庶遮迥，襁幼扳老，隨數十百里而後返。道拜大司會，移病固辭，且以親嫌，得請守輔郡。未幾，上意必欲任用，召冠北門。不幸沉痾，國醫罔效。捐館之日，朝野盡傷。訃及西州，士民相弔，官吏緇白，爭詣佛祠②，營齋薦嚴，涕泣追慕。治蜀之效，於是可知。噫！屏翰之臣，慘舒所繫，奉法循理，式是一方。使數十郡守長環視以律其身，百萬口生齒安堵以樂其業，願得治世長如此時，朝廷紓捆然之憂者，其亦可以為吏師矣。

先是，邦人畫像以式瞻，伐石以篆德。石既礱矣，久而未刊。一日，龍圖諫議東平公見而愀然曰：“吾聞子京以仁惠為政，民有去思，歿而益甚。雖古之遺愛，何以尚此！失今不紀，善治幾廢。子為我識其所以然，俾前人恩政之所被者，子孫得以覽觀焉。”師孟謹承命直書。贊云：

信彼南山，儲神會粹。篤生宋公，佐天子之治。帝念坤維，命公來尸。我澤既渥，民安而嬉。教化所先，文翁是式。歿有餘思，如武子之德。形容可傳，襟靈曷宣？霧卷喬嶽，月沉深淵。惠淪人心，歌在人耳。鍠然舂容，無有窮已。

聖興寺寫真贊　　　　　　　　　　　　　　　　　范　鎮

三公公裳，我獨道帽。介然中間，太甚簡傲。服雖有異，其心則同。其同伊何，惟公與忠。

---

① 政：原脫，據《成都文類》舊抄本補。
② 祠：原作“詞”，據靜嘉堂本改。

昭覺寺寫真贊

前　人

皤然一叟，鬢白眉秀。群從在前，諸子在後。壁間丹青，其傳安久？惟善嗣之，垂世不朽。

蜀三賢畫像贊

張　俞

益州中興寺有墨池院，院有前漢揚子雲、嚴君平、李仲元三賢畫像，因各贊之。來者觀像讀贊，則知三賢之道至焉。

揚子雲

子雲潛真，與聖合神。龍隱其德，鳳耀其文。撰《法》著《玄》，統貫天人。道德之首，譚稱絕倫。

嚴君平

淵淵蜀莊，至人之貌。心通蓍龜，言必慈孝。推道衍德，窮神入妙。子雲之師，孰洞其照。

李仲元

仲元何如，貌人心天。出方其隱，默愈於言。道兼夷、惠，質妙雲、淵。屈伸猶龍，物無累焉。

寶月大師簡公畫像贊①

黄庭堅

簡公僧臘六十五，以佛法度爲一姓者，若子、若孫、若曾孫，亡慮二十人。萬里走惠州，求東坡銘簡之塔，歸而走戎州，求山谷贊簡之畫像者，法舟也。其走惠州也，冒蛟鼉虎豹蟲蛇之險而不悔；其走戎州也，於余無一日之雅，又不求左右爲之先容。舟之於簡，可謂能曾孫矣。簡雖賢，由曾孫而赫赫，簡與舟俱不朽矣②。

不戒而六和恭敬③，不禪而十方清净。不學而文理井井，不吏而施於有政。壽八十餘，閲人三世。孝於塔廟，勤力勤禮。百室崇成，檀者壹壹。齊始如終④，薪窮於指。耄老而精明，豐肉而神清。和同而不濁，退屈而不陵。是謂大雅之士，惜乎其不發諸朝廷。

浮屠頌

（唐）閭丘均

法定寺浮屠者，先德僧琮始起立，周一甲子⑤，今而北傾。宰君太原王公諱瓌鑒操清能，善營福道，每聽臨心睹，惜乎時墜，勉督清衆，速於扶持。主僧釋處真實膺堪任，及和流經久⑥，致法加心，柱上出與金輪相依，累虧則全，新巧便措⑦。岷城此製，驚壯多有，考量兹模，曾不得匹焉。處真聰英上士，談《方等》章句，辯才見稱。大勳可嗟，夫頌之而已。

---

① 此贊之序見《山谷全書·外集》卷二三，題爲《書簡公畫像贊後》；贊文則見《山谷全書·正集》卷二二，題爲《仰山簡和尚真贊》。

② 《山谷全書·外集》卷二三此下尚有："元符二年壬戌，僰道城南僦舍中書。"

③ 六和恭敬：原作"六□和敬"，據《山谷全書·正集》卷二二改。

④ 齊：原作"齋"，據静嘉堂本、《山谷全書·正集》卷二二改。

⑤ 子：原缺，據萬曆本《全蜀藝文志》卷四五補。

⑥ 和：萬曆本《全蜀藝文志》卷四五、《全唐文》卷二九七作"派"，當是。

⑦ 措：原作"揩"，據四庫本《全蜀藝文志》卷四五改。字書無"揩"字。

靈哉浮屠，炭巢凌踊。十一其級，千楹萬栱。形比孤峭，勢如飛動。赤霞晨開，金光畫擁。清哀縣樂，音響百種。暫升精周，欻高神恐。真分中閟，燈花長奉。

重宣此義而作頌云

（唐）李　巡

崇構邈矣，層甍巋然。嶷如岳立，黮若雲連。仰顏滿月，危踐中天。上標銀牓，下列金仙。扶持有助，陵谷無遷。

續爲頌

（唐）釋履空

浮屠寶飾，靈所依兮。龍山扶護，儼瞻歸兮。檐楹巘嶷，欲驚飛兮。金輪珠火，烜赫輝兮。

大唐景龍三年歲次己酉題記。

至道聖德頌

劉　錫

臣聞惟王建國，闢天下以爲家；問罪弔民，執征伐而自出。禮樂興而車書混，風雨順而陰陽和。敷大信以被豚魚，霑至仁而及草木。耕田鑿井，且帝力以何知；里詠途歌，唯家給而自樂。斯爲有道之朝也。

我后握圖御宇，下武承祧。契壓紐之禎祥，叶垂衣之曆數。萬方景附，百蠻子來。邊隅之禍亂已平，武庫之干戈不用。觀書乙夜，思政未央。備窺得喪之由，咸得步驟之理。躬親庶政，宵旰忘勞。得士則昌，所以崇四科而拔俊造；知人則哲，所以設十銓而較賢能。英雄盡入於彀中，寒苦詎遺於巖穴。輪轅適用，管庫皆甄。《白駒》之詠不聞，“維鵜”之刺靡作。其有霜稜肅物，直氣凜人，負謇諤之通才，蓄縱橫之逸辯，諫油衣而作瓦，止鑾輅以從橋。若此者，俾居諫署。雕龍茂異，比鶚聲華。杳冥傳江氏之毫，寐寐得丘遲之錦。賦就而文無加點，詩成而鉢未銷聲。若此者，司於文翰。默識穎悟，周才博通，指天上之石麟，咸欽異表；問省中之溫樹，不對家人。若此者，擢贊樞務。籌謀兼濟，宇量淵深。一言可以興邦，九功斯焉惟序。桑陰未革①，言從可陟於周師；箭漏纔移，行合堪登於漢輔。若此者，升之於廊廟。百職舉而萬務簡，六籍興而五教修。至若勇冠三軍，謀深百勝。蘊孫、吳之妙略，懷頗、牧之沉機。箭落酒樽，王霸端居而不動；君臨細柳，亞夫上請以徐行。有寶嬰濟眾之心，擅景舍讓功之美。劍剌而飛泉涌出，戈揮而太陽再中。識洞風雲，誠感天地。若此者②，命之爲上將。則文王能官人，漢高善將將，未可同年而語耶。粵以二聖重熙，垂四十載，遐安遠肅，時和氣清。桂海冰天，皆同尉候；鵜林鰈水，盡入提封。四郊無多壘之虞，重門罷擊柝之備。刑措而不用，化洽於大同。

眷彼坤維，是爲益部，星分井鬼，地接荊揚。列肆雲羅，珠貝熒煌於三市；居人櫛比，耆豪繁盛於五陵。俗尚嬉遊，家多宴樂。犬子、揚雄之故里，文翁石室以猶存，所以時有才名，好藏文籍。勸分務穡，俗久返於淳和；說禮敦詩，門競成於鄒魯。既富且庶，役寡賦輕。古爲奧區，今尤壯觀。我后常矜遠服，偏示優恩，擇循吏以撫綏，去貪人之刻削。熙然無事，迄今小康。儻軍旅尚多，則仰給斯費，徵斂及下，咨怨必興。擾我蒸民，曷爲父母？所以減其戍卒，用泰兩川，務安黎庶之心，冀免侵漁之弊。

不謂災纏分野，盜起窺覦，乘虛輒構於姦謀，恃險僭稱於大號。聚徒作梗，揭末爲干，驅脅我編氓，虔劉我郡邑。謂長安日遠，劍棧天高，竊料王師，焉能立至，稍阻瓜時之約，克成割據之謀。遂令不逞之徒，分誘順非之輩，數逾百萬，毒甚豺狼。先迫龜城，恣行犬噬。守臣敗職，共治乖方，復眾寡以相懸，遂金湯而失險。使我一城生聚，陷塗炭以何辜；三峽揚波，躍鯨魚而

---

① 桑：原作“乘”，據四庫本《全蜀藝文志》卷四五改。《戰國策·趙策四》：“昔者堯見舜於草茅之中，席隴畝而蔭庇桑，陰移而授天下。”

② 若此：原無，據《全蜀藝文志》卷四五補。

害物。

　　使車入奏，宸聽俄聞。憤茲蜂薑之微，玷我承平之化，雷霆赫怒，貔虎徵師。先擇統帥之臣，能荷腹心之寄。授受之際，艱難責成。顧謂宣政使王繼恩曰："汝久侍冕旒，常親帷幄，執大節而不奪，謁忠誠而可嘉。屢從龔行，備知韜略。今以蜀民失馭，蟻聚爲妖。若火燎原，須行撲滅；如湯沃雪，暫枉師徒。必以謀臣，達於閫制，識董戎之體，知應變之方。僉曰汝諧，祇膺朕命。"繇是密承睿算，寅奉宸嚴，諭之以盪定之期，誨之以懷柔之略。倏離景從，凤駕星軺。仗玉節以身先，會虎賁於關右。分萬乘憂勤之意，解一隅俶擾之危。莫不倍道兼行，次於昭武。登山臨水，車殆馬煩，察彼輿情，斯亦勞止。俾之休憩，逮於浹旬。皆知秣厲之方①，盡禀甲庚之令。遽以簞醪饗卒②，十乘啓行。龍躍崩雲，雨施屆路。朱旗爍野，霜矛凛空，士一其心，人百其勇。過孟陽之劍閣，易若轉丸；下王濬之刀州，疾如返掌。賊首李順閉關設拒，坐甲固存③。魚游沸鼎之中，莫知攸濟；梟處危巢之上，猶唉惡音。王繼恩大陣俄臨，中軍悉至，親揮白羽，競務先登④。萬旅齊驅，排闉而入，短兵接刃，一以當千。交鋒靡遺，應弦皆斃，類鷹鸇之逐鳥雀，若鴻毛之遇順風。李順力屈勢窮，藏於群寇，亂兵所害，橫屍莫知，既免載於檻車，亦幸逃於梟首。自辰至午，拯危就安，巢穴砥平，淑慝精辨。苟非我后神機獨斷，睿選當仁，遵出口入耳之言，副臨事制宜之旨，曷以立除大憝，罄剪群凶？

　　波静錦川，雲集闤闠，百姓胥悦，三軍肅然。禁暴戢兵，府庫秋毫而不犯；矜孤恤寡，間閻老幼以如歸⑤。氛祲廓而和氣生，妖逆除而皇風扇。捷書纔奏，曲赦屢加。什一之征，併從蠲宥；筦権之利，取便人民。小大之罪皆除，逋欠之徒盡釋，雷雨作解，咸與惟新。於是闔境緇黄，一川士庶，扶老攜幼，攀長吏之

---

① 厲：原作"利"，據萬曆本《全蜀藝文志》卷四五改。
② 簞：原作"簟"，據文意改。
③ 固存：原作"因有"，據《全蜀藝文志》卷四五改。
④ 競：原作"竟"，據四庫本《全蜀藝文志》卷四五改。
⑤ 如：原作"知"，據萬曆本《全蜀藝文志》卷四五改。

輾，言發涕零，感大君之惠："日昨以頑愚背誕，偷竊亂常，上黷四聰，遠勞七萃，誠合潴宫污池①，易貫移鄉，或置於魑魅之陬，或遷於成周之邑。豈謂乾坤厚施，雨露深恩，免玉石以俱焚，俾涇渭之分别。匿瑕含垢，以欲從人，生者安懷土之情，殁者遂首丘之志。下哀痛泣辜之詔，申禹湯罪己之言。地處要荒，再荷堯天之覆；年當蒲柳，重觀舜日之光。願立豐碑，請頌聖德。"

知州、樞密直學士張詠樂成盛事，遂其所陳。以臣漕運從軍，備睹戡定，具以衆懇，請頌徽猷。然而天地貞觀之仁，日月高明之道，豈以雕蟲末伎，半豹謏聞，能歌造化之功，可紀照臨之德？井視星而無幾，螺測海以非多。内省庸虚，夫何叙致？忝爲臣子，不敢讓辭。惡殺好生，雖禆寵焉知於天道；歌虞頌魯，而王褒粗曉於人倫。梗概直書，謹爲頌曰：

我后繼明，膺乾御宇。道冠百王，功高萬古。越契踰繩，登三邁五。天下一家，千年真主。化臻清浄，用急賢良。夷凶定難，論道經邦。往無弗克，謀無不臧。左右前後，得人而昌。履載之中，霜露所委。法則衣冠，混一書軌。牛馬歸牧，劍戟銷毁。萬國咸寧，四郊絕壘。西南益部，群盜狂搔。謂地之險，謂天之高。亂常作梗，憑阻興妖。窮凶極惡，自孽難逃。聲聞於天，王赫斯怒。親選帥臣，即時屆路。羽檄徵師，函關西度。十萬貔貅，會集雲霧。元戎貞律，盡禀神謀。平趨劍閣，直入成都。烏合蟻衆，席卷風驅。一日而定，百姓重蘇。渠魁既殲，脅從皆釋。宣諭安存，閭閻萬億。不獲已而，亂是用痤。班白感泣，兒童悦懌。蠢兹巨逆，黷我一方。民罹點污，帝用盡傷。恩宥稠沓，愍念凋戕。視人如子，降福穰穰。中外緇黄，遐邇耆艾，泣告長吏，鄙俗罪大。比屋可誅，聖恩全貸。施重嵩衡，命輕草芥。請頌聖德，刊在貞珉。朝夕瞻企，蹈詠聖神。如依日月，若拜君親。長遵忠孝，用誠曾雲。

---

① 池：原作"地"，據四庫本《全蜀藝文志》卷四五改。

默庵頌

宋　祁

對言方有默，因默乃名庵。庵留默不遣，一物遂爲三。龜掃泥中痕，正恐力弗堪。自問呵默者，了然成妄談。

成都府學講堂頌

張　俞

今上嗣位之年，昌黎公守蜀之五月，修文翁講學之事，乃治學館，就與諸生講習禮文。又三月，遂大作講堂。明年三月甲子，乃會僚佐及學官、生徒等三百人，行講禮於堂上。是日，府縣士民及四方之客殆萬人，咸來觀聽，且謂：蜀之學遠矣，肇興於漢，歷晉、唐，至於五代，世世弦誦不衰。所謂周公禮殿、文翁石室，越千餘載而巋然猶存。今昌黎公復作講堂，而穹隆庬鴻，侈於漢之殿室。自闕里及三都、四方之講堂，未有壯乎此也。觀乎炎炎煌煌，蔚有休光，其爲教化之本歟！乃屬言而頌之曰：

維蜀學宮，肇於漢初。用倡庠學，盛於八區。八區洋洋，弦誦復興。周法孔經，是纘是承。宋炳文章，與漢同風。五世寖昌，乃學之功。文武韓侯，撫我蜀都。教我子弟，一歸於儒。乃嚴學宮，乃崇講堂。山岌洞闢，巋然靈光。儒師學徒，翼翼群居。升堂接武，講考詩書。所講維何，十哲四科。若金在礪，若圭在磨。匪經弗習，匪聖弗師。群言淆亂，乃聖之疵。伊昔魯堂，有遊有夏。蜀學之興，亦有揚、馬。韓侯作藩，文以化下。揚天之聲，爛於周雅。

明道二年，公父太師由樞密直學士、諫議大夫守益州，崇學尚文，振禮讓之聲。召拜御史中丞，遂參知國政，號爲名卿。公嘗自諫院遷知制誥，入翰林充學士，亦拜諫大夫，爲中丞。以亮直不回，改侍讀學士，爲環慶路大帥。就加端明殿學士，移守成都，又遷給事。清德懿文，陶化舊俗，凜然穆然，聲流江漢。父老成謂賢父賢子先後出入相繼，其遺化紹功，近世未有其倫者。昔鄭正公之鎮興元，創立儒宮，開設學校。其子宣公復居其位，繼成前烈，殆將三百年，江漢之人誦其遺風，若前日事。今韓氏亦再世鎮蜀，能懋其功，比於二鄭之賢。古今相照，美哉！予故書其事，以俟其子孫復有臨此都者得以觀焉。

676

西園圓通頌　　　　　　　　　　　　　　　　　　　　　趙　抃

成都府西樓之西北隅，有庵曰圓通，中奉觀音大士之像，乃治平初今史館相韓公之所建也。庵左右前後，寒泉曲沼，終日潺湲，佳木修篁，四時瀟灑。予再守蜀之明年，以其庵廬編竹覆茅，歲凡一葺，完不能久，屢爲風雨所挫，於是命工，用楩楠瓦甓易而新之，又增飾其像而尊安之。作《圓通頌》六首，得和者一十八篇，因刻石於其右。甲寅五月一日序。

常現宰官身，肉眼何曾識。刀頭劍刃上，運出慈悲力。
妙音觀世音，不可以識識。量等大千界，始見圓通力。
唐相造華林，親逢善知識。虎退提數珠，念彼觀音力。
問對朕者誰，祖師云不識。大士已渡江，勞他誌公力。
世間何爲苦，衆生有業識。聞聲悉解脫，方便神通力。
凡夫具足法，迷誤隨六識。一入自在門，不費纖毫力。

和　　　　　　　　　　　　　　　　　　　　　　　　　周直孺

宰官説法時，定有何人識。一物不隨身，從來知省力。
如何是妙音，知有人方識。雙眼不曾眨，自有擎天力。
華林有二虎，裴公自不識。更向數珠求，情知空費力。
少林面壁人，梁帝安能識。廓然無聖語，至今不得力。
祖師昔有言，皆由心意識。應須淨五眼，然後得五力。
凡夫與聖同，一塵具衆識。得到無爲處，摩訶般若力。

和 吴師孟

世間有幾人，見到第八識。應現無量身，方信圓通力。
一切眾生心，皆有佛見識。聞聲得圓通，豈是耳根力。
有物等虛空，問人多不識。特地納須彌，何嘗用氣力。
鎮日在眼前，昧者無緣識。欲轉大法輪，要須憑十力。
自己妙明心，却問人求識。討迹逐飛禽，奔馳徒費力。
圓通作用時，常被真如識。日轉一藏經，却得無言力。

和 侯溥

人人有圓通，人人不自識。但能觀自在，無勞運心力。
觀音十九身，顯現無人識。三千大千中，具足神通力。
比丘垢疥多，三藏不能識。直待傳心經，方識觀音力。
千眼觀世音，正眼如何識。能向此中會，還因明眼力。
無色聲香味，乃知無意識。忽然得超越，觀音妙智力。
言圓亦強名，言通未真識。無圓復無通，是大圓通力。

嘉祐油水頌 蘇軾

熙寧元年七月二十八日，元叔設食嘉祐院，見召，謁長老，觀佛牙。趙郡蘇軾書。

水在油中，見火則起。油水相搏，水去油住。湛然光明，不知有火。在火能定，油水盡故。若不經火，油水同定。非真定故，見火則起。

僕嘗與子瞻學士會食於嘉祐長老紀公之丈室，子瞻識其行於壁，又書水去真定之喻十二言於其所謂禪版者。紀曰：“壁有時以杞，版有時以蠹。不幸而及於此，則吾之所寶去矣。我將寶其真筆，而摹其字於石，垂之綿綿，使觀者知大賢之所存。"熙寧四年八月九日，河南侯溥書。

贈成都六祖沙彌文信頌　　　　　　　　　　　　黄庭堅

塵是文信，界是沙彌。積塵成世界，析界作微塵。界喻人天果，塵爲有漏因。塵因因不實，界果果非真。因果皆如幻，堂堂出世人。

溫江縣二瑞頌　　　　　　　　　　　　　　　　楊天惠

溫江故隸成都，遠王畿三千幾百里有奇，蓋西南偏邑也。政和二年夏六月，有嘉禾産於嚴氏之圃，凡二本。是歲十二月，復有甘露降於學宮之柏①，凡三日。鄉以白縣，縣以白府，府遣從事即縣核狀，皆有實可復不誣，輒具書若圖上尚書省以聞。詔下其副尚書禮部藏焉。於是前縣令臣宗道馳書諭假彭山丞臣天惠曰："盍頌諸?"臣對越北闕而奏頌曰②：

於皇御極，百志惟叙。曰農而農，曰士而士。爾安乃宮，爾寧乃畝。恩詔數下，仁滂德臚。農飽以歌，士喜式舞。協氣從之，祥嘏如雨。乃産嘉禾，以慶農扈。乃降甘露，以幸士子。其慶伊何，珠穗紛舉。俾爾甌窶，户有億秭。其幸伊何，雲液釀湑。俾爾膏馥，濡及嬰孺。維明明后，博臨下土。相彼多禾，均此靈露。道拜稽首，誕告奔走。惠拜稽首，旰衡語語。敢獻稗官，以贊曚瞽。

---

① 宮：原作"官"，據四庫本《全蜀藝文志》卷四五改。
② 對：原無，據《宋詩紀事》卷二八補。《詩·清廟》："對越在天。"對越意爲答謝，對某謝恩。

寂照庵頌

張　浚

　　信相禪老顯公頗通《易》學旨要，其鄉閭宗族爲卜庵居，予名之曰"寂照"，又繫之以銘：

　　太極混成，全體不露。象數既分，塵塵畢舉。夫惟寂然，乃能通故。一以知萬，一亦莫睹。寂然如斯，作佛作祖。

成都文類卷四十九

雜　著

四子講德論

（漢）王　褒

　　褒爲益州刺史作《中和》《樂職》《宣布》之詩，又作論①，名曰《四子講德》，以明其意焉。

　　微斯文學問於虛儀夫子曰：“蓋聞國有道，貧且賤焉，恥也。今夫子閉門距躍，專精趨學有日矣。幸遭聖主平世，而久懷寶，是伯牙去鍾期，而舜、禹遁帝堯也，於是欲顯名號、建功業，不亦難乎？”夫子曰：“然，有是言也。夫蚊虻終日經營，不能越階序，附驥尾則涉千里，攀鴻翮則翔四海。僕雖罷頑，願從足下。雖然，何由而自達哉？”文學曰：“陳懇誠於本朝之上，行話談於公卿之門。”夫子曰：“無介紹之道，安從行乎公卿？”文學曰：“何爲其然也？昔甯戚商歌以干齊桓，越石負芻而寤晏嬰，非有積素累舊之歡，皆塗覯卒遇而以爲親者也。故毛嬙、西施，善毀者不能蔽其好；嫫母、倭傀，善譽者不能掩其醜。苟有至道，何必介紹？”夫子曰：“咨！夫特達而相知者，千載之一遇也；招賢而處友者，衆士之常路也。是以空柯無刃，公輸不能以斲；但懸曼繒，蒲且不能以射。故脣騰撇波而濟水②，不如乘舟之逸也；衝蒙涉田而致遠，未若遵塗之疾也。才蔽於無人，行衰於寡黨，此古今之患，唯文學慮之。”文學曰：“唯唯，敬聞命矣。”

---

① 論：《文選》卷五一作“傳”。
② 脣：原作“鷹”，據《文選》卷五一改。

於是相與結侶，攜手俱遊，求賢索友，歷於西州。有二人焉，乘輅而歌。倚軾而聽之，詠嘆中雅，轉運中律，嘽緩舒繹，曲折不失節。問歌者爲誰，則所謂浮遊先生、陳丘子者也。於是以士相見之禮友焉。禮文既集，文學、夫子降席而稱曰：“俚人不識，寡見尟聞。曩從末路，望聽玉音，竊動心焉。敢問所歌何詩，請聞其說。”浮遊先生、陳丘子曰：“所謂《中和》《樂職》《宣布》之詩，益州刺史之所作也。刺史見太上聖明，股肱竭力，德澤洪茂，黎庶和睦，天人並應，屢降瑞福，故作三篇之詩以歌詠之也。”文學曰：“君子動作有應，從容得度。南容三復‘白圭’，孔子睹其謹戒①；太子擊誦《晨風》，文侯諭其指意。今吾子何樂此詩而詠之也？”先生曰：“夫樂者感人密深，而風移俗易。吾所以歌詠之者，美其君術明而臣道得也。君者中心，臣者外體。外體作，然後知心之好惡；臣下動，然後知君之節趨。好惡不形，則是非不分；節趨不立，則功名不宣。故美玉蘊於砥砆，凡人視之怢焉；良工砥之，然後知其和寶也。精練藏於鑛朴，庸人視之忽焉；巧冶鑄之，然後知其幹也。況乎聖德巍巍蕩蕩，黎氓所不能命哉！是以刺史推而詠之，揚君德美，深乎洋洋，罔不覆載，紛紜天地，寂聊宇宙。明君之惠顯，忠臣之節究，皇唐之世，何以加兹！是以每歌之，不知老之將至也。”文學曰：“《書》云‘迪一人，使四方若卜筮’。夫忠賢之臣，導主志，承君惠，攄盛德而化洪，天下安瀾，比屋可封，何必歌詠詩賦可以揚君哉？愚竊惑焉。”浮遊先生色勃眥溢，曰：“是何言歟！昔周公詠文王之德而作《清廟》，建爲頌首；吉甫嘆宣王‘穆如清風’，列於《大雅》。夫世衰道微，僞臣虛稱者，殆也；世平道明，臣子不宣者，鄙也。鄙殆之累，傷乎王道。故自刺史之來也，宣布詔書，勞來不息，令百姓遍曉聖德，莫不沾濡。厖眉耇耆之老咸愛惜朝夕，願濟須臾，且觀大化之淳流。於是皇澤豐沛，主恩滿溢，百姓歡欣，中和感發，是以作歌而詠之也。傳曰：‘詩人感而後思，思而後積，積而後滿，滿而後作。’‘言之不足，故嗟嘆之；嗟嘆之不足，故詠歌之；詠歌之不厭，不知手之舞之，足之蹈之。’此君子於君父之常義，古今一也。今子執分寸而罔億度，處把握而却寥廓，乃欲圖大人之樞機，道方伯之失得，不亦遠乎？”

陳丘子見先生言切，恐二客慚，膝步而前曰：“先生詳之。行潦暴集，

① 謹：《文選》卷五一作“慎”，此是《成都文類》編者避孝宗諱改字。

江海不以爲多；鰌鱓並逃，九罭不以爲虛。是以許由匿堯而深隱，唐氏不以衰；夷、齊恥周而遠餓，文、武不以卑。夫青蠅不能穢垂棘，邪論不能惑孔、墨。今刺史質敏以流惠，舒化以揚君①，采詩以顯至德，歌詠以董其文。受命如絲，明之如緡，甘棠之風可倚而俟也。二客雖窒計沮議，何傷？”顧謂文學、夫子曰：“先生微矜於談道，又不讓乎當仁，亦未巨過也，願二子措意焉。”夫子曰：“否。夫雷霆必發，而潛底震動②；枹鼓鏗鏘，而介士奮辣。故物不震不發，士不激不勇。今文學之言，欲以議愚感敵，舒先生之憤，願二生亦勿疑。”於是文繹復集，乃始講德。

文學、夫子曰：“昔成康之世，君之德與？臣之力也？”先生曰：“非有聖智之君，惡有甘棠之臣？故虎嘯而風寥戾，龍起而致雲氣，蟋蟀俟秋吟，蜉蝣出以陰。《易》曰：‘飛龍在天，利見大人。’鳴聲相應，仇偶相從，人由意合，物以類同。是以聖主不遍窺望而視以明，不殫傾耳而聽以聰。何則？淑人君子，人就者衆也。故千金之裘非一狐之腋，大厦之材非一丘之木，太平之功非一人之略也。蓋君爲元首，臣爲股肱，明其一體，相待而成。有君而無臣，《春秋》刺焉。三代以上，皆有師傅；五伯以下，各自取友。齊桓有管、鮑、隰、甯，九合諸侯，一匡天下。晉文有咎犯、趙衰，取威定伯，以尊天子。秦穆有王、王廖。由、由余。五羖，攘却西戎，始開帝緒。楚莊有孫叔、子反，兼定江淮，威震諸夏。勾踐有種、蠡、泄庸，克滅强吳，雪會稽之恥。魏文有段干、田、翟，秦人寢兵，折衝萬里。燕昭有郭隗、樂毅，夷破强齊，困閔於莒。夫以諸侯之細，功名猶尚若此，而況帝王選於四海，羽翼百姓哉！故有聖賢之君，必有明智之臣。欲以積德，則天下不足平也；欲以立威，則百蠻不足攘也。今聖主冠道德，履純仁，被六藝，佩禮文。屢下明詔，舉賢良，求術士，招異倫，拔駿茂。是以海内歡慕，莫不風馳雨集，襲雜並至，填庭溢闕。含淳詠德之聲盈耳，登降揖遜之禮極目。進者樂其條暢，怠者欲罷不能，偃息乎詩書之門，遊觀乎道德之域。咸潔身修德，吐情素而披心腹。各悉精銳，以貢忠誠，允願推主上、洪風俗而騁太平。濟濟乎多士，文王所以寧也。若乃美政所施，洪恩所潤，不可究陳。舉孝以篤行，崇能以招賢。去煩蠲苛以綏百姓，祿勤增奉以厲貞廉。減膳食，卑宮觀，省田官，損諸苑，疏繇

---

① 君：《文選》卷五一作“名”。
② 底：原作“民”，據《文選》卷五一改。

役，振乏困，恤民災害，不遑遊宴。閔耆老之逢辜，憐繈褓之服事，惻隱身死之腐人，悽愴子弟之縲匿。恩及飛鳥，惠加走獸，胎卵得以成育，草木遂其零茂。'愷悌君子，民之父母'，豈不然哉！先生獨不聞秦之時耶？違三王，背五帝，滅詩書，壞禮義，信任群小，憎惡仁智。詐偽者進達，佞諂者容入。宰相刻峭，大理峻法。處位而任政者皆短於仁義，長於酷虐，狼摯虎攫，懷殘秉賊。其所臨莅，莫不肌栗憎伏，吹毛求疵，並施螫毒。百姓怔忪，無所措其手足，嗷嗷愁怨，遂亡秦族。是以養雞者不蓄狸，牧獸者不育豺，殖木者憂其蠹，保民者除其賊。故大漢之爲政也，崇簡易，尚寬柔，進淳仁，舉賢才，上下無怨，民用和睦。今海內樂業，朝廷淑清，天符既章，人瑞又明，品物咸亨，山川降靈，神光耀暉，洪同朗天。鳳皇來儀，翼翼邕邕，群鳥並從，舞德垂容。神雀仍集，麒麟自至，甘露滋液，嘉禾櫛比。大化隆洽，男女條暢，家給年豐，咸則三壤，豈不盛哉！昔文王應九尾狐而東夷歸周，武王獲白魚而諸侯同詞，周公受秬鬯而鬼方臣，宣王得白狼而夷狄賓，夫名自正而事自定也。今南郡獲白虎，亦偃武興文之應也；獲之者張武，武張而猛服也。是以北狄賓洽，邊不恤寇，甲士寢而旌旗仆也。"

文學、夫子曰："天符既聞命矣，敢問人瑞。"先生曰："夫匈奴者，百蠻之最強者也。天性驕蹇，習俗桀暴，賤老貴壯，氣力相高。業在攻伐，事在獵射，兒能騎羊，走箭飛鏃。逐水隨畜，都無常處，鳥集獸散，往來馳騖，周流曠野，以濟嗜欲。其末耜則弓矢鞍馬，播種則扞弦掌拊，收秋則奔狐馳兔，穫刈則顛倒殭仆。追之則奔遁，釋之則爲寇。是以三王不能懷，五伯不能綏，驚邊杌士，屢犯芻蕘。詩人所歌，自古患之。今聖德隆盛，威靈外覆，日逐舉國而歸德，單于稱臣而朝賀。乾坤之所開，陰陽之所接，編結沮顏①、燋齒梟瞷、剪髮黥首、文身裸袒之國，靡不奔走貢獻，歡忻來附，婆娑謳吟，鼓掖而笑。夫鴻鈞之世，何物不樂，飛鳥翕翼，泉魚奮躍。是以刺史感薲舒音而詠至德②。鄙人黯淺，不能究識，敬遵所聞，未克殫焉。"

於是二客醉於仁義，飽於盛德，終日仰嘆，怡懌而悦服。

---

① 沮：原作"阻"，據《文選》卷五一改。
② 薲：原作"滿"，據《文選》卷五一改。

即位告天文

（漢）先　主

惟建安二十六年四月丙午，皇帝備敢用玄牡昭告皇天上帝、后土神
祇：漢有天下，曆數無疆。曩者王莽篡盜，光武皇帝震怒致誅，社稷復
存。今曹操阻兵安忍，戮殺主后，滔天泯夏，罔顧天顯。操子丕載其凶
逆，竊居神器。群臣將士以爲社稷隳廢，備宜修之，嗣武二祖，龔行天
罰。備雖否德①，懼忝帝位，詢於庶民，外及蠻夷君長，僉曰天命不可以
不答，祖業不可以久替，四海不可以無主。率土式望，在備一人。備畏天
明命，又懼漢祚將湮於地②，謹擇元日，與百寮登壇，受皇帝璽綬，修燔
瘞，告類於天神。惟神饗祚於漢家，永綏四海。

與群下教

（漢）諸葛亮

夫參署者，集衆思、廣忠益也。若遠小嫌，難相違覆，曠闕損矣。違
覆而得中，猶棄敝蹻而獲珠玉。然人心苦不能盡，惟徐元直處兹不惑。又
董幼宰參署七年，事有不至，至於十反，來相啓告。苟能慕元直之十一，
幼宰之殷勤，有忠於國，則亮可少過矣。

又曰：昔初交州平，屢聞得失；後交元直，勤見啓誨。前參事於幼
宰，每言則盡；後從事於偉度，數有諫止。雖姿性鄙暗，不能悉納，然與
此四子終始好合，亦足以明其不疑於直言也。

諸葛武侯廟古柏文

（唐）段文昌

是草木有異，於草木則靈。武侯祠前，柏壽千齡。盤根擁門，勢如龍

---

① 雖：《三國志·蜀書·先主傳》作“惟”。
② 祚：原作“邦”，據《三國志·蜀書·先主傳》改。“邦”爲漢高祖諱，劉備不應直書
“邦”字。

形。含碧太空，散霧虛庭。合抱在於旁枝，駢梢葉之青青。百尋及於半身，蓄風雷之冥冥。攢柯垂陰，分翠間明。忽如虯螭，向空爭行。上承翔雲，孤鸞時鳴。下蔭芳苔，凡草不生。古色天風，蒼蒼泠泠。曾到靈山，老柏縱橫。亦有大者，莫之與京。於惟武侯，佐蜀有程。神其不昏，表此爲禎。斯廟斯柏，實播芳馨。

誠子元膺文 （僞蜀）王　建

　　永平二年，漢州什邡縣獲銅牌，上有六十二字。建嗣子更名元膺，字昌美，符銅牌“膺昌”之文。建以元膺年少權重，命士爲文誠之曰：

　　吾提三尺劍，化家爲國。親決庶獄，人無枉濫。恭儉畏慎，勤勞慈惠，無一事縱情，無一言傷物。故百官吏民愛朕如父母，敬朕如天地。汝襁褓富貴，不知創業之艱難。更汝之名，上應圖讖。勿驕勿矜，勿盈勿忌，惟敬惟誠[1]，惟謙惟和。内睦九族，外安百姓，赤心待群臣，恩信愛士卒。刑罰，人之命也，無狥愛憎；姦邪，國之賊也，無信讒構。絕畋遊之娛，察聲色之禍。然後能保我社稷，君我民臣。吾夙暮戒勗，恐汝遺忘，當置於几案，出入觀省。

下蜀國教 （後蜀）孟知祥[2]

　　取威定霸，乃公侯權變之方；捨爵策勳，乃皇王叙酬之典。其或兵屯萬旅，地廣三川，周環列國之山河，奄有全蜀之封部，儻不從權而狥衆，則稽録效以報功。今稟命於中朝，得專制而行賞。但念承世家之餘慶，受旌鉞之殊榮，自領成都，於兹半紀。窮奢極侈，固斷意而不爲；講武教民，在安邊而有作。往歲方勤述職，務保永圖，不幸諸藩，構成深隙。此際主兵將帥，爭陳排難之功；運策賓僚，咸展出奇之略。因興武旅，分蕩

---

　　① 誠：《全唐文》卷一二九作“誠”，疑是。
　　② 後蜀：原無，據本書體例補。

渠魁，累破竹以焚枯，連開疆而拓土。其次諸司奉職，庶吏推誠，咸著勳勞，豈忘獎答？一昨聖上以顯分忠佞，遂降册封。礪岳帶河，銘大君之異寵；輅車珠冕，表列國之殊榮。仍示優崇，俾行墨制。上自藩方之任，下及州縣之官，凡黜陟幽明，許先行而後奏，自可保不僭不濫之典，賞立功立事之人。必無患於不均，庶有覿於允當。布告遐邇，咸使聞知。

録民詞① 阮昌齡

　　景德三年秋九月②，蜀民康平。上欲天下皆如蜀也，遂召我
公以歸。將行，僚吏儒士洎外學之人咸發謌詩，以稱道盛德③。
而民吏謠頌無以上達，屬邑吏陳留阮昌齡録其民詞以獻。

　　國無忠貞，遐僻孰禦？治非禍亂，英雄孰睹？順賊始平，焚溺無主。帝聞憫然，曰公汝處。公不宿命，臨機威撫。若凜而暘，若旱而雨。若饑而哺，若嬰而乳。氛祲廓清，餘梟尚壽。元戎矜功，沉吟玩侮。公氣如虹，言發樽俎。膽汗四落④，再造蜀宇。回車未停，賊燄復舉。賢臣迭治，秦堅孰愈？公在雍都，帝憂密諭。捧詔秣馬，足不入户。炎風劍山，五日而度。

　　公之來尸，一從舊矩。公之至日，衙從雲委。旦驅暮警，執刀挾矢。公曰"自疑，民疑何弭？"擯而去之⑤，權震千里。公至之始，獄不容質。躬詢親決，百不留一。禁倖塞姦，削枝從實。以今方舊，年不及日。僭闕遺則，五門三閩。朝西承天，規號弗革。公爲扁署，州郡之式。盡革舊制，以斷民惑。玉壘之西，禽戎獸夷。公爵其帥⑥，誠而禮之。刻己削俸，以懷以綏。萬里凶醜，縻之軒墀。翹翹錯薪，歲貢霧臻。文翁遠矣，蜀秀無聞。公薦其三，_{張及、李畋、張逵}。翩然凌雲。企慕承化，儒風大振。大會舊規，革偃被馳。公曰頓拒，民其怨咨。萬衆所集，必布姦欺。首罪一

---

① 《全蜀藝文志》卷四九題下注云"按：此爲張忠定公詠作"。
② 月：原作"日"，據《全蜀藝文志》卷四九改。
③ 道：原作"導"，據四庫本《全蜀藝文志》卷四九改。
④ 膽：原作"瞻"，據《全蜀藝文志》卷四九改。
⑤ 擯：原作"賓"，據《全蜀藝文志》卷四九改。
⑥ 帥：原作"師"，據萬曆本《全蜀藝文志》卷四九改。

夫，路無拾遺。西戎之利，星精月駟，舊貫峻嚴，千不一至。公寬其法，鵝聯鱗萃。蜀鹽奮種，葉價日篧，公教種桑，麐疇庇壠。歲不外求，歡聲四踴。豪居大宅，覆溝侵陌，輪蹄梗蔽，姦宄遁匿。公直舊繩，廓然四闢。周伯麗天，帝億宋年。訛言勃興，呎步萬傳。公誅狂魁，風清兩川。公醺賓友，弗鼓弗鐘。弈棋排星，鳴弰疊鋒。爾威爾暇，權在其中。公歸內署，弗跣弗寐，夜息書行，集寅衙未。必躬必親，孰敢懈易。蜀腰川頸①，春醅玉柄，妙音俊毫，慧黠修整②。公堂蕭然，煉真弔影。雷足蹄金，益機眉針，奇名怪狀，水陸之琛。公室罄然，左書右琴。

無私於身，不欺於人。高卑無間，毫纖必均。遊之如海，視之如春，吾不知其仁。我用既給，我倉既溢，子孫孝悌，牛羊蕃息。刑不橫及，吏不相賊，吾不知其德。言發座右，事在遠夷；法成筆下，名行九圍。從權約制，不間洪微，吾不知其機。賢愚必察，親讎一平③。見始窮末，罄理盡情。若在鑑水，若經權衡，吾不知其明。

日帝有詔，公拜以愉。爰膏其轄，爰飼其駒。曰鱞曰寡，晨不俟夜，骨立泣俟④，縶公之馬。曰童曰艾，昏不俟晨，驚呼踴走，招公之轅。有曰弗可⑤，虛席黃扉。彼濟天下，我亦隨之。兩康吾蜀，公豈弗思？公馬既逸，萬涕交頤。願繪神姿，願葺生祠。青山碧皋，願留兩碑。

録二隻語

何　耕

立春日，通天下郡邑設土牛而磔之，謂之班春，所從來舊矣。其說蓋微見於《呂令》，而詳於《續漢・禮儀志》，大抵先王謹農事之遺意也。

成都大都會，自尹而下，苕、漕二使者之治所在焉。將春前一日，有司具旗旄金鼓、俳優侏儒、百伎之戲，迎所謂芒兒土牛，以獻於二使者；最後詣尹府，遂安於班春之所。黎明，尹率掾屬相與祠勾芒，環牛而鞭

① 頸：《全蜀藝文志》卷四九作 "頭"。
② 慧：原作 "惠"，據《全蜀藝文志》卷四九改。
③ 讎：原作 "酬"，據萬曆本《全蜀藝文志》卷四九改。
④ 骨：原作 "佇"，據《全蜀藝文志》卷四九改。
⑤ 曰：原作 "詔"，據《全蜀藝文志》卷四九改。"有曰" 謂民衆之中有人曰。此處非指詔書。

之，三匝，退而縱民礫牛。民讙譁攫攘，盡土乃已。俗謂其土歸，置之耕蠶之器之上，則繭孳而稼美，故爭得之，雖一丸不忍棄，歲率以爲常。

紹興丙子，余往觀焉。見二叟立牛側，一叟撫牛而嘆曰："是孰象似汝？孰丹堊汝？孰引群吏俎豆而羅拜汝？方旗旄金鼓、俳優侏儒、百伎之戲雜然而前陳，以導汝至此，而空一府之人以觀汝也，不亦榮而甚可樂歟？俄而挺者競進，擊者交下，而汝始碎首折骨矣。謀者奪者，負者趨者，而汝始蕩爲遊塵，散爲飄風矣。嗚呼悲哉！今夫富貴之家，高明之門，倚勢而怙寵，役物以自奉，噓吸生風雲，叱咤爲雷霆，偃然自以爲莫己若也，有不似茲牛之始至者乎？及其權移而運去，大者隕身赤族，小者觸刑抵罪，雖三尺孺子莫不聞而哀之，有不似茲牛之既碎者乎？吾悲夫禍福之無常，而慶弔之相躡於俯仰之間也。吾又悲夫造物者之戲人，胡爲而至斯極也？吾是以嘆。"

一叟局局然笑曰："子何言之陋耶！是安從生？自土而爲泥，自泥而爲牛，土不知其爲牛也；自牛而遭礫，礫而復爲土，土不知其非牛也。彼既不知其爲牛矣，則雖象似之，丹堊之，俎豆而羅拜之，與夫旗旄金鼓、俳優侏儒、百伎之戲迎而致之，空一府而觀之，彼且何榮而何喜乎哉？彼既不知其非牛矣，則雖擊之碎之，敗之奪之，彼且何懼而何戚乎哉？牛固無所喜懼，而世之人方且認外物以爲己有。其未得也，挾術用數，以致其必來；而其既去，則猶殫智極力，以幸其少留也，可不爲之大哀乎！其有愧於茲牛多矣，而造物者初何與焉？莊子曰：'適來時也，適去順也，安時而處順，憂樂不能入也。'子無庸嘆，嘗試以是觀之。"

余竦然異其言，迫而問之："若何爲者也？"二叟皆不告而去。余歸而錄之。蜀固多隱君子哉！

論華陽縣釋奠不當廢說　　　　　　　　　　　　李　燾

凡州縣皆得祀孔子，自隋唐以來著於令，祖宗因之，未始革焉。而獻議者猥曰，《令》不該載倚郭，其州所治之縣春秋釋奠當廢。禮部太常寺遂從其請。愚竊以爲過矣。夫《令》所稱縣一也，雖州所治，其名號事物皆未始異其文，何獨於釋奠而疑之？蓋有民斯有學，有學斯有祭。雖無孔子，而庠序之教已行，先聖先師之祀固不乏矣。而專祀孔子則始於貞觀，祀者所以報德也。孔子之德斯可謂至，而其報之也抑薄矣。釋奠者，祭之略也。其禮樂不具，精意以享，猶或慊然於中；既不能有所增益，又從而未殺焉，愚不知其說也。國家文致太平，其於學校，用意尤切。故發大農之錢以修廢補壞，雖縣小吏亦使得參掌其政，德至渥也。然戎事甫修，學政僅有存者耳，若州所治之縣，抑又甚焉。破屋頹牆，象設狼戾，非祭之日，則洒掃往往弗及。幸天子明聖，制詔諸道，無間遠邇，悉崇起之，士大夫莫不歡以承命。功緒未亟成也，而百世之祀浸以隳其舊典，此豈朝廷意邪？獻議者誠過矣。

古之教者，家有塾，黨有庠，遂有序，國有學。自塾而升於黨，自黨而升於國，其出入進退皆有等級次第，不可超越陵犯，所以簡賢而絀不肖也。後世取法焉，故州與縣皆自立學，非直分彼此而已。今州所治之縣學固在也，議者已廢其祭，乃欲使縣之諸生遇祭日則權赴州學陪位，其出入進退將何所依據耶？若夫據舛駁不純之書，惑黨遂之互名，而謂學不別立者，傳注之迂僻不可從者。蓋禮莫嚴於祭，其辨上下、限中外也滋汲汲焉。祭而可合，則庠序之制不必分矣，雖廢學可也，何止釋奠？釋奠廢，則先聖先師之廟貌爲無所用之。立學而無先聖先師，尚可謂之學乎？設而不祭，猶無也，喪其本矣。且州所治之縣，其得通祀者非特孔子也，社稷、風雷、雨師皆與焉。釋奠並歸於州，則風雷、雨師、社稷之祭亦在所廢矣。張官置吏，治此縣也，不祭社稷，何以爲民？釋奠孔子與祭社稷寧有異哉？《記》曰：“有其舉之，莫敢廢也。”雖過而舉，廢猶不敢；若舉而當，奈何廢之？昔商之末也，犧牲粢盛既於凶盜，而周、漢方盛時咸秩無文，廣增壇場珪幣，其治亂禍福，皆可明鑒。

愚欲力破新議，追還舊章，使國家無殺禮乏祀之嫌，其亦上之人所樂聞歟！作《釋奠不可廢說》。

成都文類卷五十

誄　哀詞　祭文

白雲張先生誄

蒲　芝①

　　按國史，其妻蒲氏芝爲之誄。

　　高視往古，哲士實殷。施及秦漢，餘烈氤氳。挺生英傑，卓爾逸群。孰謂今世，亦有其人。其人伊何，白雲隱居。嘗曰：“丈夫，趨世不偶。仕非其志，禄不可苟。營營末途，非吾所守。吾生有涯，少實多艱。窮亦自固，困亦不顛。不貴人爵，知命樂天。脱簪散髮，眠雲聽泉。有峰千仞，有溪數曲。廣成遺址，吳興高躅②。疏石通逕，依林架屋。麋鹿同群，晝遊夜息。嶺月破雲，秋霖洒竹。清意何窮，真心自得。放言遺慮，何榮何辱。”孟春感疾，閉户不出。豈期遂往，英標永隔。抒詞哽噎，揮涕汍瀾。人誰無死，惜乎材賢。已乎吾人，嗚乎哀哉！

樂善郭先生誄

楊天惠

　　孟子論士，以爲入而獨善其身，則仁義忠信，樂善不倦；出而私淑諸人，則孝悌忠信，誨人不倦。如此人者，蓋古之所謂天

---

　　① 蒲芝：原作“蒲氏”，今改從其名。
　　② 吳興：原作“吾欣”，據《宋史》卷四五八《張愈傳》和《全蜀藝文志》卷五〇改。上句“廣成”指杜光庭，此句“吳興”指南齊顧歡，《南齊書》有傳。

之君子，而今之所謂鄉先生者也。以余觀於樂善先生，豈其人耶！

先生諱某，字長孺。自言本號叔後，號與郭聲相似，故轉爲郭。其遷徙入蜀，初莫詳也，今爲成都人。曾祖諱某，大父諱某，世以晦德相光①。迨皇考，益力學爲文詞，知名於鄉。

先生幼讀父書，盡傳其學。皇考蚤世，先生執喪如成人，喪除猶有餘戚。奉母夫人極謹，身率妻子，約衣粗食，操井臼以養，無慘時。間遇親疾，輒憂恐，緼火結帶，晨夕侍不去，疾平乃已。先生家居陋甚，然徒步出入里閭，人望之常辟易。其耆壽以先生篤於親，故多遣子弟持脯幣，助給太夫人潃滫裘葛費。先生得之，不以一錢私妻子，悉歸親所，數奉甘脆美好物。親欲必供，未嘗以有亡爲解。親沒，先生哀毀骨立，畚土成墓，廬其旁三年，遂菜食終身。

先生鮮兄弟，獨從兄存，尤困憊，先生輟食飲饋之。比其疾革，有老父稚女在，先生趨告之曰：“兄毋憂，某能爲兄身任之。”即日迎館於家。既辦喪與葬竟，奉其父如父；已歿，送如禮。撫其②女如子，已長，嫁以時。異時先生從祖父母及叔父母皆無後，委棺客土，先生傾所有，舉四喪，葬高原，春秋奠享，必及無闕。舅有孤兒，體下不立，先生攜歸教畜，爲娶婦，有子，母黨之祀賴以無絕。

先生氣體夷粹，吶吶似不能言。遇人無貴賤，磬折下之；然其中端挺不倚，終日劇談，無駁雜慢戲半語。故鄉人之善者親附，其不競者尊憚之。平生惟好書，無他嗜，丹鉛點勘，筆不去手。自經史百代之書，浮屠黃老之教，下暨陰陽、地理、醫卜之藝，吐納煆煉之術，皆研盡其妙。有《易解》十卷，《書解》七卷，《老子道德經解》二卷，《三教合轍論》二卷，《蔬食譜》一卷，歌詩雜文十卷。以爲立身揚名莫如孝，作《孝行圖》；守節高蹈莫如隱，作《高逸圖》；善惡之應猶影響，作《陰德雜證圖》；各爲之論述，傳於其徒。

---

① 光：原作“先”，據靜嘉堂本、《全蜀藝文志》卷五〇改。
② 其：原無，據嘉慶本《全蜀藝文志》卷五〇補。

時朝廷設八行科，求篤實尤異之士，鄉老喜相語曰：“吾里有人矣。”於是合千百人，狀先生美行於縣於府以十數，府縣以禮延置鄉校，將薦諸朝。會先生病卒，年若干，實某年月日也。娶張氏，生一子某，登上舍第。二女，未嫁。以某年月日葬某鄉里。

其友人楊匯曰：“自古賢者沒，有易名，請謚曰樂善先生。”而東蜀楊天惠誄之以文。凡先生之獲於人者，其斯而已矣，顧不已薄哉？然以聖可爲子，而彊爲善①，頗能自將，要必能起其家者，則天之報先生其亦奚薄哉！誄曰：

嗚呼先生！肫肫於食貧而安，矻矻於爲善而樂，若猶可及；然至其所以用貧以養親、以裕子、以博施於人，而物我皆無憾焉，是不可及已。弱無固，壯無專，老無在，死無餘，此元次山所以哀紫芝者，顧某於先生亦云。嗚呼先生，其果可以戒塗之淫佞也夫！其真可以配古之卓行也夫！

房季文誄

前　人

季文房氏，名彪，曾祖諱某，父諱某，偕以邁德爲成都聞家。日予假館於其家園，季文從予學文。最開敏，有精識，然不樂效書生作應用之詞，尤羞與鄉校少年伍。予曰：“子親之髮垂領矣，日望子速化，叵若何？”季文蹶然起，爲一再試學官，皆異等。後三年，訪予於郫，文益工，行益峻潔。又二年，從予府城之客舍，則勝言娓娓逼人。予曰：“子何自得此？”季文曰：“彪比師耆而友謙之，二子皆大士也，請介以交於先生。”予曰：“固願之，然恐難致耳。”季文曰：“彪能致之。”居有間，二子不來，予問故於原父，原父曰：“前一日，季文死矣。”某拊髀嘑，失涕。實某年月日也。於是其母若兄將以是歲月日葬之某鄉某里，而乞銘於予。予弗忍銘也，姑誄之以遺之。季文妻某，幾歲。誄曰：

---

① 彊：原作“疆”，據《全蜀藝文志》卷五〇改。

予頃疑仲尼聖之盛也，頗遺耻於少賤，既老而後集成；又經怪子雲賢之尤也，仍竊悔於少作，蓋晚而後覃經。顧顔子乃交臂於壯齒，而童烏騄談《玄》於稚齡，斯已奇矣。然造物者胡不既其實，而司命者忍復隕其英！吁嗟，季文子！予無以喑若矣，請問諸泱漭之庭。

寧　魂

張商英

熙寧元年六月壬戌，有星隕於張氏之宅。是夕也，予兄殿中侍御史次功卒。明年三月乙酉，葬於雙流縣之甘泉鄉①，從父塋，禮也。

兄敏悟出於天稟，十歲通五經，善綴文。是時禄寺府君自三江之新穿徙居於江原之金馬。有鄉先生，號爲碩儒，次功就學。歲餘，曰："才有餘而道不足，不可以爲吾學。"府君異之，以一堰土購書千餘卷資其讀。次功閉户刻苦力學，或半歲不識肉味。年十八，鄉書送至禮部。後五年爲解頭，遂釋褐，調南平决曹掾，非其志也。乃嘆曰："大丈夫進無竹素之功，退無千古之名，何以出人?"益發憤，而大窮古人之道。胸中所藴，澐淪滃渤而不能自禁，於是溢爲文彩，頃刻千字。感概以吐其憤，浩蕩以快其思，曠達以疏其情，清苦以歛其氣。至於時之理亂，民之利病，曉然洞見其本末，而計謀識慮常在人意之表。前後封章十餘上，諸公聞其名，以賢良方正科薦者五六人，以臺諫館閣薦者數十人。自南平更典秭歸獄，遷襄州穀城縣令，改東觀郎、監閬州税，遷秘省丞、太常博士。今上即位，遷田曹外郎。以近臣薦其鯁正，有先識之明，擢爲殿中侍御史。正色言事，不顧時忌。方將大出所有，以澤當世，不幸以憂去職，感疾而卒。

嗚呼！次功之名暴於天下之耳目，播於多士之詠歌記録；其章疏議論藏於秘府，其文章流落，溢於好事者之巾箱。其始終大概，具於予之行狀。今其葬也，内不瘞志而外不揭表，次功之名

---

① 甘：原缺，據《全蜀藝文志》卷五〇補。《名臣碑傳琬琰之集》中集卷四一載范鎮《張寺臣文蔚墓誌銘》亦云張唐英、商英之父葬於雙流縣之甘泉鄉。

亦可以萬世矣，故爲詞以寧其魂。詞曰：

遵邑門以西出兮，翁莽乎甘泉之野。甓九壤而爲室兮，闃密乎黝無晝夜。慨俊邁之永息兮，逐霜筌而奄謝。遺紛垢以探元兮，杳末窮夫上下。歛清氣以歸藏兮，賁輴車而曉駕。感渧流之噎咽兮，抱遺恨而東瀉。鴻靈潁其岡物兮，遞有無以更化。悗人世之飄遊兮，孰悲咷之自暇。砥才刀以反戕兮，彎智弧以却射。甘大患而役形兮，高不睹夫太華。修途邈其無隩兮，驥足慁而莫跨。大空蕩其亡限兮，鴻羽摧而已下。既明哲之是卑兮，胡壽年之弗假。盡凉宗之薄祐兮，踔百罹以予嫁。蠧五内以寸裂兮，涕浪浪而橫灑。

涕與血盡兮可奈之何，伊人往矣兮遺我實多。举举伊人兮其儀峨峨，冠姬服孔兮躪雄蹈軻。安貧力學兮一志無他，晨炊不紹兮恬事弦歌。鸞驀鶴喬兮匪駕匪駒，躟馳暘視兮弗瞶莫佳切弗蹉。別剏譎詭兮攲相謬訛，棲停浩氣兮輮斟太和。舍墿躋衡兮去瀇泳河，鏜韶嘎鄭兮搯蘅刈莪。雄文煥爛兮乾象森羅，武庫抽鐹兮霜寒萬戈。突爲層崖兮漲爲巨波，呼號蕩海兮獰蛟戰鼉。堂堂勁氣兮不撓不阿，孤篁挺節兮危松擢柯。狒唇狐貌兮毅然詆訶，豪焰浮浮兮青穹上摩。妙齡升冠兮俯陟賢科，扼居下僚兮珠潛於嬴。嗤誚彼己兮胡食其禾，捐生取義兮感嘆汨羅。忠憤自許兮沽求則那，皂封瀝血兮志念時疴。議論端確兮不磷於磨，如廣指的兮如桑診瘥。名擅海内兮價重鑾坡，晁劉大對兮勇過廉頗，安能俛首兮塵壒嫛娑。

熙寧之主兮軒道虞德，寤寐正人兮心虛席側。濯濯群公兮推挽先識，僉俞允諧兮超寘言職。霜簡稜稜兮豸冠簥簥，言行俱危兮不訐不愎。綱悟高造兮曩謂司直，高步跨右兮烈無難色。抉開肺腑兮摡出丹臆，寧同江革兮漩止濤逼。渾首可殊兮語不可默，一軀胡恤兮誓於報國。囊裝靡釋兮日偒南陲，虎嘯於山兮貆匿於棘。皂雕戛雲兮鶚鶹攕翼，旦聯寶珂兮伏覯宸極。一言感悟兮天哀太息，隆棟鉅礎兮行睍厥力。謂可近侍兮獻替失得，齋齋素畜兮皋夔益稷。匪徒藻翰兮鈒繪紩織，方圓設施兮太嘁悃愊。如丹伏蒲兮如藩批敕，噓吸淳風兮薰沐動植。挹清浣污兮拄强揀踣①，布序萬曜兮躔南舍北。昂暈潛白兮衝妖喪黑，惼忸勃膚兮扱衽匍匐。没烟爲疆兮

---

① 污：原作“汗”，據《全蜀藝文志》卷五〇改。

朱耶就縲①，志遼器邈兮皎皎不惑。車聲輾摧兮蘭燔香熄②，笑言在耳兮音容恍惚，於庭於牆兮誕漫莫測。嗚呼哀哉！

母垂白兮子勝裳，死者佚兮生者傷。慘聚首兮號素堂，哀聲苦兮白晝黃。魯而存兮智而亡，天乎何故兮遘此不祥！感神祇之不妥兮，畏山岳之摧岡。駟黃螭以仙舉兮，愬予懷乎彼蒼。彼蒼秘其冥造兮③，愍予心之搶攘。假宵夢以諄諭兮，漏靈機之渺茫。呀九閽以洞闢兮，進予趾乎玉廂。曰地行之泯懵兮，徒紜紜其吾殃。三才剖而殊體兮，吾獨宰乎陰陽。蒸和融潤兮噴燠呵涼④，六氣欲叶兮三辰欲光。元精遺以墮世兮，孰吾弼而還相。豈而世之寶才兮，吾固亦珍乎畯良。忽形開以寤興兮，諒神理之不荒。苟詰施於善惡兮，奚顏短而跰長？嗚呼哀哉！

維昔吾考兮志操逸群，顛沛於善兮革家以文。質衣而餽賓客兮，市田而購典墳。門惟蓬茅而賢轍常滿兮，廩乏儋石而義聲四聞。肆吾兄之肯構兮，爲時卿、雲。擎芳桂以飄纓兮，釋南畝之耕耘。嗟人事之反覆兮，何變故之糾紛！天澤方連於星驛兮，薤聲已咽於鄉枌。悲予才之短耗疏促兮，其曷以就先志而嗣清芬！念獲終於正命兮，予又烏能效宋玉之招魂？嗚呼哀哉！

世衰俗薄兮仁義不施，機巧競騖兮化爲澆漓。已乎長往兮蛻去如遺，歸無返寂兮又奚其悲？戢收精爽兮，隱於大儀。媲元朴以長存兮，縱陵谷之改移。勿降而爲賢人哲士兮，憂患生乎有知。勿瑞而爲騶虞鸑鷟兮，嚄豺狼而噪鳶鴟。勿秀而爲紫芝朱草兮，山草占春以離離。勿堅而爲黃金白璧兮，繞指耀鋼而眩功矜奇。嗚呼噫戲兮萬古有畸，不知其人兮視此哀詞。

祭王岐公文

范　鎮

維鎮與公，官事多同。若一臂交，常相依從。公進於朝，鎮退居窮。釆十六年，公譽日充。方遂平生，奄忽以終。自予退居，人事疏絕，侍從

---

① 縲：原作“纏”，據四庫本《全蜀藝文志》卷五〇改。
② 聲：原作“轂”，據《全蜀藝文志》卷五〇改。
③ “彼”字原脱，據四庫本《全蜀藝文志》卷五〇補。
④ 燠：原作“焕”，據靜嘉堂本、《全蜀藝文志》卷五〇改。

常僚，不復通謁。惟公每歲，遇上元節，置酒開樽，笙歌間設，樂道舊故，窮歡極悦。自顧耄耋，年七十八，苟在人世，能幾歲月。今公此行，豈爲永訣？所恨老劣，不能酹別①。

祭李舍人文<small>大臨</small>　　　　　　　　　　　　　　　　　前　人

惟靈諒直果敢，著於平生。於朝盡忠，於人盡誠。伊余與公，自幼相從。粵景祐中，竭來之東。同年登科，四紀於今。白首一節，金玉其心。近自去冬，詩筒見貽。三老唱酬，歡如塤篪。江山之興，共得其時。余雖勉和，計方覽窺。凶訃之來，肝腸摧悲。潁昌寓居，道遠人疲。遣致薄奠，公其鑒之。

祭范蜀公文　　　　　　　　　　　　　　　　　　　　　　蘇　軾

嗚呼！仁宗在位，四十二年。畦而種之，有得皆賢。既歷三世，悉爲名臣。今如晨星，存者幾人。孰如我公，碩大光明。導日而升，燦焉長庚。死生契闊，公獨壽考。天實耆之，以殿諸老。二聖嗣位，仁義是施。公昔所言，略行無遺。維樂未和，公寢不寧。樂成而薨，公往則瞑。凡百君子，願公無極。胡不萬年，以重王國。責難之忠，愛莫助之。嗟我後來，誰復似之？吾先君子，秉德不耀。與公弟兄，一日之少。窮達不齊，歡則無間。豈以閭里，忠義則然。先君之終，公時在陳。宵夢告行，晨起訃聞。先友盡矣，我亦白髮。聞公之喪，方食哽噎。堂堂我公，豈其云亡。望公凜然，猶舉我觴。

---

① 酹：原作"酺"，據《全蜀藝文志》卷五〇改。按：此謂酹酒以祭奠，非謂相互酬酢，不當作"酺"（酬）。

又

蘇　轍①

公之少年，初以賦鳴。挾策以東，氣和而平。微見角圭，人人自驚。宋氏伯仲，典司衆盟。見公所爲，屣履以迎。自毀其文，以致公名。士滿太學，莫之敢爭。公之中歲，始以諫起。堯老將傳，未有立子。群公欲言，以目相視。公獨發之，自詭以死。帝知其忠，始怒終喜。復有繼者，實蹈公軌。公亦自信，卒老言事。公之末年，終以節聞。國有蟊賊，當之以身。力言不從，遂致爲臣。開門接士，不怨不憤。群枉既消，衆屈當伸。有欲援之，同撫我民。公笑稱病，誓不復振。凡世之人，有一於是，翹然自名，足以爲貴。自有其三，豈不卓偉！位雖顯融，有不盡志②。崧、隗之間，潁、溪之側，有廬可安，有田可食。顧惟平生，篤志鍾律。樂成既上，疾亦告革。嗚呼！昔我先人，公蓋知之。白首相歡，往事莫追。軾方在朝，公舉諫官，卒以獲罪，初無一言。轍來自東，復館於門。曾患之不恤，而惟義是敦。今其云亡，無復斯人！

代趙端明祭范蜀公文

馮　山

大賢於人，景星鳳凰，不出則已，出則爲王者之嘉祥。有目者爭先睹之爲快，及其不復見也，識與不識共惜乎人之云亡。方公妙齡，起於華陽，風流文彩，相如、子昂。及爲從官而慷慨議論，揚雄、李固不足以比方。使中州之豪傑視蜀青衿之子而不敢怠慢者，由公爲之主張。白首玉堂而不自知，聊卒歲而徜徉。先請老者七年，遂濯纓於滄浪。躡越相之遺風，輕二疏以秕糠。方元祐之訪落，登耆明而贊襄。凡天下之大老，雜遝至於廟堂。詔書旁午而不起，乃引禮以抗章。完始終而無虧，孤高岌如太行。袞繡在前而弗之顧，獨友乎仲元與蜀莊。嗚呼！未老而歸二十年，流

---

① 作者原署爲“前人”，即蘇軾。按：此文實爲蘇轍以兄軾與己之名義作，收入《欒城集》卷二六，據改。

② 志：原作“忠”，據《欒城集》卷二六改。

輩零落者殆盡①，而公方傲睨乎林泉。忽新樂之方上，梁木壞於壁田。乾坤倏其安往，騎箕尾而上天。其不發爲卿雲甘露以輝潤乎萬物，則將結爲精金美玉而發見於山川。悲夫！自昔登門，屬居其後。束書從師，公則誨誘②。義兼姻婭，子舍維友。宦遊窮年，去德滋久。謂言於公，當享上壽，杖履從公，志或可就。云何一別，遂不我有。我欲哭之，天高地厚。人亡師表，國失耆舊。江漢竭靈，岷峨隕秀。千里致奠，豆餤巵酒。言出涕隨，公其聞否？

代許內翰祭李待制文　　　　　　　　　　前　人

惟公金馬碧雞，西南之珍。奮起江漢，儷蹤淵、雲。秉筆立朝，媲詞皇墳。熙寧之初，英彥臭藻。孰不紓餘，以自襮襮？公獨守官，不少低繞③。拂衣西還，便欲請老。岷山之前，有田一廛，圖史自適，樂全乎天。嗟予鼎來，冀獲親賢。須公疾間，當奉周旋。云何不淑，館舍是捐。嗚呼！性命之理，在公已通。昔生非有，去亦無從。公雖偃然，人則懷公。一樽一奠，聊與人同。

祭寶月大師宗兄文　　　　　　　　　　　蘇　轍

轍方志學，從先君子，東遊故都，覽觀藥市。解鞁精舍，時始見兄。頎然如鵠，介而善鳴。宗黨之故，情若舊識。屈信臂頃，閱歲四十。性直且剛，纖惡不容。與人盡言，口如病風。惟我兄弟，不見瑕玼。行有利病，勢有隆污。始終一意，不爲薄厚。交遊之間，蓋未始有。昔我之東，師則有言：「遊宦如寄，非可久安。意適忘歸，憂患所由。亟還於鄉，泉石可求。」我志師言，未返而顛。師亦不待，與化俱遷。遣舟與榮，萬里

① 輩：原作"輦"，據《全蜀藝文志》卷五〇改。
② 誨誘：原作"誘誨"，失韻，據四庫本《全蜀藝文志》卷五〇乙。
③ 繞：疑當作"撓"，曲屈也。

來訃。開紙失聲，悔恨無所。彈指西望，卯塔既成，臨絕之言，求我以銘。自我竄逐，憂病相襲，緝綴清風，得一忘十。追懷曩好，徒有此心，心則不忘，而病未能。收淚語舟，歸酌流水。一生一死，誠則無已。

附　錄

成都志序

（宋）袁説友

　　成都，蜀大都會也，山林、川澤、丘陵、墳衍、原隰之名物，如周大司徒職方氏所掌，宜有方志，以諗後來，異時郡侯亦各登載。唐白敏中始爲《成都記》五卷，本朝趙清獻公爲《成都古今記》三十卷。相望今數百年，陵谷之變已不同，而物與時偕，湮廢增益又未已也。後有續記者，而會萃後先，各立程度，互見重出，所聞異同，殆凡數書矣，覽者不復一見而盡，或者病焉。

　　某來守踰年，暇日賓客有曰：“今天下郡國悉有志，顧以蜀大都會而獨弗備，誠缺文哉？”乃命幕僚摭拾編次，胚胎乎白、趙之記，而枝葉於續記之書，剔繁考實，訂其不合，而附益其所未備。臚分彙輯，稽仿古志，凡山川地域、生齒貢賦、古今人物，上下千百載間，其因革廢興，皆聚此書矣。

　　雖然，竊於此有感焉。是邦也，昔也風土之阜繁，民生之富庶，考之《志》可見已。今閭閻無巨室，田野無饒民，商者多乏絕，耕者半轉徙，公不能以裕私，下不足以供上，燉燉然銷膏以火，而不自知也，可乎哉？聖明在上，顧憂西南，日議所以寬民輸、蠲估賦，培植其元氣，鍼砭其膏肓。是《志》也，又將以寬大之詔、什一之制，而大書特書焉，則有俟乎後之作者。

　　慶元己未孟秋望日。（《東塘集》卷一八）

成都志序

（元）費　著

　　成都居全蜀上游，其名稱自西漢始。按《禹貢》，蜀爲梁州之分。"岷山導江，東別爲沱"，今導江與沱，名縣鎮於成都。此三代而上地志之見書而不可誣者。文王之化行乎江漢之域，"江有沱"詠於二《南》之先。然漢統於江以朝宗，沱附於江以起興。江首四瀆，歷代祠其神於成都，故成都爲江之源，而荆揚之江特其委爾。考禹迹聲教之所被，稽文王美化之所行，徵諸武王"逖矣西土"之誓言，論全蜀而泝源於成都上游之導江，則孰有逾於《詩》《書》之爲可信而有據哉！謂三代而下，秦惠伐蜀而後得與中國通，文翁興學於成都而後得與齊魯比，不端本於夫子删定之經，惟遷史之言是信，亦學者之過也。若曰周衰而諸侯叛，蜀據阻自安，職貢廢而文教馳，秦惠伐之而後道路通，文翁興學而後風化復，斯可矣；捨《詩》《書》，斷自秦漢以論蜀，則未可也。

　　全蜀郡志無慮數十，惟成都有《志》，有《文類》。兵餘版燬莫存，蜀憲官佐搜訪百至，得一二寫本。乃參稽訂正，僅就篇帙。凡郡邑沿革，與夫人物風俗，亦概可考焉。遂鳩工鋟梓，以廣其傳。若《文類》之詳，則有待於後之好事者。

　　至正三年二月，費著序。（《全蜀藝文志》卷三○）

參考書目

《尚書》　阮元校刻《十三經注疏》本

《周禮》　阮元校刻《十三經注疏》本

《春秋左傳》　阮元校刻《十三經注疏》本

《國語》　文淵閣四庫全書本

《漢書》　（漢）班固撰，中華書局校點本

《後漢書》（南朝宋）范曄撰，中華書局校點本

《三國志》　（晉）陳壽撰，（南朝宋）裴松之注，中華書局校點本

《晉書》　（唐）房玄齡等撰，中華書局校點本

《北齊書》　（唐）李百藥撰，中華書局校點本

《舊唐書》　（後晉）劉昫等撰，中華書局校點本

《新唐書》　（宋）歐陽修等撰，中華書局校點本

《舊五代史》　（宋）薛居正等撰，中華書局校點本

《新五代史》　（宋）歐陽修撰，中華書局校點本

《宋史》　（元）脫脫等撰，中華書局校點本

《資治通鑑》　（宋）司馬光撰，中華書局校點本

《東觀漢記》　（漢）劉珍等撰，文淵閣四庫全書本

《華陽國志》　（晉）常璩撰，劉琳校注，巴蜀書社一九八四年版《華陽國志校注》本

《錦里耆舊傳》　（宋）勾延慶撰，文淵閣四庫全書本

《蜀檮杌》　（宋）張唐英撰，文淵閣四庫全書本

《十國春秋》　（清）吳任臣撰，中華書局一九八三年點校本

《宋朝事實》　（宋）李攸撰，文淵閣四庫全書本

《唐大詔令集》　（宋）宋敏求編，文淵閣四庫全書本

《嘉慶四川通志》　清嘉慶二十一年刻本

《茅亭客話》　（宋）黃休復撰，文淵閣四庫全書本

《莊子》　文淵閣四庫全書本

《鑑誡録》 （後蜀）何光遠撰，知不足齋叢書本

《太平廣記》 （宋）李昉等編，文淵閣四庫全書本

《藝文類聚》 （唐）歐陽詢撰，上海古籍出版社一九八二年校點本

《全芳備祖》 （宋）陳景沂撰，文淵閣四庫全書本

《文選》 （梁）蕭統編，四部叢刊《六臣注文選》本

《文苑英華》 （宋）李昉等輯，中華書局一九九一年影印本

《樂府詩集》 （宋）郭茂倩輯，四部叢刊本

《古文苑》 （宋）章樵注，四部叢刊本

《唐百家詩選》 （宋）王安石編，文淵閣四庫全書本

《唐文粹》 （宋）姚鉉編，四部叢刊本

《皇朝文鑑》 （宋）呂祖謙編，四部叢刊本

《國朝二百家名賢文粹》 （宋）佚名輯，宋慶元三年書隱齋刻本

《唐詩紀事》 （宋）計有功撰，四部叢刊本

《兩宋名賢小集》 （宋）陳思編，（元）陳世隆補，文淵閣四庫全書本

《全蜀藝文志》 （明）楊慎編，明嘉靖刻本，明萬曆刻本，清文淵閣四庫全書本，清嘉慶刻本，清光緒鄒蘭生刻本，綫裝書局二〇〇三年版劉琳、王曉波點校本

《石倉歷代詩選》 （明）曹學佺編，文淵閣四庫全書本

《宋詩紀事》 （清）厲鶚編，上海古籍出版社一九八三年校點本

《宋代蜀文輯存》 傅增湘輯，民國鉛印本

《楊盈川集》 （唐）楊炯撰，四部叢刊本

《李太白文集》 （宋）宋敏求、曾鞏等編，巴蜀書社一九八五年影印北宋蜀刻本

《九家集注杜詩》 （唐）杜甫撰，（宋）郭知達編，文淵閣四庫全書本

《集千家注杜工部詩集》 （唐）杜甫撰，文淵閣四庫全書本

《杜詩詳注》 （唐）杜甫撰，（清）仇兆鰲注，中華書局一九七九年標點本

《錢仲文集》 （唐）錢起撰，文淵閣四庫全書本

《權文公集》 （唐）權德輿撰，文淵閣四庫全書本

《呂衡州集》 （唐）呂溫撰，文淵閣四庫全書本

《別本韓文考異》　（唐）韓愈撰，（宋）王伯大重編，文淵閣四庫全書本

《李文饒文集》　（唐）李德裕撰，四部叢刊本

《姚少監詩集》　（唐）姚合撰，四部叢刊本

《羅昭諫集》　（唐）羅隱撰，文淵閣四庫全書本

《乖崖集》　（宋）張詠撰，文淵閣四庫全書本

《景文集》　（宋）宋祁撰，文淵閣四庫全書本

《丹淵集》　（宋）文同撰，四部叢刊本

《净德集》　（宋）吕陶撰，文淵閣四庫全書本

《東坡全集》　（宋）蘇軾撰，文淵閣四庫全書本

《東坡詩集注》　（宋）蘇軾撰，（宋）王十朋注，文淵閣四庫全書本

《欒城集》　（宋）蘇轍撰，曾棗莊、馬德富校點，上海古籍出版社一九八七年校點本

《清獻集》　（宋）趙抃撰，文淵閣四庫全書本

《劍南詩稿》　（宋）陸游撰，文淵閣四庫全書本

《渭南文集》　（宋）陸游撰，四部叢刊本

《石湖詩集》　（宋）范成大撰，文淵閣四庫全書本

《東塘集》　（宋）袁説友撰，文淵閣四庫全書本

《嵩山集》　（宋）晁公遡撰，文淵閣四庫全書本

《澹齋集》　（宋）李流謙撰，文淵閣四庫全書本

《方舟集》　（宋）李石撰，文淵閣四庫全書本

《成都文類》　（宋）袁説友等編，趙曉蘭整理，中華書局二〇一一年版